anagramma

132

Della stessa autrice

Matrimonio a Bombay

Titolo originale: *Jasmine Nights*

Traduzione dall'inglese di Rosa Prencipe
Prima edizione: aprile 2012

Roma, Casella postale 6214

ISBN 978-88-541-3696-0

www.newtoncompton.com

Realizzazione a cura di Corpotre, Roma
Stampato nell'aprile 2012 da Puntoweb s.r.l., Ariccia (Roma)
su carta prodotta con cellulose senza cloro gas provenienti da foreste
controllate e certificate, nel rispetto delle normative ecologiche vigenti

Julia Gregson

Mille notti d'amore

Newton Compton editori

A Barry e Vichi

Ci sono giorni che viviamo
come se la morte non fosse
in agguato; di gioia in gioia,
di ala in ala,
di fiore in fiore,
un fiore impossibile,
un dolce fiore impossibile.

LI YONG LEE, «Dai fiori»

Capitolo 1

Queen Victoria Hospital, East Grinstead, 1942

Era solo una canzone. Fu questo che pensò quando lei si mise il cappello e andò via, lasciandosi dietro un leggero profumo di mele fragranti. Nient'altro che una canzone; una ragazza carina.

Ma lei aveva fatto cessare i sogni ed era la cosa migliore che gli accadeva dopo tanto tempo.

Nel primo sogno si trovava appeso a un paracadute e solo pochi chilometri separavano le suole delle sue scarpe dalla campagna del Suffolk. Urlava perché non riusciva ad atterrare. Sfrecciava nell'aria, leggero e quasi incorporeo, come la lanugine di un cardo o una falena morta. L'erba di un verde brillante, tanto familiare e amata, diventava sempre più vicina solo per allontanarsi di nuovo. A volte una donna lo guardava sbalordita, facendogli cenni con la mano prima che lui, sospeso nell'aria, venisse soffiato via dal vento.

Nel secondo sogno, era di nuovo a bordo del suo Spitfire. Il velivolo di Jacko volava accanto al suo. All'inizio gli piaceva stare lassù nella luce fredda e chiara ma poi, sopraffatto dal panico, si accorgeva che le sue palpebre erano cucite e non riusciva a vedere.

Non ne parlò con nessuno. Era uno dei fortunati, in procinto di andare a casa dopo quattro mesi. In quel luogo di corridoi bui e urla soffocate in cui stava, tanti erano in condizioni ben peggiori delle sue. Ogni giorno udiva il frastuono delle ambulanze che portavano nuove vittime di ustioni, raccolte da aerei precipitati lungo la costa orientale.

Il reparto, un satellite dell'ospedale, era alloggiato in una baracca lunga e stretta con venti letti su entrambi i lati, una stufa panciuta al centro, un tavolo e un pianoforte sul quale erano solennemente posati due candelieri di ottone.

Puzzava di indumenti sporchi, di padelle per infermi, di carne viva e morente: odore di vecchi, nonostante la maggior parte dei piloti di caccia ricoverati avesse poco più di vent'anni. Stourton, in fondo alla corsia, che pilotava gli Hurricane da North Weald, era cieco ormai da due settimane. La sua ragazza veniva ogni giorno per insegnargli il braille. Il ragazzo del letto accanto, Squeak Townsend, con il viso rosso e la risata forte ma poco convincente, era un pilota che si era rotto la spina dorsale a seguito della mancata apertura del paracadute e che aveva confessato a Dom, qualche giorno prima, di essere troppo spaventato per voler tornare a volare.

Dom sapeva di essere fortunato. A bordo del suo Spitfire, stava sorvolando dei campi a un'altitudine di seimila metri quando l'esplosione del serbatoio vicino al quadro comandi aveva trasformato l'abitacolo in una torcia infuocata. Aveva riportato ustioni al viso e alle mani – le classiche ferite dei piloti di caccia, aveva detto il chirurgo – e, durante i terribili momenti tra le fiamme e il suolo, aveva aperto la calotta dell'aereo e, trovata finalmente la targhetta verde che apriva il paracadute, si era lanciato fuori, precipitando per quella che gli era sembrata un'eternità. Era atterrato, urlante e terrorizzato, in cima a un pagliaio sulla costa del Suffolk.

La settimana prima, il dottor Kilverton, lo spigliato nuovo chirurgo plastico che viaggiava di ospedale in ospedale, era arrivato al Queen Victoria e aveva esaminato l'ustione sulla parte destra del suo volto.

«Bellissimo». Con un occhio iniettato di sangue, il dottor Kilverton aveva osservato al microscopio il punto in cui il lembo di pelle nuova prelevato dalle natiche di Dom era stato innestato sulle ustioni. «Per la guarigione ci vorranno circa sei o sette settimane; poi dovrebbe tornare a essere completamente operativo. Ottima pelle», aggiunse. «Mediterraneo?»

«Mia madre», spiegò Dom a denti stretti mentre Kilverton gli tirava via la pelle vecchia, saggiando l'innesto. «Francese».

«Suo padre?».

Dom voleva che stesse zitto. Era più facile affrontare il dolore senza tutti quei convenevoli.

«Inglese».

«Dove ha imparato a volare? Pieghi la testa in questo modo, prego». Il naso grosso incombeva su di lui.

«Cambridge. La squadriglia aerea dell'università».

«Ah, c'era anche mio padre; sembra fosse piuttosto divertente».

«Già».

Kilverton parlò ancora di globuli e tono muscolare e del vantaggio costituito dalla sua giovane età; ripeté quanto fosse stato fortunato Dom. «Presto riavrà la sua vecchia faccia e il suo vecchio sorriso». Come se il sorriso fosse una cosa che si potesse riattaccare.

Ascoltandolo, Dom provò di nuovo la spaventosa sensazione di staccarsi dal proprio corpo e fluttuare, di vedere i volti sotto di sé e non essere in grado di raggiungerli. Sembrava che dall'incidente una persona nuova si fosse impadronita della sua vecchia faccia e del suo sorriso. Una persona che fumava e mangiava, che scherzava ed era ancora in grado di fare battute ciniche, ma che si sentiva essenzialmente morta. La settimana precedente, incoraggiato dai medici a fare il primo giro in moto, si era seduto sul tappeto erboso accanto al Mucky Duck, in quello che doveva essere un giorno di festa, e si era guardato la mano che reggeva il bicchiere di birra come se appartenesse a un altro.

Durante la prima settimana in ospedale, ormai una macchia confusa fatta di flebo, ambulanze e bagni acidi, il suo unico scopo nella vita era stato non cedere alle lacrime e alle urla. Nonostante fosse temporaneamente cieco, era riuscito a scherzare con l'infermiera che gli sedeva accanto nell'ambulanza che lo portava via dal fienile ardente. «Sei carina?», le aveva chiesto.

In seguito, nel reparto, aveva fatto un patto con se stesso: non avrebbe negato il dolore fisico, che era costante, devastante e a volte così forte da essere quasi buffo. Ma, dal punto di vista emotivo, non avrebbe ammesso nulla.

Era solo nella relativa quiete della notte, nei momenti di lucidità in cui emergeva dalla nebbia della morfina, che si soffermava a pensare alla natura del dolore. A cosa serviva? Come si affrontava? Perché lui si era salvato e gli altri erano morti?

E, solo mesi più tardi, quando le sue mani erano quasi guarite, aveva cominciato a scrivere sul diario che la madre gli aveva mandato. Tante pagine su Jacko e Cowbridge, entrambi uccisi quel giorno. Una lettera a Jill, la fidanzata di Jacko, che non aveva spedito. Stessa sorte per le lettere ai propri genitori, nelle quali li avvisava che stava meglio ed era deciso a tornare a volare.

E poi la ragazza.

Quella notte, guardandola camminare nel reparto, la cosa che più lo aveva colpito era il suo aspetto: era così giovane, piena di vita e di speranza. Dal proprio letto, aveva assaporato lentamente ogni suo dettaglio.

Indossava un vestito rosso a pois stretto in vita e un cappello nero con un'assurda veletta troppo vecchio per lei: la faceva sembrare una bambina di quattro anni che aveva fatto razzie nell'armadio della mamma. Non poteva avere più di ventidue anni.

Sotto il cappello aveva scorto uno chignon di lucenti capelli scuri. Labbra generose, grandi occhi marroni.

Era ferma accanto al pianoforte, vicino al carrello delle medicazioni e delle bende. Metà diavoletto, metà angelo. Sorrideva come se fosse nel posto in cui desiderava essere. "Molto professionale", aveva pensato, cercando di mantenere una cinica distanza. Una professionista.

La ragazza aveva spiegato con un lieve accento – irlandese? italiano? Difficile dirlo – che si chiamava Saba Tarcan ed era un rimpiazzo dell'ultimo minuto della cantante sentimentale Janice Sophia. Sperava non fossero delusi e, a quel punto, aveva lanciato uno sguardo audace in direzione di Dom – o così lui aveva immaginato – come per dire *tu non lo sarai.*

Un uomo grasso in uniforme kaki, il suo accompagnatore, si era seduto pesantemente al pianoforte e aveva cominciato a suonare. Lei ascoltava, muovendo appena i fianchi, e, quando aveva iniziato a cantare di cieli viola cupo, stelle brillanti e di una ragazza che sospirava il nome di un ragazzo, un'espressione serena si era dipinta sul suo viso.

Dom aveva fatto ricorso a ogni trucco di cui era capace per tenerla a distanza, ma per quei brevi istanti appartenne a lei. La canzone era uscita dall'oscurità come una creatura selvaggia e la sua voce era così roca, così triste e Dom desiderava una donna da così tanto tempo che la sensazione di sollievo era stata travolgente. *Attraverso la nebbia di un ricordo tu torni da me.* Adesso aveva tanto da nascondere: la paura di essere brutto, la vergogna per essere vivo a differenza degli altri. E allora aveva provato l'irrefrenabile desiderio di ridere, perché *Deep Purple* non era forse la canzone più adatta: molti dei ricoverati avevano la faccia viola per la sostanza color genziana che veniva applicata sulle ustioni dopo i lavaggi con acido tannico.

A metà della canzone, aveva creduto di vederla trasalire, come se si fosse accorta dell'errore, ma aveva continuato a cantare e, alla fine, non aveva accennato alcuna scusa. Dom aveva approvato il suo comportamento: le ultime cose di cui tutti loro avevano bisogno erano compassione e canzoni speciali.

Al termine dell'esibizione, Dom vide il labbro superiore imperlato di sudore e gli aloni scuri che le si erano formati sotto le braccia. Nel reparto faceva un caldo atroce.

Quando aveva cantato *I'm in the Mood for Love*, Curtis, quel bastardo ignorante, aveva esclamato: «Be', sai dove cercare, bellezza».

Dom aveva corrugato la fronte. *Saba Tarcan*, aveva detto tra sé.

«Altre due canzoni», li aveva informati l'infermiera Morrison, indicando l'orologio. «E poi a nanna».

Si era sentito sollevato – era stato troppo. Come mangiare un pranzo di dieci portate dopo un anno di stenti.

Ma Saba Tarcan aveva ignorato la grassa infermiera e Dom aveva apprezzato anche quello. Si era tolta il cappello e l'aveva posato sul pianoforte, come per dire *Rimarrò fino a che non avrò finito*. Aveva allontanato una ciocca di capelli dalla guancia arrossata, aveva scambiato due parole con il pianista e portato Dom al limite della sopportazione con *They Didn't Belie-*

ve Me. La canzone che Annabel aveva amato e gli aveva cantato dolcemente una sera mentre camminavano mano nella mano lungo il Cam, nci giorni in cui lui sentiva di avere tutto: il volo, Cambridge, lei, altre ragazze. Le lacrime sgorgarono sulla tintura viola e Dom girò la testa, furioso e pieno di vergogna.

Annabel era considerata un buon partito. Una ragazza alta, pallida, eterea, con lunghi capelli ricci e biondi, un sorriso dolce e genitori di successo: suo padre era un giudice dell'Alta Corte e sua madre docente universitario. All'inizio era andata a trovarlo regolarmente; la fronte lucida per il caldo soffocante, leggeva per lui e lanciava sguardi nervosi alle mostruosità che la circondavano.

«Non ci riesco, Dom. Non sono abbastanza forte», aveva detto dopo due settimane. «Non è per te». Aveva deglutito. «Comincia a spaventarmi». Aveva guardato il ragazzo del letto accanto. Un lato della sua faccia, su cui era stata innestata pelle prelevata dal torace, sembrava la brutta copia di una proboscide.

«Mi dispiace tanto», aveva sussurrato dolcemente poco prima di andarsene. I tondi occhi azzurri si erano riempiti di lacrime. «Possiamo rimanere amici?».

Non era la prima donna a essere fuggita dal quel terrificante reparto e non sarebbe stata l'ultima. «È incredibile la potenza della musica popolare». Il genere di cosa che un tempo avrebbe detto per giustificare le lacrime. A Cambridge la sua imitazione di Noël Coward era stata piuttosto apprezzata. Non era tanto per Annabel; era la perdita di tutto, perfino delle piccole cose innocenti – forse soprattutto per quelle.

Con il suo gruppo, i "non plus ultra" del loro anno, così si erano definiti, aveva passato giorni interi stravaccato sul divano, a fumare e bere sherry di pessima qualità. Assumevano pose annoiate e si mettevano in mostra discutendo animatamente di Charlie Parker, Pound o Eliot – qualunque cosa li divertisse.

Erano proprio giovani a quell'epoca! Durante quei primi esaltanti giorni lontano da casa, le loro stanze erano state teatro di incontri clandestini con una processione di belle studentesse. Dopo quello che gli aveva confessato tra le lacrime, Dom aveva cercato di giustificarla, dicendole che capiva perfettamente, che non la biasimava affatto. In verità, si era sempre sentito in colpa perché sapeva che i suoi sentimenti non erano forti come quelli di lei, che non era lei quella "giusta". Aveva frequentato tante altre ragazze e Cambridge gli era sembrato un mondo in cui il sole non avrebbe mai cessato di splendere.

Smetheren, suo dirimpettaio, la cui stanza era diventata famosa per il disordine, era stato ucciso due mesi prima. Clancy, uno dei suoi migliori amici, anche lui fanatico del volo e uno degli uomini più intelligenti che avesse mai conosciuto, era stato abbattuto in Francia un mese prima del suo ventiduesimo compleanno. E Jacko, naturalmente. Nel giro di un anno era cambiato tutto e non avrebbe mai immaginato di finire così: in pigiama e a letto alle otto e mezza, cercando disperatamente di non piangere davanti a una ragazza carina. Non erano altro che note. Si era morso le labbra per riprendere il controllo: note, qualche semplice accordo e parole ben scelte. Solo una canzone.

Un tintinnio di flaconi, un rumore di rotelle. Il carrello delle medicine serali. Stavano accendendo il bollitore in mezzo alla stanza e abbassavano le luci.

«L'ultima», disse la ragazza.

Indossava di nuovo il ridicolo cappellino con la veletta. Il pianista aveva già messo via gli spartiti così lei aveva cantato *Smoke Gets in Your Eyes* senza accompagnamento. La sua voce era forte e chiara, l'espressione attenta e concentrata. Poi aveva fatto il giro dei letti per augurare la buona notte.

Buona notte a Williams, che aveva entrambe le gambe in trazione, e al povero cieco Billy in fondo alla corsia, e a Farthingale, che l'indomani sarebbe tornato in sala operatoria per farsi ricucire le palpebre. Non sembrava fare caso a loro o forse faceva parte dell'addestramento?

Quando era arrivata da Dom, Curtis, il dannato idiota, aveva gridato: «Coraggio, dolcezza! Dagli il bacio della buona notte». Dom aveva allontanato la testa, ma la ragazza si era piegata su di lui; era talmente vicina che ne aveva scorto la sporgenza del ventre sotto il vestito rosso e bianco. Gli fece il solletico con i capelli. Aveva un profumo giovane e fresco, come di mele.

Mentre gli baciava la guancia, lui le aveva detto per proteggersi: «Non lo faresti se sapessi da dove viene». E lei, chinatasi ancora, gli aveva sussurrato all'orecchio: «Come lo sai, scemo?».

Era rimasto sveglio per un'ora pensando a lei, il cuore gli sembrava deliziosamente leggero. Prima di addormentarsi, la immaginò in sella alla sua moto. Era un giorno d'estate. Erano seduti sul tappeto erboso fuori da un alberghetto di campagna. Si stuzzicavano a vicenda, ridevano. Lei indossava un vestito azzurro e il cielo era tornato a essere solo un cielo e non qualcosa da cui si precipitava urlando.

Capitolo 2

St Briavels, Gloucestershire

Mia cara Saba Tarcan: la sua prima lettera da ammiratore, scritta nell'istituto di convalescenza Rockfield nel Wiltshire, era finita nel cestino della spazzatura. Era fin troppo formale e paternalista per quel visetto spiritoso.

Era riuscito a farsi dare l'indirizzo da una delle infermiere che avevano organizzato la serata; la donna gli aveva promesso che, una volta scritta, avrebbe consegnato la lettera alla "parte interessata".

Cara Saba, vorrei dirle che quando l'ho sentita al Queen Victoria, ho pensato che cantasse splendidamente. Oh, peggio ancora! Sembrava uno di quei vecchi dongiovanni avvinazzati che facevano la corte alle attrici. 'Fanculo! Dannazione! Gettò il foglio nel cestino.

Aveva aspettato sei settimane prima di scriverle, voleva essere presentabile e pensava che, una volta a casa e più in salute, la vecchia sicurezza sarebbe tornata e la lettera sarebbe uscita come per magia dalla sua penna. Ma quello che stava tentando di scriverle lo sconcertava e lo faceva infuriare – nessuna ragazza lo aveva mai fatto sentire così. Mentre ci rifletteva, gli venne in mente una poesia – una a cui aveva pensato in relazione a lei.

> Grazie, qualunque cosa succeda. Si girò
> E, come il raggio solare sui fiori pensili
> Scomparve appena il vento li ha sollevati,
> Se ne andò via da me. Infatti,
> Qualunque cosa succeda, ci fu un'ora di sole,
> E neanche gli dèi superni

Possono vantare qualcosa di meglio
D'aver osservato quell'ora che passava[1].

Quando era in ospedale, aveva trascritto la poesia di Ezra Pound sul suo diario, certo che non avrebbe spedito neanche quella. Quel testo suscitava diffidenza nella gente che non si conosceva e, francamente, chi se ne fregava del concetto di ora incantevole; voleva sentirla cantare ancora, nient'altro.

«Caffè, Dom caro?», gli chiese sua madre dalla cucina. Quando era nervosa l'accento francese sembrava più marcato.

«Sono in soggiorno». Guardò l'ora. Accidenti! Aveva sperato di finire prima la lettera. «Vieni a prenderlo con me», disse, sforzandosi di nascondere tutta la rabbia e frustrazione che provava.

Sua madre era una presenza ingombrante. Per l'intera mattina aveva fatto del suo meglio per apparire discreta. Esile, elegante nel vecchio abito di tweed, entrò con il vassoio, si sedette sul bordo dello sgabello del pianoforte e versò il caffè.

«Grazie, Misou», le disse, chiamandola come quando era piccolo.

Le prese la mano. «Va tutto bene», aggiunse, desiderando che smettesse di sembrare così preoccupata. «Non mi fa più male niente. Guarda, stringila». Lo colse un impeto d'ira nel sentire la stretta incerta di lei.

La donna mosse timidamente la testa, non sapeva cosa dire. Un tempo era così fiera di lui. Ora le sue ferite sembravano accompagnarsi a una sensazione di imbarazzo condiviso – c'era troppo da dire e troppo da nascondere.

Durante i mesi in ospedale, Dom aveva fantasticato di trovarsi esattamente dov'era in quel momento, su quel divano, in quella casa di St Briavels, un minuscolo villaggio ai confini con il Galles e il Gloucestershire. Sul treno che lo aveva portato da Chepstow a Brockweir, si era ripromesso di dare a sua madre almeno un paio di giorni di felicità per ripagarla dei mesi di sofferenza e preoccupazioni che aveva dovuto sopportare. Nessun accenno al volo né agli amici e, forse, dopo un paio di

[1] Ezra Pound, *Erat Hora*, in *Poesie* (trad. di G. Singh, Newton Compton, Roma 2010).

giorni, davanti a un bicchiere di vino, un vivace resoconto dell'uscita di scena di Annabel.

Alla stazione c'era un taxi ad aspettarlo. Mentre attraversavano il fiume Wye illuminato dal sole primaverile, una fila di cigni, nobili e maestosi, avanzava altezzosa sullo specchio d'acqua. Sull'altra sponda, un branco di pony gallesi era intento a pascolare; sulla groppa di uno di loro c'era un passero.

Aveva chiesto all'autista di fermarsi un po'. Aveva detto di voler guardare il panorama ma, in realtà, aveva difficoltà a respirare. La sensazione di soffocamento, ormai familiare, lo aveva assalito come un animale sbucato dall'oscurità. Il cuore gli batteva all'impazzata, i palmi delle mani erano madidi di sudore. Sarebbe passata. Aveva spento la sigaretta e si era messo a sedere ostentando grande calma e cercando di concentrarsi solo sulle cose positive.

«Delizioso», aveva commentato quando finalmente si era sentito meglio. «Una vista bellissima».

«Mattina perfetta per tornare a casa, signore», aveva detto l'autista, tenendo lo sguardo fisso davanti a sé. «Pronto a ripartire?»

«Sì. Pronto».

Mentre l'auto risaliva il ripido pendio, si era concentrato sulla mandria di mucche gallesi nere alla sua destra, sugli sporadici cottage abbelliti da primule e narcisi. Stava tornando a casa.

Un lungo viottolo conduceva alla fattoria; da quel punto aveva intravisto l'estuario del Severn brillare in lontananza come un guscio di conchiglia e, quando era apparsa Woodlees Farm, non era riuscito a trattenere le lacrime. Quella era l'incantevole casa bianca in cui, venticinque anni prima, si erano trasferiti i suoi genitori, quando il padre era diventato chirurgo. Con i soffitti bassi, semplice tranne che per le grandi finestre che affacciavano a sud, si ergeva solitaria nel bel mezzo di campi spazzati dal vento. Il boschetto alle spalle era il luogo in cui giocava a guardie e ladri con la sorella Freya. Cavalcavano lì i loro pony, lanciandosi al galoppo lungo sentieri fangosi e superando ostacoli improvvisati. Era venuto alla luce al piano di sopra, dietro la terza finestra a destra.

L'auto avanzava sul vialetto tra gli alberi di tiglio che sua madre, appassionata di giardinaggio, aveva piantato quando era ancora una ragazza piena di nostalgia per la sua famiglia in Provenza. Luccicanti di pioggia, verdi e magnifici, liberi dalla polvere estiva, erano apparsi come una visione. Dom era arrivato al punto di odiare le siepi di ligustro dal taglio austero che circondavano i prati dell'ospedale. Al di là degli alberi, erba nuova, nuovi agnelli al pascolo, un'intera terra in fiore.

Sua madre gli era corsa incontro lungo il viale quando aveva sentito il taxi. Si era fermata sotto gli alberi di tiglio e gli aveva preso il viso tra le mani. «Dom adorato», aveva detto. «Come nuovo».

Si erano avviati verso casa tenendosi sottobraccio e cercando di non farsi travolgere dal festoso benvenuto dei cani. Un vecchio pony sul prato, incuriosito, aveva allungato il collo oltre il recinto. Gli aveva chiesto: «Com'era Rockfield?». Sapeva solo che era il posto in cui mandavano i ragazzi ustionati per ridare loro una "vita normale".

«Sorprendentemente bello», le disse. Le aveva raccontato del grazioso edificio nei pressi di Cheltenham, prestato da una gentildonna della contea, dei fusti di birra, delle infermiere carine, delle feste senza fine, delle proteste dei vicini, i quali si aspettavano dei convalescenti, non dei teppisti. Nell'ascoltare la risata cortese e preoccupata della madre, aveva dovuto combattere la tentazione di piegare la testa come un ragazzino colto in fallo, perché quella mattina aveva sorvolato il Canale di Bristol a tremila metri di altezza, passando sulle pecore al pascolo, i piccoli campi multicolore, le scuole, i campanili delle chiese, tutto il mondo addormentato, ed era stato dannatamente meraviglioso. Tiny Danielson, uno degli ultimi amici della squadriglia ancora in vita, era riuscito a procurarsi un Tiger Moth tenuto in un hangar nei pressi di Gloucester. Gli tremavano le mani nell'agganciare il casco di cuoio per la prima volta dopo mesi e il cuore gli martellava nel petto mentre rullava sulla pista con le baracche di lamiera disseminate su entrambi i lati. Si era alzato in volo nel cielo azzurro e aveva sentito il proprio urlo di gioia.

Fantastico! Fantastico! Fantastico! Stava volando di nuovo!

Stava volando di nuovo! In ospedale, l'idea di poter tornare a un lavoro d'ufficio gli aveva fatto venire i brividi. Temeva di aver paura, di non avere abbastanza forza nelle mani, ma non aveva avuto alcun problema con i comandi e il piccolo velivolo si era dimostrato maneggevole come una barchetta. L'aria era rigida, c'era una nube gravida di pioggia alla sua sinistra e, d'un tratto, aveva sentito ricomporsi il guazzabuglio che aveva dentro di sé.

Tiny aveva imitato il suo urlo di gioia e, dopo qualche minuto, gli aveva dato una pacca sulla spalla.

«Adesso direi di scendere, vecchio mio – non vorrei finire davanti alla corte marziale».

Era seguita una ricca colazione – toast, fagioli stufati e tè – insieme a Tiny e a un pilota che indossava un'uniforme così nuova da avere ancora i segni delle pieghe. Nessuno gli aveva fatto domande sull'ospedale; nessuno aveva fatto storie – risparmiare le emozioni era la regola non scritta del luogo. A mensa, esisteva perfino un codice d'onore che vietava discorsi morbosi o autocelebrativi. Ed era un'ottima cosa. Quattro dei suoi amici più cari erano morti, cinque dispersi e presumibilmente morti, uno prigioniero nelle linee nemiche. Mancavano cinque mesi al suo ventitreesimo compleanno.

«Noterai alcuni cambiamenti». Sua madre, agile ed euforica, aveva quasi accennato dei passi di danza lungo il viale. «Abbiamo piantato carote e cipolle al posto delle rose. Sai, quella storia del "vanga per la vittoria". Oh, ho tante cose da mostrarti».

Lo aveva portato direttamente al piano di sopra affinché mettesse la valigia nella sua vecchia stanza. Il letto aveva un aspetto invitante con le lenzuola fresche di bucato e i cuscini sprimacciati. Sul comodino c'era un mazzetto di lavanda. Sua madre aveva fatto incorniciare le fotografie di quando era studente. Vincitore di una borsa di studio a Winchester, sorridente nella sua prima tenuta da cricket. Ed ecco un tipaccio inzaccherato, gambe ben piazzate e uno sguardo rivolto alla macchina fotografica: Jacko, seduto raggiante accanto a lui. Jacko, che aveva persuaso ad arruolarsi, che aveva preso in giro perché impaurito, che aveva visto per l'ultima volta afferrarsi la maschera in un inferno di fuoco, urlando mentre l'aereo precipitava come un inutile pezzo di carta e scompariva nel mare.

Doveva andare subito a Londra c parlarnc con Jill, la fidanzata di Jacko. Temeva quel momento, ma ne aveva bisogno.

Sua madre gli toccò un braccio.

«Vieni di sotto», gli disse. «C'è tempo per disfare i bagagli».

Passando davanti allo studio del padre, fu assalito dall'odore di formaldeide. Sulla scrivania, lo stesso raccapricciante modellino in plastica di stomaco e intestino che Dom usava per terrorizzare sua sorella, sollevandolo davanti alla porta della sua camera e illuminandolo con una torcia verde; gli stessi volumi di medicina disposti in ordine alfabetico.

«Sarà a casa dopo cena». Il sorriso della madre vacillò per un secondo. «Opera giorno e notte».

«Le cose sono migliorate?». Le parole gli erano sfuggite senza volerlo. Avrebbe dovuto domandarglielo più tardi, magari davanti a un drink.

«Non proprio», rispose lei dolcemente. «Non c'è mai – anzi, adesso lavora ancora di più».

Nel corridoio piastrellato, vicino all'ingresso, si guardò allo specchio. I capelli scuri gli erano ricresciuti, la faccia sembrava più o meno la stessa.

Bastardo fortunato.

Bastardo egoista. Avrebbe almeno potuto rispondere alla lettera di Jill.

Fortunato, innanzitutto perché aveva infilato i guanti protettivi che tutti dovevano portare in volo e che tante volte non aveva indossato perché preferiva sentire la leva di comando sotto le dita. Fortunato perché era stato subito raccolto da un'ambulanza e non era rimasto carbonizzato nell'abitacolo. Fortunatissimo perché era stato curato da Kilverton. Kilverton che, con le mani tozze e il corpo tarchiato, sembrava un macellaio, era un geniale chirurgo plastico.

Doveva la vita a quell'uomo. Era andato da lui con la faccia e le mani annerite che puzzavano di carne bruciata – le cosiddette "ustioni da aviatore", tanto erano comuni. Kilverton, all'epoca chirurgo in visita, determinato e poco incline al sentimento, era deciso a bandire l'uso dell'acido tannico e del violetto di genziana che riteneva soluzioni primitive. Lo aveva sottoposto a un bagno salino e, in seguito, lo aveva portato in sala operatoria, dove aveva meticolosamente applicato sottili lembi di pelle prelevata dalle natiche di Dom sulle ustioni del viso. Del lavoro del chirurgo non era rimasta che una fila di piccoli punti sull'orecchio sinistro lunga qualche centimetro. I folti capelli neri l'avevano già coperta.

La settimana precedente, Kilverton aveva convocato Dom nel caotico ambulatorio e lo aveva sfoggiato davanti a due giovani dottori sbigottiti.

«Guardate questo giovanotto». Aveva regolato la lampada che teneva sulla scrivania affinché potessero guardarlo meglio. Dom aveva sentito la delicatezza di quelle grasse dita, la sicurezza che infondevano. Uno degli altri ricoverati aveva detto che era come prendersi "un eccitante su per il culo".

«Vi sfido perfino a dire che sia una vittima di ustioni – nessuna cheloide, il tono della pelle attorno agli occhi è ottimo».

«Ma perché è stato così fortunato?», aveva chiesto uno dei dottori. Alla luce della lampada, sembrava pallido per la stanchezza. Avevano avuto cinque casi gravi il giorno prima, l'equipaggio di un bombardiere che si era schiantato sulla costa francese.

«Una combinazione di fattori». Kilverton aveva guardato al di sopra dei suoi occhiali. «Il tipo di pelle mediterraneo aiuta – tutto quell'olio d'oliva. La madre è francese e il padre inglese».

Dom aveva sorriso. «Un incrocio perfetto».

«Il resto», aveva continuato Kilverton, «è pura casualità. Alcuni uomini bruciano meglio di altri».

Dom si era sentito raggelare.

Thompson era morto a East Grinstead, dopo il trattamento con l'acido tannico, una forma di cura che Kilverton considerava barbarica e che aveva cercato di bandire. Collins, povero bastardo, era arso vivo nell'abitacolo durante il primo volo di addestramento. Aveva diciannove anni.

Le stesse fiamme, aveva continuato il chirurgo con la voce piatta e quasi inespressiva, la stessa esposizione al calore devastante per pelle e tessuti, e alcuni uomini diventavano dei mostri. Ma non aveva usato quel termine, aveva detto "gravemente invalidi" o qualcosa di più riguardoso. Avere la pelle giusta, aveva detto, era un capriccio della natura, del tutto paragonabile all'essere snodati o avere uno stomaco di ferro.

Per spiegare meglio il proprio ragionamento, aveva preso dal davanzale un vaso di gerani impolverati.

«È come ricavare delle talee: alcune attecchiscono, altre muoiono e il problema è che non sappiamo esattamente perché. E, per quanto riguarda lei...», si era rivolto nuovamente a Dom, «può tornare subito a casa. Ci vediamo tra sei settimane».

Dom aveva finto di essere sia interessato che riconoscente, e naturalmente lo era, ma a volte, la notte, il pensiero di quella fortuna lo faceva stare male. Perché lui era sopravvissuto e gli altri no? Era la sua ossessione segreta.

«Potrò tornare a volare?». Era tutto ciò che desiderava in quel momento. «Può autorizzarmi?»

«Ci vediamo tra sei settimane». Kilverton aveva spento la lampada. In piedi accando alla porta, si stava infilando il vecchio impermeabile in attesa di un'altra emergenza.

«Voglio tornare a volare». L'ossessione era cresciuta sempre più durante il periodo della convalescenza.

«Ascolti, figliolo». Kilverton aveva fatto uno sguardo severo. «Suo padre è un chirurgo, vero? Perché non concedere una pausa a lui e a quella poveraccia di sua madre e lasciare che per un po' a volare sia qualcun altro? Ci vediamo tra sei settimane».

«Le mie mani sono forti. Mi sento in forma. Quattro settimane».

«Dannato "rullo compressore"». Kilverton non si era neanche preso il disturbo di guardarlo. «Diventeranno sei mesi se non chiude il becco».

Sua madre faceva sempre tre cose alla volta: in quel momento era in cucina, in fondo al corridoio in pietra, intenta a preparare il pane e un pranzo speciale per lui. L'odore caldo del lievito riempiva la stanza. Aveva messo l'agnello in forno ed era corsa a chiedergli se gradiva un whisky e soda prima di pranzo. Ora era in piedi accanto al grammofono e abbassava la puntina assumendo quella che lui considerava la sua espressione musicale.

Delicate ed evanescenti come bollicine, le note del *Concerto per pianoforte n. 9* di Mozart iniziarono a diffondersi e Dom sentì un nodo alla gola. Di nuovo a casa: musica, arrosto di agnello, il lieve aroma della menta proveniente dalla cucina, sua madre che canticchiava e il rumore delle stoviglie. I pavimenti in legno di cedro che emanavano un delicato profumo di lavanda e sui quali lui e Freya avevano avuto ogni tanto il permesso di usare i loro tricicli. Il tappeto davanti al caminetto dove sedevano ad asciugarsi i capelli la domenica sera.

Distese le gambe, portò le mani dietro la testa e guardò i quadri che sua madre aveva appeso sul caminetto. C'era una riproduzione della *Notte stellata* di Van Gogh e una dell'autoritratto di Gwen John.

Si alzò e li fissò, come se esaminandoli potesse capirla meglio. Li aveva disposti in maniera esemplare – né troppo rigida né formale, ma gradevole alla vista.

Faceva bene ogni cosa: cucinare, vestirsi, occuparsi del giardino, intrattenere gli ospiti e cucire. Il divano su cui sedeva era pieno, troppo pieno perché fosse realmente comodo, di cuscini lavorati. Ne prese uno, meravigliandosi per le migliaia e migliaia di minuscoli punti precisi che avevano segnato il tempo dei suoi pomeriggi, passati a cucire unicorni e farfalle stilizzate sui canovacci da ricamo.

Mentre le note di Mozart si diffondevano maestose, udì il lieve picchiettio di un'acquazzone primaverile contro la finestra. Un tempo sua madre aveva sognato di diventare musicista professionista; da bambino, Dom, adorava rimanere a letto e ascoltare le *Polacche* di Chopin che inondavano come fumo la sua stanza o i secchi colpi delle sue mani che eseguivano spavalde una versione della *Nona*. Ma ora il suo pianoforte era in un angolo della stanza, come un parente importante ma trascurato, ormai interamente occupato da fotografie. Lo splendido Steinway che un tempo era stato la sua vita, che aveva quasi mandato in bancarotta suo padre.

Il padre di Dom aveva messo fine a tutto. Senza volerlo, forse.

Due mesi dopo aver sposato la sua brillante giovane moglie, era stato colpito da tinnito auricolare e non poteva tollerare, o così diceva, altri rumori all'interno della testa. E poi i bambini – Freya e, a distanza di due anni, Dom –, la decisa ascesa della carriera del marito e, infine, il freddo inverno del 1929 che le aveva procurato i geloni, e così aveva smesso per sempre. Niente più Saint-Saëns o Scott Joplin per far divertire gli ospiti; niente più duetti con Dom, al quale aveva insegnato a suonare sin da piccolo, prevedendone la bravura se si fosse applicato. Quella che una volta era stata per lei fonte di piacere si era trasformata in motivo di imbarazzo, una debolezza. Anche se era solo un bambino vedeva la tristezza negli occhi della madre quando la gente le chiedeva: «Ma una volta non suonava piuttosto bene il pianoforte?».

Dom osservò Freya, nella cornice d'argento, seduta davanti al piano. Sua sorella – con lo sguardo vivace e gli stessi capelli neri e folti – ora si trovava a Londra, presso il comando operativo della WAAF[2], e adorava il fatto che – come diceva – la sua vita «sfrecciasse sulle mappe».

Eccolo lì, in posa scherzosa davanti all'obiettivo, il fantasma di un'altra vita, in costume da bagno sulla spiaggia di Salcombe. I suoi cugini Jack e Peter, entrambi nell'esercito, gli tenevano le braccia attorno alle spalle. Quella sera avevano nuotato e arrostito salsicce sulla spiaggia ed erano rimasti fuori fino a che la luna non era diventata una piccola falce nel cielo. Ora la spiaggia era disseminata di vecchi pezzi di metallo, filo spinato, sacchetti di sabbia e resti di pistole arrugginite. In un'altra fotografia, la preferita di sua madre, Dom era seduto sull'ala del piccolo Tiger Moth sul quale aveva imparato a volare, impacciato nella sua prima uniforme da pilota, quasi troppo giovane per radersi.

L'anno in cui lui e Jacko avevano imparato a volare era stato un susseguirsi di emozioni: la prima tenuta da volo; Threadnall, il primo istruttore, che ruggiva minaccioso: «Non tirare la barra dei comandi come una cameriera che spilla una pinta, ragazzo». Il primo volo in solitaria; perfino il dramma di scrivere

[2] Women's Auxiliary Air Force.

il primo testamento a soli ventuno anni. La terra non poteva offrirgli niente di più eccitante.

Era stato durante il primo volo che aveva tagliato i legami imposti dalle convenzioni e dal dovere che lo tenevano legato lì. *Finalmente libero*, aveva pensato. Scandalosamente e vergognosamente libero mentre, spaventato ed euforico, si librava sulle chiese e le città, le scuole e i campi. *Finalmente libero!*

Simile a perle di luce, la musica si riversava a poco a poco nella stanza spingendolo quasi alla commozione. Pensò di nuovo a Saba Tarcan: il suo assurdo cappellino, la curva del suo ventre sotto il vestito di satin rosso, la sua voce roca.

Non credeva nell'amore a prima vista. Non l'aveva mai fatto e non aveva cambiato idea. A Cambridge, dove aveva spezzato la sua buona dose di cuori e dove, a ripensarci, era stato un odioso pezzo di merda, si era impegnato a dimostrare quanto fosse ridicola quell'idea. La sua reazione a Saba Tarcan sembrava più complessa – aveva ammirato il suo comportamento in quel reparto rumoroso, non si era scusata, non aveva fatto sorrisetti sciocchi né aveva chiesto la loro approvazione. Ricordava ogni particolare: i ragazzi dei caccia costretti a letto, privati dei loro "giocattoli" e della loro dignità, la pelle innestata che somigliava a quella degli elefanti, e la ragazza, sola con le sue canzoni, che li aveva trasportati al di là del mondo in cui si potevano mettere limiti alle cose o, per dirla in parole povere, nel quale si era vincenti o perdenti. Che grande potere.

«Ti ho portato dei bastoncini di formaggio fritto». Apparve sua madre con un vassoio. «Ho conservato del formaggio per farli».

«Misou, vieni a sederti un momento». Diede un colpetto sul divano. «Beviamo qualcosa».

La donna gli versò una birra e preparò per sé un piccolo Dubonnet con soda, quello che prendeva a pranzo.

«Be', che cosa carina». Incrociò le impeccabili gambe all'altezza delle caviglie. «Oh, perbacco! Guarda qui». Da uno dei cuscini si era scucito un filo. Lo strappò con i piccoli denti.

«Misou», le disse con decisione. «Smettila di agitarti e bevi. Penso che io e te dovremmo sbronzarci una di queste sere».

Lei rise educatamente. Le ci sarebbe voluto un po' per lasciarsi andare. Anche lui era nervoso, avvertiva un senso di irrealtà.

«Prendine un altro». Gli porse i bastoncini di formaggio. «Ma non guastarti l'appetito. Scusa». Gli aveva urtato la mano con il vassoio. «Ti ho fatto male?»

«No». Ne prese due. «Non mi fa male più niente. Sono deliziosi».

Per riempire il silenzio che seguì, la madre disse: «Avevo intenzione di chiedertelo, devi prendere delle pillole, delle medicine speciali...».

«Mamma», la interruppe. «Sto benone adesso. Non si è trattato di una malattia. Sono in perfetta forma – anzi, dopo pranzo mi piacerebbe fare un giro sulla moto di papà».

«Non credo che gli dispiacerebbe – sembra divertente. Ormai non la usa più».

Dom aveva avvertito la sua ansia ma, poco per volta, doveva iniziare a farla abituare.

«È nella stalla. Dovrebbe esserci benzina a sufficienza», aggiunse lei in tono audace.

«Solo un giretto».

«Quindi ora non hai più dolore?»

«No». Non andava bene, non riusciva proprio a parlarne con sua madre – non adesso, forse mai – c'era mancato poco che quella tragedia che si era abbattuta sulla sua vita gli portasse via tutto: la sua gioventù, i suoi amici, la sua carriera, la sua faccia.

«Be', tutto quello che posso dire», gli lanciò un'occhiata veloce, «è che hai uno splendido aspetto, caro».

Non gli piaceva neanche quello. Sua madre aveva sempre dato troppo peso all'aspetto delle persone. Il biasimo che si avvertiva nella sua voce, quando osservava che un naso era troppo lungo o che una pancia era troppo grossa, sembrava sottintendere che il proprietario fosse negligente o stupido, o entrambi. Alcuni dei ragazzi ricoverati avevano riportato ustioni talmente gravi da essere praticamente irriconoscibili, ma non smettevano di essere umani.

«Davvero?». Impossibile evitare la nota di amarezza nella voce. «Be', tutto è bene ciò che finisce bene».

Ora l'aveva ferita e gli dispiacque. Si era spostata all'altro capo del divano ed era pronta a fuggire dalla stanza.

«Quella musica era meravigliosa», disse Dom. «Grazie per avermela fatta ascoltare. In ospedale avevamo solo un apparecchietto gracchiante e qualche concerto».

«Belle esecuzioni?»

«Niente male, almeno un paio». *Una cantante?* Riusciva a immaginarsela mentre lo diceva, assumendo la rigida espressione professionale. *Era brava?*

«Pensavo, in ospedale», disse, «che mi piacerebbe tornare a suonare il piano».

«Sei sicuro?». Lo guardò con diffidenza, come se la stesse prendendo in giro.

«Sì».

Gli prese la mano tra le sue. «Davvero? Ricordi l'ultima volta?». Sembrava contenta. «Quelle manine così dolci». Scosse le dita eleganti in uno scintillio di diamanti. «Dei salsicciotti. Prima *Chopsticks*». Mimò con le dita l'esecuzione del figlio. «E poi Chopin. Sai, avresti potuto diventare molto, molto bravo», disse, «se ti fossi applicato».

«Sì, sì», disse lui. Era un discorso fatto più e più volte. «Ho fatto un grosso favore a Walter Gieseking quando ho smesso».

Rimasero in silenzio per un po'.

«E che mi dici di quando hai quasi amputato queste *dolci manine*?», la stuzzicò.

Un giorno avevano avuto una brutta discussione perché Dom aveva suonato *Per Elisa* più rumorosamente che poteva, felice del baccano che faceva. Lei lo aveva sgridato per la piattezza dell'esecuzione e lui aveva sbraitato: «SONO UN RAGAZZO CHE SUONA FORTE E MI PIACCIONO LE COSE VELOCI». E sua madre – oh, allora faceva in fretta a perdere le staffe – aveva chiuso il pianoforte in maniera così brusca da mancare le dita di Dom per un soffio, annerendogli il bordo dell'unghia del mignolo.

La donna si portò le mani al volto. «Perché ero così arrabbiata?».

Perché, voleva dirle, ti stava a cuore; perché certe cose ti toccavano in un modo che andava oltre la ragione.

«Non lo so», le disse dolcemente. Alla luce della lampada, la vide sfogarsi sui cuscini, era di nuovo furiosa.

«Ascolta, ragazzino rumoroso», lo apostrofò. Si alzò e si avviò verso la cucina. «Il pranzo è pronto. Andiamo a mangiare».

«Sì, Mis. Andiamo a mangiare». Sembrava la cosa più sicura da fare.

L'atmosfera era gelida quando si ritrovarono a tavola, l'uno di fronte all'altra, ma almeno non gli aveva chiesto di Annabel. Un vero sollievo perché la cosa l'avrebbe sconvolta – lei approvava il modo di vestire di Annabel, il suo essere così snella, la posizione dei suoi genitori – e poi il fatto che qualcuno fosse così sciocco da respingere suo figlio l'avrebbe indignata. Dom non voleva che andasse così e aveva preparato una versione edulcorata dell'accaduto e, a dire il vero, era quasi sollevato ora che Annabel non c'era più: una persona in meno di cui preoccuparsi quando avrebbe volato di nuovo.

Misou gli versò un bicchiere di vino e gli riempì il piatto di agnello arrosto e una deliziosa insalata di cipolle, carote ed erbette provenienti dall'orto di casa.

Mangiò avidamente, consapevole dello sguardo materno che godeva del suo appetito.

Al momento del caffè, Dom disse: «È il cibo migliore che mangio da mesi, ma', e, a proposito, mi piacerebbe davvero suonare di nuovo il pianoforte».

Allora lei lo scioccò dicendogli: «Vuoi volare, non è vero? È quello ciò che vuoi fare davvero». Gli rivolse uno sguardo inquisitore; Dom non riusciva a capire se quella fosse una semplice domanda o una supplica affinché cambiasse idea.

Posò la tazza. «Non pensi che dovremmo parlarne più tardi?», le chiese con garbo.

Lei si alzò bruscamente e andò al lavello.

«Sì», disse. «Più tardi».

Aprì con forza il rubinetto. Dom la vide avvicinare agli occhi lo strofinaccio.

«Non ora», ripeté sua madre con voce rotta. «Non credo di poterlo sopportare».

Capitolo 3

Pomeroy Street, Cardiff, 1942

La lettera che Dom aveva scritto a Saba era arrivata con la posta del mattino. Era arrossita nel leggerla. Si ricordava di quel ragazzo, ma non troppo bene.

Era così preoccupata prima del concerto, aveva paura di sbagliare o di essere messa in imbarazzo dai pazienti. Ma poi, quando era finita, aveva provato un'enorme gioia.

Significava qualcosa – anzi, parecchio – il fatto che anche lui avesse trovato speciale quella serata. Ebbe voglia di precipitarsi giù per le scale con la lettera in mano, per farla leggere alla sua famiglia – *Vedete, quello che faccio ha un senso. Non costringetemi a smettere* – ma, poiché al momento non parlava con nessuno dei suoi, la mise nel cassetto del comodino. Aveva troppe cose nella testa per scrivere una risposta.

Era ai ferri corti con la sua famiglia. Due settimane prima, Saba aveva ricevuto una busta marrone con l'intestazione *Al servizio di Sua Maestà* e tutti l'avevano odiata per questo. La busta conteneva una lettera dell'ENSA[3]. Un uomo di nome John Merrett la invitava a partecipare a un'audizione al Drury Lane Theatre a Londra, il 17 marzo alle ore undici e mezza. Doveva portare con sé la sua musica e le scarpette da ballo. Avrebbe ricevuto un rimborso spese.

All'epoca viveva con la famiglia in una villetta a schiera con tre camere da letto a Pomeroy Street, nella zona del porto, tra il canale e il fiume, poco lontano da Tiger Bay. Era lì, in una stanza

[3] Entertainments National Service Association, organizzazione creata nel 1939 da Basil Dean e Leslie Henson per intrattenere il personale delle forze armate britanniche durante la seconda guerra mondiale.

al piano di sopra di quella casa piccola e accogliente, che Saba era venuta alla luce ventitré anni prima. Era nata in anticipo di tre settimane, con il faccino rosso e urlante. «Piccoli polmoni d'acciaio fin dall'inizio», aveva detto una volta sua madre con orgoglio.

In tempo di pace aveva diviso la casa con la madre Joyce, la sorellina Lou e, di tanto in tanto, con il padre Remzi, un ingegnere navale spesso via per lavoro. E, naturalmente, c'era la cara vecchia Tansu, la nonna turca, che viveva con loro da venti anni.

A parte Tan, che dormiva in salotto davanti al camino, era sola in casa quando era arrivata la lettera. Non riusciva a credere a ciò che aveva letto, era talmente entusiasta da non sapere cosa fare. Era corsa nella sua cameretta al piano di sopra e aveva lanciato un urlo silenzioso alzando le braccia con esultanza. Si era seduta davanti alla toletta a forma di fagiolo e aveva visto il proprio viso pallido e scioccato riflesso in tre specchi.

Sì! Alleluia! Evviva! *Mashallah!* Era successa una cosa meravigliosa! Si era messa a ballare sulle assi nude del pavimento, era percorsa da una gioia selvaggia. Dopo mesi passati a esibirsi in fabbriche e ostelli pieni di spifferi davanti a operai e soldati esausti, l'ENSA voleva lei! A Londra! Un posto in cui non era mai stata prima. Il suo primo vero viaggio di lavoro.

Non vedeva l'ora di dirlo a sua madre e aveva passato tutto il pomeriggio a camminare avanti e indietro torturandosi nell'attesa. La donna, che lavorava al turno di giorno alla fabbrica di Curran e che insisteva affinché anche lei si trovasse un lavoro in quel posto, rientrava di solito alle cinque e mezza. Quando sentì il rumore della porta, Saba si precipitò dabbasso scendendo gli scalini due alla volta, le gettò le braccia al collo e, al colmo dell'eccitazione, le diede la notizia.

Più tardi si era resa conto che la scelta del momento era stata assolutamente sbagliata. Il tè veniva prima delle sorprese. Sua madre era una persona ipersensibile e, per usare un eufemismo, imprevedibile nelle reazioni. A volte difendeva Saba, altre le dava addosso; dipendeva completamente dall'umore del marito. Forse Saba avrebbe dovuto parlarne prima con Tansu.

Tan, che possedeva un talento naturale per quei momenti, avrebbe posto meglio la questione.

Sua madre sembrava stanca e insignificante con quei brutti calzoni e il turbante che ora portava al lavoro. Aveva preso la lettera dalle mani di Saba e l'aveva letta senza dire una parola, con le labbra serrate. Era entrata a passi pesanti nel soggiorno e mentre si toglieva le scarpe era scattata: «Perché hai fatto spegnere il fuoco?». Come se quello fosse un giorno come tanti.

Aveva ancora la busta in mano mentre, guardando Saba, le aveva detto: «Questa è la goccia che fa traboccare il vaso», quasi come se la odiasse.

«Cosa?», aveva urlato Saba.

«E non ci andrai, dannazione».

Saba era corsa in cucina, e poi sul retro dove tenevano la legna per il fuoco. Al suo ritorno, la madre era ancora seduta con l'aria sconvolta davanti al camino spento. Tansu sedeva di fronte a lei e borbottava tra sé in turco, come faceva quando era agitata o aveva paura.

«Dammi quella roba». Joyce aveva strappato di mano a Saba la carta e la legna. Accartocciata la carta, l'aveva colpita furiosamente con l'attizzatoio che tenevano in un contenitore d'ottone accanto al fuoco.

«Sembri stanca, mamma». Saba, che aveva messo qualche pezzetto di carbone sulla legna, aveva deciso di tentare la via della diplomazia. «Ti porto un po' di tè e poi potrai rileggere la lettera».

«Non voglio rileggere quella dannata lettera», aveva urlato sua madre. «E tu non andrai da nessuna parte fino a che non lo avremo chiesto a tuo padre».

Le fiamme si sprigionarono dopo che ebbe dato fuoco alla carta. Tansu, nervosa, era fuggita a preparare il tè mentre Joyce, con le guance paonazze, respirava a fatica.

Saba allora aveva peggiorato le cose dicendo che pensava fosse un'opportunità meravigliosa per lei e che perfino Chamberlain aveva detto alla radio che ognuno avrebbe dovuto dare il suo contributo allo sforzo bellico.

«Ho fatto abbastanza per lo stramaledetto sforzo bellico»,

aveva gridato Joyce. «Tua sorella se n'è andata e Dio sa quando tornerà. Tuo padre non c'è mai. Io lavoro tutto il tempo da Curran. Ora anche tu ti trovi un lavoro lì».

«Non sto parlando di te, mamma!», aveva sbraitato Saba. «Parlo di me», aggiunse. «Eri tu quella che mi diceva di sognare dannatamente in grande».

«Oh, per l'amore del cielo». Sua madre si era strappata via il turbante e aveva indossato lo scamiciato. «Era per scherzare. E, ad ogni modo, Chamberlain non intendeva che tu ti mettessi a fare la sciocca, cantando e agitando le gambe per aria».

Saba aveva guardato incredula la madre. Stava dicendo sul serio? La stessa Joyce che si era precipitata tra le file di posti ridendo con lei quando, durante lo spettacolo di Biancaneve al Gaiety, avevano richiesto la presenza di bambini sul palco. La stessa che l'aveva portata a tutte quelle lezioni di danza, strizzandole i piedi paffuti nelle scarpette strettissime. Quella che, solo tre mesi prima, era rimasta in piedi quasi tutta la notte per cucirle l'abito rosso per il concerto all'ospedale e che aveva versato fiumi di lacrime nel sentirla cantare *All Through the Night*, solo la settimana prima.

«Non era uno scherzo, mamma», aveva gridato, ormai in collera. «O, se lo era, sei stata tu a farmici credere, dannazione!». Stava pensando a tutte le difficoltà – le diete, le lezioni di canto, le due costole rotte quando il trapezio che usavano per *Showtime* si era spezzato.

«Sì, lo era. Era un film e noi non siamo attori».

A quel punto, Tansu, solitamente sua amica e alleata al cento per cento, aveva emesso quel suono turco di disapprovazione, uno schiocco della lingua seguito da un brusco respiro, che dava sui nervi a Saba e si poteva tradurre con "no, no, no, no".

Tansu aveva detto che se fosse andata a Londra, le bombe l'avrebbero colpita. Saba aveva replicato che le bombe colpivano anche il loro dannato paese. Ne era già caduta una in Pomeroy Street. Joyce aveva detto che le avrebbe lavato la bocca con il sapone se avesse nuovamente usato quelle parole con sua nonna. Alla fine, Joyce e Tansu erano andate in cucina.

«Ascolta!». Saba le aveva seguite. «Potrei andare ovunque: al

Cairo, in India, o in Francia. Ovunque». Vedeva già la propria figura stagliarsi contro un cielo rosso vivo mentre cantava per i soldati.

«Be', puoi scordartelo». Sua madre aveva gettato le patate nell'acqua fredda e aveva acceso il fornello. Aveva le mani coperte di geloni. «Tuo padre sarà furioso. E, per una volta, non lo biasimerò».

Ah! Eccoci finalmente al nocciolo della questione. Suo padre si sarebbe senz'altro infuriato. Il barometro emotivo della madre era sempre influenzato dal marito e dalle sue tempeste.

«Ho ventitré anni». Saba e sua madre erano una di fronte all'altra, entrambe con il respiro affannoso. «Non può più dirmi cosa devo fare».

«Sì che può», aveva strillato Joyce. «È il tuo dannato padre».

Saba aveva guardato la madre con disprezzo. «Pensi mai con la tua testa, mamma?». Era una cosa crudele da dire: sapeva cosa accadeva alla madre quando la difendeva.

La donna aveva alzato di colpo la testa come se fosse stata colpita.

«Non capisci proprio, vero?», aveva detto alla fine. «Sei stupida ed egoista».

«Non capisco cosa, mamma?». Era sicuramente il demonio a farla parlare.

«Com'è per tuo padre sulle navi. È una continua carneficina in quel cantiere – metà del tempo vanno in giro piegati, aspettandosi un'altra bomba sulla testa».

Quel pensiero le aveva commosse entrambe.

«Voglio fare qualcosa che abbia senso, non voglio lavorare in fabbrica. Posso fare qualcos'altro».

«Uggh», era stato il commento di sua madre.

Anche quello l'aveva ferita – sua madre, la sua grande sostenitrice, che in un momento che doveva essere così bello le aveva parlato come se la odiasse. Si era messa a correre lungo il corridoio buio dove le foto dei severi antenati turchi di suo padre si affacciavano su un lato e la triste famiglia gallese di sua madre sull'altro. Sbattendosi la porta alle spalle, era corsa nel giardino sul retro. In lacrime, si era seduta sul gabinetto esterno.

Aveva quasi ventiquattro anni ed era bloccata in quel posto. L'anno in cui era iniziata la guerra era stato quello in cui aveva visto un'esistenza meravigliosa schiudersi davanti a sé il primo tour con le Simba Sisters; lezioni di canto con un professionista a Swansea; la libertà, l'opportunità di avere la vita a cui era stata preparata e che sognava da tanto. Ora non l'aspettava che un lavoro in fabbrica o, se era fortunata, un concerto dilettantistico o una registrazione radiofonica.

«Saba». Un timido colpetto alla porta. Tansu era entrata con il grembiule a fiori e gli stivali di gomma, anche se non stava piovendo. Teneva in mano l'annaffiatoio. «Saba», aveva sospirato. «Non andare via casa». *Non andare via casa* significava nel linguaggio di Tansu "Ti voglio bene, non lasciarmi".

«Non capisco, Tansu», aveva detto. «Sei venuta ai concerti. Mi hai vista. Hai detto che ero nata per questo. Pensavo che foste tutti dalla mia parte».

Ma Tansu aveva distolto lo sguardo. «No». Aveva strappato una foglia morta dal gelsomino che aveva piantato nel giardino sul retro e che si rifiutava caparbiamente di fiorire. «Troppa gente lascia questa casa», aveva detto. «Tua sorella è andata nella valle».

«Non se n'è andata», aveva ribattuto Saba. Lou, otto anni, la piccola della famiglia, era stata allontanata per via delle bombe e abitava con una simpatica famiglia nella Rhondda Valley. Tornava in autobus a casa con la sua piccola valigia quasi tutti i fine settimana.

«Tuo padre è per mare».

«Lui vuole stare lì. È la sua vita».

«Tu no finire». Un altro modo per dire *non andartene*.

«Tansu. È il sogno della mia vita. Guadagnerò dei soldi per noi. Ti comprerò una grande casa vicino a Üsküdar». Il posto che Tan nominava sempre quando parlava della Turchia.

«No». Tansu si era rifiutata di incrociare il suo sguardo. Era rimasta lì ferma, gli occhi bassi, vecchia e irremovibile come una roccia.

Saba aveva guardato il cielo che si scuriva, i gabbiani che volavano in direzione del porto. «Ti prego, Tan, aiutami», aveva detto. Un tempo cantavano insieme. Tan le aveva insegnato tutte le canzoncine che conosceva.

«Io dico niente», aveva replicato Tansu. «Devi parlare a tuo padre».

Suo padre, Remzi, era ingegnere sulle navi della Fyffes che un tempo trasportavano banane, carbone e riso in tutto il mondo. Con i capelli scuri e una perenne ombra di barba, era attraente e pieno di energia. Quando era una bambina, le sembrava una figura divina che regnava sulle onde. I nomi delle navi a bordo delle quali salpava – *Copacabana*, *Takoradi*, *Matadi* – la esaltavano come fossero una poesia o una droga. Quando Remzi tornava a casa, Saba percorreva tutta fiera Pomeroy Street a cavalcioni sulle sue spalle, fino alla baia, guardando gli uomini del posto fermarlo e chiedergli rispettosamente di mettere una buona parola e trovare loro un impiego.

E la cosa divertente, non più tanto ormai, era che fu il padre a scoprire il suo talento per il canto. Erano alla festa di Natale nel salone della chiesa di St. William e la piccola "polmoni d'acciaio" era salita su una sedia e si era messa a cantare *D'Ya Ken John Peel*, facendo crollare la sala per gli applausi. Il viso di suo padre si era illuminato di amore e orgoglio. L'aveva incoraggiata a cantare alle feste di famiglia: canzoni turche, arabe, quelle francesi che aveva imparato dai marinai.

La sua *Archontissa*, eseguita con grande enfasi e ampi movimenti delle braccia, commuoveva perfino i greci più coriacei. L'aveva fatta partecipare anche ad alcuni concorsi – ricordava ancora il verso strozzato quando lei aveva vinto – e dopo tornavano a casa euforici, fermandosi al Pleeze Café, in Angelina Street, per un gelato.

Ma poi, all'età di tredici anni, avevano cominciato a spuntarle i seni. Piccoli boccioli, niente di più, ma i primi fischi di apprezzamento all'YMCA, l'Associazione dei giovani cristiani, avevano rappresentato il suo canto del cigno, per come la vedeva suo padre. Dalla fila centrale, l'aveva fulminata con lo sguardo.

«Gli uomini sono animali». L'aveva letteralmente trascinata a casa. «Per alcuni uomini, una donna vale l'altra». Aveva arricciato le labbra disgustato, come se lei lo avesse già tradito. «Vanno a letto con la prima che gli capita a tiro».

Inorridita, imbarazzata, Saba non aveva detto niente. Non aveva capito che quei fischi avevano contrassegnato l'inizio della sua doppia vita. Quando suo padre era per mare, lei si esibiva in qualche evento – Remzi avrebbe scatenato un inferno se l'avesse saputo; a parte quello, nient'altro che occasioni rispettabili come festival musicali e recital presso la Methodist Hall che, a dire il vero, come spesso si lamentava con Joyce, erano diventati una noia mortale.

Suo padre era cresciuto nei dintorni del villaggio di Üvezli, poco distante dalla costa del Mar Nero. Un tempo Saba adorava sentire i suoi racconti d'infanzia. Nella fattoria c'erano asini, platani, una pompa d'acqua e galline. Durante i giorni di festa, le diceva, c'erano venti persone a tavola e sua madre preparava polli arrosto, pomodori ripieni e torte al latte con le nocciole. Nel farla partecipe di quei bei ricordi, i suoi occhi si riempivano di lacrime.

Una volta gli aveva chiesto distrattamente: «Baba, non ti manca?». Lui l'aveva guardata con gli occhi tristi e socchiusi e aveva risposto quasi con ferocia: «Penso al mio villaggio tutti i giorni. Ricordo ogni pietra della nostra casa, ogni pianta dell'orto».

Saba aveva avvertito una sorta di oscurità calare su di loro; non gli avrebbe più chiesto di quel posto.

Ora, con le navi su cui lavorava che trasportavano solo carbone e la crescita allarmante della sua bambina, suo padre sembrava perennemente di malumore e Saba era stanca di quell'atteggiamento. Remzi odiava che Joyce lavorasse da Curran a tempo pieno, era offeso per il fatto che le tre donne sembrassero perfettamente in grado di mandare avanti la casa senza di lui e, quando non era via per lavoro, si comportava come un ospite sempre sulla difensiva. Il modo in cui si sedeva a rimuginare davanti al caminetto ricordava a Saba il nuovo gallo che una volta avevano messo nel pollaio sul retro: se ne stava solo e immobile nella confusione di galline socievoli e chioccianti. Vedeva Tan, che lo adorava, fare ogni sforzo possibile per tirargli su il morale: a tavola era sempre vicina a lui, pronta a correre in cucina per prendergli qualsiasi cosa solleticasse il suo appetito; scuoteva la testa con aria di approvazione a ogni sua parola, come un ventriloquo. Saba vedeva anche come sua madre, di solito così sicura e divertente, si trasformava in una persona del tutto diversa quando il marito era a casa. Gli sguardi ansiosi, il modo in cui la sua voce sembrava salire di un'ottava, il modo sprezzante con cui spediva Saba al piano di sopra a prendere le pantofole o qualche libro per suo padre. Le si spezzava il cuore nel vedere Tan e mamma lavorare così duramente; perché lui non faceva il minimo sforzo?

Era arrivato il momento di sganciare la bomba. La lettera dell'ENSA le ardeva in tasca da una settimana e quella del pilota le aveva dato un'iniezione supplementare di sicurezza. La sacca di suo padre era all'ingresso. Era tornato mercoledì da Portsmouth, aveva fatto un bagno e si era ritirato in silenzio nel suo rifugio sul retro, facendo la sua comparsa solo quando era ora di mangiare.

La madre, pallida per la tempesta che stava per abbattersi, aveva pregato Saba di non mostrargli la lettera fino alla vigilia della partenza. «È già di cattivo umore», aveva detto. «Diglielo adesso e terrà il broncio per tutti e dieci i giorni».

«Perché glielo permetti, mamma?», era scoppiata Saba. «Deve essere una tortura per te».

Aveva perso la pazienza e decise che entro poche ore sarebbe entrata nella tana del leone. Secondo la tradizione, il sabato sera era il momento in cui la famiglia si riuniva in salotto, attorno al tavolino rivestito di stoffa, tirava fuori il servizio migliore e Joyce e Tan preparavano i piatti preferiti. Quando Saba ripensava alle serate più belle, ricordava il fuoco che scoppiettava nel focolare, i bicchieri che tintinnavano sulla tavola, i piatti che Tan preparava: hummus e pollo alla circassa, ovvero straccetti di pollo freddi con le noci. A volte suo padre ballava perfino, schioccando le dita e mostrando una dentatura perfetta.

Forse Tan stava cercando di alleggerire la tetra atmosfera della casa riprendendo quelle felici usanze. Per due giorni non aveva fatto altro che entrare e uscire dalla cucina. Era andata da Jamal, il fruttivendolo arabo di Angelina Street, ed era riuscita a procurarsi grano macinato e conserva di limoni. Aveva risparmiato la propria razione di carne per due settimane per fare quelle polpettine che Remzi adorava. Si era messa all'opera accompagnata dai lamenti di Umm Kulthum, la famosa cantante egiziana e il grammofono diffondeva in tutta la casa il suo solenne dolore; sembrava un corteo funebre guidato da grossi cavalli neri. Remzi ne aveva collezionato i dischi durante i suoi viaggi nel Mediterraneo.

Mentre Tan cucinava, Saba ripassava le frasi migliori che poteva usare.

Si tratta di un'organizzazione assolutamente rispettabile, Baba, fa parte dell'esercito. Saremo ben protette...

C'è perfino un'uniforme, non è semplicemente un gruppo di attrici e cantanti...

Aiutano le truppe. È una cosa che fa felici tutti...

Mi offrirà un futuro nel canto, posso imparare da questo...

Aveva guardato l'orologio per tutto il giorno, sentiva ogni muscolo del corpo rigido per la tensione. Alle sei, prese placidamente posto a tavola. Pochi istanti dopo, suo padre entrò nella stanza, schiena dritta e neanche l'ombra di un sorriso. Aveva indossato la lunga vestaglia che portava a casa e che lo faceva sembrare, con la corta barba curata e gli occhi scuri, un profeta dell'Antico Testamento. Sotto alla vestaglia facevano capolino le scarpe da gentiluomo inglese che Joyce lucidava ogni mattina prima di andare in fabbrica.

Durante la cena affrontarono solo argomenti innocui: il tempo, orribile; la guerra, nessun segno di miglioramento; la vicina, la signora Orestes, davvero triste che suo figlio fosse rimasto ucciso in Francia qualche mese prima ma era tempo che riprendesse a vivere (Joyce disse che non si era più tolta la vestaglia da allora, non rispondeva alla porta e non aveva neanche preso la torta che aveva preparato per lei). Quando finirono di mangiare, suo padre le sorprese tirando fuori dalle pieghe della veste da camera delle caramelle mou che aveva comprato ad Amsterdam. Tan scivolò come un topolino in cucina per prendergli l'infuso di salvia. Quando anche Joyce andò via, Saba respirò profondamente e disse a suo padre: «Vuoi che vada a darle una mano o possiamo parlare?»

«Siediti, Shooba», disse chiamandola con il suo vezzeggiativo. Le indicò uno sgabello vicino alla sua sedia.

Lei fece come le disse, attenta a non frapporsi tra il calore del caminetto e le gambe del padre. Sentiva il cuore martellarle nel petto mentre beveva un bicchiere d'acqua cercando di sembrare calma.

«Non facciamo una vera chiacchierata da un sacco di tempo», cominciò Remzi con la sua voce profonda.

Vero. Era stata ben attenta a evitarlo sin da quando era tornato a casa.

Arrivò l'infuso di salvia; Tan sgattaiolò via di nuovo. Remzi bevve un sorso e Saba sentì la mano del padre posarsi dolcemente sulla sua testa.

Gli porse la lettera. «Vorrei che la leggessi».

«È per me?»

«Sì». Pensando: *No, è per me*.

Corrugando la fronte, suo padre lesse la lettera e quando finì, la rilesse un'altra volta.

«Non capisco». Era scuro in volto. «Come fa questa gente a conoscerti?»

«Non lo so». Le tremava la voce. «Devono avermi sentito da qualche parte».

Remzi posò il bicchiere. Scosse la testa disgustato. Rimase a lungo in silenzio.

«Mi stai mentendo», disse alla fine. «Sei uscita di nuovo, non è vero? Ti sei esibita in pubblico?».

Ne parlava come se si fosse trattato di uno spogliarello. Saba si sentiva come un cane impaurito ai piedi di suo padre perciò si alzò.

«Solo un paio di volte», ammise. «In un ospedale e in una chiesa».

Lui lesse di nuovo la lettera e si grattò furiosamente la testa. Joyce, che doveva essere rimasta ad ascoltare dietro la porta, entrò nella stanza con in mano un tovagliolo. Sembrava tesa.

«Tu ne sai niente?». La sua voce era aspra come uno schiocco di frusta.

Sul viso di Joyce si dipinse un'espressione di panico. Erano arrivati al punto cruciale e la situazione sembrava terribile.

«Sì».

«Cosa le hai detto?»

«Niente». Era raro vedere sua madre tremare ma era quello che stava facendo. «Devono averla vista alla Methodist Hall», disse con voce esitante.

«*Yaa, eşek!*», strillò. In turco significava "imbecille". «Non dirmi bugie».

La sirena di un allarme antiaereo li interruppe per un momento per poi spegnersi. Ormai erano abituati ai falsi allarmi.

«Dicevi che doveva allenare la voce», osò coraggiosamente la madre. «Non può rimanere a casa per sempre».

«È malata», urlò suo padre. Sei mesi prima, Saba aveva avuto una tonsillite.

«No, non ha nessuna malattia del cavolo e se tu passassi più tempo a casa, lo sapresti!», gridò Joyce.

Lui scagliò il tè contro il muro, il bicchiere andò in mille pezzi e tutti si misero a gridare pensando che fosse una bomba.

«Non ribattere!». Il padre era in piedi, con la mano alzata.

«Mi dispiace. Mi dispiace». La piccola scintilla di coraggio era svanita. Sua madre era tornata a balbettare. Aveva fatto cadere il tovagliolo e ora rovistava sotto il tavolo, raccogliendo pezzi di vetro a mani nude. Quando si rialzò, rossa in viso, rivolse tutta la sua rabbia su Saba.

«Sei una stupida», disse, con la bocca distorta per l'ira. «Devi fare sempre a modo tuo, vero?».

Più tardi, Saba li sentì continuare a litigare furiosamente attraverso il sottile tramezzo che separava la sua camera da quella dei genitori. Suo padre che urlava a sua madre, incolpandola del fatto che Saba fosse stupida e viziata; i pugni dati contro il muro, lo squittio impaurito di sua madre; i passi di lui giù per le scale. Remzi sbatté la porta d'ingresso con tanta forza da far tremare l'intera casa.

Il giorno seguente, Saba tirò giù dall'armadio la valigia di cuoio e la posò sul letto. Vi infilò le scarpe da ballo rosse, il vestito a pois, calze e il nécessaire da toletta. Mise in cima la lettera dell'ENSA e stava piegando un foglio con le indicazioni per arrivare al Drury Lane Theatre quando sentì la porta dell'ingresso aprirsi.

A parte Tan, era sola in casa. Joyce era al lavoro. Si mise a sedere sulla trapunta a fiori, tendendo ogni muscolo nel sentire lo scricchiolio delle suole sulle scale, il rumore discontinuo delle assi del pavimento del ballatoio.

Quello che accadde dopo la turbò così tanto che si sentì male.

Lui entrò nella sua stanza con in mano uno strumento sul quale avevano spesso scherzato quando era bambina. Era una piccola frusta con due code di pelle. Una volta le aveva detto che suo padre la usava su di lui regolarmente. Per lei era sempre stato solo un arredo scenico in un gioco deliziosamente terrificante che facevano insieme. Remzi, ruggendo ferocemente, correva nel giardino sul retro brandendo quell'oggetto e lei fuggiva correndo e strillando divertita.

Ma, quel giorno, posò la frusta sul letto, sugli spartiti di Saba. La guardò con occhi privi di espressione.

«Papà!», disse lei. «No! Ti prego, non farlo». Come se potesse salvarlo da se stesso.

«Non posso permetterti di continuare a disobbedirmi», disse suo padre alla fine. «Non davanti a tua madre, tua nonna. Tu porti il disonore nella nostra casa».

«Disonore nella nostra casa! Disonore nella nostra casa!». Non lo aveva mai sentito parlare così. Sembrava una pantomima. Un attore con la barba di Sinbad e un coltellaccio. Ma il tempo in cui avrebbero potuto scherzare insieme era passato. Mentre si allontanava da lui, la lettera dell'ENSA cadde a terra. Remzi vi si avventò e la prese.

«Non ci andrai», le disse. «È già abbastanza brutto che tua madre ora debba lavorare in una fabbrica».

Lo guardò e sentì un suono stridulo nelle orecchie.

«Ci andrò, papà», disse. «Perché non mi capiterà un'altra occasione come questa».

Gli occhi di suo padre divennero vitrei; Remzi scosse la testa. «No».

Se non le avesse strappato la lettera in mille pezzi, forse tutto sarebbe rimasto uguale. Ma l'aveva strappata e ne aveva sparso i pezzi come coriandoli sul pavimento e, a quel punto, era scoppiato l'inferno, perché quella lettera era sua, la prova tangibile che se desideravi fortemente qualcosa potevi ottenerla.

Ad essere onesti, fu lei a iniziare: un colpo di striscio sul braccio di suo padre. Lui la aggredì, ruggendo come un animale, colpendole la testa e le spalle. Per qualche estenuante momento, lottarono furiosamente, poi Tansu entrò strillando come una banshee e sfilandosi il grembiule dalla testa. «*Durun! Yapmayn!*». "Smettetela, non fatelo!".

Remzi lasciò Saba sul letto. Tremava e le usciva sangue dal naso. Si vergognava terribilmente per entrambi.

Suo padre era sempre stato un genitore severo, perfino tremendo – tuo padre è a capo di una dittatura, non una democrazia, le aveva detto una volta sua madre con una certa dose di orgoglio – ma mai, per lo meno con lei, era stato un uomo violento. Lo reputava troppo intelligente. Ma, quel giorno, le sembrava di non averlo mai conosciuto. Forse lo aveva fatto solo in parte e quella parte era pura cattiveria.

«Se vai», la sua voce fremeva di rabbia, «non voglio vederti mai più».

«Vale anche per me», disse lei piano. «Quindi siamo a posto».

Desiderò colpirlo nuovamente, sputargli addosso. Non aveva mai provato così tanta rabbia in tutta la sua vita. Fu solo più tardi che scoppiò in un pianto dirotto ma, prima, scrisse la sua lettera a Dominic Benson. Un atto di sfida che cambiò ogni cosa.

Caro ufficiale pilota Benson,

ho in programma di essere a Londra, al Theatre Royal, Drury Lane, il 17 marzo per un'audizione con l'ENSA. Le andrebbe di vederci dopo?

Con i migliori auguri,

Saba Tarcan

Capitolo 4

Ormai sola e a Londra, quando posò i piedi sul freddo pavimento di linoleum, sedendosi sul bordo del letto, le tremavano così tanto le mani da riuscire appena a infilarsi il vestito.

Era rimasta sveglia all'incirca tutta la notte in quel piccolo sudicio bed&breakfast di Bow Street consigliato dall'ENSA. Il comodino era disseminato di vecchie bruciature di sigaretta; sulla Bibbia di Gideon c'era una caraffa vuota con dentro una mosca morta.

Coprendosi con una disgustosa trapunta verde che puzzava di umido, si era distesa con gli occhi spalancati, aspettando di sentire cadere le bombe e cercando di non pensare a casa e alla mamma.

Sua madre aveva preso un'ora di permesso dal lavoro per accompagnarla alla stazione.

«Quando tornerai?», le aveva chiesto, pallida sotto il turbante verde.

«Non lo so, mamma, dipende. Potrei anche non farcela».

«Ci riuscirai», aveva detto Joyce risoluta. «Cosa devo dire a Lou?»

«Dille quello che vuoi».

«Le si spezzerà il cuore se te ne vai».

«Mamma, sii onesta, è stata anche opera tua». Be', era vero: tutte le lezioni, i sogni, pesce e patatine fritte da Paleeze come premio per quando vinceva le gare di canto, e vedere Joyce così entusiasta.

All'interno della stazione, si erano guardate come due estranee reduci da un naufragio.

«Allora, ciao, mamma», disse mentre arrivava il treno.

«Ciao, amore». Ma, all'ultimo momento, Saba aveva poggiato il viso sulla spalla di sua madre e si erano abbracciate singhiozzando.

«Non odiarmi, mamma», aveva mormorato.

«Non ti odio», aveva detto Joyce con il volto trasfigurato dal dolore.

«Buona fortuna», le aveva infine augurato. Il capotreno stava chiudendo le porte. Quando Saba era salita sul treno, la madre si era voltata ed era andata via. L'esile schiena, il turbante verde, il tentativo spigliato di salutarla con la mano all'entrata della stazione avevano spezzato il cuore di Saba. Era un mostro, dopo tutto.

Il bed&breakfast era dotato di una stufa a gas. La proprietaria le aveva spiegato come aprire il rubinetto di ottone e dove mettere il fiammifero, ma Saba aveva evitato di farlo per paura che esplodesse. Si era invece avvolta nella trapunta e aveva cercato di concentrarsi sull'audizione. A quel punto era ormai convinta che sarebbe stata un disastro e si pentì di aver dato appuntamento al pilota dopo il provino. Aveva ricevuto la sua lettera e le aveva risposto che, casualmente, avrebbe trascorso proprio quella settimana ospite di sua sorella, che viveva poco distante dal Theatre Royal. Le aveva proposto un tè o un aperitivo al Cavour Club. Il suo numero di telefono era Tate 678.

Verso le tre e mezza, qualcuno aveva tirato lo sciacquone nel corridoio. Saba si era tirata su a sedere e aveva deciso di telefonargli l'indomani mattina per cancellare l'appuntamento. L'audizione era già una preoccupazione sufficiente per un giorno solo e lui probabilmente la considerava una facile per aver accettato al primo invito.

Prima dell'alba, il fragore dei bombardieri che sorvolavano Londra l'aveva svegliata di nuovo. Durante il Blitz erano morte circa quarantamila persone; quella era una delle ultime confortanti notizie di sua madre. Tremando nel buio pesto della stanza, accese la luce sul comodino e, messa da parte la Bibbia, prese dalla valigia il suo diario e scrisse LONDRA in cima a una nuova pagina.

Quella che ho preso è la decisione più stupida e peggiore della mia vita, o la migliore. In entrambi i casi devo segnarmelo, potrebbe servirmi (ah ah!) per la mia autobiografia.

Ma non riuscì a proseguire e fissò disgustata la finta spavalderia del *ah, ah*, come se fosse opera di una mano grossolana.

Caro Baba – scrisse poi –. Ti prego, cerca di perdonarmi per quello...

Accartocciò il foglio e lo gettò nel cestino. Era anche colpa di suo padre; non avrebbe strisciato e non avrebbe chiesto perdono, adesso ne era certa. Era la prima cosa che faceva nella sua vita senza chiedere il permesso a nessuno e doveva rimanervi fedele anche se quella dannata storia si fosse risolta in un disastro.

Dopo aver consumato una solitaria colazione a base di toast e uova in polvere nel gelido salottino senza riscaldamento, in compagnia unicamente delle glaciali bambole di porcellana bianche e rosa che appartenevano alla proprietaria, uscì e percorse le due vie che la separavano dal Theatre Royal, in Drury Lane, stupita per la gra quantità di veicoli e di gente che schiamazzava.

Entrò in una cabina telefonica all'angolo della strada, infilò le monete nella fessura e, spostando la borsa nella quale aveva messo l'occorrente per l'audizione sull'altro braccio, chiamò Dominic Benson.

«Pronto?», rispose l'allegra voce di una donna.

«Senta, sono Saba Tarcan. Ho un messaggio per l'ufficiale Benson. Può riferirglielo?»

«Senz'altro».

«Mi spiace moltissimo, avevamo una specie di appuntamento oggi, ma non riuscirò ad esserci».

«Ah». La donna sembrava delusa.

«Posso chiederle chi è?»

«Sì, certo, sono Freya, sua sorella. Gli darò il messaggio».

«La ringrazio». Stava per dire che avrebbe richiamato più tardi ma non fece in tempo. La donna riattaccò e la linea divenne muta.

Uscì dalla cabina, aveva il respiro affannoso. Era agitatissima per l'audizione e il fatto di trovarsi da sola a Londra era l'unica cosa a cui riusciva a pensare.

Nonostante l'intestazione Drury Lane, il teatro si trovava in Catherine Street e l'equivoco l'aveva portata fuori strada. Quando riuscì a trovarlo, rimase delusa: il posto aveva un aspetto così tetro e serio nella sua veste bellica. All'esterno non c'erano elettrizzanti cartelloni che annunciavano stelle del musical, né si vedevano in giro attori famosi, né luci sfavillanti o portieri in livrea, tanto meno eleganti e profumate donne in pelliccia – solo un grosso cartello dall'aria rigorosa che segnalava il quartier generale dell'ENSA. Dentro una miriade di uffici improvvisati, tra i quali le colonne corinzie spiccavano come le ossa di una donna un tempo bellissima.

Andò al piano di sopra, dirigendosi verso il foyer, dove un sottufficiale dall'aria seccata sedeva a una scrivania con una cartellina e un elenco e un mucchio di moduli dall'aspetto ufficiale.

«Sono qui per l'audizione dell'ENSA», gli disse. Non si aspettava che il fatto di essere da sola potesse renderla così nervosa, di solito era sempre accompagnata dalla madre.

«Estero o nazionale?»

«Non lo so».

«Nome?». Consultò il suo elenco.

«Saba Tarcan». Il nervosismo le aveva quasi fatto venire la nausea e si pentì delle uova in polvere.

«Sei in anticipo di un'ora», le disse. Poi, con più gentilezza: «Aspetta laggiù, tesoro, se ti va».

Si sedette su una sedia malferma e guardò il soffitto dorato, l'unica cosa bella libera da tramezzi e scrivanie.

«Favoloso, non è vero?». Un vecchio con un cardigan verde la stava guardando; aveva in mano un secchio e uno straccio. Il cappello con visiera sembrava il residuo di un'uniforme da portiere. «Ma niente a che vedere rispetto a prima».

Si chiamava Bob, le disse. Era stato portiere in quel teatro per più di dieci anni e lo amava. Quando, durante il Blitz dell'anno precedente, una bomba di più di duecento chili era caduta sul tetto, era rimasto scioccato.

«Una cosa terribile», proseguì. «Ha attraversato le gallerie ed è esplosa in platea. Il sipario di sicurezza sembrava un fazzoletto appallottolato, i posti a sedere erano completamente zuppi dopo l'intervento dei pompieri. L'abbiamo ripulito un po' da allora».

Le chiese il nome dello spettacolo per cui faceva il provino. Non ne aveva idea, rispose lei – le avevano solo detto di presentarsi alle undici e mezza.

Se poteva azzardare un'ipotesi, le disse con fare misterioso, avrebbe sostituito una cantante di nome Elsa Valentine. C'era una gran confusione al momento, soprattutto dopo la nuova chiamata alle armi. Solo in una compagnia dislocata in Francia, il settantacinque per cento degli artisti, incluse le gambe posteriori di un cavallo finto, era in malattia.

«Perciò, non preoccuparti, cara», aggiunse. «Stanno grattando il fondo del barile, sono davvero disperati».

«Be', è davvero carino da parte sua», disse Saba e lui le strizzò l'occhio.

«Sto scherzando, cara», disse il vecchio. «Sei una cannonata».

Odiava arrossire, ma proprio in quel momento le venne quello che sua sorella chiamava "attizzatoio incandescente" – lo sentì risalirle il petto e il collo, fino a che non si ritrovò con il viso in fiamme.

Dovette riempire dei moduli, indicando nome e professione. Mentre scriveva le tremava la mano. Un'ora più tardi, Bob la accompagnò su per le scale di marmo e lungo un corridoio buio, dandole di tanto in tanto informazioni sulla storia del posto. Questa, tesoro, era la stanza in cui Sheridan scrisse *The School for Scandal*. E là – aprì una pesante porta di quercia e indicò il palco in ombra – era dove Nell Gwyn, «sai, la donna delle arance», si esibiva.

«Guardaroba». E indicò una stanza zeppa di macchine da cucire in piena attività, fondali, parrucche. «E qui», si fermò portandosi un dito alle labbra, «è dove fu trovato il corpo». Indicò una stanza buia. «Il più famoso», aggiunse sgranando gli occhi. «Un vero cadavere», sussurrò, «qui, sotto il palco, e il suo fantasma ci perseguita...».

Il cappello gli cadde a terra prima che potesse finire la frase.

«Oh, Bob! Ragazzaccio!». Una bellissima bionda era apparsa in un tintinnio di braccialetti. Finse di dargli un colpo in testa e lo baciò sulle guance, riempiendo l'aria di un fragrante aroma di rose e gelsomini.

«Non credo ai miei occhi, Arleta Samson». Il portiere si illuminò. «Nessuno mi ha detto che venivi».

«Be', dovrebbero sapere da un pezzo quanto sono favolosa ma, a quanto pare, no», disse la donna, sollevando le mani per la sorpresa.

«Dai a me, ragazza». Bob non riusciva a smettere di sorridere mentre le toglieva di mano un bauletto di pelle rosa. «Allora, dove sei stata, cara?»

«Palladium per due mesi, prima a Brighton. E chi è questa poveretta che stai cercando di spaventare a morte?»

«Saba Tarcan». Altro tintinnio di braccialetti quando strinse la mano di Arleta. «Sono qui per l'audizione».

«Bene, lieta di conoscerti». La sua stretta di mano era ferma. «Ti accompagno al camerino».

E si avviò sulla scia del suo intenso profumo. I fantasmi della notte cominciavano a ritirarsi, era arrivato il momento cruciale! Il famoso teatro, lo spettro, la bionda elegante dalla camminata seducente e le calze fruscianti, che parlava in maniera così disinvolta del Palladium come se tutti vi si esibissero. Presto, in un modo o nell'altro, si sarebbe deciso il suo futuro.

«In realtà, Bob ha ragione riguardo al fantasma», disse Arleta mentre percorrevano il lungo corridoio. «Un giovane fu assassinato nel, non lo so, quand'era, caro? Seicento e qualcosa. Si dava da fare con la moglie del direttore. Hanno trovato il suo corpo sotto il palcoscenico durante la ristrutturazione, ma il fantasma viene soltanto di giorno e solo se lo spettacolo sarà un successo, perciò lo amiamo tutti». La sua risata cinica fece rabbrividire Saba. Pensava che Arleta avesse almeno trent'anni.

«Oggi l'ha visto?», chiese.

«Non ancora, tesoro», rispose Bob. «Ma succederà».

Il camerino faceva parte di un intrico di stanze buie e polverose dietro al palcoscenico. Una volta lì, Arleta posò il beauty case davanti allo specchio, accese le luci e guardò attentamente il proprio riflesso, percorrendosi il sopracciglio con un dito.

«Quanti ne vedono oggi?»

«Sette o otto», disse Bob.

«Ne sei certo, tesoro?». Arleta sembrava sorpresa. «L'ultima volta ce n'erano un centinaio. Abbiamo aspettato tutto il giorno».

Bob consultò un elenco stropicciato. «Sì. Due ragazze, tre acrobati, la ballerina e, qui dice solo attore comico, non so il nome. Una tazza di tè, care? Al guardaroba hanno un piccolo bollitore».

«Che gentili!», disse Arleta. «Mi hai letto nel pensiero. Non capisco». Era ancora perplessa quando la porta si chiuse alle spalle di Bob. «In genere, ne mandano almeno quindici a spettacolo. Ma, ehi, non temere». Si sedette ad una piccola toletta coperta di posacenere sporchi e rose secche provenienti da qualche vecchio bouquet. «Ci tengono ai loro segretucci e io posso tenere lo specchio tutto per me prima che arrivino gli altri. Ti dispiace?»

«Fai pure». Saba appese il proprio abito a un gancio, desiderando che sua madre fosse lì per aiutarla con il trucco. Ai vecchi tempi, Joyce avrebbe raccontato storielle e fumato le sue Capstan; prima di sapere come sarebbe andata a finire, adorava tutto ciò.

«Bene, allora». Arleta respirò profondamente e si guardò con attenzione. «Massimo impegno, oggi», disse con voce sognante. «Lo voglio davvero, *davvero*».

Aprì il bauletto rosa, i cui scomparti straripavano di rossetti, correttori, flaconi di creme per il viso, dischetti di ovatta, un'infinità di pennelli, un bastoncino per cotonare i capelli, bigodini per dare volume. Sul fondo, simile a un cucciolo addormentato, era posato un toupet biondo.

Tirò fuori uno stick di fondotinta e si abbandonò a un lieve stato di trance mentre lo applicava sugli zigomi alti con una spugnetta. Sorpresa Albicocca, informò Saba, il migliore sotto le luci. Poi, un velo di fard Leichner applicato con un pennello, un tocco di illuminante sotto le sopracciglia e sugli zigomi.

Cipria in polvere con un piumino rosa e poi, *pssst*, sputò nel mascara compatto e sgranò gli occhi davanti allo specchio, applicando il nero su ogni ciglia. Schiuse le labbra in un sorriso senza gioia e ne tracciò il contorno con una matita, riempiendolo poi con il rossetto, il Tru' Colour di Max Factor.

«Costoso», disse a Saba con la stessa voce sognante, «ma ne vale la pena». Il grosso cerchio rosso che lasciò su un fazzolettino sembrava sangue.

Con fare teatrale, si tolse la fascia dai capelli, che ricaddero in una massa di onde bionde attorno al suo viso. Cominciò a canticchiare mentre cercava delicatamente di districare i nodi; un'ultima occhiata altezzosa allo specchio e fissò le ciocche di destra con un fermacapelli dorato.

«I tuoi capelli sono stupendi». Saba non poteva evitare di guardarla. Arleta era la donna più affascinante che avesse mai conosciuto e il suo modo di fare era assolutamente disinvolto.

«Oh, non lo diresti se mi avessi vista l'anno scorso!». Arleta scorprì i denti per controllare se fossero macchiati di rossetto. «Sono stata nel salone di una parrucchiera a La Valletta – è a Malta – e questa donna mi ha fatto una permanente. Quando mi sono svegliata la mattina seguente, metà dei miei capelli si stava facendo un sonnellino sul cuscino accanto a me. Mi è quasi venuto un colpo».

Stavano ridendo quando la porta si spalancò. Un uomo anziano e grasso in smoking, con i guanti bianchi e grosse scarpe di vernice entrò nella stanza.

«Sbaglio o questo scampanellio non mi è nuovo?». Inarcò le sopracciglia truccate.

«Oh, mio Dio!». Arleta si alzò e lo strinse in un caloroso abbraccio. «Tesorino! Nessuno mi ha detto che venivi. Questo», disse a Saba, «è il famoso Willie Wise. Era una delle Ugly Sisters a Brighton, e siamo stati insieme in tournée a Malta e in Nord Africa, non è vero, mio caro? E questa splendida creatura», aggiunse Arleta, «è Saba Tarcan. Cosa sei, tesoro? Una soubrette?».

Quando Saba disse che forse avrebbe sostituito una cantante di nome Elsa Valentine, la fissarono entrambi.

«Wow!», fece Arleta. «Be', devi essere brava. Ho sentito dire che ha avuto un esaurimento a Tunisi».

Saba avvertì un guizzo di paura nello stomaco. «Perché?»

«Oh, non ricordo bene», disse Arleta. «Capita a molti di ritirarsi. È...».

«Suvvia». Willie alzò la mano per fermare il fiume di parole. «Non osare demoralizzarla. Mi hanno mandato qui a dirvi di sbrigarvi e scendere nell'auditorium. Siete le prossime».

Scendendo lungo il corridoio buio che portava al palco, un elegantissimo uomo biondo dalla camminata eloquente scendeva le scale davanti a loro.

«Sì, micino, sono tornato», disse alla figura in uniforme che aveva accanto. «Sinceramente mi sento una talpa dopo tutte quelle luci, ma il dovere è dovere». Quando il suo amico mormorò qualche parola solidale, l'uomo biondo si tirò indietro i capelli con un gesto languido. «Oh, è stata un orrore assoluto», disse. «Si è lagnata per tutto. Nessuno era alla sua altezza».

Arleta diede una gomitata a Saba e imitò il modo di camminare effeminato dell'uomo. Quando aprì la porta che dava sull'auditorium, Saba sentì il cuore balzarle nel petto. Oh, Gesù, Giuseppe e Maria, eccolo lì! Il palco del famoso Theatre Royal; nel giro di qualche minuto, si sarebbe deciso il suo trionfo o la sua umiliazione. Quando i suoi occhi si abituarono al buio, rimase delusa nel vedere che il palcoscenico, delimitato in maniera approssimativa per le audizioni, sembrava così piccolo, molto più piccolo di quanto avesse mai immaginato, e immerso in una spettrale oscurità senza le luci accese. Ma non importava, lei era lì! "Qualunque cosa accada", si disse, "me lo ricorderò per il resto della vita. Avrò ballato e cantato su questo palcoscenico e questo significherà qualcosa".

Il cuore le batteva all'impazzata mentre guardava l'uomo biondo piegare il cappotto con fare pignolo e posarlo sul sedile alle sue spalle. Dopo aver acceso una sigaretta, questi si mise a parlare animatamente con i tre uomini in uniforme seduti in platea e circondati da file e file di posti vuoti, alcuni dei quali ancora coperti da lenzuola polverose e macerie.

Una ragazza pallida con le scarpe da ballo era seduta quattro file dietro di loro e stringeva in grembo una borsa nera. Accanto a lei, silenzioso e pensieroso, il vecchio comico.

«Bene, allora. Cominciamo?», disse una voce dalla platea. «Abbiamo molto da fare oggi. Il vecchio, Willie, sei il primo. Forza!».

Una stenografa con in mano una cartellina prese posto silenziosamente accanto ai tre uomini. Iniziò la musica, zufoli, trombe e ridicoli tromboni. Qualche secondo dopo, il vecchio Willie, correndo con le sue scarpe di vernice, entrò in scena esclamando: «Bene, eccoci qua!».

Arleta afferrò la mano di Saba, infilandole le unghie nel palmo. «Ne ha tremendamente bisogno», sussurrò nell'oscurità. «Sua moglie è morta qualche mese fa. Sposati da trentaquattro anni. Ha il cuore a pezzi».

Willie si piegò sul ginocchio artritico e cantò *Old Man River*, con le labbra tremanti per risultare ridicolo. Il silenzio del pubblico fu assordante – non una risata né un applauso. Nel numero successivo, cantò con espressione impassibile quello che Arleta definì la sua specialità: la versione volutamente pasticciata di una canzoncina per bambini intitolata "La piccola Cappuccetto Rosso e i Quaranta Ladroni".

Saba si unì alla fragorosa risata di Arleta; Willie era un vero spasso.

Dopo la storiella successiva, che parlava delle mutandine in uso a quel tempo – «Uno strattone[4] e cadono giù» – una figura in ombra si fermò dietro alla buca dell'orchestra e disse: «Signor Wise, immagino che lei sappia della nostra politica riguardo alle battute sconce».

«Come, scusi?». Il vecchio avanzò verso il riflettore e rimase lì fermo, strizzando gli occhi nervosamente.

«Se viene scelto, tutti i copioni devono essere sottoposti alla nostra approvazione. Siamo chiari riguardo agli standard a cui desideriamo attenerci; spero lo sia anche lei».

«Pronto e agli ordini, signore». Willie era avvolto da una nebbiolina azzurra e sorrideva inespressivo. «Grazie per l'avverti-

[4] In inglese *yank*, che significa anche "americano".

mento». Batté i tacchi e fece il saluto militare; per via di quella luce instabile era difficile capire se fosse uno scherzo o semplicemente paura.

Era il turno della ragazza pallida. Era slanciata, con le sopracciglia sottilissime e mani molto belle. Avanzò leggera verso il riflettore principale e si fermò sorridendo nervosamente.

«Janine De Vere. Vengo dal Vic-Wells Ballet, forse vi ricordate di me». Si percepiva nella voce ricercata un lieve accento di Manchester.

«Cos'ha per noi signorina De Vere?», chiese la solita voce nel buio.

«Il mio vasto repertorio comprende il tip tap e la danza greca. Sono molto versatile».

«Ma guarda un po'», mormorò Arleta.

«Ci basta un piccolo saggio. Non abbiamo molto tempo».

La signorina De Vere si schiarì la voce e si voltò verso le quinte. Con la mano rivolse un cenno implorante a una donna in uniforme e scarpe comode che abbassò la puntina del grammofono. Si diffuse una musica triste e melanconica. Janine si tolse il cappotto di tweed, svelando un tutù verde acqua, e si esibì in una serie di salti su tutto il palco. Le lunghe braccia pallide ondeggiavano come alghe durante i suoi salti e le sue piroette e i piedi si muovevano lievi sul palco; correva su e giù schermandosi gli occhi con le mani, come se fosse alla disperata ricerca di qualcuno. Il finale, una serie di impeccabili ruote, le sporcò le mani di polvere. Atterrò in spaccata e rivolse uno sguardo trionfante oltre il riflettore.

«Incantevole. Grazie. Il prossimo». La stessa voce neutra dalla platea.

«Saba Tarcan. Sul palco, prego. Avanti! Svelta».

Dom, nascosto nella seconda galleria del teatro, raddrizzò la schiena al sentire il nome di Saba. Puntò gli occhi su di lei come una pistola. Aveva ricevuto il suo messaggio ma aveva deciso di ignorarlo perché voleva sentirla cantare di nuovo. Era una sorta di sfida – con se stesso, per lo meno – per dimostrare che poteva averla se voleva.

Si era intrufolato nel teatro pagando mezza corona a un portiere compiacente che gli aveva stretto la mano e gli aveva detto: «Dobbiamo un sacco a voi ragazzi in blu».

Aveva conservato la lettera della ragazza nel portafogli: *Ho in programma di essere a Londra, al Theatre Royal, Drury Lane, il 17 marzo per un'audizione con l'ENSA.*

Ma quando Saba si era avviata sul palco – a guardarla da dietro sembrava una bambina nel suo vestito rosso – Dom la ammirò nuovamente per il suo meraviglioso atteggiamento, il suo incedere tranquillo. Quel portamento era una sorta di dichiarazione. *Guardatemi*, sembrava dicesse, *io sono importante.*

Prima l'aveva sentita ridere – una grassa risata per l'esibizione del comico. Se tutto ciò la metteva in soggezione, non lo dava senz'altro a vedere.

Lei non lo vide affatto. Si fermò sotto il debole riflettore, sorridendo alle figure sfocate sedute in platea, pensando: *Ci siamo, ragazza.* L'accompagnatore prese i suoi spartiti senza neanche un sorriso. Si schiarì la voce e rivolse un breve pensiero a Caradoc Jones, il suo vecchio insegnante di musica. Le aveva dato tanti buoni consigli su come aprire la gola, rilassarsi e stringere il sedere durante le note alte. «Ti insegnerò talmente bene», le aveva detto, «che non dovrai preoccuparti del diaframma o della respirazione, né se sarai in grado di mantenere una nota alta; sarà tutto lì». Ma l'argomento che affrontava più spesso, oltre a sviluppare la tecnica, era il coraggio.

La prima volta che era andata da lui aveva tredici anni, era carina e timida, ma anche sicura di sé, avendo vinto con facilità due dei concorsi organizzati dal Riverside Youth Club. Aveva cantato gorgheggiando *O for the Wings of a Dove*, certa che ne sarebbe rimasto incantato come tutti gli altri.

E Caradoc, famoso cantante d'opera prima che la bottiglia lo reclamasse per sé, non era rimasto minimamente incantato. Quell'uomo grasso e disordinato, con il gilet macchiato di cenere, era rimasto ad ascoltarla per un po' e poi le aveva chiesto:

«Sai cos'hanno in comune tutti i pessimi cantanti?».

Quando lei gli aveva risposto che non lo sapeva, Caradoc aveva abbassato con forza il coperchio del piano e si era alzato.

«Fanno così...». Aveva fatto un suono strozzato, come un gattino che annega. «Io voglio che tu faccia così...». Aveva scoperto i vecchi denti giallastri, portando indietro la lingua nella grossa bocca e aveva emesso un ruggito così potente da spruzzare di saliva sia Saba che il proprio gilet a scacchi.

Le aveva rivolto uno sguardo feroce. «Per Dio, ragazza, abbi il coraggio di fare un dannato grosso sbaglio». Saba aveva sentito il rantolo sbigottito di sua madre: *Sta imprecando! Davanti a una bambina!* «Non accadrà mai niente di buono», aveva detto Caradoc, «se non lo farai».

Il pianista accennò i primi delicati accordi di *God Bless the Child*. Saba si concentrò profondamente su se stessa, estraniandosi dalle facce pallide e stanche degli ufficiali dell'ENSA e dalla stenografa annoiata, e cominciò a cantare.

Per un breve momento si lasciò trasportare dalla vastità dello spazio attorno a sé, il soffitto bianco e oro nei punti risparmiati dalla bomba, le innumerevoli file di posti vuoti, la magia e la gloria di quel famoso teatro, e poi si perse nella canzone.

Quando finì, guardò verso l'auditorium. Non vide alcun movimento, tranne Arleta che, alzati i pollici, si mise ad applaudire.

Dom era rimasto seduto ad ascoltarla, confuso e spaventato da lei. La prima volta che l'aveva sentita cantare era coincisa con il peggior periodo della sua vita, si era soffermato tante volte a pensarci, e Saba aveva un così buon profumo, sembrava così giovane e lui era vulnerabile.

Ma ora eccola di nuovo, con tutto da perdere – o così sembrava a lui – al centro del palco. Gli aveva fatto battere forte il cuore perché sembrava così coraggiosa, d'un tratto così pura nel modo in cui aveva chiamato a raccolta le forze e si era lanciata metaforicamente nel vuoto, dove quei bastardi in kaki sedevano annoiati con le loro cartelline e matite.

Seduto da solo al buio, aveva provato una terribile sensazione di vuoto. Scriverle era stata una cosa veramente infantile – lei era di tutti e di nessuno – ma Saba esercitava un forte richiamo su una parte di lui, una parte incontaminata che cercava con ogni mezzo di nascondere. E, sebbene avesse sempre saputo di non amare Annabel, o di non amarla abbastanza, era ancora scosso per la sua perdita, per il colpo inferto al suo orgoglio, per il senso delle cose così mutevole.

«Ha qualcos'altro per noi, signorina Tarcan?», domandò uno degli uomini. Saba eseguì *Smoke Gets in Your Eyes* e, sentendo il verso sorpreso della stenografa, un suono che le era ben noto, osò sperare che, dopo tutte le preoccupazioni della giornata, le cose si stessero mettendo per il meglio.

Cantò la sua ultima canzone, *Mazi*, senza accompagnamento e, quando finì, guardò gli ufficiali con gli occhi umidi di lacrime. Tan le aveva insegnato quella canzone; la cantava nel pollaio insieme a suo padre.

Uno degli uomini senza nome che la guardavano si alzò in piedi. Tirò fuori un fazzoletto e si asciugò la testa. Le rivolse uno sguardo di traverso, come se fosse un pezzo di mobilio di cui prendere le misure.

Per la prima volta in quel giorno, il pianista sorrise.

«Bene bene, adesso pausa per il pranzo». Non disse altro. «Alle tre vedremo i Banana Brothers e poi Arleta. Ci vediamo alle quattro per comunicarvi la nostra decisione».

«Ma che diavolo, accidenti!», disse scherzosamente Arleta. Si erano fermate sull'isoletta che separava due trafficatissime strade; stavano andando a mangiare. «Dopo la tua esibizione, sembrerò un gatto che ha vomitato, tante grazie. Ma, a dire il vero», stese un braccio con fare protettivo mentre passava un camion, «il mio genere è più la danza moderna. Canto solo per riempire gli spazi vuoti».

Il conducente del camion lanciò un fischio di apprezzamento e Arleta gli rivolse un saluto civettuolo. «Monellaccio!», gli gridò allegramente.

Pranzarono da Sid, un locale per operai con i vetri appannati, pieno di militari. Il menù fisso prevedeva un tè nero in grosse tazze di porcellana, pasticcio di carne di manzo con patate grigiastre, piselli in scatola e un dolce alla crema. Mentre mangiavano, arrivarono i tre Banana Brothers. Magri e atletici, Saba pensò fossero vicini alla quarantina.

«Guarda guarda», disse Arleta, che sembrava conoscere tutti. «Chi si rivede». Li baciò tutti e tre sulle guance e fece le presentazioni.

«Lui è Lev e quello è Alex». I due uomini si piegarono in un grazioso inchino. «Questo piccoletto», indicò un uomo più giovane dagli improbabili capelli neri, «si chiama Boguslaw». L'uomo chiuse teatralmente gli occhi e fece loro il baciamano. «Sicuramente non te lo ricorderai», aggiunse Arleta. «Puoi chiamarlo Bog o Boggers, oppure Bog Brush».

Spiegò a Saba che avevano già lavorato insieme in uno spettacolo a Bristol. «E si sono comportati in maniera *orribile*». Li guardò minacciosa con i suoi occhi verdi, come una leonessa che sta per punire i suoi cuccioli. Gli acrobati, contorcendosi e ridacchiando, si divertivano un mondo.

Visto da vicino, Bog era attraente: la mascella ben cesellata e i muscoli guizzanti e definiti che si vedono sui purosangue. Si sedette accanto a Saba e, all'arrivo della cameriera, si mise il tovagliolo al collo. Ordinò una fetta di torta alla frutta ma rifiutò il pasticcio di manzo perché, disse, avevano l'audizione dopo pranzo e non gli piaceva fare niente con lo stomaco pieno. Guardò Saba dritto negli occhi, come se avesse detto qualcosa di molto eloquente.

Arleta versò del tè per tutti da una teiera smaltata piena di macchie. «Spero che ce la facciamo tutti e spero che sia Malta», aggiunse. «Mi sono divertita molto l'ultima volta».

«Non sai mai dove ti mandano fino a quando non te lo dicono?». Saba posò il coltello. Stava cercando di non far trasparire la propria timidezza.

«Mai», rispose Arleta. «È una lotteria, ed è per questo che mi piace».

Quando i ragazzi se ne furono andati, Arleta, versando altro tè, le rivelò eccitata un pettegolezzo sugli acrobati. Erano originari della Polonia, disse, ed erano artisti di prima qualità. Lev e

Bog erano davvero fratelli. Avevano perso quasi l'intera famiglia durante la guerra e, talvolta, si ubriacavano per la rabbia, perciò era meglio non parlare troppo delle famiglie a meno che non fossero loro a tirare fuori l'argomento. Bog, il più giovane, era un donnaiolo e aveva messo incinta due ragazze, lo sapeva per certo. Era stato esentato dal servizio militare per via delle dita a martello, sebbene come si potesse essere un acrobata con le dita a martello fosse un mistero per lei. Ma guai a parlarne, a meno che l'argomento non saltasse fuori casualmente, cosa che in una conversazione non succedeva quasi mai. Ah ah ah. Arleta, affondando il cucchiaino nel dolce, era di ottimo umore. Disse a Saba che prima dell'audizione si sentiva molto giù, ma il provino era proprio ciò di cui aveva bisogno. «È lo spasso più grande della terra, l'ENSA», disse. «Una vera sfida».

«Sei nervosa?», domandò Saba.

«Niente affatto». Arleta le strizzò l'occhio. Tirò fuori il fazzoletto e ripulì la tazza dal rossetto. «Più o meno so di essere passata», disse vanitosa.

«Come?».

Arleta spinse la lingua contro l'interno della guancia, socchiuse gli occhi e guardò Saba.

«Diciamo che ho amici ai piani alti», fu tutto ciò che disse.

Capitolo 5

Alla fine di tutte le audizioni, Dom indugiò fuori dall'ingresso artisti per quasi due ore, aspettando che lei uscisse. Il portiere, seduto in un gabbiotto, aveva letto il suo «Sporting Life» dalla prima all'ultima pagina, mentre Dom guardava l'andirivieni degli stand di abiti e delle casse di arredi scenici e ascoltava esasperato brandelli di conversazioni. «Ho lavorato con Mabel anni fa. È una meraviglia, ma le maniche a sbuffo, te lo immagini?», esclamò una chiassosa donna di mezz'età con i capelli tinti. «Io proverei al reparto parrucche, se fossi in te», fece un tipino lezioso con il soprabito a scacchi.

E poi, lei uscì alle sue spalle, così leggera che sembrava fluttuare nell'aria.

Aveva le guance rosse e sorrideva. Stava iniziando a piovere e la strada era invasa da gente in impermeabile grigio o scuro che apriva l'ombrello.

Una volta fuori, lei lo guardò fisso.

«Sono Dominic», le disse. «La stavo aspettando».

«Aspettava me?». Sembrava confusa e imbarazzata ma poi, finalmente, capì.

«Cielo», disse. «Non credo che l'avrei riconosciuta senza il pigiama. È come nuovo».

La stessa cosa che gli aveva detto sua madre, talmente lontana dal vero.

«Senta, mi dispiace per oggi», aggiunse Saba arrossendo. «Era tutto troppo. È la mia prima volta a Londra».

«Ed è la prima volta che io vengo piantato in asso». La fece sembrare una battuta, ma era la verità. Quasi.

«Non mi dica!», lo canzonò sorridendogli. A Dom tornò in mente il bacio in ospedale.

«Ha fretta? Posso offrirle da bere? Magari una cioccolata calda?».

Oh, l'abitudinc a farc dcllo spirito cra dura a morirc, anchc quando il cuore diventava un dannato tamburo. "È solo una sfida", si disse. "Datti una calmata".

Mentre lei ci pensava, Dom notò lo sguardo febbrile nei suoi occhi, come se stesse galleggiando sulla terra e non si rendesse conto di ciò che la circondava.

«Be', d'accordo, allora», disse Saba dopo un po'. «Muoio letteralmente di fame. Ero così nervosa prima».

Dom le toccò il braccio per avvertirla di fare attenzione all'auto che sopraggiungeva e lei continuò con lo stesso tono sognante: «Non riesco a crederci. Assolutamente. Non so proprio cosa fare».

Era ormai l'ora di punta e gli autobus erano affollati, così dovettero andare a piedi. Disse che l'avrebbe portata da Cavour sullo Strand. Quando la pioggia divenne più forte, si tolse il soprabito e lo avvolse attorno alle spalle della ragazza.

A metà di Regent Street, Saba si sedette su una panchina come una vagabonda e si tolse la scarpa destra; era nuova e le aveva provocato una vescica. Aveva i capelli bagnati e incollati al viso triangolare e dagli zigomi alti. Sembrò d'un tratto così vulnerabile: avvolta nel soprabito mentre Londra correva attorno a lei, il piccolo piede piegato verso di lui. Gli venne voglia di prenderlo in mano e baciarlo. Le toccò delicatamente il collo del piede; lei non si allontanò.

«Grave», disse. «Amputazione? Ambulanza? Cosa ne pensa?».

Saba fece l'atto di colpirlo con la borsetta.

«Stupido! Cretino!». Un momento da ragazzaccio che lo deliziò. Non gli erano mai piaciute le ragazze raffinate con le loro perle e le borsette in grembo, le chiacchiere sui cavalli, mammina e le feste. Qual era il motivo del suo buon umore? Era così eccitata e sembrava emanare una specie di elettricità.

«Insomma, che giornata!», gli disse. «Che giornata», ripeté. «Cose meravigliose!».

Il cameriere prese le ordinazioni: una birra piccola scura per lui, un bicchiere di limonata per lei, e qualunque tipo di panino la cucina riuscisse a mettere insieme. Dom chiese un posto il più possibile lontano dal bancone, in modo da poter parlare.

«È sicura che non dovrebbe essere champagne?», le disse, sforzandosi di sembrare disinvolto.

«Be', forse», disse piano Saba. «Ho avuto il lavoro. Domani mi prenderanno le misure per l'uniforme».

Mentre lo diceva sembrò sul punto di avere un attacco di nervi. Disse che sarebbe stata impegnata tutto il giorno seguente e che normalmente non aveva l'abitudine di uscire con uomini che non conosceva.

«Io non sono un estraneo. Non dimentichi», la stuzzicò per nascondere il proprio sgomento, «che ci siamo baciati. Non ricorda? In ospedale».

Sembrava così dolce quando arrossì, ma Dom vide sotto il tavolo le sue gambe allontanarsi da lui e temette di essersi spinto troppo oltre.

«In che parte del Galles vive?».

Il rossore era scomparso, lasciando il posto al colorito naturale delle sue guance. «A Cardiff», gli disse. «Pomeroy Street. Nei pressi della famosa Tiger Bay». Ora era lei a prenderlo in giro.

«E i suoi genitori? Sono cantanti?»

«No». Saba sembrava di nuovo infelice. Dom pensò che le sue fossero le più belle sopracciglia che avesse mai visto – ali scure su occhi scuri.

«Non mi sorprende che abbia avuto il lavoro», le disse, sperando di tirarle su il morale. «È stata davvero brava... volevo dirglielo».

«Davvero brava». Gli scoccò un'occhiataccia. «Che adulatore. A ogni modo, non può saperlo: non mi ha neanche sentita cantare».

«E invece sì. Ho corrotto il portiere. Volevo vederla». Adesso non aveva niente da perdere.

Stringendo gli occhi, Saba lo guardò con finta diffidenza. «Perché?»

«Perché...», bevve un sorso del suo drink, «perché...». Chiuse gli occhi, pensando: *Non farlo, non farlo*. Era l'ultima cosa al mondo che voleva: sentirsi nuovamente fuori controllo. «Perché lei è ok».

«Oh, molto militare», commentò Saba.

«Mi parli del lavoro», disse Dom. Voleva tenerle la mano, voleva che lei rimanesse un paio di settimane così avrebbero potuto conoscersi meglio. «Sa dove andrà, o quando?»

«No». Aveva ancora quello sguardo sognante, quasi come se non riuscisse a credere alle proprie parole. «E, anche se fosse, non ci è consentito dirlo. Tutto quello che so è che devo fare tutte le vaccinazioni: colera, febbre gialla, tifo».

Fingeva di essere calma, ma la sua paura era visibile. Dom ne conosceva fin troppo bene i segnali. Sentì il cuore sprofondargli nel petto. Molto probabilmente si trattava del Medio Oriente, dove la situazione si stava aggravando, o l'India, oppure la Birmania, dannatamente lontana.

«Peccato, io speravo fosse il molo di Southend, così potevamo rifarlo».

«Rifare cosa?». Quando gli sorrideva le si formavano le fossette sulle guance.

«Be', parlare, farci due risate».

«Be'...». Gli rivolse uno sguardo perplesso e bevve un sorso di limonata. «Non è così...».

La interruppe subito. «Prima volta all'estero?»

«Sì».

«I suoi genitori lo sanno già?»

«No». Saba chiuse con forza gli occhi.

Dom sentì sorgere in sé un sentimento paternalistico. Voleva sgridarla, metterla in guardia contro i pericoli concreti che la aspettavano. Uomini di Paesi lontani che avrebbero cercato di sedurla, pessimi letti, terrificanti mezzi di trasporto, bombe e punture di insetto.

«Ne saranno dispiaciuti?». Sperava di sì.

«Si spezzerà loro il cuore», rispose Saba. Storse la bocca davanti alla limonata. «Pensavo che sarei riuscita a tornare a casa prima di partire – ho promesso a mia madre che l'avrei fatto –

e ora sembra che non sarà possibile, non c'è tempo. È orribile». Strizzò gli occhi. «Perciò parliamo di qualcos'altro».

Il locale stava cominciando a riempirsi. Il barista elencava i suoi cocktail – Singapore Sling, White Lady, Navy Grog – a un gruppo di ufficiali dell'esercito. Dom la guardava dall'altro lato del tavolino, cercando di adeguarsi, di capire. Era un territorio talmente sconosciuto.

«So come ci si sente», disse alla fine. «Tornerò a volare; mia madre non lo sa ancora. Glielo dirò la prossima settimana».

«Perché?». Ora toccava a lei essere scioccata. «Non vi fanno smettere dopo che siete stati abbattuti?»

«Io non voglio smettere».

«Perché no? Non ha paura adesso?»

«No». Non si poteva ammettere una cosa simile, nemmeno con se stessi. «Non posso smettere adesso. Mi sento come se fossi nato per fare questo, anche se sembra assurdamente sentimentale».

Ora lo guardava con più attenzione.

«No, non sentimentale», disse. «Duro».

Teneva le mani posate sul tavolo. Mani da studentessa, niente anelli né smalto.

«È abbastanza in forma per farlo?»

«Sì». Non gli piaceva parlarne, né con una ragazza, né con nessuno. Gli faceva mancare il respiro, si sentiva messo alle strette. «Sto bene adesso».

«Come fanno a dirlo?»

«Ho fatto le radiografie, mi hanno fatto girare su una sedia. Abile al servizio attivo».

Lo guardò fisso. «Mi è piaciuta la poesia che mi ha mandato», disse.

«Oh, cielo, l'ho fatto?». Era di nuovo imbarazzato – l'aveva ricopiata e, quando Misou era entrata nella stanza, doveva averla infilata per sbaglio nella busta.

«*Qualunque cosa succeda, ci fu un'ora di sole*», recitò Saba con aria sognante. «Una bellissima cosa da dire. A volte, un'ora è sufficiente».

«In realtà, Pound ha poi riscritto la poesia – pensava che due settimane fossero meglio».

Riapparvero le fossette. «Dom – devo andare!». Allegramente, come se fossero bambini che giocavano a rincorrersi.

«Lo so, anch'io. Lasci che l'accompagni a casa», disse. «Potrei aiutarla a fare le valigie o a cucire le stellette sulla sua uniforme. Sono bravo a cucire».

«No». Si portò le mani al volto.

«Una tazza di caffè, allora». Anche se, per precauzione, si era messo una mezza bottiglia di whisky nella tasca del soprabito.

«Non posso». Gli toccò la mano. «Accetterò quel lavoro. L'ho deciso non appena me l'hanno chiesto. Niente mi potrà fermare».

«Lo so». La capiva anche lui. Purtroppo.

Saba posò sul tavolo la chiave del bed&breakfast. Gliel'aveva mostrata prima, piena d'orgoglio: la proprietaria si fidava davvero, considerando che quella era Londra. Nel guardare la chiave, Dom avvertì una fitta di dolore. Sarebbe stato così facile salire quelle scale e passare la notte insieme, una cosa talmente innocente – da quando era iniziata la guerra, tutte le vecchie regole del corteggiamento erano state stravolte.

«Saba».

«Sì».

«Quando ne avrà l'autorizzazione, mi faccia sapere dove si trova».

Stava per rispondergli quando il cameriere li interruppe. Sorrideva e guardava furtivamente i gradi di pilota sull'uniforme di Dom; gli chiese a quale squadriglia appartenesse. La direzione era onorata di offrire un cocktail a lui e alla sua signora. Erano uomini coraggiosi e se lo meritavano. Dom, tentando di declinare l'offerta con la consueta nonchalance, era compiaciuto per il fatto di trovarsi sotto i riflettori davanti a Saba, oltre che felice per non dover più parlare di visite mediche: per qualche inesplicabile ragione, quei discorsi lo avevano innervosito, come se fosse un bambino a cui era stato chiesto di calarsi i pantaloni.

Ordinarono due Singapore Sling. Quando la vide arricciare il naso mentre beveva, la trovò molto dolce, gli ricordava un gattino che immerge una zampa nell'acqua. Non era sofisticata neanche la metà di quello che fingeva di essere.

Quando il bicchiere fu mezzo vuoto, il viso le si illuminò nuovamente. Dom si chiese se stesse pensando ancora al lavoro e, non sapendo cosa fare, si alzò e, con il pretesto di sollecitare le ordinazioni, si avviò più disinvolto che poteva verso il bar.

Era fermo al bancone quando una figura snella uscì dall'oscurità e si fermò in un cerchio di luce davanti a lui. Era Jill, la fidanzata di Jacko. In seguito, capì che era lì o per torturarsi o per cercare consolazione ma, quella sera, rimasero sorpresi l'uno di fronte all'altra, come attori di due drammi diversi. Indossava un vestito blu, con la piccola spilla raffigurante le ali della RAF, che Jacko le aveva portato, appuntata al bavero della giacca. Era dimagrita parecchio.

Dom pensava che lo avrebbe ignorato ma, invece, gli si avvicinò e lo strinse forte a sé.

«Dom», disse finalmente. Gli teneva così forte la mano da fargli male. «Stai bene?»

«Non c'è male», mormorò lui. «E tu?»

«A pezzi». Gli mise di nuovo le mani attorno al collo. «Ti ho cercato al funerale».

«Davvero?». L'aveva evitata tutto il giorno, non poteva affrontarla. «Dovevo andarmene. Scusa se non mi sono fermato a parlare».

Il pensiero che lei potesse incolparlo di tutto gli aveva provocato un attacco di nausea, costringendolo a vomitare nei cespugli di un pantano alle spalle del cimitero. Chi era stato a convincere Jacko a darsi al volo a Cambridge e chi lo aveva stuzzicato a gettarsi nella mischia una settimana prima che fosse abbattuto?

Bella mossa, Dom – una delle tue migliori.

Ora, quando pensava a Jacko, lo vedeva urlare, e avvolto dalle fiamme dietro al perspex del suo abitacolo. Poi il rictus di quello che sembrava un sorriso prima che il suo aereo cadesse nell'oceano disegnando una pigra spirale, come un pezzo di carta bruciata.

«Mi sei mancato».

«Sì. Io...».

«Ma adesso non posso parlare». Quando gli strinse le braccia, si accorse che era un po' tesa. Non che la biasimasse per questo. «Sono con una persona».

Quando un tizio alto uscì dal sépare, Jill mise una mano sulla faccia di Dom e disse: «È stato bello vederti, Dom, sembri come nuovo. Mi è dispiaciuto per Annabel, a proposito... devi venire a bere qualcosa con noi al più presto».

Parlava in modo animato e il suo nuovo uomo, accigliato, le si avvicinò e, con fare protettivo, le fece scivolare un braccio attorno alla vita.

Rimase bloccato per un momento e, quando si girò, Saba non c'era più. Jill gli aveva tenuto la mano sul braccio per tutto il tempo. Saba doveva averla vista. Quando tornò al loro tavolo, i cocktail bevuti a metà erano ancora lì e il cameriere sembrava confuso.

«Ha visto la signora andare via?», gli chiese Dom.

«Sì, signore. Deve aver lasciato questo». Il cameriere si tuffò sotto il tavolo e si rialzò con un cappotto blu appeso al braccio. Dom lo prese e corse in strada.

Fuori era ormai completamente buio. Le strade erano ancora bagnate. Dom corse fino quasi al Theatre Royal, preoccupato per il fatto che Saba fosse sola. Voleva restituirle il cappotto e salutarla. Nessuna traccia di lei. La gente di Londra gli scorreva accanto come un fiume, urtandolo; niente luci, niente stelle, la statua di Eros a Piccadilly coperta per proteggerla dalle bombe.

Raggiunto il teatro, il portiere che aveva corrotto era fermo sotto un telone gocciolante.

«'Sera, capo», disse. «Giornata schifosa, no? Può ripararsi dentro se vuole».

«Devo trovare Saba Tarcan», disse. «Ha fatto il provino oggi. Ho il suo cappotto».

«Non la conosco, signore. Ne arrivano a centinaia ogni momento del giorno. Vuole lasciarlo qui nel caso in cui torni a cercarlo?»

«No, no. Ho il suo indirizzo di casa». All'improvviso se ne era ricordato. «Glielo spedirò».

Non aveva più tempo per cercarla; sarebbe partito dopo due

giorni e avrebbe trascorso le settimane successive in addestramento.

«Sa dove andrà la compagnia?», chiese con disinvoltura, cercando in tasca una mezza corona.

«Non ho proprio idea, signore». Il portiere guardava imperturbabile la folla e la pioggia, Londra che si preparava a un'altra notte di bombardamenti. «Ma, se dovessi azzardare un'ipotesi, direi Africa».

Capitolo 6

Alla fine, come aveva temuto Saba, non ci fu il tempo di tornare a salutare la sua famiglia in Galles. Dopo le vaccinazioni e tre giorni di prova, le fu consegnata l'uniforme dell'ENSA. Le sembrava decisamente brutta: kaki, simile all'uniforme dell'ATS[5] con una targhetta sulla spalla, tre camicie Aertex da abbinare, due orribili reggiseni ed enormi mutandoni color kaki.

Quando chiese ad Arleta dove pensava fossero diretti, la donna rispose che le camicie Aertex significavano un posto molto caldo ma, a parte quello, non ne aveva idea: poteva trattarsi di un aerodromo, un campo nel deserto, Malta, Il Cairo. «D'ora in poi, tesoro», disse, «considerati una pedina nelle mani dei ragazzoni che giocano alla guerra – non saprai niente fino all'ultimo minuto e se cercherai di scoprirlo, impazzirai».

Altra attesa, innumerevoli tazze di tè e poi, il giovedì della settimana seguente, a Saba, Arleta e Janine fu comunicato di preparare un leggero bagaglio e di non dire a nessuno della partenza. Le loro famiglie sarebbero state informate quando sarebbe stato sicuro farlo.

Attesero tutto il pomeriggio e metà della notte lo spettrale autobus che, a fari spenti, accostò davanti al Theatre Royal. Dopo che furono caricati gli arredi scenici e i costumi, salirono a bordo e Saba rimase sorpresa nel vedere che metà dell'autobus era vuoto. Seduti accanto al conducente, c'erano due membri dello staff dell'ENSA: un tipo autoritario, tutto baffi e sorriso e un ufficiale impettito che disse di chiamarsi capitano Crowley e di essere il responsabile della loro sicurezza e del loro benessere.

[5] Auxiliary Territorial Service, ramo femminile del British Army.

Accanto a lui, un soldatino pallido leggeva una mappa servendosi di una torcia.

Gli acrobati erano seduti in fondo, Willie, il comico, accanto ad Arleta, Janine, con un colorito cadaverico, davanti. Al centro dell'autobus, sedeva Saba con i piedi appoggiati alla sacca; non si era ancora abituata alle sgraziate scarpe nuove.

Quando la periferia di Londra cedette il passo all'oscurità della campagna, Crowley porse a ciascuno di loro una scatola di cartone contenente due stantii panini al formaggio, una minuscola barretta di cioccolato e una bottiglia d'acqua. Li avvertì di far durare il cibo: ci sarebbe voluto un po' di tempo prima di raggiungere la loro destinazione.

L'aereo atterrò alle quattro del mattino su una stretta pista ai margini del deserto, sotto un cielo punteggiato dalle stelle più brillanti che avesse mai visto. «Nord Africa», sussurrò Arleta poco prima dell'atterraggio. «L'ho appena saputo».

Fu meraviglioso sentire di nuovo l'aria fresca, nonostante fosse sorprendentemente rigida e impregnata di vapori di petrolio. Rimasero sul ciglio della pista, mentre il vento ricopriva di sabbia i loro piedi.

Dal nulla sbucò un camion con a bordo due ufficiali dell'esercito britannico armati di pistola. Dietro loro ordine, un gruppo di uomini, che sembravano indossare lunghe camicie da notte e sporchi cappelli di cotone, corse a bordo dell'aereo e scaricò alla svelta il palco portatile, un generatore e, guidati dalle urla di Willie, la custodia del suo ukulele – «Qui, attenti! Fate piano!».

Furono trattenuti per ore per sbrigare alcune pratiche e l'aria stava già diventando calda quando partirono in una nuvola di polvere. Saba, sbirciando fuori dal telone che ricopriva il camion, sentì un brivido di stupore percorrerle la schiena alla vista del deserto che si allungava a perdita d'occhio, illuminato dai primi bagliori di un'alba rosso sangue.

Arleta dormiva già, con la testa appoggiata alla sacca e i capelli sulle ginocchia di Saba.

«Se fossi in te, farei un pisolino», le aveva consigliato prima.

«Se siamo diretti a sud, saranno chilometri e chilometri di rottura di scatole – potrebbero volerci giorni».

Ma Saba era troppo eccitata. Si era sentita male tre volte sull'aereo e mentre il velivolo si sollevava oltre le nuvole, scartando improvvisamente, le era sembrato così brutto non aver potuto salutare mamma e Tan.

Sentiva un doloroso vuoto dentro, un dolore fisico come se le avessero dato un calcio. Ma quello! Be'... la speranza stava già cominciando a spuntare dentro di sé come l'alba. Quella era vita! Quello per cui era lì. La più grande avventura della sua esistenza.

Il camion accelerò lungo quello che sembrava un campo di aviazione abbandonato, fiancheggiato da rotoli di filo spinato e carcasse arrugginite di aerei e, ancora una volta, Saba vide il deserto su entrambi i lati della lunga strada diritta. Ora la sabbia era increspata e scura come il mare al crepuscolo, ora piatta e riarsa come un'omelette troppo cotta. Una grossa duna di sabbia, alta come le colline del suo paese, e poi una pozza d'acqua che brillava come un rubino alla luce dell'alba. L'incredibile vastità – un tale sollievo dopo il viaggio in aereo – annullava tutto; rendeva il loro rumoroso camioncino temporaneo e precario come il giocattolo di un bambino.

Quando si svegliò, stavano attraversando un piccolo villaggio di case di fango dal tetto piatto. Un uomo fermo fuori dalla sua abitazione dava da mangiare a un asino un fascio di brillanti foglie verdi. Una donna che attingeva acqua da un pozzo si fermò e si coprì il volto al loro passaggio.

Il sole le bruciava gli occhi e le gocce di sudore le scivolavano nella blusa incollandole la schiena al sedile, che al tatto già scottava.

Il capitano Crowley, che aveva indossato calzoncini kaki scoprendo le gambe bianchissime, stava facendo una specie di annuncio. Lo sentì digrignare i denti. La versione cordiale del capitano non c'era più; era rientrato nell'esercito. Janine, seduta alla sua destra, ascoltava attenta come l'alunna più brava a lezione di portamento; di fronte a lei, il vecchio Willie, con la testa tra le mani, quando alzò lo sguardo aveva l'aspetto di uno sfinito bulldog.

«Dove ci troviamo al momento non deve interessarvi», abbaiò Crowley. «Tutto quello che dovete sapere è che l'arrivo al Cairo è previsto per le tredici. Voi tre ragazze vi sistemerete negli alloggi sulla Ibrahim Pasha Street, proprio dietro i nostri uffici. Voi ragazzi», disse rivolto agli uomini, «alloggerete per il momento all'YMCA».

Gli uomini erano troppo spossati e faceva troppo caldo per fare battute. Willie, in particolare, era livido per la stanchezza. Prima, in un profumato sussurro, Arleta le aveva confidato che il comico aveva avuto problemi di cuore verso la fine del ciclo di spettacoli *Puss in Boots*, ma non voleva che nessuno lo sapesse. Aveva detto, inoltre, che era un tipo tosto e che il dottor Footlights[6] l'aveva aiutato, altrimenti avrebbe tirato le cuoia sul palcoscenico, il che probabilmente sarebbe stata la cosa migliore per lui.

«Alle sedici circa», continuò Crowley, «supponendo che riusciamo a organizzare il trasporto, vi preleveremo di nuovo e vi porteremo al nostro quartier generale in Qasr-el Nil Street. Se non ci riusciamo, prendete un *gharry*[7]. Al quartier generale sarete informati sulle disposizioni di sicurezza, le prove e i concerti. Temo che da ora in poi non sarà una passeggiata ma, almeno, per un po' non dovremo volare». Rivolse a Saba uno sguardo duro, come per dire: *Ascolta, ragazza con tre sacchetti per il vomito, spero che tu sia all'altezza*.

L'autista cambiò marcia e rallentò; avevano raggiunto un fatiscente raggruppamento di tende, uno squallido paesino. Saba vide due soldati britannici guardare sbalorditi Arleta, ben pettinata e con il rossetto appena messo, rivolgere loro un saluto regale con la mano. Le facce smunte degli uomini divennero sfocate e scomparvero in una scia di polvere.

«Quei poveracci sembrano a pezzi». Willie le aveva raggiunte in fondo al camioncino.

[6] In inglese: "luci della ribalta". Nomignolo per indicare il mestiere dell'attore.
[7] Carretto trainato da un cavallo usato come taxi.

«La cosa non mi sorprende», disse tranquillamente Crowley. «È stata una lunga sfacchinata e il peggio deve ancora arrivare».

Arrivati al Cairo, erano ormai coperti da una sottile patina di sabbia bianca e la luce era talmente forte che Saba sentì gli occhi rimpicciolire.

I loro alloggi erano all'ultimo piano di quello che un tempo era un albergo, ora trasformato in appartamenti. Era un edificio stretto e pieno di macchie, con piccoli balconi di ferro arrugginito che davano sulla strada. «Che razza di topaia», osservò subito Janine, guardando il posto con diffidenza.

Un vecchio egiziano con indosso la *djellaba*[8] le accolse sorridente all'interno. Il suo nome, disse in un inglese stentato, era Abel; se desideravano qualcosa, potevano rivolgersi a lui. Seguirono i suoi logori sandali con le suole rotte fino al primo piano; lì, l'uomo si fermò davanti a una porta su cui vi era scritto "Bagni femminili". All'interno, mostrò loro con orgoglio una piccola e buia stanza da bagno dotata di un antiquato scaldabagno e un gabinetto malridotto con un grosso flacone di repellente antizanzara posato sul coperchio.

Al piano successivo c'era il loro piccolo appartamento con due camere da letto e i freschi pavimenti piastrellati. Il salotto, arredato con vecchi mobili scuri e sbiadite litografie raffiguranti scene del deserto, si apriva su un piccolo balcone dalle persiane riccamente intagliate che dava sulla strada. Nella stanza entrò con passo felpato una donna con una ciotola di vetro contenente tre arance e tre banane. A Saba venne l'acquolina in bocca. Non mangiava una banana dall'inizio della guerra.

«*Shukran*[9]», disse alla donna. «Hanno un aspetto delizioso». Aggiunse poi in arabo: «È un posto molto carino».

«Accidenti», disse Arleta quando la porta si richiuse. «Dove hai imparato a parlare come i negri?».

Janine, che si era seduta elegantemente sul bordo di un sofà

[8] Tradizionale tunica indossata dalle tribù del deserto.
[9] In arabo: "grazie".

di vimini, sembrava ugualmente sorpresa, come se Saba avesse commesso un grave passo falso.

«Sono cresciuta vicino a Tiger Bay», spiegò Saba. «Nella nostra strada vivevano due famiglie arabe ed ero amica di una di loro. E, a proposito, è arabo, non lingua dei negri».

«Cosa ci faceva un arabo nella tua strada?». Janine abbassava altezzosamente le palpebre quando parlava.

«Ce n'erano di tutti i tipi». Saba si era risentita. «Greci, somali... i nostri padri andavano insieme per mare. E ancora lo fanno. Mio padre è un ingegnere navale».

Janine rifletté. «Quindi è un uomo istruito?»

«Sì. Legge libri e tutto il resto». "Idiota presuntuosa", pensò Saba. Aveva una mezza intenzione di vantarsi del fatto che suo padre fosse esperto di astronomia, delle lingue che parlava, del fatto che suo nonno fosse stato preside di una scuola, ma cambiò idea. Non era il caso di peggiorare la situazione.

«Be', accipicchia», disse piano Janine, scuotendo leggermente la testa. Cercò un'altra posizione per le sue eleganti membra. «Il mondo è bello perché è vario».

Il leggero tono nasale del Nord si intromise nella voce impostata. Si fissarono l'un l'altra per un po'.

«Allora». Arleta balzò improvvisamente in piedi. «Sono distrutta. Quali letti volete, care? Io posso dormire ovunque, quindi sta a voi decidere chi delle due prenderà la camera singola».

Be' in quel caso, disse Janine, andava bene se dormiva da sola? Il minimo rumore la svegliava e, a volte, le piaceva leggere prima di dormire.

«Va benissimo, cara», sorrise Arleta.

Fermandosi solo per prendere una banana, Janine lasciò la stanza saltellando sulle punte, come una prima ballerina che lascia il palco dopo un fragoroso applauso.

«Oh, per l'amor di Dio!», esclamò Arleta quando la porta si chiuse alle spalle di Janine. «Quante arie!».

«Penso che fosse in qualche corpo di ballo», sussurrò Saba. «È piuttosto snob».

«Oh». Arleta si mosse flessuosa agitando le braccia in un perfetto arabesque. «Chiedo scusa».

«Allora». Indicò un pezzo di chintz sbiadito appeso a un'asta. «Quale lato di questo bellissimo guardaroba preferisci?».

A Saba non importava. Sentiva ancora le gambe tremanti per il viaggio in aereo e la testa le ronzava. Mentre Arleta disfaceva i bagagli, si stese sul letto completamente vestita, ascoltando il chiacchiericcio che proveniva dalla strada, il rumore dei clacson, lo scalpiccio dei cavalli.

Al suo risveglio, Arleta era seduta sul letto di fronte. Guardava assorta una fotografia e, dopo averla messa via, si asciugò gli occhi. Sembrava un momento privato perciò Saba finse di dormire ancora ma, con gli occhi socchiusi, studiò la compagna.

Era a piedi nudi e aveva indossato una camicia da notte di seta color pesca che le metteva in risalto la vita sottile e le natiche perfette.

Saba la vide prendere dal bagaglio un paio di pantofole decorate con piume rosa, le due camicie sportive che l'esercito dava in dotazione, un delicato paio di sandali argentati, un cappello kaki, un beauty case straripante di flaconcini, un temperino, una parrucca bionda e un magnifico corsetto rigido con i lacci di satin. Quel bizzarro armamentario fece venire in mente a Saba una bambola di cartone che possedeva da bambina, dotata di tanti vestiti per vivere altrettante vite meravigliose: ragazza elegante, vamp, pattinatrice, cavallerizza.

E poi... ah! Che cosa orrenda! Disfatto un involto, ne aveva tirato fuori un piccolo animale. Si girò e si mise a ridere quando sentì il gridolino di sorpresa di Saba.

«Non temere, cara, non è vivo». Quando Arleta si portò al viso la stola di visone, alle narici di Saba giunse un intenso profumo. «Non è meraviglioso? Regalo di un ammiratore e assolutamente inutile in questo posto», disse, «ma non potevo sopportare di lasciare questo poverino». Ne parlava con voce dolce e triste, come se l'animale fosse vivo.

Saba si chiese chi glielo avesse regalato e se si trattasse della stessa persona che l'aveva fatta piangere, ma non la conosceva ancora abbastanza per chiederglielo.

Nel bagno aleggiava un leggero odore di sapone quando Saba quel pomeriggio si tolse i vestiti e si lavò da capo a piedi. Si sentiva terribilmente spaesata e aveva bisogno di fare qualcosa. Non poteva permettersi di pensare a casa. Mamma nella poltrona a fiori vicina al caminetto, l'espressione del suo viso. Janine aveva usato il lavabo prima di lei, sistemando il proprio asciugamano, lo spazzolino, il vasetto di aspirine e lo shampoo in modo così accurato che doveva aver usato un righello. Saba indossò una camicia d'ordinanza pulita, si spazzolò i capelli e si guardò piena di stupore. Era davvero lei? Da sola, al Cairo e membro di una compagnia di professionisti?

Erano di nuovo in strada, sotto una luce accecante e nel caldo insopportabile. Arleta, ormai esperta, fece cenno a un gharry di fermarsi e disse al conducente di portarle agli uffici dell'ENSA.

Crowley li aveva avvertiti che, attualmente, al Cairo ogni ora era l'ora di punta: negli ultimi tre mesi più di trentamila soldati alleati erano arrivati dal Canada, dagli Stati Uniti, dall'Australia. Quando Lev, l'acrobata, aveva chiesto perché, Crowley aveva alzato gli occhi al cielo dicendo: «Polacco, passi tutta la vita appeso a testa in giù da un trapezio infuocato? C'è una guerra qui; stanno arrivando i tedeschi». Gli aveva rivolto un sorriso ostile e, quando era andato via, Lev aveva alzato offensivamente due dita in aria mormorando: «Bastardo», con un'espressione minacciosa sul volto.

Una città irreale. Sbirciando dalle cortine sporche del carro che avanzava rumorosamente lungo la strada, Saba quasi dimenticò di respirare tanto era eccitata. C'erano botteghe straripanti di stoffe, vestiti e scarpe, scuri vicoli simili all'entrata delle tombe ricoperti di borse, vasellame, mucchi di invitanti arance e pesche. Sugli stretti marciapiedi, dei soldati in uniforme kaki cercavano di farsi largo tra donne e bambini; un uomo in sella ad un asino con un grosso candeliere sulla schiena.

Giunti a un incrocio, un poliziotto li fermò per far passare una Studebaker rossa che scartò con agilità un cammello impegnato a deporre un carico di sterco. Quando rallentarono davanti a un ristorante, l'Ali Baba, Arleta le informò che era frequentato dai soldati. «Altri ranghi, sapete», disse con voce affettata.

Dal ristorante uscirono un paio di soldati che sembravano aver bevuto tutto il pomeriggio; vedendo le ragazze, gli uomini fecerono finta di barcollare. Il più basso si mise a fischiare come un uccello e dimenò le anche.

«Oh, ma insomma!». Janine si ritirò dietro il telone sporco del gharry, la sua espressione scandalizzata era quasi comica. «Se sarà così, tanto vale che me ne torni subito a casa».

«Dove vai, tesoro?», chiese a Saba il soldato più alto con un accento australiano. Aveva una lunga cicatrice sul viso e lo sguardo famelico.

«Siamo artiste». I capelli di Arleta mandavano bagliori nella luce del sole. «Dovrete venire ai nostri concerti per saperne di più».

«Ooooh, non mi dire». Li aveva fatti ridere. «Dove vi esibite?», insisté l'altro. Entrambi gli uomini procedevano accanto al gharry, con grande divertimento del conducente che, per scherzare, fece finta di colpirne uno con la frusta.

«Non lo sappiamo ancora», disse Arleta. «Guardate i manifesti».

«Io ci sarò, amore», assicurò trafelato ad Arleta il più alto dei due. «Ma lui no. È un fottuto taccagno». Altri sussurri di sgomento da parte di Janine. «Ha i serpenti nel portafogli».

Il carro accelerò all'improvviso e il conducente, divertito, esclamò: «Ragazzacci!».

«Per l'*amore* del cielo!». Quando Janine si sistemò la gonna, Saba notò che si mangiucchiava le unghie. «Perché mai incoraggiarli?».

Quando arrivarono agli uffici dell'ENSA e il conducente scoprì che non avevano denaro, la sua espressione allegra si trasformò in una smorfia incredula. Alzando gli occhi al cielo e facendo una smorfia con la bocca, fece capire loro che gli avevano rovinato la vita. Il suo cavallo non avrebbe più mangiato e la stessa sorte sarebbe toccata a sua moglie e ai loro quattro figli. Gli avevano dato una bella fregatura.

«Mi dispiace molto», gli disse Saba nel suo approssimativo arabo. «Non abbiamo piastre ma se aspetta andrò a prenderle». Un ufficiale dell'esercito, magro e con i capelli rossi, si precipitò giù per le scale profondendosi in mille scuse. Disse che si chiamava Nigel Furness. Con la mano lentigginosa consegnò un fascio di banconote al conducente.

«Saremmo venuti noi a prendervi», spiegò con un sorriso stanco e falso, «ma siamo a corto di mezzi di trasporto. Sono arrivati contemporaneamente quattro gruppi di artisti, quindi c'è un bel po' di confusione».

Willie e gli acrobati le aspettavano in un piccolo ufficio al primo piano. Oltre a loro, due dattilografe in uniforme battevano sulle loro macchine da scrivere circondate da malfermi mucchi di cartellette e cesti contenenti arredi scenici. Nell'angolo era acceso un grosso ventilatore.

Furness si sedette sotto una cartina dell'Africa. La vista di quella mappa appesa alla parete con le puntine suscitò un'ondata di entusiasmo in Saba. Lei si trovava lì! Finalmente! Dio solo sapeva quale sarebbe stata la loro direzione!

Arleta, che aveva una camminata favolosa, imponente, sicura e destinata a far bella mostra del suo corpo, entrò con calma nella stanza.

«È possibile avere una tazza di tè o un biscotto?», chiese con insolenza a Furness non appena si sedettero. Si lisciò la gonna all'altezza delle ginocchia e aggiunse flebilmente: «Sto morendo di fame, tesoro».

Saba sentì una delle dattilografe rallentare il ritmo e Willie mormorare: «Oh, benedetta figliola».

«Diamoci un taglio con i "tesoro", grazie». Furness soffocò un sorrisetto compiaciuto, ma la sua pelle pallida era arrossita. «Siamo nell'esercito, adesso».

«Oh, cielo! Chiedo scusa». Arleta si agitò sulla sua sedia come una scolaretta ribelle e lo guardò impassibile. «Non farò più la cattiva». Strizzò l'occhio a Saba; Furness aveva dato loro le spalle per occuparsi della cartina. Con voce smorzata chiese a una delle segretarie di portare del tè per tutti quanti.

Quando arrivò in grosse tazze macchiate dall'uso, accompagnato da un vassoio di biscotti Garibaldi, tutti vi si avventarono. Quando Janine, con le gambe elegantemente incrociate, disse solo tè per lei, grazie, niente zucchero né biscotti, la guardarono sbalorditi.

«Non hai mangiato niente tutto il giorno», disse Arleta, dimenticando la banana.

«Forse mangerò qualcosina stasera», disse debolmente Janine. «In realtà mangio come un uccellino anche in situazioni migliori».

Furness, guardando Arleta oltre il bordo della sua tazza, disse: «Dopo dovreste uscire a mangiare qualcosa. Io non riesco a pensare a stomaco vuoto». Sorrise, timido come uno studente.

Quando Arleta sussurrò: «Lei è un angelo», guardandolo negli occhi, una delle dattilografe, una donna scialba con i polpacci da giocatore di hockey, alzò gli occhi al cielo. Saba era incantata. Una volta sua madre l'aveva accusata di essere una civetta nata e lei ne era rimasta colpita – era del parere che se ti piaceva qualcuno dovevi farglielo sapere. Non era una cosa che decidevi di fare... be', non sempre. Ma con Arleta era come guardare una campionessa della civetteria in azione; il suo modo di fare era pervaso da una tale allegra energia da farlo sembrare un gioco e a lei non importava un accidente di chi la osservava.

Furness si alzò in fretta. «Credo che faremmo meglio a darci una mossa». Si avvicinò risoluto alla cartina. «Per ovvie ragioni», prese un bastoncino appuntito, «non è molto quello che possiamo o vogliamo dirvi riguardo all'attuale situazione in Egitto e nel Mediterraneo. Restando sul vago, quello che accadrà qui nei prossimi mesi potrebbe essere, in termini politici e strategici, cruciale per il risultato di questa guerra».

Attaccò un foglietto bianco alla cartina.

«Allora, riassunto della storia», proseguì. «Durante gli ultimi tre mesi, sono arrivate al Cairo truppe alleate dal Canada, dagli Stati Uniti, dall'Australia. Perché? Be', ora che la Francia è caduta e grosse porzioni del Mediterraneo sono state tagliate fuori, non sono molti i posti dove i nostri e le truppe del Commonwealth possono attaccare i tedeschi».

Sul foglietto disegnò un grosso ragno con le zampe. «Noi ci

troviamo proprio al centro». Indicò il corpo della creatura che aveva disegnato, poi tracciò uno schizzo approssimativo dell'Egitto, con la Libia da un lato e il Canale di Suez dall'altro. «I nostri ragazzi sono qui per proteggere queste zone». Indicò Suez e i giacimenti petroliferi in Iraq e in Iran. «Quaggiù», indicò uno spazio vuoto sotto alla sua mappa, «abbiamo migliaia di uomini nel deserto. Alcuni di loro sono lì dal 1940 e se la sono vista davvero brutta. Il caldo, come scoprirete, è spietato, il cibo e le munizioni spesso scarseggiano. Hanno disperatamente bisogno di un po' di sollievo».

Janine si mordeva il labbro; fissava la cartina. Arleta aveva arrotolato una ciocca di capelli attorno all'indice.

«Vi sto dicendo queste cose», ogni traccia del bonario insegnante privato era scomparsa quando Furness posò lo sguardo su ognuno di loro, «perché alcuni degli artisti che sono stati qui di recente pensavano che Il Cairo fosse una specie di tana o un soggiorno di tutto riposo. Non lo è ed è importante che comprendiate la gravità della situazione attuale. In realtà», abbassò la voce, «il quartier generale era sul punto di cancellare questa tournée ed è ancora del tutto possibile che veniate evacuati senza preavviso. Non lo dico per spaventarvi – faremo tutto il possibile per la vostra sicurezza – ma solo per avvertirvi».

«Non può neanche rivelarci dove siamo diretti?», domandò Janine con un tono teso. «Nessuno ci ha ancora detto niente».

«Vi sposterete un bel po' nelle prossime settimane», disse Furness. «Dovrete imparare a essere flessibili riguardo alle sistemazioni. Al momento», sospirò pesantemente e si asciugò la fronte con un fazzoletto, «non so dirvi se sarete a bordo di un idrovolante Sunderland, un camion o un carro funebre, e non sto scherzando».

Arleta e Saba risero; Janine tamburellava sul pavimento con il piede sinistro, aveva gli occhi chiusi come se stesse pregando.

«Ho viaggiato in un carro per maiali a Malta», disse loro Arleta. «La puzza... indescrivibile. Dopo mi sono dovuta lavare i capelli per giorni». Li prese tra le mani e li lasciò cadere in onde lucenti sulle spalle.

«Bene, splendido, splendido». Furness la guardò con sollievo.

«Sa come stanno le cose». Diede un'occhiata all'orologio. «Alcuni moduli da riempire». Porse loro sette cartoncini color camoscio. «Non serve che lo facciate adesso, rimandate a dopo la colazione».

«Cos'è un N15?», domandò Janine.

«Se venite catturati», disse Furness, «è per far sapere al nemico che siete membri delle forze armate britanniche. Speriamo non ne abbiate bisogno.

Un altro paio di cosette: il cibo – non comprate niente sulle bancarelle e non bevete acqua senza averla prima fatta bollire. La regola con il cibo fresco è: potete bollirlo o sbucciarlo? Se no, lasciate perdere. La gente del posto: non andate mai in giro da sole, né attorno agli accampamenti e mai, mai nelle aree degli indigeni. Alcuni dei loro uomini hanno idee sbagliate riguardo alle donne». Si schiarì la voce. «Pensano che voi siate, come posso dire...?»

«Facili prede», gli venne in soccorso Arleta. «Una volta in Africa occidentale un uomo ha offerto duemila pecore per me. Probabilmente avrei dovuto accettare».

«Questo genere di cose». La pelle delicata di Furness era arrossita nuovamente. Strappò il diagramma a forma di ragno dalla cartina; sembrava impaziente di sbarazzarsi di loro.

«Allora, non ci dice nulla della paga?», intervenne Arleta. «O mi sono persa quella parte?»

«Ah, giusto». Furness aprì il cassetto della scrivania e porse a ciascuno di loro una piccola busta manila. «Ecco il salario per la prima settimana: un anticipo di dieci sterline. D'ora in poi lo riceverete dal NAAFI[10]. Ma, a giudicare dal vostro aspetto, oggi avete bisogno di un buon pranzo. Inoltre, quando sarete in tour, avrete il grado di ufficiale e potrete usufruire della mensa».

Scendendo rumorosamente le scale, Furness li informò che le prove sarebbero iniziate l'indomani e prima della fine della settimana avrebbero tenuto un paio di concerti.

[10] Navy Army and Air Force Institutes, organizzazione creata nel 1921 dal governo britannico per gestire attività ricreative utili alle forze armate e vendere beni agli uomini in servizio e alle loro famiglie.

«Speriamo che stasera arrivi Max Bagley», disse. «È il direttore della vostra tournée». Esitò un breve istante. «Finché farete quello che vi dice, non penso che avrete problemi con lui. È un uomo di grande esperienza. Questo è tutto per ora. Rompete le righe».

La loro breve conversazione era terminata.

Capitolo 7

Le aveva scritto:

Cara Saba,
mi spiace tanto per l'altra sera. Deve esserle sembrato davvero strano, ma quella ragazza non era una fidanzata, ma qualcuno che ha da poco perduto un ragazzo con il quale volavo, un amico. Quando avrà l'autorizzazione, mi faccia sapere dove si trova.

Non era riuscito ad entrare più nei dettagli riguardo a Jacko; gli sembrava meschino usarlo come scusa.

Jilly gli aveva tenuto per tutto il tempo la mano sul braccio. Saba aveva visto tutto. Quando l'altro tizio aveva lasciato il proprio tavolo per andare a riprendersela, Jilly aveva rivolto a Dom un sorriso colpevole e lui probabilmente aveva ricambiato. Strano che il dolore potesse essere così simile al desiderio.

Gli aveva risposto la madre di Saba:

Caro ufficiale pilota Benson,
mi chiedo se è in grado di aiutarmi. Mi è capitato di aprire per errore la lettera che ha mandato a mia figlia. È partita per... *il censore aveva tagliato proprio quel pezzo*, e da allora non abbiamo avuto più sue notizie. E lei? Mi chiedo se, essendo nelle forze armate, non potrebbe scoprire qualcosa per noi. Mio marito e io siamo molto in pena per lei.
Cordiali saluti,

Joyce Tarcan

Era di stanza a Brize Norton quando ricevette la lettera. Era stato incaricato dell'addestramento dei giovani piloti e mordeva il freno perché la situazione ora era molto più tranquilla rispetto ai giorni della battaglia d'Inghilterra. Quando non volavano, l'atmosfera della mensa era satura di noia, infinite partite a cribbage e fumo di sigaretta.

Era partito non appena aveva ricevuto un giorno di congedo, felice di avere una ragione quasi legittima per farlo.

Quando il treno imboccò il Severn Tunnel, Dom percepì un aumento dell'oscurità. Sentì il sibilo di vapore, segno dell'entrata in funzione dei freni, e poi il confuso annuncio da parte di una guardia assonnata che li informava che sarebbero rimasti lì per parecchio tempo.

L'annuncio fu accolto da canzonature e risate fragorose da parte degli altri passeggeri nella soffocante carrozza – i ritardi, ormai, facevano inevitabilmente parte della vita. Dom, sudando nel soprabito, si sentì male e la cosa lo fece infuriare. Dall'incidente, soffriva di una forma di claustrofobia che sapeva di dover combattere se voleva tornare a volare in combattimento. Quegli attacchi sbucavano fuori dal buio senza preavviso: il primo sintomo era un senso di oppressione alla gola, la sensazione che il suo intero corpo fosse stato trasformato in una pompa regolata alla massima potenza che sarebbe esplosa se lui non avesse respirato correttamente o se non si fosse messo a correre da qualche parte. Il fatto che perfino un treno bloccato in una galleria potesse avere un tale effetto su di lui lo sgomentava.

Rimase seduto, respirando profondamente a testa bassa, sudato e terrorizzato e, quando la sensazione passò, come di solito accadeva, si chiese cosa avrebbe fatto in quell'impresa disperata. La ragazza era andata in Nord Africa, o così aveva lasciato intendere il portiere, e non le sarebbe servito il cappotto blu che aveva sistemato nel portapacchi sulla sua testa. Nella tasca destra aveva trovato un delicato portafortuna di filigrana d'oro a forma di mano. L'aveva messo nella tasca del proprio soprabito. Era nuovo.

Toccò l'amuleto. Da ragazzo, era stato ossessionato dagli oggetti magici e riconobbe nel portafortuna una mano di Hamsa. Si pensava che la mano di Hamsa tenesse lontano il malocchio, l'invidia altrui, il tipo di invidia che poteva ostacolare i sogni individuali e i desideri. Il motivo per cui le madri egiziane sporcavano la faccia dei loro figli, e per cui ai bambini inglesi veniva insegnato a non vantarsi.

A Cambridge, la RAF gli aveva fatto dimenticare tutte le sciocchezze sulla magia, tuttavia aveva stretto forte il portafortuna d'oro durante il suo attacco di panico come se quella piccola mano potesse aiutarlo. E, quando il battito cardiaco era tornato alla normalità e il sudore pungente si era asciugato, si prese in giro: Dom, il grande cinico, era su un treno diretto in nessun posto – oh, la potenza della musica popolare, eccetera.

Un grazioso membro della WAAF sedeva di fronte a lui, le gambe avvolte dalle calze graziosamente messe di traverso, le scarpe dalle grosse suole accuratamente allacciate. La ragazza prese dei panini e gli chiese se ne gradisse uno. Dom rifiutò e lei, dopo aver mangiato con garbo ed essersi pulita la bocca con un fazzoletto, gli chiese con quale squadriglia volasse.

Quando lui le disse che non volava ancora, la ragazza iniziò un'impacciata conversazione riguardante un suo amico appartenente alla 55ª Squadriglia che compiva voli notturni su Parigi. I suoi occhi sembravano chiedere: questo va bene? Sto andando troppo oltre? Aveva un viso a forma di cuore e capelli biondo rame. Belle gambe, anche. Un tempo, con un altro stato d'animo, le avrebbe risposto a dovere. Avrebbero potuto bere qualcosa più tardi quella sera, scambiarsi i numeri di telefono, e, a un certo punto, andare a letto insieme. Era così che andavano le cose adesso: si trovava conforto dove si poteva e lei sembrava una ragazza simpatica, una che stava al gioco. Dom vide il suo sorriso sbiadire quando riprese a leggere il giornale.

Mezzo addormentato, sentì che un altro soldato stava parlando con lei. Lo strofinio dei fiammiferi che avevano usato per accendersi una sigaretta. L'uomo aveva un piacevole accento del Gloucestershire, con la erre arrotata, e stava dicendo alla ragazza che quello stesso treno era stato attaccato solo poche settimane prima da un caccia tedesco; il macchinista aveva accelerato fino a quasi centocinquanta all'ora. La bionda disse: «Accidenti, spero che non succeda di nuovo oggi», con un tono di voce leggermente scoraggiante che lasciava intendere che la conversazione era finita. Chi mai era in grado di sondare la casualità del desiderio umano? Perché lui, che ora fingeva di dormire nascosto dal giornale? Perché non lei?

Stava pensando agli occhi di Saba, marrone scuro o chiaro? Lo avevano guardato come animali in gabbia attraverso il velo di quello strambo cappellino; rilucevano di vita. E una delle canzoni che aveva cantato su Dio che benedice il figlio che ha fatto le sue scelte, esprimeva un desiderio di indipendenza, di vita, di dignità, ma, gli sovvenne, non di un uomo.

Era graziosa, non c'era dubbio, ma Dom aveva passato troppo tempo in ospedale per diffidare della semplice bellezza in un altro essere umano. Pensava alle ragazze che erano fuggite dal reparto urlando alla vista del nuovo aspetto dei loro amanti. Annabel, per lo meno, aveva conservato un minimo di decoro, assicurandogli più volte che non era per causa sua, ma per quella che aveva definito vagamente, con gli occhi azzuri che lampeggiavano quando diceva la verità, "l'intera situazione". Un pensiero che lo aveva portato a Peter, un caro amico a Cambridge, un uomo con la passione per le ragazze, T.S. Eliot e le automobili. Era Peter quello che si era seduto su un ponte nei pressi del Cam e gli aveva letto a voce alta i *Quattro quartetti*. *Teach us to care and not to care*, "Insegnaci a interessarci e a disinteressarci" era il verso che gli era improvvisamente venuto in mente.

Un anno prima che il suo aereo venisse abbattuto sulla Francia, Peter aveva comprato per otto sterline una scintillante Austin 10 verde da un meccanico. Era sorpreso per il colpo di fortuna e, durante una bellissima giornata estiva, avevano scorrazzato per la campagna dell'Oxfordshire. L'auto era esplosa una settimana dopo e l'ultima volta che Dom aveva visto Peter, il ragazzo era seduto sull'erba, circondato dai rottami.

«È stata colpa mia», aveva detto Peter. «Sono stato uno sciocco. Mi sono lasciato attrarre dal colore uguale a quello degli occhi di una bellissima ragazza». Dopo un breve silenzio aveva aggiunto: «È una fottuta macchina senza speranza».

Nella galleria era ancora buio. Per fare qualcosa, Dom rilesse la lettera della madre di Saba alla luce di una torcia. Quando l'aveva letta per la prima volta, aveva provato una fitta di delusione – e così Saba se n'era andata, definitivamente e spavaldamente – e, al suo solito, aveva desiderato metterci una pietra sopra. Ma poi aveva provato qualcosa di simile al sollievo.

Perché, cosa sapeva di quella ragazza? Solo che cantava e che ne ammirava il coraggio, e che per quell'unico momento in cui le aveva rivelato la provenienza del suo innesto di pelle, erano entrambi scoppiati a ridere come bambini.

Nella vita c'erano momenti come quelli, pensò, che non si potevano spiegare o capire, ma che possedevano la perfetta esattezza di una palla da biliardo che rotola dritta in buca, o di un tornante di montagna affrontato ad alta velocità, ma con una perfezione rallentata.

And the bird called, in response to the unheard music hidden in the shrubbery, "E l'uccello emise il suo richiamo, in risposta alla musica sconosciuta nascosta negli arbusti". Oh, che razza di dannato sciocco era diventato. Incolpò la guerra.

Una pioggia leggera cadeva sulla baia di Cardiff mentre Dom si dirigeva verso Pomeroy Street. Cadeva delicatamente su un mare perlaceo sul quale a malapena si distingueva la linea dell'orizzonte e rendeva indistinti i contorni di una schiera di case sulle quali stridevano i gabbiani. Schizzava sull'incerata che copriva gli ortaggi di una bottega mediorientale nei pressi di Loudon Square. "È qui che vive Saba", pensò.

Si tirò su il colletto del soprabito e guardò l'ora. Aveva una licenza di ventiquattro ore: tre ore al massimo fino al treno del ritorno.

Una donna con il sari e l'impermeabile gli sorrise all'angolo della strada. Un ragazzino lo superò con la bicicletta. «Dov'è il suo aereo, signore?», disse.

All'angolo della strada successiva, vide una casa aperta in due da una bomba; sembrava denudata ed era una vista imbarazzante, come una ragazza con le mutandine calate. Gli squallidi interni con la carta da parati sbiadita, una cucina verde, i travetti sporchi di fuliggine. Una casa povera in una strada povera.

Le strade di Saba. "La famigerata Tiger Bay". Lo aveva messo in guardia punzecchiandolo.

Poiché lei possedeva una naturale dignità e l'apolide sicurezza di un'artista, Dom non aveva dato molto peso alla sua provenienza e ora cercava di accostare nella sua mente quelle due immagini della ragazza. I genitori di Annabel possedevano un'incantevole vecchia casa Tudor nel Wiltshire con un laghetto abitato da cigni e anatre, oltre a un appartamento a Lincoln's Inn. Sua madre era una loro grande estimatrice; ne apprezzava la mentalità, l'arredamento impeccabile, l'abbonamento al festival di Glyndebourne. Probabilmente aveva progettato il matrimonio di suo figlio nel loro giardino. Non aveva ancora avuto il coraggio di dirglielo.

La porta d'ingresso della casa di Pomeroy Street aveva un batacchio di ottone a forma di testa di leone. Respirò a fondo e bussò.

Apparve un'anziana donna in abito nero e stivali di gomma. Nell'oscurità del corridoio i suoi occhi brillavano – scuri e indagatori.

Per tutto il tragitto lungo le strade sporche che portavano alla baia e a Pomeroy Street, aveva riflettuto ed era giunto a un accordo con se stesso. Era lì semplicemente per restituire il cappotto blu; se la madre di Saba chiedeva aiuto, Dom avrebbe fatto dignitosamente quello che poteva e poi, in fretta e con discrezione, si sarebbe fatto da parte. Nulla doveva far pensare a lui come al classico cascamorto che fa il filo alle artiste; si trattava di un semplice atto di gentilezza.

Ma il viso della donna si illuminò non appena lo vide; gli posò la mano sul braccio e, piena di entusiasmo, gridò dietro di sé: «Svelta, Joyce!». Sembrava il ritorno del figliol prodigo. «Vieni! Vieni subito. Il ragazzo è qui!».

Una porta in fondo al corridoio si spalancò e una figura attraente, sulla quarantina, ipotizzò, gli venne incontro. I folti capelli scuri sembravano freschi di parrucchiere e sulle labbra c'era una traccia di rossetto. Una donna che teneva al proprio aspetto o che si era preparata appositamente per la sua visita.

Lo accompagnò nel salottino a destra del corridoio – una stanza accogliente con un piccolo camino acceso. In un angolo c'era un pianoforte con uno spartito sul leggio. La vecchia intercettò il suo sguardo e gli sorrise incoraggiante.

«So suonare», si vantò. «Saba insegnato me. A lei piace molto».

«Tansu», disse seccamente la donna più giovane. «Va' a toglierti gli stivali. Preparerò una tazza di tè al signor Benson – o preferisce un caffè? Li abbiamo entrambi».

«Caffè, la prego», disse. «Se ne ha a sufficienza». E poi, imbarazzato: «Cioè, con il razionamento e tutto il resto».

«Turco? Inglese? Mio marito lavora sulle navi ed è l'unica cosa che abbiamo in quantità».

«Turco, grazie». Non l'aveva mai provato prima ma, perché no? Tutto era già abbastanza strano.

«Oh, e l'ho chiamata "signore"». Lo guardò cauta. «Ho dimenticato il suo grado».

«Ufficiale pilota», le disse. La sua rapida nomina non gli era mai sembrata vera; sentiva di non meritarla, come il fatto di essere ancora vivo.

Diede una veloce occhiata alla parete di libri e al grammofono, con accanto una pila di dischi ordinatamente disposti. Quella gente non corrispondeva alla sua idea di normale famiglia proletaria.

Sul grammofono c'era una fotografia incorniciata raffigurante una donna dall'aspetto risoluto in posa davanti alla Sfinge.

«Umm Kulthum». La vecchia signora era tornata. Portava un paio di pantofole a fiori e guardò con adorazione la foto. «Molto, molto brava». Indicò i dischi e ne toccò delicatamente un paio. «Belli», disse dolcemente.

Mentre aspettavano il caffè, la donna gli portò un'altra fotografia e gliela posò in grembo. Era Saba. Era in piedi di fronte a una banda musicale e indossava un lungo abito di lucido satin; aveva un fiore tra i capelli e sorrideva spensierata a un pubblico di giovani con i capelli corti e i colli infantili. Come anemoni di mare in cerca di luce o cibo, si protendevano verso di lei nell'oscurità di quello che sembrava un grosso hangar. Dom sapeva quali terribili pensieri si annidavano nelle loro menti e questo gli causò un momento di insicurezza. Quella visita era una cosa ridicola.

«Saba e gli Spring Tones», gli spiegava orgogliosa la vecchia signora. Sollevò due dita. «Secondo concerto. Molto molto brava...». E mimò un fragoroso applauso. Le sue pantofole fecero una piccola danza strascicata.

«Tansu». Joyce era tornata con un vassoio tintinnante. «Prendi il cappotto di questo poverino, lasciagli bere il suo caffè. Per favore».

«A proposito di cappotti...». Le porse la borsa che aveva posato a terra. «Saba ha dimenticato il suo – stavamo bevendo qualcosa insieme».

«Ah, Signore». La madre posò il vassoio e, irritata, sfilò il cappotto dalla borsa. «Povera me, è così incosciente. È tipico di Saba, in un certo senso, voglio dire. Senta... non voglio essere scortese, ma quanto tempo ha?». Lo guardò fisso negli occhi. «Io ho turni. Ho meno di un'ora».

«Il mio treno parte alle quattro», rispose. «Domani volo». Lo disse per consolarsi, non per vantarsi.

«E vola sugli Spitfire o gli Hurricane?». Di nuovo l'ospite cortese, che gli versava il caffè da una piccola caffettiera di ottone.

«Per il momento Harvard», disse. «Sono in un'unità di riaddestramento. Ho conosciuto sua figlia in ospedale. Ho avuto un brutto incidente in Francia. Adesso sto bene».

«Lo vedo». Joyce sorrise per la prima volta.

«Era venuta a cantare per noi».

«Sì, faceva cose del genere prima di partire...». La sua espressione era tornata severa e guardinga. Fece per bere un sorso del suo caffè, posò la tazza e sospirò bruscamente.

La vecchia signora era tornata, stavolta con una ciotola di ceci su un piatto di legno.

«Prego». Indicò i ceci. «Su. Mangiare».

«La ringrazio, signora Tarcan».

«Tansu», disse con fermezza. Si posò la mano sul seno imponente. «Mio nome è Tansu».

«Oh!». Aveva visto il cappotto blu e con le dita nodose ne toccò delicatamente la stoffa, come se fosse una reliquia sacra.

«Mi racconti più cose sul suo incontro con Saba», lo esortò la madre.

Nel sentire il suo nome, la nonna emise un gemito e fissò i vecchi occhi ansiosi su Dom. Joyce giocherellava con la tazza; non ne aveva ancora bevuto un sorso.

«Ero in ospedale. East Grinstead», disse. «Lei era venuta a cantare, ha detto che era un rimpiazzo dell'ultimo minuto».

Guardò Joyce, seduta sul bordo della sedia. *Vai, vai, vai, disse l'uccellino.*

«Ho pensato che fosse meravigliosa». Per un momento si guardarono dritti negli occhi.

«Sì», disse Joyce. Scosse la testa e sospirò profondamente. «E così *egoista*».

La sua voce fremeva di rabbia repressa.

«Egoista?»

«Sì». La donna deglutì a fatica e posò la tazza. «Non dormiamo da quando se n'è andata».

«Dove si trova?»

«Questo è il punto, non lo sappiamo».

A quelle parole, la vecchia signora, che seguiva con gli occhi la loro conversazione, emise uno squittio quasi impercettibile e si coprì la faccia con il grembiule.

«Tansu, ti dispiace prendere la torta? Vai a prendere la *torta* in cucina».

«Non capisce tutto, ma non voglio che ascolti queste cose», disse Joyce quando se ne fu andata. «Si addormenta piangendo tutte le notti».

Dom vide che aveva gli occhi cerchiati, lo sguardo intorpidito del panico tenuto a stento sotto controllo.

«Non ha idea di dove sia?»

«Circa una settimana fa, abbiamo ricevuto un aerogramma in cui diceva di essere in Egitto. Diceva che si trovava al Cairo, che sarebbe partita presto e che non dovevamo preoccuparci. Da allora, niente».

Vedendo il tremendo sforzo che faceva per controllarsi, per la prima volta nella sua vita Dom comprese la desolazione di quelli che rimanevano.

Non aveva mai permesso a se stesso di pensarci: sua madre, che cuciva o aspettava nel freddo soggiorno, oppure distesa al buio ascoltando il rombo di un aereo che passava e che poteva essere quello di suo figlio.

«Una settimana non è molto tempo», le ricordò gentilmente.

«Le poste sono terribili. Dov'è... c'è...?», domandò con tatto. A quei tempi non si poteva dare per scontato niente.

«Suo padre?»

«Sì».

La donna diresse lo sguardo verso la mensola sul caminetto. L'uomo nella foto aveva un viso attraente dalla mascella pronunciata, penetranti occhi scuri, folti capelli neri – non sembrava inglese.

«Si chiama Remzi», disse Joyce. «È un ingegnere della Fyffes. Non ci parliamo da quando è successo tutto questo». Alzò tristemente le spalle. «Dà a me la colpa di tutto».

La vecchia signora era tornata con la tortiera in una mano e uno strumento simile a un liuto nell'altra.

«Questo mio. Tambur». Sollevò lo strumento con orgoglio.

«Ah, una famiglia di musicisti», disse Dom educatamente.

«Non lo suona; era suo marito a farlo», precisò la madre. «Ma quaggiù nella baia si fa un sacco di musica – è venuto Hoagy Carmichael a suonare prima che scoppiasse la guerra».

La vecchia posò la torta sul tavolo. Aveva in mano un'altra fotografia.

«Mio figlio», disse. «Ho quattro figli: tre finiti». Il suo viso si distorse. «Lui no qui ora. Quando lui...».

«Tan, ci penso io», disse Joyce quasi urlando. «Per favore!».

«Quando lei andata», la vecchia la ignorò, «quando lei andata», indicò la fotografia di Saba, «lui...». Prese un immaginario bastone e mimò delle percosse. Poi, scosse energicamente la testa. «Molto, molto cattivo», disse.

Nel breve silenzio che seguì, Joyce armeggiò con le tazze di caffè.

«È vero», disse alla fine. «Non è un uomo violento, ma era furioso con lei quando ha scoperto che si esibiva. L'ENSA è stata la goccia che ha fatto traboccare il vaso. Ma cosa poteva fare Saba?», gli chiese con uno sguardo indifeso. «Cantare è come respirare per lei, aveva bisogno di farlo e all'inizio tutti noi l'abbiamo incoraggiata – lui ne era orgogliosissimo. Lei l'ha sentita».

«Capisco», disse Dom. «Davvero».

Gli occhi della vecchia erano di nuovo fissi su di loro. A un certo punto balzò in piedi e armeggiò con il coperchio del grammofono, come se volesse mettere su qualche disco.

«Non ora, Tan», la fermò Joyce. «Non ho tempo. Ho bisogno di dire questa cosa in fretta. Sto parlando troppo», sorrise improvvisamente. Un sorriso triste. «Non ho idea del perché lei sia qui».

«Be'... in realtà per...». Guardò il cappotto blu, vergognandosi già per la bugia poco convincente ma necessaria.

«Ma, ora che conosce la situazione, può aiutarci?». I suoi occhi si illuminarono al solo pensiero.

«Forse, non lo so. C'è qualcos'altro che la preoccupa?»

«Be'... sembra un pochino sciocco, ma mio marito è convinto che ci sia sotto qualcosa di ambiguo».

«Perché?»

«Vede, normalmente, per entrare nell'ENSA bisogna avere venticinque anni; lei ne ha ventitré e l'hanno subito presa. Se n'è andata in un lampo; normalmente, dice mio marito, darebbero qualche mese per le vaccinazioni contro la febbre gialla, i moduli e tutto il resto. Che fretta c'era?»

«Forse laggiù avevano bisogno urgente di artisti – credo che siano arrivati qualcosa come tremila e cinquecento soldati alleati in Nord Africa per dare man forte all'8ª Divisione». Troppi pensieri gli affollavano la mente. Il teatro di guerra ora era il deserto.

«Non capisco neanche cosa ci facciamo in Africa», aggiunse sconsolata Joyce. «Sembra così lontana».

«Lo è», le disse gentilmente. Per un attimo pensò di spiegarle la sua importanza strategica ma non era il momento per una lezione di storia e poi metà della sua mente stava già pensando allo stormo dell'89ª Squadriglia di stanza in Nord Africa. C'era stato una volta per un corso di addestramento, due settimane nel deserto trascorse soprattutto a bere pessimo gin in un uadi in attesa della battaglia.

«Non è una cosa impossibile», disse ad alta voce. Volare nell'infinito vuoto del deserto, l'immenso cielo azzurro, la volta in cui era stato più vicino ad essere un uccello.

«Conosce qualcuno lì?», gli chiese.

«Non molti, qualcuno». Sentiva che era sbagliato alimentare le sue speranze. «Ma, per tornare a quello che stava dicendo, perché suo marito crede che la vogliano in quel posto?»

«Non lo so», rispose Joyce. La sua espressione era impenetrabile. «Dovrebbe chiederlo a lui. Forse sta solo esagerando la cosa. Ha dei ricordi terribili della Turchia e di quella parte del mondo. Tanta gente è scomparsa dal suo villaggio durante la prima guerra mondiale. Lui era per mare. Pensa che i suoi fratelli siano stati giustiziati. Poveraccio». Sospirò pesantemente. «Non mi meraviglia che sia così spaventato».

«Saba lo sa?»

«No. Lei è il suo piccolo raggio di sole – o lo era. Voleva che rimanesse tale».

«Com'era?», gli sfuggì involontariamente. «Da bambina, intendo».

«Monella, meravigliosa! Una volta mia zia disse: "Non ho mai conosciuto una bambina capace di illuminare una stanza come fa lei". Ostinata. Andavamo nelle valli a trovare i miei genitori; avevano un carretto con il cavallo e lei voleva sempre le redini, anche quando aveva quattro anni. "Dammele, mamma! Ce la faccio! Non sei tu la padrona di questo carretto". Un giorno il cavallo ci sfuggì di mano e lei impazzì dalla gioia, disse che quello era stato il giorno più bello della sua vita!».

Era graziosa quando rideva in quel modo.

«Andava matta per ogni genere di cantanti: Billie Holiday, Dinah Shore, Helen Forrest. Quando le abbiamo regalato il disco di *Deep Purple*, l'avrà suonato cinque milioni di volte, ci faceva impazzire e rimaneva ore e ore nella sua stanza a imparare le parole. Ma, oh, sa essere sbadata». Guardò di nuovo il cappotto. «Per metà del tempo pensa alle canzoni, così...». Alzò improvvisamente gli occhi. «Senta, ci aiuterà se può?»

«Non lo so. Probabilmente sta bene. Laggiù le poste sono famose per essere lente – probabilmente riceverete una lettera non appena sarò partito».

«Sono così confusa», disse Joyce. «Mi è sembrata così felice, è sempre felice quando lavora, ma è troppo ingenua».

«Se dovessi trovarmi lì», disse assorto Dom, «cosa dovrei dirle? Non posso presentarmi come un perfetto estraneo, o quasi, e ordinarle di tornare a casa». Era stato improvvisamente colpito dall'assurdità della cosa.

«No! No! No! Non lo faccia». Il viso di Joyce si era d'un tratto illuminato, facendole perdere dieci anni. «È un'esperienza meravigliosa per lei. Vada semplicemente a trovarla. Non so, le dica che capisco ma... voglio solo sapere che è al sicuro».

Guardò l'orologio sulla mensola del caminetto. Mancavano venti minuti alle quattro.

«Devo andare», disse.

«Anche io».

«Se vuole possiamo fare un tratto di strada insieme».

«Un'ultima domanda». Dom sentiva che doveva saperlo. «Apre tutte le sue lettere? Cioè, quelle inviate da altre persone?»

«La maggior parte». Lo guardò con aria di sfida. «Non voglio che suo padre si arrabbi ancora di più e neanche lei, se lo conoscesse».

«E le ha scritto qualcun altro?»

«Solo giovanotti come lei».

La fitta di gelosia che provò fu acuta e lo colse di sorpresa. Non aveva diritto di sentirsi così ma non poteva farci niente.

«Vuol dire uomini che l'hanno sentita cantare?»

«Sì, e Paul, naturalmente».

«Paul?»

«Il suo fidanzato, per pochissimo tempo», disse Joyce con amarezza. «Un bravissimo giovane, studiava per diventare insegnante, famiglia deliziosa. L'avrebbe sposata all'istante. Lo ha lasciato poco prima di andare a Londra; una sera è uscita dall'auto ed è corsa via infuriata. Non so ancora cosa sia veramente successo, ma lui ha il cuore a pezzi. Le persone come lei sono un po' come l'elettricità, ma a una potenza diversa – non si rendono conto di quanto male possano fare agli altri».

Un avvertimento, quello, o una minaccia? Non ne era certo.

Ma più tardi, mentre camminavano insieme lungo Pomeroy Street, si ritrovò in preda a una tremenda, impaziente e inattesa eccitazione.

Aveva bisogno di una nuova sfida: voleva tornare a volare e a combattere per motivi complicati, non tutti avevano a che fare con Jacko. La presenza di Saba avrebbe aggiunto qualcosa all'avventura; se fosse riuscito ad affrontarla a cuor leggero e con cautela, era assolutamente sicuro che sarebbe riuscito a non rimanerne scottato.

Capitolo 8

Il Cairo

Le ragazze avevano cominciato a fare colazione nel ristorante situato nel cortile del Minerva, un piccolo albergo nei pressi del loro appartamento. Era un posto carino, con i gelsomini e le bouganville che si arrampicavano sui muretti e una piccola fontana nel mezzo che spruzzava acqua emettendo un dolce suono evanescente, quasi ipnotico. Un paio di settimane dopo il loro arrivo, Saba era seduta lì da sola quando le si avvicinò un inglese alto e magro.

Si presentò sfoderando un affascinante sorriso. «Mi chiamo Dermot Cleeve. Mi occupo di alcune registrazioni per l'esercito per conto della BBC. Spero di incontrare presto tutti voi». Come per rassicurarla che non si trattasse di un tentativo di abbordaggio.

Era giovane, di bell'aspetto, con un lungo naso aquilino e occhi azzurri molto intelligenti. Saba si tolse gli occhiali da sole. Erano il primo paio che avesse mai posseduto e li adorava in modo ridicolo. Li infilò nel fodero di pelle.

«Le altre ragazze sono state trattenute», disse incerta. "Da un aspro battibecco sull'uso del bagno", pensò. Si baloccò con l'idea di accendersi una sigaretta, un'altra nuova abitudine, ma temeva che l'avrebbe fatta tossire.

«Sarebbe di una noia spaventosa se mi unissi a lei per un caffè?», domandò Cleeve. «Mi toglierò di mezzo quando arriveranno le altre».

«Certo che no», rispose Saba. Ci fu un breve silenzio mentre l'uomo si sedeva posando il panama sulla sedia accanto.

Samir, il suo cameriere preferito, attraversò la tenda di perline portando sulla testa un vassoio d'argento colmo di pesche fresche, meloni e banane. Era stato felice di scoprire che Saba fosse mezzo turca e ora la colmava di attenzioni.

«La sua solita colazione, madame?», disse. Tutte le mattine si viziavano con vero caffè, vere uova e vero burro e mangiavano le piccole banane Musa Cavendishii, che affermavano essere le migliori e le più saporite al mondo.

«Aspetterò le altre», disse Saba, indossando di nuovo gli occhiali. «Non riesco a credere a quanto cibo ci sia qui», disse a Cleeve. «Mi fa sentire così in colpa dopo il razionamento».

«Oh, non deve sentirsi così», le disse confortandola. «Se lo goda finché può. Una volta in tournée, sarà cibo secco e carne in scatola. Sa quando partirete, a proposito?»

«No, non ancora».

«Non manca molto», disse lui. Quando allungò le gambe, i due uccellini che si stavano azzuffando per un panino sotto il tavolo volarono via.

Samir gironzolò attorno a loro ancora per un po', sistemando i tovaglioli e versando caffè. Quando Saba gli chiese come stesse quella mattina, lui le rivolse il suo sorriso raggiante e rispose: «*Il-hamdu li-llah*». Cleeve le sorrise pigramente, con aria di approvazione.

«Cos'ha detto?»

« *Il-hamdu li-llah* significa "Sia ringraziato Dio" – si usa un po' per tutto, da "bene" a "ho un piede nella fossa ma non posso lamentarmi"».

«E lei è solita rivolgersi ai camerieri nella loro lingua?»

«No», rise Saba. «Solo qualche parola. Mi ha insegnato mio padre – lui è turco».

Cleeve prese due zollette di zucchero e le immerse nel caffè. «Dunque lei parla turco?». Spinse via il ribelle ciuffo di capelli e la guardò con gli occhi socchiusi per via del sole, divertito e incuriosito.

«Me la cavo. A casa lo parlavamo».

I due passerotti erano tornati e davano furiose beccate alle briciole di pane.

«Razza di sfacciati», sorrise Cleeve. «Devono essere gli uccelli più grassi del Cairo – probabilmente hanno preso in affitto quel posto».

Si sentì un leggero trambusto provenire dalla porta del ristorante. Era arrivata Arleta, l'uniforme ben stretta dalla cintura e i capelli lucenti sotto la luce del sole.

«Senta». Cleeve si alzò in fretta. «Me ne vado e la lascio alle sue amiche. *Bon appétit*.

Oh, ho dimenticato di chiederglielo». Aveva preso il cappello e stava per andare via quando si voltò. «Dove fate le prove?»

«Nel vecchio cinema in Mansour Street», gli rispose Saba. «Oggi ci sarà la prima vera prova con Max Bagley».

«Nervosa?», le chiese con un sorriso beffardo.

«Un po'».

«Forse più tardi farò un salto», disse. «Conosco Bagley dai tempi di Oxford. Abbiamo fatto insieme qualche programma».

Saba sperò che aggiungesse "Dovrebbe venire a cantare in uno di questi programmi", ma Cleeve non lo fece.

«A proposito, non abbia paura di Bagley», furono le sue ultime parole. «Ha una pessima reputazione ma, in realtà, è un agnello con la pelle di lupo e ha molto, molto talento. Imparerà molte cose da lui».

«Carino», approvò Arleta, guardando l'elegante Cleeve andare via. «Cosa voleva?»

«Voleva incontrarci tutti», rispose Saba. «Dice che qui si occupa delle trasmissioni radiofoniche per le forze armate. Lo conosci?»

«No, cambiano sempre i produttori. Un bel bocconcino».

«Affascinante», disse Saba. «Molto socievole. Arriverò a cento chili se continuo così», aggiunse, spalmando burro sul secondo panino caldo. «Mai fatto colazioni tanto buone».

«Stai bene oggi?». Arleta le prese la mano e la guardò dolcemente. Quando, la sera precedente, aveva sentito in bagno il pianto soffocato di Saba, aveva messo via il nécessaire e l'aveva stretta forte tra le braccia.

«Sì», rispose Saba. «Sai, è solo...». La nostalgia di casa era balzata fuori dal buio come una creatura selvaggia; non se l'aspettava e ancora non riusciva a parlarne con assoluto distacco. Continuava a pensare allo sguardo di sua madre mentre il treno partiva. Il suo ultimo saluto. Era piena di rimorso per quel commento meschino rivoltole prima di partire. L'aveva accusata di non avere rispetto per se stessa. Chi l'avrebbe fatto nei suoi panni? E adesso, se una bomba l'avesse colpita? Se avesse colpito Tan, se li avesse colpiti tutti? Era terribile pensarci. Di notte, quei pensieri le facevano venire i sudori freddi.

«Lo so». Arleta le diede un colpetto gentile sulla mano. «A volte è come un calcio allo stomaco, ma ti stai comportando bene, ragazza, e presto lavoreremo».

«Allora starò meglio». Esatto. Il lavoro era un potente anestetico come tutto il resto, ma si stava di nuovo sentendo male e sperava che Arleta la smettesse di parlare e pensasse alla sua colazione. Samir era appena tornato con dell'altro caffè e un cestino di croissant al burro appena sfornati.

«Signore, prego – ancora, ancora, ancora», disse, anticipando la loro gioia. «Siete troppo...». Mimò con disapprovazione le loro vite sottili e piegò gli angoli della bocca.

«Qui adorano i cicalini», disse Arleta quando il cameriere se ne fu andato.

«E un cicalino sarebbe?». Saba si rimise gli occhiali da sole.

«Il tipo di donna grassa che fa *din!* quando fai così». Arleta infilò un dito nel fianco di Saba.

Stavano ancora ridendo quando arrivò Janine, pallida, elegante e quasi trasparente alla luce del sole. Mentre si sedeva, un aereo passò rombando e fece traballare il loro tavolino. Aveva dormito male, grazie tante: troppe mosche, troppo rumore dalla strada. Quando Samir arrivò con il suo vassoio di frutta, lo mandò via con un cenno dicendo che le avrebbe fatto venire la diarrea. Avrebbe preso del tè nero e un toast.

Un gatto rognoso la osservava. Uscì dall'ombra e le si avvicinò per strusciarsi contro le sue gambe.

«Non toccatelo, non parlategli». Janine teneva gli occhi fissi sul suo tè. «Una mia amica del Vic-Wells Ballet ha dovuto farsi ventotto iniezioni sulla pancia dopo essere stata morsa da un gatto in Africa occidentale. Non si è ancora ripresa. Sciò! Sciò!

Via, creatura disgustosa». Fece per tirare un elegante calcio all'animale. «Un'altra amica, povera donna», continuò pulendosi accuratamente la bocca con un tovagliolo, «si era persa con le jeep nel Deserto Occidentale. Una tempesta di sabbia. Lei e il resto della compagnia erano rimasti senz'acqua e avevano dovuto bere i loro, sapete, fluidi corporei, fino a che non erano stati salvati in punto di morte».

«Sei sempre stata una sfrenata ottimista?», le chiese Arleta quando, finito il racconto, Janine ordinò altra acqua calda e magari una fetta di limone.

«Non sarà calda, l'acqua», disse quando Samir andò via. «Non la preparano mai come si deve. Sono realista», continuò. «Avete sentito cos'ha detto il capitano Furness, non dovremmo neanche essere qui, la maggior parte delle compagnie è stata evacuata. Non ha senso fare come gli struzzi».

Saba provò una momentanea sensazione di smarrimento e paura. C'era un altro mondo là fuori, vicino come la cucina dietro alla tenda di perline, un mondo che poteva fare loro del male.

Dall'ombra di un cespuglio di gelsomini sbucò un cane. Si accucciò sotto il loro tavolo e la guardò con gli occhi chiari color ambra. Quando distrattamente gli diede un colpetto affettuoso sulla testa, Janine quasi urlò: «*Non farlo!* Ho detto di no», per poi scusarsi.

«Starò meglio quando cominceremo a lavorare», disse. «Sono molto più tesa di quanto sembri, sapete».

Arleta si accasciò sulla sedia e sollevò gli occhi al cielo alle spalle di Janine ma a Saba, per la prima volta, dispiacque per lei. A volte sembrava più realistico avere paura.

Lo studio per le prove in Mansour Street puzzava di sigarette turche e un po' anche di urina. Un tempo era un cinema e nessuno dei ventilatori funzionava; il palcoscenico miseramente riadattato era traballante e pericoloso per via delle schegge ma, come Furness spiegò loro con impazienza, erano fortunati ad averlo – quel mese al Cairo era difficile trovare un posto disponibile, visto l'arrivo delle sempre più numerose truppe.

Max Bagley, il loro direttore musicale, era un ometto in cravatta, paffuto e disordinato. Quando le ragazze arrivarono, era fermo davanti alla porta e sembrava infuriato.

Dietro di lui, Saba udì le note incerte di una tromba che si scaldava e poi un'esplosione di violini.

«Siete in ritardo». Indicò l'orologio che portava al polso peloso. «Ho detto dieci e trenta, non dieci e quarantacinque. Fatelo un'altra volta e vi riduco la paga. Ho qui un complesso pronto a cominciare».

Avevano saputo tramite Arleta, che l'aveva appreso da un amico che a sua volta l'aveva saputo da un altro amico, che, prima della guerra, Bagley, ex organista presso il Gonville and Caius, a Cambridge, era stato un astro nascente a Londra nel mondo dei sofisticati varietà e delle commedie musicali. Secondo l'amico di Arleta, nonostante fosse un ometto scialbo, metà delle donne che lavoravano con lui finivano per innamorarsene o per andarci a letto. Sincero fino alla crudeltà, il suo trucco era farti credere di aver capito i tuoi segreti e che avrebbe fatto di tutto per tirare fuori il meglio di te. Cosa che, ammettiamolo, non molti uomini facevano, concluse Arleta.

Durante la lavata di capo, Janine era rossa di rabbia. Era assolutamente fissata con la puntualità e viaggiava con due sveglie nel caso una non funzionasse. Aveva voluto che partissero prima, ma Arleta aveva insistito dicendo che avevano tempo da vendere. Era stato così fino a che l'auto che li precedeva si era rotta e il taxi sul quale erano a bordo era rimasto bloccato da uomini urlanti che si colpivano la fronte.

Quando Arleta disse spavalda: «Tesoro, siamo assolutamente mortificate, noi...», Bagley scattò: «Il mio nome è signor Bagley; ti avvertirò quando vorrò che mi chiami tesoro».

«Ooops», disse piano Arleta a Saba mentre entravano nel loro camerino, «che bisbetico». Ma Saba la ammirò per non aver dato gran peso alla cosa e per non essersi scomposta più di tanto. Arleta, ora cominciava a capirlo, aveva un nocciolo di puro acciaio.

Il caldo era tale da sciogliere le ossa. A Saba scivolavano le dita mentre armeggiava con i gancetti e le asole della gonna nera e cercava di infilarsi la calzamaglia e le scarpe da ballo. Si acconciò i capelli in una stretta coda e mise un velo di rossetto. Janine, agitato per il ritardo, fece qualcosa di insolito per lei: si mise davanti alla finestra con il sedere scoperto, dicendo: «Non guardate», mentre si infilava le calze rosa.

«Proprio nessuno sta guardando il tuo sedere», disse Arleta, passandosi la lingua sulle labbra scarlatte.

«Allora, pronte, ragazze?», domandò quando furono tutte vestite e vicine alla porta. «In bocca al lupo».

Si avviarono verso il palcoscenico dove Bagley stava parlando con Willie e gli acrobati, in ritardo anche loro, e un gruppo di sei elementi dall'aspetto trasandato, i Joy Boys, al Cairo da tre mesi. Willie stava rivolgendo ad Arleta un complicato salamelecco, che includeva occhi, bocca e petto, quando Bagley disse: «Basta così, diamoci una mossa».

Si fermò davanti agli artisti, sudato e grintoso, e disse loro di considerarsi, almeno per le settimane successive, dei tappabuchi e non una vera e propria compagnia fresca di nomina. Erano troppo pochi e, come già probabilmente sapevano, c'era la seria possibilità che presto tutti sarebbero stati evacuati dal Cairo. Li avvertì che quel lavoro a lungo andare era estenuante e, se superavano i limiti troppo presto, avrebbero avuto problemi. Un'artista, disse, era talmente andata nel pallone per via di tutti i viaggi e le esibizioni che al termine di un concerto ad Aswan era scoppiata in una tirata non prevista che si era conclusa con "Queste sono tutte stronzate", prima di lasciare il palco e andarsene nel deserto con ancora indosso costume di scena e trucco.

«Accidenti», mormorò Janine, che odiava imprecare.

«Era Elsa Valentine», sussurrò Arleta a Saba. «Tu sei la sua sostituta».

Lo spettacolo che aveva scritto, continuò Bagley, posando atleticamente una gamba su una sedia mentre parlava, si intitolava provvisoriamente *La pazza gioia*. Il progetto prevedeva che tenessero uno spettacolo di apertura al Gezira Sporting Club del Cairo. Sarebbero poi partiti in tournée, portandolo in giro per il deserto, nelle basi aeree e negli ospedali previsti dall'itinerario, senza mai sapere, il più delle volte, in che luogo si trovassero.

«Cosa ve ne pare?». Sorrise improvvisamente a tutti loro. Un contagioso sorriso da ragazzo.

«Incantevole, signor Bagley, signore», disse Arleta.

Saba sentì Janine rabbrividire lì accanto e, nonostante non la sopportasse, si sentì in sintonia con lei. A volte Arleta poteva sembrare troppo presuntuosa e la verità era che anche Saba aveva paura.

Quella mattina, dalle dieci all'una, lavorarono senza sosta ai nuovi numeri, alle nuove canzoni, alle entrate e alle uscite. I primi furono gli acrobati, che arrivarono sul palco a piccoli balzi lamentandosi per le schegge.

Lev, il più anziano, aveva il corpo sodo di un ragazzino e, pensò Saba, gli occhi più tristi che avesse mai visto. Si fermò improvvisamente al termine di una strepitosa serie di ruote e si rivolse a Bagley, al di là dei riflettori, come se gli fosse appena venuto in mente qualcosa.

«Ci saranno altri solisti? A Londra ci hanno detto che ci saremmo uniti a un'altra compagnia».

«Be', forse sì forse no», fu tutto ciò che Max disse al riguardo. «Presto potremmo andarcene tutti».

Ed ecco di nuovo quella diceria, la voce secondo cui le truppe di Rommel stavano avanzando, e anche Il Cairo, come Londra, sarebbe presto stata sottoposta a blackout e a esercitazioni antiraid aerei.

«Ma non si parla di guerra durante le prove», urlò Bagley. «Se ho solo voi con cui lavorare, mi aspetta una montagna da scalare». Alzò le braccia e l'acre odore del suo sudore riempì le narici di Saba.

Ora sotto un debole riflettore c'era Arleta, la cintura stretta alla vita della sua uniforme kaki e uno sbarazzino berretto della marina in testa.

«Bene, cocca, puoi partire», gridò Max.

Arleta cantò un brano leggermente allusivo, intitolato *Naval Boys*, sorridendo sfacciata e agitando le mani. Poi passò a *Let Yourself Go*.

«Va tutto bene», Bagley balzò atleticamente sul palco, «ma

pensavo più a una sorta di danza marinara – anca, salto, cambio – quando dici "il mare"». Prese il braccio di Arleta e la spinse verso il fondale. «Poi passo, punta, passo prima di cantare *la, la, la*». Accennò con sicurezza le note. «Poi, tutto verso destra».

Willie – già zuppo di sudore e con un fazzoletto annodato sulla testa pelata – cantò «*As soon as I touched me seaweed, I knew it was going to be wet*», e snocciolò qualche gag nel consueto stile inespressivo. Finì mettendosi in testa un fez ed eseguì una danza del ventre, portandosi una mano alla fronte come fosse un unicorno.

Alla fine, con un disgustoso sogghigno, disse: «Ora me ne vado a far scoppiare qualche donnola[11]».

Max disse che per il momento bastava ma, quando sarebbero tornati dalla tournée, avrebbero lavorato insieme a qualcosa di nuovo.

«Ben felice di essere d'aiuto». Willie si mise a sedere su una sedia del palcoscenico e si fissò tristemente i piedi.

«E non rendiamo le battute più spinte», aggiunse Max. «Quella dell'incantatore di serpenti ha fatto il suo tempo».

«Perbacco». La voce di Willie era debole e incerta. «Sono molto più sconcio di così».

«Be', non esserlo», lo avvertì Max. «Ci sono spie nell'ENSA che svengono come un branco di vergini per qualsiasi cosa anche solo vagamente sboccata», disse. «Non possiamo permetterci di offendere quella gente».

Willie aveva smesso di ascoltare.

«Tutto bene, vecchio mio?», gli chiese gentilmente Max.

«Mai stato meglio», ansimò Willie. «E tu?». Il suo respiro sembrava affannoso e aveva il viso congestionato.

Era il turno di Saba. Mentre avanzava sul palco, la porta in fondo al teatro si aprì lasciando entrare la luce del sole e lo stesso uomo biondo che le aveva parlato quella mattina fece il suo ingresso. Prese posto da solo in uno degli ultimi posti. Le rivolse un amabile sorriso quando lei lo guardò e sollevò i palmi delle mani come per dire *mi ignori*, cosa che lei fece. Saba si stava

[11] Riferimento a una canzone popolare per bambini dal titolo *Pop Goes the Weasel*.

concentrando al cento per cento per cercare di cantare bene e fare colpo su Max Bagley, che le stava accanto.

«Allora», le disse Bagley guardandola attraverso le palpebre socchiuse, «lascia che ti dica cosa voglio da te. Hai paura dell'altezza?»

«No». Saba ricambiò il suo sguardo.

Per l'importante numero di apertura, disse, voleva che lei e Arleta venissero calate da una corda dorata al centro del palcoscenico. Tratteggiò la scena con le mani paffute. Saba avrebbe cantato una canzone scritta da lui e che si intitolava *The Sphynx is a Minx*, e Arleta e Janine avrebbero ballato attorno a lei. Il testo della canzone sarebbe stato presentato da Arleta, vestita come Cleopatra, sotto forma di geroglifici disegnato su antiche tavole: in quel modo i soldati avrebbero potuto cantare insieme a loro.

«Ma sto cercando una grande canzone con cui terminare lo spettacolo», guardava Saba e parlava con se stesso, «e quello che ho bisogno di fare oggi è metterti alla prova».

«Mettermi alla prova?». Lo guardò perplessa.

«Per conoscere i tuoi limiti vocali. Quando terrai due concerti al giorno, a volte di più, questo conterà parecchio».

Da dietro le quinte sentì il mormorio di approvazione di Janine. Fece un profondo respiro e guardò Bagley.

«Non crede che dovrebbe ascoltarmi prima di mettermi alla prova?».

L'uomo si pizzicò il naso. «Giusta osservazione. Non *so* ancora cosa voglio da te. Sentite voi, avete finito per adesso», disse a Janine e Arleta che stavano aspettando.

«Possiamo rimanere?», domandò Janine. «Siamo venute in taxi insieme».

«Non mi interessa. Fate come volete». I suoi occhi erano nuovamente fissi su Saba. «È solo che potrebbe volerci un po'. Devo sapere se posso ricavare qualcosa da questa giovane signora».

Saba sentì il cuore balzarle nel petto. L'uomo biondo in fondo al teatro era seduto con le gambe allungate come se stesse assistendo a un incontro sportivo.

Il gruppo fu congedato, a parte il pianista, Stanley Mare, un uomo dall'aspetto triste con le dita macchiate di nicotina. Stanley si accese un'altra sigaretta e la lasciò bruciare in un posacenere che teneva sul pianoforte.

«Cosa suono?», domandò.

«Non ne sono sicuro». Bagley si ritrasse nel proprio cerchio di fumo; stava riflettendo.

Saba era consapevole degli sguardi del resto del cast, che si era sistemato dietro le quinte. La sala era percorsa da una sgradevole corrente di eccitazione. Era sotto pressione e loro ne godevano.

«Cominciamo con *Strange Fruit*», disse alla fine Max. «La conosci?»

«Sì, la conosco, e anche l'altro lato, *Fine and Mellow*». Aveva suonato ossessivamente quel disco quando era uscito e faceva ridere Tan usando il fondo di una bottiglia di latte come microfono e fingendo di essere Billie Holiday.

«D'accordo, vai pure», disse piano l'uomo. «Dalle un re, Stan».

Stanley suonò dolcemente le prime battute. Se era perplesso per la scelta di quella triste canzone che parlava di linciaggi e di morte, non lo diede a vedere, né lo fece Saba, che chiuse gli occhi, sollevata che avesse scelto qualcosa che conosceva e determinata a dare il meglio di sé.

Ci mise tutta l'anima e, quando finì, sentì il resto della compagnia accennare un applauso.

«Be', questa cancellerà il sorriso dalle loro facce», disse ad alta voce Willie. «Pensavo che dovessimo essere allegri».

Max non disse nulla. Indossò un paio di occhiali scuri, rendendo difficile capire cosa stesse pensando.

«Non la inseriremo nello spettacolo». D'un tratto sembrò aver sentito l'osservazione di Willie. «Sto ascoltando...». Sospirò profondamente. «Non importa. Prossima canzone. Che ne dici di *Over the Rainbow*, ma non come la fa Judi».

«Non mi piace come la fa Judi, mi piace come la faccio io!». Bagley stava cominciando a farle perdere la pazienza.

Saba era a metà della canzone, gustandosi la propria voce, bellissima, triste e palpitante come una scia di luce nel cielo, quando lui alzò la mano.

«Ferma! Ferma! Ferma!».

Si tolse gli occhiali scuri e la guardò con grande freddezza.

«Siamo ancora agli inizi, ma lascia che ti spieghi cosa penso che non mi stai dando». Ci pensò per un momento.

«Conosci quel verso di una poesia – Coleridge, credo – che dice "Io vedo, non sento", quanto sono belle le stelle. Io voglio che tu senta di più e canti di meno. Non c'è bisogno di essere melodrammatici».

«Io *sento*». Quelle parole l'avevano punta sul vivo. Voleva dimostrare a tutti quanto fosse brava e ora era stata pubblicamente criticata.

«Allora, mettiamola in un modo diverso», disse Bagley con la sua voce conciliante e raffinata. «Sei un tantino cinguettante per i miei gusti». Quando Saba vide Janine socchiudere gli occhi in segno di assenso, provò il desiderio di spaccarle quella zucca ipocrita. «Senti la canzone al massimo e poi trattienila un pochino».

Saba aprì la bocca per ricominciare, ma Bagley stava guardando l'orologio.

«Dannazione, tempo scaduto. Ci riproviamo domani».

Mentre la band metteva via gli strumenti, Bagley si rivolse a Saba e le disse senza sorridere: «Non scoraggiarti, troveremo qualcosa da farti cantare». Questo la fece sentire peggio. «Ci sono alcune canzoni che hanno un ritmo naturale più adatto alle ragazze giovani. Si intuisce che direzione prendono le frasi», continuò, parlandole come se fosse stupida.

Saba lo guardò stordita e infelice, desiderando che la smettesse. Anche l'uomo biondo della BBC si era defilato. Probabilmente anche lui pensava che fosse una cantante scadente. Brutta, brutta giornata.

Mentre usciva dal teatro, strizzando gli occhi per l'improvvisa luce, un camion carico di soldati americani rallentò. I fischi erano talmente assordanti che sembrava una voliera di uccelli impazziti.

«Be', la trovano senz'altro di loro gusto, e anche io», disse una voce suadente alle sue spalle. Dermot Cleeve accelerò il passo per raggiungerla. «In realtà», aggiunse, «ho pensato che fosse davvero brava».

«La ringrazio», rispose, senza credergli. Se si fosse sentita meno demoralizzata, o se lo avesse conosciuto meglio, gli avrebbe spiegato che non se l'era presa per le critiche di Bagley – o, per lo meno, non più di tanto. Le piacevano le persone intelligenti e le cose difficili. La parte più dolorosa era stata la presenza della compiaciuta e insopportabilmente soddisfatta Janine.

«Posso tentarla con un gelato da Groppi?», la invitò Cleeves. «Non è lontano da qui».

Lei rifiutò, era troppo nervosa e, poi, aveva sentito dire che più tardi ci sarebbe stata una prova costumi.

«Be', almeno accetti il mio biglietto da visita». Ne sfilò uno da un piccolo ed elegante contenitore d'argento e lo posò sul palmo della sua mano. «Ci vediamo», cantò dolcemente dandosi un colpetto al cappello e, con grande sollievo di Saba, scomparve nella folla variopinta.

Capitolo 9

Quella notte, incapace di dormire e ancora triste per quella strana e deludente giornata, scrisse una lettera all'unica persona che un tempo faceva sembrare tutto migliore e che ormai aveva perso.

Caro Baba,
forse te l'ha già detto la mamma, ma volevo che sapessi che sono arrivata al Cairo e che sto bene. Il lavoro non è male. Gli altri artisti della compagnia sono molto gentili e ci prendiamo ognuno cura dell'altro. Presto partiremo per la tournée e spero che un giorno potrai essere fiero di me. Puoi mandarmi una lettera presso il NAAFI. Spero che mi scriverai ma forse ti è ancora difficile perdonarmi.
Con amore,

Saba

Dopo aver messo a tacere la sua parte più intransigente, scrisse d'impulso a Dom una lettera studiatamente allegra in cui si scusava per essere andata via così in fretta quella sera, ma aveva del lavoro da fare e aveva visto che si era incontrato con un'amica, come aveva fatto lei stessa più tardi. A proposito, lei si trovava al Cairo e sperava che lui stesse bene e che avesse ottenuto la destinazione che desiderava. Era stato infantile da parte sua aggiungere l'amica immaginaria, ma quello che era successo l'aveva sorpresa e delusa. Lui le era sembrato così preso, così vivace e felice di stare con lei. Era stata come una notte di festeggiamenti con un finale stridente che l'aveva confusa.

La conversazione casuale che aveva avuto a tal proposito con Arleta non l'aveva soddisfatta. Quei piloti di caccia erano tutti uguali, aveva detto, immaturi e presuntuosi – pensavano di essere un dono di Dio per le donne.

Due settimane dopo aver spedito le lettere, era davanti al bancone del NAAFI.

«Sicuro che non c'è niente per me?», disse al soldato. L'uomo aveva controllato due volte nella grossa sacca di tela blu. «Sono qui da secoli ormai».

«Sicurissimo, dolcezza», disse il soldato. Il suo viso stanco era pieno di comprensione. «Di recente abbiamo perso alcuni aerei addetti alla posta e questo luogo non si chiama Matto[12] Oriente per niente».

Porse ad Arleta tre lettere ricoperte di SWALK e ITALY[13] in una vistosa grafia viola. Per Janine c'erano due aerogrammi; li strappò di mano al soldato e se ne andò come un cane con il suo osso.

Si spostarono a un tavolo riparato da una malconcia tendina di rattan. Un termometro attaccato a una polverosa palma segnava quasi quarantuno gradi. Arleta si versò una limonata e, aperta la sua prima lettera, la lesse avidamente tra mille gridolini di felicità. Di tanto in tanto, dava dei colpetti sulla mano di Saba dicendole di non preoccuparsi, ne avrebbe ricevute un mucchio con il prossimo aereo.

Ma Saba era turbata. Si sentiva abbandonata, ecco come stavano le cose. Dom non le aveva risposto e si sentì una sciocca per avergli scritto.

Nessuna lettera da sua madre né da suo padre. Saba sentiva il sudore colarle sulla blusa. Le prove erano servite ad alleviare un po' la nostalgia, ma il pensiero della sua famiglia, di casa, l'accompagnava ogni giorno come una melodia di sottofondo. E se ora tutti quanti la odiavano? Forse suo padre aveva distrutto le lettere. Aveva detto di non volerla più vedere. Ma se non fosse più stata in grado di tornare a casa?

Udendola sospirare, Arleta le strinse forte la mano.

«Pensi troppo». Arleta aveva aggrottato la fronte. «A cosa stai pensando?»

«Che impazzirò se non partiamo subito per la tournée», ri-

[12] Gioco di parole tra *middle*, "medio", e *muddle*, "confusione", "pasticcio".
[13] SWALK: Sealed With A Long Kiss, "sigillata con un lungo bacio". ITALY: I Trust And Love You, "ho fiducia in te e ti amo".

spose senza pensarci. «Sul serio». Una volta partiti, esibirsi negli ospedali e negli accampamenti militari le avrebbe scrollato di dosso quella paura che si portava addosso come una seconda pelle e, poi, per quale altro motivo si sarebbe trovata lì se non perché era la persona più stupida del mondo?

Di ritorno agli alloggi, si imbatterono nel capitano Furness che tutto impettito, frustino sottobraccio, si avviava energicamente verso l'ufficio.

«Eccellente, eccellente», disse quando le vide. «Vi stavo cercando». Rovistò nella sua valigetta e disse che aveva da qualche parte un invito per loro a un ricevimento presso il Mena House Hotel l'indomani sera. «Se non verrà cancellato, naturalmente; al momento, valutiamo la situazione militare giorno per giorno».

«Ci sono cambiamenti?», gli chiese preoccupata Janine.

«Vi informeremo al riguardo quando sarà necessario», disse. «Tutto ciò di cui dovete occuparvi adesso è prepararvi per questa festa – questo genere di rapporti sociali sono molto importanti quaggiù».

«Sto cominciando a odiare quel piccolo idiota paternalista», disse Arleta quando vide la sua schiena rigida sparire tra la folla. «Non ci dice quando partiamo, non ci dice cosa succede con la guerra, e adesso si comporta come se andare a una festa sia una specie di tortura. Il Mena House è divino, aspettate di vederlo. Alto livello, direi».

Alto livello significava, nel linguaggio di Arleta, abiti eleganti, make up perfetto, Shalimar a profusione e incedere conturbante.

Vide l'espressione di Saba e aggiunse: «Non temere, cara, presto soffriremo nel deserto, goditela finché puoi».

Il giorno seguente Max Bagley infilò sotto la loro porta una lettera che le avvisava di presentarsi al reparto guardaroba e arredi scenici in Sharia Maarouf per prendere in prestito gli abiti per il ricevimento. Dovevano essere più affascinanti che mai.

«Questa è una favolosa opportunità per noi». Arleta strappò il biglietto dalle mani di Saba. «Perché, guarda caso, conosco l'uomo che prende tutte le decisioni riguardanti gli artisti al Mena. Si chiama Zafer Ozan, è assolutamente adorabile e molto, molto ricco. E se gli piaci, il tuo futuro è più che assicurato».

«Come lo conosci?», domandò diffidente Janine.

«Abbiamo avuto una relazione travolgente», rispose Arleta che, nell'intento di scioccare Janine, non conosceva ostacoli. «Era fantastico. Andavamo nella sua tenda nel deserto. Profumava di sandalo ed era incredibilmente generoso. È stato l'unico a regalarmi una collana», aggiunse, rivolgendosi a Saba.

«Oh, ma insomma». Janine chiuse gli occhi. «Sta scherzando, sai», ammonì Saba. «Non dice sul serio».

Più tardi quella mattina, una donna dalla severa eleganza, Madame Eloise, le accolse all'ingresso della sezione arredi scenici, un edificio buio e con tutte le finestre sbarrate a tre isolati dal Nilo.

Un tempo Madame faceva la modella per Lanvin, il famoso stilista parigino. La sua imponente statura e la perfezione assoluta del suo chignon all'inizio incutevano timore, ma aveva un sorriso cordiale. Le fece entrare in una stanza piena di stand con abiti e ordinatissimi scaffali coperti di parrucche e scatole. «Oh, sarà divertente», disse con entusiasmo. «Tre splendide ragazze. Devo mettermi a riflettere seriamente».

Le fece sistemare accanto a un specchio a grandezza naturale che era in fondo alla stanza e cadde in un leggero stato di trance.

«Vestiti». Si diede un colpetto ai denti con il dito e le studiò con aria distaccata. La lavagna accanto a lei era coperta di scritte misteriose: "Dieci parrucche, Tobruk, scenario arrotolato e generatore portatile Ismailia. Dieci gonne tahitiane, base numero 32. Cinque cappelli rosa, *Sulle Punte*".

Saba, sentendo il lontano ronzio di un aereo e guardando i loro tre giallastri riflessi kaki nello specchio fondersi e poi separarsi, pensò: "In che folle, folle mondo mi trovo adesso". Tre ragazze a caccia del vestito perfetto in un momento in cui Il Cairo, così girava voce, stava per essere ridotta in macerie dalle bombe o invasa da Rommel. Furness aveva promesso loro che presto sarebbero andati via dalla città, dalle sue luci al neon, dai suoi locali notturni e dai negozi di vestiti. Prelevate dal cerchio magico e depositate nel deserto come caramelle dall'involucro variopinto, del tipo che gli adulti danno ai bambini spaventati per distrarli dal dentista o da qualche altra paurosa operazione. Nonostante l'aria soffocante, rabbrividì.

«Tu». Madame, ancora con l'espressione assente, stava guardando Saba. Si portò nuovamente alla bocca il dito dall'unghia curata. «Capelli scuri, pelle olivastra», mormorò. «Ci sono!». Si lanciò tra i vestiti e tornò con un porta-abiti bianco. «Una cosa fantastica. Questo vestito è stato creato usando il più divino dei tessuti per sari. Ho copiato un vecchio modello della Schiaparelli ed è...». Si fermò per modestia. «Be', guarda da te».

Sfilò il vestito dalla custodia.

«Ooh!». Rimasero a bocca aperta come bambine quando il vestito ondeggiò come una farfalla mossa dall'aria del ventilatore. Il corpetto era intessuto di fili d'argento così sottili da sembrare una ragnatela; la lunga gonna di seta era così delicata che tremava nell'aria. All'esterno, il rumore prodotto dall'aereo salì a un livello intollerabile, facendole sobbalzare.

«Non è giusto, non è affatto giusto». Arleta finse di colpire in testa Saba. «Lo voglio io, sono più vecchia di lei».

«È stato usato per la tournée di *Sheherazade*». Madame lo tenne sollevato davanti a Saba. L'ho fatto con uno scialle che apparteneva alla figlia di un maharaja; quello nel corpetto è vero argento, a proposito. Quanto misura la tua vita?»

«Sessantuno centimetri».

«Perfetto, provalo. Prima, lavati le mani, per favore». Indicò un catino e un pezzo di sapone nell'angolo della stanza.

Saba si tolse l'uniforme impolverata. Si sfilò la camicia e rimase con le calze e la biancheria intima. Dalla finestra giunse un pigro alito di vento impregnato dell'odore di petrolio.

«Ecco». Madame le spruzzò velocemente del profumo da un flacone decorato e le infilò il vestito dalla testa. «Mettiti qui». La spinse davanti allo specchio. «Tira in dentro la pancia». Madame le legò un delicato cordoncino argenteo attorno alla vita. «Capelli sciolti». Le sistemò i capelli dietro le orecchie.

«Adesso guarda». Rovistò in un armadio ricoperto di specchi

e con tanti cassetti e ne tirò fuori una piccola spilla di lustrini che le appuntò sul corpetto. «Nessun gioiello a parte questo», ordinò. «I capelli ondulati, la spilla, il vestito, *ça suffit*».

«Oh, Signore». Un fascio di luce colpì Saba che rimase pietrificata per lo stupore. L'abito l'aveva trasformata in una meravigliosa creatura mitica; le si riempirono gli occhi di lacrime perché si era appena immaginata, accanto a lei e a bocca aperta, sua madre, decisamente sensibile al lusso.

Ma poi le venne in mente il suo sguardo torvo e l'espressione da fumatrice che avrebbero potuto rovinare tutto. Avevano avuto un violento alterco quella volta in cui Saba si era rifiutata di indossare un orribile vestito che le aveva cucito. Imprecazioni, urla, Saba che si era rinchiusa nella sua stanza sbattendo con tale violenza la porta da far tremare l'intera casa, la madre che urlava sarcastica al piano di sopra: «Oh, la piccola signorina so-tutto-io è sconvolta, non è vero? Oh poverina! Poverina! Poverina!».

Negli ultimi anni la sensazione che molte delle creazioni di sua madre non le stessero bene era cresciuta sempre più. Il vestito a pois, per esempio, sebbene concepito con stile, aveva l'orlo un po' storto e pezzetti di fettuccia cuciti frettolosamente lungo il colletto. Le cose cambiavano che lo volessi o meno. Proprio come sua madre cambiava come una banderuola ogni volta che c'era suo padre.

«Posso davvero indossarlo?», chiese a Madame Eloise.

«Certo. Ma se lo rovini, dovrai ripagarlo». Parlavano l'una al riflesso dell'altra per cui era difficile stabilire se fosse uno scherzo o meno. «Quanto vi pagano adesso?»

«Dieci sterline a settimana!». Saba non riusciva ancora a crederci. «Quattro sterline per il coro. È un salario fisso per tutti gli artisti. E lei?», le domandò a sua volta. «Quel che è giusto è giusto».

«Non sono affari che ti riguardano». Madame fece il gesto di una geisha che si nasconde dietro a un ventaglio. «Ma non abbastanza per stare qui se la guerra si fa troppo pericolosa, cosa che ho sentito dire... Oh, ma non importa». Finse di darsi uno schiaffo. «Concentriamoci sulle cose importanti. Adesso, Arleta, un vestito per te».

Arleta, in biancheria intima color pesca, si stava pettinando con cura i capelli vicino alla finestra, adorando i giochi di luce sulle sfumature dorate e rosse. Quando Madame le chiese se ne avesse mai ritoccato il colore, Arleta rispose di aver usato un paio di volte Tahitian Sunset di Coty ma che la maggior parte del lavoro l'aveva fatto Dio. Li scosse con fare teatrale dietro le spalle.

Madame le disse che erano stupendi e, da quel punto, si lasciò andare alle confidenze. Cominciò a raccontare che gestiva un'attività che confezionava uniformi maschili e che gli uomini erano vanitosi tanto quanto le donne; erano spassosi per quanto la facevano lunga per la prova di un paio di pantaloni o per l'esatta posizione delle mostrine sulla giacca di un alto ufficiale. Offrì loro caffè e un pezzo di *halvà*[14] e disse di fare attenzione agli uomini in servizio, affamati di sesso e selvaggi come animali. Non voleva ripetere le storie che aveva sentito. Promise che al ritorno dalla loro tournée, le avrebbe portate in un bazar che vendeva le sete più belle del Cairo e chiese se avessero dei fidanzati in città.

«Ci è stato detto di non andare nei quartieri abitati esclusivamente da egiziani», la interruppe Janine. Era seduta vicino alla finestra, assorta nei suoi pensieri e con le mani in grembo.

«Oh ma che noiosa!», disse Madame. «Andateci. È eccitante. Siete molto più in pericolo vicino alle caserme britanniche e, poi, a me piacciono gli egiziani, sono così divertenti e intelligenti – pensiamo alle piramidi, alla loro meravigliosa arte, il primo telescopio, e noi li trattiamo come...», fece una smorfia di disgusto e agitò le mani, «negri, schiavi! È una cosa così stupida!».

«Uhm». Janine non era convinta.

«Torniamo a noi!», disse Madame ad Arleta. «Per te, qualcosa di sensazionale». Tornò con un vestito ripiegato sul braccio, ricoperto di lustrini giallo scuro.

«Oh, *din don*!», fece Arleta quando l'ebbe indossato. Si guardò allo specchio e ancheggiò. Diede un bacio a Madame e disse che con quel vestito si sentiva una sirena. E che non avrebbe mai

[14] Dolce diffuso in tutta l'area medio-orientale.

pensato di dover andare al Cairo per trovare un abito decente. «Sarebbe proprio impossibile», sorrise accattivante, «portarmelo in tournée? Ci starò attenta».

Saba sapeva che non era vero. La sera Arleta si sfilava i vestiti e li lasciava sul pavimento, con grande disgusto di Janine. Janine diceva che ci volevano solo pochi minuti per rimettere i vestiti sulle grucce.

A lei toccò un abito di chiffon verde pallido, scarpe argentate e un paio di lunghe collane di perla che Madame annodò con gusto all'altezza della vita.

«Voilà». Le mise una accanto all'altra davanti allo specchio. «Lasciate che vi guardi tutte insieme. Non lì, qui». Cambiò la posizione della spilla di Saba. «Bellissime, bellissime ragazze», disse soddisfatta. «Ancora una cosa». Prese un puntaspilli di velluto e porse a ciascuna uno spillone da cappello. «Da tenere in borsetta, in caso di necessità».

«Quale necessità?», domandò schietta Saba.

«Aggressione», rispose Madame. «Ve l'ho già detto, gli uomini sono lontani da casa e alcuni di loro sono molto sfacciati. Non credo che lo facciano apposta», disse, sentendo lo strillo di Janine. «È solo che là fuori, soprattutto nel deserto, si sentono soli – quel tipo di solitudine che solo una donna può alleviare. Le cose stanno così e chi può biasimarli? Sembri scioccata, cara». Diede un colpetto affettuoso sul braccio di Janine. «Ma tu sei una ballerina, dovresti sapere queste cose. Alcune professioni eccitano gli uomini più di altre. Per quanto riguarda te», disse piano a Saba quando Janine scomparve dietro la tenda, «il tuo taxi ti sta aspettando. Sei in ritardo».

«Solo per me?», chiese sorpresa.

«Solo per te», rispose Madame. «Il messaggio viene dal quartier generale dell'ENSA, quindi deve essere così. Vai, adesso».

Capitolo 10

Un taxi privo di contrassegni la prelevò fuori dalla sezione arredi scenici e si avviò verso lo studio di registrazione per le forze armate britanniche d'oltreoceano. Ma, disorientando Saba, l'auto svoltò bruscamente dalla strada principale, Sharia Port Said, si immise in una via anonima e si fermò davanti a un condominio grigio alle cui finestre era appeso il bucato. Arrivati lì, il tassista le porse un biglietto: "Sali al terzo piano. Tra un'ora verranno a riprenderti".

Dentro un vecchio ascensore che produceva degli strani suoni metallici, guardò nervosamente le lampade sporche sul soffitto, piene di mosche morte e sabbia e il proprio riflesso ondeggiante in una parete a specchio. Quello non sembrava uno studio di registrazione.

Fu un sollievo vedere Dermot Cleeve sul pianerottolo del terzo piano che le apriva la porta.

«Incantevole», le strinse calorosamente la mano, «che piacere. È stata davvero carina a venire». Quel giorno Cleeve indossava un completo coloniale con un cravattino a pallini. I bei capelli biondi che gli ricadevano sugli occhi e il largo sorriso spontaneo gli davano l'aria di un vivace studente.

La condusse in un piccolo appartamento buio che odorava vagamente di trigonella – una spezia che conosceva grazie a Tan, che amava usarla in cucina e i cui vestiti ne erano impregnati.

«Spero non le dispiaccia se ci incontriamo qui», disse, «invece che allo studio – è più facile parlare».

Sedendosi su un sofà ricoperto in parte di dischi e spartiti musicali, si sentì rilassata. La stanza disordinata, con gli scaffali stipati di libri e nastri, le bottiglie di gin Gordon's e il grammofono, sembrava accogliente e familiare anche se non era quello che si era aspettata.

La piccola cucina in fondo alla stanza era priva di porta; mentre era impegnato a preparare il tè su un fornelletto, Cleeve chiacchierava amabilmente come fossero vecchi amici. Disse di bere troppo tè ma laggiù si potevano trovare delle miscele deliziose se sapevi dove cercare. Poi passò a parlare di cucina; il suo attendente, Badr, disse, si occupava delle pulizie e sbrigava le commissioni ma non accettava che lui cucinasse. Ma Cleeve odiava la gente che lo trattava con eccessiva deferenza e così era più facile, considerate le ore di lavoro che trascorrono insieme.

Con il tè le portò un vassoio di deliziosi pasticcini. «Deve provarli», disse, «sono di Groppi. La famiglia è svizzera e fanno le meringhe e lo strudel migliori che abbia mai assaggiato – assolutamente divini».

Saba stava gustando una meringa al cioccolato quando Cleeve le disse che riteneva troppo severo il giudizio che Max Bagley aveva espresso su di lei il giorno precedente. «Ho pensato che fosse meravigliosa e la sua *Strange Fruit* mi ha fatto venire la pelle d'oca. A dire la verità», balzò in piedi per guardarsi allo specchio, «sono in parte ancora in quelle condizioni». Questo la fece ridere, non che ultimamente ci volesse molto; si sentiva tesa e stranamente eccitabile.

«È una cosa così potente essere in grado di cantare bene». La guardò con sincera ammirazione. «Ed è meraviglioso vedere come le facce dei soldati cambino quando ascoltano una bella canzone. Sembra che li consoli, che li faccia tornare umani. Sa, una delle cose che i papaveri dell'esercito non capiscono», mise dello zucchero nel tè e ne bevve un piccolo sorso, «è che in generale gli uomini combattono per le loro innamorate, per le loro mamme e per i loro bambini, non per quelle balle – perdoni il francesismo – sulla democrazia e la libertà. E gli uomini hanno bisogno di qualcuno che ricordi loro questo, ed è ciò che fa lei. Questo è molto, molto più importante di quanto gran parte della gente potrà mai capire».

Stava dicendo la cosa perfetta al momento giusto. Il caldo, la nostalgia di casa non la facevano dormire da giorni e durante le ore buie tutto quello che era stato eccitante riguardo il suo viaggio in Nord Africa si era trasformato in quanto di più spaventoso per lei. Sei una ragazza cattiva, le avevano detto i folletti della notte: nera di peccato e ambizione, una figlia terribile da prendere a calci. La tua povera mamma piange a casa, tuo padre ti odia. Non c'è da stupirsi che tu non riceva lettere.

Cleeve versò altro tè. Saba si sforzò di non divorare le meringhe; d'un tratto moriva di fame. Lui aveva continuato a parlare con ammirazione dello splendido lavoro extra che alcune cantanti avevano fatto durante la guerra.

«Non posso fare nomi, certo, ma hanno svolto un ruolo assolutamente vitale nelle operazioni belliche. Hanno un potere enorme, più di quanto ne siano consapevoli, poiché hanno la possibilità di viaggiare liberamente senza destare sospetti e riescono a fare in modo che la gente non si ricordi di loro. Capisce cosa voglio intendere?». La guardò attentamente e poi, con un gesto singolarmente intimo, le spazzolò alcune briciole dal polsino.

Saba non ne era sicura e, anche se lo fosse stata, le sembrava presuntuoso, perfino fantasioso, rispondere di sì.

«Se saltasse fuori qualcosa del genere», le sue lunghe dita giocherellavano con la penna, «ci starebbe?»

«Ci starei? In Galles questa espressione non ha un bel significato, è tipo *fare la vita*».

Lui si corresse velocemente. «Sarebbe interessata?»

«Potrei, ma non ho ben capito cosa mi sta chiedendo di fare».

«Lasci che le faccia un piccolo esempio», disse Cleeve. «Stasera, a questa festa al Mena House, lei farà parte del gruppo più importante ma potrebbe, se fosse d'accordo, svolgere un lavoretto per noi».

«Che tipo di lavoro?»

«Un lavoro facilissimo», le disse, «e non è obbligata a farlo se non vorrà. L'altra volta mi ha detto che parla un po' di turco e la cosa ci ha interessati perché al ricevimento parteciperà un certo Zafer Ozan, un turco che, per combinazione, è anche una figura influente in Nord Africa. Sarebbe in grado di cantargli un paio di canzoni in turco?»

«Solo questo?»

«Solo questo». Le sorrise. «Ama le cantanti europee ma è anche un fervente patriota, perciò penso che la adorerà e, se sarà così, potrebbe portarle un sacco di lavoro dopo la guerra».

«Accipicchia», fece Saba, «sembra eccitante».

Cleeve tolse il tappo alla penna stilografica d'oro e scrisse qualcosa su un piccolo taccuino.

«Ma non capisco, pensavo di essere qui per una trasmissione radiofonica...». Saba guardò il grosso registratore a nastro posato sulla credenza.

«Oh, assolutamente, voglio che faccia anche questo. Ho appena iniziato un'ora dedicata alle canzoni preferite dalle forze armate, ha avuto un successone tra i soldati – suoniamo alcune canzoni, registriamo i loro messaggi da inviare a casa, è molto, molto commovente. È solo che è saltata fuori questa novità e, onestamente, non sottolineerò mai abbastanza che se non vuole farlo, andrà benissimo lo stesso. Immagino che lei sia una persona che ama avere tante cose da fare», aggiunse piacevolmente.

«Tutti quanti non vediamo l'ora di iniziare a lavorare», disse Saba, scostandosi leggermente. «Dovremmo conoscere l'itinerario questa settimana».

«L'ho visto», le disse in tutta tranquillità. «Partirete presto». E poi, abbassando la voce: «Questa è in parte la ragione per cui ho voluto vederla subito. Coraggio, ne prenda un altro». Spinse verso di lei gli ultimi pasticcini.

«No, grazie», rifiutò Saba. C'era ancora la possibilità che le chiedesse di cantare e non poteva esibirsi dopo tutte quelle meringhe. «Quindi lei ha visto il nostro itinerario? Pensavo che fosse una cosa riservatissima».

«Lo è, anche se avrà notato che niente è davvero riservato quaggiù. Dicono che i pettegolezzi sembrino l'unica fonte affidabile di notizie. Saba». Quando la guardò, i suoi occhi celesti erano stanchi; erano attraversati da venuzze rosse e, da vicino, Saba vide che era più vecchio di quanto avesse pensato all'inizio. «Non ho molto tempo», si guardò attorno, «e neanche lei, quindi è meglio che mi dia da fare. Oltre all'attività radiofonica, ho rapporti con un'altra parte del governo che, di tanto in tanto, svolge operazioni più segrete. Sa cosa intendo?»

«Credo di sì». Avvertì un'ondata di timore e una strana eccitazione, come se, all'improvviso, fosse stata iniziata a un mondo adulto che faceva sul serio.

Cleeve si strofinò il naso. La pelle era davvero pallida e Saba vi intravide un intrico di capillari rotti.

«Allora, a stasera». Cleeve si alzò, sistemò la tenda e tornò a sedersi. «Si tratta di un compito veramente semplice, quindi non abbia quell'aria preoccupata». Le diede un amichevole colpetto rassicurante sul ginocchio. «Dovrebbe essere divertente e noi non abbiamo alcuna intenzione di mandarla allo sbaraglio; se preferisce, è un piccolo test per vedere quanto può fare per noi – sarà assolutamente al sicuro. Anzi, ci sarò anche io ma non ci parleremo. Ci sarà la solita gente – i pochi britannici rimasti, alcuni uomini d'affari, ufficiali dell'esercito e persone importanti del luogo con cui vogliamo fare affari. Spesso invitano delle ragazze per ravvivare la festa – nessuno troverà mai strano il fatto che lei si trovi lì, vorranno solo che canti».

Cleeve parlava a voce bassissima, lo scintillio nei suoi occhi era scomparso lasciando il posto alla concentrazione e alla serietà.

«Quest'uomo, Ozan, è uno dei più ricchi del Medio Oriente e, a proposito, è anche molto simpatico e divertente. Non so quanto lei ne sappia dell'attuale politica turca ma, al momento, Istanbul è strategicamente e politicamente una delle più importanti città neutrali al mondo – sia gli Alleati che le forze dell'Asse muoiono dalla voglia di metterci le mani sopra, per cui ogni piccola briciola...».

«Ma...».

Cleeve le strinse la mano e poi la lasciò andare. «Mi faccia finire, so cosa sta per dire. "Di che utilità potrei mai essere?". È questo il punto. La passione e la debolezza di Ozan è la musica. Prima della guerra, è riuscito a far venire qui tutti grandi artisti – Bessie Smith, Ella e Edith Piaf, e alcuni meravigliosi cantanti greci che forse non ha mai sentito nominare; adesso è frustrato. È vietato ospitare cantanti stranieri, a meno che, ovviamente, non siano con l'ENSA o l'esercito americano. La sua voce attirerà la sua attenzione, è un grande scopritore di talenti».

Saba si leccò nervosamente le labbra. Sembrava tutto così eccitante. Un bello smacco per quel dannato Bagley.

«Quando la guerra sarà finita, Ozan tornerà a ciò che più gli piace, ovvero organizzare tournée in tutto il Mediterraneo. È un mercato molto redditizio e sarebbe utile avere lui come amico».

«Quindi?», sussurrò Saba.

«Be', al Mena hanno un'ottima band: egiziani che sanno come suonare tutti i vecchi classici. A un certo punto della serata, vorrei che lei lo sorprendesse cantando una canzone in inglese e un'altra in arabo o turco, non importa. È in grado di farlo?»

«Sì, mia nonna e io le cantavamo sempre a casa. Ma poi?»

«Poi niente. Ma se il signor Ozan le chiede di cantare al suo club, cosa che noi speriamo, mi mandi qui una cartolina con su scritto: "Lo spettacolo è andato bene". Io capirò. Non si firmi. Ecco l'indirizzo». Lo appuntò su un foglietto. «Lo guardi e lo impari a memoria. È tutto chiaro?». Le rivolse un sorriso incoraggiante. «Non è troppo difficile, vero?»

«Avevo capito che sarebbe stato lì anche lei».

«Ci sarò, ma non voglio che lei parli con me». Si tirò indietro il ciuffo di capelli e ammiccò – il ragazzaccio del college che organizzava un festino di mezzanotte.

Saba guardò l'indirizzo, accartocciò il foglietto e glielo restituì.

«Devo mangiarlo o cosa?», sussurrò.

Lui le sorrise:

«Altre domande?»

«Arleta o il signor Bagley, il capitano Furness oppure qualcun altro della compagnia è a conoscenza di tutto questo?»

«Max Bagley sa quanto ha bisogno di sapere», disse Cleeve disorientandola. «Ma poi basta, perciò non ne parli con nessuno. Per quanto riguarda le ragazze, dica casualmente che forse canterà un paio di canzoni per me per il programma delle forze armate in Medio Oriente. Viene trasmesso dalla Radio di Stato Egiziana. Questo ci lascerà libertà di azione. C'è altro?»

«Solo una cosa». Lo guardò con schiettezza. «Quando ha detto che devo fare amicizia con il signor Ozan, intendeva solo quello?». Perché se davvero pensava che lei andasse oltre, si sbagliava di grosso.

«Oh, dovrebbe vedere come mi stanno fulminando i suoi occhi», la canzonò. «Sua madre sarebbe fiera di lei. *Non sono quel tipo di ragazza*», la imitò con un'acuta voce in falsetto.

«Ripeto», disse, «tutto quello che deve fare è cantare qualche canzone e tenere le orecchie aperte, e potrà avere la possibilità di fare qualcosa che la renderà orgogliosa per il resto della sua vita... ma se vuole andare via e pensarci su...». Aprì le braccia come per lasciarla libera.

«No, no, no, voglio farlo», disse. Sentiva una frizzante sensazione di entusiasmo scorrerle nelle vene. Si era già immaginata il giorno in cui l'avrebbe detto a suo padre, l'addolcirsi dei suoi lineamenti marcati, il suo sguardo di orgoglio. «Vedi, Baba, non si trattava solo di cantare, aiutavo il governo britannico».

«Bene». Le lunghe dita di Cleeve le strinsero la mano. «È dei nostri».

Capitolo 11

Nessuno sembrava essersi accorto della sua assenza quando Saba tornò all'appartamento, soprattutto perché Arleta e Janine avevano avuto una lite furibonda e Arleta le fece un resoconto dettagliato.

«In taxi, mentre tornavamo a casa», spiegò, «ho detto che quello che ci aveva consigliato Madame Eloise, sul bisogno di portare spilloni nella borsetta per conservare la nostra virtù, era una fesseria – metà delle donne nei WAAC[15] e nella WAAF che ho conosciuto qui e a Londra si avventano su qualsiasi cosa abbia i pantaloni». E buon per loro, continuò Arleta, ormai scatenata: la guerra significava libertà per le donne e gli uomini – libertà dalle bugie e dall'ipocrisia. In quel momento, Il Cairo era per una giovane donna l'equivalente di un negozio di caramelle – tanta scelta, tanti uomini soli che ronzavano attorno alle ragazze e ne diventavano il principale mezzo di sostentamento.

«E lei mi fa: "Non hai *ancora* finito?"». Arleta imitò Janine alla perfezione, chiudendo gli occhi e muovendo piano la testa mentre parlava. «"Perché, personalmente, non desidero affatto la libertà dalle convenzioni e mi dispiace per le ragazze che non la pensano così. Gli uomini sanno bene quando hanno a che fare con merce deteriorata". "Merce deteriorata"», sbuffò Arleta. «Razza di cretina. Ora è di sopra con la coda tra le gambe e i sali. Troppo perfetta per questo mondo». Storse la bocca con disprezzo.

Arleta chiese a Saba di portare il vestito da sera a Janine – lei avrebbe fatto un bagno e un pisolino; non poteva sopportare la vista di quella stupida vacca.

[15] Women's Auxiliary Army Corps.

Tutte quelle complicate emozioni diedero a Saba il senso della fragilità del mondo in cui vivevano. Battibeccare per i vestiti e gli uomini quando fuori dalla finestra impolverata si sentiva il rombo degli aerei e dei carri armati mescolarsi ai rumori della tipica ora di punta del Cairo – lo strepito dei clacson, le urla sempre più disperate dell'uomo che vendeva scacciamosche all'angolo della strada, il chiacchiericcio dei passanti che parlavano tante lingue diverse.

Quando entrò nella stanza, Janine dormiva, immobile come una bambola di cera. Si era messa una mascherina di satin verde sugli occhi e dei batuffoli di ovatta nelle orecchie. Sul suo cassettone c'era una fotografia dei genitori a Guildford – una coppia che sorrideva nervosamente – accanto al vasetto di crema Pond's e alla bottiglietta di grasso animale. La piccola sveglia da viaggio in pelle segnava le cinque e un quarto, ancora tre ore prima del party.

Saba si fermò a guardarla. Povera Janine. Nessuno l'aveva voluta. Willie le aveva rivelato che Janine era più vecchia di quanto non sembrasse, sulla trentina credeva, e non si era mai sposata. La limitatezza della sua formazione, la sua strana personalità ossessiva sembravano averla resa più adatta alla danza che non alla vita, ma non era una persona cattiva – semplicemente difficile da prendere in simpatia. Il giorno prima, spettegolando su di lei, Willie aveva insinuato che potesse essere ancora vergine, una novità per l'ENSA, aveva aggiunto.

Anche Arleta dormiva quando tornò nella loro stanza: singolarmente innocente con i capelli biondi scompigliati e mossi dal ventilatore, le morbide labbra socchiuse, le braccia aperte come se stesse dicendo di sì praticamente a tutto. Non era giusto, pensò Saba, disprezzarla: Arleta era tutto ciò da cui una madre metteva in guardia, un'alchimia perfetta di pericolo e fascino e gli uomini l'adoravano per quello. Piaceva anche alle donne. Arleta, nonostante la sua stravaganza, era gentile – era solo gente dalla mentalità ristretta come Janine a farla infuriare. Tuttavia, le persone erano complicate, non erano mai totalmente una cosa o un'altra; prima, e per la prima volta, infatti, Saba aveva colto uno sguardo risentito e vagamente competitivo negli occhi di Arleta quando le aveva parlato della possibilità di fare una trasmissione radiofonica con Cleeve. Gran parte degli artisti non poteva evitarlo. Era come la storia della gabbia delle scimmie – quando a una di loro veniva offerto un casco extra di banane, tutte le altre si infuriavano.

Arleta si stava svegliando. Spense il ventilatore e uscì dal letto senza nient'altro addosso che i pantaloni di seta del pigiama e un leggero reggiseno – aveva gettato via tutta la biancheria regolamentare la prima sera che erano arrivate al Cairo, canticchiando: «È stato bello conoscervi».

«Posso usare il bagno per prima?», disse Arleta sbadigliando. «Devo lavarmi i capelli».

«Solo un turno da dieci», la ammonì Saba.

I turni facevano riferimento al contaminuti per uova che Janine si era portata dietro per evitare che la gente occupasse il bagno. Era assolutamente essenziale, aveva detto.

Nel bagno, c'era un catino scheggiato sotto il lavandino con le calzamaglie di Janine in ammollo e il flacone di shampoo che segnava con la matita come un vecchio brigadiere che sorveglia lo sherry. Saba sentì Arleta aprire il rubinetto da cui sgocciolava l'acqua color ruggine a un ritmo atrocemente lento e, mentre l'amica si lavava, lei girò senza sosta per la stanza, pensando allo strano incontro con il signor Cleeve, la loro conversazione l'aveva eccitata ma anche spaventata.

L'abito preso in prestito era appeso davanti al guardaroba come una nuova vita in procinto di iniziare; fuori, in strada, le ombre si allungavano e il suo stomaco era contratto. In quel momento, tutto nella sua esistenza le sembrò incerto.

Per calmarsi, pensò ai brani che avrebbe potuto cantare per il signor Ozan, muovendo le anche e canticchiando le prime note di *Mazi*, una delle preferite di suo padre. Era passata un'eternità dall'ultima volta che aveva interpretato una canzone in turco e, ogni volta che la intonava, si sentiva sopraffare da un'ondata di rabbia e dolore. Ancora non una parola da suo padre, che cosa crudele e che perdita per entrambi; un tempo erano stati così vicini. Cantando accoratamente per lui il verso successivo, le sembrò che la canzone si fosse impossessata di lei e che i ruoli si fossero invertiti – uno strano effetto che aveva già sperimentato, in particolare quando eseguiva canzoni turche. Quando finì, si asciugò le lacrime. "Dannazione, Baba", pensò. "Sei tu quello che mi ha detto che sapevo cantare. Perché dovrei smettere?"

Quando fu il suo turno di usare il bagno, fu assalita nuovamente dalla tristezza: stavolta era Dom quello a cui pensava. Vederlo con quell'altra ragazza al Cavour aveva ferito il suo orgoglio, eppure pensava ancora a lui. Avrebbe voluto che fosse con lei quella sera, che la vedesse con quel meraviglioso abito e si rendesse conto di quanto era cambiata e cosa si fosse perso. Insaponandosi le ascelle, volò con la fantasia. Dom su una terrazza, con lo smoking, i capelli scompigliati e le palme alle sue spalle. Lei che camminava verso di lui nel tramonto, una donna con indosso un abito Schiaparelli, sigaretta in bocca, un sorriso vagamente misterioso dato dall'importanza del suo contributo bellico.

«Saba!». Il suo sogno fu interrotto dalla voce severa di Janine attraverso il buco della serratura: «Potresti smetterla di fare quell'orribile rumore e poi hai fatto almeno un turno da venti in bagno», seguita dallo sbraitare di Arleta: «Avanti, scialuppa numero quattro – taxi tra mezz'ora».

Più tardi, scese in strada, perfino Janine dovette ammettere che non poteva esserci serata migliore per un party. L'aria notturna era dolce e tiepida e, mentre oltrepassavano i leoni di bronzo sul Khedive Ibrahim Bridge, le luci delle chiatte creavano riflessi rossi e dorati sulla superficie del Nilo. In lontananza, contro un orizzonte livido, le vele delle feluche palpitavano come grosse falene.

Una jeep carica di soldati americani che urlavano e fischiavano passò vicino a loro mentre entravano nel taxi. I soldati rivolsero alle ragazze gesti osceni. Uno di loro spalancò la bocca come se stesse morendo di fame.

«Odio tutto questo», disse Janine, regale in verde pallido, stringendo forte la borsetta da sera. «Sembra così fuori luogo».

Attraversarono le strade del Cairo riecheggianti di musica rumorosa e videro sulle acque del nilo quello che sembrava un asino morto. Una folla di uomini in djellaba bianche illuminava la scena con le lanterne e cercava di tirarlo fuori con delle corde.

«Oh, perbacco!». Janine si turò il naso e fremette di ribrezzo. «Che puzza *spaventosa*».

«Naah, è deliziosa», scherzò Arleta. «È Eau de Nile».

Saba rise fragorosamente. La mattina si era sentita così turbata, aveva l'impressione di aver sbagliato tutto; quella sera, invece, l'opportunità di andare in giro per Il Cairo in automobile, con indosso un abito da sera non suo, le sembrava meravigliosa.

Una vita nuova di zecca scorreva veloce fuori dal finestrino – grandi case lussuose circondate da alberi; un vecchio seduto vicino al ciglio della strada che fumava tranquillamente davanti a un fuoco; un cavallo pelle e ossa che attendeva pazientemente di essere alleggerito del suo carico; un gruppetto di bambini che saltavano e ridevano. Samir, la cui moglie puliva i loro alloggi tutte le mattine, aveva sempre detto quanto fosse stato terribile il raccolto di quell'anno, un vero disastro, c'erano grandi difficoltà per i villaggi, eppure in quelle scene c'era una sensazione di pace e ordinarietà quasi invidiabili. Di mondi tranquilli che avrebbero continuato imperterriti nonostante la guerra del deserto.

Impiegarono quaranta minuti per arrivare a Giza dove si trovava l'hotel. Stavano entrando in un lungo viale illuminato da torce fiammeggianti quando Arleta si girò e disse con una certa serietà: «Ragazze, voglio la vostra attenzione. Questa è una "serata da luna blu" e vi godrete ogni minuto».

Janine, che durante il tragitto si era lamentata per il mal d'auto, sembrava perplessa ma Saba capì e approvò. Le "serate luna blu", erano nel linguaggio di Arleta le migliori in assoluto a cui si poteva partecipare, le notti magiche che, come l'innamoramento, potevano accadere solo un paio di volte nella vita. Era importante riconoscerle, crogiolarvisi e usarle come nutrimento una volta tornate a recitare in qualche squallido posto sulla costa inglese.

Quando l'auto si fermò di fronte a un edificio scintillante, un portiere in livrea con una grossa spada ornamentale si fece avanti e le aiutò a scendere.

La prima cosa che Saba vide furono le tre antiche piramidi di Giza, che si stagliavano nel cielo notturno lucente di migliaia di milioni di stelle. Riusciva a malapena a guardarle – nella sua mente, le piramidi, come gli unicorni e le sirene, facevano parte di un mondo magico; non erano lo sfondo per un festa.

Perfino Janine era colpita. «Perdinci», disse. Il suo più grande riconoscimento. «È davvero molto carino».

L'albergo era vicino alle piramidi, in cima a una piccola collina, contro un cielo blu cobalto. Decine di lanterne ondeggiavano nella leggera brezza e davano l'impressione che l'edificio galleggiasse nel cielo come una piccola e graziosa imbarcazione da diporto, e la grande profusione di cespugli di gelsomino sulle terrazze riempiva l'aria di un dolce profumo penetrante.

«Pronte, ragazze?». Arleta prese entrambe sottobraccio. «Si va».

Arleta avanzava come una star, altezzosa e imponente; accentuava al massimo quell'andatura in occasioni particolari e, talvolta, lei e Saba la provavano in pigiama per divertimento, nel loro alloggio. Sguardo inespressivo, collo ben disteso, fianchi e sedere fatti dondolare con indifferenza come se non ti importasse un accidente di niente.

Si divertirono a riprodurre quell'andatura mentre scendevano la breve rampa di scale che portava al ricevimento. Dopo una pausa ad effetto sulla prima terrazza, la band attaccò una melodia jazz e un gruppo di giovani in abito da sera, nel vederle, rimase pietrificato come statue di Pompei. Il capitano Furness, con indosso una corta giacca da sera che metteva in mostra un sedere grosso e sorprendentemente femminile per un uomo, uscì dalla folla, ansioso di reclamarle come proprie.

«Prima che vi perdiate», mise una mano sudata sul braccio di Saba, «desidero farvi conoscere delle persone», e poi, ricordandosi Mr Buone Maniere, «ragazze, ottimo lavoro, state benissimo».

Le condusse su una nuova terrazza dove inservienti dal viso arrossato aggiungevano rametti di rosmarino al fuoco sul quale arrostivano due agnelli completamente spellati. Su un lungo tavolo accanto al fuoco, era imbandito un banchetto: meravigliosi pâté, insalate dai colori sgargianti, un grosso tacchino, una montagna di salmone e gamberi. A Saba, che non mangiava da colazione, venne l'acquolina in bocca e la consueta fitta di rimorso. Così tanto cibo lì e così poco a casa: a volte le sembrava una cosa davvero crudele.

«Guarda, guarda, guarda!». Alla luce del fuoco, i capelli di Arleta erano diventati oro liquido. Era eccitata come una bambina. Condusse Saba giù per un'altra rampa di scale, dove una piscina circondata da un mucchio di candeline scintillava e tremolava come un enorme zaffiro.

Saba cominciò a cercare tra le facce divertite il famoso signor Ozan. Se lo immaginava vecchio, grasso e ricco, dall'aspetto mediorientale, ma non vide nessuno che corrispondeva a quella descrizione. I visi sulla terrazza erano tutti pallidi ed europei.

«Ragazze, vicino a me». Furness, che sembrava leggermente ingessato, voleva presentarle a tutti.

«Bello avere un po' di nuove leve», commentò a gran voce una delle mogli inglesi, un ansioso volto rosso che brillava alla luce delle lampade. «Molti di noi sono andati via, sapete».

Per la mezz'ora successiva, passarono di gruppo in gruppo, ricevettero sorrisi, furono studiate attentamente e risposero più o meno sempre alle stesse domande: erano arrivate per mare o in aereo? Erano cantanti o ballerine? Accidenti, che cosa divertente, che cosa meravigliosa! Che disciplina! Era così necessario, aggiunse qualcuna, concedere un po' di gioia agli uomini. Suonavano qualche strumento? Sì, improvvisò allegramente Arleta, lei suonava lo xilofono; la sua amica Saba, a quel punto le aveva dato un pizzicotto, era un asso con l'arpa gallese. Qualcuna ammirò i loro abiti e chiesero notizie dell'Inghilterra. Una coppia disse di sentirsi in colpa per il razionamento, ma cosa potevano farci, non aveva senso privarsi del cibo. Una signora disse che quando, circa un anno prima, era sbarcata a Durban con il marito banchiere, era rimasta affascinata da due cose: l'incredibile luminosità della luce e il cibo; ma adesso non desiderava che cieli grigi, pioggia e casa. La terrorizzava il fatto di essere lontana dai suoi figli. Soprattutto in tempi del genere.

«Su, su su!», la interruppe il marito. «Conosci le regole. Non si parla di guerra in una serata così». Rivolse un largo sorriso alle ragazze. «Godetevela finché va bene, giusto?»

«Probabilmente partirete presto», mormorò la donna prima di essere condotta via. Molte delle mogli e delle famiglie del personale militare, aggiunse, erano già andate in Sudan o in Sud Africa, in posti più sicuri di quello. La sua sensibile faccia londinese sudava nella luce tremolante. Indicò la giovane moglie, da poco vedova, di un ufficiale della marina che in qualche modo era sfuggita alle maglie della rete e non era stata evacuata. Terribilmente coraggiosa. La donna stava ascoltando, cortese e interessata, un uomo più anziano che, piegato verso di lei, le raccontava qualcosa. Aveva in mano un piccolo bicchiere di sherry.

La luna si alzò nel cielo, illuminando la punta delle piramidi e uscirono altre stelle, abbaglianti nel velluto scuro del cielo. Le ragazze furono trattate come oggetti preziosi fino a che, alla fine, le facce sulla terrazza divennero confuse e gli ufficiali cominciarono ad andare via. Si era fatto tardi per loro e, distribuendo strette di mano bollenti, dissero che era stato un piacere conoscerle, sarebbero sicuramente andati a vedere il loro spettacolo. Ma ancora nessun segno del signor Ozan né del signor Cleeve. Saba non sapeva se provare delusione o sollievo.

Quando gli anziani se ne furono andati, i giovani si allentarono il farfallino e si tolsero la giacca. Una band cominciò a suonare del jazz sonnacchioso ai bordi di una piccola pista da ballo circondata da palme nei pressi della piscina.

Ma niente signor Ozan. Per passare il tempo, Saba ballò con un giovane sparuto dottore scozzese, che continuava a scusarsi perché le pestava i piedi. Disse che era stato dalle parti di Tripoli e aveva operato per sei giorni di fila. «È piuttosto pericoloso là fuori, mi scusi, sono un pessimo ballerino». Fu salvata da un gruppo di scalmanati piloti della Desert Air Force che si inginocchiarono davanti a lei dichiarandole amore eterno.

Fu tentata di chiedere loro se conoscessero Dominic ma sentiva di non poter sopportare di essere presa in giro per lui né di spiegare una relazione che praticamente non esisteva, eppure – che idiota – prima se l'era immaginato sulla terrazza che l'aspettava, incantato dal bell'abito di lei.

Stava ridendo di se stessa quando, d'un tratto, sentì affievolirsi le risate e la conversazione. La band cessò bruscamente di suonare. Tutti gli invitati si voltarono verso un uomo imponente con un sorprendente smoking bordeaux che scendeva maestosamente le scale, distribuendo pacche sulle braccia e sorridendo amabilmente. Rivolse un breve saluto con la mano alla band che aveva attaccato *For He's a Jolly Good Fellow*. Mentre l'uomo si avvicinava alla pista da ballo, Arleta si materializzò al fianco di Saba; sembrava una sirena d'oro alla luce della luna.

«Scusaci per un secondo, tesoro». Arleta sorrise ammaliante al giovane dottore che sperava in un altro ballo e spinse da un lato Saba.

«Zafer Ozan», sussurrò, con uno scintillio beffardo negli occhi. «Quello di cui ti ho parlato. Disgustosamente ricco».

Ozan le aveva viste, le guardava dall'altro lato della pista da ballo.

«Non credi», disse Arleta, mandandogli un bacio, «che sia piuttosto attraente?». Gli fece segno di avvicinarsi.

Saba guardò Ozan e poi distolse lo sguardo. Vide i suoi denti lampeggiare mentre stringeva la mano a un altro ospite. «Tutti lo adorano», disse Arleta, i cui capelli biondi solleticavano l'orecchio di Saba. Lo stava invitando con un discreto cenno delle dita, come una ragazzina timida.

«Sei un'incredibile civetta», disse Saba.

«Lo so», disse allegramente Arleta. «E posso assicurarti che a lui non dispiace».

Mentre Ozan si avvicinava a loro, Arleta disse in fretta: «Tesoro, per fargli una sorpresa, voglio chiedere alla band di suonare *Night and Day*. Ti va di cantarla? È la sua preferita».

«Perché non la canti tu?». Adesso Saba era davvero perplessa: Cleeve aveva fatto in modo che anche Arleta cantasse o si trattava di una semplice coincidenza?

«Andiamo, tesoro. Io sono la ballerina, sei tu quella con la voce. Perfino quella dannata vecchia Janine lo dice».

«Davvero?». Saba era meravigliata. «Non me lo ha mai detto».

«Be', certo che non l'ha fatto, sciocca, è una viscida. Lo sono un po' anch'io, ma sono più brava a nasconderlo». Diede uno scherzoso pizzicotto al braccio di Saba. «Adesso salta su prima che ti veda».

Saba salì sul piccolo palco. La band, pianoforte, sassofono tenore e contrabbasso, sembrava sapere del suo arrivo. Si immersero nella musica e quando il pianista le strizzò l'occhio, Saba si unì a loro. All'inizio la stranezza della situazione la rese nervosa, ma poi se ne dimenticò perché, alla fine, una canzone era una canzone e andava oltre tutto il resto. Cancellò tutto quello che aveva davanti e chiuse gli occhi, cantando nella notte profumata di gelsomino. La felicità le scorreva nelle vene come miele dorato. Era questo ciò che amava, ciò che sapeva fare.

Quando la canzone finì, ci fu un fragoroso applauso. Ozan si avvicinò al palco, le si fermò davanti e si limitò a guardarla. Nei suoi occhi scuri, dall'aspetto quasi pesto, si riflettevano le fiamme del fuoco.

«Conosce altre canzoni?», le disse. «Ne canterebbe una per me? La prego».

E, sapendo che quella poteva essere la sua unica occasione, si esibì in una famosa canzone turca, *Fikrimin Ince Gülü*, un brano che un tempo cantava suo padre e che aveva tradotto per lei. *Sei sempre nel mio cuore come una rosa delicata; sei nel mio cuore come un usignolo felice*. Il pubblico sembrava confuso ma poi vide gli occhi del signor Ozan illuminarsi e gli sguardi sorpresi dei camerieri che si affaccendavano attorno a lui. Dopo – oh, d'un tratto le piaceva tutto quanto, la notte, la sfida – la band si unì a lei in un accenno di *Ozkorini*, una famosa canzone araba cantata da Umm Kulthum, la più grande cantante araba. *Ozkorini*, le aveva spiegato una volta suo padre, significava "pensami, ricordati di me". I camerieri accorsero sotto il palco applaudendo entusiasti mentre Saba cantava un pezzetto di una canzone che conoscevano.

All'inizio, Saba era nervosa all'idea di interpretare quella canzone divina, ma rese giustizia ai suoi versi strappalacrime e, quando ebbe finito, dall'oscurità si levarono grida di "*Allah!*" e "*Ya hayya!*" e i suoi occhi si riempirono di lacrime. Per quel breve momento, sentì fortemente la presenza di suo padre accanto a lei, l'odioso e amato padre che, tuttavia, avrebbe detestato tutto ciò.

Il signor Ozan non disse nulla; la guardò e scosse la testa.

«Qui c'è troppo rumore per parlare», le disse, indicando la folla. «Domani», gridò. «Ci vedremo domani».

La band lo acclamò mentre andava via, quasi fosse lui la vera stella della serata, e poi, quasi immediatamente, il capitano Furness, che doveva essersi appostato tra gli alberi, balzò sul palco.

«Molto interessante. Non me l'aspettavo», disse all'orecchio di Saba. Nonostante le sue labbra sorridessero, la presa sul suo braccio era salda. Disse che si era preso la libertà di chiamare loro un taxi. Con la voce stridula, consigliò ad Arleta di rimettersi le scarpe; a volte, nelle crepe del pavimento si nascondevano degli scorpioni. Janine disse che aveva assolutamente ragione, una sua amica era finita in ospedale per una brutta puntura. Non c'era ancora nessun segno di Cleeve.

Capitolo 12

Quando arrivarono all'appartamento, le stelle ormai stavano scomparendo e sul Nilo cominciavano ad apparire le prime pallide luci dell'alba, un interludio di pace prima che al Cairo scoppiasse la folle confusione del giorno.

«Non è spesso questo il momento migliore di una festa?». Arleta allungò le gambe. «Quando ti togli l'armamentario di dosso e ti infili il pigiama e la smetti di metterti in mostra».

Erano le quattro del mattino e l'aria sembrava latte tiepido. Janine, dopo i suoi cinquanta sciacqui, era andata direttamente a letto. Arleta e Saba, in pigiama, erano sul balcone coperte da un lenzuolo di cotone.

Giù nel vicolo, un asino brontolava; l'uomo che vendeva gli scacciamosche lo teneva legato lì, dormendo spesso accanto a lui su un pagliericcio con qualche straccio a mo' di coperta.

Arleta si alzò per preparare una tazza di tè per entrambe. Saba rimase lì dov'era, con il cuore che ancora le batteva forte per il ballo, la musica che le scorreva nelle vene come una potente droga. Provava lo stesso sollievo di un tuffatore o uno scalatore dopo che l'impresa spaventosa era stata compiuta: *Night and Day* le era sembrata buona e non aveva fatto la figura della sciocca con *Ozkorini*, nonostante la grande ansia che l'aveva assalita prima di cantarla.

«Felicità». Arleta era tornata. Mise in mano a Saba una tazza di tè e un biscotto. «Non la chiamano *la heure bleue*?». Si era annodata i capelli con una vecchia sciarpa e aveva indossato un kimono di seta. «L'ora in cui non è ancora chiaro ma neanche più buio», chiuse gli occhi, «quando la maggior parte della gente muore o si innamora.

Allora, gran successo stasera», disse con la stessa voce assonnata. «La bella del ballo», aggiunse, «o dovrei dire l'incantatrice del ballo. Credo che il signor Ozan fosse molto preso».

«Dovc l'hai conosciuto?», domandò Saba. Nel momento stesso in cui la domanda le uscì di bocca, si sentì in imbarazzo; non intendeva senz'altro cominciare a spiare Arleta, ma era curiosa.

Arleta sbadigliò. «Durante la mia prima tournée con le Merrybelles; allora le regole erano meno rigide e un paio di volte ci diedero il permesso di cantare nel suo locale notturno ad Alessandria, lo Cheval d'Or. Fu uno spasso e io pensavo che fosse molto attraente e...», si accese una sigaretta e lanciò via il fiammifero, «come ho già detto, siamo stati amanti per un po', ma non a lungo. Si era appena sposato, credo per la terza volta».

La sigaretta non si era accesa bene, cercò un altro fiammifero e, nonostante Saba fosse scioccata, non poté fare a meno di pensare che Arleta fosse la donna meno ipocrita che avesse mai conosciuto. Le piaceva il sesso, le piacevano gli uomini, nessuno di quei discorsi ipocriti sull'essere stata circuita, sull'essere stata ingenua, niente chiacchiere sull'essere stata illusa, scaricata o sul sentirsi colpevole. Che rivelazione!

«Sapevo che non sarebbe durata», rimuginò Arleta in una nuvola di fumo. «Ma è stato divertente. Ero appena uscita da una storia con un vero "inglese tutto ghiaccio" ed era proprio quello che mi serviva. E poi, siamo sinceri: lui è il più grande impresario del Medio Oriente e io voglio continuare a lavorare quando la guerra sarà finita. È un ottimo contatto per te, Saba». Adesso Arleta aveva assunto un tono professionale. «Ama le ragazze inglesi, ed era davvero preso da quell'assurda orribile roba che hai cantato». La sua definizione di musica orientale.

«Ma, dimmi una cosa, tesoro», disse Arleta, cambiando velocemente discorso. «Volevo chiedertelo, sei mai stata veramente innamorata?». Strinse la mano di Saba. «Non fare quella faccia sconvolta, di solito è la prima cosa che le donne vogliono sapere dalle altre».

«Non ne sono sicura». Saba si sentì messa alle strette. La domanda era così improvvisa e, ad ogni modo, che senso aveva?

«Se non ne sei, uhm, *sicura*, allora non lo sei stata di certo».

«Ah, una domanda trabocchetto, allora».

«Dai, non prendertela». La voce di Arleta giunse come un pigro schiaffo nella notte. «Ugh! Questo tè è pessimo», disse. «Quell'orribile latte di bufala sa sempre di rancido. Nel frigo c'è mezza bottiglia di champagne, l'ha portata Willie – è un po' sgasato ma è meglio del tè. Andiamo, non essere arrabbiata, voglio sapere tutto di te. Scommetto che hai avuto decine di ragazzi». Arleta, a piedi scalzi, tornò senza far rumore con in mano una bottiglia e due bicchieri. «Sei così carina».

«Sono stata fidanzata, ma solo per un po'», spiegò Saba. «E questo perché mio padre approvava il mio ragazzo e pensava che dovessi sposarlo. Si chiamava Paul Llewellyn. Era una classe avanti, a scuola. Era dolce e gentile. Mi scriveva poesie e diceva che un giorno ci saremmo sposati. Non so perché parlo di lui al passato. È ancora vivo, è nell'esercito e quando la guerra sarà finita ha intenzione di fare l'insegnante. Nella sua famiglia sono tutti insegnanti. Odiava il fatto che fossi una cantante». Abbassò la testa, immersa nel ricordo della furibonda lite. «Gli piacevano i festival di poesia e le competizioni canore ma quando mi vedeva cantare davanti agli uomini, be', dava di matto. Anche mio padre odia questa cosa».

D'un tratto sembrava che le parole le uscissero di bocca spontaneamente, forse era lo champagne o l'ora tarda.

Arleta fece una smorfia e bevve un altro sorso. «Non male, c'è rimasta ancora qualche bollicina – continua».

«Be', stavo facendo questo spettacolo in una fabbrica vicino a Bristol. Il mio primo grande spettacolo. Un sacco di uomini ma assolutamente rispettabili. Sono salita sul palco e ho cantato *Where or When*, e alcuni di loro, sai, si sono messi a fischiare e a ululare, cose del genere. Ma era *così* eccitante. Arleta, il mio primo spettacolo e perfino un camerino, be', un angolino con una tenda. Paul ha voluto esserci. Mi ha mandato dei fiori, ha cercato di essere felice per me, aveva perfino noleggiato un'auto, ma mentre tornavamo a casa, non diceva una parola e quando gli ho chiesto quale fosse il problema, si è messo improvvisamente a gridare». Saba posò il bicchiere e imitò la sua voce: «"*Tu* sei tu il problema. Hai dato spettacolo di te stasera". Ha detto di essersi sentito un babbeo, seduto lì per conto proprio e senza niente da fare».

«Oh, Signore, che cialtrone. La verità è che non poteva sopportarlo, e neanche tuo padre».

«Sopportare cosa?»

«Il fatto che tu fossi al centro dell'attenzione. Classico comportamento maschile, secondo la mia esperienza. E poi?»

«È diverso con mio padre, Arl, la cosa è talmente profonda che lo ferisce. Ma, a ogni modo, con questo Paul, quando ha detto quelle cose, ho capito in un lampo che non avrebbe funzionato. Non posso smettere di cantare». Per un attimo il dolore le sembrò ancora fresco. «So che non è quello che alcuni uomini vogliono, ma io devo farlo. Gli ho detto di fermare l'auto perché volevo andarmene». E così aveva fatto. Mancavano circa due chilometri per arrivare a casa e lei aveva corso lungo il canale e il molo, piangendo disperatamente. Sua madre l'aveva aspettata davanti all'uscio illuminato, morendo dalla voglia di sapere com'era andato lo spettacolo, e la cosa peggiore era stata presentarsi con il volto rigato di lacrime e il vestito nuovo – sua madre ci aveva passato delle ore – schizzato di fango. Le era sembrato di uccidere due sogni contemporaneamente. Sua madre, che non era stata molto comprensiva, l'aveva spedita a letto e lì era rimasta sveglia tutta la notte, con il cuore gonfio di paurosa oscurità, un presentimento che non riusciva ad afferrare.

«La mattina seguente, gli ho rispedito l'anello di fidanzamento. Mi ha detto che facevo la melodrammatica ma sapevo che non avrebbe potuto funzionare. Neanche la mia famiglia mi ha perdonata. Lui era la persona giusta e...».

«Oh Cristo!». Arleta la interruppe con veemenza. «*La persona giusta*».

Saba vedeva ancora la faccia di lui, contorta dal dolore e bagnata di lacrime. Era stato molto difficile ma la sua dannata determinazione aveva vinto. Adesso, però, voleva smettere di parlarne.

«Sei vergine?». Sembrava non esserci niente di pruriginoso nella domanda di Arleta; era una domanda schietta.

«No».

«Penso sia una cosa sopravvalutata», osservò Arleta, bevendo un sorso del suo champagne.

Saba concordò silenziosamente con lei. Aveva perso la verginità nella camera da letto di Paul, a Cardiff. I suoi genitori erano via per il fine settimana, in visita a dei parenti a Tonypandy. Lui aveva accuratamente tirato via le lenzuola del suo piccolo letto da ragazzo, tenendosi addosso i pantaloni del pigiama fino a quando non aveva spento la luce, ed era successo tra le sue foto scolastiche e le mazze da hockey. Dopo, lei si era sentita più tranquilla e libera. Era una cosa che l'aveva preoccupata parecchio e da quel momento avrebbe potuto smettere di angosciarsi. Nel cuore di quella notte, ormai al sicuro nel proprio letto, si era svegliata sentendosi un po' cattiva (Dio sa cosa avrebbe detto suo padre), ma soprattutto molto felice, come se si fosse tolta un grosso peso dalla coscienza.

«A meno che, naturalmente», Arleta guardò pensierosa nel suo bicchiere, «non ti capiti di essere ISA».

«ISA?»

«Incinta senza autorizzazione. È successo a una ragazza delle Merrybelles durante la mia ultima tournée, ed è stata immediatamente rispedita a casa senza paga. Un'ipocrisia spaventosa, gli ufficiali superiori scandalizzati come verginelle quando metà degli uomini qui ha lo scolo».

«E tu?», domandò Saba. «Sei innamorata?»

«Oh, ultimamente un sacco di volte». Arleta aveva la voce un po' impastata.

«No, sii seria». Saba bevve un sorso di champagne. «Tocca a te».

«Be'...». Arleta non sapeva da dove cominciare. «La risposta è no», disse dopo una pausa, «ma c'è qualcuno... un sommergibilista, Bill, è nella marina. Non ho proprio idea di dove sia adesso. Mi ha comprato questo». Fece oscillare il ciondolo del braccialetto. «È senza soldi. Adesso, in realtà, mi trovo un po' in difficoltà con lui». Arleta era diventata insolitamente reticente. «La mia ultima sera in Inghilterra ci siamo lasciati andare perché lui aveva una paura terribile di partire e di venire ucciso, e ora pensa che ci sposeremo. Sono stata un po' vigliacca con lui... È molto dolce, comunque», aggiunse con un debole sorriso. «Non sono molto brava a rompere... anzi, del tutto negata».

«Quindi non è lui quello che ti ha comprato il visone?». La domanda indiscreta le sfuggì involontariamente, ma Arleta l'aveva sorpresa. Si era immaginata una sfilza di ricchi ammiratori.

«No, no, no, no, no». Saba udì il tintinnio del suo bicchiere e il piccolo sorso. «Un altro ammiratore – ha un mucchio di quattrini. Il fatto è che Bill mi fa ridere, o mi faceva ridere, ma da allora sono successe tante cose, mi ricordo di lui a malapena». Si interruppe improvvisamente e posò la testa sulla spalla di Saba.

«Non è orribile? Orribile, ma vero». Sospirò. «Penso che farei meglio a mostrarti l'amore della mia vita». Si alzò bruscamente, andò in camera da letto e tornò con una piccola custodia di plastica sgualcita che mise in mano a Saba. All'interno c'era la foto di un bambino dai sonnacchiosi occhi azzurri e i riccioli biondi. Aveva la stessa bocca imbronciata e buffa di Arleta e rideva come un matto. «Si chiama George, ha tre anni e, per quanto ne sa l'ENSA, non esiste».

«Arlie!». Saba, scioccata, prese la fotografia. «Ti deve mancare terribilmente».

«Sì... anzi, mi fa male solo pensarci». Arleta prese la foto e la guardò intensamente. «Al momento vive con mia madre, nel Kent. Risparmio tutti i soldi per lui. Non dirlo a nessuno, mi raccomando.

Non dimenticarti di fare un bambino, Sabs», aggiunse improvvisamente. «La gente non fa che dirti quanto faccia male, e quanto sia difficile e terribile, ma dimentica di dirti quanto sia anche divertente. Mi faccio tante risate con George – è così divertente, monello e testardo, ha una risata contagiosa. Dopo, se vuoi, ti parlerò ancora di lui». Le si era illuminato il viso. «Non che voglia annoiarti», aggiunse speranzosa.

«È stupendo, Arlie, e voglio sapere tutto di lui», disse Saba che sorprese se stessa, dicendo: «Sei fortunata». Ed era seria. In genere, trovava noiose le persone che sembravano impazzire per i propri bambini ma, in quel mondo precario, avere un bambino sembrava una cosa assolutamente meravigliosa, un atto di coraggio.

«Sì, sono fortunata», ammise Arleta. «Finché potrò garantire un tetto su quella testolina da moccioso, sarò fiera di me e finora ho... perché quello che...». La sua voce era incerta, finalmente il sonno stava avendo il sopravvento. «Quello che io... un giorno...». Ma si era già addormentata.

Janine le svegliò alle nove del mattino. Teneva i piedi in terza posizione, l'arco perfetto delle sopracciglia sollevato alla vista della bottiglia vuota, del portacenere straripante, del loro mascara colato e, peccato peggiore di tutti, del fatto che avessero dormito truccate. Batté ritmicamente il piede fino a che non aprirono gli occhi.

«Spiacente di essere latrice di cattive notizie», disse, nonostante un lieve tremito che le increspava le labbra, «ma domani partiamo per il deserto. Prima è passato Max Bagley ed è andato su tutte le furie perché voi due eravate ancora a letto. Spero di aver sentito male, ma penso che abbia detto che vuole rispedirvi a casa entrambe. Tornerà tra un'ora».

Capitolo 13

«Non dare retta a quella stupida vacca», disse Arleta quando Janine, sganciata la bomba, se ne andò dondolando con i piedi divaricati alla maniera delle ballerine. «Ce n'è una in ogni compagnia – nelle Merrybelles le chiamavamo le IML – le Invidia, Malignità e Livore – e ce l'ha scritto addosso. Probabilmente è perché l'altra sera non le hanno chiesto di esibirsi in uno dei suoi speciali balletti».

Ma Janine non si era inventata niente. Alle undici e mezza, un'indistinta voce maschile giunse dall'altra parte della porta. «Ragazze, siete presentabili?»

«Oh, porca miseria!». Arleta, rimasta senza Tahitian Sunset, era in kimono e si stava versando sui capelli mezzo flacone di acqua ossigenata. «Un momento! Un momento! Un momento!», gridò mentre i colpi alla porta diventavano più insistenti. Si avvolse sui capelli un asciugamano a mo' di turbante e andò ad aprire.

«Signor Bagley!». Sfoggiò il suo sorriso professionale. «Che sorpresa deliziosa, ma perché così presto?».

Il completo di lino di Bagley era tutto sgualcito; sembrava che non avesse dormito.

«Dacci un taglio, Arleta», disse seccamente. «Perché domani si parte. Sono furioso con voi due ma non c'è tempo per parlarne adesso. Tutti i concerti del Cairo sono annullati. Sono rimasto alzato quasi tutta la notte per fare i nuovi programmi».

«Oh, per l'amore di Dio!». Arleta diede uno strattone al turbante. «Tesoro, un secondo, devo assolutamente lavare via questa roba».

«Non ce l'ho un secondo». Bagley aveva sgranato gli occhi e respirava affannosamente. «Devo correre a dirlo agli altri».

«Perché ci trasferiscono così in fretta?». Janine era appena arrivata, aveva il viso lucido di crema idratante.

«Credo pensino che i tedeschi stiano per arrivare. Un'altra volta». Bagley fece uno sgradevole sorriso.

«Be', io ho pronta la mia valigia d'emergenza». Janine scoccò alle ragazze un'occhiata trionfante. «Vedete, sapevo che sarebbe successo».

La valigia d'emergenza di Janine, come le piaceva spiegare spesso, conteneva i suoi tutù di riserva, pigiama, medicinali, spazzolino da denti, trucco e grasso animale. Arleta aveva cercato di prenderla in giro quando aveva saputo del grasso. «È per le racchette da tennis, ma allunga la vita delle mie scarpette da ballo», le aveva detto Janine senza l'ombra di un sorriso.

«Sì, credo che le valigie d'emergenza siano un'ottima idea», disse tranquillamente Bagley. «Lasciate agli uffici dell'ENSA tutto il superfluo. Con un po' di fortuna torneremo presto, o così mi hanno detto».

«Quindi lei viaggerà con noi? Sicuro?». Janine lo guardò come se fosse una bambina in procinto di essere separata dal suo orsacchiotto.

«Certo, ci sarò anch'io; il capitano Furness ci dirigerà dal Cairo. Ora, se volete scusarmi», si girò sui tacchi, «ho un'infinità di cose da fare. Saba, mettiti le scarpe e vieni con me. Ho bisogno di parlarti in privato.

Sarà di ritorno tra circa un'ora e mezza», informò le altre. «Nel frattempo sgomberate l'appartamento».

«Cosa diavolo credevi di fare l'altra sera?». Bagley esplose non appena furono da soli in auto. Guidava in modo imprevedibile, una mano sul volante, l'altra serrata. «Chi ti ha chiesto di salire lassù e cantare? Chi ti ha chiesto di cantare in arabo, per l'amore del cielo? Per quello che mi riguarda, avresti potuto cantare *Eskimo Nell*. Dovrei sul serio mandarti immediatamente a casa, razza di *sfacciata*». Quando si girò a guardarla, il suo viso era talmente distorto dalla rabbia che Saba pensò che l'avrebbe colpita.

Saba era sconvolta. Aveva pensato che Cleeve l'avrebbe avvertito ma ora, cosa dire in sua difesa?

Si sentì mormorare: «Mi dispiace, mi stavo solo divertendo un po'».

«Divertendo un po'». Bagley fece rombare il motore e guidò come un pazzo zigzagando nel traffico. Non lo aveva mai visto così arrabbiato.

«Hai una vaga idea, Saba, di quanto suoni stupido? Questo periodo non potrebbe essere più delicato». Sputò fuori le parole una alla volta.

«Lo so».

«No, non lo sai. No», diede di nuovo gas, «certo che no. Non pensi perché hai la testa su per il... hai una mentalità da struzzo. Non capisci che gli alti ufficiali spesso ci considerano una dannata seccatura perché non seguiamo gli ordini. La notte scorsa, dopo che tu ti sei *divertita un po'*, il capitano Furness mi ha messo sulla graticola».

«Mi dispiace», disse Saba. «Davvero». Furiosa per l'ingiustizia della situazione.

«L'altra cosa è...». Accostò l'auto a bordo strada, vicino a un uomo che vendeva succo di anguria. Spense il motore e inserì il freno a mano. «Forse molto più importante, almeno dal mio punto di vista – *non sei stata molto brava*».

Ahi, quello faceva male.

«Mi è sembrato che la band apprezzasse».

«Chiudi il becco», gridò lui. «Quello che piace alla band non ha nessuna dannata importanza. Probabilmente hai pensato di essere meravigliosa, ma non è così. E questo importa a me. È in gioco la mia reputazione».

Sentiva il proprio respiro affannoso; lui la stava attaccando e non per la prima volta.

Due giorni prima, dietro richiesta di Bagley, avevano fatto una sessione privata di prove, apparentemente per scegliere nuove canzoni, e non era andata bene. Saba aveva cantato *The Man That Got Away*, senza accompagnamento e, a metà dell'esecuzione, lui aveva alzato la mano per fermarla.

«No, no, no, no, niente da fare», aveva detto alla fine. «E ti dirò esattamente perché – ti dispiace?». Bruscamente, l'aveva fatta girare in modo che si trovasse di fronte a lui.

«Certo che no», aveva risposto Saba, sentendosi completamente vulnerabile.

Lui si era acceso una sigaretta, si era tolto un pezzetto di tabacco dalla lingua e l'aveva nuovamente guardata.

«Sei una ragazza di bell'aspetto», le aveva detto, soffiando il fumo. «Gli uomini ti trovano attraente. Potresti stare quassù, agitare le spalle, fare un sorriso e cantare una canzone – e questo non lo metto in dubbio perché la tua voce naturale è buona – e li faresti impazzire del tutto. Ma il problema per me è che non mi emozioni. Non ancora».

«Cosa intende con *non mi emozioni*?». Avrebbe voluto prenderlo a schiaffi ma era decisa a restare calma. Come osava maltrattarla in quel modo?

«Non fraintendermi», la sua gentilezza era ancora più sconvolgente, «la tua voce ha una tonalità calda e a volte sei coraggiosa nell'esecuzione – l'immagine che mi viene in mente è quella di una bambina che si lancia da uno scoglio nel mare ma, al momento, quella bambina mi appare solo a sprazzi». Aveva sospirato, ignorando le lacrime che avevano iniziato la loro folle discesa. «Quando succede, è una cosa davvero potente: ieri, per esempio, quando hai cantato *Deep Purple*, mi è venuta la pelle d'oca. Ma poi hai fatto *St. Louis Blues* come una vecchia e stanca signora nera che deve raccogliere una balla di cotone prima di andare a letto; e a questo punto sento Saba che fa un'ottima imitazione di Bessie Smith. Hai usato tutte le sue intonazioni e i suoi fraseggi, e perché no, lei è bravissima. Ma è roba che non regge e, a un certo punto, devi chiederti: voglio essere una passabile imitazione di Bessie Smith, o di Helen Forrest, o di chiunque sia il tuo idolo, o voglio essere me stessa?».

La rabbia di Saba era sfumata e aveva provato immediatamente vergogna perché quello che le aveva detto era in parte vero. Aveva imparato i classici del jazz dai dischi della gente che li cantava: aveva respirato quando lo facevano loro, aveva chiesto all'accompagnatore di rendere l'arrangiamento più fedele possibile all'originale. Erano state la prigrizia o l'insicurezza a farla arrivare a quel punto? Non si era mai posta quella domanda; né, se per questo, l'aveva fatto qualcun altro.

La parte più dolorosa di tutto ciò era che, nonostante Bagley non le piacesse, aveva grandissima stima di lui – tutti l'avevano. Il cast lo aveva soprannominato PG, "Piccolo Genio", e, durante le prove, lei aveva visto con quale incredibile velocità trascriveva la musica in chiavi diverse o prendeva un accordo e lo cantava insieme a te. Come riusciva a creare dei versi su due piedi. Quando aveva detto di volerle trovare delle canzoni speciali, il suo entusiasmo era salito alle stelle; pensava di poter imparare da lui ma in quel momento capiva di averlo proprio deluso.

Le ci volle un po' per rendersi conto che avevano girato in tondo al solo scopo di quella lavata di capo. Per la strada vide più soldati e avieri di quanti ne avesse visti prima e le sembrò che il cielo fosse più scuro del solito, nonostante non ne fosse sicura.

«La prego, non mi mandi a casa», disse. «Non potrei sopportarlo ora, non senza aver fatto un vero concerto». Tornare a casa a quel punto sarebbe stata una delle più grandi sconfitte della sua vita.

«Non posso», disse lui, impietoso. «Non ci sono rimpiazzi ma, fallo un'altra volta e ti ritroverai su quell'aereo senza neanche accorgertene. Intesi?».

D'un tratto le infilò la mano sotto il reggiseno e la palpeggiò con forza.

«*Intesi?*»

«Cosa sta facendo?». Saba si allontanò di scatto, rossa in viso.

«Niente», le rispose freddamente Bagley. «Cosa credi che stessi facendo?»

«Qualcosa», disse lei, guardandolo minacciosa. «Lo faccia di nuovo e le do un pugno».

Lui piegò la testa e le rivolse uno sguardo inespressivo, come se Saba stesse parlando una lingua sconosciuta e incomprensibile.

«Oh, povero me!», mormorò l'uomo. «Non prendiamoci troppo sul serio».

«Assolutamente no», sbottò lei, «ma queste cose non mi piacciono».

«Be', c'è qualcos'altro che forse ti piacerebbe sapere, sai», continuò disinvolto, come se non fosse successo nulla. «Una cosa probabilmente più importante», disse con un sorriso sarcastico. «D'ora in poi, andremo in posti molto pericolosi. Uno dei gruppi dell'ENSA è stato nei pressi di Alessandria, in un ospedale da campo che è stato pesantemente bombardato la settimana scorsa. Una cosa scioccante, sangue e corpi ovunque. La notizia non è ancora stata data, ma ne sentirai parlare presto. Quindi la pacchia è finita. Chiaro?»

«Chiaro. Perché non ce l'ha detto?».

«Non volevo spaventarvi. Puoi ancora andare a casa, se vuoi», le disse.

«Non posso. Non voglio farlo».

«Ben detto», approvò Bagley. Quando Saba lo guardò, lui la stava osservando attentamente. Le prese la mano dal sedile dell'auto e se la portò alle labbra, dopo di che le rivolse uno strano sguardo.

«Mi dispiace», disse. «Di nuovo amici?».

Lei emise un impercettibile sì senza esserne convinta, sentendosi compromessa e infelice. Disprezzava il suo ghigno paternalista ma non sapeva cos'altro dire. Ora le toccava tenerlo a bada.

Quando alla fine l'auto si fermò davanti agli uffici dell'ENSA in Sharia Qasr-el-Nil, Bagley le disse di rimanere là mentre lui andava di sopra a parlare con Furness di un palco portatile.

Qualche minuto dopo, un sottufficiale scese rumorosamente le scale con in mano le chiavi dell'auto.

«Il signor Bagley dice che hanno ricevuto un messaggio da quelli della radio. Devo portarla a Port Said Street».

L'indirizzo di Cleeve.

«È sicuro che sia esatto?». Ora il pensiero di fare qualcosa senza il permesso di Bagley la terrorizzava.

«È scritto qui sopra, signorina». Il soldato le mostrò la convocazione ufficiale. «E poi dovrà andare dritta al suo alloggio e fare i bagagli. Lascerete Il Cairo domani alle sedici».

«Si rilassi, Saba», la rassicurò Cleeve quando glielo disse. Erano in un piccolo caffè anonimo a due isolati dal suo appartamento. A parte loro due non c'era nessuno. «Conosco il vostro itinerario e abbiamo tempo per un caffè, un gelato e una chiacchierata. Su con la vita, vecchia mia», le porse uno dei coni gelato, «di tempo potrebbe non essercene più».

«Ci siamo andati vicini», gli disse. «Max Bagley mi ha sentita cantare l'altra sera al Mena House. È furioso, pensavo che lei glielo avrebbe detto. Senta, io questo non l'ho ordinato, non lo voglio, lo mangi lei».

Cleeve leccò uno dei gelati gocciolanti.

«Yum, yum», fece. «Dovrebbe provare questo alla *mastika*, ha un sapore liquoroso, come di uva passa ed è molto meglio di quello alla fragola. Sicura di non voler cedere alla tentazione?».

Quando lei non rispose, Cleeve disse: «Saba, ascolti. Ci occuperemo di Bagley e lei è stata meravigliosa l'altra sera – è stata così brava». Le diede un colpetto sul braccio con il cucchiaino del gelato per enfatizzare quanto diceva. «Ozan la scritturerà senz'altro».

Saba sorrise debolmente. «Davvero?»

«Sì. Cioè, il mio arabo non è dei migliori, ma mi è sembrata perfetta. Anche il vestito: perfezione assoluta».

«Mi piace interpretare quelle canzoni», gli disse con umiltà. «Mi fanno pensare a casa». Depressa dopo l'orribile mattinata con Bagley, ora si succhiava i suoi complimenti come una pianticella assetata.

«Non l'ho vista alla festa», gli disse improvvisamente.

«Non volevo che mi vedesse», le spiegò con calma. «E non mi aspettavo che ci fosse anche Bagley. Sono davvero dispiaciuto. Gli ha detto qualcosa?»

«No». Saba si incupì. «Lei mi ha detto di non farlo».

«Bene», le disse Cleeve. «La prossima volta che le chiederemo di fare qualcosa, chiariremo le cose con lui ma, non dimentichi, per quello che ne sa Bagley, io sono solo l'uomo della radio.

Lei è davvero speciale, signorina», aggiunse quasi casualmente.

Dalle finestre del caffè, Saba vide arrivare il sottufficiale.

«Partirete presto per l'area del Canale e da lì inizierà la tournée», le disse in fretta Cleeve – anche lui aveva visto il soldato. «Ma ho un lavoretto per lei prima che parta».

«Come fa a sapere dove siamo diretti? A noi non è stato detto».

«Lo so». Si leccò una traccia di gelato dalle labbra e finì il caffè. «La contatterò nuovamente, forse tra una settimana».

«Come?»

«Farò una trasmissione radiofonica. Alcune delle truppe a Ismailia sono state assolutamente trascurate. Non darà fastidio a nessuno».

Il sottufficiale scese dall'auto e incrociò le braccia.

«Mi sta aspettando», disse Saba.

«Prima che vada», le disse dolcemente. «Un'ultima domanda».

«Cosa?»

«Ha un fidanzato?»

«No».

«Bene. È più sicuro per tutti. Se ne trova uno, stia bene attenta a quello che gli scrive».

«Lo farò». Mentre andava verso l'uscita, il cuore cominciò a martellarle nel petto, come se sapesse qualcosa che lei ignorava.

«Il meglio dei britannici è là fuori nel deserto». La mano di Cleeve era madida di sudore quando strinse la sua. «Sarà un'esperienza indimenticabile».

Willie stava provando il numero con il fez nella sua stanza all'YMCA quando dalla finestra vide svolazzare dei pezzetti di carta bruciata.

Due sere prima, al Delta Bar, un soldato ubriaco lo aveva avvertito: se all'ambasciata britannica bruciavano i documenti ufficiali era segno che i tedeschi stavano arrivando. Dunque, era giunto il momento. Togliendosi il fez, si sentì calmo e coraggioso e, ansando, si sedette sul letto e si infilò le scarpe. Il suo primo pensiero andò ad Arleta – l'amava da così tanto tempo e adesso doveva portare la sua vecchia e grassa carcassa dall'altra parte della città per salvare lei e le altre.

Trovare un taxi fu un'impresa difficile, perciò, correndo e trascinandosi, fece i tre isolati che lo separavano dall'alloggio delle ragazze. Salì faticosamente la scala buia e stretta e, arrivato al bagno del primo piano, si piegò in due per il fiatone.

Janine aprì la porta.

«State bene, ragazze?», Willie chiese immediatamente. Tre

bottoni della giacca del suo pigiama si erano aperti e la sporgenza madida della sua pancia faceva capolino.

«Bcnc», Janinc lo guardò con un certo disgusto, «ma disperatamente indaffarate. Partiamo tutti domani. Saba sarà di ritorno tra un po'».

Willie si lasciò cadere pesantemente su una poltroncina di vimini.

«Lo so», disse, «ma dai un'occhiata a questo». Si alzò di scatto dalla poltrona e aprì le persiane. Fuori l'aria era densa di fumo e piena di pezzetti di carta bruciati.

«Oh, buon Dio». Janine era disorientata. «Cosa mai...?». Cominciò a tossire.

Dal bagno uscì Arleta, umida e deliziosa nella sua camicia da notte di seta.

«Che succede?».

Willie la prese per mano e la condusse alla finestra. La carta bruciata cadeva e si posava a terra. Janine chiuse con violenza le persiane. «Non facciamogli vedere la luce accesa», disse.

«Cosa c'è, caro?». Quando Arleta strinse la mano del vecchio, il cuore di lui si riempì di amore e protezione.

«La situazione è la seguente». La paura aveva reso Willie assurdamente lento e sconclusionato. «L'altra sera stavo bevendo un drink con un soldato che ho conosciuto... no, non il granatiere, l'altro... Conoscete quel posto in... Oh, dannazione, come si chiama?... Oh, sì, Soliman Pasha Square. Ad ogni modo, stavo bevendo una birra con questo tizio delle... o erano le guardie reali scozzesi oppure...».

«Tesoro, potresti farla leggermente più breve?», disse Arleta, toccandosi l'asciugamano che aveva in testa. «Non ci servono tutti i dettagli». Quando gli accarezzò la nuca, Willie quasi le cadde tra le braccia.

«Be'», i suoi vecchi occhi erano vitrei e vacui, «questo tizio ha detto che all'ambasciata stavano bruciando tutti i documenti ufficiali; che tutti gli altri civili hanno abbandonato la città la settimana scorsa ed è una dannata vergogna che ci abbiano lasciato qui. Gli altri tre gruppi sono andati ad Alessandria». Le ultime parole furono accompagnate da uno spruzzo di saliva.

«Oh, ma porca di una miseria!». Arleta si strappò il turbante e corse via dalla stanza.

«L'ha presa male, povera cara», disse Willie quando la porta sbatté. «Non possiamo abbatterci alla prima difficoltà. Il nostro lavoro», tra il fumo emerse una versione di Willie più forte, «è di mantenere la calma e andare avanti».

«Ha avuto qualche problema con la tintura per capelli», disse Janine. Dal bagno si sentivano le urla smorzate di Arleta. «Qualcosa non ha funzionato?»

«Oh, cielo». Willie, che aveva avuto una moglie difficile, ne capiva il significato. Si rimise in piedi. «Be', signore, vi lascio ai vostri problemi». Disse che andava a casa a fare i bagagli, gli avevano detto di stare fermi fino a che non avessero organizzato il trasporto. «Al momento non mi interessa come sarà», disse con una risata ansimante. «Mi starebbe bene anche un sidecar nel deserto».

Dopo che se ne fu andato, Arleta uscì dal bagno. I suoi capelli erano di un pallido colore verdognolo.

«Be', è un disastro», disse. «Ma come mi è venuto in mente di passare due volte la tintura?»

«Forse stanno arrivando i tedeschi». La voce di Janine era bassa e con una sfumatura sarcastica. «Immagino che questo sembri *un tantino* più importante dei tuoi capelli».

Nella stanza cadde un silenzio assordante, come la calma prima di una tempesta elettrica, e poi Janine aggiunse con fare disinvolto: «Anche se dovessero caderti, cosa che naturalmente, *cara*, spero tanto non succeda».

Arleta le aveva già avvertite del suo caratteraccio. La finta preoccupazione di Janine fu come gettare benzina sul fuoco.

«Scusa? Cosa hai detto?». Arleta spalancò gli occhi verdi per poi quasi chiuderli. Sembrava ascoltare molto attentamente.

«Ho detto che spero tantissimo che non ti cadano», gorgheggiò Janine.

Arleta fece un passo avanti e puntò l'indice contro la fronte di Janine. «Tu», disse, «sei una stupida, stupida vacca e sono stufa marcia dei tuoi piagnucolii e di quanta acqua usi per lavarti e delle tue piroette». Fece un giro su se stessa. «E sono stufa anche dei fottuti tedeschi: hanno impedito la mia meravigliosa esibizione a Southend in *Puss in Boots*, hanno mandato completamente a puttane il mio programma con le Follies al Palladium. Mi stanno portando via dal Cairo e stanno per farmi diventare calva».

«Avevo una carriera anch'io», strillò Janine. «Studio danza da quando avevo tre anni, ho praticamente mandato in bancarotta la mia famiglia, praticamente ero parte del Vic-Welles Ballet e, ad ogni modo, non esagerare, stupida che non sei altro!». Il suo viso era distorto dalla malignità. «Sono diventati solo un po' verdi».

Quando Saba entrò nella stanza, le due donne erano furiose, avevano il volto acceso e Arleta urlava che stava diventando calva. Sarebbe stata una scena buffa se non per il fatto che Arleta teneva il palmo della mano ben aperto e si stava bilanciando sulla punta dei piedi in procinto di colpire Janine con un dritto perfettamente calcolato.

Saba si frappose tra di loro.

«Ehi! Ehi, ehi, ehi! Basta! Basta! Basta! Calmatevi. I tuoi capelli stanno bene, smettila!».

«Non osare dirci di smetterla». La faccia pallida di Janine era una mappa di vene in rilievo. «La città va a fuoco, i tedeschi stanno arrivando».

«La città non va a fuoco», disse Saba. «L'ho appena attraversata e non ho visto nessun tedesco. Sono certa che è tutto a posto». Quando andò alla finestra e aprì le persiane, fu uno choc vedere che l'aria era piena di foglietti grigiastri e la luce oltre i vetri ramata e brillante.

Sentirono il bum, bum, bum delle scarpe sulle scale, irrigidite per il terrore quando la maniglia girò. La porta si spalancò e, con grande sollievo, videro che era Bagley. Era agitato e un pezzo di carta bruciato gli si era appiccicato alla fronte.

«Emergenza passata, ragazze», disse. «Niente tedeschi. C'è stata un'esplosione alla cartiera vicina al Muski che ha spaventato tutti a morte, ma i nostri ordini rimangono gli stessi. All'ambasciata sono molto nervosi, le cose si stanno muovendo, ci vogliono fuori il più in fretta possibile. Il camion verrà a prendervi domani pomeriggio.

E così, il nostro lavoro ha inizio». Lo sguardo di Bagley era maestosamente risoluto, stava godendosi il suo momento da Riccardo III. Guardò Arleta e Janine, sedute a gran distanza l'una dall'altra. «La cosa più importante per noi in questo momento è il lavoro di squadra». Scrutò attentamente ognuna di loro. «Fate i bagagli, ragazze, controllate che i vostri documenti siano in ordine, non lasciate niente che si possa trasportare e tanta fortuna a tutte. Lasciateli di stucco».

Capitolo 14

Dire a sua madre che andava in Nord Africa fu orribile. Aveva mantenuto il segreto per giorni, sentendosi un fantasma disonesto nella sua casa d'infanzia, come se fosse una pessima controfigura che interpretava la parte del figlio. A peggiorare le cose c'era la felicità e l'eccitazione della madre per aver riavuto suo figlio, non solo a casa ma tutto per sé, per una volta. Gli cucinava tutti i suoi piatti preferiti, sfogliavano insieme gli album di famiglia. Una sera aveva perfino acconsentito a suonare il pianoforte per lui: Joplin, Liszt e un incerto studio di Chopin che a lui straziò il cuore e fece fremere di frustrazione lei. «La sapevo così bene».

Sua madre era all'ingresso quando glielo disse. Indossava il cappotto per portare fuori il cane. Bonny, il loro vecchio labrador, era già al guinzaglio. Prima le diede le buone notizie, ovvero che c'era la possibilità di essere presto promosso ufficiale di volo, poi lei, diligentemente e con calma, ascoltò il resto – Dom stava per far parte di una squadriglia della Desert Air Force in Nord Africa. La loro base era nel deserto, a metà strada tra Il Cairo e Alessandria. Una squadra omogenea piena di australiani, sudafricani e britannici. Avrebbero scortato i bombardieri e attaccato le basi aeree nemiche.

«Sono davvero a corto di personale laggiù al momento», le disse. «E imparerò a volare sui Kittyhawk. Non l'ho mai fatto prima». Tutto vero; non aveva mai senso mentirle: era una donna intelligente, avida lettrice di giornali. «Sono anche parecchio occupati». Vide i suoi occhi spalancarsi. «C'è un'offensiva in atto».

Lei si chinò per accarezzare le orecchie di Bonny. «Sapevo che saresti partito presto».

Negli ultimi mesi lo aveva sentito lamentarsi di quanto fossero noiose le cose presso la nuova destinazione, un'unità operativa di addestramento ad Aston Down. Là non facevano altro che voli di esercitazione, e mettere la propria vita nelle mani di un nuovo pilota impaurito o incosciente era un'esperienza da far rizzare i capelli – pericolosa tanto quanto essere in combattimento. Questo fu ciò che disse. In parte era vero.

Bonny cominciò a uggiolare. L'ora della sua passeggiata, disse la madre. Dom la osservò dalla finestra mentre si dirigeva decisa verso i boschi. Era più magra di come la ricordava – quasi una bambina con quegli stivali di gomma che aveva indossato nel caso il tempo cambiasse.

Rimase fuori più a lungo del solito. Aveva gli occhi rossi e gonfi quando rientrò. Andò di sopra in camera da letto e ne uscì prima di cena con il rossetto sulle labbra e un bel vestito.

Si incontrarono sulle scale.

«È una serata *così* incantevole», gli disse, come se nulla fosse successo. «Penso che dovremmo mangiare in terrazza». Con grande sollievo degli agricoltori della zona, impegnati nella falciatura, la pioggia che per tutto il giorno aveva minacciato di ostacolarli non era caduta. Il cielo sopra all'estuario del Severn era esploso in un tramonto esageratamente bello.

«Mi sembra meraviglioso, mamma», le disse. «Grazie», quasi fosse stata lei la magica artefice di quella serata.

«Ancora non riesco a dirlo», Dom la sentì emettere un verso gutturale mentre gli toccava la faccia, «ma sono fiera di te». Il padre di sua madre era morto per un infarto, all'età di trentasei anni. «Lo sono davvero. Anche se ci metto un po' a dimostrarlo».

«Non c'è niente di cui essere fieri», mormorò lui serio.

In cucina, la aiutò a schiacciare le patate. Lei gli diede un vassoio di piatti e posate e gli disse di apparecchiare in terrazzo.

«Per due o per tre?», le chiese come d'abitudine, nonostante conoscesse già la risposta.

«Apparecchia anche per lui, ma non credo che verrà». Era immersa in una nuvola di vapore intenta a controllare gli spinaci.

L'aria in terrazza era tiepida. Sua madre accese una candela. L'aria era satura del fragrante odore dell'erba tagliata. Nel campo in lontananza, si vedeva la luce ballonzolante di un trattore che percorreva su e giù il pezzo di terra, ansioso di raccogliere il fieno prima che il tempo cambiasse.

Stavano mangiando il suo fantastico stufato di selvaggina quando udirono il rumore della piccola Austin di suo padre sulla ghiaia del vialetto. Aveva messo l'auto più grande, la Rover, nella stalla; consumava troppa benzina.

«È già al corrente delle tue novità», gli disse in fretta sua madre. «Gliel'ho detto ma, ti prego, non parlargliene prima di mangiare». Alla luce della candela, il suo viso era smunto e lottava contro le lacrime.

Suo padre rimase per un po' sotto la luce del portico, magro nel suo abito e cappello scuri. Teneva in mano una valigetta stracolma.

«Insomma, gli *uomini*». Sua madre si alzò come presa da una furia improvvisa. «Perché arrivano sempre in ritardo?».

Andò in cucina, lasciando raffreddare il suo stufato.

«Allora, vecchio mio». Il padre gli diede un'imbarazzata pacca sulla spalla. «Parti di nuovo, ho saputo. Nord Africa, giusto?»

«Sì», rispose Dom. «Io...».

«Frank, cosa hai fatto ultimamente? Parliamo di te per cambiare». Sua madre era tornata carica di piatti; l'aria attorno a lei era instabile. Il suo vecchio cane sobbalzò quando lei posò rumorosamente il vassoio e guardò preoccupato prima la sua padrona, poi Frank.

«Ho fame, mia cara», disse il padre con voce tesa. «Quindi prima concedimi di togliere il cappello e mangiare. Sono entrato in sala operatoria alle nove di questa mattina».

Lei trasse un profondo sospiro irritato; sedeva sul bordo della sedia, non aveva toccato cibo e teneva lo sguardo fisso. Quando Dom vide suo padre stringerle la mano sotto il tavolo, si sentì sia sollevato che in colpa. Bisognava passare il testimone. Si era assunto per troppo tempo il ruolo di suo protettore e adesso non se la sentiva più, eppure era triste vedere le lacrime trattenute tutto il giorno scivolarle sulle guance e lei asciugarsele come una bambina arrabbiata.

Per dolce mangiarono le prugne cotte che la madre aveva messo nei vasetti l'anno prima, seguite da un vero caffè che suo padre aveva ricevuto da un paziente grato. Sua madre si era ripresa e, nonostante la disinvoltura solo apparente, Dom ammirò il modo in cui si mise a parlare del tempo, delle prugne, del delizioso concerto che aveva sentito alla radio, come se nulla al mondo la preoccupasse. Suo padre era seduto in silenzio e usava con discrezione uno stuzzicadenti. Alle dieci, se ne andò a letto, sembrava mezzo morto per la stanchezza.

«È un buon uomo, sai», gli disse la madre quando nel bagno al piano di sopra si accese la luce. Sentivano il gorgoglio dell'acqua mentre lui si lavava i denti. «La cosa che più ho ammirato in lui quando ci siamo conosciuti è stata la sua determinazione». Si accese una sigaretta e guardò Dom dritto negli occhi. «Adesso non posso proprio biasimarlo per questo, no?».

Il massimo che gli avesse mai raccontato del suo matrimonio.

Guardarono la luce del trattore avanzare lungo il sentiero che portava alla fattoria dei Simpson e rimasero al tavolo della terrazza a parlare fino a che i loro vestiti non furono umidi di rugiada e la luce del giorno ormai svanita.

Quando la candela guizzò e iniziò a gocciolare, sua madre ne spense la fiamma con le dita. Fu in quel momento che Dom provò l'impulso di confidarsi con lei. Prima di allora non erano mai stati bravi su quel versante, entrambi impegnati a impersonare quello che l'altro voleva; ma non avevano mai riso né parlato liberamente.

«Ho un altro motivo che mi spinge in Nord Africa», le disse timidamente. «Be'... forse. Per lo meno spero. È una cosa un po' ridicola».

«Aspetta».

Lei andò dentro a prendere una coperta. Vi si avvolse mentre lo ascoltava con grande attenzione.

«Sono cresciuto molto in questi ultimi due anni, mamma», le disse facendola sorridere: come se non lo sapesse! «Prima ero un asino presuntuoso. Davo tutto per scontato, te, questo», sollevò il bicchiere in direzione della casa, buia ora che la luce del bagno si era spenta, «Cambridge, i miei amici». Quando si interruppe bruscamente, lei gli afferrò la mano.

«Parlamene», gli disse. «Se può esserti d'aiuto. Devi parlarne con qualcuno».

«No! No, no». Scosse la testa. «Non voglio. Non sto parlando di Jacko».

Sentiva il cuore battergli forte nel petto e desiderò fermarsi. Perché non accettare la solitudine dell'anima e conviverci? Perché assillare quella povera donna?

«Ti prego, Dom. Scusa». La sua mano toccò goffamente quella del figlio e poi si ritrasse.

Dom finì di bere il suo whisky.

«Sto parlando di qualcun altro... Io... Senti, non è importante».

Stava per parlarle della musica di Saba ma, a un tratto, gli sembrò ridicolo perché non c'era niente da dire – avrebbe fatto la figura di un idiota che si struggeva per amore.

«Cosa è successo ad Annabel?», gli chiese, facendo uno sforzo coraggioso. «Pensavo fosse una così adorabile ragazza». Era tesa, aveva dovuto farsi forza per affrontare quell'argomento.

«Niente».

«Ma non può essere successo niente... era pazza di te».

«Te l'ho già detto, mamma, non le piaceva l'ospedale, ha detto che non era niente di personale. Non la biasimo».

«Be', io sì». Il suo viso si indurì come un pugno. «Penso che sia stato dannatamente da lei. Tesoro, scusami, so che odi sentirtelo dire, ma il tuo aspetto è di nuovo quello di prima». La sua povera madre, piena di timore nei suoi confronti, infelice e tremante nel crepuscolo, si strinse nella coperta. «Non potreste riprovarci? Non puoi scriverle o farla venire qui per qualche giorno?»

«No», rispose lui. «Assolutamente no».

«Perché no?»

«Perché non voglio».

Tra loro cadde un silenzio duro e saturo di cose non dette e lui si chiese, come era successo molte volte in ospedale, quanta onestà era giusto manifestare ai propri genitori.

«C'era qualcuno... una ragazza, in ospedale», disse a un tratto. «Probabilmente sembrerà assolutamente ridicolo... ma mi sono innamorato di lei». Non appena lo disse, se ne pentì.

«No!». Sua madre si girò verso di lui, le brillavano gli occhi. «No! Niente affatto ridicolo». Trasse un breve respiro. «Chi era?»

«È venuta a cantare per noi».

«Brava?». Sfoggiava la sua espressione professionale.

«Meravigliosa».

Lo guardò in un modo stranissimo.

«Sono felice per te», gli disse alla fine, «perché io...». Quando la sentì deglutire, lui pensò che non l'aveva mai vista piangere prima, strano che quel giorno fosse accaduto due volte.

«Perché io... penso... diciamo che... be', penso che tutti dovrebbero morire sapendo di aver avuto una grande passione».

«Mamma...». Voleva fermarla subito. Gli stava portando sfortuna, si stava infilando nel suo sogno.

«Può sembrare sciocco e infantile, ma io ci credo. Ti dà una enorme sicurezza, la sensazione di non essere stato ingannato anche se va male e non devi permettere a nessuno di farti cambiare idea», aggiunse con veemenza. «Se sbagli, per lo meno l'errore sarà tuo».

Gli strinse forte la mano e Dom sentì che custodiva un grosso segreto; sperò con tutto il cuore che non gliene parlasse. La conosceva fin troppo bene per sapere che dopo se ne sarebbe pentita.

«Non è ancora niente», mormorò Dom quasi tra sé.

«È davvero brava?», gli chiese nuovamente. «Come cantante, intendo».

Lui sorrise ironicamente tra sé per l'asprezza del suo tono. Le piacevano le persone con uno scopo e aveva trattato un paio di ragazze carine che lui aveva portato a casa prima di Annabel non proprio freddamente ma in un modo scostante che, al tempo, lo aveva fatto infuriare.

«È molto brava», non riuscì a fermarsi. «È davvero notevole».

«Allora, ascolta!», lo ammonì. «Non fare lo sciocco e il romantico con lei. Se le piace cantare, la sua vita sarà importante quanto la tua. Dovrai capirlo e sarà molto, molto difficile per te. Temo che tu sia troppo abituato a essere al centro dell'attenzione».

«Oh, tante grazie, mamma», la canzonò. «Un affascinante pallone gonfiato, dico bene? Ad ogni modo, mi piace la sua passione. Non ne sono spaventato». Era troppo tardi adesso, quasi un atto di crudeltà, raccontare a sua madre la pessima conclusione del loro primo e ultimo appuntamento.

Guardando suo figlio, Alys Benson ebbe l'acuta percezione di quanto la guerra gli avesse già portato via: la gioventù, i suoi due migliori amici. Disse a se stessa di ricordarlo così, come quella sera, con i capelli scuri umidi di rugiada, gli occhi brillanti.

«Ad ogni modo», Dom prese una delle sigarette della madre e l'accese, «il Nord Africa è dove al momento tutto sta accadendo e io...», scosse la testa, «...io sono un pilota di caccia adesso». Strinse i pugni e assunse una posa da Tarzan – di nuovo lo sciocco studentello. «E qui non ne abbiamo abbastanza. Non posso stare senza far niente per sempre. Mi farà diventare matto».

«Posso immaginarlo», gli disse, pensando: *Odio il volo, vorrei che tuo padre non te ne avesse mai parlato.*

E lui pensò: *No, non puoi.* Solo un altro pilota di caccia poteva sapere quanto l'intera cosa fosse terribilmente appassionante. Era il modo in cui stringeva amicizia con altri uomini, un'amicizia più profonda di qualsiasi altra cosa avesse mai provato prima; era la paura che provava in volo e che lo rendeva uomo. Poteva mai una donna capire tutto questo? Non aveva modo di saperlo, sebbene ci avesse recentemente pensato in relazione a Saba. Le aveva scritto un'altra lettera senza ricevere alcuna risposta. Con lei, avrebbe dovuto volare alla cieca.

Capitolo 15

Con il passare della mattinata, i capelli di Arleta divennero più verdi e il suo umore più nero fino a che la situazione non si fece decisamente pericolosa e fu necessario trovarle una parrucchiera prima della partenza.

Willie, cercando disperatamente di essere d'aiuto, si precipitò da Cicurel, il cosiddetto "Harrods del Cairo", per vedere se avevano in magazzino il Tahitian Sunset o, in mancanza di quello, qualsiasi altro rimedio per i capelli verdi e fece un buco nell'acqua con l'elegante signora francese del reparto cosmetici. Non gli andò meglio con la spocchiosa e incipriata ragazza inglese dietro al bancone dei trucchi da Chemla, un altro elegante emporio. La commessa gli disse, in un fasullo accento delle Home Counties[16], che era una follia cercare di tingersi i capelli, soprattutto in quel posto. Come ultima risorsa, corse dal barbiere del bazar e ne tornò con un vasetto di pomata nera, che il proprietario aveva caldamente raccomandato e che Arleta guardò con sospetto, soprattutto quando ne scoprì la provenienza. Sbottò: «Sembra lo stesso idiota che mi ha venduto l'altra», e Willie si ritirò in un angolo come un cane bastonato che desiderava ancora compiacere il padrone.

A quel punto Arleta ebbe un lampo di genio. Perché mai non ci aveva pensato prima? Rovistando nello zaino, disse che una sua amica, durante l'ultima tournée al Cairo con le Merrybelles, le aveva raccomandato un salone e in Sharia Qasr-el-Nil, non lontano dall'ufficio. Dove diavolo era? Sfogliò la sua agendina; eccolo: The Salon Vogue, numero 37, direttrice Mitzie Duhring.

«Va' con lei», Willie pregò dolcemente Saba. «Lo farei io, ma

[16] Le contee confinanti con Londra.

mi staccherebbe la testa. Potranno pensare anche ai tuoi capelli».

Saba non aveva bisogno di essere convinta. Le dispiaceva per Arleta che, improvvisamente, sembrava così vulnerabile e poi i suoi capelli erano cresciuti notevolmente per il caldo e non li aveva più curati sin dall'ultimo taglio da Pam in Pomeroy Street. Willie disse che avevano un sacco di tempo prima della partenza.

Un'ora e dieci minuti dopo, sedevano entrambe con la testa avvolta in un asciugamano, sorseggiando tè in un salone discretamente arredato e illuminato, simile a un salottino privato. La proprietaria del salone, una donna dall'abbigliamento severo e il tono di voce basso, più dottoressa che parrucchiera, svolse il turbante di Arleta ed esaminò con attenzione il danno. Strofinò una ciocca di capelli tra le dita e, mentre li teneva sotto la luce per guardarli meglio, mormorò con voce gutturale: «*Gott in Himmel*, buon Dio! Cosa ti hanno fatto?».

Saba e Arleta si scambiarono una rapida occhiata. Non poteva essere... sicuramente no – perfino nel mondo sottosopra del Cairo. Ma il suo nome era Mitzie Duhring e suonava decisamente tedesco. Il cuore di Saba cominciò a battere forte. Se ne avesse parlato a Cleeve, lui avrebbe potuto trovarla leggermente ridicola, come una ragazzina ansiosa che il primo giorno di scuola alza energicamente la mano. Ma di sicuro doveva riferire qualcosa.

Nel silenzio che seguì, vistosamente privo delle consuete domande, "Dove andate di bello stasera?" e "Da dove venite?", Mitzie ordinò alla sua assistente di lavare i capelli di Arleta quattro volte. Poi, si mise a tagliare in silenzio i capelli di Saba – le sue mani ossute ed efficienti scintillavano di diamanti e il suo viso allo specchio era in parte in ombra.

Saba, fingendo di leggere una vecchia copia di «Vogue», la guardava attentamente quando si sentiva sicura di farlo. Calcolò che se avesse lasciato il salone alle dodici, avrebbe avuto il tempo di prendere un taxi per andare da Cleeve e tornare al proprio alloggio in tempo per fare i bagagli.

Arleta, visibilmente rilassata nelle rassicuranti e professionali mani di Madame Duhring, strizzò l'occhio a Saba quando ne incrociò lo sguardo. Stava raccontando all'amica che Mitzie le aveva detto che aveva rischiato di rimanere calva, come era successo a Malta, quando il campanello sulla porta del salone tintinnò e una splendida donna egiziana fece il suo ingresso – carnagione chiara, sguardo intenso, tacchi alti, calze di seta e un vestito di seta blu dal taglio perfetto. Le due lunghe trecce che le pendevano fino alla vita dondolavano mentre camminava, così come le sue anche, dando l'impressione di una studentessa provocante e sicura di sé.

L'assistente, che stava lavando i capelli di Arleta, si lasciò sfuggire una esclamazione di sorpresa quando la vide. Era una persona di una certa importanza. Si scusò, si sciacquò le mani e accompagnò la profumata sconosciuta alla poltroncina accanto a Saba.

Saba guardò il riflesso di Mitzie nello specchio. La sentì salutare la donna, prima in francese e poi in inglese. Le trecce furono sciolte, i folti capelli neri pettinati ed esaminati con la stessa muta serietà con cui erano stati trattati i problemi di Arleta. Cinque minuti dopo, la donna tornò a sedersi – i suoi capelli bagnati erano avvolti in un asciugamano. Quando Saba incrociò i suoi occhi nello specchio, l'esotica straniera le sorrise improvvisamente – un caloroso sorriso dai denti bianchi.

«Le dispiace se fumo?», domandò. Tirò fuori un portasigarette di madreperla.

«Neanche un po'». Saba le avvicinò il posacenere.

Saba teneva le orecchie all'erta mentre l'assistente le metteva i bigodini in testa. Mitzie la chiamava formalmente Madame Hekmet. Quando le fece i complimenti per l'ottimo aspetto della sua pelle, sulle guance della donna comparvero due graziose fossette e disse che doveva ringraziare sua madre per quello. Era stata molto esigente con lei sin da quando era una bambina. Tanta verdura e frutta fresca, noci e semi. «E, naturalmente, la danza aiuta», aggiunse. «Mi mantiene in forma».

Dunque egiziana. Una ballerina. E di successo, a giudicare dall'impeccabile borsetta e dalle scarpe di camoscio chiaro. Saba si chiese se fosse una danzatrice del ventre – quelle che Willie definiva *mal di pancia*.

Mitzie stava districando la folta nuvola di capelli della donna. Le arrivavano alla vita.

«Allora, li tagliamo tutti?». Mitzie sorrise per quella che evidentemente era una vecchia battuta tra loro due.

«Per ora li terremo così». La voce della donna era rauca e compiaciuta. «Darò una festa per qualcuno dei suoi».

Le forbici di Mitzie smisero di tagliare.

«Ah». Sollevò le sopracciglia e lanciò una rapida occhiata a Saba.

La ballerina sembrava più vecchia con i capelli pettinati all'indietro. Si passò un dito sulle sopracciglia. «Quindi, voglio qualcosa di speciale».

«Un secondo».

Mitzie si avvicinò a Saba e, con un sorriso formale, controllò il grado di asciugatura dei suoi capelli con un dito; la portò al casco e accese l'interruttore.

Saba, avvolta in quel ronzio assordante, si chiese se la sua immaginazione non le stesse giocando brutti scherzi. Se quella persona dall'accento tedesco era davvero tedesca, aveva il permesso di gestire lì un'attività quando tutti gli altri erano partiti? E, se era tedesca, perché la ballerina aveva parlato di *una festa per la sua gente*, così apertamente e in inglese? Non aveva senso.

Mezz'ora più tardi, Mitzie spense il casco asciugacapelli e, ancora una volta senza dire una parola, la pettinò. Saba era contentissima: i capelli le ricadevano sull'occhio destro in una brillante onda sofisticata alla Veronica Lake. Mitzie conosceva davvero bene il suo mestiere.

Saba guardò in direzione di Arleta, che le rivolse una comica espressione di stupore e fece un segno di approvazione.

«Quanto tempo ti ci vuole?», le chiese senza parlare, indicando l'orologio che aveva al polso.

«Un'ora», rispose Arleta. Accanto a lei c'era un vassoio con caffè e mignon.

«Torno a fare i bagagli». Saba indicò l'orologio alla parete.

Arleta le fece segno di avvicinarsi. «Qual è il verdetto?». Sollevò l'angolo della reticella per capelli. «Sono ancora un gremlin?».

Saba diede una sbirciatina. Il verde non c'era più; i nuovi ca-

pelli di Arleta erano di un caldo biondo cenere, molto più biondi di prima.
«Sensazionale», disse. «Ti piaceranno da morire».

«Ascolti». Mezz'ora dopo, Saba era seduta sul divano di Cleeve. L'ascensore era rotto e lei aveva il fiatone per aver fatto le scale a piedi. «Non ho idea se questo sia importante o meno, ma ho pensato di doverglielo dire ugualmente».
Gli raccontò dei capelli verdi, del Salon Vogue, della proprietaria probabilmente tedesca. «O, per lo meno, sono quasi certa che lo sia, nonostante abbia parlato soprattutto in inglese».
Cleeve sprofondò nel divano e intrecciò le mani dietro la testa. La guardò compiaciuto.
«Promossa a pieni voti», disse, «per averci fatto caso. Conosco bene Mitzie – la conoscono tutti – è un'istituzione al Cairo».
Saba arrossì imbarazzata – aveva fatto la figura dell'idiota pensando di dare una notizia bomba.
«No, la sua intuizione era esatta», la rassicurò Cleeve. «Mitzie è un'interessante anomalia. Lady Lampson, la moglie dell'ambasciatore, è una sua cliente e così anche Freya Stark, l'esploratrice, quando non è sul dorso di un asino da qualche parte. Ma la sua cliente più famosa, quella a cui deve la sua libertà, è la regina Farida, la moglie del re egiziano».
Saba era assolutamente confusa – la moglie dell'ambasciatore inglese si faceva tagliare i capelli da una tedesca? Era del tutto illogico.
«Ecco qual è il punto», spiegò Cleeve. «L'ambasciata vorrebbe vedere Frau Duhring internata con il resto dei tedeschi al Cairo, ma non osano frapporsi tra una donna e i suoi capelli perché la regina Farida la adora. È piuttosto buffo se ci si pensa, il destino di una nazione è nei riccioli della regina».
«Ma è una nazista?». Saba provò un brivido lungo la schiena.
«No, lei e suo marito si sono rifiutati di aderire al Partito nazista. Sono stati ostracizzati per questo dalla comunità tedesca del luogo, ma la sua condizione rimane precaria. Suo marito è già stato allontanato e sir Miles Lampson, un brutto imbecille, vorrebbe mandare via anche lei; non gli piace l'idea che una cit-

tadina tedesca ficchi il naso in tutti quei succosi pettegolezzi che si fanno dal parrucchiere. Ma non può permetterselo – al momento siamo terribilmente invisi agli egiziani e questo, per quanto sciocco possa sembrare, potrebbe essere la goccia che fa traboccare il vaso. Non possiamo assolutamente contrariare Farida – il re la adora, dicono che le compri un gioiello nuovo ogni mese.

Altre notizie interessanti mentre era lì?», domandò Cleeve casualmente mentre preparava il tè.

«Be', forse... Non lo so. Probabilmente niente».

«Dica pure».

«Be', solo questo, c'era anche un'altra donna, molto bella, una ballerina, la chiamavano Madame Hekmet; darà una festa per i tedeschi. Mi ha dato l'impressione che pensasse che Mitzie sapesse chi ci sarebbe stato, ma non sono riuscita ad ascoltare tutto: Mitzie mi ha messo sotto il casco asciugacapelli».

«Uhm...». Cleeve tamburellò le dita contro le labbra. «Altro?»

«No».

«Potrebbe essere buca al primo colpo, o potrebbe finire tra i cespugli, non si può mai dire».

Saba non sapeva proprio di cosa stesse parlando.

«Ha detto dov'era la festa?»

«No».

«Quasi sicuramente a Imbaba, dove sono ormeggiate le case galleggianti del Cairo – è nei pressi del Kit Kat Club, dove forse balla. Ad ogni modo», aggiunse brusco, «possiamo facilmente controllare».

«Come?»

«Sta a me sapere e a lei scoprire». Le sorrise giocosamente. «Tè?»

«No, grazie; devo scappare. Partiamo domani. Se faccio tardi mi prenderò una terribile sgridata da Bagley».

L'ascensore aveva ripreso a funzionare, sferragliando e cigolando. Le luride luci del soffitto erano sempre più zeppe di mosche morte.

«Sei la ragazza giusta, non è vero?», osservò dolcemente Cleeve prima di chiudere la porta del gabbiotto. La guardò attraverso le sbarre e le sorrise. «Me lo sentivo che saresti stata piuttosto brava e, se lo sarai ancora, abbiamo in serbo qualcosa di molto importante».

Premette il pulsante e, mentre l'ascensore cominciava la sua rumorosa discesa, Saba vide il suo viso, le sue ginocchia, i suoi scarponi scomparire e poi sentì solo la sua voce riecheggiare dall'alto mentre le rivolgeva una specie di addio o le augurava buona fortuna. Nell'udire quelle parole, si sentì pervadere da una forte ondata di eccitazione quasi insostenibile: finalmente la sua vita stava per decollare sul serio. Partivano. L'indomani.

Capitolo 16

Con una certa energia, il giorno seguente sgomberarono l'appartamento e prepararono il proprio equipaggiamento prima che il camion passasse a prenderle alle sedici in punto. Erano diretti, finalmente Furness glielo aveva detto, ad Abu Sueir, una base navale nell'area del Canale, circa centoventi chilometri a nord-est del Cairo.

Prima di partire, Saba scrisse a suo padre.

Caro Baba,
oggi lasciamo Il Cairo per andare in tournée e cominciare finalmente il nostro vero lavoro. Voglio che tu sappia che se dovesse succedermi qualcosa – non succederà! – ho fatto quello che sentivo di dover fare qui. Mi dispiace che ciò che ha reso felice me ti abbia ferito così tanto. Spero che un giorno ci capiremo meglio. Dove si trova ora la tua nave? Per favore, dimmelo e ti prego, scrivimi. Puoi mandarmi una lettera qui, all'ENSA, Sharia Qasr-el-Nil. Le poste sono terribilmente lente, ma sarebbe bello avere tue notizie.

Saba

C'erano altre cose che voleva dirgli, insignificanti e generiche: come si era sentita la sera che aveva cantato *Fikrimin ince Gülü*, la canzone che le aveva insegnato e che aveva tradotto per lei, di fronte alle piramidi, al Mena House; quanto Il Cairo poteva essere magica con i suoi tramonti infuocati, le feluche che veleggiavano sul Nilo simili a giganti falene; i fantastici negozi – alcuni dei quali molto più raffinati di quelli che aveva visto a Cardiff; quanto poteva essere orribile per via del caldo, del frastuono e della puzza – le fogne e il letame dei cammelli, le spezie del mercato, le collane di gelsomino vendute la sera nei ristoranti, l'indefinibile odore della polvere. Voleva dirgli che aveva paura per lui (Janine, il cui cognato era nella marina mercantile, le aveva parlato della carneficina nei cantieri navali in patria senza tralasciare il più raccapricciante dettaglio). Voleva dirgli che le mancava, e anche che odiava il suo essere così infantile. Aveva una tale confusione in testa a causa sua, un tale spreco di amore.

Scrisse velocemente l'indirizzo con le dita sudate. Pomeroy Street, Butetown, Cardiff sembrava lontana milioni di chilometri. Trovata a malapena un po' di saliva nella bocca secca, leccò i bordi di un aerogramma giallo e si chiese se l'avrebbe mai più rivisto.

Lasciarono Il Cairo poche ore dopo a bordo di un autobus vecchio e pieno di ammaccature, diretti a nord-est, ad Abu Sueir. La novità era che Bagley e alcuni soldati erano partiti prima di loro per sistemare il palco portatile.

Saba sedeva da sola – in quel caldo, con un altro corpo accanto, sembrava di essere in una fornace – e c'erano abbastanza posti vuoti perché ciascuno avesse una fila tutta per sé. Arleta e Janine, che ancora non si parlavano, erano ai capi opposti del mezzo; gli acrobati in fondo; Willie, estraniatosi da tutto, russava sotto una copia del giornale del NAAFI e il capitano Furness era seduto accanto al conducente, il frustino posato sul sedile accanto e le grosse gambe allungate nel corridoio.

Saba aveva arrotolato la giacca kaki a mo' di cuscino – faceva troppo caldo per poggiare la testa al finestrino – e, nonostante avesse già la nausea per le esalazioni dell'autobus, cercò di convincersi che l'avventura stava cominciando, sebbene ci fosse ben poco di prezioso da vedere se non chilometri e chilometri di sabbia increspata, qualche albero morto e un cumulo di ossa di animali.

Era mezzo addormentata quando Willie avanzò barcollando verso di lei e le fece cadere dei fogli in grembo.

«Per te, tesorino. Sono arrivate dal NAAFI stamattina ma tu dormivi».

Due lettere. Per lei! Si svegliò immediatamente. Una era scritta nella frettolosa grafia di sua madre e aveva il timbro postale del Galles meridionale. L'altra grafia sconosciuta le causò una stretta allo stomaco. La rigirò tra le mani e la infilò nella sacca di tela ai suoi piedi.

Scriveva sua madre:

Cara Saba,

a Pomeroy Street stiamo tutti bene, tranne la signora Prentice che è andata a Swansea per fare visita a sua sorella ed è rimasta vittima di un bombardamento. Lavoro ancora tutte le ore che Dio manda in terra tu sai dove. Per un po', Tansu è stata male senza di te, ma adesso fa parte di un gruppo che lavora a maglia presso la Sailors' Hall, cosa che le ha infinitamente tirato su il morale. La piccola Lou ha iniziato una nuova scuola a Ponty, è felice lì e il finesettimana continua a tornare a casa. Non hai ancora ricevuto la sua lettera? Tuo padre è di nuovo lontano, lavora per... *un crudele taglio del censore in questo punto*, ma credo che ti abbia scritto. Io non so cosa dire perciò lascerò che ci pensi lui, ma se non ha scritto, sappi che le poste sono terribili e cerca di non dare troppo peso alla cosa, potrebbe non significare niente.

Baci baci, la tua mamma adorata

Post Scriptum (*era un'abitudine di Joyce scriverlo per esteso*): ho preso un modello da una vecchia copia di «Woman's Friend» e ti ho cucito un vestito con della seta da paracadute color crema. (L'avevano in saldo da Howell e la fila girava attorno all'isolato, ma io ci sono andata prestissimo. Te l'ho spedito insieme a questa lettera).

Mamma. La mia mamma. Sorridendo, si portò la lettera alla guancia, era così felice di avere di nuovo sue notizie che avrebbe potuto piangere.

Rilesse la lettera – le faceva male pensare a sua madre come la Svizzera tra lei e suo padre, a immaginarsela mentre faceva la fila per ore per comprare la seta, lo speranzoso affaccendarsi alla macchina da cucire Singer della quale era così orgogliosa. La Schiaparelli di Pomeroy Street. Saba desiderò che per una volta avesse cucito qualcosa per se stessa. L'abito non era arrivato e, anche se l'avesse ricevuto, probabilmente non avrebbe mai voluto indossarlo, tranne che per una questione sentimentale o per lealtà. Era spaventoso vedere con quanta fretta cambiavano le cose – perfino le cose che volevi rimanessero immutate. Quello che ora Saba desiderava per loro era che rimanessero in vita e, mentre era lontana, che sua madre potesse essere felice senza di lei – era una cosa tanto terribile? Probabilmente, fece un brusco sospiro e guardò fuori dal finestrino, sarebbe risultata una pessima figlia.

Guardò l'altra lettera. La busta marrone faceva capolino dalla sacca. Infilò l'unghia sotto un lembo e l'aveva quasi aperta quando apparve Willie.

«Ti dispiace se mi siedo con te per un po'?». Si lasciò cadere pesantemente accanto a lei. «Perdona il mio abbigliamento», aveva sostituito la tenuta kaki con la maglia di un pigiama a strisce di un verde incerto, «ma sto arrostendo. Vedo che hai perso la tua amichetta». Indicò Arleta, profondamente addormentata quattro sedili davanti.

«Sì, be'...». Gli mostrò le lettere. «Le ho appena ricevute, sono le prime, e credo che lei abbia pensato...». Sperò che cogliesse l'allusione, ma Willie non era famoso per la sua perspicacia.

«Ho saputo che c'è stata una gran bella zuffa». Indicò Janine, ora seduta vicina al conducente, con la schiena dritta come uno struzzo impaurito. Willie le si avvicinò talmente che i peli delle sue orecchie solleticarono il mento di Saba. «Quella presuntuosa ha bisogno di una bella ripassata», disse, «se capisci cosa intendo. Uno degli acrobati dice che ci penserebbe lui. Lev, credo. Un bel lavoretto».

«Willie!». Saba si allontanò di scatto. «Che cosa cattiva».

«L'aiuterebbe con la danza e tutto il resto. Dico sul serio. Arleta ha quasi perso i capelli». Willie, con un'espressione angosciata sul viso, prese tra le mani la sua testa pelata. «Ho saputo che è quasi impazzita». Scoppiò in una risata ansante e tornò a guardare Arleta. «Che donna focosa», disse dolcemente e sospirò.

«Spero che facciano pace», disse Saba. «È una noia se non si parlano».

«Arleta è buona come il pane», disse Willie. «Ci penserà lei a risolvere la situazione. È un male per la compagnia», aggiunse in tono moralistico, «se le persone non vanno d'accordo. Ora che siamo diretti chissà in quale posto sperduto, dobbiamo rimanere uniti». Si asciugò la faccia madida. «Nessuno di noi ha la minima idea di cosa ci aspetta dietro l'angolo, dico bene, ragazza?»

«Sì, Willie», rispose Saba. Smisero entrambi di parlare quando l'autobus sterzò bruscamente per evitare una fila di cammelli che attraversava la strada. Gli uomini che li guidavano guardarono gli occupanti dell'autobus – i loro occhi erano privi di espressione, i volti coperti per proteggersi dalla polvere. Alle loro spalle si estendevano chilometri e chilometri di sabbia scintillante che si dissolveva in una nube di calore. «Sì, certo che sì. Grazie per avermelo fatto notare».

Non appena Willie se ne andò, Saba riprese la busta dalla sacca. La temperatura nell'autobus era di quasi cinquanta gradi; il sudore della sua mano aveva cancellato parte dell'intestazione. *...ara ...aba*. Dannazione! L'addetto alla censura voleva che reggesse la lettera come un festone di carta – non riusciva neanche a leggere la data. Appoggiò il sottile aerogramma contro il finestrino e con la luce talmente forte da bruciarle gli occhi, riuscì a decifrare parte di una parola in cima alla lettera: *ugno* e poi *42*. Un buco sulla data, nel punto in cui avrebbe potuto esserci l'indirizzo. Era l'indirizzo di lui o un pensiero folle? Tutto ciò che sapeva era che aveva sentito una parte di sé andare in fiamme quando aveva visto la lettera e era arrivata poi la delusione per non poterla leggere. Oramai non rimanevano che lettere qua e là. Ma perché doveva essere di lui? Perché mai avrebbe dovuto scriverle?

Arrivò del cibo in una scatola di cartone: panini con carne essiccata e acqua tiepida; una disgustosa banana che stava per marcire. Dopo aver mangiato, per evitare il caldo, cercarono tutti di dormire e, quando si svegliò, la polvere non c'era più e si vedeva la sabbia allungarsi fino all'orizzonte come un mare senza fine. Se non si rimaneva lucidi, quel luogo tanto sconfinato poteva far sembrare tutto atrocemente insignificante e il loro piccolo mezzo un filo d'erba sballottolato da un vento capriccioso.

Quando Furness si alzò per informarli su cosa dovevano aspettarsi, Saba vide la saliva secca agli angoli della sua bocca e la faccia rigata da rivoli di sudore. Per i prossimi dieci giorni, disse, avrebbero girato senza sosta le basi RAF, le unità e gli ospedali da campo che descrisse vagamente come Canal Zone;

dopo di che, avrebbero viaggiato verso ovest, per seguire l'Ottava Divisione. Alcune di quelle basi sarebbero state segrete o troppo piccole per avere un vero e proprio nome. A volte, aveva sussurrato Arleta, non ti dicevano neanche dove ti trovavi, soprattutto se eri in prossimità delle linee nemiche.

Quando Furness finì di parlare e tornò al suo posto, Saba si distese su due sedili, sentendo sussultare sotto di sé la strada nel deserto e pensando a Dom e alla serata eccitante e dolorosa che avevano trascorso. Le dava fastidio il fatto di pensare ancora a lui ma quella sera e la sua deludente conclusione si ripresentavano alla sua mente come i pezzi di un puzzle che aveva bisogno di completare.

Pensò alla gentilezza della sua mano mentre le teneva il piede quando si era seduta per via della vescica provocata da quelle maledette scarpe. Le aveva strofinato le dita e, nonostante fosse un po' imbarazzata al pensiero che i suoi piedi potessero essere sudati dopo il provino e il ballo, avrebbe voluto fare le fusa come un gattino: era stato un gesto così improvviso e terribilmente intimo. Il marciapiede bagnato; lui in ginocchio e i suoi occhi castani, illuminati da una luce interna, che la guardavano da sotto un ciuffo di capelli scuri. Dopo le battute scherzose era stato tutto così inaspettato, sembrava aver appianato tutte le spigolosità della giornata e lei ci aveva creduto.

E il seguito aveva rovinato tutto. Era certissima di averlo visto baciare quella ragazza al club. Le loro teste erano rimaste vicine per parecchio tempo, avevano parlato animatamente come fanno gli amanti e tutto quello le aveva fatto pensare che aver dato retta alla sua prima impressione si era rivelato un errore. E il pensiero di come gli avesse permesso di rovinarle quella che era stata una splendida giornata la faceva uscire dai gangheri.

Oh, Dio, si svegliò infuriata, con il respiro affannoso e una terribile sete. Aveva già bevuto metà della sua razione di acqua dal sapore chimico. Il sudore le gocciolava tra i seni mentre l'autobus sobbalzava su un tratto di strada accidentato. Aprendo gli occhi, non vide altro che sabbia del cavolo e una capra solitaria che, intenta a mangiare un cespuglio spinoso, saltò via terrorizzata.

«Posso sedermi, per favore?». Un paio di cosce muscolose scivolarono sul sedile vuoto accanto a lei. Boguslaw, l'acrobata.

Bog, o Boggers, o Bog Brush – rispondeva a tutti quei nomi – aveva notizie allarmanti. Mentre lei sognava, i piani erano cambiati: quella sera, invece del piccolo concerto previsto, si sarebbero esibiti per più di mille soldati, personale RAF e medico di una base mobile nei pressi di Abu Sueir. Il palco portatile, il pianoforte, gli arredi scenici e i costumi erano già partiti e ora erano in fase di allestimento.

«Ti prego, Dio, fa' che non si aspettino una grossa compagnia e un grande spettacolo», fece con una smorfia Bog. Max Bagley non aveva tenuto nascosto il fatto che avessero provato davvero poco e tutti avevano sperato in un giorno di riposo prima di esibirsi.

Saba non vedeva Bog da un po' di giorni. Gli acrobati erano stati alloggiati in un'altra parte della città e Arleta – che agli occhi delle ragazze ricopriva il ruolo di esperta del lato oscuro della vita – aveva insinuato che i ragazzi erano andati in giro a fare bisboccia.

«Non voglio scioccarvi», aveva detto con la sua voce roca ed elettrizzante, «ma ai ragazzi piace giocare e c'è questa strada del Cairo che loro frequentano, si chiama Wagh-al-Birkat e ce n'è per tutti i gusti: ragazze giovani, cani, pecore, galline. E vi racconterò un'altra storia vera», aveva aggiunto socchiudendo gli occhi verdi. «All'inizio di quest'anno, un giovane ufficiale della marina è stato beccato completamente nudo nello Shepheard Hotel. È stato denunciato per atti osceni e se l'è cavata citando il regolamento: "un ufficiale è ritenuto in uniforme se è adeguatamente vestito per l'incarico a cui è destinato". Ah ah ah, non è meravigliosa?».

Le sopracciglia perfettamente depilate di Janine si alzarono fino all'inverosimile. «Be', vedi», aveva detto, «io non la trovo neanche lontanamente divertente». Erano tornate a inarcarsi quando Arleta aveva detto di essere dell'opinione che l'esercito britannico dovesse seguire l'esempio dei francesi e degli italiani, ovvero istituire case di tolleranza legali per i soldati. Erano giovani e pieni di desiderio – era disumano aspettarsi che resistessero senza sfogarsi per lungo tempo. A quel punto, Janine aveva tolto dalla borsa una salvietta umida e si era pulita le mani con grande cura.

«Ti stavo guardando prima». Boguslaw si avvicinò talmente a Saba che lei sentì addirittura i peli della sua coscia muscolosa strusciare contro la propria. «Sei triste per la lettera?». Fece un grosso sospiro.

«Un po'», rispose Saba.

La gamba di Bog si avvicinò ancora di più.

«Sei troppo carina per essere triste», le disse. «È un uomo?»

«Sì. No».

«Un uomo forte?». Il suo bicipite sinistro sembrava un cobra gigante sul suo braccio. «Forte così?»

«Molto, molto forte». Faceva troppo caldo per flirtare. Quando l'autobus rallentò, nel tentativo di distrarlo, Saba indicò una bancarella di frutta sul ciglio della strada. Davanti a una baracca sbiadita dal sole, un uomo con il suo asino; una moglie velata sedeva passivamente accanto a un mucchio di fagioli secchi, alcuni gambi di barbabietola e datteri. Cacciava via le mosche da un bambino addormentato che teneva in grembo. Altri due bambini giocavano nella terra accanto a loro.

«Sei sposato, Bog?», gli chiese. Aveva scherzato con lui e gli aveva insegnato delle canzoni, ma non avevano mai parlato veramente.

«Non adesso», rispose lui. «Lo sono stato». Lo sentì ispirare bruscamente. «Sono morte», disse infine. Allontanò la gamba dalla sua. «Moglie, figlia, madre, famiglia. La mia famiglia». Fece un respiro profondo. «Prima della guerra vivevamo tutti a Varsavia. Madre, padre, moglie, bambini, noi ragazzi, il circo». Con il dito disegnò una ruota sul sedile. «Sempre a lavorare. Non buono, non buono. Un giorno, siamo via a fare uno spettacolo e, quando torniamo a casa, ci sono stati i tedeschi». Sollevò le mani mentre sul viso gli si dipingeva un'espressione di profondo disgusto. «La mia famiglia non c'è più». Schioccò le dita. «Adesso non posso tornare a casa.

Odio i fottuti bastardi tedeschi», disse alla fine, «e anche i fottuti bastardi russi. Non posso perdonarli».

Saba gli strinse la mano, inorridita per avergli fatto quella domanda senza pensarci. Arleta le aveva detto che i ragazzi avevano una storia triste alle spalle.

«Mi dispiace, Boguslaw», disse. «Io non dovevo... non avrei mai...».

«No, no, no, no. È tutto a posto». Si alzò sovrastandola e strinse forte gli occhi. «Volevo dirtelo, non è colpa tua». Stava sudando. «Ora vado a sedermi con i miei fratelli».

Nel tardo pomeriggio arrivarono a destinazione; erano talmente ricoperti di polvere da sembrare statuette di porcellana. Un subalterno infastidito le condusse lungo una pista polverosa e mostrò loro gli alloggi femminili – una tenda da quattro posti. Janine si lasciò sfuggire un debole lamento quando la vide. La tenda puzzava di insetticida e i letti da campo erano così vicini da toccarsi. Su un palo c'erano tre chiodi arrugginiti ai quali appendere i loro costumi e uno specchio rotto appeso a una parete avrebbe fatto da camerino. Arleta tirò immediatamente giù lo specchio dicendo che era segno di malaugurio e lo sostituì con un quadrifoglio incorniciato che portava sempre con sé.

All'esterno, in una piccola baracca, c'era un bagno chimico e un rotolo di carta igienica raggrinzito per il calore, una tanica contenente la loro acqua, che era severamente razionata – una pinta al giorno per bere e una per lavarsi. Quando Arleta disse per scherzare che quella sera non ci sarebbero state abluzioni, Janine serrò le labbra.

«Coraggio, cara». Arleta le diede una leggera pacca sul braccio. «Cerchiamo di andare d'accordo. Non sono brava a tenere il broncio».

«Dispiace anche a me», disse Janine con voce dura. Gli occhi le si riempirono di lacrime. «Mi dispiace per essere venuta». Per un attimo il mento le tremò violentemente. Come un fiume in piena raccontò loro che il suo fidanzato le aveva dato il benservito prima di partire per la tournée ed era così sconvolta da non riuscire ancora a parlarne. Le dispiaceva essere stata un tale tormento. Aveva sperato che il lavoro l'avrebbe distratta ma in realtà non si sentiva ancora abbastanza forte per affrontare la situazione.

«Oh, tesoro! Non dire altro!».

«No, no, no, non farlo». Non era ancora pronta per la generosa comprensione di Arleta e indietreggiò, alzando graziosamente una mano in aria. Era incapace di gesti goffi, perfino a due passi da un bagno chimico. «Avevo intenzione di dirtelo prima», osò timidamente, «i tuoi capelli sono davvero belli».

Ed era vero – un abbagliante biondo cenere, decisamente spettacolare. Gli sguardi sbalorditi e i fischi dei ragazzi, quando l'avevano vista, avevano fatto infinitamente felice Arleta.

«Suppongo che siamo tutti un po' nervosi», disse Janine. «Sembra così terribilmente disorganizzato qui, non sono abituata». Abbassò lo sguardo sui piccoli letti da campo con le zanzariere macchiate. «Credo servano a tenere lontani serpenti e scorpioni», disse, mettendosi carponi. «È tutto così improvviso». Quando si rialzò, le tremava la voce. «Non lo rifarò mai più», disse.

Un'ora più tardi, la voce di Max Bagley, tesa e incorporea, si infilò sotto il telo della tenda.

«Un'ora all'inizio spettacolo», disse. «Se il pianoforte stona, ignoratelo – si è danneggiato durante il trasporto. Tenete le scarpe ai piedi», le avvertì con voce spaventosamente monotona, «il palco è sconnesso e i riflettori anteriori non funzionano ancora. Niente discese tra il pubblico, *s'il vous plaît*».

«Sarà un disastro», fu la previsione di Janine quando Bagley se ne andò. Era stesa sotto un lenzuolo con una maschera sugli occhi. «Niente pianoforte, niente costumi, niente sipario». Il camion che trasportava gli arredi scenici si era rotto – non era sicuro che sarebbero riusciti a montare il palco in tempo. Per non sentirla, Saba sputò sulla spugnetta – erano già a corto d'acqua dopo una veloce tazza di tè – e iniziò a truccarsi. I suoi occhi spaventati affiorarono nello specchio di Arleta, poi il suo riflesso tremò, divenne giallognolo e scomparve.

«Accidenti». Arleta riaccese la lampada ad acetilene – i generatori erano momentaneamente guasti.

«Trenta minuti, signore». Di nuovo la voce di Bagley. «Adesso i riflettori funzionano».

«Bene». Saba lo aveva ascoltato solo distrattamente. Stava ripassando a mente le canzoni.

«Tesoro», disse Arleta, abbassandosi accanto a lei con il vestito giallo slacciato e la schiena imperlata di sudore. «Per favore, abbottonami l'automatico». Sembrava molto pallida.

Saba le abbottonò il vestito.

«Grazie, dolcezza». Arleta la baciò e Saba avvertì una lieve traccia di gin nel suo alito.

«Tutto bene?», le chiese.

«Terrorizzata – grazie per avermelo chiesto», rispose Arleta. Il suo primo numero era una parodia di Josephine Baker e si stava sistemando un finto ananas sulla testa. «Un bell'attacco di diarrea; a volte mi capita, soprattutto all'inizio di una tournée».

«*Crepi il lupo!*[17]», le disse Saba stringendole la mano.

«Come hai detto?»

«Il mio vecchio insegnante di canto lo diceva prima che alzassero il sipario», spiegò Saba. «È meglio di "rompiti una gamba". Prima mi diceva "*In bocca al lupo*", che in italiano serve ad augurare buona fortuna, e io rispondevo "*crepi il lupo*", ovvero che il lupo muoia».

«Be', il mio lupo è vivo e dannatamente vegeto, ma ci provo lo stesso». Arleta gettò le braccia al collo di Saba e, con voce strozzata, le disse: «Grazie».

«Per cosa?»

«Per essere un'amica meravigliosa».

Mezz'ora dopo arrivò la chiamata.

«Pronte, ragazze?»

«Pronte».

«Pronta, Janine?»

«Spero di sì». Janine, in equilibrio sul letto da campo, rispose a voce bassa mentre sfregava con il gesso le scarpette da danza.

Arleta si alzò, una dea dorata con un ananas assicurato alla sua

[17] In italiano nel testo.

testa da una doppia fila di forcine Kirby, e gridò: «*Crepi il lupo!*», prima di avanzare a grandi passi verso il palco nel deserto, la notte illuminata dalla luna e il loro primo concerto insieme.

Il palco non sembrava tutto sommato così male. Le luci rosse pulsavano come un cuore gonfio in mezzo a quelle squallide baracche, il filo spinato e le file di tende. Saba salì i gradini che portavano alle quinte. Sbirciò da dietro il sipario e vide file e file di soldati in attesa come bambini pazienti sotto il cielo stellato. Nei corridoi tra le file c'erano delle infermiere in divisa con accanto le barelle sulle quali erano stesi come mucchietti scuri i loro pazienti dell'ospedale da campo.

L'ordine di apparizione era scritto su una lavagna dietro le quinte. Controllò di nuovo. I Banana Brothers per primi, poi Willie e poi ancora i suoi primi due numeri. Sentiva la bocca e gli occhi pieni di sabbia e il cuore le batteva forte. Era il momento di dare il meglio. Bagley, in piedi dall'altra parte del palco, aspettava di dare inizio allo spettacolo. Quando la guardò, Saba sollevò il mento e raddrizzò la schiena, mettendo un muro tra sé e quello che lui le aveva detto riguardo ai suoi difetti – adesso non poteva permettersi di riflettere; "o la va o la spacca", pensò.

Bagley alzò la mano. «Cinque minuti», disse solo muovendo la bocca. Le sorrise, spostandosi con grande agilità tra il generatore, le luci e il sipario. Arleta le si avvicinò e la prese sottobraccio. Poi, fece una piccola danza sul posto.

Il braccio di Bagley si abbassò. La band iniziò a suonare e Willie si lanciò sul palco sulle note di un'allegra musica da circo stridula e scoppiettante, fingendo di catturare con il retino gli insetti che danzavano davanti ai riflettori. Erano accesi.

«*Signore e signori, reggetevi forte perché siamo arrivati, il meraviglioso, l'incomparabile spettacolo, direttamente dal Cairo e da Orpington. Questa sera siamo solo in otto... ma, come si sa, "nella botte piccola c'è il vino buono", perciò preparatevi a rimanere stupefaaaatti!!!!*».

Il primo fu Bog che, con un vestito blu ornato di lustrini, entrò saltando in alto incorniciato da due coni di luce ambrata. Urla e risate dal pubblico mentre Willie, nel tentativo di imitarlo, faceva delle maldestre verticali vicino alle quinte. Bog si lanciò in una convulsa serie di ruote, una due tre quattro cinque lungo tutto il palco. Apparve Lev e lanciò Bogus in aria come una palla da giocoliere. Ehi!! E ora un trionfante Bog lanciato sulla cima di un'urlante piramide umana: sorrideva raggiante, agitava le gambe e faceva un sacco di smorfie per dimostrare quanto fossero bravi. Quando scorse le ragazze dietro le quinte, fece loro l'occhiolino e le giovani ricambiarono.

«Bravo Boggers», disse Saba. Gli mandò un bacio. «Magnifico».

Ridevano anche alcuni soldati sulle barelle. I loro volti erano inondati dalla luce rossa delle ambulanze che li avrebbero riportati indietro. Il resto dei soldati, seduti su scomode sedie di alluminio, applaudiva entusiasta. L'aria era densa del fumo azzurrino delle sigarette. Willie tornò sul palco e li intrattenne rapidamente con qualcuna delle sue gag. Apparve Janine e Willie la inseguì con il retino mentre lei, sulle note di apertura di *Sherazade*, fluttuava sullo sfondo del deserto simile a una falena verde, correndo di qua e di là come alla frenetica ricerca di un'altra falena a cui unirsi. Gli uomini sembravano malinconici.

Saba, sentendo spegnersi gli accordi di violino, ebbe un tuffo al cuore. Dal punto in cui si trovava, nascosta dal sipario, poteva vedere Janine salutare e saltare mentre lasciava il palco, una persona assolutamente diversa. Il suo nome fu cancellato dalla lavagna.

«*E adeeeesso, la belliiiiissima...*». Willie fece la sua comparsa con indosso un enorme vestito cascante, tenendosi forte la gola e barcollando. Le lanciò una rapida occhiata dietro le quinte per accertarsi che fosse lì, «*...la tremendameeeente affascinante, il nostro uccellino canoro del deserto, Miiiiiss Saba Tarcaaaaan*».

Arleta era con lei dietro le quinte. Le strinse forte la mano e le diede una spinta. «Stendili, ragazza», sussurrò.

Saba sentì una lieve folata d'aria quando Bog e Lev la sollevarono tra le luci rosse e gialle per depositarla al centro del palco. Stesero le braccia verso di lei come stami di un fiore. Comparve Bagley dietro a un malconcio pianoforte – il riflettore sulla sua testa illuminava una nuvola di insetti scuri. Alzò la mano, suonò qualche nota e attaccarono insieme *Get Happy*.

Dal palco si vedevano molte cose: i volti scuri degli uomini addolcirsi, un soldato, sollevandosi dalla barella, sorridere e salutare con la mano. Saba si immerse totalmente nella canzone, adorando il ritmo sincopato che Bagley le aveva astutamente impresso per non renderla banale e sdolcinata. Le piacque moltissimo anche il finale a squarciagola, quando rovesciò la testa all'indietro in una nuvola di stelle e diede tutta se stessa. Al termine della canzone, era tutta accaldata e il pubblico in delirio urlava e pestava i piedi. Quando guardò Bagley, seduto in una pozza di luce al suo pianoforte, e lo vide alzare i pollici in segno di vittoria, provò una grossa ondata di orgoglio. Ehi, niente male!

Poi Bagley introdusse un'allegra versione di *You Must Have Been a Beautiful Baby*, e gli uomini gemettero e urlarono quando Saba ballò e cantò di ragazze che erano impazzite per amore. Bagley, nonostante un personale disprezzo per le cose sdolcinate, ricordava loro in continuazione di cantare con dolcezza.

«Questi uomini non combattono per la democrazia, la libertà o altre fandonie del genere. Combattono per la loro mamma o per la loro ragazza e, per quello che li riguarda, voi le impersonate per quei dieci minuti che siete sul palco».

L'aria della sera era calma e dolce sul viso di Saba. Max le aveva detto che, se le cose fossero andate bene, poteva cantare una terza canzone. Le cose erano andate bene, quindi ora poteva rilassarsi. Attese che il cupo rombo di un aereo si allontanasse e sentì un profondo silenzio calare sugli uomini quando annunciò loro che avrebbe cantato la sua canzone preferita, *All the Things You Are.*

Gli insetti ormai oscuravano Bagley. Suonò i primi accordi e quando Saba cantò, una parte di lei sentì che la sua voce era troppo delicata. Bagley le aveva detto che cantando all'esterno, in spazi molto ampi, avrebbe dovuto imparare a gestire la propria voce in modo diverso. Inoltre, dal punto di vista tecnico, era più difficile mantenere l'intonazione in una canzone lenta che non in uno dei vivaci numeri in cui si era esibita prima. Ma amava così tanto quel pezzo che smise di preoccuparsi e, dopo qualche nota incerta, trovò il proprio stile, ricordandosi di usare il microfono come le aveva insegnato Bagley, ovvero come l'amico intimo a cui raccontare i segreti. Quando lei e la canzone divennero un tutt'uno, sentì una sorta di profonda e morbida soddisfazione scorrerle nelle vene. Fu quasi uno choc alla fine ricordarsi dov'era, aprire gli occhi e vedere le lacrime scintillare come diamanti negli occhi di alcuni soldati. Mentre lasciava il palco, gli uomini applaudirono fragorosamente, pestando i piedi e fischiando con entusiasmo.

«Oh, piccola. Ottimo lavoro, tesoro». Arleta, luccicante di sudore e profumo, la abbracciò non appena scese dal palco. «Eccellente, eccellente ragazza! Eri nervosa e ce l'hai fatta».

Aggiunse qualcos'altro che Saba non riuscì a sentire perché la folla stava ancora applaudendo e urlando. Puntò il dito in direzione del deserto buio e delle capanne di latta.

«Tesoro, ho bisogno di un enorme, enorme favore», disse. «Va' nella nostra tenda e portami la cipria. Sto sudando come un maiale. Svelta! Svelta! Svelta! Sono la prossima».

Ancora euforica per la sua esibizione, Saba prese la torcia e fece di corsa i circa quaranta metri di strada polverosa che portavano alla loro tenda. Da lontano, il palco riluceva come un'enorme ala di farfalla illuminata e sembrava il centro magnetico della notte. Sentiva il rimbombo della voce di Willie; ormai il comico era su di giri.

«*State tuuuutti beeeeeene?*». E la risposta: «*Sììììììì!*».

Il cielo era ammantato di stelle. Quando arrivò alla tenda, vide dietro al telo una luce fioca e una sagoma scura all'interno. Saba scostò il telo: Dom era seduto su una sedia e la aspettava. Non appena lo vide, inciampò nel tirante cadendogli quasi tra le braccia.

Capitolo 17

Quando Dom si alzò, una ciocca di capelli scuri gli cadde sugli occhi.

«Tu!», esclamò Saba. «Come diavolo...?»

«Te lo spiego dopo». Il suo sorriso era malizioso.

«Conosci Arleta?». Aveva la mente in subbuglio e il cuore le martellava nel petto.

«L'ho conosciuta adesso».

«Oh, Dio», ricordò improvvisamente. «Lei...».

«Non pensarci», le disse. «È stato un lavoretto di squadra – siamo entrambi colpevoli».

«Devo tornare tra un minuto per il saluto finale».

«Devi». Le sue labbra eran ben delineate. Dopo mesi passati a ripetersi che lui era fuori dalla sua portata, adesso era scioccata da quanto desiderasse baciare quella bocca.

«Ho preso in prestito una jeep», le disse. «Posso portarti fuori a cena dopo lo spettacolo?»

«Sì». Era così confusa, così sollevata. «Ma ora devo correre per il saluto finale».

Le disse che l'avrebbe aspettata lì e le chiese se allontanarsi dal campo avrebbe potuto causarle problemi.

«No», rispose, nonostante non ne fosse sicura.

Saba volò lungo il sentiero sabbioso fin sul palco. Fu accolta da un'assordante esplosione di fischi e ricambiò raggiante salutando e mandando baci. Quando scese Arleta la aspettava dietro le quinte.

«Lui è qui», sussurrò.

«Lo so». L'abbraccio di Arleta la avviluppò in una nuvola di Shalimar e cerone. «Ed è proprio il mio genere, se posso dirlo».

«Posso lasciare il campo stasera senza permesso?»

«Nessuno ha detto che non potevamo». L'espressione di Arleta era assolutamente neutra. «Nessun coprifuoco che io sappia. E, pasticcino, se posso dirlo, sei stata davvero brava a tenerlo nascosto».

«È un pilota di caccia», sussurrò Saba, tormentandosi la gola con le dita. Arleta le aveva consigliato di evitare i piloti come la peste. Erano presuntuosi, aveva detto, e inaffidabili, oltre che una pessima scelta, visto che molti di loro non tornavano.

«Be', tipina riservata!». Arleta le tirò una ciocca di capelli e le diede un bacio sulla fronte. «Non dire che non ti ho avvertita».

Mentre sfrecciavano nel deserto a bordo di una jeep malridotta, la luna appena sorta era così brillante che sembrava aver trasformato la notte in un negativo fotografico del giorno e Saba ne era abbagliata.

«Cosa ti è successo quella sera a Londra?», le chiese subito lui. «Quando sono tornato al nostro tavolo non c'eri più e c'è voluto tutto questo cavolo di tempo per ritrovarti».

«Oh, avevo una tonnellata di cose da fare». Non poteva tollerare che lui sapesse quanto l'avesse ferita, quanto l'avesse fatta sentire sciocca. «Avevo bisogno di andare a letto presto e tu... anche tu sembravi molto occupato». Alzò lo sguardo su Dom.

«Non è come pensi». La sua voce era neutra e gli occhi fissi sulla strada. «Era la ragazza di un tizio della nostra squadriglia. Era la prima volta che ci vedevamo dalla morte di lui. Mi dispiace».

Lei lo guardò, piangendo intimamente al ricordo di sé che scappava via come una bambina, felice che lui non l'avesse vista; ma provava anche una sensazione di dolce sollievo.

«Ero parecchio scombussolata», disse. «Stavano succedendo troppe cose».

«Sì», disse lui dolcemente, «troppe cose».

«Era un amico? Il tizio morto, intendo».

«Sì. Siamo andati a scuola insieme, e poi all'università».

«Quanti anni aveva?»

«Ventidue».

Dom schiacciò l'acceleratore. I deboli fari della jeep illuminavano nient'altro che sabbia e rocce. Saba rabbrividì e si strinse tra le braccia – la vastità del deserto lì attorno sembrava ricordare loro quanto fossero minuscoli e con quale velocità potevano essere spazzati via.

«Sembra di giocare a mosca cieca», osservò Saba, pensando che poteva anche essere coraggiosa; per tutti loro poteva finire tutto quanto in un baleno. «Dove stiamo andando?»

«Il mio nome», rispose Dom, «è Alish Barbour. Faccio la tratta dei bianchi. Ho già perso la mappa». Saba era sollevata nel vederlo di nuovo sorridente.

Dom guidava disinvolto e veloce, con una mano stretta sul volante. Saba si sentì nuovamente al sicuro.

«Conosco un posto a Ismailia dove possiamo mangiare, a circa venticinque minuti di macchina da qui».

I suoi denti bianchi scintillarono alla luce della luna quando si voltò per sorriderle.

«Fame?», le chiese. Schiacciò ancora di più l'acceleratore.

«Muoio». Nonostante fosse troppo elettrizzata per avere davvero fame. Sentiva il suo calore accanto a sé, un senso di intensa consapevolezza che era quasi insostenibile. *Calmati, calmati*, si disse.

«Dove sei stato?», gli chiese, sperando di sembrare rilassata. «Cioè, prima di venire qui».

Le rispose che era stato ad Abu Sueir, un paio di settimane prima che lei arrivasse. Avevano affrontato un programma di addestramento sui nuovi Kittyhawk, i cacciabombardieri che avrebbero usato da quel momento in poi. Dopo avevano volato verso sud, a Luxor, e avevano passato un paio di giorni risalendo il Nilo a bordo di un vecchio piroscafo.

«Avresti potuto venire con me», le disse lanciando un rapido sguardo nella sua direzione.

«Sì», gli rispose, «ma stavo lavorando».

Alla periferia di Ismailia, una musica chiassosa proveniva da una strada che odorava di patate dolci arrosto, carbone e vecchi canali di scolo. C'era un piccolo caffè all'angolo dove un gruppo di uomini seduto alla luce di una lampada ad acetilene beveva, fumava e giocava a scacchi.

Dom imboccò una stradina e parcheggiò l'auto. Le tenne la

mano mentre percorrevano il marciapiede dissestato fino al ristorante che sapeva chiamarsi Chez Henri. Si fermò davanti a una porta di legno riccamente intagliata con sopra un'inferriata. La porta si aprì su una sala illuminata da candele e arredata con semplicità, nella quale non più di sei o sette tavoli erano coperti da tovaglie bianche. Su ogni tavolo c'era un vaso con dentro un rametto di gelsomino.

«Ismailia è ormai una città di prigionieri», le spiegò. «Tedeschi, migliaia di italiani ma, fortunatamente, non Henri – lui è fuggito da Parigi. Prima della guerra aveva un ristorante lì».

«È delizioso». Saba chiuse gli occhi, d'un tratto si sentiva tremendamente felice, e annusò la stanza – il suo odore di carne arrostita, gelsomino e fumo di sigaretta.

Henri comparve tra loro, imponente e raffinato nel suo lungo grembiule bianco. Il suo viso era tutto un sorriso.

«Monsieur, madame, buonasera!». Se fossero stati bambini, li avrebbe baciati e pizzicato loro le guance. Li accompagnò a un tavolo defilato. Accese gli stoppini di due candele ricavate da tappi di sughero.

Quando le fiammelle presero vita, Saba vide che non si trattava di un vero e proprio ristorante, sembrava più un comune salotto con mobili semplici, un comodo sofà e le foto di famiglia appese alla parete. La porta era aperta sulla notte; dalla finestra della malandata casa di fronte giungeva il lamento di un bambino e una silhouette di donna li guardava. La donna tirò la tenda quando Saba alzò lo sguardo.

Henri portò una caraffa di vino e, dopo il primo sorso, Saba chiese a Dom: «Come sei arrivato qui? Come mi hai trovata?»

«Elementare, mio caro Watson. Sono andato al Cairo e ho chiesto alla ragazza dell'ufficio ENSA dove potevo trovarti». Le sorrise con l'innocente sicurezza di un uomo a cui le donne non nascondono nulla. «Non ero sicuro che mi avresti scritto dopo quello che era successo. Ma ti ho mandato una lettera».

«Questa?». Saba tirò fuori il borsellino e gliene mostrò i resti. «Non avevo neanche capito che fossi tu».

«Ah, bene, il mistero è risolto. Speravi fosse la mia?». Alzò gli occhi e la guardò.

Lei abbassò lo sguardo. Pensano di essere un dono di Dio per le donne, l'aveva messa in guardia Arleta – le ragazze si mettono letteralmente orizzontali al loro cospetto.

«Forse. Te lo farò sapere. Ancora non lo so», gli disse. Le mani di lui sul menù erano abbronzate e bellissime. Aveva dita lunghe. «Come ci sei arrivato in Nord Africa?»

«Oh, è stato facile», rispose Dom. «Erano a corto di piloti e ho un amico nella Desert Air Force. Ci ha pensato lui. Siamo di stanza tra Il Cairo e Alessandria».

«Ne sei stato felice – dopo quello che ti è successo, intendo». Saba si accorse che lui si era leggermente allontanato. Stava guardando in direzione della porta.

«Sì». Tornò a guardarla con una cortese espressione formale. Saba si era decisamente avventurata in territorio nemico. «Mi ha fatto piacere – stavo cominciando ad annoiarmi in Inghilterra. A mensa ci sono solo un'infinità di giochi da tavolo».

Un'improvvisa timidezza sembrò impossessarsi di loro. Dom prese a tracciare disegni con la mano sulla tovaglia e Saba, sopraffatta dal concerto e dalla sorpresa che lui le aveva fatto, si impose di andarci piano.

«Dove starai stanotte?»

«Ci sono delle stanze al piano di sopra», le rispose. «Verrò qui dopo che ti avrò riaccompagnata, naturalmente». Fece scorrere il suo sguardo verso di lei.

«Naturalmente», ripeté lei con modestia. Le sue dita abbronzate giocherellavano con la saliera sul tavolo. Saba sentiva il cuore batterle forte e fece un rapido respiro.

Henri tornò seguito da un bambino paffuto in pigiama; poteva avere cinque anni. L'uomo posò sul tavolo del pane azzimo e due bicchieri. Il ragazzino sistemò i piatti con la pignoleria di un chierichetto che depone un calice e fu ricompensato da un rumoroso bacio paterno.

«Cosa vorreste mangiare?». Henri sorrise loro.

«Lei sta morendo di fame», gli disse Dom. «Cosa c'è di buono stasera?»

«Propongo anatra arrosto servita con miele, lavanda e timo. È deliziosa», rispose il loro ospite. «Abbiamo agnello cotto con conserva di limoni, molto buono anche quello».

Scelsero l'agnello e, mentre aspettavano, Dom riempì a metà il bicchiere di Saba e lo spinse verso di lei. «Quanto tempo abbiamo?», domandò. Sembrava così giovane in quel momento, perfino ansioso.

«Non c'è nessuna fretta», rispose Saba. Era già troppo tardi, ma non le importava.

Le toccò delicatamente la mano.

«Voglio dirti una cosa... sei stata bravissima stasera».

«Quando?». Era perplessa.

«Il concerto».

«Mi hai sentita cantare?». Non se l'aspettava.

«Sì». I suoi occhi avevano le pupille dilatate di un bambino. Brillavano. Le prese la mano e stavolta non la lasciò andare. «Dimmi una cosa. Com'è?»

«Com'è cosa?». Per un momento pensò che si riferisse alla sua compagnia e cercò di formulare una risposta.

«Cantare in quel modo».

Saba liberò la mano da quella di lui. Questo non glielo aveva mai chiesto nessuno.

«Be'... non lo so... è difficile da spiegare. All'inizio, panico, soprattutto stasera. Eravamo così in ritardo ed era il nostro primo vero concerto. Tutti quegli uomini che aspettavano e poi uno di quegli insetti mi è quasi volato in bocca; la musica sembrava così strana, il pianoforte un po' scordato, ma poi... non lo so. C'è stato un momento in cui stavo cantando *All the Things You Are*, quando... be', è difficile descrivere la sensazione di benessere, è come essere travolti da un'onda».

Aveva rinunciato all'idea di farlo sembrare difficile; la verità era che amava ogni minuto di quella vita, la sensazione di far parte dello sforzo bellico, di poter svolgere regolarmente quello per cui si era esercitata tanto a lungo, di vivere ben oltre i propri limiti, di fare bene quello che voleva più di ogni altra cosa – era così bello. Tutto il suo corpo, la spina dorsale, la punta dei piedi, la pancia, la testa, erano ancora incandescenti.

«Un'onda che catturi».

«Sì».
«Ooh, sembra davvero bello».
«Mi stai prendendo in giro». Gli afferrò i polsi.
«No. Giuro che non lo sto facendo». La stava guardando attentamente.
«In quel momento, sì, ti senti completo, come se non ti mancasse nulla. Ti sembra folle?»
«No». Dom bevve un sorso di vino. «Somiglia al volo».
«Davvero?»
«Sì, ma continua, parla prima tu».
Si guardarono quasi con circospezione.
«E tutti quegli uomini che urlano nella notte per te», continuò lui in tono più leggero. «Li sentivo dalla tenda. Cosa si prova?»
«Non è quello il motivo per cui lo faccio», ribatté Saba. La verità era che ciò che aveva provato quella sera non era il brivido dell'ammirazione altrui, ma qualcosa di più difficile da esprimere a parole senza sembrare quello che sua madre definiva "essere innamorati di sé": il dolore degli uomini che aveva davanti, il dolore della nostalgia, degli amici perduti, della stanchezza e della paura prolungata, che si tramutava come per magia in piacere e sollievo. Era una sensazione potente, come trasformare l'acqua in vino, ma, ovviamente, non si poteva dire una cosa del genere senza sembrare un'idiota totale.
«Sembravi molto sicura di te».
Per qualche ragione queste parole la fecero sentire vulnerabile, come se fosse stata lei a dirle.
«Va tutto bene». I suoi intelligenti occhi scuri non smettevano di guardarla. «Penso...», sembrava scegliere con cura le parole, «penso che tu sia stata pazzesca... davvero». Stava per dire qualcos'altro ma si fermò.
Henri era tornato con un vassoio sulla testa. Aveva portato loro una selezione di piatti che lui chiamava *mizzi'at* con verdure speziate, hummus e olive; disse che le olive venivano contrabbandate dalla Francia.
«Dimmi la sincera verità», continuò Dom quando furono nuovamente soli. Si sporse sul tavolo per avvicinarsi a lei e la guardò intensamente. «È la cosa migliore della tua vita?»

«Non lo so». Aveva letto quei pensieri blasfemi nella sua mente? «Sì», continuò. «La amo, intendo dire». Spezzò a metà un pezzo di pane e lo intinse nell'olio. «Non so ancora se sia la cosa migliore della mia vita, ma è dove trovo tutta me stessa». Vide acuirsi l'espressione nei suoi occhi.

«Cosa vuol dire – te stessa alla massima potenza? Credi di avere un io, intendo un vero io, non un semplice riflesso di quello che gli altri vogliono che tu sia?»

«Non ne sono sicura». Sentiva di essere nuovamente in un territorio pericoloso. «Ma ho tanto da imparare», sentì se stessa giustificarsi. «Max Bagley, il nostro direttore musicale, pensa che io faccia male alcune canzoni».

«In che senso?»

«Dice che copio altra gente». L'ammissione era ancora dolorosa. Avvicinò la testa a quella di lui e cantò dolcemente. «Quando l'altro giorno ho cantato questa canzone, ha detto che imitavo Bessie Smith e che cercavo di sembrare una stanca e vecchia signora nera che deve raccogliere una balla di cotone, e che dovrei semplicemente essere me stessa».

«Se lo fai di nuovo, mi toccherà mettere a letto quella vecchia raccoglitrice di cotone», le disse lui soffiandole tra i capelli. E dopo essersi guardati con sorpresa, scoppiarono entrambi a ridere.

«No, no, no», esclamò lei, allarmata dall'eccitazione che provava. Percepiva il rossore che si diffondeva dalla radice dei capelli. «Sono seria! Dai, parliamo!». Ma era così bello ridere con lui. Quando le prese la mano e ne baciò il palmo, lei non si allontanò.

«Per tornare al signor Bagwash, o come cavolo si chiama», le loro mani erano l'una accanto all'altra sul tavolo, «ha detto senz'altro delle sciocchezze. Come si fa a imparare qualcosa senza ascoltare, copiare, fare esercizio? Scusa, sono assolutamente fesserie, non dargli peso».

Le parlò, serio e appassionato, di Picasso, il quale aveva preso un po' da tutti; di T.S. Eliot, del quale a Cambridge aveva studiato la costante costruzione della tecnica, l'imparare dagli altri, l'unione finale di tutte quelle influenze per creare un insieme. Charlie Parker, aggiunse, fu deriso la prima volta che si esibì.

«Chi è?»

«Ah! Ti ho svelato qualcosa di nuovo. Ti comprerò un disco. Dovette esercitarsi per ore prima di trovare il coraggio di esibirsi nuovamente in pubblico. Non è una cosa che si ottiene in poco tempo, ne sono sicuro; non lasciare che calpesti i tuoi sogni».

Quando arrivò l'agnello arrosto, era tenero e dolce; poi, il bambino di Henri, parecchio assonnato portò del gelato fatto in casa servito in un bicchiere e aromatizzato all'acqua di rose, seguito, infine, da un vino locale dal sapore dolce.

«Assaggiatelo». Henri sorrideva come se fosse deliziato dalla loro presenza. «Viene da Alessandria, si chiama *zabib*». Ne versò mezzo bicchiere a Saba. «È meglio del Beaumes de Venise».

«È delizioso», rispose lei e lo era davvero, dolce e fruttato. «Mi ubriacherò», disse a Dom.

«Mi prenderò cura di te», la rassicurò lui. «Devo rivederti». La guardò intensamente. «Ho un pacco importante per te».

«Un pacco». Socchiuse gli occhi, fingendo diffidenza. «Cosa c'è dentro?»

«Ah, dovrai aspettare».

«Perché?»

«Certe cose bisogna guadagnarsele».

«Sì?»

«Sì. È da parte di tua madre».

«Bugiardo».

«Vedrai – e allora pretenderò le tue scuse».

Dopo il caffè, Dom ritornò serio. Le parlò della carriera di pianista di sua madre e di quanto avesse fatto arrabbiare suo padre. Uno dei ricordi persistenti della sua infanzia risaliva a quando l'aveva vista tornare a casa da sola dopo un concerto – il suo primo concerto. Suo padre era stato troppo occupato, o troppo contrario, per andare. Ricordava il suo abito elegante, il taxi e la valigetta di pelle con dentro gli spartiti. Quanto gli era sembrata sola quando era rientrata. Dopo poco tempo aveva rinunciato. All'epoca lui era troppo giovane per capire, ma sentiva che era sbagliato avere una passione del genere e abbandonarla.

«È come se tutti avessimo un fiume che scorre dentro di noi, diciamo come il Nilo», i suoi occhi brillavano mentre spiegava la sua teoria, «un fiume che rende speciale la nostra vita. Lo tratteniamo a nostro rischio».

«Tutta quell'acqua che ti esce dalle orecchie», lo canzonò. Ma le piaceva sentirlo parlare così; era di gran lunga l'uomo più interessante che avesse mai conosciuto.

«Parlami di te», gli chiese dopo un secondo bicchiere di zabib. Prima, quando Henri aveva acceso la candela, aveva visto la cicatrice sul suo viso e aveva ripensato all'ospedale, agli altri ragazzi con gli innesti che ricordavano la pelle degli elefanti, i loro volti devastati. «Stai volando parecchio?»

«Sì».

«È impegnativo?»

«La verità?»

«Sì».

«C'è parecchio da fare lassù». Si agitò sulla sedia.

«Più impegnativo, diciamo, della battaglia d'Inghilterra?». Saba abbassò le palpebre e lo guardò scettica. «E nessun Biggles[18] che arriva come la manna dal cielo».

«Be'...». Dom si accese una sigaretta. «La situazione è piuttosto bollente», disse piano. Non aggiunse altro se non che il loro aerodromo era in pieno deserto, non lontano dalle linee nemiche. Divideva la tenda con un tizio che si chiamava Barney e che conosceva dai tempi della scuola. Era stato lui a fargli ottenere il trasferimento.

«Ma cosa fai?».

Le disse che svolgevano missioni aeree, a volte come scorta ai bombardieri o ai camion dei rifornimenti, altre volte si trattava di veri e propri combattimenti. La guardò ed era sul punto di dire qualcos'altro quando lei lo interruppe.

«Perché sei venuto in Egitto? Eri tenuto a farlo?»

[18] Pilota e avventuriero, personaggio principale dei libri di avventura per ragazzi della «Biggles series», scritti da W.E. Johns a partire dagli anni '30.

«Sì», le disse pacatamente. «Dovevo farlo. Un'orribile ragazza è scappata senza salutarmi a Londra».

«Sii serio. Perché?».

Diverse espressioni si avvicendarono sul suo volto.

«È complicato. Te lo dirò un'altra volta».

«Dimmi solo una ragione», insisté Saba. Mentre erano occupati a parlare, il ristorante si era svuotato. Il bambino era raggomitolato sul divano, dormiva con il pollice in bocca; Henri ripiegava tovaglioli e chiudeva le imposte. Dom rimise il tappo alla bottiglia di zabib.

«D'accordo, allora», disse. «Solo una: il volo. Sai quello che hai detto prima, il fatto che senti il tuo io al massimo quando canti. È così che mi sento quando sono su un aereo. Libero».

Se lo immaginò sfrecciare nello spazio, lontano chilometri dalla terra, e si sentì male. Se non fosse stata in quell'ospedale non avrebbe mai saputo quali potevano essere le conseguenze. C'erano altre cose da domandare, ma aveva paura di portargli sfortuna.

«Bene, due pazzi, allora», decise di scherzare. «Niente piedi ben piantati a terra».

«Contro la gravità», disse lui. «Be', è sempre un rischio. Oh, Dio!».

Henri stava spegnendo le candele. Posò il conto sul tavolo e alzò le spalle dispiaciuto. La loro cena era finita.

Mentre Dom guidava nel deserto per riaccompagnarla, Saba sprofondò in quel sonno buio e senza sogni che dà la sensazione di cadere in un abisso. Quando riaprì gli occhi, vide le dita abbronzate di lui sul volante, il profilo scuro dei suoi capelli, il naso dritto e, in un certo senso, fu felice di tornare al campo. Lo desiderava in un modo che la spaventava: era troppo, era successo troppo in fretta, avrebbe dovuto starci più attenta la prossima volta.

Mentre dormiva, il suo corpo era stato automaticamente attirato da quello di lui come fosse un magnete; teneva la testa appoggiata alla sua spalla e ne percepiva l'odore, lo stesso odore legnoso ma stavolta con una traccia di benzina e polvere. Sistematasi nuovamente a una rispettabile distanza, aprì gli occhi e guardò le stelle. In alto sulla sua testa, come tanti zaffiri, c'era l'azzurro brillante delle Sette Sorelle e, più avanti, la Via Lattea. Suo padre, che conosceva le stelle come fossero vecchie amiche, le aveva insegnato i loro nomi sin da quando era bambina. Cinque minuti più tardi, vide il lieve bagliore degli edifici di mattoni rossi, le luci attorno al campo che filtravano nella notte.

«Saba». La voce di Dom giunse dal buio. «Siamo quasi arrivati. Stavo pensando a una cosa. Ho una piccola licenza alla fine del mese. Sai dove sarai allora?».

Un convoglio di autocarri dell'esercito britannico li superò rumorosamente – una lunga fila di lucciole che coprì la sua risposta. Alla luce dei loro fanali posteriori vide un rovo e un cumulo di rocce. «Posso mostrarti la paura in una manciata di polvere»: glielo aveva detto prima. Il fatto che conoscesse quelle poesie, Charlie Parker e altre cose, accresceva l'attrazione che provava per lui: erano giovani, potevano imparare insieme. Durante la cena le aveva detto che, una volta finita la guerra, sperava di diventare uno scrittore e di continuare a volare.

A circa un chilometro dal campo, Dom fermò la jeep e si girò verso Saba. La attirò a sé. Le prese i capelli tra le mani e glieli tenne fermi dietro la nuca mentre la baciava.

«Potremmo incontrarci ad Alessandria», le disse. «O al Cairo».

«Oh, Dio», mormorò lei contro la sua testa. «Non lo so».

«Non aver paura», le disse.

«Non ho paura», ribatté lei, ma non era vero. «Non so dove sarò», ansimò. Sentiva il proprio corpo morbido e cedevole – lo sentiva avvicinarsi sempre più a lui ed era una sensazione incredibile. «Volevo solo dire questo. Pare che non lo sapremo mai».

Dom la guardò e si ritrasse.

«Puoi scrivermi. Puoi scrivermi e farmelo sapere».

«Non è che...». Si accorse dell'incertezza nella propria voce. «Certo che lo farò... ma...». Pensava a Cleeve e al suo monito riguardo i fidanzati.

«Se c'è qualcun altro», si allontanò da lei e la guardò negli occhi, «dimmelo subito. Ovviamente lo farò uccidere ma almeno lo saprò».

«Non si tratta di questo». Saba si sentiva sopraffatta da tutto. La vicinanza di Dom e tutto quello che la aspettava.

Quando lui la prese nuovamente tra le braccia e la baciò, Saba capì che Dom stava pensando; per un momento furono di nuovo distanti.

Giunti all'alta recinzione di filo spinato che delimitava il campo, si fermarono davanti al posto di guardia. Un soldato controllò i documenti di Dom.

«Bellissimo concerto, signorina Tarcan», le disse il soldato, senza prendersi il disturbo di controllare i suoi. Sarebbe troppo sfacciato chiederle l'autografo?».

Saba scribacchiò il suo nome su un foglietto di carta. La guardia lo ripiegò con cura e lo mise nel taschino.

«Ci sarete anche domani?», domandò.

«Non lo sappiamo ancora», rispose lei. Era tutto così improvvisato. «Ma probabilmente metteranno un avviso vicino al NAAFI».

Il soldato la ringraziò nuovamente; disse che era sposato da sole tre settimane quando l'avevano mandato lì, il suo primo bambino era nato mentre lui era lontano. Per sua moglie era dura. «Spero che sia ancora lì quando tornerò», disse scherzosamente.

«Oh, un momento». Stavano ripartendo quando il soldato li richiamò. «Ho dimenticato di dirle che il capitano Ball è passato per vedere se fosse tornata. Ha parlato di una festa alla mensa ufficiali questa sera. Voleva assolutamente che ci foste tutte voi ragazze dell'ENSA». Fece una sorta di ammiccamento, forse per rispetto a Dom.

Era assurdo farsi prendere immediatamente dall'ansia, ma andò così. «Fa parte del mestiere», disse a Dom, alzando le spalle. «La festa».

L'espressione di lui non cambiò. «Non devi giustificarti con me», le disse tranquillamente. «Sono certo che hai un sacco di ammiratori».

E poi la lasciò, dopo un veloce bacio sulla guancia e una carezza sui capelli che la fece sentire una sorella minore. Disse che le avrebbe scritto e, schiacciato l'acceleratore, partì in una nuvola di polvere.

Più tardi, stesa sul letto, ripassò ogni dettaglio della serata, infuriandosi con se stessa per il modo goffo in cui l'aveva conclusa. Il saluto frettoloso, la risposta evasiva quando lui le aveva chiesto quando si sarebbero rivisti – era sembrato tutto così circospetto e stridente. Non voleva iniziare con dei segreti.

Capitolo 18

Al crepuscolo decollò con lo Spitfire che gli era stato chiesto di consegnare al campo d'atterraggio 39, la base temporanea della squadriglia nel deserto. Prima di partire, fece i consueti controlli relativi alla strumentazione e alla sicurezza: olio, pressione dell'aria, scorta di ossigeno, paracadute accuratamente ripiegato sotto il sedile. La spia del carburante segnalava che il serbatoio era quasi pieno, più che sufficiente per un viaggetto di un'ora.

Quando l'aereo si sollevò, stava diventando scuro. La tempesta di sabbia che aveva costretto a terra tutti gli aerei si era placata, lasciando una ramata patina lucente nell'aria. A seimila metri di altitudine, volando in un corridoio di nuvole, Dom si sentì cantare e ridere. Era una cosa folle e impossibile ma, per la prima volta, era innamorato.

Quando se la ricordò con il vestito rosso avvolta dalla luce, mentre cantava *All the Things You Are*, sentì che tutte le emozioni accuratamente represse nell'ultimo anno prendevano di nuovo vita come un paesaggio desertico dopo la pioggia. Saba le era sembrata il centro magnetico della notte. Più tardi, quando al ristorante gli aveva confidato di avere ancora tanto da imparare, si era subito sentito di doverla proteggere – in giro c'erano fin troppi cretini che non vedevano l'ora di schiacciarti e lei non se lo meritava. Era troppo originale, troppo libera. Aumentò la velocità e sentì il piccolo velivolo sollevarsi, sorvolare e immergersi in un banco di nuvole simili a cotone. Quando riemerse dall'altra parte, si accorse che stava ancora pensando a lei. Saba, addormentata nella jeep, raggomitolata come una bambina, una cascata di capelli neri sulla sua spalla.

E poi, nel mezzo di tutta quell'euforia, improvvisa come un

motore che si spegne, individuò una nuova sensazione mai provata con una donna: lei lo spaventava. Si sentiva come qualcuno a cui era stato affidato uno strano e bellissimo animale semiaddomesticato senza sapere affatto come gestirlo. Saba era potente. Se le emozioni fossero state una condizione atmosferica, lei avrebbe potuto scatenare un tornado.

Lo aveva capito la prima volta che l'aveva incontrata in ospedale, ma ora la sensazione era molto più intensa. Per paura che qualcosa andasse storto, aveva quasi smesso di respirare quando lei era salita sul palco. Saba si era fermata sotto il riflettore possedendo la notte con un'incosciente spavalderia che lui aveva trovato commovente e ammirevole. Quando cantava, gli uomini che lo circondavano si erano protesi verso di lei, emettendo quasi un sospiro collettivo. Un paio di loro si era lasciato sfuggire un sommesso lamento, qualcun altro aveva sussurrato oscenità. Dom, naturalmente, capiva la situazione: eliminate la spavalderia e l'allegria fasulla, erano tutti uomini soli bloccati in mezzo al nulla, annoiati o spaventati a morte per gran parte del tempo, affamati di mogli o fidanzate. Ma gli dava già fastidio che potessero pensare a lei in quel modo. In realtà, doveva ammetterlo, gli toccava combattere con una sensazione di profondo sgomento per lei – un sentimento che lo turbava e lo indeboliva. Era geloso.

A quel pensiero, diede gas al motore e guardò il cielo che si scuriva, le prime stelle che ammiccavano e le luci tremolanti sotto di sé. Uno dei tanti pericoli del volo notturno era la possibilità di farsi trarre in inganno dalle stelle e scambiarle per luci di un aeroporto. La metafora perfetta, pensò d'un tratto, per quando ci si innamorava della ragazza sbagliata.

A mezz'ora dall'atterraggio, smise di pensare a lei mentre dava un colpetto all'altimetro e guardava di nuovo in basso. Era una pista piccola e ingannevole, illuminata solo da qualche torcia a gas e deliberatamente nascosta. Concentrati!

Una delle tante cose che gli piacevano del volo era che ti faceva smettere di pensare in maniera ordinaria. Lassù, a chilometri dalla frenetica terra, diventava sensibile come un animale selvatico ai suoi umori e mutamenti: quali nuvole si formavano, il carattere e la densità della pioggia, la profondità delle vallate. Quelle soffici nuvole grigie che aveva appena sorvolato potevano, in un altro continente, nascondere una letale parete rocciosa oppure la punta dell'ala del Messerschmitt 109 che faceva la spola dalla Sicilia e l'Italia.

Le cercò mentre scendeva. Pronto a volare verso est, tre giorni prima, il suo comandante di volo, Paul Rivers, lo aveva avvertito che se, rientrando alla base, fosse rimasto invischiato in una "prova di forza", doveva atterrare il più velocemente possibile.

«Gli aerei sono più importanti di te, amico», aveva scherzato. «Non possiamo permetterci di perderne altri e, poi, adesso voglio andare a casa». Si era messo un dito in bocca come un bambino piccolo. «Mi manca la mia mamma».

Rivers, come Dom, aveva partecipato alla battaglia d'Inghilterra. Il piano era che non appena Dom si fosse ambientato, l'avrebbe sostituito.

Durante la breve visita al campo volo qualche settimana prima, Rivers, con il naso rincagnato e la faccia tonda cosparsa di lozione alla calamina per via delle scottature, aveva detto a Dom che là fuori le cose si stavano facendo pericolose e che a lui, personalmente, non dispiaceva affatto essere a fine missione. Gli era entrata abbastanza sabbia nelle dannate mutande, nel dannato caffè e nelle fottute orecchie da bastargli per una vita intera. Aveva anche una moglie e un nuovo bimbo che lo aspettavano nella tenuta dei genitori nel Queensland.

«Già, sarà bello vedere il pupo», aveva aggiunto con una finta riluttanza che aveva fatto sorridere Dom. Per un breve momento, gli aveva invidiato il futuro pianificato e la vita sicura.

Davanti a una tazza di disgustoso caffè, Rivers gli aveva detto che i tedeschi li superavano in misura di quattro a uno. Erano ben riforniti dalle basi in Grecia e Sicilia e i loro aerei erano migliori oltre che più numerosi. Giovani piloti come Dom erano arrivati da tutto il mondo per aiutare gli Alleati in quell'ultima offensiva. «Pensiamo», aveva detto l'australiano con voce strascicata, «che presto qui ci sarà una seconda battaglia d'Inghilterra, ma più pericolosa, più lunga e più dura».

C'era un'altra cosa che Dom non le aveva detto. Un'altra importante offensiva... tra cinque giorni? Un mese? Due mesi? Le voci si inseguivano ma nessuno lo sapeva con certezza.

Dall'aereo, la pista sembrava minuscola come l'unghia di un piede. Cominciò delicatamente la discesa e, dopo essere atterrato, prese la sacca da sotto il sedile. Circa un'ora più tardi, mentre si avviava alla sua tenda, un giovane dalle spalle larghe e l'andatura sciolta da atleta si alzò e gli andò incontro sorridente. «Dom, vecchio bastardo. Dove sei stato?».

Barney prese una birra per Dom dalla buca nella sabbia, nella quale il ghiaccio si era sciolto ore prima. Non aveva neanche dovuto chiedergliela. Avevano fatto parte dello stesso gruppo a scuola, dove Barney era il capitano della squadra di cricket e in procinto di essere selezionato per quella inglese prima che la guerra mandasse tutto a rotoli. Era stato Barney ad aiutarlo a ottenere il trasferimento nella Desert Air Force. Avevano svolto insieme l'addestramento base a Brize Norton quella che sembrava una vita prima.

Un giorno avevano volato in solitaria da Coggershill a Thame, un volo mediocre, a ripensarci; erano usciti insieme e si erano sbronzati nel pub del posto, il Queen's Head. Se uno dei due avesse dichiarato davanti a una pinta che stavano combattendo per l'Inghilterra o per i loro compatrioti, sarebbero morti dalle risate. Volare era lo scopo principale. Lo era ancora, anche se in modo diverso. C'erano una nuova diffidenza, una durezza che Dom vide negli occhi di Barney e che riconobbe come propria. Erano stati entrambi abbattuti riportando gravi ferite, entrambi avevano ucciso e volevano uccidere ancora. La maggior parte dei piloti della squadriglia era così: spietatamente competitivi ma con un atteggiamento indifferente e menefreghista. Una parte di loro era pietrificata per lo choc. Avevano perso metà dei loro amici – Jacko era stata la perdita peggiore per entrambi. Non parlavano mai di lui se non in una specie di codice distaccato.

Bevvero un paio di birre a testa fuori dalla loro tenda e poi Barney, che non era famoso per il tatto, guardò Dom e disse: «Sembri diverso. Stai bene?».

Dom rispose che non era mai stato meglio.

Barney disse che aveva trascorso la mattinata volando con i ragazzi della ricognizione aerea; avevano dato un'occhiata all'aerodromo tedesco di Sidi Nisr cercando di localizzare con precisione le loro piste. Tutti i ragazzi erano rientrati sani e salvi. Avevano passato il pomeriggio al Cairo, dove si erano fatti una nuotata allo Gezirah Club e avevano cenato prima di rientrare alla base. Quella era la strana vita che conducevano adesso: guerra al mattino e spasso al pomeriggio.

«Com'è stato il viaggio, gallinaccio?»

«Niente male. Anzi, piuttosto divertente».

Non poteva dire a Barney di Saba, non ancora. Voleva tenere ancora un po' per sé quello splendido sentimento; non poteva sopportare il pensiero dell'inevitabile sfottò che ne sarebbe seguito – "Una cantante dell'ENSA, oh, per l'amore del cielo, tutti ci innamoriamo di loro".

La loro tenda puzzava di curry e dei vecchi calzini di Barney. Era illuminata da una lampada a gas. Faceva un caldo tremendo.

«Preso, piccolo bastardo». Barney colpì uno scarafaggio sulla parete con il suo sudicio cuscino. «Be', mi fa piacere che ti sia divertito perché gira voce che tutte le licenze saranno revocate per i prossimi dieci giorni», disse.

Dom lanciò a terra la sacca e si stravaccò esausto sul letto da campo.

«Ci mandano da qualche parte nel deserto per un addestramento intensivo. Abbiamo avuto istruzioni stamattina da Davies. Dicono che è in programma un'offensiva nei prossimi dieci giorni».

«Quando lo sapremo?»

«Non lo so; quando avranno voglia di dircelo, come al solito».

Barney parlava con la sua comica parlata strascicata, ma i suoi occhi facevano trasparire un'emozione nascosta. Dom provava la stessa sensazione: un'ondata di pura adrenalina che gli impedì di dormire per un paio di ore nonostante il suo corpo fosse sfinito. Una parte di sé aspettava lo stridulo squillo del telefono che avrebbe strappato dal letto lui e il resto della squadriglia nel cuore della notte, mandandoli di corsa agli aerei già pronti. Un'altra parte di sé ascoltava frammenti di *All the Things You Are* che ormai si era insinuata nella sua mente. Quella vivace sensazione era nuova per lui. Era come cadere dai confini del mondo a lui noto.

Quando finalmente il sonno arrivò, sognò lui e Saba distesi e abbracciati sulla sabbia calda. Una barca a motore con le vele, simile a una feluca, procedeva scoppiettando in una tranquilla baia azzurra. Lei lo amava; poteva sentirlo attraverso la sua pelle e lo vedeva nei suoi occhi. Fluttuavano insieme in una sorta di caldo stato uterino. Era così semplice.

Era troppo stanco per svestirsi; teneva la testa appoggiata alla sacca. La barca con le vele, che poi era uno Junkers Ju 88, rombò sulle loro teste e scomparve in una nuvola.

Capitolo 19

Il giorno dopo il concerto, Saba fu condotta a Ismailia, in uno squallido caseggiato in cui alloggiava Dermot Cleeve. Sedevano su sedie di rattan bevendo succo di lime in bottiglia in una squallida stanzetta con le crepe sul soffitto e una spoglia lampadina. Cleeve, con il viso roseo e rasato da poco, indossava dei calzoni di lino che sembravano nuovi. Prima di sedersi, piegò un tovagliolo e lo posò con cura sulla sedia con l'aria di una persona decisamente non a proprio agio. Disse che era stato in giro tutta la settimana per mettere insieme un programma per le truppe. Al Cairo non erano più ammessi artisti dell'ENSA fino a che la situazione non fosse migliorata e la difficoltà di portare spettacoli nelle remote aree desertiche era diventata talmente grande, continuò, che si affidavano sempre più alle trasmissioni radiofoniche.

«Ma basta parlare di lavoro». Allungò le gambe e si portò le mani dietro alla testa. «Perché adesso so un paio di cosette riguardo all'altra sera. Primo, so che il concerto è andato bene, il che è fantastico, e poi che è stata fuori fino a tardi», aggiunse giocosamente. «Posso sapere chi era il fortunato?».

Saba provò l'infantile impulso di dirgli *non sono affari tuoi.*

«È un amico».

«Un amico piuttosto bello, ho saputo», disse Cleeve con malizia. «E, se per caso dovesse diventare più di un amico, vorrei avvertirla di non metterlo al corrente delle nostre conversazioni».

Saba sobbalzò. «Ci ha seguiti?».

Cleeve prese un portasigarette d'argento dal taschino. «Posso?». Accese la sigaretta e bevve un sorso del suo succo, guardando sdegnoso lo spesso bicchiere in cui era contenuto.

«No. Ma ricorda cosa le ho raccomandato al Cairo?», le disse a bassa voce. «Non una parola con nessuno e la prossima volta si faccia dare un lasciapassare, o chieda l'autorizzazione. Posso occuparmene io se vorrà chiedermelo».

«Abbiamo il permesso di uscire», ribatté Saba con il medesimo tono di voce. «Non ho preso i voti e nessuno ci ha detto che bisognava avere un lasciapassare per andare a bere qualcosa dopo lo spettacolo».

«Oh, che ragazza impetuosa!». Cleeve serrò le labbra. «Certo che avete il permesso di uscire, certo che ce l'avete, altrimenti impazzireste, è solo che ho due eccitanti notizie per lei e preferirei che non andasse a finire davanti alla corte marziale».

Quella mattina aveva scoperto, disse, che per le successive due settimane la compagnia avrebbe viaggiato verso ovest, seguendo più o meno l'Ottava Divisione. All'inizio di agosto, sarebbero confluiti in una compagnia più grande, la Fearsome Follies e, a Dio e all'esercito britannico piacendo, si sarebbero esibiti per una settimana al Gaiety di Alessandria. Un piccolo e grazioso teatro, sebbene l'acustica fosse tremenda. Lo conosceva?

No, non lo conosceva.

Cleeve si sistemò la piega dei pantaloni e si guardò attorno.

«Se le cose andranno così, farà due spettacoli con la compagnia e poi avremo un altro lavoretto per lei – quello di cui le ho già parlato». La guardò con aria eloquente. «In realtà, piuttosto importante se la cosa va in porto. Zafer Ozan vuole offrirle un breve ingaggio allo Cheval d'Or di Alessandria, si tratta di due serate verso la metà di agosto». Ne aveva senz'altro sentito parlare.

«Sì», disse. Era stata Arleta a parlargliene.

«Be', è un incredibile onore. Non mi viene in mente nessuna altra artista in tournée con l'ENSA a cui sia stata fatta la stessa richiesta».

Il club, le spiegò, si trovava in un punto favoloso della Corniche, vicino al Cecil Hotel. Prima della guerra vi avevano suonato artisti meravigliosi: Django Reinhardt, Maurice Chevalier, Tina Roje, Asmahan. Aveva mai sentito parlare di Tina Roje? No, non conosceva neanche lei, ma il cuore le batteva forte per l'eccitazione.

«Da chi devo farmi dare l'autorizzazione?»

«Nessuno», le disse dolcemente. «Ce ne occupiamo noi. È tutto organizzato. Ma, a un certo punto, se le cose vanno come speriamo, le verrà anche chiesto di partecipare a una festa a casa di Ozan. È un grande festaiolo e vorrà sfoggiarla. Ho sentito dire che la casa è un paradiso, sembra uscita da *Le mille e una notte*. Ha amici importanti a cena e lei canterà un paio di canzoni».

«Un paio di canzoni?», domandò Saba. Lo stomaco le si chiuse per la paura. «Ci sarà qualcun altro? Della compagnia, intendo». Ormai li considerava la sua famiglia.

«No, ma Madame Eloise – l'addetta al guardaroba del Cairo – vive temporaneamente lì. Penso che abbia, o aveva, un negozietto nei pressi della Corniche. Ho fatto in modo che lei alloggi da alcuni suoi amici. È una persona deliziosa. Conosce Ozan, non bene, ma si prenderà cura di lei».

«Lo sa? Di me, voglio dire».

«No. La sua copertura è che ha avuto una licenza di un paio di settimane per fare un po' di radio e che le è stato chiesto di cantare per il signor Ozan. Le ho detto che è dotata di un gran talento». Le rivolse un breve sorriso sincero; sembrava entusiasta quanto lei.

«Grazie». Quasi non lo aveva ascoltato. «Quindi devo solo cantare al club e a questa festa?»

«Questo è tutto». Cleeve vuotò il bicchiere e lo posò sul tavolo. «Per il momento, la festa è la cosa più importante – ci saranno alcuni uomini d'affari, politici, membri della famiglia reale, gente che conta. Il suo lavoro è sorridere e cantare».

«Sorridere?»

«Affascinarli, conoscerli. Gli uomini amano vantarsi con le ragazze carine. Non le stiamo chiedendo di fare Mata Hari, ma se qualcuno si lasciasse sfuggire qualche informazione utile per noi... Asmahan, per esempio, è una stupenda cantante siriana e si dice che abbia avuto relazioni con due alti ufficiali tedeschi. È possibile che non ci sia, naturalmente».

«È tutto?»

«Per il momento». Iniziò a mettere via dei documenti nella valigetta. «Potrebbe esserci un altro lavoro molto più grosso, più in là. Non voglio parlarne adesso, perciò...». Si riaccese il vivace sorrisetto. «C'è altro che vorrebbe chiedermi prima di salutarci?»

«Sì. Non potrebbe venire anche Arleta? Lavora sodo, è leale: non sembrerebbe più naturale, anche perché lo conosce?».

Un'ombra passò sul volto di Cleeve; irritazione o impazienza, Saba non riuscì a decifrarla.

«Ne abbiamo già parlato», le ricordò. «Arleta non sa cantare in turco, vero? È stato proprio quello a far sciogliere il cuore di Ozan», sussurrò malizioso. «Ad essere completamente sinceri, credo che non sappia cantare affatto».

«Non sono d'accordo», ribatté lealmente Saba – le faceva male capire quello che lui intendeva. «Gli uomini la adorano».

«Un po' troppo», replicò lui con sarcasmo. «Ha una certa reputazione, se capisce cosa intendo».

«Per cosa?».

Cleeve la guardò intensamente.

«Ormai dovrebbe saperlo».

«Non lo so».

«Non se la prenda, è normale che le belle ragazze come lei ricevano molte offerte, come capita anche agli uomini potenti. Questo non vuol dire che siano depravate, sono solo più fortunate; alcune riescono a resistere, altre no, ma questa cosa...», la sua espressione allegra scomparve, «è troppo importante per correre dei rischi».

Rabbrividì mentre un bombardiere volava basso sulle loro teste, coprendo con il rumore le parole di Cleeve.

«Penso che sarebbe cortese rispondere presto a Ozan». Uno stormo di uccelli impolverati passò davanti alla finestra. «Sono una specie di nibbi», disse Cleeve. «Creature disgustose, Dio sa cosa ci fanno qui.

Oh, a proposito, Madame Eloise ha acconsentito a dare nuovamente in prestito gli abiti e Bagley si occuperà delle prove delle canzoni. Era elettrizzato per la sua possibile scrittura allo Cheval d'Or. Nel piccolo mondo bizzarro in cui viviamo, questo genere di cose non accade molto spesso».

«Era elettrizzato?». Saba provò una sensazione di trionfo – forse, dopo tutto non era così male. «Dunque, sembra che sia tutto organizzato».

«È così. Devo presumere che la sua risposta è sì?»

«Naturalmente», rispose. Uno degli uccelli lanciò un verso stridulo proprio nel momento in cui lei cercava di essere calma e padrona di sé. «Quando ci rivedremo?»

«Agosto, ad Alessandria, *inshallah*».

La salutò con un educato tocco del suo panama. Avrebbe trascorso il resto della giornata, disse, a registrare per i posteri un magnifico compositore e suonatore di *oud*[19], Mohamed El Qasabgi. Non era il genere di cose, osservò con rammarico, che poteva far ascoltare alle truppe, le quali amavano la musica sentimentale, ma lo aiutava a rimanere sano di mente.

Più tardi, al campo, mentre si avviava alla sua tenda, Saba si chiese se era possibile morire di eccitazione. Cleeve aveva lasciato intendere che stava per entrare a far parte di un club esclusivo e che la sua musica poteva, forse, contribuire a cambiare il corso della guerra. Che pensiero! Si immaginò sua madre morire dalle risate, suo padre che le chiedeva scusa con le lacrime agli occhi – chi non ne sarebbe stato orgoglioso?

E Dom. Anche lui era nei pressi di Alessandria. Mentre Cleeve parlava, la sua mente si era focalizzata su quel pensiero. Doveva escogitare un modo per vederlo che non fosse troppo pericoloso per entrambi.

Era quasi arrivata alla tenda, immersa in quei pensieri, quando vide un altro nibbio sfrecciare nel cielo con una fila di salsicce rubate nel becco.

Un pensiero importuno le si insinuò nella mente.

Al termine del loro incontro, Cleeve l'aveva avvertita di tenere la bocca chiusa sul perché si trovasse ad Alessandria. Cosa avrebbe detto a Dom? Non era una persona a cui piaceva mentire né era brava a farlo – una volta sua madre aveva osservato che le sue bugie erano segnalate dal fatto che si metteva la mano destra sull'occhio destro, come quella che tra le tre scimmie non vede. Ma aveva dato la sua parola e ci avrebbe provato.

[19] Strumento cordofono della famiglia dei liuti a manico corto.

CAPITOLO 20

Quando Saba entrò nella tenda, Arleta stava lavando in una bacinella la sua camicia da notte di seta blu.

«Tesoro». Avvolse Saba in un abbraccio profumato di sapone. «Dove sei stata, perfida creatura? Ero fuori di me per l'agitazione».

«Non troppa», la canzonò dandole un bacio sulla testa. Dopo aver salutato Dom, era tornata alla tenda e l'aveva trovata vuota. Verso le tre del mattino, la testa di Arleta aveva fatto capolino dal lembo della tenda e Saba era rimasta ad ascoltare il crepitio dei capelli che venivano pettinati, i denti lavati, il delicato spruzzo di gelsomino e rosa dello Shalimar di Guerlain senza il quale Arleta affermava di non poter chiudere occhio, per quanto sembrasse sciocco. Aveva sentito il clic della torcia che si spegneva e, finalmente, il grosso sospiro che indicava che Arleta aveva trascorso una bella serata.

«Allora! L'altra notte!». Arleta abbandonò il bucato. «Che diavolo è successo?»

«Be', lo spettacolo sembra che sia andato bene». Saba era cauta: la regola nella compagnia era "dillo a uno e l'hai detto a tutti".

«Oh, non essere ridicola. Quell'uomo bellissimo, chi era?»

«Be'... non mi aspettavo che venisse a trovarmi».

«Quello l'ho capito, stupida».

«E lui è...». Saba chiuse gli occhi. «Senti, non lo so, non lo so, oh». Traboccava di felicità; era dura tenere segreto qualcosa ad Arleta, le sembrava una cattiveria. «L'ho incontrato a Londra e prima ancora in ospedale – e sì, è un pilota di caccia!». Mimò le corna del diavolo. «E, per favore, non dirmi cosa pensi di loro perché lo so già». Fece ad Arleta il solletico sotto al braccio.

«Se devi vuotare il sacco», ad Arleta brillavano gli occhi, «fallo subito. Mi sembra giusto così».

Saba non riuscì a resistere. Mentre raccontava di come Dom era arrivato all'audizione, di come avevano camminato per le strade di Londra quella sera, di come lui l'aveva portata in giro per il deserto la notte prima, provò una crescente euforia.

«Voglio dire, è così bello e facciamo già delle conversazioni così interessanti, e mi fa ridere e... oh, diamine, in un certo senso sembra tutto così semplice e senza complicazioni, come se lui fosse stato lì ad aspettare... Sembra una follia?»

«Oh, poverina, poverina, poverina». Arleta si asciugò bene le mani e si mise a sedere sul letto. Fece sedere Saba sulla sedia lì accanto. «È proprio cotta. E, a proposito, non è mai semplice e senza complicazioni. Siete andati a letto insieme?»

«No, ma l'altra notte lo desideravo con tutta me stessa. Non mi sono mai sentita così...», si guardò attorno smarrita, «completamente fuori controllo».

«Accidenti». Perfino Arleta era colpita. Si tuffò teatralmente sul letto, poi si rialzò e abbracciò Saba. «Oh, agnellino», le mormorò nei capelli. «Fa' attenzione. È così eccitante ma lui *è* un pilota di caccia. Non serve aggiungere altro».

«Ma anche qui noi corriamo dei pericoli», ribatté Saba con convinzione. «E io so che lo rivedrò sicuramente». Oh, Dio, pensò, che razza di spia incompetente sarebbe stata; aveva già detto di lui più di quanto Cleeve avrebbe probabilmente approvato.

«Certo che anche per noi è pericoloso e certo che lo rivedrai». Arleta le diede un colpetto sul ginocchio. «Certo che lo farai».

Sbuffò e balzò in piedi. Appese una corda da un capo all'altro della tenda e stese la camicia da notte di seta blu e un paio di leggerissime mutandine abbinate.

«E la tua serata?». Saba le infilò un dito nel fianco.

Arleta socchiuse gli occhi da gatta.

«Be'... ho fatto la mia parte per l'alleanza anglo-americana», disse. «Ti parlerò di lui più tardi».

«Sembra interessante».

«Lo è stato, oltre che un po' preoccupante. Sono troppo stanca per il resoconto completo, te lo dico dopo».

Il pranzo fu a base di panini alla carne di manzo in scatola e prugne secche.

Poi Saba, Arleta, Janine, Willie e gli acrobati furono radunati e fatti salire su quello che Willie definì un carro da musi neri, un piccolo autocarro riadattato con roventi sedili di metallo a forma di padelle, sistemati uno dietro l'altro.

Li seguiva un altro mezzo che trasportava il fondale pieghevole, il palco, le loro sacche, il fez, le zampe di pollo e i baffi alla Hitler di Willie, insieme a Max Bagley, il capitano Crowley e due soldati con la pistola nella fondina. L'unica informazione che avevano avuto era la loro destinazione: un ospedale da campo a circa ottanta chilometri nel Deserto Occidentale.

Il sole diventava sempre più alto nel cielo terso bruciando loro gli occhi e il deserto era così pieno di miraggi trasparenti da sembrare un mare calmo. Nell'inesistente ombra, la temperatura salì a quasi cinquantadue gradi; tutti gli occupanti dell'autocarro si sentivano irritabili e poco inclini a parlare.

Dopo due ore di viaggio, si fermarono in un insediamento in cui gli unici segni visibili di vita erano qualche casa dal tetto piatto e una pozza d'acqua marrone vicino al ciglio della strada. Parcheggiarono davanti a una casa di fango rosso; era aperta e al suo esterno c'erano dei tavoli di legno. Un uomo scalzo servì loro pane azzimo, un minuscolo pezzo di formaggio bianco e gommoso e un dolce tè alla menta bollente che Willie definì scherzosamente piscio di cammello. Janine ne fu seccata perché odiava le volgarità. «Oh che permalosa», disse Willie mentre lei si spostava a un altro tavolo dove si addormentò appoggiando sulle mani, come un fiore appassito, la delicata testa.

Il loro ospite stava nuovamente riempiendo i bicchieri quando giunsero delle urla: problemi con il telaio del loro autocarro, che in parte penzolava come mammelle di pecora. Il capitano Crowley, al quale piaceva sbandierare tutti i Paesi in cui aveva prestato servizio, stava urlando a due uomini dall'espressione allibita e le tuniche sporche nel linguaggio che tutti avevano iniziato a imitare e che chiamavano Lingo Bingo. «Forza, bastardi, fare presto, svelti. Sotto camion bang bang».

«Dio, che razza di stronzo maleducato», mormorò Arleta. «Uno di questi giorni si farà sparare».

Ma gli uomini sorrisero. Si infilarono sotto l'autocarro e cominciarono a lavorare con i martelli mentre la compagnia si riposava. Quella sera li aspettavano due esibizioni.

Gli acrobati presero i loro tappetini, fecero un po' di lotta e si addormentarono sotto un albero spinoso vicino alla pozza d'acqua. Janine continuò a dormire con la testa appoggiata al tavolo del ristorante; odiava esporre al sole la sua pelle chiara. Arleta e Saba si stesero sotto un albero di ginepro e guardarono il cielo attraverso i suoi rami. Vicino a loro, un asino era legato a un altro albero e, vedendole, ragliò.

«Poverino». Quando Saba gli offrì del pane, le mordicchiò la mano con le labbra vellutate e la guardò con gli occhi gentili. «Perché da queste parti trattano gli animali così male?», chiese ad Arleta. «Niente acqua, niente cibo, niente ombra».

Arleta rispose che anche per quella gente la vita era difficile: durante la sua ultima tournée in Egitto, aveva visto un uomo che girava in tondo sotto il sole cocente tutto il giorno spingendo una ruota per far uscire l'acqua da un pozzo. «Probabilmente pensano che gli asini se la spassino».

«Be', io non credo proprio». Saba balzò in piedi. «Quel poverino riesce a stento a muovere la testa. Non credo che al proprietari dispiacerebbe se allentassi la corda».

«Io non mi intrometterei, se fossi in te», le consigliò Arleta, ma Saba la ignorò.

Allentò la corda, accarezzò il collo dell'asino e gli diede un altro pezzo di pane. «Ecco qui, ometto».

«Sei una rammollita senza speranza», disse Arleta con voce sonnacchiosa. «Un giorno ti farai male e stasera sarai piena di pulci».

Quando Arleta si addormentò, Saba, osservata con blanda curiosità dall'asino, prese un quadernetto dalla sacca. Lo liberò dalla sabbia e scrisse:

Caro Dom,
ad agosto andrò ad Alessandria. Possiamo incontrarci lì?

Adesso doveva pensare a un modo sicuro per fargli avere il messaggio – un modo degno dell'approvazione di Cleeve.

Chiudendo gli occhi, immaginò Dom che volava da solo sul deserto, con i suoi carri armati, i campi minati e gli aerodromi nascosti.

Scosse la testa. Sarebbe sopravvissuto, doveva crederci, altrimenti non avrebbe avuto più pace.

Una mosca svegliò Arleta.

«Ma vaffanculo». La cacciò. «Per quanto tempo ho dormito?»

«Venti minuti».

«*Yalla yalla*[20], ragazze». Crowley agitava il frustino nella loro direzione. Mise le mani a cono davanti alla bocca e sbraitò: «Camion aggiustato, ci muoviamo tra dieci minuti. Non dimenticate niente. Capito, Willie boy?», urlò a Willie, che trattava da mezzo scemo. «Dieci minuti. Non dimenticarti il cappello». Willie stava sonnecchiando sulla veranda; il fazzoletto che si era annodato attorno alla testa era caduto nella sabbia.

«Sabs», disse in fretta Arleta. «Prima che saliamo sul camion, voglio dirti qualcosa riguardo alla scorsa notte. Non mi sembrerebbe giusto se non te ne parlassi».

A quanto pareva, mentre Saba era fuori con Dom, Arleta e Janine erano andate alla mensa degli ufficiali per bere qualcosa con alcuni pezzi grossi della base. Tra loro c'era un commodoro dell'aeronautica arrivato dalla Tunisia, un medico militare con il peggior caso di ustioni da deserto che Arleta avesse mai visto e un cappellano che non aveva fatto altro che parlare delle barzellette sporche di Willie. Decisamente non c'era gara, continuò, quando l'occhio le era caduto su un colonnello americano: un colonnello in piena regola, attenzione, terribilmente bello con i capelli biondissimi, spalle larghe, pelle color del miele, un vero gentiluomo del Sud nonostante il suo aspetto. La voce di Arleta si fece più bassa e roca.

[20] In arabo: "Andiamo".

«Mi piacciono così tanto gli americani». Quando si tirò indietro i capelli, Saba vide che aveva un livido sul collo. «Abbiamo parlato, è stato incantevole, poi mi ha fatto entrare di nascosto nel suo alloggio e abbiamo fatto l'amore. Avrà pensato di vivere tutti in una volta ogni Natale e ogni Giorno del Ringraziamento della sua vita».

Arleta, come sempre, era veramente incorreggibile, e se si sentiva in colpa per aver tradito il suo Bill, non ne mostrava certo segno. Una volta, quando Saba glielo aveva chiesto, aveva risposto che tra di loro c'era un accordo – lo aveva detto alla francese, rendendo la cosa più buffa. Lui le aveva scritto dicendole di divertirsi quando poteva, perché lui avrebbe fatto altrettanto.

«Oh, cresci, tesoro», aveva detto davanti all'espressione scioccata di Saba. «C'è una guerra in corso. Non voglio che viva come un monaco e lui sa che non sono tagliata per la suoraggine o come cavolo si chiama. In questo modo è molto più saggio. Ad ogni modo», continuò, «chiudi il becco per un momento perché arriva la parte più interessante. Più tardi, molto più tardi, mentre bevevamo un brandy e fumavamo una sigaretta, il delizioso Wentworth junior III – si chiama così – mi ha detto qualcosa che secondo lui non avrebbe dovuto dirmi. Svolge una specie di lavoro di spionaggio e crede che la guerra quaggiù finirà molto, molto presto». Arleta fece un respiro profondo e scosse energicamente la testa.

«Finirà? Sei sicura?». Saba era scioccata nello scoprirsi un po' delusa.

«No, sciocca, certo che non ne sono sicura, nessuno lo è, ma questo è il punto: ha detto che presto ci sarebbero stati la madre e il padre di tutte le battaglie».

«Ma non lo dicono sempre?»

«Sembrava convinto che si trattasse della volta buona. Anzi, era sorpreso che non ci avessero ancora mandati a casa».

«Dove combatteranno?»

«Non l'ha detto, ma sarà sulla costa, è lì che sono tutti i tedeschi e le linee di rifornimento; è lì che bombardano maggiormente».

«Vicino ad Alessandria? Vicino al Cairo?»

«Alessandria. Dice che tra gli uomini è un segreto di Pulcinella il fatto che la battaglia avrà luogo lì tra poche settimane. E, se ci mandano in quel posto, dovremmo squagliarcela, è troppo pericoloso».

Arleta continuò dicendo che sapeva per certo che avevano appena trasferito un'altra compagnia dell'ENSA, i Live Wires, da Alessandria in Palestina. «Ho lavorato con una delle ragazze – Beryl Knight, una ballerina, terribili capelli crespi ma molto carina», aggiunse lealmente.

«Quindi dovremo andarcene presto?»

«No, questo è il punto. L'amicone di Wentworth», Arleta assunse un poco convincente accento americano, «è il capitano Furness. Stamattina gli ho giurato che non avrei detto niente ma pare che non ci manderanno via – seguiremo l'Ottava Divisione nel deserto».

«Santo cielo».

Si scambiarono una strana occhiata.

«Tu vuoi farlo?», domandò Saba.

«Avanti, ragazze! Andare, presto!», urlò il capitano Crowley, paonazzo.

«Vuoi dire, continuare?»

«Sì».

«Sì, voglio farlo. E tu?»

«Sì», rispose Saba. «Non potrei sopportare di tornare a casa proprio adesso».

Arleta la guardò.

«Dobbiamo essere pazze», disse. Strinse la mano di Saba e scoppiarono a ridere.

Durante la tappa successiva, Bagley salì con loro sull'autobus e disse che avrebbero fatto un'altra prova della canzone doo-wop. Aveva già spiegato loro che il doo-wop era un tipo di musica africana che aveva sentito in un club di Harlem prima dell'inizio della guerra. La canzone si chiamava *My Prayer*, disse. Non ne ricordava il testo esatto, ma parlava delle solenni promesse che si fanno quando si è innamorati.

«Il ritornello è favoloso, forza Bog, provate tu e Arleta. La melodia fa così: *Umbadummba umbadummababoom*... Dovreste vedere i negri che cantano questa roba – sorridono, fanno i gigioni, si pavoneggiano». A dimostrazione, accennò una camminata impettita al centro dell'autobus. «Dunque, tu canti il verso, Saba, e voi altri fate gli *umba*.

Quello che è affascinante in questo nuovo tipo di musica», continuò Bagley, «è che ci riporta chiaramente al madrigale. "*Now is the month of maying, when merry lads are playing*"», cantò con la sua voce chiara e forte. «*Fa la la la la la* – capito? – *de wop de wahhhh*», concluse con voce nera.

Accanto a lui sedeva Crowley, rigido per la preoccupazione e l'imbarazzo. Non sapeva mai dove guardare quando gli artisti facevano quelle stupidaggini.

Ma Bagley era eccitato e così tutti gli altri, trasformati come per magia da una canzone che finiva con una risata fragorosa.

Bagley disse loro di chiudere il becco e conservare la voce per quella sera. Saba, che era andata a sedersi vicino a Willie, rimase sconvolta nel vedere due lacrimoni scorrergli lungo le guance come piselli giganti. Lo guardò più attentamente – aveva gli occhi arrossati per il pianto e con il fazzoletto sulla testa sembrava un bambino grasso e triste.

«Cosa c'è, Willie, è il cuore?», sussurrò. Quando gli prese la mano, lui la strinse forte. Di solito odiava quando gli chiedevano della sua salute – aveva il terrore di essere mandato a casa – ma stavolta sembrava diverso.

Emise un piccolo sbuffo e un sospiro profondo.

«In un certo senso», disse finalmente, «è colpa tua – sarebbe meglio che non cantassi quella *My Prayer* ai soldati; affogherebbero in un mare di lacrime».

«Willie, andiamo, deve esserci qualcos'altro».

Lui si guardò attorno per controllare se poteva parlare in sicurezza.

«Dimmi». Gli strinse la mano. «Terrò la bocca chiusa».

Willie guardò in direzione di Arleta. Dormiva e i suoi capelli ricadevano in una cascata nel corridoio tra i sedili.

«Si tratta del mio cuore, ma non nel senso medico». Deglutì

rumorosamente. «È per lei». Mentre parlava, i capelli scompigliati di Arleta ondeggiavano di qua e di là, catturando i riflessi del sole.

«Arleta?»

«Sì».

Seguì un lungo silenzio eloquente.

«Ricordi», disse infine Willie, «che meravigliosa sorpresa è stata vedermi quel giorno alle audizioni a Londra e il fatto che abbiamo lavorato insieme a Malta e a Brighton? Be', non si tratta di coincidenze. Ho cercato di partecipare a tutte le tournée in cui c'era anche lei, ma mi sta uccidendo, Saba». E mentre parlava, le iridi sbiadite dei suoi occhi scomparvero sotto le palpebre e un'altra lacrima prese a scorrergli sul viso.

Saba gli afferrò la mano. Doveva aver visto Arleta con l'americano biondo la notte precedente.

«Ma Willie, ti ha mai dato motivo di pensare...?»

«Be', dimmelo tu. Non fa che dirmi che sono meraviglioso, che mi vuole bene, che sono l'uomo più divertente che abbia mai conosciuto. È così bella...», finì con voce rotta.

«Sì, ma, Willie...».

«Lo so, lo so, in questo ambiente facciamo tutti così e io sono il più vecchio sciocco mai esistito se penso che lei dica quelle cose sul serio». Si fermò improvvisamente. Altre lacrime gli rigarono il volto e si soffiò rumorosamente il naso. «Scusa, cara, non sono molto divertente, vero?»

«No, no, no, no, è tutto a posto, Willie, ma, non per essere ficcanaso, io pensavo che tu avessi una moglie e che lei fosse morta qualche mese prima della tournée. È quello che mi ha detto Arleta».

«Be', ecco un'altra situazione ingarbugliata», disse. «Si fa per dire. Arleta le dà un tocco romantico, ma la verità è che eravamo sposati da trentaquattro anni e io la conoscevo a malapena, ed è stata colpa mia. Amo tutto questo», indicò l'interno del polveroso automezzo, «andare in tournée, esibirmi, sembra che non riesca a fermarmi». Aggiunse che aveva due figlie, ormai adulte, e sapeva pochissimo anche di loro.

«Mio padre è un po' come te», osservò Saba.

«Artista?», domandò Willie, tirandosi un po' su. «Se lo è, dovrebbe essere molto, molto fiero di te».

«La risposta è no a entrambe le cose. Odia che io faccia questo. Non ci siamo neanche salutati».

«Perbacco, è una cosa seria, non potete riappacificarvi?»

«No», rispose Saba. «È per mare».

«Allora manda una lettera a casa», le suggerì. «Dovrà pur tornarci».

«Umm, forse». Odiava parlarne, le sembrava così imbarazzante.

Per tirare su il morale a entrambi, Willie prese dal taschino delle mentine che sembrarono avere un effetto calmante.

Le disse che era abbastanza giovane per accettare un suo consiglio, perché, secondo lui, nella vita c'era l'entusiasmo positivo e quello negativo e l'entusiasmo dell'esibizione a volte poteva rivoltarsi e morderla sul lei-sapeva-cosa. Era eccessivo, dissennato e distorceva ogni altra cosa della propria vita.

«Ti racconterò una piccola storia», disse. «Una volta, andai nella nostra casa di Crouch End – mancavo da un secolo, ero stato impegnato con un meraviglioso spettacolo a Blackpool, ed ero completamente su di giri e molto preso da me stesso. Ma quando tornai a casa, la mia signora era furiosa. Non ci vedevamo da due mesi e non mi ero neanche ricordato di dirle a che ora sarei tornato a casa; mi aveva lasciato un biglietto sulla porta che diceva "Fagioli al forno e pane nella credenza; sono uscita". Ma aveva dimenticato di lasciare la chiave sotto lo zerbino e così ho cercato di entrare dal gabinetto. Siccome sono grasso, sono rimasto incastrato nella finestra e, guardando la mia casa da quella visuale, ho pensato: *Non posso più farlo, è troppo piccola e troppo stretta. Non posso farlo*. Ma a volte devi farlo, sì... devi essere ordinario e imparare a fartelo piacere».

Willie era talmente provato che dovette guardare fuori dal finestrino. La luce del giorno stava scomparendo e la sabbia del deserto si tingeva di un brillante rosso geranio.

«Stai bene adesso, cara?», le chiese. «Arleta dice che all'inizio soffrivi per la nostalgia di casa».

«Mi sto abituando, Willie», rispose, ipnotizzata dal tramonto e al tempo stesso turbata dalle lacrime del comico, «ma mi manca casa mia. È la prima volta che vado più lontano di Cardiff da sola, è stato un bel passo».

Le diede un colpetto delicato sulla mano. «Sono qui se avrai bisogno di me – non dimenticarlo, ragazza».

«Grazie, Willie».

«Allora, due concerti stasera. Ci vuole un bel pisolino».

«Adesso va meglio, Willie?». Gli diede un rapido bacio sulla guancia.

«Senz'altro». Si sforzò di farle l'occhiolino. «Questo ti insegnerà a cantare ai vecchi sciocchi». Si prese il pomo d'Adamo tra le dita e si mise a gorgheggiare: «*Perché ti amooooo*».

Quando allungò l'ultima nota trasformandola nell'uggiolio di un cane, tutti nell'autobus scoppiarono a ridere, tranne Arleta che dormiva ancora e Crowley che, accigliato, si era rimesso a studiare le mappe.

Capitolo 21

Dom non aveva mai saputo che l'amore potesse essere così simile alla paura. Ma quella notte, steso sul suo letto da campo cercando di rievocare l'immagine di lei, riconobbe i sintomi fisici della paura: il corpo senza forza, il cuore che batteva forte. Rivide i suoi capelli lucenti, la curva giocosa del suo sorriso quando lo prendeva in giro. Il modo in cui, mentre parlavano al ristorante, lo aveva fissato con i suoi grandi occhi marroni dandogli l'impressione di assaporarlo lentamente.

Poi la vide – quell'immagine lo rese quasi furioso – con quel piccolo gruppo di artisti vagare nel deserto, da un avamposto a un campo di transito, a un aerodromo, facili bersagli per i tedeschi, il cui accerchiamento diventava sempre più serrato. Nel deserto c'erano campi minati – a uno della sua squadriglia era saltata in aria la gamba la settimana prima – e difficoltà a reperire i rifornimenti. E se il loro automezzo si fosse rotto nel posto sbagliato? C'era sempre la concreta possibilità di un improvviso raid aereo da parte dei tedeschi e, ultimamente, anche degli italiani.

Saba gli aveva detto che, durante l'esibizione di un altro gruppo ENSA nei pressi di Suez, uno Stuka tedesco aveva colpito parte del palco prima di essere colpito a sua volta dalla contraerea. Erano arrivati al ritornello di *A Nightingale Sang in Berkeley Square* quando *booom!* aveva trapassato parte dei calzoni sformati di un comico – Saba l'aveva trasformata in una storia divertente.

Naturalmente avevano continuato a cantare – buon per loro – ma lui non voleva che Saba dovesse partecipare a quel genere di eroismi ed era furibondo con le autorità per non avere messo la compagnia in salvo, nonostante non avrebbe mai osato dirle quelle cose.

E così, prossimo al sonno, quando si è liberi di pensare qualsiasi cosa, Dom pregò. *Mandala a casa; che i soldati facciano a meno della musica. È troppo giovane per questo.*

Sei del mattino. Fu svegliato dagli squilli di un telefono da campo. Come al solito, fu completamente vigile all'istante.

Paul Rivers voleva Dom e Barney a rapporto nella sala equipaggio dopo colazione. Erano arrivati quattro nuovi piloti per il ri-addestramento prima della grande offensiva. Quel pomeriggio dovevano portarli a fare un combattimento simulato.

Dopo colazione, era nuvoloso e umido e aspettarono fino all'ultimo per indossare le tute da volo che li facevano sudare come maiali. In sei si avviarono alla pista di sabbia dove la squadra dei meccanici stava preparando i velivoli.

Tra i ragazzi nuovi c'erano Scott, un goffo canadese cordiale la cui mano appiccicosa di sudore fece una sorta di pernacchia quando strinse energicamente quella di Dom, e il suo amico Cliff, un silenzioso abitante del Midwest, il cui faccione impassibile sembrava scolpito nella roccia. Scott disse che aveva imparato a volare negli Stati Uniti con gli aerei per l'irrorazione delle colture. Gli altri due si sarebbero uniti a loro dopo pranzo.

Aspettavano il decollo in una minuscola casupola di latta in fondo alla pista quando Scott disse: «Allora, com'è la situazione qui, ragazzi? Abbiamo la stessa possibilità di vincere di quella di una palla di neve di resistere all'inferno?»

«Be', in generale, le palle di neve non hanno una grande aspettativa di vita qua fuori», rispose Barney spiritosamente.

«Oh, molto inglese, vecchio mio». Il canadese si accigliò e si rivolse a Dom. «Come stanno le cose?».

Una domanda affatto irragionevole.

«Be', ora i crucchi hanno aerodromi in Tunisia, Libia e sparsi un po' in tutto il Deserto Occidentale. Si stanno muovendo verso est o, per lo meno, ci provano. Se riescono a prendere Alessandria e Il Cairo, siamo fregati, per cui il prossimo passo è non lasciarglielo fare».

Quando smise di sputare la sabbia che gli era entrata in bocca, intervenne Barney.

«Qui il combattimento non è quella vecchia roba dell'uomo contro uomo, come nella battaglia d'Inghilterra», disse. «Per lo più copriamo le spalle ai bombardieri, scortiamo il carburante, proteggiamo le rotte dei rifornimenti. Non abbiamo ancora avuto grandi offensive, ma la situazione potrebbe cambiare senza preavviso. Uno dei loro maggiori problemi, e anche dei nostri, è la mancanza d'acqua. Puoi aver notato», si strofinò il mento ispido, «che non ce n'è tantissima qui». Strizzò gli occhi per il sole e tutti seguirono il suo sguardo diretto ai chilometri e chilometri di deserto alle sue spalle.

Barney stava diventando irritabile; era tempo di volare e dare un taglio alle chiacchiere.

Anche Dom provava il desiderio di sollevarsi da terra.

Mezz'ora dopo, si arrampicò per raggiungere la stretta apertura del Kittyhawk, infilò il paracadute sotto il sedile, collegò l'ossigeno, lo aprì al massimo e strinse i tubi per vedere se arrivava. Seguendo il comando in cuffia, *d'accordo, ragazzi, si parte*, decollarono.

I nuovi piloti erano stati informati sulla loro missione, gli scontri a fuoco simulati. Dopo il decollo, Dom e Barney volarono insieme in formazione, eleganti come Ginger e Fred e un tantino spacconi mentre scendevano in picchiata, giravano e scivolavano sul deserto, lasciando cadere le loro ombre come gigantesche macchie di inchiostro.

Come al solito, faceva un caldo impossibile all'interno di quell'universo di alluminio e perspex, ma già sentiva svanire i timori notturni e le piccole preoccupazioni quotidiane. Stava volando di nuovo.

«Ok, adesso! Attenzione! Attenzione! Ci siamo», comunicò via radio Dom ai nuovi arrivati.

E poi, *boom! boom! boom! boom!* Ogni velivolo era stato dotato di tre salve di munizioni da scaricare. Dom sentì Scott ridere e il taciturno americano gridare come un pazzo mentre scaricava i cannoni sulle loro ombre nere.

Un tempo, quelli erano stati i momenti clou nella vita di Dom, quando dimenticava tutto – amanti, genitori, casa – e giocava al gioco più pericoloso ed entusiasmante concepito dall'uomo o dal demonio. Allora ne amava ogni aspetto: la sensazione di padronanza, la libertà dalle miserie della terra, il pericolo, la paura. Ma, adesso, l'entusiasmo si tingeva di un tocco di vergogna. Non riusciva ancora a parlarne con nessuno – né con i suoi genitori, né con gli amici in vita, certamente non con una donna – ma la sensazione era sempre lì.

Aveva avuto le prime avvisaglie all'inizio della battaglia d'Inghilterra. Era partito con uno Spitfire, aveva letto male l'altimetro e l'aereo era sceso in picchiata alla massima velocità verso la costa del Norfolk. Stava per schiantarsi. Lo stomaco gli era risalito fino al cervello. Solo all'ultimo momento era riuscito a deviare la traiettoria e a riprendere quota. Era stato quel giorno che aveva giurato a se stesso che se fosse arrivato a terra tutto intero, sarebbe andato dritto dal comandante a dirgli che non avrebbe mai più volato. Dopo l'atterraggio, era svenuto per qualche momento e si era svegliato con il sapore del vomito nel suo casco di protezione. Ma, diretto alla mensa, con le gambe molli e barcollanti sotto il peso del paracadute, aveva di nuovo cambiato idea. Non poteva smettere. Era quello di cui aveva bisogno per sentirsi vivo.

E poi, in seguito, cosa ben peggiore, aveva convinto Jacko a tornare di nuovo lassù nonostante sapesse che l'amico aveva ancora difficoltà con il volo. C'era qualcosa nella coordinazione di mano, occhio, piede, mappe, comandi e altimetro che non gli veniva naturale. Aveva cercato di dire a Dom che era spaventato e Dom, canzonandolo, l'aveva spinto a insistere, o ci aveva provato – un momento di casuale crudeltà che lo avrebbe accompagnato per il resto della vita.

Quello che poi era successo sarebbe diventato un buco nero sotto la luminosa superficie delle cose. Ma doveva smetterla di pensarci; erano stati tutti avvertiti. «Poche emozioni», aveva detto loro il tenente colonnello. «Guardate il tizio alla vostra destra e poi quello alla vostra sinistra; presto uno di loro morirà».

Perciò adesso doveva dimenticare la sua stupida battuta, dimenticare la faccia di Jacko in fiamme, l'aereo che cadeva in mare ruotando su se stesso come un inutile giocattolo.

Le sue nuove priorità erano chiare: volare, combattere e rivedere Saba.

CAPITOLO 22

Quando, dieci giorni dopo, Willie si accasciò sul palco, fu Janine a salvargli la vita. Si stavano esibendo in un deposito di carburante adiacente a un campo di fanteria nei pressi di Burg el Arab; Arleta fingeva di essere la famosa Josephine Baker interpretando il suo famoso ballo con le banane che aveva incantato *tout Paris*; Willie faceva il ragazzino famelico che mangiava le banane mentre lei saltellava ignara e beata.

Era molto divertente e Saba adorava quel numero. Rideva a crepapelle dietro le quinte quando vide gli occhi di Willie diventare vitrei e scomparire sotto le palpebre. Pensò che si trattasse di una finta ma il comico si abbatté pesantemente al suolo e il sipario fu abbassato in tutta fretta. Era caduto proprio su un chiodo che gli aveva trafitto la mano e il sangue era sprizzato istantaneamente. Janine si strappò via le calze facendone un laccio emostatico improvvisato e corse con i suoi muscoli d'acciaio alla tanto derisa borsa d'emergenza. Tornò con tintura di iodio e bende che usò con gelida efficienza.

La causa dello svenimento fu diagnosticata come itterizia, contratta probabilmente dal cibo contaminato delle bancarelle che Willie insisteva fossero assolutamente sicure, molto più sicure di quelle che vendevano anguille in gelatina a Londra. Ora si trovava nell'ospedale militare della base: era giallognolo e provato, ma ancora vivo. Saba e Arleta erano andate a trovarlo ogni giorno insieme a Janine, la timida eroina del momento, fino a che la stessa Arleta non era stata colpita dall'itterizia. Il complesso di otto elementi che doveva arrivare da Malta aveva dato forfait. Janine, alla quale era stato offerto di andare in India, ritardò la propria partenza e trascorse qualche pomeriggio in ospedale a leggere per Willie. L'ultima volta Saba l'aveva trovata intenta a pettinargli i capelli ed era arrossita violentemente nel vederla.

«Vuoi farlo?», domandò Bagley quando Saba ricevette la richiesta ufficiale di trasferimento ad Alessandria per una settimana di trasmissioni radio. «Con Willie e Arleta fuori combattimento, qui non rimane un cavolo da fare e un paio di serate allo Cheval d'Or per te sarebbero un bel fiore all'occhiello». Quando rilesse l'ordine, aggrottò la fronte. «Ma ho sentito che è parecchio pericoloso laggiù – voglio dire che se insistessi un po', probabilmente potresti tornare a casa. Ti darei senz'altro una mano».

Saba lo aveva guardato piena di stupore. Fermarsi ora! Era completamente impazzito?

Ma, quattro giorni dopo, scendendo dall'aereo che l'aveva portata ad Alessandria, fu sopraffatta da mille emozioni: si sentiva quasi orfana dopo aver lasciato la compagnia (sia Willie che Arleta avevano pianto e Bog le aveva proposto di sposarlo), eccitata per la possibilità di esibirsi allo Cheval d'Or, pronta a tutto per far arrivare un messaggio a Dom. Se mai avessero avuto la possibilità di vedersi, doveva essere in quella città.

«Tesoro». Madame Eloise emerse da un mare di soldati dalla divisa grigia per andarle incontro. Sembrava un fresco fiore esotico con il suo abito di lino bianco e un cappello di pallide primule.

«Madame». Saba cercò di schivare i piccoli baci schioccanti sulle guance. Si era di nuovo sentita male sull'aereo e Madame aveva un profumo delizioso – una pungente fragranza al pompelmo e alla rosa.

«Oh, lascia perdere questa storia della madame». La sua voce aveva un leggero accento cockney che Saba non aveva mai notato. «Vale solo per i miei clienti. Chiamami Ellie».

Mentre attraversavano la strada, Ellie la mise a parte della fortunata coincidenza che l'aveva portata lì.

«Mi trovavo casualmente qui per affari», disse, «quando il capitano Furness, un vecchio amico, mi ha chiesto di intervenire. L'altro chaperon è rimasto bloccato al Cairo, dove hanno fermato tutti i maledetti treni. Quindi siamo entrambe orfane. Per fare cosa, non ne sono del tutto sicura». Smise di sorridere e aggrottò la fronte; così sembrò più vecchia – Saba ipotizzò che avesse almeno quarant'anni.

«A dirti la verità, Ellie», disse Saba, «non so un cavolo neanche io. Mi hanno prelevata dal deserto questa mattina e mi hanno detto che avrei avuto istruzioni una volta arrivata qui».

«Be', presto sapremo tutto ». Ellie aprì un parasole. «Lo spero».

Un taxi le condusse lungo una strada nel deserto disseminata di carri armati e jeep bruciate su entrambi i lati; quando arrivarono in prossimità della città, Saba rimase scioccata. Arleta, che una volta vi aveva fatto una tournée di tre settimane, si era dilungata sulle sue favolose spiagge, i negozi belli come quelli di Londra, i locali cosmopoliti, il clima perfetto; ma, mentre vi si addentravano, Saba vide marciapiedi distrutti e case carbonizzate; una vecchia con la testa bendata cercava cibo tra i rifiuti.

«Sembra un posto pericoloso in cui vivere», disse. Le riusciva difficile immaginare che potesse esserci un locale notturno aperto.

«Non temere, cara». Ellie le diede un colpetto sulla mano. «Staremo in un alloggio che apparteneva a un certo colonnello Patterson, a Ramleh, nella parte orientale della città, lontano da tutto questo. Gesù, c'è una luce accecante là fuori».

Ombre scure di fiori danzarono sul suo viso mentre tirava le tendine oscuranti del taxi.

«Ovviamente dopo l'allarme la gente è piuttosto agitata», continuò con disinvoltura, «ma la vita va avanti, la gente è tornata a nuotare e a fare feste, e molti dicono che i tedeschi eviteranno Alessandria».

«Ultimamente abbiamo vissuto come dentro a una bolla», osservò Saba, pensando alla facilità con cui quella città a pezzi poteva essere circondata da una fila di carri armati tedeschi, «e abbiamo viaggiato tanto». Sbirciando dalle tendine, vide un gruppo di uomini che fissava impotente una vetrina in frantumi nella quale erano rimasti pochi vestiti sporchi e qualche scatola di cartone. «È difficile sapere di chi fidarsi».

«Tienila chiusa». Ellie diede uno strattone al tessuto e l'interno dell'auto tornò buio. Diede un colpetto sulla mano di Saba e incrociò rumorosamente le gambe. «Ho saputo che voi ragazze vi siete comportate eroicamente nel deserto e, se posso permettermi, tu mi sembri esausta», disse. «Guardati!». Attorno ai piedi di Saba si era formato un cerchio di sabbia e i lacci delle sue scarpe ne erano incrostati. «Per prima cosa, un bagno, credo, poi un pranzo decente. Domani ti verrà richiesto di pranzare con Zafer Ozan, dovrebbe essere divertente. Hai visto la sua casa?»

«L'ho incontrato una volta sola. Mi ha sentita cantare al Cairo».

«Oh, perbacco, preparati a una sorpresa. Ho sentito dire che è incredibile».

«Tu vieni?». Saba sperava di sì.

Ellie esitò. «Non ne sono ancora sicura – aspettiamo e vediamo».

L'incantevole villa in cui avrebbero alloggiato aveva le inferriate alle finestre e tende pesanti. Quando il taxi vi si fermò davanti, un domestico prese la sacca impolverata di Saba dal portabagagli dell'auto e le condusse verso casa.

«Sarai felice di sapere che la casa è deliziosa e fresca», disse Ellie mentre entravano in un ingresso piastrellato. Il ticchettio dei suoi tacchi continuò fino al salotto profumato di lucido per mobili che sembrava la sala d'attesa di un dentista, con le librerie quasi vuote e vecchie copie di «Country Life». «Terremo le imposte chiuse durante il giorno e useremo i ventilatori di notte».

L'assenza dei Patterson, a quanto pareva, non era dovuta a una vacanza. Sulle pareti si vedevano gli spazi un tempo occupati dalle fotografie; il pavimento in teak rivelava al centro un quadrato più chiaro, il posto del tappeto. Un inserviente accompagnò Saba nella camera degli ospiti al primo piano, nella quale fu colta da un'ondata di stanchezza alla vista delle candide lenzuola pulite, la zanzariera, il letto soffice. Tutta la compagnia era ormai stremata ed era passato molto tempo dalla sua ultima decente notte di sonno.

In un piattino accanto al letto, qualcuno aveva acceso un Moon Tiger – la verde spirale di repellente per gli insetti bruciava delicatamente, lasciando cadere la cenere a terra.

«Prima bagno, poi letto». Ellie, a piedi scalzi, entrò con passo felpato nella stanza. Aveva un vasetto di sali da bagno violetti in una mano e degli asciugamani nell'altra. Seguì Saba in bagno, dove l'acqua stava già scorrendo. Le porse un kimono di seta verde e disse che doveva usarlo per tutto il tempo che sarebbe stata lì.

«Sei molto gentile», disse Saba. Il suo corpo aspettava con ansia il primo vero bagno dopo un mese.

«Non gentile, solo felice di vederti». Ellie aprì la bocca per dire qualcos'altro, ma cambiò idea. «Salta dentro», disse. «Ci vediamo a cena».

L'acqua era calda e profumava di buono. Saba, strofinandosi con il sapone, si meravigliò nel constatare quanta sporcizia le si fosse attaccata alla pelle. Il giorno prima, erano stati sorpresi da una tempesta di sabbia mentre uscivano dalla tenda destinata alle prove. Per dieci minuti, la sabbia si era abbattuta violentemente su di loro; quando erano tornati nelle proprie tende, si erano messi a ridere l'uno dell'altro – erano talmente ricoperti di polvere che secondo Saba il loro posto era su un plinto del museo del Cairo. La pinta d'acqua che si erano divisi per lavarsi aveva fatto ben poco per liberarli dalla sabbia nella biancheria intima, tra i denti, nei capelli, rendendoli irritabili e depressi.

I raggi del sole si riverberavano sull'acqua. Che beatitudine! Un intero bagno per sé senza quel dannato contaminuti di Janine o i suoi fastidiosi sospiri dietro la porta. Fu solo mentre si lavava i capelli con lo shampoo gentilmente offerto che provò un brivido di solitudine. Di solito Arleta le risciacquava i capelli e la aiutava ad asciugarli facendola sentire una bambina coccolata. Prima di partire, Arleta l'aveva stretta forte, le aveva pizzicato le guance e aveva detto che la rivoleva subito con sé: ormai erano una famiglia. Perfino Janine le aveva dato un bacio sulla guancia.

Quando era andata a trovare Willie in ospedale, lui aveva finto di piangere disperatamente come un grasso bebè. Secondo Arleta non avrebbe resistito ancora a lungo.

Quando si riscosse dai suoi pensieri, l'acqua era quasi fredda. Sentì il rombo degli aerei, il gorgoglio dei tubi proveniente dalla cucina al piano di sotto e, per un momento, non capì dove si trovava.

Si vestì e scese al piano di sotto. «Be', te lo sei goduto», disse Ellie. Aveva indossato una veste da camera di seta grigio chiaro e al collo aveva una lunga collana di perle con un nodo in fondo. Stava bevendo un gin tonic. Si avvicinò alla finestra e, dopo aver controllato che le tende blu scuro fossero tirate, disse a Saba che dopo cena si sarebbero divertite a provare qualche abito.

«Ozan farà una festa grandiosa, così ho sentito dire». Chiuse gli occhi in estasi. «Musica meravigliosa, fiumi di Bollinger – vorrei aver continuato le mie lezioni di canto».

«Cosa facevi prima della guerra?», le chiese subito Saba. Le parole di Ellie l'avevano messa a disagio – non era ancora certa del perché fosse lì o se fosse sicuro per lei andare a quella festa. Desiderò che ci fosse Cleeve a darle ulteriori istruzioni.

«È una lunga storia». Ellie bevve un sorso del suo gin. Quella sera c'era in lei una sorta di finta disinvoltura che Saba non aveva notato prima; si chiese se la donna non fosse più nervosa di quanto lasciasse trasparire. «Che riassumerò: andai a Parigi quando ero giovane e mi innamorai all'istante della città – un assoluto *coup de foudre*. A quei tempi non avevo nessun interesse per i vestiti – portavo pantaloni da equitazione e twinset – ma, un giorno, mentre facevo acquisti in un mercato locale un uomo mi notò, per quanto fossi estremamente goffa. Mi chiese di fare da modella in esclusiva per Jean Patou. Mi fecero perdere un paio di chili, mi insegnarono a truccarmi, dopo di che sfilai per tre delle loro collezioni».

Si alzò e si mise a camminare in modo altero verso la finestra. «Piuma in testa, coda sul *derrière*, ecco come ci insegnavano a camminare.

Numéro un – une robe blanche», imitò la voce cupa di una *vendeuse* e poi il suono di un pianoforte immaginario. «*Numé-*

ro deux – une robe noir. Una noia mortale, ma suppongo che fosse un inizio. La cosa più importante è che, per la prima volta, conducevo una vita indipendente. Era meraviglioso».

Cenarono insieme in una sala da pranzo poco arredata la cui unica luce proveniva da una leziosa lampada posata sulla credenza.

Ellie aveva fatto preparare un piatto locale chiamato *koshari*, una pietanza aromatizzata al cumino con lenticchie, cipolle e verdure condita con una salsa speziata. Si scusò per il cibo poco raffinato. «Gli egiziani lo definiscono un pasticcio», disse, «ma io lo adoro, molto meglio di quegli orribili sughi in barattolo e quella porcheria di carne in scatola». Annaffiarono la cena con un bicchiere di vino francese. Ellie disse che era un regalo da parte del suo nuovo fidanzato, un mercante di vini franco-egiziano.

«È un partigiano francese[21] e sono piuttosto presa», disse con gli occhi che le si illuminavano. Saba era sorpresa, quarant'anni non erano forse troppi per quello scintillio?

La ragazza mangiò di gusto; amava il cibo e lo disse. Le ricordava i piatti che preparava Tansu. Raccontò a Ellie, una buona ascoltatrice, di Tan e di quando si stendevano sul letto per ascoltare insieme la radio, di come era stata coraggiosa Tan ad andare nel Galles dalla Turchia con solo la sua valigia. Ellie le sorrideva come se fosse sua figlia.

«Ellie, a dire la verità mi sento piuttosto agitata», le disse Saba mentre mangiavano pasticcini e bevevano caffè turco. «Non ho mai cantato in un vero locale prima d'ora né a un party raffinato come quello del signor Ozan. Non so neanche quali canzoni preferiscono».

Ellie si sporse in avanti, afferrò entrambe le mani di Saba e le tenne tra le proprie. La guardò fisso negli occhi. «Ti adoreranno», disse. «Dermot Cleeve dice che sei una vera scoperta».

Saba la guardò. Dunque conosceva Cleeve.

[21] In originale: *Free French*, partigiani francesi che nella seconda guerra mondiale si batterono contro le forze dell'Asse per una Francia libera.

«Pensavo che sarebbe stato qui questa sera», disse Saba. D'un tratto si rese conto di come la sua voce rimbalzasse nella stanza vuota. Risuonava come se fossero su un palco.

«Non preoccuparti», la tranquillizzò Ellie. «È tutto a posto. Mentre facevi il bagno, ho ricevuto una telefonata da Furness. Farai le prove con una donna chiamata Faiza Mushawar; suo marito era il proprietario del Café de Paris, non quello vero, ovviamente, ma quello sulla Corniche. È anche lei una brava cantante, anche se più nello stile arabo lamentoso, non proprio il mio genere – sei mai stata a uno dei loro concerti, tesoro? Be', non farlo. Orribili. Vanno avanti per giorni interi. Ad ogni modo, ho sentito che lì hanno un ottimo complesso». Il suo anello con diamante lampeggiò quando diede un colpetto sulla mano di Saba. «Un bel cambiamento rispetto al deserto. Deve essere stato terribilmente deprimente – tutti quei poveri uomini».

«Non era deprimente», ribatté Saba. Come spiegarle quanto l'aveva fatta sentire incredibilmente viva e anche un po' orgogliosa di fare la sua parte? «Quando iniziamo?». Desiderò che la risposta di Ellie fosse "subito" per mettere da parte il suo nervosismo.

«Dopodomani alle dieci».

La conversazione riguardante il lavoro sembrava essere finita e, ora, mentre all'esterno della casa l'oscurità aumentava, Ellie continuò a chiacchierare amabilmente – dei vestiti che aveva comprato, di come avrebbe potuto aiutarla con il trucco se necessario. Aveva truccato le modelle da Patou e aveva ancora con sé il nécessaire con tutti i suoi cosmetici preferiti. Il Tange Red Red era favoloso sotto i riflettori. Saba era distratta. Stava pensando alle sue canzoni. *Stormy Weather*, muoveva la testa mentre la canticchiava silenziosamente; il doo-wop forse, per dare un po' di tregua; *My Funny Valentine* assolutamente, amava farla. Sarebbe stato fantastico, pensò, non interpretare le implacabili canzoni cinguettanti volute dall'ENSA perfino in presenza di uomini che sembravano quasi morti.

Il domestico portò via rumorosamente il vassoio con le tazzine. Ci fu un boato lontano, seguito dal rumore dei cannoni della contraerea. Il domestico si fermò e rimase in attesa. Si fermò anche Ellie ad ascoltare; aveva gli occhi sgranati e le narici dilatate.

«C'è un rifugio antiaereo dietro al cortile», disse, «se ce ne fosse bisogno. Personalmente, non mi prendo il disturbo di correre ogni volta fuori. Non è affatto come a Londra, posso assicurartelo».

La fiamma del suo fiammifero illuminò il suo sorriso tirato e Saba, disorientata, ebbe di nuovo paura. A Cardiff, dove le bombe erano così vicine e lei e Tan non avevano la possibilità di disdegnare il rifugio antiaereo, si mettevano insieme sotto al tavolo della sala da pranzo. Si tenevano abbracciate e cantavano, e la mole massiccia della nonna le sembrava solida quanto il divano o un edificio.

I cannoni della contraerea cessarono il fuoco e Saba sentì il suono lacerante di un razzo. Per non pensarci, prese dalla credenza la foto dei Patterson, che, avvedutamente, avevano lasciato la città. In piedi davanti a una costruzione grigia, erano accanto a una bandiera e guardavano quella che sembrava la fine di una parata. Su di loro il plumbeo cielo inglese. Il gradevole viso dalle mascelle pronunciate del colonnello era rivolto verso la signora Patterson, che sorrideva rigidamente all'obiettivo.

«Incredibile, vero?». Ellie le prese la fotografia. «Quanto la gente si spaventi per poco. Da quando sono in Egitto», allungò i piedi e si ammirò le dita, «non fanno che parlare della grande offensiva. Sarei partita otto o nove volte se ci avessi creduto. E per andare dove? In qualche orribile appartamentino nella vecchia Londra, dove migliaia e migliaia di persone sono già state uccise».

«Allora rimarrai qui dopo la guerra?», le chiese Saba.

«Se un certo uomo me lo chiede», rispose Ellie con un sorriso compiaciuto, «rimarrò senz'altro», aggiunse dolcemente. «Perché amo questo posto, davvero».

Il bombardamento era cessato. Le porte furono chiuse a doppia mandata e i domestici congedati. Saba si fece coraggio.

«Ellie», disse, «sai quando al Cairo ci hai chiesto se avevamo... sai... degli amici?». Usò timidamente quella parola, ma "fidanzato" le sembrava sciocco e non adatto a lui. «Be', c'è qualcuno che mi piacerebbe vedere mentre sono qui. È nella Desert Air Force e a breve avrà una licenza. Vorrei che sapesse che sono in città».

«Dermot sa di lui?», le chiese Ellie cortesemente. Le mise davanti una scatola di Turkish Delight. «Prendine uno, sono deliziosi».

«No. Non sapevo neanche io che fosse qui – fino a poco tempo fa».

«Uhm». Ellie posò su un piattino il suo dolce, lasciandovi impresso il segno dei denti. «Accidenti». La sua espressione pensierosa era cambiata. Si chinò verso Saba e le prese le mani. «È buffo che tu me lo chieda», le disse piano.

Si alzò e versò a entrambe un bicchierino di brandy, nonostante Saba non l'avesse chiesto. Camminò per un po' su e giù con il bicchiere in mano, facendo piccoli sorsi nervosi, e poi si sedette.

«Saba», disse. «Ascolta». Vuotò il bicchiere e spiegò a bassa voce che il nuovo fidanzato di cui aveva parlato prima, si chiamava Tariq, quella settimana si trovava ad Alessandria e lei moriva dalla voglia di vederlo. Non che le fosse dispiaciuto ma aveva dovuto annullare un fine settimana con lui per fare da accompagnatrice a Saba. Era un uomo molto passionale e avevano avuto una grossa discussione a causa del mancato appuntamento, ma adesso, be', forse...

«Saba», sussurrò con urgenza, «promettimi di non farne parola con il capitano Furness o Dermot Cleeve o con nessuno dell'ENSA. Io non voglio perdere quest'uomo e non ero sicura che avrei avuto il tempo di vederlo. La prossima settimana partirà per Beirut». Osservò attentamente Saba. «Ripetimi il nome del tuo amico».

«Si chiama Dom. Ufficiale pilota Dominic Benson».

«Vedo cosa posso fare».

Saba cadde in ginocchio e giunse le mani a mo' di preghiera. «Ti prego».

Ellie si mordicchiò il labbro inferiore e guardò pensosa Saba. «Se ci riesco, tu devi tenere la bocca chiusa. La gente è terribilmente pettegola da queste parti – è molto facile perdere la propria reputazione, quindi meno persone lo sanno, meglio è». Saba capì che non dovevano dirlo a nessuno. Per lei era perfetto così.

Capitolo 23

Il giorno seguente, un autista in divisa arrivò a bordo di una Bugatti, l'automobile più bella che Saba avesse mai visto. Dallo specchietto anteriore pendeva un talismano blu cina contro il malocchio.

L'autista consegnò un messaggio scritto su un foglio riccamente istoriato: si richiedeva il piacere della compagnia della signorina Saba Tarcan a casa del signor Ozan, nei pressi di Montazah, all'una. Sperava che gli facesse l'onore di pranzare insieme a lui.

Se Ellie era seccata per non essere stata invitata, seppe nascondere bene la delusione. Dopo colazione, portò Saba nella sua camera e le disse di scegliere uno degli abiti bellissimi e costosi appesi nel suo armadio come profumatissimi cadaveri in sacche di cotone bianco. Dopo un rapido esame, optarono per un vestito di seta blu molto semplice che Ellie disse di aver preso a Parigi, a una vendita campionaria di Christian Dior. Insistette affinché Saba prendesse anche la borsa abbinata – una cosina di brillanti piume blu, simile a un uccello morto, avvolta nella carta velina di una scatola di scarpe sul fondo dell'armadio.

Durante tutta la vestizione, Ellie era eccitatissima. Convinse Saba a indossare un raffinato bustino che le faceva un vitino da vespa e una stola; si precipitò al suo cofanetto dei gioielli e ne tirò fuori un paio di orecchini di perle che mise alle orecchie di Saba, mormorando «certo, certo», come se fosse arrivata al termine di una profonda crisi religiosa; afferrò una spazzola e gliela passò tra i capelli, dicendo che erano favolosi e doveva ringraziare per questo la sua buona stella. Al momento era improbabile trovare una parrucchiera decente ad Alessandria.

Saba si dimenticò di rispondere. Stava ripensando alle sue canzoni e il fiume di parole di Ellie le faceva perdere la concentrazione. E poi non le piaceva essere maneggiata a quel modo. Le sembrava di essere una bambola.

«Stupenda. Meravigliosa!». Ellie socchiuse gli occhi e studiò il risultato allo specchio. «Ecco». Aprì un flacone di vetro con sopra una nappina e spruzzò il polso di Saba. «Si chiama Joy e l'occasionale flacone omaggio era una delle gratifiche di Patou e adesso, ovviamente, non posso fare a meno di questa dannata roba. Se ti piace, posso dartene un po'».

Saba si annusò il polso e arricciò il naso. Trovava la fragranza troppo intensa, ma Ellie aveva gli occhi chiusi e la sua espressione si fece teatralmente estatica. «Lascialo decantare», le ordinò. «Per trenta grammi di questa essenza si usano ventotto dozzine di rose e diecimilaseicento gelsomini. Ti immagini?».

Con il medesimo tono riverente spiegò che dopo il crollo della Borsa in America, Patou aveva creato il suo profumo per le donne che non potevano più permettersi i suoi abiti. «L'ha definito "dono della memoria"», disse. «Davvero dolce da parte sua. Credo sia il profumo più costoso della terra».

Saba cominciava a essere disorientata dal mondo di Ellie. Un regalo per rallegrare le donne povere e si trattava del profumo più costoso del mondo. Era costato la vita a ventotto dozzine di rose e a diecimilaseicento gelsomini: sembrava un prezzo decisamente troppo alto da pagare per un profumo appena decente.

Più tardi quella mattina, la straordinaria auto del signor Ozan si fermò di nuovo davanti alla casa e Saba ebbe l'impressione di aver preso la residenza in un'altra vita, e non era sicura che fosse quella che voleva. Quando con Arleta aveva riso di cuore a spese dell'uniforme dell'ENSA, con quelle ridicole mutandine e reggiseno kaki, aveva avuto la confortante sensazione di fare la cosa giusta, un senso di appartenenza. Adesso, in mezzo alla strada polverosa davanti all'abitazione dei Patterson – incipriata, profumata, ricoperta di seta e con la borsa-uccello – si sentiva finta, un giocattolo.

L'autista, un attraente egiziano, era separato da lei da un divisorio in vetro. Quando l'auto si mise in moto, Saba si accorse che le aveva lanciato un'occhiata penetrante dallo specchietto retrovisore – una chiara allusione sessuale dopo i precedenti inchini e sorrisi. Nel mondo di quell'uomo, immaginò Saba, ben poche donne dovevano viaggiare così da sole.

A Ramleh, attraversarono un sobborgo abitato perlopiù da europei con le sue case eleganti, i prati verdi, le siepi accuratamente tosate e le strade che portavano alla spiaggia asfaltate e ben tenute. Poi, però, dalla parte opposta, in un decadente quartiere di nativi, vide una strada sabbiosa piena di orme lasciate da muli e cavalli: una strada che separava due secoli diversi.

Lasciata la città, la loro bellissima auto superò silenziosamente uomini in tunica bianca in sella a biciclette o asini e, a un incrocio, una famiglia di beduini con una fila di cammelli. Alla loro sinistra il Mediterraneo riluceva come una miriade di pezzi di vetro azzurro; a destra, una brulla distesa di sabbia punteggiata dai rottami delle jeep e, di tanto in tanto, di un aereo.

Alcuni soldati inglesi, a torso nudo e in piedi vicino a un carro armato in panne, si portarono la mano alla fronte e strabuzzarono gli occhi per la magnificenza dell'auto che vedevano passare. Quando uno di loro le mandò un bacio, nello specchietto retrovisore gli occhi dell'autista si ridussero a due fessure assassine.

«Siamo quasi arrivati, madame». Erano le sue prime parole. Schiacciò l'acceleratore. Saba guardò nella direzione in cui aveva guardato l'uomo, verso il mare lucente e la lussureggiante vegetazione entro la quale immaginava fosse la casa.

La sera prima, a cena, aveva chiesto a Ellie qualche informazione su Ozan, perché non sapeva proprio niente di lui. L'agitazione le aveva fatto passare l'appetito e il riso con il pollo le pesavano come sassi nello stomaco.

«Be', allora siamo in due». Ellie aveva continuato a mangiare. «Non so niente, a parte quello che mi dice Tariq».

«E cosa dice?»

«Be', è solo il suo fornitore di vino, non proprio un amico intimo».

«E?»

«Be', so quello che sanno tutti: che quell'uomo gestisce un sacco di affari e locali notturni, che è straordinariamente ricco e ben ammanicato. Mi piacerebbe tantissimo vedere la sua casa». Ellie aveva incrociato le gambe e alla luce della lampada assunse un'espressione cospiratoria. «A quanto pare, ha case ovunque – Beirut, Istanbul, Il Cairo. È buffo pensare che un ometto turco sia arrivato così in alto, anche se potrebbe essere mezzo egiziano, non ne sono sicura. Posso versarti ancora da bere, cara?».

Ellie era andata alla credenza e si era riempita il bicchiere. «Non vedo l'ora di sapere quello che mi dirai». Tornò a sedersi e mescolò il ghiaccio con un dito. «Tariq dice che le sue feste sono spettacolari. Dice che Ozan ha un rivale al Cairo, un altro impresario, e si comportano come due bambini – l'uno cerca sempre di fare meglio dell'altro».

Ozan, aveva continuato Ellie, era uno dei più grandi collezionisti di arte islamica del mondo. Supponeva che al momento la roba più preziosa fosse al sicuro da qualche parte, ma anche in quel caso... «Dio, quanto mi piacerebbe trascorrere un'intera giornata ad ammirare quei capolavori».

Saba, vedendo il corpo di Ellie fremere di piacere al solo pensiero, aveva ricordato la conversazione con Dom, quando quella sera avevano parlato delle passioni segrete della gente: esse scorrevano dentro ognuno come un fiume segreto che si attraversava a proprio rischio. Per Ellie, si trattava di abiti, porcellana, gioielli; per Dom era il volo; per sua madre, doveva essere stato il pianoforte. La sua passione non era morta, aveva detto lui, ma solo deviata, con scarso successo, nella ricerca di un'irraggiungibile perfezione domestica che era estenuante e ridicola. Per esempio, se le patate arrosto che stava cuocendo non erano della giusta sfumatura di marrone, lei gettavia via tutto e ricominciava. I suoi album di foto erano mantenuti in un ordine talmente rigoroso che la famiglia veniva archiviata ed etichettata quasi prima del clic della macchina fotografica.

Saba, pensando agli incerti tentativi di sua madre con la macchina da cucire, alla disordinata scatola di fotografie sotto il letto, accanto al vaso da notte, aveva provato per lei un'inattesa ondata di gratitudine. C'era un che di triste e allarmante nel voler mantenere standard così alti.

Era assorta in quel flusso di pensieri, quando l'autista dovette bussare sul vetro che li separava. Erano arrivati dal signor Ozan e non voleva che lei si perdesse neanche un istante.

A dire la verità, Saba rimase delusa. Da lontano, quel posto non sembrava avere alcunché di speciale – una semplice casa asimmetrica con il tetto piatto e le inferriate alle finestre. Per via delle foglie di palma che le nascondevano parzialmente, le finestre sembravano occhi bendati e questo conferiva alla casa un aspetto sgradevole.

Una sentinella armata fece loro cenno di attraversare un cancello di ferro e proseguire lungo un imponente viale alberato con giardini ben curati ai lati. Tutt'intorno c'era un alto muro delimitato da filo spinato. L'autista aveva la schiena sudata; guidò lungo un sentiero di ghiaia fino all'ingresso principale e, spostata la parete divisoria, disse scortesemente: «Arrivati».

Un domestico, con indosso un'uniforme non riconducibile ad alcuna nazione, aprì la porta. La condusse in un enorme atrio di marmo dall'aroma soffocante, a metà strada tra profumo e carbone. Fu solo quando si trovò lì che Saba vide che stare in quella casa era come mordere un costoso cioccolatino: l'interno era di gran lunga più spettacolare dell'esterno. In un magnifico salone dai soffitti a foglia d'oro e i pavimenti di marmo, erano disposti tutt'intorno dei meravigliosi divani bassi di velluto e su di essi c'era una profusione di preziosi cuscini. Una parete era interamente ricoperta di vetrinette dipinte, illuminate da luci tenui e piene di quelli che sembravano a Saba tutti i tesori d'Oriente: uova di marmo, maschere, scatoline squisitamente intarsiate.

Era seduta sul bordo di un divano, cercando di non mostrare troppo il proprio stupore, quando comparve un altro domestico per annunciare che il signor Ozan poteva riceverla subito. La stava aspettando in giardino.

Il domestico la condusse verso una porta riccamente intagliata in fondo a un corridoio di marmo. Prima di aprirla, le rivolse un sorriso quasi furtivo, come per dirle *questo non puoi per-*

dertelo – è speciale. E lo era davvero. Quando il domestico si fece da parte, Saba si ritrovò in una sorta di raffigurazione dell'Eden, simile a quelle che si trovavano nelle Bibbie di una volta. Sullo sfondo c'era una serie di corsi d'acqua che formavano una nebbiolina, distese di rose e lillà, e poi alberi che rilasciavano nell'aria aromi di mandorla, cipresso e gelsomino arabo.

Al centro di quella visione, apparentemente semplice ma allo stesso tempo curata in ogni minimo dettaglio, l'occhio veniva attratto da un'enorme e bellissima fontana di alabastro sulla quale erano scolpiti uccelli e pesci. L'incessante scroscio d'acqua sembrava prendersi gioco del deserto lontano, dell'immenso cielo azzurro e del mare che riluceva come un'ametista.

Saba si sedette su una panca di pietra vicino alla fontana. Il caldo era intollerabile dopo la lieve frescura della casa. Un chiassoso uccello cantava senza sosta in un cespuglio di gelsomino. In lontananza, in quello che sembrava un altro mondo, sentì lo squillo di un telefono e uno scalpiccio di piedi.

«Signorina Tarcan». Il signor Ozan uscì all'improvviso dalla casa: grassoccio, animato e azzimato nel suo completo dall'ottimo taglio europeo e le scarpe costose. Percorse il vialetto quasi saltellando, con la mano tesa e il sorriso da zio preferito. «È un grande piacere per me». Saba colse il penetrante aroma di dopobarba quando lui le strinse la mano. «Sono molto felice di rivederla. Ma ho avuto una brutta notizia». Guardò l'orologio. «È accaduto un imprevisto. Devo volare a Beirut questo pomeriggio, ma ormai lei è a casa mia e posso spiegarle alcune cose – spero che rimanga a pranzo, dopo di che dovrò partire». Il suo sorriso era caldo e protettivo.

Su un tavolo vicino alla fontana, era stato preparato per loro un vassoio: tè servito in bicchierini, piccoli piatti colmi di datteri e pasticcini.

Il signor Ozan bevve un sorso di tè. «Allora, dica la verità, si ricorda di me?». La guardò con aria scherzosa da sopra il bordo del suo bicchiere. Le sue ciglia erano talmente folte che sembrava fossero state ripassate con il kajal. «Ci siamo già incontrati al Mena House».

«Naturalmente», rispose Saba.

«Esatto». Rise brevemente rievocando la scena. «E ha cantato qualcosa di Umm Kulthum. Ho pensato che fosse davvero coraggioso da parte sua. Lei è il nostro tesoro nazionale».

«Non lo sapevo», sorrise Saba. «Ho imparato qualche suo brano da mio padre. È un ingegnere navale. Parecchi membri dell'equipaggio erano egiziani. Ma non credo di aver pronunciato bene tutte le parole, vero?».

Lui scosse la testa affettuosamente. «Non tutte, ma è stato incantevole», disse. «Per questo ho voluto conoscerla. E ora, ecco come stanno le cose – mi perdoni se vado subito al dunque, ma il mio aereo parte questo pomeriggio. Terrò presto delle grandi feste. Qualche personaggio importante, prepariamo ottimo cibo, abbiamo ballerine, cantanti, alcuni dei migliori musicisti che riusciamo a trovare». I suoi occhi scintillavano al solo pensiero. «E vorrei che lei cantasse per me. Lo farebbe? Se funziona, potrei farla scritturare in uno dei miei club».

Saba era lusingata. Come poteva non esserlo? Arleta le aveva detto che, prima della guerra, Ozan era il proprietario di un famoso locale notturno, Le Grand Duc, nel quale aveva scoperto grandi artisti – Ellie lo definiva il passatempo di un uomo ricco. Ma in lui c'era qualcos'altro che la colpiva a un livello più profondo – la vista dei suoi brillanti occhi scuri le aveva ricordato suo padre. Non l'ultima versione di suo padre, quello infuriato che la disapprovava, ma il baba dei vecchi tempi che la rincorreva nel giardino ridendo.

«Conosco altre canzoni turche», annunciò ansiosa; era tornata a essere la bambina che cantava in piedi sul tavolo. «Sono per metà turca».

Il viso di Ozan si addolcì. «Anche io, e anche un po' greco ed egiziano. Ma quale parte di lei è turca?».

Senza pensarci, Saba si mise una mano sul cuore.

«Questa parte».

Il signor Ozan scoppiò a ridere, scoprendo i suoi bellissimi denti bianchi.

«Intendevo suo padre o sua madre». Il suo inglese era eccellente, ma aveva un modo di aggiungere un lieve ronzio alla fine di *padrrrrre, madrrrre*, proprio come faceva suo padre.

«Mio padre».

«E da dove viene?».

Mentre Saba gli raccontò brevemente della fattoria, dei platani, del nonno maestro di scuola – era nuovamente sorpresa di quanto poco sapesse –, Ozan la ascoltava rapito. Chiuse gli occhi come in preda al dolore.

«Hanno dovuto lasciare la fattoria?»

«Sì».

«Sa cosa è successo loro?»

«No». Saba si sentiva sull'orlo delle lacrime. «Non ne parlava».

«È dura lasciare la propria terra». La guardò tristemente. «Ma possiamo parlarne ancora più tardi. Tutto questo non si addice a chiacchierrrre oziose». Arrotò nuovamente la "erre" come un gatto che fa le fusa.

Saba lo guardò sbriciolare tra le dita un pasticcino appiccicoso. Le disse che era stato educato in un istituto di gesuiti al Cairo e anche a Londra per un anno. Disse che nonostante fosse un uomo d'affari di successo, «Qui dentro», si toccò il petto, «sono un musicista – ma un musicista, triste ammetterlo, che non vale una cicca neanche come cantante». Ciò che più gli piaceva prima della guerra, le disse con gli occhi che gli brillavano, era andare in grandi città come Parigi o Londra e ascoltare i migliori cantanti in circolazione. «Tutti credono che alla gente in questa parte di mondo piacciano solo gli *aaaahhhhh*», roteò i polsi e gemette come un cantante arabo, «ma io ho sentito cantare Edith Piaf e Ella Fitzgerald, Sarah Vaughan, Jacques Brel, tutti i più grandi – mi piacciono quanto Umm Kulthum».

Uno dei piaceri della sua vita, continuò, era scoprire giovani talenti canori. Fece qualche nome, nessuno dei quali suonava familiare a Saba, e parlò in maniera allettante delle tournée che aveva organizzato per loro in tutto il Mediterraneo, nei locali notturni di cui era proprietario: Istanbul, Il Cairo, Beirut e Alessandria. «Ho imparato che tutti i cantanti hanno bisogno di fare pratica», disse. «Non solo nel canto, ma nell'esibizione. E noi siamo il posto perfetto per imparare, per molte di queste persone», che lui pronunciò *pessone*.

«Ma adesso», alzò le spalle con fare eloquente, «c'è grande penuria di artisti talentuosi in Egitto, perciò quando l'ho sentita cantare, sono stato molto felice. Ho visto qualcosa in lei, qualcosa di eccitante. Nella nostra lingua la definiremmo una *mutriba*, colei che crea *tarab* – ovvero "incantesimi" – con le sue canzoni».

Il vestito di seta blu l'aveva fatta sentire fredda e sofisticata, ma ora si scoprì a sorridere entusiasta.

«Che genere di canzoni vuole che canti alla sua festa?». Sapeva che era quello il momento giusto per chiederlo. «Ho bisogno di esercitarmi».

«Ci ho riflettuto». Sbuffò sonoramente. «Occorre tatto. Le feste si terranno a Beirut, dove alcuni dei miei clienti non apprezzano molto la musica occidentale. Devono essere felici anche loro. Perciò due, forse tre, canzoni arabe. È in grado di farlo?»

«Dovrò fare delle prove», disse. «Non voglio rendermi ridicola».

«Ho fatto in modo che Faiza le dia lezioni al club. Ormai è vecchia, ma è ancora considerata una delle migliori cantanti egiziane. Sarà interessante per lei».

«Conti su di me». Saba stese la mano, lui gliela strinse.

«Bene, abbiamo raggiunto un accordo», disse Ozan. Quando i suoi occhi si accendevano in quel modo, Saba intuiva che doveva essere stato un bambino dolcissimo.

Comparve una bottiglia di Bollinger in un secchiello per il ghiaccio insieme a due magnifici flûte per lo champagne. Non aveva mai bevuto durante il giorno ma l'occasione sembrava così unica e speciale che gli permise di versarle un bicchiere.

Ad un cenno di Ozan, comparve quasi correndo un domestico che posò sul tavolo una serie di piccoli piatti di alabastro. Quando i coperchi furono alzati, Saba vide una portata a base di minuscoli uccelli, non più grandi di pappagallini, ricoperti di erbette e arance; c'era anche del riso con le mandorle. I domestici danzavano attorno a loro depositando in semicerchio sottaceti, piccole insalate, olive e pane.

«Oggi facciamo un picnic». Ozan si sistemò il tovagliolo. «Quando verrà alla mia festa, preparerò per lei un vero banchetto».

Le servì una porzione delle piccole quaglie, guardandola affettuosamente mentre lei assaggiava quel piatto così delizioso da farla gongolare di piacere. Era irresistibile dopo l'orrendo cibo del deserto.

Il signor Ozan sembrava una buona forchetta, si succhiava le dita, masticava rumorosamente e prendeva gli ossicini degli uccelli per succhiarli. Immerso in quell'occupazione, i suoi occhi erano diventati lontani e vacui e, di tanto in tanto, emetteva un grugnito di apprezzamento.

Si stava asciugando il mento con il tovagliolo quando un domestico gli portò il telefono. Ci fu una serrata conversazione al termine della quale Ozan si strappò il tovagliolo dal colletto e iniziò a sospirare tristemente. Passi pesanti nell'ingresso, un uomo in completo scuro in piedi sulla porta. Quando Ozan lo vide, smise di parlare e si alzò.

«Mi perdoni». Le prese la mano. «Sfortunatamente l'aereo mi sta già aspettando, deve esserci stato un disguido. Mi farò vivo al ritorno da Beirut. Mi scusi per la fretta. La prego, sia mia ospite e rimanga fino a che lo vorrà». Le rivolse un breve inchino e scomparve in casa.

Non appena se ne fu andato, sull'uscio comparve una donna graziosa. Sorrise timidamente a Saba. «Sono la moglie del signor Ozan», disse. «Mi chiamo Leyla».

Leyla era la classica bellezza turca, con gli zigomi alti, folte sopracciglia nere e capelli lucenti che portava sciolti. La sua apparizione, fresca come un ruscello di montagna nel suo abito di seta verde, rendeva quasi impossibile credere alla durezza del deserto che li circondava o al fatto che l'esercito di Rommel potesse essere lontano solo sessanta chilometri.

«A Zafer è dispiaciuto molto dover partire così in fretta», disse. Il suo inglese, come quello del marito, era ottimo. «Se non le dispiace aspettare qui, l'auto arriverà tra dieci minuti», aggiunse. Fece un inchino e lasciò il giardino continuando a sorridere.

Lo champagne e i suoni ipnotici della fontana avevano trasmesso a Saba una sensazione di torpore. Dopo che Leyla se ne fu andata, chiuse gli occhi, felice di avere qualche momento di pace. A metà tra il sogno e la realtà, sentì altri passi pesanti avanzare lungo il corridoio di marmo. La voce suadente di una donna, una porta che si chiudeva.

«Madame», un domestico era in attesa davanti alla porta, «l'auto è arrivata».

Restia a lasciare l'incantevole giardino, lo seguì oltre le pesanti porte lungo il corridoio di marmo. Era quasi fuori dalla porta d'ingresso quando, dannazione, ricordò di aver lasciato la borsa di piume di Ellie sul divano in salotto.

«Un momento, per favore», disse al domestico. «Ho lasciato la mia...». Indicò la stanza scura e maestosa dietro la porta intagliata, con i suoi preziosi oggetti che mandavano bagliori ammiccanti.

Quando la porta si schiuse leggermente, vide due uomini in uniforme grigia seduti vicino alla finestra. Erano ben rasati e portavano i capelli cortissimi. Erano letteralmente stravaccati, come se fossero a proprio agio in quel posto. Quando l'uomo più vicino a lei si alzò in piedi, Saba provò una scossa di terrore – stava guardando negli occhi un ufficiale tedesco. Era a meno di trenta centimetri da lei. Sbatté i tacchi e le rivolse un inchino.

«*Das Mädchen ist schön*[22]», disse al suo amico, che la squadrò con aria di apprezzamento.

Saba rimase pietrificata per un istante, poi, quando il suo cervello riprese lentamente a funzionare, sorrise. Mimò con le mani una borsa e alzò le spalle per indicare che l'aveva persa.

L'uomo più giovane si alzò. Aveva un bel paio di occhi intelligenti. Rovistò sotto un cuscino e tirò su la borsa tenendola delicatamente per il cinturino piumato. Gliela porse con un piacevole sorriso.

«*Shukran*», mormorò Saba.

«*Ellaleqa*».

Saba ricambiò il suo breve inchino, si girò e, con il cuore che pulsava, si avviò alla macchina che l'aspettava.

[22] In tedesco, lett.: "La ragazza è bella".

Capitolo 24

«Il signor Cleeve è qui», disse Ellie non appena Saba tornò a casa. Ellie sembrava pallida. Indicò le camere da letto al piano di sopra. «È arrivato improvvisamente con il treno dal Cairo. Sta facendo un riposino di sopra». Nella sua voce c'era una nota di avvertimento. «Non dimenticare di tenere la bocca chiusa riguardo agli altri nostri programmi», sussurrò, deviandola in salotto. «Potrebbe rovinare tutto e io ho delle buone notizie per te.

Un goccetto di gin o un bel bicchierone?». Ellie la spinse delicatamente verso una poltrona. Tirò le tende e accese una piccola lampada. «Io me ne faccio uno grosso – è stata una giornata piuttosto frenetica e muoio dalla voglia di sapere della tua», aggiunse con la sua voce più cordiale. «Dai, raccontami tutto».

Saba la guardò e fece un rapido calcolo. Se Cleeve era lì, sarebbe stato più sicuro dire dei tedeschi a lui e a nessun altro. L'amicizia con Ellie era ancora troppo fresca.

Ellie bevve un sorso del suo gin. «Saba, te lo dico in fretta prima che arrivi lui». Abbassò la voce e lanciò un'occhiata al soffitto. «Dannazione!». Il rumore di una sedia che strisciava sul pavimento. «Dovrò dirtelo dopo – Dermot vuole parlare di canzoni, registrazioni e cose da fare con te, perciò io me la svigno». Si alzò in piedi. «Non vedo l'ora di sapere com'era la casa», continuò in tono più vivace e colloquiale mentre Cleeve entrava a grandi passi con una valigetta in mano.

«Santo cielo!». Cleeve piegò da un lato la testa fingendo ammirazione e sorrise a Saba. «Che vestito incredibile. Vedo che Madame E ha operato la sua consueta magia».

«Un drink, Dermot?», domandò subito Ellie. «Poi andrò di sopra a cambiarmi per cena, così vi lascio soli».

«Gin e vermut italiano, tesoro», disse. «Che meraviglia essere tornati alla civiltà». Sprofondò in una poltrona. «Sono rimasto seduto per ore in quel dannato treno del Cairo», si lagnò. «Stavano caricando tutte quelle auto per i pezzi grossi. Uno dei facchini alla fine ha acceso la radio di un'auto così abbiamo potuto ascoltare un po' di musica, altrimenti sarei impazzito. A proposito». Buttò giù un sorso di gin e aprì la valigetta. «Regalo per Saba», disse. «Un disco di Hoagy Carmichael. Arriva di contrabbando da New York. Assolutamente superbo».

Il pacchetto rimase sul grembo di Saba.

«Be', lo apra», le disse Cleeve strizzando gli occhi.

«Grazie», rispose Saba rigidamente – Ellie era ferma sull'uscio. «Forse più tardi».

«Tesoro, io vado», disse in fretta Ellie. «Ci vediamo a cena. Sono contenta che il vestito ti piaccia, Dermot». Sentirono i suoi passi frettolosi su per le scale.

«Lei non sa niente», disse Dermot quando la porta si chiuse. «È solo la persona che si occupa del suo vestiario e avrei fatto in modo di vederci da qualche altra parte stasera ma è stato impossibile organizzare il trasporto. Ha fame?», aggiunse in tono più cordiale. «Io sto morendo. Potrei far preparare qualcosa».

«No», disse Saba. Spostò la sua poltroncina in modo da trovarsi di fronte a lui e guardarlo dritto negli occhi. «Non ho fame e non voglio parlare di vestiti, e non voglio parlare di Hoagy Carmichael. Quello che voglio sapere è perché mi ha fatto andare da sola a casa di Zafer Ozan sapendo quello che sta succedendo lì».

«Non so di cosa parla», si difese lui.

«Deve saperlo», esplose Saba. «C'erano due ufficiali tedeschi». Avrebbe voluto sputargli addosso per la rabbia. «Uno di loro ha cercato di attaccare discorso con me. Avrebbero potuto catturarmi, avrebbero potuto violentarmi. Perché nessuno mi ha avvertita?»

«Tesoro». Cleeve era sul punto di supplicarla. «Che cosa spaventosa, mi dispiace così tanto. Aspetti...». Si alzò, si portò un dito alle labbra e mise *Stardust* di Hoagy Carmichael nel grammofono dei Patterson. «Adoro quest'uomo», disse pacatamente, abbassando la puntina. «Conosce le note, conosce la melodia, ma sa meglio di tutti come dare ritmo a una canzone. Lei pensa che stiamo provando», sussurrò.

«Adesso ascolta», disse, passando al tu. Si chinò verso Saba. «È importante che tu capisca questo: la gente come Ozan non considera i tedeschi orchi spaventosi come facciamo noi. Metà dei commercianti di Alessandria tiene sotto il bancone un cartello in tedesco su cui c'è scritto *willkommen*, nel caso vincano loro. È la natura umana, tesoro. Punto secondo», al mignolo portava un anello con sigillo, «Ozan è turco, o gran parte di lui lo è. La Turchia è neutrale. Lui è un uomo d'affari internazionale, può invitare chi diavolo vuole a casa sua. Se sei sua ospite, sei perfettamente al sicuro».

«Lei non può saperlo».

«Invece sì».

«Come?»

«Lo so e basta». Cleeve bevve un lungo sorso di gin e fece tintinnare il ghiaccio.

«Adesso ascolta, calmati e parla con me, perché riparto presto. Cosa ti hanno detto questi tedeschi?»

«Non lo so, non parlo la loro lingua».

«E tu cosa hai detto?»

«A chi?». Lo guardava fisso.

«All'uomo che ti ha parlato. Il tedesco».

«Niente, gli ho risposto in arabo».

Cleeve espirò rumorosamente.

«Brava ragazza. Svelta a pensare. Quanto bene parli l'arabo?»

«Pochissimo», rispose Saba a denti stretti. «Questo è il punto – solo le poche parole che un'amica mi ha insegnato a scuola. Se quell'uomo avesse parlato arabo, mi avrebbe smascherata in un attimo. Avrebbero potuto uccidermi o catturarmi».

«Tesoro, tesoro». Cleeve alzò una mano per fermarla. «Non partiamo con il melodramma. Ci sono diverse cose che ho bisogno di spiegarti».

Intrecciò le mani sotto il mento. I pascià come Ozan, disse, ignoravano quasi del tutto la guerra, si limitavano a schivarne i colpi; la loro linfa vitale erano gli affari e vendevano al miglior offerente. «È anche un uomo delizioso, naturalmente», aggiunse in fretta. «Appassionato di musica. Ma, detto questo», aprì il portasigarette e sembrò scegliere con cura le parole così come la sigaretta, «in un certo senso mi sorprende sentire che i nostri amici tedeschi fossero lì in maniera così sfacciata. Dovrò discuterne con il mio superiore. Dobbiamo elaborare un'accurata strategia».

«Chi è il suo superiore?»

«Non posso ancora dirtelo». Una mosca rimasta impigliata nel paralume lo distrasse per un momento. Prese un numero della rivista «Parade», lo arrotolò e colpì a morte l'insetto. «Non sto cercando di essere deliberatamente evasivo, è solo che ho bisogno di tempo per informarlo della situazione. Cosa ti ha chiesto di fare Ozan?»

«Se mi dice di più sul motivo della mia presenza a casa sua, le racconterò di oggi». D'un tratto si era resa conto che quella era la sua unica moneta di scambio.

Cleeve sospirò e mise la mosca morta nel posacenere.

«Abbiamo il forte sospetto che Ozan abbia cambiato la sede della sua festa da Alessandria a Beirut o Istanbul; per noi è importante sapere, il prima possibile, su quale posto cadrà la sua scelta. Se è Istanbul, forse abbiamo per te un lavoretto da svolgere laggiù che potrebbe trasformarsi in qualcosa di serio. Non perderò tempo a parlarne adesso».

«E le feste sono importanti perché...?». Saba non aveva alcuna intenzione di mollare la presa.

«Alcune delle persone chiave di tutto il Medio Oriente vi partecipano e tu potresti raccogliere informazioni vitali. Il punto è», si sporse in avanti, aveva il viso sudato, «che i suoi simili detengono le chiavi della vittoria».

«Quali simili?»

«I fornitori. Ozan – grazie alle feste e ai locali notturni – ha una vasta rete di amici e conoscenze nel campo degli affari, alcuni dei quali controllano i rifornimenti di petrolio e adesso anche di acqua, e senza petrolio e acqua potremmo benissimo tornarcene subito a casa».

«C'è altro?»

«Santo cielo, che osso duro». La guardò fingendosi preoccupato. «Non mi piacerebbe essere interrogato da te».

Cretino paternalista. Saba ebbe voglia di dargli un colpo in testa.

«Radar», rispose semplicemente Cleeve.

«Gli inglesi vogliono utilizzare le basi aeree turche. Dal punto di vista strategico, sono di vitale importanza e, guarda caso, la famiglia di Ozan possiede il terreno attorno a una di queste basi, a circa venti chilometri da Ankara. Sarebbe utile sapere da quale parte si schiererà».

Saba sentì il ronzio lontano di un aereo e, dal piano di sopra, rumore di acqua: le abluzioni serali di Ellie.

«Ascolta, Saba», disse Cleeve. Aprì le braccia come per liberare un uccello. «Se non te la senti di farlo, puoi tornare indietro. In Inghilterra, se preferisci».

Saba sedeva in silenzio, aveva in testa un milione di pensieri contrastanti. Quando alzò lo sguardo, vide un'espressione benevola e comprensiva nei suoi occhi – la consueta espressione di divertita curiosità.

«Lo farò», disse.

Capitolo 25

Non appena la porta si chiuse alle spalle di Cleeve, Saba sfrecciò al piano di sopra.

«Ellie», sussurrò con insistenza nel buco della serratura della sua camera. «Se n'è andato. Cos'è che volevi dirmi?»

«Entra e chiudi la porta.

Bene», lo specchio della sua toletta rifletteva tre Ellie compiaciute, «penso che sarai piuttosto soddisfatta di me. Vedi, l'ho trovato». Si incipriò vivacemente il naso. «Il tuo ufficiale pilota Benson».

Saba si lasciò cadere sul pavimento accanto a lei.

«È uno scherzo?»

«No». Ellie si girò e la guardò con serietà. «Ma è un segreto e devi giurare di mantenerlo».

Saba si sentì avvampare.

«Come hai fatto a trovarlo?»

«Vorrei poterla considerare una grande impresa», disse Ellie, «ma non posso. Questo pomeriggio stavo bevendo qualcosa da Pastroudis, c'era un gruppo di piloti in licenza, ho chiesto loro se lo conoscevano e, naturalmente, sì, lo conoscevano. Facilissimo».

«E?». Il corpo di Saba fremeva per l'eccitazione.

«Hanno detto che gli avrebbero fatto avere il messaggio. Per quello che ne sapevano, si trova in città. Se tutto va come previsto, stasera sarà allo Cheval d'Or. Tariq ci manda un taxi verso le nove e mezza. Hai giusto il tempo di fare un bagno e vestirti».

«L'hai detto al signor Cleeve? Lui non deve saperlo».

«Certo che no, sciocca». Ellie si alzò e si lisciò il vestito. «Ascolta, Saba», disse, «io dovrei farti da accompagnatrice – ma non ti stanchi mai del fatto che siano sempre i ragazzi a dettare le regole?». Le strizzò l'occhio. «Non abbiamo molto tempo, quindi parliamone dopo», era tornata al suo ruolo di chaperon, «al club, davanti a un drink. Adesso, se fossi in te, mi farei un bagno; è stata una giornata tremendamente lunga e chissà cosa porterà la notte».

Si alzò e aprì la porta del suo armadio. Mentre vi frugava dentro, disse a Saba che quella sera avrebbe conosciuto anche Faiza Mushawar – l'insegnante di canto. Faiza, nonostante fosse vecchia quanto Dio, si sarebbe messa tutta in ghingheri, in Egitto si usava così.

«Che ne dici di quest'abitino?». Posò sul letto un vestito da cocktail nero con i lustrini. «O questo?». Lanciò accanto al primo una gonna di satin verde.

«No», rispose Saba. Aveva le idee ben chiare: se veniva Dom, lei voleva sentirsi se stessa.

Con indosso solo la sottogonna, si guardò allo specchio. I capelli le arrivavano fin sotto le spalle ed era più magra di quanto non lo fosse mai stata; il sole le aveva abbronzato le braccia. Quando cercò di infilarsi il suo braccialetto d'argento preferito, le mani le tremarono troppo per riuscire ad agganciare la complicata chiusura.

Dopo averci pensato un po', scelse il vestito di seta rosso che aveva indossato quella sera a Ismailia. Era un po' sgualcito ma lo adorava; ora per lei aveva un significato.

Davanti alla casa si fermò un taxi. Era il fidanzato di Ellie, Tariq; basso e possente, indossava occhiali dalla montatura di metallo e un impeccabile completo che gli davano un'aria seria, quasi da studioso. Aveva portato una collana di gelsomini a Ellie, della quale era chiaramente innamorato. «Il gelsomino», spiegò, «era in Egitto il fiore dell'amore».

Prima del suo arrivo, Ellie era sembrata ansiosa di spiegare a Saba che il suo fidanzato non era, usando le sue parole, il «tipico indigeno», ma metà francese e metà egiziano; un sofisticato uomo di mondo le cui quattro passioni nella vita erano il vino (aveva trascorso l'infanzia in una piccola vigna nei pressi di Bordeaux), la musica, le donne e l'egittologia. Era arrivato per la prima volta in quella città alla ricerca di ossa sepolte ma, quando l'archeologia si era dimostrata un'occupazione costosa, l'aveva finanziata con l'importazione di vini pregiati e la cosa aveva avuto un discreto successo.

Sembrava tirare fuori un lato giocoso e sensuale della natura di Ellie. Si precipitarono verso l'auto in attesa e vi saltarono dentro come se non vedessero l'ora che la serata iniziasse. Ben presto l'aria fu satura dei loro profumi: sandalo per Tariq, Joy su tutti i punti strategici di Ellie e perfino l'autista con la sua scatolina di ambra grigia e incenso sul cruscotto contribuiva all'intensa e francamente opprimente atmosfera.

Tariq, seduto vicino a Ellie sul sedile posteriore, si scusò per le cattive condizioni dell'auto e per la brevità del viaggio che stavano per intraprendere. «Sarebbe stato divertente mostrarvi Alessandria di notte», disse, «ma c'è una grande penuria di carburante, quindi dovremo rimandare a un'altra volta».

Saba, scostando la tendina vide una città quasi nascosta. Vie deserte illuminate da lampioni schermati, un tram vuoto che percorreva le strade martoriate dalle buche in direzione del mare e, nei locali bui tra gli edifici carbonizzati, sagome maschili che bevevano caffè o *arak* a lume di candela. Con un sorriso per nascondere l'amarezza delle sue parole, Tariq disse che la gente di Alessandria non aveva ricavato nulla dalla guerra se non inflazione e oscurità. «State vedendo Alessandria nei suoi abiti da vedova», disse in tono protettivo. «I bombardamenti sono stati orribili, ma passerà. Si riprenderà».

Disse a Saba che la città che amava era stata progettata da Alessandro Magno come una gigantesca scacchiera. Era chiamata la "perla del Mediterraneo". Prima della guerra, disse, c'erano taverne ovunque e alcuni dei più eleganti negozi di abbigliamento del Medio Oriente.

«Da questa parte ci sono meravigliosi negozi di antiquariato, alcuni molto costosi, e dello stesso livello di quelli parigini; qui», indicò il mare, «i mercati di pesce; qui le banche. Lassù, nei vicoli», fece un vago gesto fuori dal finestrino, «è dove vivono le ragazze cattive».

«Ce ne sono in quantità», aggiunse Ellie.

Tariq si chiese se potesse mai esistere una città degna di quel nome priva di peccaminose promesse. Per quale altro motivo i giovani si prenderebbero il disturbo di lasciare le proprie case?

«Non dargli ascolto». Quando Ellie le coprì le orecchie, Saba sentì il rimbombo delle risate. «È maligno e depravato. E lei è una ragazza giovane e carina», gli disse.

«Le mie strade preferite», spiegò Tariq, «sono quelle che costeggiano il mare. Normalmente ci sono negozi, caffè, venditori di noccioline e ogni tipo di divertimento, ma adesso la gente non si sente sicura di rimanere fuori quando fa buio».

«Io no». La presenza profumata di Ellie si agitò accanto a lei. Saba la vide stringere la mano di Tariq e sentì il suo battito accelerare.

«Neanche io», disse lui. «Ormai tutto il Medio Oriente è pericoloso, quindi lasciate che rimanga ad Alessandria con due bellissime donne».

«Adulatore!». Saba sentì il tono roco della voce di Ellie, seguita dal lieve risucchio di baci, simile a quello che fanno i gatti che lappano il latte, un mormorio e un profondo sospiro. Tariq smise di parlare per un po' e Saba, così vicina a loro due, provò imbarazzo ma anche eccitazione e sorpresa. Ellie non era troppo vecchia per tutto ciò?

Dieci minuti dopo, il taxi rallentò. Tariq uscì a prendere un po' d'aria e disse che erano arrivati alla Corniche; era un peccato che Saba non potesse vederla in tutto lo splendore delle sere estive, scintillante come un'enorme collana e piena di gente, non solo soldati. Abbassando il finestrino, Saba percepì il fresco odore del mare e ne sentì la risacca.

Sobbalzò nel sentire lo scalpiccio di un cavallo nero che passò accanto all'auto. L'unica luce veniva da un piccolo braciere a carbone appeso al carro che dondolava come un rubino nell'oscurità. Dietro le tende tirate a metà, due figure si abbracciavano.

Un ragazzino corse loro incontro. Portava un vassoio legato al collo.

«Un grande benvenuto a voi, signora regina». Infilò il vassoio colmo di penne scadenti e braccialetti nel finestrino. «Inglesi buoni». Le piccole dita scarne ricoperte di anelli formarono una V. «Tedeschi non buoni. Churcheeel buono. Hitler molto molto cattivo. Prego, guardare». Rivolse loro uno sguardo accattivante, con la testa piegata da un lato.

Tariq rise e gli diede una moneta. «Quando la diplomazia si unisce all'economia del mondo reale».

«Anche molto saggio», disse Ellie. «Quando non sai assolutamente chi devi ingraziarti.

«Allora, cara, riesci a vederlo?». Ellie diede a Saba un pizzicotto furtivo. «È laggiù. Il club», sussurrò. Indicò un debole fascio di luce in mezzo a una fila di case buie.

«Cerco di non guardare mai le navi», disse mentre si avviavano al club. «Troppo deprimente. Gli uomini e le loro fottute guerre». La sua imprecazione balzò fuori dal buio, sconcertando Saba. Sembrava stridere con il trucco meticoloso di Ellie e la sua devozione per Patou.

«Perdona il francesismo». Ellie le diede un colpetto con il gomito. «Mi è sfuggito. Quello che volevo dire è divertiamoci il più possibile finché possiamo. Non c'è niente di male».

Un brivido di attesa percorse Saba come una scossa elettrica. Ellie aveva ragione: non c'era proprio niente di male. Ben presto sarebbe tornata la paura.

Un portiere nubiano le sorrise mentre attraversava l'ingresso del club; le lampade conferivano una luce azzurra ai suoi denti. Saba sentì il lamento di una tromba jazz, il tintinnio dei bicchieri, lo strepito delle voci a poca distanza. Controllò l'orologio. Nove e trentacinque.

«Verrà alle dieci», sussurrò Ellie. «Almeno, così ha detto».

«Chi?». Era infantile fingere di non saperlo, ma il pensiero di un appuntamento mancato era insostenibile.

«Non fare la finta tonta». Ellie le diede un pizzicotto scherzoso. «*Lui*».

«Oh, *lui*. Be', sarebbe carino». Come se "lui" fosse uno qualsiasi e quello un giorno come un altro. Ma certe cose erano troppo grandi per condividerle. Soprattutto in quel momento e forse mai con Ellie. Non la conosceva ancora abbastanza né, se per questo, conosceva abbastanza lui.

Tariq camminava davanti a loro, aprendosi con le mani un varco nel fumo di sigarette. All'interno c'erano molti tavoli illuminati da candeline contenute in vasetti di vetro. I tavoli erano occupati da soldati e alcuni avevano delle ragazze sulle gambe. Una babele di voci: francese, finlandese, greco, australiano, americano.

In un angolo c'era il bancone del bar. Al centro della sala un piccolo palco sul quale un esausto cantante egiziano, che usava il filo del microfono come un lazo, cantava con voce lamentosa *Fools Rush In* e il suo accento era talmente forte che poteva benissimo essere un'altra lingua. Accanto al palco era seduta un'anziana signora, il cui viso era illuminato a metà dal riflettore. Guardava attentamente il cantante con un'espressione di estremo disprezzo.

«Faiza», mormorò Tariq. «Una signora molto famosa».

Faiza indossava un lucente abito da sera viola. I capelli erano tinti con l'henné e le labbra sembravano una ferita rossa. Teneva in grembo uno splendido persiano, impeccabile come la sua padrona e con un collare tempestato di pietre preziose. L'animale osservava la coppia che danzava guancia a guancia con uno sguardo leggermente nauseato.

Mentre erano ancora in auto, Tariq ci aveva tenuto a far sapere a Saba che Faiza era famosa quasi quanto Umm Kulthum, una cantante che lui venerava. Come Umm, anche Faiza proveniva da una famiglia povera e, da giovane, si travestiva da ragazzo per poter cantare. Faiza, disse, era una vera cantante, non una banale crooner[23]: cantava versi del Corano e la sua formazione era stata lunga e difficile; era anche una grande amica del signor Ozan.

Quando la canzone ebbe raggiunto l'ultimo gemito di agonia, Faiza si guardò intorno. Quando li vide, li invitò ad avvicinarsi con un regale cenno della mano.

«So chi sei», disse a Saba. La guardò intensamente – i suoi enormi occhi neri erano contornati di kajal leggermente sbavato per il caldo – e quando le strinse la mano, tutti i suoi brac-

[23] Cantante di canzoni sentimentali.

cialetti tintinnarono. «Tu, vieni di sopra. Voi andate a ballare», disse rivolta a Tariq e Ellie.

Prese da un angolo del palco una lampada a kerosene e si fece imperiosamente strada nel club affollato.

«Ho delle stanze al piano di sopra», disse. «Possiamo parlare lì».

Il gatto sfrecciò davanti a Saba che seguiva l'anziana donna su per le scale. Avvertì il contatto della sua pelliccia contro il polpaccio.

In cima alle scale, Faiza infilò una chiave nella toppa e aprì la porta. Entrarono in una stanza illuminata da candele, con un pianoforte e dei divani dall'aspetto comodo ricoperti di cuscini di seta.

«È qui che ora si svolgono le nostre vere feste», disse. «Prego, siediti. Qualcosa da bere?»

«No. No, la ringrazio». C'era un orologio sulla parete alle spalle della donna. Erano già le nove e quarantacinque.

Il gatto ronfava come un piccolo motore mentre Faiza gli faceva scorrere le dita sul dorso.

«Non abbiamo molto tempo prima che tocchi nuovamente a me cantare», disse, «perciò comincerò subito. Il signor Ozan stasera non potrà essere qui ma mi ha detto che sei una bravissima interprete. Negli ultimi due anni le autorità ci hanno vietato di ingaggiare cantanti stranieri e, onestamente, è una gran noia per noi tutti». Sorrise calorosamente. «Noi siamo artisti, vogliamo ascoltare tutto, vedere tutto», gesticolava facendo tintinnare i braccialetti, «perciò il coprifuoco è una dannatissima seccatura. Scusa il termine». Si sorrisero l'un l'altra come due persone che condividevano un segreto.

«E volete che canti qui?».

Faiza alzò le spalle. Sul viso le si dipinse un'espressione scaltra.

«Non è impossibile. Non possiamo guadagnarci da vivere senza persone nuove», anche lei pronunciò *pessone*; «ma adesso dobbiamo essere più discreti.

Prima della guerra, mio marito lavorava con il signor Ozan, andavano ovunque in cerca della gente migliore. Avevamo ballerini argentini, cantanti francesi, tedeschi, italiani, un posto davvero meraviglioso. Adesso...». La sua alzata di spalle fu piuttosto eloquente.

«E suo marito?»

«Morto. Un attacco di cuore l'anno scorso». Prese il gatto e lo strinse a sé.

Dal piano inferiore, Saba sentiva giungere le note della musica araba che stava suonando il complesso: tamburi, violino, oud, *tabla*; il suo ritmo selvaggio e rimbombante squarciava la notte. A quello si aggiunse il rombo di un aereo, tanto vicino da poterne sentire distintamente il movimento delle eliche.

Faiza smise di parlare per mettersi anche lei in ascolto. Quando il velivolo si allontanò, alzò le spalle come per dire *chi se ne importa*.

«Allora», riprese a parlare, «il signor Ozan vuole che ti dia lezioni». Il viso le si era illuminato.

«Le dispiace?», domandò Saba. «So che per la sua formazione ci sono voluti moltissimi anni».

«No». Faiza sembrava sorpresa. «Certo che non mi dispiace. Sono molto felice di provarci. Il signor Ozan è un uomo meraviglioso. Organizziamo per lui feste incantevoli ogni volta che lo desidera».

«Vede, io non ho molto tempo da passare qui», spiegò Saba. «Faccio parte di una compagnia dell'ENSA». Faiza sembrava confusa. «Cantiamo per i soldati nel deserto. Sono nell'esercito».

«Le nostre canzoni non sono semplici da imparare». L'anziana donna non aveva capito. «Sono bellissime, ma dovrai imparare una nuova tecnica». Indicò naso e il petto. «Noi facciamo uscire la voce anche da qui».

«Conosco un paio di canzoni», disse Saba. «Mia nonna è turca, ama le vecchie canzoni».

Cantò un pezzetto di *Yah Mustafa*; l'anziana donna rise e cantò insieme a lei.

«*Ya Allah!*», esclamò dolcemente. «Ti insegnerò. Vieni domani, qui. Prima il tè e poi la nostra prima lezione».

«Mi piacerebbe tantissimo», disse Saba sinceramente. «Tariq

dice che lei è famosa». La donna piegò con modestia la testa da un lato, ma non negò. «Amo imparare nuove canzoni».

«Ormai sono vecchia, e la mia voce...». Faiza si portò le mani al collo come per strangolarsi. «Ma ci divertiremo. Vieni qui alle dieci e mezza. Non fare tardi, ho un appuntamento dal parrucchiere all'ora di pranzo».

Guardò l'orologio e Saba fece per alzarsi. Mancavano dieci minuti alle dieci.

«Aspetta! Aspetta, aspetta». Faiza prese le mani di Saba tra le sue. «Vieni con me. Ho qualcos'altro da mostrarti».

Mentre attraversavano la stanza, Saba sentì il ritmo del tango vibrare sotto la pianta dei piedi. Le grida rauche, le mani che battevano, lo scalpiccio dei piedi. Seguì la vecchia in una piccola stanza illuminata da una lampada a kerosene messa in un angolo. Appeso a un gancio c'era un costume pieno di lustrini; una toletta ricoperta di cosmetici. E, seduto su una sedia vicino alla finestra, c'era Dom.

«Saba». Uscì dall'oscurità e la prese tra le braccia.

«Oh, mio Dio!». Erano entrambi sul punto di piangere.

Faiza era ferma sull'uscio e sorrideva.

«Adesso vi lascio soli», disse. «Se mi volete, canto di sotto».

Quando la porta si chiuse, si baciarono furiosamente e Saba si lasciò sfuggire un grido di gioia. Solo allora si era resa conto di quanta paura aveva avuto.

Fece un passo indietro e lo guardò. Sembrava che avessero già perso l'autocontrollo ma non le importava.

Dom indossava un paio di trasandati calzoni kaki e una maglietta abbinata. Aveva bisogno di un taglio di capelli. La sua pelle era diventata di un intenso color noce dall'ultima volta che si erano visti. Era bellissimo. Dopo un lungo, lento bacio, una sorta di rivendicazione, la scostò da sé.

«Lasciati guardare». La attirò sul divano accanto a sé. «Cosa diavolo ci fai qui?». Non riusciva a smettere di sorridere «Ci capisci qualcosa?»

«Prima tu», disse Saba, cercando di guadagnare tempo. Poteva confidarsi con lui?

Mentre parlava, Dom le fece scorrere le mani tra i capelli.

«Hai ricevuto il mio messaggio, cioè la mia lettera? L'ho scritta più di una settimana fa».

«No. E tu hai avuto il mio?»

«No. Ho avuto un messaggio dalla tua amica Madame come-si-chiama; ha detto che ti avrei trovata qui stasera. Questo è tutto».

Tornarono a baciarsi. Quei dettagli erano insignificanti. C'era una guerra in corso, i messaggi non facevano che perdersi.

Quando si fermarono, Dom la prese tra le braccia e la strinse forte e Saba sentì il cuore di lui battere forte contro il suo; la felicità la attraversava come un fiume, come se ogni cellula del suo corpo stesse ringraziando per il miracolo rappresentato dal corpo di lui – davanti a lei e vivo.

Dom le disse che nei dieci giorni precedenti era stato nel deserto a sud di Alessandria per l'addestramento. Non le disse in cosa consisteva tale addestramento né a cosa serviva, ma solo che era finito, almeno per il momento, e che tutta la squadriglia aveva avuto una settimana di licenza perché era stato parecchio stancante e li volevano tutti riposati. Tutte le licenze del mese successivo erano state revocate.

Le prese i capelli tra le mani come un mazzo di fiori, glieli scostò dal volto e la guardò dritta negli occhi.

«Non riesco a crederci», disse.

Saba gli accarezzò il viso. «Indovina cosa?», disse. Il dito di lui stava esplorando la sua fossetta. «No, davvero, *indovina*! Per quello che ne so, sarò qui per almeno una settimana e quasi sempre da sola. Ho un lavoro da sbrigare ma potremo vederci».

«Che lavoro?». Saba vide uno sguardo perplesso nei suoi occhi. «Non capisco. Dove sono gli altri? La tua amica Arleta? Gli acrobati?»

«Non sono qui». Era una pessima bugiarda. Lo era sempre stata; odiava cominciare così. «Probabilmente arriveranno qui presto». La mano destra le copriva l'occhio. «Farò un paio di trasmissioni alla radio. Non te l'ho scritto perché non sapevo che le avrei fatte qui, è stata una cosa improvvisa». Troppo, stava dicendo troppo.

Dom le tolse la mano dal viso, le girò il palmo all'insù e lo baciò. «Da chi dipende?», domandò. «La tua permanenza, intendo».

«Onestamente non lo so».

«Non lo sai!». Non era stata una buona mossa. Dom era ancora più confuso. «Ma è dannatamente pericoloso qui, la maggior parte della gente è stata evacuata. Non voglio che tu ti faccia male».

Stava per dire qualcos'altro quando la musica dal piano inferiore si fermò e irruppe il suono lacerante di una sirena antiraid.

Dalla strada sottostante giunse una confusione di voci, saluti frettolosi, scalpiccio di piedi che correvano al rifugio antiaereo. Decisero di rimanere.

«Quando ero a casa, mia nonna non voleva andare nel rifugio», gli disse, «per cui ci stendevamo insieme sotto il tavolo della sala da pranzo. Mia nonna pesa ottanta chili. Ho ancora i lividi». Quando Dom si mise a ridere, Saba sentì il suo respiro contro il collo. «E poi, ci mettevamo a letto ad ascoltare la radio».

«Be', adesso sono pazzo di gelosia». La strinse più forte. «Ascolta», le disse. «Nel nostro letto non ci saranno né nonna né radio».

Il nostro letto: l'aveva detto.

Scoppiarono in una meravigliosa risata: erano giovani e sapevano che una cosa tanto desiderata stava per accadere.

Il nostro letto. Sarebbe successo quella sera, lo sapeva. Era in piedi con lui vicino alla finestra, raggiante di felicità. Amava il fatto che anche lui lo sapesse. Nessun freno, nessuna falsa civetteria; l'onda li aveva sorpresi e loro l'avrebbero cavalcata.

Quando Dom scostò di un centimetro la tenda, Saba vide il suo profilo – il naso dritto, i capelli scompigliati, l'ombra del suo braccio attorno a lei – stagliarsi sulla parete, chiaro e distinto. Un lampo di luce illuminò la baia e il mare blu scuro, seguito dai colpi in rapida successione dei cannoni della contraerea. Nel silenzio che seguì, lui la attirò a sé e dal piano inferiore Saba sentì nuovamente la musica, allegra e impertinente. Era come mandare a quel paese la guerra.

«Usciamo da qui», disse Dom.

Capitolo 26

Ci sono stanze che sai che non dimenticherai; sono come alcune canzoni, fanno parte di te.

In Rue Lepsius, al civico 12, c'era un posto del genere: un vecchio caseggiato con un'elaborata balconata che dava sulla strada. Avvicinandosi, Saba vide, alla luce della luna, le teste di animali scolpite sui suoi muri – leoni, delfini, grifoni.

Mentre erano in auto, Dom le aveva spiegato che la Desert Air Force vi aveva affittato tre camere nell'eventualità di un soggiorno notturno ad Alessandria. «Non è niente di speciale», le disse, aiutandola a uscire dall'auto, «ma è tranquillo e sicuro come qualunque altro posto. Va tutto bene?», le aveva chiesto improvvisamente preoccupato. «Non hai paura?»

«No».

«Mi prenderò cura di te».

«Sì».

Il piano terra era deserto e buio.

«Ecco». Dom usò la fiammella di un accendino per portarla di sopra. Sul pianerottolo del primo piano la baciò teneramente e, aperta una porta, la prese per mano e la fece entrare in una stanza con le pareti bianche e il soffitto alto. Quando accese due candele, Saba vide un letto bianco al centro della stanza protetto da una zanzariera. C'era un lavandino, un cassettone e una tenda tirata a metà che nascondeva un bagno. La vista dei suoi vestiti – scarponi, maglietta, pantaloni – gettati con noncuranza su una poltroncina di vimini la allarmò e deliziò al tempo stesso.

Dom mise le candele in due rosse sfere di vetro attaccate al muro e chiuse le persiane di legno. Sul vetro della finestra c'era una X di nastro adesivo in caso di esplosioni. Quando Saba si spogliò, l'aria smossa da un ventilatore sul soffitto le arruffò i capelli. Non ci furono parole né preliminari. Si infilò nel letto e lo aspettò al buio come un giovane animale famelico. La candela gli illuminò il torace abbronzato quando Dom si stese accanto a lei.

«Qui». La attirò a sé e ricominciarono i baci e quando la penetrò rapidamente, tutto quello che lei riuscì a pensare fu *Dio ti ringrazio, Dio ti ringrazio, finalmente*. Era come cavalcare la cresta di un'onda, nella sua vita mai nulla le era sembrato così assolutamente giusto e irrefrenabile.

Alla fine risero. Una risata di trionfo e di possesso.

Dom giacque ansimante con una mano sul seno di lei e una gamba abbronzata sulle lenzuola.

«Finalmente, dannazione», disse e risero di nuovo.

Quando era una ragazzina, aveva letto la descrizione degli innamoramenti delle altre persone: le lacrime, la follia, il riso senza motivo, lo struggimento, la furia, l'ardore ed era preoccupata perché non si era mai, neppure lontanamente, sentita così. Ma quando la mattina seguente si svegliò, il suo primo pensiero fu: *È successo. Il mio primo miracolo*.

Dom dormiva ancora, steso sulla schiena, un braccio che formava un arco dietro la testa. Lo guardò, il suo corpo gioiva ancora per la notte precedente; il ciuffo di peli scuri sotto il braccio, le labbra morbide e ben disegnate; c'era una piccola cicatrice sotto di esse. Doveva chiedergli come se l'era fatta. Dom espirò e le labbra gli si schiusero, i denti spiccavano bianchissimi sulla pelle abbronzata. C'era un leggero avvallamento sotto i suoi occhi, dove la pelle era più chiara rispetto al resto della faccia, forse per via degli occhiali da volo. L'orecchio sinistro era leggermente più grande di quello destro e, sotto di esso, quando osservò il miracoloso innesto di pelle, vide che era ormai quasi impercettibile: la cicatrice che partiva dall'orecchio sinistro fino all'incavo del collo era quasi scomparsa ma, guardando attentamente, si vedeva la pelle sollevata dai punti ordinati del chirurgo. Mentre fissava quei punti e pensava all'ospedale, sentì il proprio respiro diventare affannoso. Come avrebbe fatto se gli fosse successo di nuovo? Gli occhi le si riempirono di lacrime mentre gli faceva scorrere la mano sul profilo delle costole. Gli accarezzò la curva dell'anca, vide sotto le lenzuola sgualcite il punto in cui l'abbronzatura cedeva il passo alla pelle bianca.

«Umm». Le ciglia di Dom fremettero mentre lui si muoveva. «Delizioso», mormorò e si riaddormentò profondamente. Era esausto, lo vedeva; la notte prima non avevano quasi chiuso occhio e prima di quella c'erano state interminabili notti di guardia nel deserto.

Quando si svegliò, Dom guardò l'orologio e gemette.

«Che spreco, torna a letto». Saba era quasi pronta per uscire e gli stava lasciando un biglietto.

«Non posso», disse. «Ho da fare».

«Sto morendo di fame». Dom aveva la voce assonnata e i capelli scompigliati. «Sei vestita. Vuoi fare colazione? C'è un hotel qui accanto: uova, caffè, falafel, omelette. Dammi un minuto».

«Te l'ho detto, non posso». Saba si sedette accanto a lui sul letto. «Devo andare a lavorare». Vide la sua espressione confusa.

«A lavorare?». Le lasciò andare la mano. «Non capisco. Dove? Perché? Hai detto che non avevi concerti qui».

Saba si sedette sulla poltroncina di vimini e si mise una mano sull'occhio.

«Vado al club. Devo imparare delle canzoni nuove».

«Non può aspettare?»

«No. Presto dovrei fare una trasmissione».

«Oh. Ma torni? Possiamo mangiare insieme?». Non c'era più spontaneità nelle loro voci.

«Certo». Si mise carponi e gli affondò la testa sul petto. «Mi dispiace».

Si segnò il numero del telefono che era nell'ingresso così avrebbe potuto chiamarlo non appena fosse arrivata. Si fece promettere che non si sarebbe mosso da lì fino al suo ritorno.

«E invece mi muovo». Si alzò dal letto con un movimento agile e fluido. «Ti cerco un taxi così sarai al sicuro e pagherò il tassista per farlo tornare, Saba». La guardò. «Non voglio sembrare il prozio Sid ma non sono certo che tu capisca davvero quanto sia pericolosa al momento questa città».

Saba disse che lo sapeva ma, in realtà, non era così. Poco alla volta si rendeva conto della bolla innocente e isolata in cui aveva vissuto fino a quel momento. Aveva certo visto le vittime della guerra, i volti macilenti degli uomini, le barelle d'ospedale nei corridoi, ma le notizie concrete non l'avevano mai sfiorata. E quella mattina, prima che Dom si svegliasse, la porta dell'armadio in cui erano i vestiti di lui si era aperta. Saba si era alzata e vi si era avvicinata come una sonnambula per guardare al suo interno. Aveva visto la sua sacca impolverata e macchiata di olio e sulla tuta una striscia che sembrava sangue secco.

Appoggiò la testa sul suo petto.

«Lascia che ti accompagni al club». Dom le accarezzò i capelli. «Ti prego. Dopo potremo tornare qui».

«No», rispose lei arruffandogli i capelli. «Sono una ragazza grande ormai». Il rischio che Cleeve avesse perso il treno per Il Cairo o che Ozan potesse presentarsi al club sembrava troppo grande. «Ci vorranno solo un paio di ore. Farò le prove e tornerò qui in taxi e poi potrai portarmi a pranzo».

Lui le sorrise pensando *dannazione, dannazione, dannazione!* Un intero giorno buttato via – che spreco.

"Ti prego Dio", pensò Saba, sentendo la fiducia che metteva nella propria richiesta, "fa' che non ci siano complicazioni o intoppi o imprevisti che nessuno si è preso la briga di comunicarmi. Non credo che potrei sopportarlo in questo momento".

«Oh, grazie al cielo! Sei tornata, sei salva». Quando Saba varcò la porta un'ora più tardi, Ellie saltò sulla sedia come una molla. Era in soggiorno, indossava ancora i vestiti della sera prima; la luce del mattino faceva sembrare più scarno il suo viso e rendeva evidenti le occhiaie.

«Ti ho cercata stanotte ma penso che il raid aereo abbia mandato tutti in confusione. È stato un manicomio, vero? E sapevo che eri con il tuo giovanotto, quindi ho dato per scontato che fossi al sicuro. Voglio dire, abbiamo entrambe corso un bel rischio questa notte». Aveva lo sguardo preoccupato mentre le parole le uscivano tumultuosamente di bocca.

«Ero al sicuro». Saba si accorse di sorridere, nonostante cercasse di restare seria. «Stavo bene».

Rifiutò sia il drink che le offriva Ellie che la colazione.

«Allora, è stato bello per tutti?». Dallo sguardo sornione, era chiaro che Ellie avesse voglia di scambiare confidenze femminili.

«Sì», rispose Saba. «È stato bello». Anche se avesse voluto, non sarebbe riuscita a descrivere quanto fosse stato meraviglioso. Sentiva il corpo così leggero, la mente in uno stato di beatitudine.

Ellie inarcò le sopracciglia. Voleva sapere di più.

«È stato bello?»

«Sì». Saba la guardò dritto negli occhi. «Grazie. Ascolta, mi dispiace averti fatto aspettare alzata, spero che tu non sia troppo stanca». Aveva sentito il sospiro di Ellie e visto la sua piccola delusione; a quel punto avrebbe potuto chiederle della sua serata con Tariq ma sapeva già che ciò non era previsto dal copione del perfetto chaperon che Ellie stava seguendo.

«Se non ti dispiace», continuò, «adesso scappo di sopra, faccio un bagno e mi cambio. Faiza mi aspetta alle dieci e mezza; ha il parrucchiere all'ora di pranzo, non posso arrivare in ritardo».

«Vengo a prenderti quando hai finito?». Sembrava che Ellie stesse tastando il terreno. *Mi sto spingendo troppo oltre?* Era chiaro che moriva dalla voglia di rivedere Tariq.

«Davvero, non ce n'è bisogno», disse Saba. «Mi sono messa d'accordo con Dom per pranzare insieme. Resterà qui solo cinque giorni».

«E a te spetta qualche licenza?». Ellie stava riflettendo.

«Nessuno di noi ha avuto una vacanza sin da quando siamo arrivati».

«E quindi continui a seguire il programma di impegni al club», Ellie aveva di nuovo quell'espressione scaltra, «perché vuoi essere in gran forma per le trasmissioni radiofoniche e la festa del signor Ozan». Erano tornate al copione.

«Esattamente».

«Bene». Ellie scalciò via le scarpe e si mise a camminare per la stanza; i suoi piedi scalzi lasciavano l'impronta sul pavimento. «Se saremo discrete, penso che per qualche giorno potremo rilassarci entrambe, non so se mi spiego. Potete stare qui, se volete. Tutti e due». La sua voce era diventata un sussurro.

«Dom ha un appartamento in Rue Lepsius», disse Saba. «Si prenderà cura di me. È un posto tranquillo, privato e vicino al club. Cerchiamo tutti di risparmiare carburante». Si scambiarono un'altra occhiata.

«Sì, stiamo cercando tutti di risparmiare carburante, ma devi promettere di non lasciarti sfuggire nulla con Cleeve. Sai che ha dimenticato di pagarmi le ultime due settimane? Non credo pensi che io possa vivere d'aria. Se non fosse per Tariq, sarei indigente, assolutamente indigente; se mai dovesse scoprire tutto, dovrai dirglielo».

«Non vieni pagata dal governo come noi?»

«Per alcuni lavori, sì... dipende... è complicato. Ad ogni modo, non una parola con Cleeve e se vedi Tariq in questa casa, non una parola su di lui». Ellie le strizzò l'occhio. «Presto partirà di nuovo».

Le diede altri sali da bagno e un asciugamano pulito; la abbracciò. Disse che avrebbe fatto in modo di assistere a qualcuna delle prove di Saba al club – parlò con un senso di ostentata protezione, come se quello fosse ormai il suo unico scopo nella vita. E, a proposito, sarebbe stato meglio non dire troppo di Dom a Faiza – gli egiziani erano terribilmente pettegoli.

Mentre faceva il bagno, Saba si interrogò nuovamente su Ellie. In un certo senso, la sua presenza in città era misteriosa quanto la propria. Poi, si dimenticò di lei: era innamorata e infinitamente felice.

Capitolo 27

Quando Saba tornò dalle prove, Dom la aspettava nell'appartamento di Rue Lepsius. Fece di corsa le scale precipitandosi nella loro stanza, entusiasta di vederlo e un po' intimidita. Non aveva mai passato dei giorni consecutivi con un uomo e le sembrava di giocare alla famiglia con lui.

Dom vide il rossore sulle guance di lei, i capelli scuri che seguivano i suoi movimenti, e pensò: *Sono fritto*. Gli era mancata per tutta la mattina e aveva rimpianto ogni secondo della sua assenza.

La prese tra le braccia e disse che le avrebbe preparato del tè – aveva scoperto un minuscolo fornelletto a kerosene dietro la tenda a fiori in un angolo della stanza. Quando le chiese se aveva appetito, Saba gli rispose che moriva di fame e che quel giorno aveva saltato sia la colazione che il pranzo.

«Ti porto da Dilawar's», disse, felice di avere nuovamente le cose sotto controllo. «È la migliore caffetteria qui intorno ed è tranquillo, là nessuno ci interromperà».

Scesero le scale mano nella mano e uscirono in strada. Imboccarono un vicoletto con sedie su entrambi i lati che si riversavano da un locale seminascosto in cui la gente beveva tè e mangiava pasticcini come se la guerra non esistesse. L'aria tiepida era satura dell'odore che si sprigionava da un pergolato di gelsomino. C'era una fontana. Sul bancone di marmo all'interno della caffetteria c'era un vecchio enorme samovar russo.

Dom scelse un posto nascosto da un séparé dietro al quale nessuno poteva vederli. Disse che non voleva parlare con nessun altro all'infuori di lei.

Era troppo presto per la cena e tardi per il pranzo, per cui ordinarono formaggio e focaccine che venivano servite insieme a ciotoline di hummus e verdure speziate. Mentre aspettavano, le prese le mani e le baciò teneramente.

«Ti sono mancato?». Le sfiorò le fossette. «Le adoro».

«Non ti ho pensato neanche un po'», mentre invece moriva dalla voglia di baciarlo. «Ho avuto una giornata davvero eccitante».

«Ancora più eccitante di stanotte?». La sua voce era roca. Saba provò un'ondata di desiderio impadronirsi di lei.

«Quasi».

Le rivolse uno sguardo interrogativo. «Sul serio?»

«Sul serio». Gli baciò il palmo della mano. «Quasi».

In realtà, quella era stata una giornata meravigliosa in tutti i sensi: il ricordo della loro notte d'amore, che per tutto il giorno l'aveva accompagnata come una melodia di sottofondo, aveva reso ancora più affascinante la lezione con Faiza.

«Raccontami cosa hai fatto». Dom si piegò verso di lei. «Raccontami tutto di te».

«Perché dovrei?»

«Perché vuoi farlo». Quando lui socchiuse gli occhi, Saba provò un'altra fitta di desiderio e pensò: *Vacci piano, sta' attenta, è ridicolo, potrebbe succedere qualunque cosa nelle prossime settimane.*

Fece un respiro profondo e disse: «Be'... è una vecchietta divertente e meravigliosa. L'hai vista l'altra sera. Sembrava un piccolo pudding natalizio: orecchini enormi, vestito scintillante, no, non ridere, era proprio così, ma oggi aveva un abito semplice, molto sobrio – ha un'enorme passione per quello che fa».

Non voglio che tu abbia altre passioni all'infuori di me. Quel pensiero gli venne così improvviso da metterlo in imbarazzo.

Dom vide il luccichio nei suoi occhi mentre gli raccontava di come Faiza parlasse fluentemente il francese, l'inglese, l'arabo e il greco e che prima della guerra aveva lavorato a Parigi, presso Le Gemy Club sugli Champs Élysées. Era stata scritturata da un uomo chiamato Monsieur Leplée, che aveva scoperto Edith Piaf per strada e si era occupato delle sue prime incisioni. Il signor Leplée era stato assassinato. C'era dell'altro in quel racconto che Saba tenne per sé, nonostante fosse interessante. A quanto pare – Faiza gliene aveva parlato mentre gli occhi, pesantemente truccati, le brillavano stringendole ripetutamente il braccio – si diceva che Edith Piaf si esibisse di frequente negli eventi organizzati dall'esercito tedesco ma che, in realtà, lavorasse per la Resistenza.

«Lei ci crede?», aveva domandato Saba.

Faiza aveva fatto una grossa alzata di spalle: ci credono tutti, sembrava volesse dire.

«E poi?». Dom le sistemò una ciocca di capelli dietro l'orecchio.

«Be', ha iniziato a cantare per me ed è stato magnifico. Ha cantato questa...». Gli accostò la bocca all'orecchio e intonò un verso di *Yar Nar Fouadi*, la canzone a cui avevano lavorato quella mattina tra tante risate e qualche difficoltà. «Ma è anche una cantante jazz, Ella Fitzgerald, Dinah Washington. È fantastica, Dom, così appassionata, così viva. Posso davvero imparare tanto da lei».

«Cosa ha detto? Cosa ha detto di diverso?». Aveva smesso di stuzzicarla, era entusiasta per lei.

«Mi ha detto che quando era ragazza, aveva una voce perfetta, un dono di Dio che riusciva a coprire cinque ottave con grande facilità, ed era splendida. Ora, dal punto di vista tecnico, la sua voce si è impoverita, deve cambiare le tonalità per facilitarsi il compito».

«È così triste sapere che un tempo si era capaci di fare molto meglio». Non era più geloso, tutto ciò era molto interessante.

«Lei non era triste – questo è il punto. Ha detto che se ascolti la tua vera voce, migliori con l'età, ma per trovare la tua vera voce devi lavorare sodo, devi raggiungere lo spazio dentro di te. Ti sto annoiando?»

«No, no, no». Intrecciò le dita alle sue. «Continua, mi piace».

«Dice che ora la sua voce è migliore perché è meno ansiosa di piacere a tutti, perché ha sofferto tanto: suo marito è morto, due dei suoi figli sono morti, uno in un bombardamento solo nove mesi fa. Perfino partorire un figlio, ha detto, le ha diminuito la voce di un'ottava. E poi, è una seguace del Sufismo; mi ha spiegato tutte queste cose e ha detto che era importante che sapessi questo di lei perché ognuno ha la sua canzone: è come un messaggio di Dio che si rivolge direttamente a noi e parte del lavoro di un cantante è trovare la propria. Ti sembra una cosa ridicola?»

«No», nonostante fosse il tipo di discorso di cui si sarebbe fatto beffe ai tempi di Cambridge, «no, nient'affatto, ma tu ci credi? Ecco, dai, mangia». Nel frattempo le aveva preparato un sandwich con la focaccina.

«Sì». Teneva il pane in mano e lo guardava dritto negli occhi. «Non credo di riuscire a capirlo, ma ci sono canzoni che ti attraversano come un razzo. Sono terrificanti».

«Ah, a questo ci credo», disse lui pacatamente.

«A casa, ascoltavo Tansu che intonava le sue canzoni turche; teneva una piccola sigaretta tra i denti, poi la posava sul caminetto e cantava gioiosamente a gran voce. In quel momento era di nuovo a casa sua, in connessione con quella che era».

«Anch'io pensavo la stessa cosa di mia madre», le disse Dom. «A casa il suo pianoforte era proprio sotto la mia camera e da bambino mi stendevo sul letto e la ascoltavo suonare. Era brava, molto brava, ma per un bambino era anche una cosa confortante – sentivo che era immersa nel suo elemento naturale e ne percepivo la forza che ne traeva».

«Cosa è successo poi?»

«Ha rinunciato», rispose lui. «Quando ero piccolo cantava sempre ma ha smesso di fare anche quello. Per anni non ho capito il perché. Quando una volta gliel'ho chiesto, ha risposto che non desiderava fare qualcosa in cui non fosse la migliore – mi sembra una cosa talmente brutta da dire, codarda e falsamente ambiziosa. Bisogna essere umili riguardo a queste cose, no? Essere preparati a vivere nell'incertezza, forse per lungo tempo. Ma va' avanti, cos'altro ha detto Faiza?».

Dom scoprì di essere interessato – non aveva mai avuto una ragazza così; in genere doveva aspettare la fine delle chiacchiere perché la parte divertente avesse inizio.

«Un sacco di cose: ha dovuto lottare per poter fare la cantante, la sua famiglia odiava la sua passione e all'inizio ha dovuto travestirsi da ragazzo. Mi ha anche detto di non preoccuparmi mai di sembrare brutta mentre canto».

«Brutta! Che strana cosa da dire. Come potresti?». La guardò stupito. «Quando quella sera sei entrata nel reparto, eri come una visione. Forse ha usato il termine sbagliato».

«No, no, no! Non intendeva quello. Sì, certo, devo agghindarmi e sembrare carina, ma era più come...», contrasse il viso nello sforzo di trovare la parola giusta, «devo imparare a dimenticare me stessa ed essere la canzone».

«Dimenticare te stessa. Questo è chiedere troppo». Si sporse sul tavolo e le prese le mani. «Almeno per me».

«Mi stai prendendo in giro».

«No, stavo pensando a quanto sembreresti dolce con gli occhiali».

«Mi stai prendendo in giro, ma non mi interessa». Fece finta di colpirlo. «Credo che tu pensi di essere troppo in gamba per me».

«No, non è vero».

«Sì invece».

Saba pensava che di solito non si animava così. Con Paul, il suo ultimo fidanzato, la conversazione le sembrava una sorta di compito pesante, simile ai lavori domestici o un meccanismo che bisognava regolare, manipolare e fissare su determinati argomenti inframmezzati da angoscianti silenzi.

«Parliamo di te», gli disse una volta tornati seri. «Voglio dire, quanto tempo, seriamente, credi che mi ci vorrà per conoscerti davvero?»

«Dieci minuti, quindici al massimo». Le versò un bicchiere di vino. «Sai cosa si dice dei Brylcreem Boys[24]?»

«No», rispose Saba, nonostante Arleta glielo avesse spiegato in modo esauriente. Presuntuosi, egocentrici, dono di Dio eccetera. «Oh, molto cinico». Gli tirò un orecchio.

«Be', forse, ma le maschere hanno un significato», le disse. «Conosci quella poesia di Yeats che si intitola *La maschera*?»

[24] I "ragazzi brillantina". Popolare soprannome dato ai membri della RAF durante la seconda guerra mondiale.

«No».

«Una donna dice a un uomo: "via quella maschera di oro fiammeggiante con occhi di smeraldo". Dice che vuole vedere cosa nasconde, amore o inganno; l'uomo le dice che era la maschera a "farla palpitare, non ciò che essa nasconde". Penso che l'uomo abbia ragione».

«Non mi importa di quel dannato vecchio Yeats», ribatté Saba. «Voglio sapere cosa ti è successo».

«Cosa vuoi dire?». Batté le palpebre e distolse lo sguardo da lei.

«L'ospedale. Non ne abbiamo parlato».

«Oh, l'ospedale». L'odore di carne vecchia era ciò che gli veniva in mente quando pensava all'ospedale, l'odore di carne viva e di carne morente, caldo, nauseante, dolce e penetrante con abbastanza Dettol per renderlo sopportabile; altre volte ricordava la frase di Annabel, *non è per te, è tutto questo*, il suo sorriso dispiaciuto e triste, la mano pietosa sulla sua fronte. Niente su cui poter ancora scherzare, niente che potesse condividere.

«Eri una tale visione». Finse di perdersi in un sogno a occhi aperti. «Vestito rosso, capelli scuri. Avrei voluto portarti a letto in quel preciso istante».

«Non sto parlando di quello». Gli mise una mano sulla bocca e ripeté dolcemente: «Cosa ti è successo?»

«Cosa è successo?». Sentì il mordicchiare delicato dei denti di lui contro le sue dita mentre rifletteva.

«Un giorno te lo racconterò», disse alla fine. «Mi fido di te».

Sentì di doverle dire subito – era stato sul punto di farlo diverse volte – che aveva desiderato ardentemente rivederla, che era andato a Cardiff in treno, che aveva visto la sua casa in Pomeroy Street. Ma qualcosa continuava a fermarlo – l'orgoglio, forse, o l'esperienza, la sensazione di aver violato i suoi segreti. La vita non era un gioco infantile di "mostra e racconta", né di facili confidenze che rendevano tutto migliore prima di andare a letto. Gli sembrava troppo presto per correre il rischio.

«Voglio che tu ti fidi anche di te», le disse. «Dico bene?»

«Sì». Saba si portò la mano sull'occhio destro. «Credo di sì».

«Credi di sì? Non lo sai per certo?»

«Be'...».

«Sembri molto seria», le disse. «Cosa c'è?»

«Non lo so. Niente. La guerra, forse».

«Be', posso offrire tre possibili cure», disse Dom. «A, potremmo ordinare un gelato. B, bere un'altra bottiglia di vino e cantare qualche canzone araba. Oppure C, tornare a Rue Lepsius e fare appassionatamente l'amore».

«Mi sento avida oggi», gli fece un largo sorriso, «quindi gelato in Rue Lepsius».

«Mi sento avido anch'io», le disse Dom. «Voglio tenerti tra le braccia mentre canti per me».

«Qualche richiesta speciale?»

«*Smoke Gets in Your Eyes*».

Durante i quattro giorni che seguirono, Saba cantò spesso per lui a letto; quattro giorni che considerò i più felici della sua vita, i più deliziosamente dolorosi, i più completi.

I suoni della guerra, filtrati dalle persiane chiuse, il cigolio delle barche nel porto, il ronzio degli aerei, l'urlo delle sirene antiraid: tutto quello rendeva la vita preziosa in modo quasi insostenibile. Ne avrebbero assaporato ogni frammento, senza dare niente per scontato. Sarebbero stati amanti e avrebbero avuto un futuro, per quanto breve.

Fecero un patto: non avrebbero mai parlato seriamente della guerra, ma sapevano che ormai era tempo di tornare alla realtà. Non era più possibile fare finta di nulla. Ma tutto sembrava così chiaro lì, in quella stanza dalle pareti bianche, il letto disfatto con la zanzariera, il ventilatore sul soffitto, il confortante acciottolio degli utensili domestici dietro la tenda a fiori – la teiera, il fornello, le loro tazze, la penna blu che gli aveva comprato al mercato. Tutte quelle cose facevano del loro alloggio temporaneo una casa.

Dopo aver fatto l'amore erano spesso colti da attacchi di fame che potevano essere placati solo correndo da Dilawar's – la loro caffetteria, ormai. La sera, l'interno del locale, nel quale non attiravano l'attenzione di nessuno, veniva illuminato da candele infilate in vasetti di vetro, e un gruppo di uomini anziani con il volto scavato si riuniva negli angoli più bui per fumare il narghilè o per mangiare i falafel di Ismail, il figlio del proprietario. Era un ragazzo bello e sorridente che veniva preso in giro per via della maschera antigas che indossava quando cuoceva i falafel; gli serviva per impedire che il fumo gli finisse nel naso.

Quando il fumo si dissolveva, il profumo del gelsomino si diffondeva nel vicolo. Proveniva dal vigoroso cespuglio che si arrampicava sui graticci dei muri. Ismail raccoglieva i fiori dopo il tramonto, quando il loro profumo era più intenso; ne faceva lunghe collane che vendette anche a Saba e Dom.

La mattina bevevano il tè a letto, come una classica vecchia coppia. «Ecco, signora Benson», faceva Dom, imitando la voce fischiante di un vecchio ed esibendosi in una camminata traballante per farla ridere. «Bevi il tuo tè».

Faceva una corsa dal fornaio dietro l'angolo per comprare panini appena sfornati. Erano ancora caldi quando tornava e li mangiavano insieme a letto oppure, se faceva troppo caldo, si sedevano fianco a fianco sul pavimento.

Dopo colazione, Saba si lavava e si vestiva e, con il corpo vibrante di energia, correva a prendere il tram per il club, dove la aspettava Faiza. Avevano ormai fatto progressi: riusciva a cantare con disinvoltura tre canzoni arabe e Faiza le aveva insegnato a emettere un lamento con la lingua che vibrava dietro i denti; aveva inoltre imparato i diversi modi in cui prendere fiato (più simili al lieve respiro di un gatto che a quello di un mantice) per adeguarsi ai nuovi ritmi. Quando tornava da Dom, cantava per lui, a volte rimanendo in piedi, altre stesa sul suo petto, guancia a guancia con lui. Dom la attirava a sé senza dire una parola.

«Quella che mi piace di più è *Ozkorini*», le disse.

«Ne conosco solo un pezzetto».

Umm Kulthum era stata allontanata dal Cairo – entrambi i fronti temevano che potesse essere usata a fini propagandistici. Saba non glielo disse. Gli disse invece che *Ozkorini* significava "Pensami. Ricordati di me". Faiza le aveva detto che si trattava di una delle poche canzoni d'amore arabe rivolte specificamente a una donna, mentre la maggior parte parlava del dolore del desiderio.

«E cosa desiderano?», aveva chiesto a Faiza.

«Dio», era stata la sua semplice risposta. «O un altro Paese, o tornare a essere felici. Qui la vita è difficile per molte *pessone*». In quel momento, le venne in mente che *Ozkorini* era anche una delle canzoni preferite di Ozan e desiderò che non fosse così. Voleva che la canzone appartenesse solo a lei e a Dom perché lo amava. Era stato un tale choc rendersene conto. Non si trattava solo della sua bellezza; c'erano altre cose più difficili da definire: una particolare comprensione che li univa, come se fossero sintonizzati sulla medesima frequenza. Il modo in cui ridevano per le stesse cose, la grandissima attenzione nell'ascoltarsi reciprocamente mentre uno dei due esponeva i fatti importanti della propria vita ma anche le cose più frivole: adesso, per esempio, Saba sapeva che una volta, in preda all'ira, Dom aveva scagliato una lampada contro sua sorella dopo che lei gli aveva gettato l'orsacchiotto nel gabinetto; che si era sentito in colpa per la paura di sua madre e gli dispiaceva per lei, avvertendo la sua solitudine e il suo isolamento; che lui e i suoi amici a scuola avevano preso in giro un ragazzo perché una ragazza gli aveva scritto una poesia in cui diceva "e amo il tuo lungo collo bianco"; com'era stato il suo primo volo notturno: il terrore e la magia di volare senza poter quasi vedere nulla oltre la crosta terrestre.

E quello era più o meno tutto ciò che le aveva detto riguardo al volo: sembrava che avessero raggiunto il tacito compromesso di non discutere di quell'argomento.

Non avevano la radio nella loro stanza, né ne desideravano una. Avevano chiuso fuori il mondo esterno per qualche prezioso giorno. Ma, ogni mattina, mentre Saba percorreva Rue Lepsius in direzione di Rue Massalla, verso il mare che riluceva puro, vedeva sempre più sacchi di sabbia ammassati nelle strade piene di macerie, sempre più aerei che solcavano il cielo azzurro.

Un pomeriggio, mentre Dom si faceva un bel bagno ristoratore, Saba si avvicinò all'armadio e lo aprì facendo meno rumore possibile e, quasi per mettersi alla prova, guardò con più attenzione le cose di lui. In un angolo, c'era un paio di scarponi dalle punte consumate e impolverati. Dentro a quello sinistro, trovò una cartina del Nord Africa, in quello destro sentì l'acciaio di un revolver. Sotto gli scarponi, un paio di pantaloni da lavoro kaki coperti di polvere e olio. Appartenevano a un altro mondo e le misero lo stomaco sottosopra.

«Cosa stai facendo?». La voce di Dom giunse da dietro la tenda insieme allo sciabordio dell'acqua nella vasca.

«Cerco qualcosa nell'armadio».

«Di solito tengo la mia roba nell'armadietto», disse lui come se questo la rendesse più innocua, «ma sono venuto direttamente dall'aerodromo».

Quando tornò nella stanza, teneva un asciugamano avvolto attorno alla vita e i suoi capelli erano bagnati. Sembrava così sano, così vivo ma, per un momento, le sembrò quasi di impazzire per la paura.

Quando lui vide la sua espressione, la portò a letto senza dire una parola e fecero l'amore. Più tardi, quella sera, a cena nella loro caffetteria, le disse che era di gran lunga la ragazza più interessante e più meravigliosa che avesse mai conosciuto e che, quando la guerra fosse finita, avrebbe imparato a fumare la pipa e avrebbero comprato una casetta con le rose, avrebbero fatto un sacco di bambini tra un suo concerto e l'altro in giro per il mondo.

«Un progetto ambizioso», lo stuzzicò per nascondere il suo immenso piacere. Era la prima volta che le diceva quelle cose. «Quindi è questo che vuoi fare, il mantenuto?»

«Voglio volare e scrivere», rispose lui in fretta, «ma non riesco a pensare così avanti».

«Superstizioso?»

«No. Forse».

Il letto bianco, il cielo violaceo visibile tra le persiane prima che la pesante tenda venisse tirata. Il bagliore purpureo delle due candele prima che l'ultimo respiro del giorno soffiasse su di loro. Il miracoloso corpo abbronzato di lui accanto al suo ogni mattina. Il suo calore, la sua allegria, la sua mente sveglia. Saba non sapeva che si potesse avere tutto in una sola volta.

Quattro giorni, poi tre e un ultimo terribile giorno ogni cosa cambiò. Cominciò con un messaggio da parte dell'ufficiale di servizio: Dom doveva fare rapporto a Wadi Natrun. I voli sarebbero ripresi la settimana successiva.

Capitolo 28

Durante il loro ultimo giorno, Ellie si presentò all'improvviso al club. Sembrava pallida e di cattivo umore. Cosa insolita per lei, portava scarpe basse e non aveva gioielli e, sulla nuca, i capelli erano spettinati.

«Tesoro, ascolta», disse. «Ho un messaggio urgente per te. Un certo Adrian McFarlane dell'ENSA ha appena chiamato e mi ha detto di riferirti che alloggia al Cecil Hotel. Tu non dirai niente, vero, del nostro accordo?». Le tremava il labbro per l'agitazione. «Vogliono che tu prenda il treno per tornare al Cairo. A quanto pare la compagnia si sta riformando laggiù. Ti hanno mandato il biglietto».

Saba sentì il cuore sprofondarle nel petto. «Quando?»

«Non lo so ancora. Potrei dover venire con te». Ellie sembrava depressa. «Prometti di non dire una parola su Tariq?».

Saba promise. «Ma la festa di Ozan?»

«Mi ha chiesto di prestarti un paio di abiti da sera, per cui credo che sia confermata. Ho pensato di metterti in valigia il vestito blu e il sari oro e argento che hai indossato al Mena House. Cosa ne dici?»

«Be'... ma... sono tuoi... non posso prenderli». Aveva una gran confusione in testa. E Dom? Come glielo avrebbe spiegato?

«Non preoccuparti per questo. Non ci rimetterò». Ellie sembrava piuttosto sicura su quel punto. «Facciamo esattamente quello che dicono».

«È tutto?», chiese Saba.

«Che io sappia. Non dimenticare», disse quasi stizzita, «che io sono solo la guardarobiera».

Mezz'ora dopo, tornò con un nuovo messaggio. L'uomo dell'ENSA voleva che Saba si presentasse in uno studio di registrazione in Mahmoud Street alle sette della sera seguente per un programma di classici per le forze armate chiamato *Alexandria Calling*.

«Be', sei una ragazza molto popolare», le sorrise Faiza.

«Sì». Saba si sentì sprofondare. La tempistica non poteva essere peggiore.

Dom all'inizio pensò che si trattasse di uno scherzo.

«Una registrazione?», disse. «La nostra ultima sera? Sicura che non puoi rimandare?».

Saba rimase in silenzio e poi disse che non le era possibile.

Guardandola, lui le credette e pensò: "Ti farà impazzire – lasciala adesso che sei ancora in tempo".

«Be', grazie per avermelo fatto sapere». Avvertì la freddezza nella propria voce.

«Non lo sapevo neanche io fino a qualche ora fa».

«Davvero?»

«Davvero».

Era metà pomeriggio. Erano rimasti a letto abbracciati, soddisfatti e madidi di sudore. Lui aveva appena riempito la vasca. Qualche istante prima avevano riso delle sue calze, che lei aveva insistito per lavare e appendere a una gruccia. Osservando la sua inesperienza nel fare il bucato, Dom aveva sentito la tristezza inghiottirlo come acqua scura – la sensazione che stessero cercando di anticipare un futuro che poteva essere lontanissimo. E quello era il problema: tutto sembrava così intenso e doloroso.

Si liberò dall'abbraccio di Saba.

«Non puoi rimandare? Sarebbe tanto difficile?», chiese in tono indignato.

«No».

«È ridicolo». Balzò giù dal letto e la guardò. «È un programma radiofonico. Canterai una *canzone*. Non è la serata di inaugurazione della dannata Scala di Milano».

«Sì, una *canzone*». Saba si tirò sui gomiti e lo fissò. «Nient'altro che una maledetta canzone, assolutamente senza importanza. Una sciocchezza. Cancelliamo tutto per venire incontro ai programmi di Dom».

«I miei *programmi*?». Lui si accigliò. Oh, le cose con cui avrebbe potuto terrorizzarla se solo avesse voluto.

«Sì, i tuoi programmi».

Entrambi erano impulsivi e già avevano riso molto delle conseguenze che quel comportamento avrebbe potuto scatenare. Dom aveva confessato che, quando aveva sei anni, aveva dato un calcio a sua madre perché lo aveva fatto esercitare troppo a lungo al pianoforte. Lei aveva prontamente ricambiato il calcio; Saba aveva osservato la cicatrice sul ginocchio e aveva detto che se l'era meritata. Saba stessa annoverava diverse uscite teatrali con la valigia da Pomeroy Street sin da quando muoveva i primi passi.

Dom guardò esplodere la bomba che aveva innescato. Saba, furiosa, si mise a girare per la stanza come un giocattolo caricato a molla, accusandolo di essere egoista, scortese, meschino e anche arrogante; disse che era stufa marcia degli uomini che le dicevano cosa fare. Pestò i piedi e, dopo un po' che andava avanti così, si gettò nella vasca dietro alla tenda a fiori in un mare di lacrime.

Lui aveva riempito la vasca per sé. Il suo ultimo bagno prima di tornare nel deserto, forse il suo ultimo in assoluto. Il rumore dell'acqua, che lei schizzava come se non le importasse nulla, lo fece infuriare.

«Arrogante io?», urlò attraverso la tenda. «Questa sì che è bella detta da te».

«*Io non sono arrogante*», strillò lei.

E poi, credendo a malapena che quelle parole uscissero dalla sua bocca, una bocca distorta dalla rabbia, disse: «Voglio dire, ti lascio andare a cantare per centinaia di migliaia di uomini che neanche ti conoscono».

«Tu. Mi lasci. Andare!». La voce dietro la tenda era bassa e incredula. «Che dannata faccia tosta! Io non sono tua. Mi conosci appena».

«No, non ti conosco, e ringrazio Dio per questo. Viziata ed egocentrica», aveva mormorato. «Un'idiota».

«Cosa hai detto?»

«Niente».

La sentì deglutire. Saba riempì la vasca con altra acqua e vi si agitò come un pesce nella rete. Con il respiro pesante, Dom si infilò i pantaloncini e si sedette vicino alla finestra con la testa tra le mani. Dopo qualche momento di furiosa autocommiserazione, la sua ira passò rapidamente come un temporale estivo; ma il rumore dell'acqua nella vasca continuò insieme ai sospiri sommessi.

«Saba». Si sentiva in difficoltà e cercava un modo per rimediare. Si accese una sigaretta.

«Scusa ma non riesco a sentirti», disse lei. «Sono troppo concentrata su me stessa».

«Una cosa davvero adulta da dire». La sua voce si addolcì.

E poi le scrisse un biglietto: *Ben bir eşeğim*, che in turco significava "sono un imbecille". Qualche giorno prima Saba aveva scritto quella frase su un tovagliolo quando lui si era espresso usando un'imprecazione. Dom avvolse il biglietto attorno a un pezzo di Turkish Delight, quello che piaceva a lei, rosa chiaro e pieno di pistacchi. Lo mangiava gustandolo in modo sensuale, alzando gli occhi al cielo, e questo lo faceva ridere. Appese il tutto a una cordicella che calò dall'altra parte della tenda fin dentro alla vasca.

Lo sciabordio cessò mentre Saba leggeva il biglietto. Quando la sentì ridacchiare, i suoi occhi si riempirono di lacrime di gratitudine.

«Vieni qui», gli disse, il suono più dolce che avesse mai udito.

Quando scostò la tenda, non riuscì a credere a quanto fosse stato crudele ed egoista. Lei sembrava così giovane, distesa nella vasca, i capelli bagnati, gli occhi gonfi di pianto. Così bella con la pelle abbronzata che brillava, i capelli che fluttuavano nell'acqua come alghe. Con una salvietta le lavò il viso, le spalle e il ventre; la prese tra le braccia e andarono a letto, mescolando le proprie lacrime e dicendosi quanto erano stati stupidi, quanto fossero dispiaciuti e che non intendevano ferirsi e che non l'avrebbero fatto mai più.

Il giorno seguente, mentre Saba dormiva nell'incavo del suo braccio, Dom ascoltava con apprensione l'inconfondibile rombo del motore degli Spitfire provenire dall'alto; per la prima volta, ne ebbe paura.

Quando aprì la persiana, uno stormo di uccelli volava nella scia lasciata dagli aerei e Alessandria, in rovina e quasi del tutto abbandonata, tornò nella sua visuale, spaventandolo. Nessuno poteva dire con certezza quanto di quella città sarebbe rimasto in piedi da lì a un mese, addirittura da lì a una settimana. Ormai non si faceva che parlare di offensiva finale.

«Ce ne sono tanti?». Saba lo stava guardando.

«Tanti cosa?», rispose lui cautamente. Le ravviò i capelli con le dita.

«Aerei».

«Qualcuno». Era insolito, pensò, vedere un velivolo volare in maniera così sfacciata sulla città e si chiese se si trattasse di consegne al campo d'atterraggio 39. Ormai ne erano disperatamente a corto.

«Sei preoccupato?»

«No». Esitò, sapendo che ciò che avrebbe detto le sarebbe rimasto impresso per lungo tempo. «Ti prego, non essere preoccupata per me. Ho passato dei momenti meravigliosi. Mi dispiace per aver quasi rovinato tutto l'altra sera». Si alzò, chiuse le finestre e tornò a letto con lei.

«Saba, no!». La prese tra le braccia; lei gemeva, senza fare rumore, solo profondi singhiozzi. Negli occhi aveva uno sguardo di viva sofferenza mentre cercava di controllarsi.

Le asciugò gli occhi con un angolo del lenzuolo.

«È stata la settimana migliore della mia vita», le disse. Affondò il viso nei suoi capelli e si strinsero forte come se quello fosse il loro ultimo momento sulla terra.

La colazione del giorno seguente fu stranamente formale, come se una parte di loro fosse già andata via. Andarono da Dilawar's e ordinarono caffè e croissant con i quali lei si limitò a giocherellare, mangiandone solo metà. Avevano deciso di incontrarsi dopo le prove di Saba e prima di quella che ormai definiva "quella dannata trasmissione".

«Sono sicuro che ti piacerà una volta lì», le disse diplomatico. «Tirerà su il morale delle truppe».

«Spero di sì», disse lei dolcemente. «Prometto di tornare non appena sarà finita». Guardò l'orologio e disse che era ora di andare.

Prima però, salutarono insieme Ismail – il bellissimo giovane che spesso li guardava attraverso la tendina di perle che separava il locale dalla cucina. Uno sguardo famelico e impassibile. Qualche sera prima, mentre parlavano con lui della guerra, dell'Egitto e della sua vita, Ismail aveva detto che li riteneva fortunati. Lui non avrebbe mai potuto permettersi di sposarsi; viveva con sua madre.

Si erano lanciati una timida occhiata durante quello sfogo. Erano contenti che pensasse fossero marito e moglie.

Si scambiarono una stretta di mano, presero le loro cose e uscirono nella luce e nel frastuono della strada. Mentre il tram di Saba partiva, Dom rimase a salutarla all'angolo della strada. Non aveva ancora pensato a come impiegare il resto della mattinata – aveva sperato di passarlo con lei. Guardandola andare via, una sensazione di paura gli serrò lo stomaco.

Capitolo 29

Mentre Saba procedeva a zigzag tra i venditori di chincaglierie lungo la Corniche, pensava a tutti gli aspetti di Dom. C'era il Dom abbronzato, il cui corpo, vorace e tenero al tempo stesso, la reclamava per sé ogni notte, con gli occhi che brillavano alla luce della candela; lo studente sciocco che cantava per lei nella vasca e la faceva morire dalle risate: l'uomo gentile e paterno che la mattina le portava il tè e divideva meticolosamente le arance in spicchi sul vassoio; quello acuto che la sfidava e la prendeva in giro e che ogni tanto si rinchiudeva in un profondo silenzio spaventandola; c'era il fantasma nell'armadio che indossava una tuta sporca di olio e macchie di sangue, che sapeva usare una pistola – che si rifiutava di parlare.

Dom non aveva ancora parlato del giorno in cui il suo aereo era stato abbattuto e lei si chiedeva se alcuni suoi amici fossero rimasti uccisi o se lui avesse commesso un irrimediabile errore dal quale ora era ossessionato. A volte si chiedeva se Dom si sentisse sminuito dal fatto che in ospedale lei lo aveva visto in una condizione di vulnerabilità, un duro colpo per l'orgoglio maschile. Non riusciva a capirlo. Quando la conversazione prendeva quella china, Dom si chiudeva e lei non riusciva a cavargli nulla.

Ma, l'ultima sera, seduta di fronte a lui da Dilawar's, con i piedi che si toccavano sotto il tavolo, aveva pensato: *Non puoi morire. Ti amo troppo*, come se l'intensità del pensiero fosse sufficiente a impedirlo. Aveva provato una strana rabbia nei suoi confronti per la paura che le metteva addosso e un terribile senso di vuoto dovuto alla partenza di entrambi. Ma c'era anche qualcos'altro, qualcosa che la disorientava enormemente; forse si trattava solo di un pensiero di autodifesa, il pensiero quasi automatico, pacifico e senz'altro sbagliato per cui la loro separazione la lasciava nuovamente libera di lavorare. Tutti quei singoli pezzi che la componevano sarebbero mai stati un insieme omogeneo? A volte ne dubitava. Persino in una mattina come quella, andare al club sarebbe stato un sollievo: scivolare, come un animale in uno stagno segreto, nelle luci basse del locale, sapendo che per le successive due ore non avrebbe pensato che alla lezione di canto con Faiza.

Quella mattina, le sedie erano capovolte sui tavoli e l'aria puzzava di fumo di sigarette. Dal piano di sopra, giungeva un tango sommesso, il genere di tango europeo contenuto che piaceva a Faiza, non il classico tango movimentato sudamericano. Seguì Ella Fitzgerald. Il gusto musicale di Faiza spaziava parecchio; si poteva dire che la sua anima era in Oriente ma la testa, e ovunque avesse sede il senso dello stile, era in Occidente. Ella era la sua artista jazz preferita. Le piaceva spettegolare e disapprovare il modo orribile con cui la cantante aveva iniziato la sua vita – i bordelli, i ricoveri – quasi fossero amiche intime, ed era stata Faiza a indirizzare l'attenzione di Saba sulla musicalità del suo idolo, sulla sua impeccabile tempistica.

Quando aprì la porta, Faiza stava ballonzolando al ritmo di *A-Tisket, A-Tasket* con una matita infilata dietro l'orecchio. Durante il giorno, indossava una tunica sbiadita, grossi occhiali assolutamente fuori moda e sembrava una qualunque zia di Alessandria; era di notte che gli abiti sfarzosi, il trucco vistoso e i capelli dalla tinta perfetta (si dava il caso fossero una parrucca) facevano la loro comparsa.

Adesso Saba conosceva un po' meglio gli ambiziosi progetti di Faiza. Prima della guerra, e grazie a Ozan, aveva avuto successo cantando nel bacino mediterraneo – Italia, Grecia, Francia e Istanbul. Ora, avendo ricevuto il plauso del pubblico americano e britannico, il suo piano grandioso prevedeva una tournée americana. Avrebbe potuto cantare all'Apollo o incontrare Ella Fitzgerald in persona – Faiza si animava come una ragazzina quando ne parlava e, sebbene Saba pensava che a cinquantacinque anni avesse già un piede nella fossa, la stava aiutando con la pronuncia inglese, in cambio dell'aiuto con le canzoni arabe e turche.

Dopo le prove, prendevano il tè e parlavano di tante cose – musica e cibo, poesia e uomini. Faiza aveva confessato che, quando era giovane, suo marito l'aveva picchiata. Come molti uomini egiziani, era convinto che le fanciulle virtuose non dovessero cantare in pubblico – non era ammissibile né rispettabile. Per molti anni le aveva causato grande dolore oltre a un profondo dissidio interiore. Ma, alla fine, aveva avuto ragione a continuare a fare ciò per cui era stata messa sulla terra. Ora, non gliene importava un accidente – doveva scusare l'espressione – di quello che la gente pensava o diceva di lei. E, alla fine, aveva detto con un'alzata di spalle e un cinico luccichio negli occhi, aveva guadagnato abbastanza soldi perché suo marito e i suoi figli la perdonassero.

L'altro grande amore della vita di Faiza era il padre del signor Ozan, un altro ricco uomo d'affari che l'aveva scoperta mentre, ancora ragazzina, cantava a un matrimonio beduino. Aveva percepito qualcosa di speciale sin dall'inizio e in seguito l'aveva incoraggiata a vestirsi bene, a imparare le lingue, ad ascoltare artisti di ogni parte del mondo. Grazie a lui, adesso conduceva il tipo di vita che aveva sempre sognato: denaro a sufficienza per comprare per sé e la madre vedova una bella casa in un villaggio nei pressi di Alessandria e perfino un'automobile.

Quel giorno, lavoravano alla giusta pronuncia delle parole di *Ozkorini*. La versione di Umm Kulthum aveva avuto un enorme successo nel mondo arabo.

Faiza mostrò a Saba, con l'ausilio di smorfie esagerate, il modo in cui doveva imparare a usare i muscoli facciali per cantarla bene. Aveva bisogno di nasalità, lei la chiamava *ghunna*, e di una studiata raucedine (*bahha*), difficile da riprodurre e indicativa di forti emozioni. «Senti anche come la sua voce si incrina alla fine di questa canzone». Faiza si precipitò al grammofono, resa di nuovo giovane dall'entusiasmo.

Umm, secondo lei, era una cantante di gran lunga migliore di tutte le Piaf, le Fitzgerald e le Washington messe insieme. Aveva già sottinteso che Saba correva il rischio di commettere una sorta di sacrilegio quando cantava le sue canzoni e che mai, in tutta la sua vita, sarebbe stata come lei. Nonostante il suo arabo fosse discreto, gli inglesi non ascoltavano la musica nello stesso modo. In Egitto era una sorta di venerazione, di preghiera. Nell'antico canto classico arabo, l'esecutore ripeteva spesso un verso più e più volte e, così facendo, portava il pubblico a uno stato quasi orgasmico ed estatico. Un solo concerto poteva andare avanti per quattro, sei ore. Quando Umm Kulthum cantava alla radio, i fornai smettevano di infornare, i banchieri di contare soldi, le madri lasciavano in grembo i propri figli. La gente accorreva da tutto il mondo arabo per sentirla cantare; sia gli Alleati che l'Asse l'avevano usata nelle proprie trasmissioni radiofoniche. Quello era potere. Il genere di potere che faceva presa sul pubblico.

Non era la prima volta che Saba sentiva quell'elogio e quel giorno sperò che Faiza la facesse breve. Al piano di sotto, Faiza sedeva in un cerchio di luce accanto al piano e Saba aspettava un cenno della sua testa per poter cominciare. Stavano lavorando alla parte centrale di *Ozkorini*, una canzone che l'aveva già conquistata. La musica iniziò e la voce di Saba era vibrante e piena di dolore. Stava implorando Dom affinché rimanesse in vita.

«Non l'hai mai cantata così bene», disse Faiza quando si fermò. «L'hai fatto con questo». Fece un veloce movimento circolare con le mani all'altezza dello stomaco. «Sei quasi pronta per cantarla».

Sia Faiza che Saba erano talmente concentrate che l'applauso le fece sobbalzare.

Era Ellie, perfetta nel suo abito bianco e l'impeccabile acconciatura. La sua ombra si mosse sulla parete mentre si avvicinava alle due donne.

«Scusa se piombo così all'improvviso, Sabs», disse, «ma ho bisogno di parlarti subito. Musica meravigliosa, a proposito. Sembri proprio quella vera».

Saba, ancora presa dalla canzone e vulnerabile, batté più volte le palpebre. Sentiva il gatto di Faiza sotto il tavolo, il suono della sua lingua ruvida mescolato alle fusa.

Faiza fece un sorriso acido – non le piaceva essere interrotta durante le prove quasi quanto essere vista senza trucco da persone che non la conoscevano bene.

«Cinque minuti», disse. «Vado di sopra a vestirmi».

«Saba, per l'amore di Dio, dove sei stata?», le chiese Ellie una volta sole. Un tampone antisudore le era scivolato lungo una manica del vestito. Lo strappò via e lo infilò nella borsa.

«Sai perfettamente dove sono stata». Quella farsa cominciava a farle perdere la pazienza. Aveva visto le valigie di Tariq in casa Patterson e sapeva che era rimasto lì durante la sua assenza. «Hai detto che la trasmissione alla radio era stasera».

«Avresti dovuto dirmelo», continuò Ellie con sfrontatezza. «Ad ogni modo, c'è un nuovo tizio dell'ENSA in città; ha telefonato stamattina, vuole vederti subito. C'è un taxi che ti aspetta fuori. Lui è negli uffici di Karmuz Street. L'autista sa dove si trovano, l'ho già pagato e gli ho dato la mancia, quindi stavolta non farti imbrogliare. Dopo che hai finito, torna immediatamente a casa Patterson, dico sul serio. Basta fughe. Insomma!».

Ma in Karmuz Street non c'era alcun ufficio dell'ENSA o, se c'era, era stato bruciato tanto tempo prima, insieme alle altre macerie. L'autista percorse velocemente una strada senza nome circa duecento metri più avanti e si fermò accanto a una bancarella che vendeva dolciumi sporchi e infestati dalle mosche.

Le fece cenno di scendere dall'auto e la accompagnò sul marciapiede distrutto. Bussò a una porta protetta da un'inferriata verde chiusa con un lucchetto.

Dopo il rumore di tante serrature che scattavano, Cleeve aprì la porta. Portava gli occhiali, si era scurito i capelli e indossava un completo scuro da commesso viaggiatore.

«Scusa per il travestimento alla Charlie Chaplin», disse. Il suo alito odorava di sigarette, menta e qualcosa di più stantio. «Ma stavolta viaggio in incognito».

Diede un rapido sguardo alla strada deserta.

«Di sopra», mormorò. «Ho delle notizie per te».

La portò in una stanza sporca, disseminata di posacenere straripanti e con una vecchia tazza di caffè sul tavolo. La sua valigia era per terra, ancora da disfare.

«Siediti», le indicò un divano rotto. «Devo aggiornarti su un bel po' di cose. Come stai, tesoro, a proposito? Hai un aspetto meraviglioso». Tirò le tende; la lampada accesa conferiva al suo viso un terribile colorito verdastro.

«Grazie», disse Saba, pensando che, a volte, troppo era peggio di poco, riferito alle cose che accadono nella vita.

«Bene». Cleeve si accese una sigaretta e allungò le gambe. «Stasera prendo il treno per tornare al Cairo, quindi non ho molto tempo, ma lascia che ti aggiorni.

Ozan ha deciso che la festa sarà a Istanbul – possiede una casa sul Bosforo – molto più divertente e sicura. Vuole che tu vada con lui, sia per la festa che per un breve ciclo di spettacoli nel suo club. Vorremmo che tu lo facessi, se puoi, e, francamente, lì saresti molto più al sicuro – sembrerebbe perfettamente naturale per una ragazza per metà turca tornare a casa e cantare nel suo Paese natale. Ti va di farlo?».

Nella mente di Saba si agitavano pensieri contrastanti. Il desiderio di essere coraggiosa e di fare del bene al suo Paese, l'eccitazione di cantare in una nazione straniera, la paura di frapporre il Mediterraneo fra sé e Dom – nonostante la sua licenza, a dire il vero, fosse stata revocata per il mese successivo, l'accordo sembrava precario.

«Per quanto tempo starò via?».

Cleeve sfoggiò il suo affascinante sorriso.

«Non più di due settimane, al massimo. Ozan ha promesso di pagarti bene, alloggerai in un bell'albergo e ti terremo d'occhio a distanza».

«Mi pagherà? Non mi sembra giusto».

«È il modo più sicuro. Se non lo facesse, desterebbe sospetti».

«Cosa devo fare?».

La guardò con aria amichevole. «Ancora una volta, la risposta è forse niente, forse tanto – semplicemente ancora non lo sappiamo».

Allargò una cartina sul tavolo. «Attualmente, Istanbul è la più importante città neutrale del mondo perché è grosso modo equidistante dalla Germania, dalla Russia e dalle potenze occidentali. Il Paese è diventato molto popolare tra gli agenti segreti tedeschi che lì facevano i loro affari, ed è in questo modo che il nostro amico Ozan ha raggranellato un bel po' di quattrini con i suoi club. Alcuni di questi tizi sono solo dei pagliacci, si limitano a starsene nascosti fino a che la guerra non sarà finita, ma c'è altra gente che ha informazioni vitali da condividere.

A Istanbul c'è un giovanotto, un pilota che crediamo possa essere di grande importanza per noi; speriamo che tu possa incontrarlo – ti darò poi istruzioni a riguardo». La gamba di Cleeve aveva iniziato a dondolare. «Quello che ci serve è raccogliere ogni informazione possibile sulle mosse dei tedeschi. Gli inglesi hanno intenzione di spostarsi nella Grecia occupata dai tedeschi. Se questo si verifica, vorrano utilizzare le piste di atterraggio turche, il che significa che la Turchia non potrà rimanere neutrale per molto tempo».

Spense la sigaretta e le rivolse uno sguardo intenso. «Riesci a capire tutto?»

«Sì». Saba sostenne il suo sguardo; naturalmente non era in grado di capire tutto ma non intendeva farglielo sapere.

Cleeve aprì un taccuino di pelle. «Ozan si prende cura dei suoi artisti – probabilmente alloggerai al Pera Palace, posto incantevole, o al Büyük Londra. Il ciclo di spettacoli al club in genere è di due settimane. Se a un certo punto vorrai tornare o senti di doverci riferire qualcosa, tutto ciò che dovrai fare è telefonarmi al Cairo. Il mio numero è...». Cominciò a scribacchiare. «Mi chiami e dici: "Potresti prenotare per me allo Gezirah la prossima settimana?". Io capirò. Altrimenti, il due settembre sarò a Istanbul. Alloggerò in un appartamento in Istiklal Caddesi con il nome di William McFarlane. Ti lascerò un messaggio alla reception dell'hotel e lo firmerò "tuo cugino Bill". Capito?»

«Capito».

Le sorrise e nei suoi occhi scorse uno scintillio di sincera ammirazione. «Lo sai, credo che le persone sbaglino a ritenere fragile la gente di spettacolo; troviamo che sia fantastico lavorare con te – temeraria e patriottica. Immagino che tu riesca a entusiasmare le persone, fai in modo che ti dicano delle cose o che provino sentimenti che non sono in grado di provare da sole...». La sua voce si affievolì quasi tristemente, come se stesse parlando tra sé.

Spense la lampada verde e guardò l'orologio. «Devo andare,

spiacente, sembro sempre così incalzato dal tempo», disse, nonostante a Saba non fosse venuto in mente – ormai quasi tutti quelli che incontrava sembravano annoiati o frettolosi.

Prima di andarsene, la avvertì che una volta a Istanbul non avrebbe dovuto intrattenersi con sconosciuti all'esterno dell'albergo. Le diede una busta con dentro un rotolo di lire turche. L'equivalente di cento sterline, le disse. Doveva tenere scrupolosamente il conto di quanto spendeva e se il signor Ozan voleva pagarla, poteva accettare. Aveva lavorato sodo e lui era ricco come Creso e poi, a un uomo come lui, piaceva ricompensare la gente.

Poi, dopo qualche esitazione, Cleeve frugò nella valigia e ne tirò fuori una piccola pistola.

«Non ne avrai bisogno, ma sono sempre utili».

«Non so usarla», disse Saba.

«Non ti serve saperlo», ammiccò lui. «È come la prima pistola di un bambino, tutto ciò che devi fare è puntare e premere il grilletto, esattamente come una pistola ad acqua. I proiettili vanno qui dentro».

Saba prese la pistola e la tenne nel palmo della mano; per la prima volta aveva paura.

Gli chiese nuovamente quando sarebbe partita. Lui le rispose che non lo sapeva ancora. Il signor Ozan l'avrebbe informata. Probabilmente sarebbe stato alla fine della settimana.

«Non essere nervosa», le raccomandò. «Dovrebbe essere uno spasso».

Capitolo 30

Mentre Saba era impegnata con le prove, Dom gironzolò per un po', cercando di non prendersela con l'altra vita che gliel'aveva portata via. Si era già accorto che quando Saba si esibiva, diventava un'altra persona, una persona che lui condivideva e della quale aveva soggezione, una persona straordinaria per come riusciva a sembrare così naturale, così piena di entusiasmo, così viva davanti a migliaia di estranei. La cosa che più gli era sembrata preziosa di quegli ultimi pochi giorni era il fatto che quella doppia immagine di lei, che un po' lo infastidiva, era scomparsa e la loro vita insieme era diventata semplice.

Doveva riempire due ore e così si avviò lungo Rue Fuad dove trovò una piccola gioielleria che vendeva deliziosi oggettini smaltati. Dopo un'attenta osservazione, scorse, all'interno del buio negozio, quello che sperava fosse il regalo perfetto per Saba: un braccialetto azzurro smaltato, sul quale erano incisi in argento i profili delle divinità, ognuno inserito in una delicata maglia.

Il proprietario del negozio era un uomo grasso ed espansivo con un occhio vitreo. Portò una sedia a Dom, gli diede un colpetto sul ginocchio e insistette perché accettasse un bicchiere di tè alla menta o una birra. Mise il bracciale su un panno di velluto e gli spiegò ogni simbolo con l'entusiasmo di chi presenta un gruppo di vecchi e adorati compagni a un nuovo amico. Quello era Horus, indicando il dio monocolo della protezione; Osiride, dio della resurrezione e della fertilità; Iside, con le sue formule magiche e, ah, quella – il grasso dito dell'uomo accarezzò la vita sottile di una dea con un paio di corna d'argento sulla testa – quella era Hathor, dea di molte cose: amore, musica e bellezza. Rappresentava inoltre l'occhio vendicatore di Ra, come dea dell'ubriachezza e della distruzione. L'uomo scoppiò in una fragorosa risata.

Ah, la gioia di trovare il regalo perfetto al momento giusto per la persona amata. Dom – che non era mai andato oltre fiori e cioccolatini – era così contento. Chiese al gioielliere di incidere il nome di Saba sul retro e poi, assecondando un felice lampo di ispirazione, *Ozkorini*. "Pensami".

Quando il regalo fu pronto e infilato in una graziosa scatolina dal lieve profumo di frangipane, provò l'ardente desiderio di darglielo immediatamente ma doveva aspettare ancora prima di vederla. Decise di bere una birra al club degli ufficiali, a poca distanza da lì, ma provava una strana riluttanza ad andare in quel posto. Di solito era entusiasta al pensiero di ritrovare la squadriglia. Ma quel giorno sarebbe diventato presto domani e domani significava uomini e solo uomini, a parte l'occasionale ragazza dell'ATS, sabbia, tende, latrine puzzolenti brulicanti di mosche, il telefono che li tirava giù dal letto alle ore più improbabili, e tutto il resto... l'infinita stanchezza, la repressione di sentimenti ed emozioni. La paura di compiere un atterraggio in condizioni pericolose.

Pensieri che, inevitabilmente, portavano a Jacko. L'immagine fulminea della sua faccia disperata dietro il perspex dello Spitfire prima che le fiamme lo inghiottissero.

Passando dall'ombra del marciapiede al caldo accecante, Dom pensò all'orribile pranzo con i genitori di Jacko dopo il funerale – l'improvviso e violento sguardo accusatorio della madre mentre gli passava la salsa, rapidamente trasformato in un sorriso da ospite cortese. Jacko non avrebbe mai volato se non avesse conosciuto Dom e lei lo sapeva.

«Mi scusi». Urtò una vecchia signora che rimase a guardarlo. Fa' attenzione. *Basta!* C'era una guerra in corso. Cosa si aspettava?

«Ehi, Dom! Vecchio bastardo!». Quando entrò nel bar, Barney si tirò su da una poltrona di pelle e gli andò incontro. Era così felice di vedere lui, la sua altezza, la sua mole che quasi si sarebbe messo a piangere. Nessuno ti diceva quanto potesse essere estenuante un nuovo amore, pensò Dom, sedendosi accanto all'amico. E la paura che portava con sé.

«Dove sei stato?»

«Non posso parlare!». Si afferrò la gola come un uomo in fin di vita. «Gola secca».

Un tempo, pensò, guardando Barney correre a prendere una birra, avrebbe ricavato una storiella divertente dalla lite avuta con Saba la sera precedente – la sua rabbia velenosa, la propria stupidità – ma le cose erano cambiate.

Nel mezzo della notte, erano le tre circa, si era alzato per bere un bicchiere d'acqua e quando era tornato a letto, si era steso appoggiandosi su un gomito ed era rimasto a guardarla. E mentre la guardava – con la luce della candela che le guizzava sul volto addormentato, indifesa come una bambina – aveva sentito il prepotente bisogno di essere più umile. La amava – ora lo sapeva senza ombra di dubbio. La sua fierezza, il suo talento, la sua vitalità. Voleva essere leale con lei, tenerla al sicuro. Doveva tenere a freno la propria lingua velenosa, il proprio caratteraccio e l'impazienza. Non doveva farle del male.

«Spiacente, vecchio mio, la Beechers l'hanno finita, è rimasta solo la Guinness». Barney posò i boccali tra di loro e fece un largo sorriso. «Dio, sono felice di vederti».

Bevve un lungo e rumoroso sorso. Gran parte della squadriglia, disse, quando nel bicchiere non rimase quasi che schiuma, aveva scelto di andare al Cairo per l'ultima licenza, là era più sicuro.

Lui si era annoiato a morte, si era perfino ridotto a giocare a bridge con qualche generale di brigata e la direttrice dell'ospedale locale.

Aprì una seconda bottiglia e la versò. «Salute!». Fecero tintinnare i bicchieri. «Goditela finché puoi», gli disse Barney. Era stato al campo d'atterraggio 39 il giorno prima per vedere se ci fossero novità; i segnali andavano e venivano come le mutandine di una prostituta.

«Ho visto degli aerei volare sul porto stamattina», disse Dom. «Mi chiedevo se fossero per noi».

«Speriamo», disse conciso Barney. «Parlavo con un meccanico l'altro ieri – un bel po' dei nostri sono kaput, dice che la sabbia blocca la parte posteriore».

Mentre parlavano, entrarono nel bar quattro piloti australiani con indosso le uniformi nuove con ancora le pieghe della stiratura, mettendo in risalto quanto tutti gli altri fossero trasandati nelle impolverate tenute kaki. Fu servito loro da bere mentre si stravaccavano sulle poltrone di pelle e si presentavano: nome, squadriglia di appartenenza, breve biografia, il tutto con un'affettata indifferenza che nessuno di loro in realtà sentiva. Era la classica reazione da insetto stecco: mimetizzazione, paura, prudenza. Un numero sempre maggiore di uomini veniva arruolato, disse uno dei piloti australiani; avevano sentito dire che in meno di dieci giorni si sarebbe scatenata la grande offensiva. Dopo quell'annuncio, l'uomo sospirò come se quello che aveva detto fosse eccitante quanto l'orario dei treni.

La notizia colpì il cervello di Dom come una droga, un misto di piacere e confusione. Solo un'ora prima, seduto nel negozio del gioielliere, ipnotizzato dal discorso sulla dea e con il regalo di Saba in mano, si era sentito così diverso, così puro. Eppure quel bisogno di combattere, di volare, sentiva di non poterlo controllare così come non poteva controllare il desiderio che aveva di lei, o la sua crescente determinazione nel volerla proteggere.

Mangiò un terribile panino al formaggio e bevve un'altra birra. In qualche modo, sì, era decisamente un sollievo dopo gli spossanti entusiasmi degli ultimi giorni tornare, per così dire, al campo base e in compagnia degli uomini – a ridere del pericoloso atterraggio di Buster Cartwright, così vicino all'hangar che aveva fatto volare via il turbante di un meccanico indiano, oppure ad ascoltare il lungo racconto di uno degli australiani, un tipo alto con i capelli rossi e le sopracciglia bianche, sul perché aveva l'abitudine di attaccare lo specchietto laterale dell'auto al proprio aereo in modo da avere un paio di occhi extra.

Ma, a metà della sua birra, Dom pensò, sopraffatto dall'emozione, a Saba nella vasca da bagno: il corpo lucente, i capelli che fluttuavano sott'acqua. In quel momento stava cantando, felice e concentrata. Nonostante le lacrime della sera prima, Dom sapeva già che possedeva un animo forte e ne era lieto. Le sarebbe servito.

Un paio di birre più tardi, mise la scatolina nel taschino e decise di andare allo Cheval d'Or per farle una sorpresa dopo le prove. Quando Saba gli aveva intimato con sorprendente fermezza di non presentarsi lì senza invito, la cosa lo aveva sia divertito che offeso. Non era abituato a ricevere ordini da una donna. Ma quel giorno, l'ultimo insieme, era senza dubbio diverso. Ciò che importava, si disse avviandosi alla Corniche, era non rovinare tutto diventando troppo morboso o triste: si era sentito pericolosamente vicino alle lacrime vedendola piangere la sera prima e doveva cercare di trattenersi.

Un tuffo, pensò vedendo l'accecante mare turchese davanti a sé, sarebbe stata la soluzione perfetta. Potevano andare a Stanley Beach, affittare i costumi al club e poi bere qualcosa nei chioschetti vicini alla spiaggia; un taxi per tornare all'appartamento le avrebbe dato il tempo di lavarsi, vestirsi e andare ovunque dovesse per quella dannata trasmissione radiofonica. Nonostante i salti mortali per farsi perdonare la tirata contro il programma, la sua parte istintiva continuava a imprecare. Quella sera l'avrebbe voluta per sé.

Doveva essere andata direttamente a registrare, pensò. Si era appoggiato con aria indifferente contro un lampione di fronte allo Cheval d'Or, aspettando che la porta si aprisse. O era così oppure si trattava di una sessione di prove eccezionalmente lunga. Nella cruda luce del primo pomeriggio, il club con le sue tende sbiadite e le imposte impolverate sembrava incredibilmente privo di fascino. Dom tese le orecchie, chissà se riusciva a sentirla cantare, ma al suo udito giunsero solo i normali rumori della Corniche, lo scalpiccio di qualche sfinito cavallo da gharry, il lontano vocio di accenti stranieri che si mescolavano nella calura. Guardando un randagio nella canaletta di scolo, assorto in una feroce caccia alle pulci, la gioia che Dom aveva provato per la prospettiva di vederla svanì, sostituita da una sgradevole sensazione di clandestinità – quello era il suo territorio e lui lo stava invadendo. Rimase per un po' nella luce accecante fino a esserne nauseato – "attieniti al piano", si disse, non era dignitoso stare lì appostato dietro i sacchi di sabbia come una spia da due soldi. "Torna a Rue Lepsius e aspettala lì". In quel modo avrebbe avuto il tempo di fare i bagagli.

Mentre tornava alla stanza, gli edifici sembravano muoversi e le loro sagome confondersi. Da quel momento in poi, si ammonì, sentendo il sudore scivolargli lungo la schiena come un insetto, avrebbe dovuto reprimere le emozioni. Era ormai quasi una certezza il fatto che, al suo ritorno, sarebbe stato promosso a comandante di stormo. Glielo aveva detto Paul Rivers – ormai stanco e desideroso di tornare a casa. Da allora in poi, la vita di molti uomini sarebbe dipesa da lui; non poteva permettersi di comportarsi come una ragazzina isterica.

Inoltre, Alessandria era attualmente la città più pericolosa dell'Egitto. Le prove erano davanti ai suoi occhi – la gente spaventata, le case bruciate, cani e gatti randagi che scorrazzavano per strada. Era vero, c'era ancora qualche irriducibile che si era rifiutato di partire e continuava a nuotare a Cleopatra Beach o a bere Singapore Sling negli hotel deserti ma non era passato molto tempo da quando gente in preda al panico aveva preso d'assalto ambasciate e banche, cercando disperatamente di partire. Era stata una follia incontrarsi lì, con Rommel che progettava di prendere la città da un giorno all'altro. Le avrebbe consigliato, con più insistenza che mai, di partire.

Un gruppetto di bambini corse verso di lui gridando: «Chewing-gum, amico?», con un atroce accento americano; cercavano di vendergli sigarette e "whisky di prima qualità".

«Ti faccio conoscere mia sorella, mister», disse uno di loro con uno sgradevole ghigno e un accenno di baffi sul labbro superiore.

Al successivo angolo di strada vide passare un contadino e il suo asino, la bestia carica di canne da zucchero affastellate, l'uomo che urlava.

Tornato nella stanza di Rue Lepsius, sedette per un'ora a fumare, in attesa del passo leggero di lei su per le scale e l'esplosione di una canzone, ma tutto ciò che sentì fu una confusione di voci straniere provenire dalla strada.

Cominciò a preparare la sacca: gli scarponi, la pistola, un paio di camicie; tolse le calze dalla gruccia dove le aveva lasciate Saba. Fumò un'altra sigaretta e, quando ebbe fame, le lasciò un biglietto e si precipitò lungo le scale per comprare un disgustoso falafel da un venditore ambulante. Fu allora, all'inizio del tramonto del grosso sole color tuorlo d'uovo, che cominciò a farsi prendere dal panico. E se non fosse andata allo studio di registrazione? O se fosse stata trattenuta lì e non fosse riuscita a mettersi in contatto con lui? Magari era stata colpita da una granata ed era sanguinante a terra chissà dove. Forse il loro stupido litigio l'aveva sconvolta più di quanto avesse ammesso e adesso lo stava punendo facendolo aspettare.

Girò per ore alla sua ricerca. Prima agli uffici dell'ENSA, dove un biglietto sulla porta chiusa da un lucchetto informava del loro trasferimento al Cairo, poi da Dilawar's, deserto a parte tre clienti abituali.

Percorse vicoli pieni di porte chiuse e serrande abbassate, illuminati dalla spettrale luce azzurra dei lampioni di ferro battuto. Mentre camminava, si chiedeva se la gelosia non gli avesse fatto perdere la testa. (Era geloso, lo era stato quasi dal primo momento che l'aveva vista). Pensò anche ai miraggi. Faceva parte dell'addestramento di un pilota capire come un miraggio potesse creare laghi, fiume, intere montagne da null'altro che sabbia. Un cambio di prospettiva, il desiderio di qualcosa che non era lì. Aveva visto Saba operare lo stesso tipo di magia sugli uomini per i quali cantava – le loro facce stanche illuminarsi di speranza e felicità; le sue canzoni erano lo specchio che rifletteva la loro vita. Che Dio lo aiutasse se aveva scambiato quattro giorni di felice passione per qualcosa di concreto e reale.

Ormai era quasi certo che se ne fosse andata. Alle sei, si mise a correre come un pazzo nuovamente in direzione del club. Qualcuno doveva avere sue notizie.

Nel frattempo, il tardo pomeriggio si stava trasformando in crespuscolo: il sole stava tramontando sul porto, una fornace incandescente di nuvole ocra e color pesca che sembravano prendersi gioco di lui. Sciocco, sciocco, sciocco per aver pensato di poterla trattenere. Arrivato al club, si fermò per riprendere fiato sul marciapiede all'esterno. Per cinque minuti tempestò di pugni la porta chiusa, poi passò ai calci. Al piano di sopra si aprì una finestra; quando un'anziana donna si affacciò fulminandolo con lo sguardo, Dom le vide la pelle rosa del cranio attraverso i capelli bagnati.

«Dov'è?», urlò. «Dov'è Saba?».

La donna gli disse di aspettare, corse al piano di sotto e dopo aver fatto scattare un'interminabile serie di serrature, aprì la porta. Gli ci volle qualche secondo per capire che si trattava di Faiza Mushawar senza trucco. Nella luce gialla del tramonto, la sua pelle sembrava itterica. La linea delle sopracciglia era stata disegnata troppo in alto con una tremolante matita marrone.

«Cosa c'è?», gli chiese contrariata. «Chi sei?»

«Dominic Benson», rispose Dom. «Deve ricordarsi di me, ero qui con Saba. Ci siamo incontrati nella sua stanza».

Lei lo guardò fisso con i marroni occhi sporgenti. «No». Un gatto dagli occhi verdi stava cercando di superarla. Lei gli bloccò la strada con il piede infilato in una pantofola. «Qui vengono molti uomini».

«La prego», insisté Dom. «Mi dica dov'è».

Le disse che il mattino successivo sarebbe ripartito, tornava nel deserto, che era d'accordo con Saba per pranzare insieme e che l'aveva aspettata tutto il pomeriggio. Mentre Dom parlava, Faiza si mordicchiava le guance e scuoteva la testa.

«Non so dove sia andata». Distolse lo sguardo. «Forse un'altra città, un altro concerto. La gente non rimane molto a lungo». Alzò le spalle come a dire *cosa ti aspettavi? È una cantante, c'è la guerra. Le cose accadono senza un significato*.

«Ha idea di quando tornerà?», le chiese con tutta la gentilezza di cui era capace.

Quando lei ancora una volta alzò le spalle – «Sta lavorando, non c'è niente di sicuro» – gli parve che il suo accento fosse diventato più pesante. «Chiedi agli inglesi, io non lo so». Dom sentì che presto avrebbe addirittura negato di conoscerla.

«Ma non ricorda i nomi delle persone con cui era ad Alessandria?».

Quello lo aveva fatto impazzire per tutto il pomeriggio: Palmerston? Petersen? Mathieson? Per la grande gioia che aveva provato nel rivederla, non ci aveva fatto caso. L'anziana signora alzò gli occhi al cielo.

«No».

Smettila di fare la furba, dannata vecchia sciocca, so che parli inglese.

«Ascolti». Dom sentì la propria voce supplicare quando invece desiderava urlare. Il gatto lo guardò ammiccante, il rosso bagliore del sole che tramontava si rifletteva nei suoi occhi. «Signora Mushawar, la prego, mi aiuti. È la sua insegnante. Saba la rispetta. Lei deve sapere qualcosa». Era questione di ore e poi il camion sarebbe arrivato e l'avrebbe riportato nel deserto; poteva non rivederla mai più. «La prego».

Faiza inarcò le sottili sopracciglia. Sembrava sul punto di dargli una spiegazione o di scusarsi quando indietreggiò e disse: «Mi dispiace ma non lo so. Era qui questa mattina, molto carina, adesso non c'è». Gli chiuse la porta in faccia.

A quel punto era ormai giunto alla fine di qualunque cosa potesse definire un piano. Passò le ore successive facendo il giro dei consueti pub degli inglesi, con la speranza che lei potesse essere lì. Il Cecil bar era pieno di ragazze dell'ATS. Un paio di loro accavallarono le gambe e sorrisero speranzose nel vederlo entrare. Un'altra disse che se quella Saba era ancora ad Alessandria, aveva bisogno di farsi controllare il cervello. Era una noia mortale, l'avrebbe scambiata con Beirut in qualunque momento.

Era ormai buio quando tornò alla loro stanza. Sentì provenire dal porto il lungo e triste richiamo di una sirena. Si sedette con la testa tra le mani. Doveva incontrare Barney alle sette del mattino seguente davanti al club degli ufficiali. Barney aveva organizzato il viaggio di ritorno all'aerodromo a bordo di un camion di rifornimenti. Doveva andare, voleva farlo. Il giorno seguente, l'intera squadriglia avrebbe ricevuto informazioni su ciò che chiamavano scherzosamente “quella grossa”. Sarebbe stata la loro ultima licenza per molto tempo; da allora in poi i combattimenti sarebbero diventati feroci e incessanti. Sarebbe potuto morire senza dirle addio.

Era così frustrato per quello spreco di tempo. Si disse di darsi una calmata. Si fece la barba, rifece il letto e mise nella sacca il resto della sua roba, la tenuta da esercitazioni, la mappa e i calzini che gli aveva lavato. Fu allora che vide il suo biglietto.

Sono partita all’improvviso per altri concerti. Mi dispiace tanto. Ti amo. Spero di tornare presto.

Con amore, Saba

Lo lesse diverse volte, incapace di credere ai propri occhi – così breve, così sbrigativo. Niente indirizzo, nessuna vera informazione, quasi un benservito. Saba era tornata, solo in quel momento se ne rendeva conto: non c’erano più la sua spazzola né il sapone, neanche i vestiti, tranne quello rosso, che aveva lasciato nell’armadio. Lo tolse dalla stampella e con quello si stese sul letto. Ne aspirò il lieve profumo di rose e gelsomini e lanciò un grido angosciato. Non aveva mai pensato che l’amore potesse fare così male – gli mancava il respiro, si sentiva ferito, come se qualcuno gli avesse sferrato un calcio allo stomaco.

Capitolo 31

Mentre il loro aereo rombava nella notte verso Istanbul, Saba provò una terrificante sensazione di spaesamento, di cose che avvenivano troppo in fretta e disordinatamente. Ozan dormiva tre posti più avanti con la consueta aria di placida soddisfazione, ma lei non aveva previsto di trovarsi da sola con lui in quella situazione. Dov'era sua moglie? Il suo entourage? Cosa stava facendo Dom in quel momento? Detestava il pensiero di averlo ferito. Lei ed Ellie avevano avuto un aspro battibecco a tal proposito prima che lasciasse Alessandria.

«Non posso partire senza dirglielo», aveva detto a Ellie. «Mi sta aspettando – domani tornerà alla sua squadriglia... vado da lui immediatamente».

Ellie stava facendo "i bagagli alla Hollywood" – così definiva gettare vestiti in una valigia aperta senza il consueto rito di avvolgerli prima nella carta velina. Una volta finito, aveva spalancato le braccia in un gesto stranamente violento.

«Non c'è tempo», aveva detto. «So che è da pazzi, ma passeranno a prenderti tra venti minuti e il vostro aereo parte stanotte e io non posso farci un dannato niente». I suoi occhi erano sembrati nudi senza il solito impeccabile strato di mascara. «Non fa piacere neanche a me», aveva detto, «perché adesso non ho un lavoro e un posto dove vivere. E non ne posso più della gente che prende tutte le decisioni... e Tariq è furioso e io speravo che questa settimana si dichiarasse, quindi è un vero casino, non trovi?».

Alla fine, erano giunte a un compromesso.

«Ascolta, tesoro», l'aveva blandita Ellie, «scrivigli una lettera – gliela porterò un secondo dopo che te ne sarai andata, così almeno saprà».

Saba era andata in confusione per l'ansia – visti gli avvertimenti di Cleeve, cosa poteva scrivere a Dom? Così, alla fine, il risultato era stato un brutto messaggio sconnesso e apparentemente crudele – il pensiero di lui che lo leggeva la riempiva di vergogna. Cosa avrebbe pensato ora di lei?

«Posso unirmi a lei per un momento?». Il signor Ozan, vestito impeccabilmente in completo chiaro e cravatta grigio perla, si era svegliato e aveva deciso di essere socievole. Avanzò ondeggiando lungo il corridoio e si sedette accanto a lei. Il suo possente piccolo corpo grasso le sembrava intollerabilmente vicino – il volo e tutto il resto cominciavano a darle la nausea.

«È felice del nostro cambio di programma?», tuonò lui coprendo il rombo del motore. «È mai stata in Turchia?». Si voltò per verificare la reazione di Saba davanti a quella che riteneva ovviamente una fantastica occasione. «Mi diceva che suo padre è nato lì».

«Sono andati via quando lui era un bambino», dovette rispondergli urlando. «Mio padre voleva viaggiare... *voleva viaggiare*». Sperava che ora chiudesse il becco.

«E da quale città... *da quale città* viene?». Era implacabile.

«Un piccolo villaggio chiamato Üvezli», rispose. «Non ne hanno mai parlato molto».

«Lo conosco, credo – è sulla strada da Üsküdar alla costa del Mar Nero», disse Ozan. «Un posto carino, potremo mostrarglielo quando arriveremo. Non sia preoccupata», aggiunse allegramente, «sarà una bellissima vita del suo momento». Si corresse: «Un bellissimo momento della sua vita».

Il motore dell'aereo si stabilizzò in un monotono ronzio. Dai piccoli oblò Saba vedeva le nuvole e, chilometri e chilometri più in basso, il deserto che si rivestiva lentamente delle sfumature rosa e dorate del tramonto.

«Ho dimenticato di chiederglielo», disse il signor Ozan. «Le sue lezioni con Faiza – le sono piaciute?»

«Moltissimo. Avevo cantato solo qualche canzone turca per bambini, ma mai in arabo».

Ozan si mosse sul suo sedile. Scosse la testa.

«Ora non avrà bisogno di cantare queste canzoni, l'arabo è la lingua ufficiale a Beirut e i miei amici lì fanno molto caso alla lingua di una canzone. A Istanbul», sulle sue labbra si dipinse un'espressione orgogliosa, «i turchi hanno un atteggiamento più occidentale. Non ci interessa più di tanto».

Saba provò uno strano miscuglio di sollievo e delusione, come uno studente che ha lavorato sodo per un esame solo per apprendere che all'ultimo minuto è stato rimandato. Ozan gli era sembrato così appassionato di quelle canzoni e ora erano diventate importanti quanto la scelta di servire bastoncini di formaggio o noccioline alla sua festa.

«Ci sarà un complesso a Istanbul?».

Si ammonì: *tieni la bocca chiusa*. Si trovava lì per una ragione, aveva un lavoro da portare a termine. Non doveva mandare tutto all'aria. Se non lo teneva bene a mente, avrebbe perso la concentrazione e iniziato a sentirsi totalmente fuori posto; inoltre, la mancanza di Dom sarebbe stata intollerabile.

«Sì, e sono bravissimi», la rassicurò Ozan. «Ogni volta che a Parigi o Londra è uscito un bel disco, gliel'ho procurato, perciò sono aggiornatissimi anche loro».

Sfoggiò un grosso sorriso. «Io sono eccitato, e lei?». In un certo senso lo era anche lei – uno strano senso di eccitazione che sembrava essersi impossessato di ogni muscolo del suo corpo.

«E, naturalmente...», Ozan fissò il mare scuro e increspato sotto di loro, «sarà bello allontanarsi da questa orribile situazione per un po'. Le cose si stanno facendo davvero pericolose. Siamo fortunati».

Il mattino seguente, al suo risveglio, Dom allungò la mano sul posto vuoto accanto a sé. Sentì un telefono squillare nell'ingresso al piano di sotto e, mezzo vestito, scese di corsa le scale e afferrò il ricevitore, prendendo la consueta leggera scossa elettrica. La sua faccia allo specchio lì davanti sembrava così tesa che quasi non la riconobbe.

«Oh, bene, è ancora lì». Finalmente, una voce lontana nel crepitio. «Be', parla l'amica di Saba, Madame Eloise. Dannazione, la linea è terribile, mi scusi». Altre scariche elettriche, il risuonare lontano della sua voce.

«Ha ricevuto la lettera di Saba? Sì... bene, è dovuta partire piuttosto improvvisamente. Ma, ad ogni modo... so che lei parte domani, o è oggi? Insomma... sì. No... scusi, cosa? Accidenti a questo...». La linea tornò chiara per qualche secondo.

«Andava troppo di fretta per darmi tutti i dettagli – una festa da qualche parte, o un altro concerto – ma vuole che sappia che è al sicuro, che sta bene e che la contatterà non appena saprà dov'è diretta, anche se questo fa un po' Alice nel Paese delle Meraviglie. Un suo indirizzo? No, spiacente, non ne ho idea. Sono solo l'addetta al guardaroba. Penso che la cosa migliore sia mandare una lettera all'ENSA, al Cairo; loro... oh, accidenti a questa dannata linea... loro gliela faranno avere. Non ho avuto l'impressione che sarà una cosa lunga. Addio, allora. Buona fortuna! Mi dispiace per tutto questo».

Il passaggio di Barney era andato a monte, perciò fece l'autostop fino all'aerodromo a bordo di un camion di rifornimenti. Seduto da solo sul retro, si sottopose a una severa ramanzina. Un pilota di caccia, gli aveva detto una volta Barney in tono semiserio, era buono a fare tre cose: mangiare, volare e uccidere e ora doveva essere così. Con l'inasprirsi della situazione, doveva semplicemente ignorare il pensiero di Saba, isolarlo come un motore non funzionante, altrimenti, l'avrebbe ucciso.

Una volta tornato al campo, fece una partita a calcio nella sabbia con i ragazzi e per diverse ore provò una consolante e avvolgente sensazione di vacuità.

Dopo la partita, bevve una birra con il suo comandante Rivers. Come previsto, Rivers disse che aveva completato le sue duecento ore di volo ed era arrivato a fine missione. La sua faccia stanca, gonfia per le ustioni del deserto e i puntini rosa di calamina, non riusciva a nascondere il sollievo.

«Allora, Dom, vogliono che subentri tu, almeno per il momento. Quindi, fenomeno», aggiunse in tono distaccato, «ti aspettano tonnellate di divertimento».

Un sentimento, che in circostanze diverse avrebbe potuto definire orgoglio per il risultato raggiunto, si impose sulle umiliazioni della giornata, come un pesce brillante in un oceano di sporcizia. Era un onorc, qualcosa di concreto per cui valeva la pena combattere, qualcosa che in circostanze diverse sarebbe stato fiero di raccontarle.

Fu Barney che porse a Dom una Worthington's calda per festeggiare e che più tardi, durante una partita a scacchi, con una regina nella mano illuminata dalla luna, gli disse: «Volevo chiedertelo, hai saputo più niente di quella ragazza dell'ENSA?», rovinandogli il suo piccolo momento di gioia.

Dom fece un sorriso forzato. «Niente di niente». Finirono la partita in silenzio. Non voleva farlo ma aveva parlato un po' di Saba con Barney dopo il loro incontro a Ismailia. Era su di giri e incapace di fermarsi. Barney, che aveva alzato il gomito, si era subito messo a cantare *I'm Dreaming of a White Mistress*, e poi aveva messo la mano sul braccio di Dom, aggiungendo con la solennità di chi è sbronzo: «Adesso ascolta! Attenzione... attenzione, devo fare un annuncio molto importante e voglio che mi ascolti bene: tutti si innamorano di quelle bamboline dell'ENSA, perciò vacci piano». L'aveva fatta sembrare una cosa così banale, così superficiale che Dom era furioso con se stesso per averglielo detto.

Quando la luce divenne sempre più fioca, erano circa le otto, sempre in silenzio misero a posto la scacchiera e andarono a dormire. Barney era sfinito, e anche Dom. Si stese sull'umido letto da campo, tirò su la coperta e prima di chiudere gli occhi avvertì l'assenza di Saba con un dolore quasi fisico, come un calcio allo stomaco. Era troppo ferito per provare rabbia, troppo vecchio per piangere, ma desiderava farlo. Saba se n'era andata, le cose stavano così, e lui non aveva idea di dove lei fosse.

Il mattino seguente ci fu un'importante riunione informativa: il commodoro dell'aeronautica Bingley, un uomo slanciato dal portamento autoritario, era arrivato dal comando del quartier generale aereo per informarli che la lunga attesa era finita. L'addestramento, il combattimento simulato, le ricognizioni a tappeto, gli atterraggi di emergenza, l'attesa nelle incandescenti tute da volo per decolli cancellati all'ultimo minuto. Ora la situazione era di massima allerta.

Dom se ne stava ad ascoltarlo in mezzo a un polveroso gruppo di venti giovani uomini. Sedevano al proprio posto nella baracca infuocata senza tradire traccia di interesse o entusiasmo, ma il cuore di ciascuno batteva forte.

Bingley li avvertì bruscamente di fare attenzione a quanto stava per dire. I servizi segreti britannici avevano scoperto qualcosa di singolare importanza. La notte del 30 agosto, di luna piena, il generale Rommel progettava un attacco a sorpresa contro la sezione meridionale del fronte alleato, nei pressi di El Alamein. Avrebbe attaccato di notte e, per quanto ne sapevano, attraverso un varco tra Munassib e Qaret El Himeimat, un posto che credeva fosse poco sorvegliato e scarsamente minato. Se l'attacco avesse avuto successo, avrebbe aperto la strada ad Alessandria e poi Dio solo sapeva quello che sarebbe successo. «Il nostro lavoro, per farla breve, è di cercare di fare a pezzi la Luftwaffe nei prossimi dieci giorni».

Guardando quei giovani, Bingley ebbe un momento di angoscia mentre diceva loro quelle cose: si chiedeva chi sarebbe stato risparmiato e chi sarebbe morto. Sbraitando, disse che sperava sinceramente che tutti avessero fatto un buon sonno ristoratore perché nell'immediato futuro il loro lavoro sarebbe stato scortare i bombardieri Vickers Wellington di stanza al campo d'atterraggio 91. Sarebbero stati in servizio permanente. Tutte le licenze erano revocate per il prossimo futuro, aggiunse, e Dom, per motivi complicati, ne fu sollevato.

«Domande?»

«Quanti giorni calcola che ci vorranno?»

«Se tutto va bene, sarà una missione breve», continuò Bingley. «Qualche giorno e basta, ma questa potrebbe essere la volta buona». I suoi occhi percorsero le file di giovani stremati. «Se Rommel riesce a rompere le nostre linee e a occupare l'Egitto, avrà il perfetto trampolino di lancio per altri attacchi nel Mediterraneo. Se lo fermiamo, credo che avremo un'ottima probabilità di porre fine a questa guerra».

«Grazie, signore». Finito il breve discorso, Dom si alzò. «Faremo del nostro meglio».

Avviandosi insieme alla mensa, Bingley gli confidò la preoccupante notizia secondo cui alcuni dei nuovi Kittyhawk avevano un difetto di funzionamento – il sistema di riciclo dell'ossigeno entrava in funzione senza preavviso e talvolta si intasava per via della sabbia.

Gli disse anche che gli erano rimasti solo dieci Spitfire utilizzabili, sei dei quali al fronte e un paio verso l'età della pensione.

Quando chiese a Dom se fosse pronto a volare con lui il giorno seguente per prendere uno Spit riparato, Dom rispose immediatamente di sì. Avrebbe avuto qualcosa da fare, qualcosa per schiarirsi la mente.

Capitolo 32

A Istanbul, un'altra bellissima auto fremeva sulla pista in attesa di condurli via. Quella, le disse il signor Ozan, era una Bentley del 1934 con scocca in alluminio, molto rara, aggiunse, accarezzando le fiancate basse e lucenti con la mano paffuta. Suggerì di fare un breve giro della città prima di andare nella sua casa estiva di Arnavutköy, un incantevole tragitto di una decina di chilometri.

Era il crepuscolo e, mentre si avvicinavano al cuore della città, il Corno d'Oro era bagnato da una luce color pesca. Dal cuoio profumato dei sedili posteriori della Bentley, Saba, vedendo i piroscafi infrangere le onde, l'orizzonte di moschee, palazzi e bizzarre costruzioni in legno, sentiva di far parte di una complessa allucinazione.

Oltrepassando le mura romane che delimitavano la città, sulla strada accidentata l'auto fu sballottata come una barchetta di carta in balia dell'oceano. Vide due donne sedute in un vicolo buio intente a pulire ortaggi e circondate da gatti scheletrici; un vecchio con i tradizionali calzoni larghi che vendeva ciambelline al sesamo alla luce di una lampada al kerosene.

Nei pressi del centro, fu sorpresa dall'aspetto elegante e occidentale dei suoi abitanti: le donne con i cappelli alla moda e le calze di seta, gli uomini in sobri completi scuri e camicie bianche. Si era immaginata quel posto brulicante di gente semplice come Tan e invece era molto più raffinato di Cardiff. Ozan osservava curioso le sue reazioni. «Allora, qual è il suo verdetto sulla nostra città?», disse.

«È bellissima», rispose Saba a voce bassa, pensando: *sta' calma, sta' calma*. Non si era preparata allo choc di tornare nuovamente nel mondo di suo padre. C'erano così tanti uomini che gli somigliavano, con lo stesso portamento eretto e gli intensi occhi scuri. Quando la guardavano, una parte di lei si faceva piccola piccola, quasi per la paura che lui la trovasse e la portasse via.

Si diressero verso il Bosforo, svoltando a sinistra lungo la strada costiera. La luna era alta e luminosa nel cielo; inondava di luce i rami degli alberi e creava bagliori sull'acqua.

La casa estiva di Arnavutköy, disse Ozan, era quanto rimaneva di una vita che ormai non esisteva più. L'anno dopo in cui la Turchia era diventata una repubblica, nel 1923, tutti i membri della dinastia imperiale ottomana – principi, principesse, consorti, eredi – erano stati espulsi. Molti dei suoi ricchi vicini imparentati con la famiglia reale si erano rifugiati a Nizza, in Egitto, a Beirut. Un suo parente – lo disse con una lieve smorfia d'orgoglio che non riusciva a reprimere quando si vantava di qualcosa – aveva sposato un membro della famiglia reale egiziana; a quelli come lui era stato concesso di rimanere e gestire affari vantaggiosi. Saba non sapeva se credergli o meno, ma una cosa era chiara: era un uomo a cui piaceva avere un pubblico e lei, per il momento, rivestiva quella funzione.

Un colpetto gentile sulla spalla richiamò la sua attenzione.

«Siamo arrivati», le disse. «Casa mia».

Saba guardò fuori dal finestrino: davanti a lei c'era una delle più belle case che avesse mai visto. Inondata dalla luce della luna, sorgeva in prossimità dell'acqua ed era fatta di pannelli di legno squisitamente intagliato. I vetri di alte finestre restituivano i movimenti mutevoli del mare e con i suoi innumerevoli avvallamenti, fenditure e le elaborate modanature aveva l'aspetto di un puzzle di legno o di una nave magica uscita da un libro di fiabe per bambini.

Ozan si lasciò sfuggire un profondo sospiro. Scese dall'auto e si allentò la cravatta.

«Carina, no?». L'aria notturna profumava di alberi di limone e gelsomino e del leggero odore di salsedine. La aspirò soddisfatto. Case del genere, le disse orgogliosamente, erano chiamate *yalis* dagli abitanti di Istanbul e avevano un gran valore perché affacciavano proprio sul Bosforo. Sotto la balconata – indicò l'acqua – erano ormeggiate le sue barche.

Le disse che avrebbe alloggiato lì per due notti e poi sarebbe stata trasferita in una camera del Büyük Londra Hotel, vicino al club in cui avrebbe fatto le prove.

«Ma per questa sera non ci pensi». L'aveva sorpresa mentre cercava di reprimere uno sbadiglio con la mano. «Questa è una buona serata per dormire – l'abbiamo sistemata in una delle stanze anteriori, da dove potrà sentire le onde».

Leyla li aspettava nell'ingresso di marmo per accoglierli. Il suo viso si illuminò quando vide il marito e, nonostante non l'avesse baciato, l'atmosfera tra di loro era carica quando gli toccò delicatamente il braccio. I tre bambini che facevano capolino da dietro la sua gonna avevano gli occhi scuri di Ozan e il principio di un naso importante. Sorrisero timidamente a Saba e abbracciarono il padre.

«Allora, signorina Tarcan, è un grande piacere per me rivederla», disse Leyla, allungandole una mano fredda. «Spero che sia felice qui con noi. Mio marito», disse, lanciando uno sguardo divertito nella sua direzione, «dice che farà di lei una stella».

Fu Leyla, il giorno seguente, a farle fare il giro della casa e dei giardini. Quelli erano i momenti che desiderava ardentemente condividere con sua madre, così imprevedibile sotto tanti aspetti, ma costante nel suo malinconico e indignato amore per il lusso. «Mio Dio!», avrebbe mormorato, esaminando la magnifica casa che quel mattino sembrava fluttuare sull'acqua placida. «Oh, per l'amore di Dio – guarda quello!», avrebbe esclamato, indicando il solido marmo dell'ingresso. Saba, studiando quel luogo, i tappeti illuminati dal sole, le splendide pareti e le finestre che davano sul mare, sperava di portarne un po' con sé – un piccolo osso per saziare la grande fame di sua madre, ma pur sempre qualcosa.

Quello che la colpì in seguito, mentre seguiva la sua ospite lungo i sentieri riscaldati dal sole, fu l'estrema precisione e la cura per i dettagli della gente ricca. I bellissimi giardini terrazzati erano una scacchiera di erbe e arbusti dal dolce profumo; la piccola vigna era disposta con precisione matematica; le stalle immacolate, dove Ozan teneva i pony per i bambini e i suoi purissimi stalloni arabi con i graziosi musi all'insù e gli occhi civettuoli dalle lunghe ciglia, avevano appese all'esterno di ogni porta corde identicamente annodate, ciascuna attaccata a una cavezza rossa su un gancio di ottone.

Mentre si allontanavano dalle stalle, tre pavoni che si facevano strada tra i cipressi e gli ulivi spaventarono Saba con i loro versi rochi, simili a gatti a cui avessero pestato la coda.

Leyla si mise a ridere e a Saba sembrò il primo momento di naturalezza tra loro. Anche se impeccabilmente cortese, secondo i canoni dell'ospitalità, quel giorno il comportamento di Leyla era stato molto forzato, tanto che Saba si chiedeva se non preferisse stare da sola con suo marito, il quale, a quanto pareva, raramente rimaneva in un posto per più di qualche giorno; o forse si trattava del pensiero di tutte quelle feste che aveva organizzato per le settimane a venire ed era stanca di dover riunire continuamente gente, cosa che aveva lasciato intendere in maniera indiretta. «Abbiamo avuto un sacco di cantanti qui», aveva detto a Saba. «Da ogni parte del mondo», aveva aggiunto – come Ozan, sembrava ansiosa di sottolineare il loro carattere cosmopolita.

Dopo pranzo, Saba ebbe la possibilità di riposare nella sua camera, che, ampia, luminosa e ariosa, si affacciava sul Bosforo. L'alto letto di ottone era coperto da una magnifica trapunta intessuta d'oro e d'argento e posizionato in modo da poter vedere il mare senza spostare la testa dai cuscini – sembrava di essere all'interno di una sontuosa imbarcazione. Sospeso sul letto c'era un lampadario di cristallo rosato e, in fondo alla stanza, tutto per lei, un meraviglioso bagno in marmo di Carrara, con la doccia e i rubinetti di ottone. A pranzo, Ozan si era vantato di essersi rivolto a un architetto francese di "fama internazionale" per modernizzare la casa e installare le tubature. Ora era molto più moderna delle case in rovina, seppure ancora bellissime, un tempo abitate dai grandi dell'impero ottomano.

Mentre riposava in quella stanza, ancora un po' stordita, si alzò sui gomiti e, guardando il mare, si chiese se non si trovasse tra le pagine di *Le mille e una notte*. Era così lontana da Pomeroy Street, con i suoi pavimenti di linoleum e i copriletti di ciniglia, e le valigie di Baba impilate sul suo piccolo armadio. Per un breve istante, una canzone diventava un tappeto magico, in grado di schiantarsi ma anche di portarti in posti mai sognati.

L'unico tarlo era Dom – al solo pensiero sentiva che le si chiudeva lo stomaco.

Ancora stanca per il viaggio, dormì per due ore. Al suo risveglio, la luna riversava i suoi raggi sull'acqua scura e, in lontananza, si vedevano i puntini luminosi delle case sulle nere coste dell'Asia. Sentì lo sciabordio delle onde e, a tratti, la musica dei piroscafi che tornavano al Galata Bridge. Era così lontana da qualunque cosa potesse essere considerata normale che le sembrava di camminare su un filo sottile sospeso tra sogno e incubo. Pensò alle storie che un tempo le raccontava Tan, alle ragazze degli harem portate di nascosto al Corno d'Oro e gettate in mare. Pensò a Dom e alle miglia e miglia di mare che ora li separavano. Era tornato a volare con la sua squadriglia, di nuovo in pericolo.

Ormai pensare alla stanza di Rue Lepsius le riusciva intollerabile. La mattina che se n'era andata, aveva aperto gli occhi e avvertito la presenza di lui accanto a sé. Era sveglio. Aveva sentito la sua mano sulla nuca, la sua bocca contro i capelli. Quando si era girata verso Dom, si erano guardati pieni di meraviglia – uno sguardo fisso, niente battute stavolta, niente discorsi evasivi. E poi, un lungo, lento bacio.

Cosa avrebbe pensato di lei adesso?

Il giorno seguente, dopo una ricca colazione a base di frutta fresca, yogurt, croissant, uova e caffè bollente, fu condotta al piano di sopra, nello studio di Ozan per la loro prima riunione. La grande scrivania di marmo a cui sedeva godeva di una magnifica vista sul mare. L'odore del suo acre dopobarba agrumato riempiva la stanza.

«Si sieda», le disse. Ad Alessandria, l'impressione che Saba aveva avuto di lui era quella di un uomo esuberante e ospitale: il tipo che elargiva pacche sulla schiena, che continuava a riempire i bicchieri e dava pizzicotti alle guance dei bambini. Ora, con gli occhi scuri ingranditi da un grosso paio di occhiali dalla montatura di corno, era tutto concentrato sugli affari e ansioso di cominciare.

Aprì la sua agenda. «Oggi la trasferiremo», disse in tono non scortese, ma che non ammetteva repliche, «in un hotel e che si trova a Beyoğlu, un vivace quartiere di Istanbul. Tra tre giorni, terremo una festa in questa casa per degli amici con cui sono in affari e forse qualcuna delle loro fidanzate». Le lanciò un rapido sguardo. «Mi piacerebbe che lei cantasse alcune canzoni per loro. Cose allegre. Dopo di che, canterà al club chiamato Moulin Rouge e dopo quello, forse, ad Ankara – ho degli affari laggiù. Oggi controllerò le date». Cominciò ad annotare qualcosa sull'agenda con una penna d'oro.

Dunque non si trattava di *due settimane al massimo*, come aveva previsto Cleeve. Provò nuovamente la sgradevole sensazione di spaesamento, di non avere il controllo delle cose.

«Quante prove?», chiese. Non le interessava se lui le sparava una raffica di ordini come se si stesse rivolgendo a un giocattolo meccanico. «Non posso cantare senza essermi esercitata prima. Voglio che vada tutto per il meglio».

«Lo so, lo so». L'espressione severa di Ozan si addolcì come per indicare che comprendeva e rispettava il fatto che l'arte avesse regole proprie. «Non c'è bisogno che si preoccupi di questo; il complesso, come avrà modo di vedere, è di ottima qualità, perciò mi lasci controllare...». Serrò le labbra mentre tornava a consultare l'agenda.

«Oggi proverà con loro, ma prima Leyla la porterà a fare shopping – conosce tutti i migliori negozi di Beyoğlu. Potrà comprare dei vestiti, pagherò io».

«Ho già dei vestiti», ribatté Saba.

«Lo so», disse lui. Si tolse gli occhiali e la guardò. Uno sguardo che per la prima volta brillava di opportunità. «Ma può averne degli altri, se vuole», le disse dolcemente. Sistemò la propria mole sulla sedia e continuò a scrivere sull'agenda. «Ci saranno molte feste. Voglio che lei sia bella».

«Francamente, sto bene così, la ringrazio», rispose Saba, pensando: *dannazione a te, signor Cleeve, avevi detto che questo non sarebbe successo*. «Ho portato i miei abiti».

«Ahhh». Con la sedia pericolosamente inclinata, si appoggiò allo schienale e la esaminò, come un uomo che decide la propria offerta a un'asta. «Lei è una di quelle nuove donne?». Le rivolse un sorriso interrogativo. «Come le chiamano, suffragette?»

«Non sono così nuove», disse Saba. «Ci siamo tutti un po' evoluti da allora». Gli sorrise per mostrargli che non portava rancore. «E, a proposito, non bisogna essere una suffragetta per voler indossare le proprie cose».

Lui la ignorò. «Be', se vede qualcosa che le piace, ne parli con Leyla che la porterà a fare un giro. È una donna emancipata anche lei», aggiunse. «E felice di stare qui». Aprì le braccia per includere la stanza e la vista. Dal piano di sotto giunse il suono gorgogliante della risata di un bambino e lo scalpiccio dei suoi piedi.

«Non mi sorprende», disse Saba. «È un posto bellissimo».

Di nuovo quella piega orgogliosa sulle sue labbra – quasi un ghigno. «E quando la parte del canto sarà finita», disse, riassumendo l'espressione paterna, «sarà un mio grande piacere accompagnarla al villaggio di suo padre. Non è lontano da qui – forse ci troverà qualcuno della sua famiglia». Mentre Ozan parlava, Saba si vide come un albero – uno di quegli antichi cedri che crescevano attorno alla *yali* – in grado di far spuntare un'altra radice nel terreno. Era un pensiero stranamente confortante ma anche improbabile.

«La ringrazio», disse. «Mi piacerebbe molto».

Tornata nella sua stanza, vide che vi era stato portato un grammofono di legno di noce e una radio – una cosa gigantesca con le luci verdi che ammiccavano dal quadro comandi e la parte anteriore rivestita di un materiale ondulato. Accanto alla radio, Ozan aveva lasciato una pila dei dischi che diceva spesso di aver collezionato in ogni parte del mondo: Fats Waller, Duke Ellington, Billie ed Ella, Dinah Washington; poi due dischi di cantanti turche che non aveva mai sentito nominare. Quando accese la radio, la sentì crepitare come fiamme e poi un'esplosione di tango.

Con il cuore in gola, girò ancora l'indicatore della radio e alla fine sentì una voce inglese che diceva: «E queste sono le *Danze popolari rumene* di Béla Bartók», coperta a tratti da un lamento arabo. Mentre si vestiva, tenne la radio sintonizzata sulla stessa stazione, sentendone il suono andare e venire, e, alla fine, allo scoccare dell'ora, il segnale orario e una pacata voce delle Home Counties che diceva: «Siete sulla BBC che trasmette per voi dal Nord Africa. Oggi la Desert Air Force e cinque unità di fanteria si sono scontrate con la Luftwaffe a circa cento chilometri a ovest di Alessandria, al confine del Deserto Occidentale. Non si hanno ancora notizie di vittime».

Saba smise quasi di respirare per paura di perdersi anche una sola parola, ma ecco come stavano le cose: *non si hanno ancora notizie di vittime*. La perdita di vite era una conclusione prevista.

Quando la lagna stridula riprese, spense la radio e si stese sul letto e, per la prima volta nella sua vita, provò un profondo disgusto per sé e per il proprio lavoro. Un tempo essere una cantante era una cosa così semplice, così pura, così naturale per lei; ora le sembrava un cannibale che rischiava di mangiarle il cuore. Dovevano esserci delle conseguenze, adesso se ne rendeva conto – alcune delle quali molto dolorose. L'avrebbero lacerata e causato dolore ad altre persone ed era stupido da parte sua non averci pensato prima.

Per impedirsi di pensare ancora, riaccese la radio. Trasmettevano ancora musica da tango turca – saltellante e sfrontata con i suoi ritmi repentini, le pause e gli attacchi. Ozan diceva che a Istanbul era diventata una mania e che presto l'avrebbe cantata anche Saba. Alzò il volume, andò in bagno e si spogliò.

Sotto la doccia, appoggiò la testa contro la fredda parete di piastrelle e chiuse gli occhi mentre l'acqua scorreva su di lei. La grande seccatura, pensò, era che ciò di cui aveva bisogno in quel momento era lavorare. Altrimenti non sarebbe servita a nessuno.

Più tardi quello stesso giorno, Leyla la accompagnò in auto alla sua prima prova.

Erano in anticipo. Nell'elegante hall del Pera Palace Hotel, si sedettero a prendere un caffè e meringhe leggere come piume mentre l'autista in livrea aspettava pazientemente sul marciapiede all'esterno.

Leyla, che indossava un abito di Chanel dal taglio severo e una doppia fila di perle, fu accolta dal capo cameriere con mille inchini e sorrisi ammiccanti.

Mentre chiacchieravano di musica, di moda e di tutte le meravigliose attrazioni turistiche che Saba non poteva perdersi, a Leyla sfuggì: «Le piace la sua vita?». Si asciugò l'angolo della bocca con un tovagliolo e aspettò con occhi ansiosi la sua risposta.

«La mia vita?». Saba era sorpresa. La conversazione in auto non era andata molto oltre le formalità di rito. «Be', sì. Mi piace, almeno così credo».

«Nessun problema con la sua famiglia?»

«In che senso?». Saba si era già accorta delle perplessità che Leyla nutriva nei suoi confronti, le rapide occhiate come se lei fosse un puzzle da completare.

«Be'... dunque... come dire, a loro non dà fastidio che lei canti o cose del genere?». Leyla prese una Sobranie nera da un portasigarette di madreperla. «O che viaggi da sola. Ecco, ne prenda una, la prego!». Spinse le sigarette verso Saba.

«No, grazie». Aveva smesso perché la facevano tossire. «Noi viviamo nel Galles». Saba decise rapidamente di non dire a Leyla di suo padre; non la conosceva abbastanza bene e parlargliene l'avrebbe fatta sentire più vulnerabile. «Lì la gente apprezza molto la musica».

«Piace anche a noi». La mano di Leyla, dalle unghie curatissime, le diede un colpetto rassicurante. «Prima di Atatürk le donne erano ridotte al silenzio». Atatürk, morto quattro anni prima, era il loro leader e fautore della democrazia, il grande modernizzatore della Turchia. Prima di lui, le donne potevano cantare e ballare solo tra di loro negli *hammam*, i bagni turchi, ma, di colpo, le aveva fatte uscire dalla gabbia – potevano cantare e ballare in pubblico dopo secoli di proibizione. Che sollievo! Che gioia! L'unica eccezione era costituita da alcuni dei villaggi più poveri. «Mi scusi se mi permetto – non voglio insultarla – ma una ragazza che canta costituisce ancora una grave offesa. Alcune ragazze vengono picchiate dai loro padri se lo fanno. In Anatolia ci sono interi villaggi in cui è ancora permesso solo agli uomini cantare».

«Santo cielo!». Saba si sentì avvampare. Suo padre poteva anche essersi perso quella rivoluzione ma le parole di Leyla spiegavano molte cose.

«E come ha conosciuto il signor Ozan?», chiese per rompere l'imbarazzato silenzio che seguì.

«A Londra, prima della guerra». Leyla allungò le gambe e si esaminò le scarpe impeccabili. «In realtà, studiavo per diventare un dottore».

Saba si sforzò di non sembrare sorpresa.

«Un dottore? Che meraviglia. Adesso pratica la professione?»

«No, non l'ho mai fatto».

Si guardarono con circospezione.

«Allora, le piaceva Londra?», domandò Saba dopo un po'.

«No, mi perdoni. Per niente». Leyla sorrise e scosse la testa. «Ero davvero molto sola e mi dispiaceva tanto per la moglie dell'uomo presso cui vivevo. Una signora inglese, amica di mio padre, ma così indaffarata tutto il tempo! Fiori, domestici, cucina – nessuna pace! E anche lei era sola, credo, senza parenti, i bambini in collegio, il marito sempre al lavoro. Credo che non sapesse cosa farsene di me».

«Quindi deve essere stata felice di incontrare il signor Ozan».

«È stato come un miracolo. Era a Londra per il teatro, la musica, impegnato in mille affari proprio come ora». Sorrise affettuosamente. «Mi trovavo al St Thomas Hospital per il mio primo anno. La prima persona della mia famiglia a fare una cosa del genere. Mio nonno disapprovava, quasi non mi rivolse più la parola, ma mio padre era un progressista».

Saba si sentì a disagio nel ricordare che probabilmente doveva fare molta attenzione a quelle confidenze: scriverle, appuntarsele da qualche parte. Una parte di lei già sapeva di non essere una spia nata.

«Zafer e io ci siamo incontrati a una festa con altre persone turche, amici della mia famiglia a Londra. Ci siamo innamorati e sposati l'anno dopo». La voce di Leyla aveva adesso un che di meccanico. «No, no, grazie», bloccò l'affettato cameriere che era arrivato con un nuovo vassoio di pasticcini.

«Le è dispiaciuto? Non finire i suoi studi, intendo».

«Niente affatto». Leyla rispose talmente in fretta che Saba temette di aver passato il segno. Entrambe fecero un profondo respiro e si guardarono le scarpe.

«Be'... qualche volta... forse... non così tanto». Leyla rise senza rancore delle proprie contraddizioni. «Mi piaceva la medicina, ma i miei genitori erano così contenti, lui è una bravissima persona e un uomo di successo. Ho i miei figli, la mia famiglia». Le brillavano gli occhi. «Mai un momento di noia, come vede. Mi dica, altro caffè o diamo un'occhiata ai negozi prima delle sue prove? A proposito», mormorò mentre prendevano le loro cose, «non credo dovrebbe dire al signor Ozan che le ho parlato di queste cose».

Si scambiarono un'occhiata.

«Non credo che gli dispiacerebbe», Leyla si tolse le briciole dalla gonna, «ma non ne abbiamo mai parlato e ci penso raramente – è quasi come se non fossero mai successe».

Dopo il caffè, andarono al Londra Hotel, dove il direttore della band, Felipe Ortiz, la aspettava accanto a un'enorme palma in vaso vicino alla reception. Ortiz, un ometto curato con i capelli impomatati e pettinati all'indietro e baffi sottili, le spiegò, mentre si avviavano sulle scale di marmo, che era per metà spagnolo e per metà ebreo e, come molti ebrei, si era rifugiato a Istanbul due anni prima. Prima di allora aveva suonato in tutta Europa – Francia, Berlino, Italia, Spagna. Sentendo le note di un sassofono provenire dal piano di sopra, Saba accelerò il passo.

Felipe, sebbene di bassa statura, era un uomo che emanava sicurezza come un lampione irradia luce. Disse a Saba che avrebbero provato per due ore ogni mattina. Avevano un bel po' di cose da preparare. Le feste e i club di Ozan avevano frequentatori molto diversi tra loro: spagnoli, ebrei, greci, bielorussi e partigiani francesi. I turchi, pazzi per il tango, tendevano a non apprezzare il nuovo jazz; i francesi lo adoravano; i tedeschi erano sentimentali e amavano la musica allegra e, naturalmente – Felipe tentò infelicemente di imitare l'accento cockney – «quell'accidenti di *Lili Marlene*».

Diede a Saba una pila di spartiti da studiare e discussero per un po' di tempi e chiavi, delle canzoni che preferivano, dopo di che Saba cantò per lui un paio di canzoni a cappella.

Un grasso batterista dalla pancia sporgente e gli occhi assonnati entrò nella stanza con passo strascicato. Si chiamava Carlos. Furono fatte brevemente le presentazioni, la band intonò una versione veloce di *I've Got You Under My Skin*, e il ghiaccio fu rotto.

Al termine della canzone, Felipe sembrava soddisfatto – molto bene, sembravano dire le sue sopracciglia perfette. Passarono a un esuberante tango turco, un brano allegro intitolato *Mehtaph Bir Gecede* che Carlos tradusse con "una notte di luna". Saba cercò di seguire la canzone ma non ci riuscì. Per lei, la parte migliore fu dopo la pausa, quando Felipe, strimpellando in sordina con la sua chitarra, trasformò in una versione jazz *Stormy Weather*.

«Tu». Guardò Saba, che iniziò a cantare con lui. Claude, il pianista, aggiunse qualche tocco delicato.

E non per la prima volta, Saba rimase scioccata per il senso di completezza, di sollievo che il canto le donava. Niente era in grado di fare altrettanto. «Alla fine della canzone», Felipe istruì il pianista, «diciamo quando lei canta che continua a piovere tutto il tempo, tu devi», si portò un dito alle labbra, «fermarti sull'ultima nota». Gli diede una dimostrazione con la chitarra – una fluida progressione di note che fece venire la pelle d'oca a Saba. Erano davvero bravi. Ozan aveva ragione. Felipe era soddisfatto di lei. In quel momento, nient'altro aveva importanza.

Dopo le prove, scesero al bar, riccamente decorato, e bevvero tè turco in piccoli bicchieri e risero dei due anziani pappagalli nella gabbia appesa tra i pesanti tendaggi, come due vecchie comari che borbottavano minacce in turco. Felipe le disse che quando la guerra sarebbe finita, la band sperava di tornare a esibirsi in tournée e che avrebbe avuto bisogno di una cantante. Nord Africa, Europa, forse America; avevano ricevuto un'offerta dal Tropicana di Cuba, dove lui aveva suonato prima della guerra. «Un periodo magico», disse con un sorriso triste e dolce. I nomi le avevano fatto l'effetto di una droga. «Il signor Ozan è disposto ad aiutarci», aggiunse. E ora, per completare una giornata già complicata, Saba avvertì il brivido dell'eccitazione; non vedeva l'ora che cominciassero i concerti.

Capitolo 33

Rilesse la lettera, la strappò a metà e ne bruciò i pezzi con l'accendino.

Gli aveva scritto Arleta con la sua grafia frettolosa:

Caro Dom,

spero non ti dispiaccia se ti chiamo così. No, non ho notizie di Saba da quando ci ha lasciati, perciò sono preoccupata anch'io. Penso che sia entrata a far parte di un'altra compagnia o che se ne sia andata; forse è tornata in Inghilterra. L'ultima cosa che ho saputo è che era stata mandata ad Alessandria per delle trasmissioni radiofoniche. Le ho scritto, lei non mi ha risposto e, ad ogni modo, il nostro gruppetto si è sfasciato, per via di malattie, incidenti eccetera. Non penso che sappia neanche che il nostro povero vecchio comico, Willie, è morto improvvisamente sul palco, povero caro, è il modo in cui desiderava andarsene. Ho cercato di mettermi in contatto con Janine, la ballerina della nostra compagnia, ma è partita, credo per l'India. È difficile mantenere i contatti al momento come tu stesso probabilmente saprai.

Mi spiace di non poter essere più utile. Se o sue notizie te lo farò sapere senz'altro. Mi manca terribilmente; era un vero spasso e di grande talento. Se ai sue notizie, ti prego, mettiti in contatto con me.

I miei migliori auguri

Arleta Samson

Aveva provato una consolazione che sapeva essere antipatica e snobistica per la scrittura infantile e gli errori di grammatica. Gli artisti erano superficiali, ignoranti, inaffidabili, falsi e si potevano facilmente dimenticare. Si era perso come un bambino nella sala degli specchi deformanti. Non avrebbe mai funzionato.

Come pilota, era stato addestrato a pensare che gli esseri umani avessero un grosso difetto di progettazione nella loro mente. Vedevano frammenti di realtà e con essi cercavano di costruire un intero mondo. Quando lui, Barney e Jacko avevano affrontato la prima lezione sulle regole di navigazione, l'istruttore aveva urlato loro cinque parole – bussola, deviazione, magnetico, variazione, vero – e loro gli avevano urlato di rimando l'espediente mnemonico *Cadburys Dairy Milk very tasty*[25]. Ma il principio era efficace: ciò che sembrava reale, poteva trarti in inganno. La montagna, nascosta da quelle meravigliose nuvole soffici in cui stavi entrando, poteva ridurti in milioni di pezzi. La fila di stelle a dritta poteva assumere le sembianze delle accoglienti luci di una pista di atterraggio o danzare come le ragazze indigene che agitano collane di fiori bianchi. Mai scambiare quello che si voleva per quello che c'era veramente – e Saba, chiaramente, non c'era.

Decise di scrivere una diplomatica risposta alla lettera di Arleta.

Grazie per avermi contattato. Mi faccia sapere se ha notizie. Nell'immediato futuro sarò in giro con la DAF, per cui il modo più sicuro per mandarmi lettere è indirizzarle al NAAFI di Wadi Natrun o al Wellington Club del Cairo. Buona fortuna per la sua tournée.

Dominic Benson

Discorso chiuso.

[25] "Il cioccolato al latte Cadburys è molto buono". *C.D.M. very tasty* è una formula mnemonica per trasformare la lettura di una bussola (C sta per *compass*), soggetta a deviazione (D) e campi magnetici (M) in una vera (T per *true*) rilevazione sul diagramma di volo.

Capitolo 34

Il primo settembre, appena Saba entrò nella hall del Büyük Londra, l'impiegato della reception le consegnò una busta contenente lo spartito di *Night and Day*. Sulla parte davanti c'era scritto a matita:

Vediamoci domani al 43 di Istiklal Caddesi. Sono proprio di fronte alla pasticceria francese al primo piano. Prendi l'ascensore e gira a destra. Sarò lì a partire dalle dieci e mezza.

Tuo cugino Bill

Ne fu sollevata. Si trovava in quel posto per un motivo e presto sarebbe tornata in Nord Africa dove avrebbe potuto dare delle spiegazioni esaurienti a Dom. Quella mattina, avvolta dal lusso profumato della sua stanza d'albergo, le era mancato il fiato quando aveva sentito la voce pacata dell'annunciatore della BBC. «Oggi c'è stato un altro pesante bombardamento nel Deserto Occidentale, teatro dell'azione della Desert Air Force».

Come al solito, la notizia era deliberatamente vaga, ma la sua mente si era affannata per riempire i vuoti. In quel momento Dom poteva essere ovunque: disperato, sofferente mentre lei era in una stanza con un lampadario di cristallo rosa sulla testa, tappeti persiani e spessi asciugamani bianchi nel bagno personale. Dalla finestra poteva vedere i piroscafi che attraversavano il Corno d'Oro e le moschee all'orizzonte. A colazione aveva succo d'arancia fresco, caffè appena fatto e croissant burrosi e, per tutto il tempo – inutile mentire – era disgustosamente entusiasta di provare con la nuova band.

Perché ciò che la disorientava era che se metteva da parte la guerra, cosa che ovviamente non poteva fare, e Dom, quella era stata dal punto di vista professionale una delle settimane più interessanti della sua vita.

Felipe, nonostante gli occhi sonnacchiosi, i baffetti, il modo di fare leggermente brillo, era il musicista più entusiasmante con cui avesse mai cantato. Era stato scoperto mentre suonava il flamenco in un bar di una stradina di Barcellona ed era in grado di suonare più o meno tutto – canzoni sentimentali, classici del jazz, vecchie e tristi canzoni popolari – con una sorta di elegante spensieratezza che nascondeva la precisione e la verve della sua tecnica. La band lo venerava, desiderava compiacerlo e perdonava i suoi occasionali violenti sfoghi quando non erano all'altezza dei suoi standard. Prima della guerra, le aveva detto con la voce stridula e arrochita dai piccoli sigari che fumava di continuo, si era trasferito in Germania e aveva messo su famiglia. Ozan lo aveva sentito per la prima volta al Grand Duc di Parigi e in seguito aveva fatto in modo di tirarlo fuori da lì prima dell'arrivo dei tedeschi – così era nata la loro unione.

Sapere che Felipe la apprezzava, quasi da accettarla come sua pari, era stata un'iniezione di fiducia per Saba, soprattutto dopo la sgradevole esperienza con Bagley. Il musicista la riteneva capace di imparare e di andare lontano. Non si erano mai detti niente a tal proposito, ma Saba glielo aveva letto negli occhi quando duettavano e più lo sentiva, tanto meglio cantava.

Durante l'ultima prova, Felipe l'aveva accompagnata al pianoforte in *Why Don't You Do Right?*, e Saba aveva vissuto una strana esperienza, un momento che solo un altro musicista avrebbe compreso o riconosciuto. Per quattro o cinque battute, erano entrati così in sintonia da dare loro l'impressione di trovarsi in un puzzle perfettamente completato, o di ballare in piena armonia. Niente che si potesse fingere o forzare, ma Felipe, che in genere era piuttosto riservato, dopo aveva chiuso gli occhi e lanciato un grido di piacere e il corpo di Saba aveva esultato per ore. Moriva dalla voglia di riprovarci quella sera al concerto.

Dopo colazione, rilesse il messaggio di Cleeve, memorizzò il numero civico di Istiklal Caddesi e poi, sentendosi leggermente ridicola, portò in camera una scatola di cerini e bruciò la lettera nel lavandino. Mentre guardava volare via i resti carbonizzati, il suo umore migliorò ma la sensazione di stomaco in subbuglio non passò. Il pensiero di rivedere Cleeve l'aveva resa inaspettatamente nervosa e, come se non fosse bastato, da lì a meno di nove ore – calcolò il tempo sul suo orologio da polso – sarebbe stata a casa di Ozan per la sua prima esibizione con la band. Perfino Felipe sembrava su di giri. Il giorno prima, durante la loro ultima prova, aveva visto nei suoi occhi uno sguardo teso mentre li avvertiva del fatto che Ozan, nonostante i modi bonari, era un perfezionista; se la band non fosse stata di suo gradimento, sarebbero stati mandati via. Quando si era sforzato di sorridere, la sua bocca aveva avuto un fremito – a parte Istanbul e Ozan, Felipe non aveva né casa né lavoro.

Saba trascorse la giornata girovagando sola tra le strette viuzze di Beyoğlu. Amava quella vecchia parte della città: i vicoli scarsamente illuminati in cui verdure, pomodori, zucchine, grossi mazzi di prezzemolo venivano graziosamente esposti come fossero fiori; le botteghe dei macellai nelle cui vetrine erano in mostra teste di pecora e le loro viscere accuratamente intrecciate; i negozi in cui le conserve di frutta riposavano come massicci gioielli lucenti in grossi vasi di vetro.

Si attardò a guardare due anziane donne che esaminavano le patate e guardavano le mele con la stessa attenzione severa e scientifica che Tan rivolgeva alle bancarelle del mercato di Cardiff. Si avviò verso Istiklal Caddesi, un'ampia strada trafficata e frequentata da gente vestita alla moda, e salì su un tram. Scese alla fermata sbagliata, camminò per circa un chilometro e finalmente la trovò: la casa temporanea di Cleeve – uno stretto e fatiscente vecchio edificio ottomano con le finestre istoriate tra un negozio di scarpe e un'elegante pasticceria francese. Non aveva idea di quello che gli avrebbe detto l'indomani o di cosa lui avrebbe voluto da lei; quella parte della sua vita le sembrava precaria, irreale. "Non mi piace essere così, qualunque cosa io sia per Cleeve", pensò d'un tratto. "Non fa per me, non mi piacciono le sfumature".

Pranzò in uno dei locali più modesti che si trovavano in quella strada, un posto in cui servivano solo *börek* – morbidi fagottini di pasta ripieni di carne, formaggio o verdure –, il pranzo preferito di suo padre. Ora le capitava spesso di vedere facce come la sua, per strada, sul tram – bei lineamenti scuri dalle folte barbe che bisognava radere due volte al giorno. Il giorno prima aveva visto un uomo rincorrere il suo bambino per la strada e aveva provato un acuto senso di rimpianto. Lei e Baba avevano passato dei bei momenti insieme, le canzoni, le uscite segrete per andare a comprare il gelato in Angelina Street, e tutto era finito con quella vergognosa zuffa in camera da letto. Il suo schiaffo – lo aveva colpito! – quando le aveva strappato la lettera dell'ENSA, ancora più scioccante quando ci ripensava, non sarebbe stato perdonato, non in quella vita e non da lei. Era stufa marcia di aspettare la sua approvazione, le lettere che non sarebbero mai arrivate. A volte bisognava impedire a se stessi di cadere in una tana di topo in cui non c'era formaggio.

Istanbul, che le piacesse o meno, lo aveva bruscamente riportato nei suoi pensieri sollevando interrogativi. Come aveva potuto sopportare di lasciare quel luogo con le sue moschee e i bazar profumati, gli scorci luminosi di mare azzurro e spiagge lontane, per le fredde strade grigie di Cardiff dove, un tempo, nessuno parlava la sua lingua? Perché non vi aveva mai fatto ritorno? Qual era l'origine della rabbia che aveva avvertito e che l'aveva allontanata da lui?

Più tardi, nella sua stanza d'albergo, tornò a essere una cantante e allontanò il pensiero di suo padre. Si mise davanti allo specchio con indosso l'abito azzurro che Ellie le aveva prestato, agitata al pensiero che la festa di Ozan sarebbe cominciata di lì a poche ore. "Che cosa orribile!", pensò. "Perché mi sono cacciata in questa storia?".

Un folle caleidoscopio di pensieri le attraversò la mente mentre si applicava il fondotinta sulle guance e distendeva le labbra per mettere il rossetto. Quella sera si sarebbe rivelata un umiliante fallimento, adesso ne era certa: le prove erano state troppo poche, sarebbe venuto fuori un imbarazzante guazzabuglio di canzoni male assortite che avrebbero frastornato un pubblico di cui lei ignorava i gusti. Quella sera sarebbe stato un trionfo, Ozan l'avrebbe adorata e presto sarebbero arrivate Parigi e Londra. Dom le avrebbe fatto una sorpresa presentandosi all'improvviso.

Più tardi, sul sedile posteriore dell'auto che il signor Ozan le aveva mandato, teneva gli occhi chiusi e non prestava la minima attenzione alla luna che sorgeva sul Corno d'Oro o ai pescatori che calavano le lenze dai ponti in ombra, agli uomini che andavano a pregare nelle moschee, ai lustrascarpe che, fuori dai cancelli del consolato britannico, metteva via le proprie cose per tornarsene a casa. Era concentrata sulle canzoni.

A Taksim Square, si unirono a lei Felipe e la sua band, eleganti nei loro smoking, le camicie bianche fresche di bucato e i capelli generosamente impomatati. Felipe le baciò la mano e disse che era sensazionale. L'auto svoltò e imboccò un ripido pendio, dopo di che svoltò nuovamente, seguendo il mare e il giorno che si spegneva. Alla loro sinistra c'erano boschi scuri che, le disse Felipe, erano abitati da lupi oltre che dai pini e dai cipressi. A destra, il luccichio del mare, a cui il crepuscolo conferiva la tonalità metallica del rame battuto, e le luci dei piroscafi che tagliavano le onde.

Al crepuscolo la casa di Ozan era una visione spettacolare; con le luci che si riversavano da ogni finestra, sembrava galleggiare sulle acque del Bosforo illuminate dalla luna, eterea e scintillante come un esotico transatlantico. Mentre si avvicinavano, Saba sentì il ritmo costante del tango provenire dall'interno.

Leyla – affascinante quella sera in seta smeraldo e verde chiaro – li aspettava sulla porta per accoglierli. Ozan, disse, non aveva fatto che strillare tutto il giorno controllando ogni minima cosa, il cibo, il palco, la lista degli ospiti. Alzò al cielo i grandi occhi neri mentre era alle spalle di suo marito. Che uomo! Che mostro!

Li condusse in una piccola stanza al primo piano dove potevano sistemare gli strumenti e poi giù, in cucina, dove cinque cuochi extra e quattordici camerieri erano stati mandati a spennare quaglie, a tagliare coriandolo, aneto e chili di noci, e a preparare le dozzine di deliziosi antipasti, piccoli *mezes* che gli ospiti avrebbero sgranocchiato.

I cuochi riservarono a Saba un mucchio di attenzioni quando fece capolino dalla porta. Le sorrisero, le fecero inchini e le offrirono degli assaggini, ma Saba si limitò a una piccola scodella di riso e una specie di stufato di pollo dal sapore divino. Era di nuovo nervosa e solo di rado mangiava prima di cantare.

«Venga! Venga!». Anche Leyla era eccitata. Prese Saba per mano e la condusse al piano di sopra dove sbirciarono in una sala ampia e riccamente decorata, affollata di gente che parlava e rideva. La luce di decine di candele si riversava come miele dorato sulle sete, i satin e i diamanti che impreziosivano il lungo collo delle signore. Dalle finestre aperte si vedeva la luna piena brillare sul mare scuro.

All'interno, cibo e altre risate maschili, il tintinnio dei bicchieri e pile di sigarette Sobranie rosa disposte in ciotole di cristallo a disposizione dei fumatori. Era, pensò Saba, il tipo di festa che si sognava quando si era giovani. La madre sarebbe svenuta davanti a quella vista.

«Chi sono tutte queste persone?», sussurrò a Felipe.

«Gente di tutti i tipi», le rispose a bassa voce, solleticandole l'orecchio con i baffi. «Colleghi d'affari di Ozan, gente del cinema, scrittori e commercianti, personale dell'ambasciata, giornalisti – quasi centocinquanta persone, o così dice Leyla».

Il signor Ozan fece la sua comparsa, maestoso e raffinato in smoking di velluto color rubino con la passamaneria ai polsi. Si muoveva come una gigantesca balena nella stanza scintillante, osservando la folla, sorridendo, distribuendo baci, pacche sulle braccia, pizzicotti sulle guance, accettando i numerosi complimenti con un dignitoso e neutro cenno del capo, come per dire *cosa vi aspettavate?*

Aveva dato loro rigorose istruzioni affinché non cominciassero a suonare fino a che gli ospiti non si fossero ambientati, avessero chiacchierato e bevuto un paio di drink. E poi, alle nove in punto, rivolse uno sguardo eloquente nella loro direzione, si toccò l'orologio e lo strepito degli invitati si ridusse a un sussurro carico di attesa. Il sipario si aprì, un riflettore illuminò il palco. «Pronti», disse piano Felipe, dando un'occhiata a tutti loro. Inarcò le sopracciglia perfettamente depilate all'indirizzo di Saba.

Respira profondamente, spalle indietro. Crepi il lupo[26].

E partirono. La prima canzone, *Zu Zu Gazoo*, era un motivetto frivolo composta da Felipe per rompere il ghiaccio. Carlos ne dettò il ritmo rapido, le mani di Felipe si mossero a gran velocità sulla chitarra e Saba intervenne con la sua voce, producendosi nello scat[27], ballando, persa in un'estasi inconsapevole fino a che la canzone non finì e sentì il pubblico acclamare e applaudire. Il sorriso di Felipe diceva *Funziona!* Tutto l'esercizio a cui si era sottoposta, la creazione della tecnica, gli errori, l'aver imparato quando trattenere e quando lasciare andare il fiato, le avevano permesso di cantare senza sforzo e avevano reso la notte magica. Saba capì che se fosse stata miliardaria non avrebbe mai e poi mai potuto provare una tale soddisfazione e un tale piacere.

Poi la canzone successiva, *That Old Black Magic*, con Felipe che arricciava le labbra e si esibiva nella sua imitazione di "Satchmo" facendo il doo-wop[28] nel ritornello. E ancora, una bellissima canzone turca, *Veda Bûsesi*, e infine *J'ai deux amours*. Era puro divertimento e Saba lo adorava.

Le candele si consumarono, lasciando un indistinto chiarore nella sala; all'esterno, la luna affondava nel mare come una gigantesca pesca matura e i pescatori, che si erano fermati sulle loro barche per ascoltare la musica, tornarono a casa. Suoni di risate soffocate giungevano da una stanza al piano di sopra dove, le aveva detto Felipe, erano stati preparati narghilè e strisce di cocaina. Lui stesso era andato di sopra un paio di volte durante le pause. Dopo la mezzanotte, la band, che ora faceva le fusa come un motore ben oliato, iniziò a suonare i vecchi classici che piacevano a tutti: *Blue Moon*, *The Way You Look Tonight*.

E Saba, guardando le coppie che ballavano sempre più strette e i baci rubati, sentì il proprio momento di felicità trasformarsi

[26] In italiano nel testo.
[27] Esecuzione vocale improvvisata con sillabe prive di senso tipica del jazz.
[28] Vocalizzazioni armoniche.

istantaneamente in scioccante preoccupazione. Ogni cellula del suo corpo agognava di ballare con lui, di sentire i suoi morbidi capelli lucenti, di stare guancia a guancia.

Ti prego, Dio, fa' che sia salvo. Non lasciare che muoia.

«*These Foolish Things*», mormorò Felipe. Saba amava quella canzone. Durante una delle prove, lui le aveva mostrato un modo per ritardare di mezza battuta alcune note. «A volte, per farli piangere, devi farli aspettare», aveva detto.

Quando la canzone finì, un paio di ballerini si girarono a guardarla rapiti. Applaudirono delicatamente. Lei mandò loro un bacio con la mano.

«*Mashallah!*», esclamò Ozan mentre saliva sul palco. Felipe alzò i pollici e le sorrise.

«La signorina Saba Tarcan, il mio usignolo mezzo turco», disse il signor Ozan al microfono in tono sommesso; il pubblico le rivolse una rumorosa ovazione, fischiando e applaudendo. Per quel momento, almeno, non poteva sbagliare.

«Bene, perbacco, perbacco, perbacco. Fantastico!». Cleeve batté piano le mani quando, il giorno seguente, lei gli raccontò della festa. «Il primo ostacolo è stato superato con successo. Piaci alla band, Ozan ha perso la testa, il resto dovrebbe essere un gioco da ragazzi».

Erano nel suo appartamento, una stanza anonima, disordinata come quella di Alessandria; la valigia ancora da disfare in un angolo, un kebab mangiato a metà su un tavolo la cui gamba traballante poggiava su una copia sbiadita di «Le Monde».

«Ma, scusa, ti ho interrotta». Si sporse in avanti interessatissimo. «Continua. Cosa è successo dopo?».

Stavano bevendo tè turco in bicchieri spaiati. Saba guardò l'orologio. Le undici.

«Non posso trattenermi molto», lo avvertì. «Come premio, il signor Ozan vuole portare Leyla e me a fare una gita in automobile. Ha intenzione di trovare il posto in cui un tempo viveva la mia famiglia».

«Davvero?». Il sorriso di Cleeve fu una rapida smorfia – la cosa non lo interessava affatto. Spostò il kebab. «Questo posto è una discarica, mi dispiace, l'ho affittato solo per un paio di giorni – è meglio se non ci incontriamo negli alberghi».

«All'epoca non ero neanche nata», continuò Saba. «Credo di non essermi mai interessata a loro prima di venire qui».

«Non può dirsi lo stesso di gran parte delle persone?». Cleeve fece cadere due pezzetti di carne nell'incarto e gettò tutto nella pattumiera. «I nostri genitori sono per noi solo i nostri genitori». Si accese una sigaretta.

"Non so niente neanche di te", pensò Saba. Solo il sorriso ammiccante, le battute, le amichevoli conversazioni sulla musica.

«Allora», disse Cleeve. «La festa».

«È stata la festa più raffinata a cui sia mai stata», rispose Saba. «Non riuscivo a crederci».

«Alcune di quelle persone hanno ricavato profitti colossali con la guerra», le spiegò. «Soprattutto con lo zucchero, il sale, il carburante. Non hanno mai avuto tanto denaro e non hanno problemi a spenderlo. Cosa è successo?»

«Abbiamo suonato per circa un'ora», disse Saba, «e quando ci siamo fermati il signor Ozan mi ha chiesto di ballare con alcuni degli uomini che erano alla festa. Sembrava fiero del fatto che fossi turca, che fossi tornata a casa e continuava a dire loro quanto io ami Istanbul».

«Ed è così?»

«Molto più di quanto mi aspettassi».

«E ti è dispiaciuto? Ballare, intendo».

Saba esitò.

«Non mi piace che Ozan mi dica con chi ballare, mi fa sentire di poco valore, ma non credo sia questo il punto, vero?»

«Hai detto niente?»

«No, avrei potuto perdermi qualcosa».

«Brava ragazza, oh, ti daranno una gran bella medaglia per questo quando tornerai».

Stupido paternalista.

«E qualche sacchetto di caramelle?»

«Non essere arrabbiata, Saba, e ti prego, va' avanti, tutto questo è pazzesco. Con chi hai ballato?»

«Un uomo di nome Necdet, commerciante levantino di tabacco; parla sette lingue e profuma di mandorle. Yuri qualcosa, un tipo grasso e allegro. Ha detto che la maggior parte delle navi che vanno su e giù per il Bosforo sono sue. Un bielorusso, Alexej, il cognome era qualcosa tipo Beloi – è qui per scrivere un libro di economia. Mi ha fatto delle avances».

«Roba seria?»

«No. Mi ha detto che Istanbul è piena zeppa di spie, tutte che aspettano di vedere da che parte si schiererà la Turchia. L'ha fatta sembrare una barzelletta».

«Be', ragionamento azzeccato. Altro?»

«Sì. C'erano anche quattro ufficiali tedeschi. Ho ballato con due di loro. È stato orribile ma non l'ho dato a vedere». Lo guardò inquieta. «Sono abituata a pensare a loro come a quelli che sganciano bombe, che uccidono la gente... Ad ogni modo», vedendo la sua espressione neutra, «avrei voluto sputargli negli occhi ma ho sorriso graziosamente e loro hanno ricambiato il mio sorriso. Uno si chiamava Severin Mueller, lavora all'ambasciata ma non ha detto cosa fa. Voleva solo parlare di musica».

«Ah». Cleeve aveva alzato la testa di scatto. «Bene, lui è molto importante per noi, è un nuovo attaché dell'ambasciata di Ankara. Perché hai lasciato per ultima la parte migliore? Gli hai detto qualcosa?»

«Solo qualche parola, avevo paura... e se si accorgono che sono inglese?».

Cleeve le rivolse il suo sguardo sincero. «Ci sono un sacco di feste qui, Saba, in cui i pezzi grossi dell'esercito tedesco e di quello inglese si ritrovano nella stessa stanza. Non dico che vadano d'amore e d'accordo, ma parlano, si scambiano di tanto in tanto un freddo sorriso, quel genere di cose. E poi, quando sei con Ozan, sei in una botte di ferro. C'è altro?»

«Nient'altro. Alcuni uomini erano parecchio ubriachi alla fine della serata. Mi hanno chiesto di cantare *Lili Marlene*. L'avevo provata in tedesco con Felipe. Ma Dermot», era decisa a dirglielo e a far sì che la ascoltasse, «per quanto incantevole sia questo posto, non voglio andarmene in giro a tempo indefinito. Quando tornerò in Nord Africa?». Sentì il volume della propria voce alzarsi e fece uno sforzo per controllarsi. «Capisci cosa sto dicendo? Se avete per me un compito preciso da svolgere qui, lo farò meglio che posso, ma io non sono una spia, sono una cantante».

Cleeve le prese le braccia come se Saba fosse stata colta da un assurdo attacco isterico. «Tesoro caro!», le disse. «Saba, mia cara». Le depositò un bacio paterno sulla fronte. «Certo che sei una cantante. E certo che ti faremo tornare presto, ma c'è qualcosa di molto importante che prima devi fare ed è questo il motivo per cui ti ho chiesto di venire qui oggi – per portare tutto, auspicabilmente, a una felice conclusione».

Le si avvicinò abbastanza perché lei avvertisse l'odore di sigaretta nel suo alito.

«Bene, allora. Adesso ascolta».

Da qualche parte nell'edificio, l'ascensore risuonò cupo e iniziò a cigolare.

Cleeve unì i polpastrelli e la guardò.

«Saba, mia cara, tu fai parte di un'operazione che va avanti in Turchia da mesi. Felipe ne è un elemento chiave. Mentre tu ballavi con i tedeschi, Felipe faceva qualche piccola indagine nelle camere degli ospiti in casa di Ozan».

«Felipe?»

«Felipe è uno dei nostri agenti più importanti in questa città. La scorsa notte stava controllando se gli ospiti di Ozan avessero incautamente lasciato qualcosa di interessante sui loro comodini».

«Perché non me l'hai detto prima?»

«Te lo sto dicendo adesso. Dovevamo prima valutare il tuo lavoro».

Saba provò una piccola fitta di soddisfazione e paura: dunque c'era una ragione per tutto quello.

«Qualcun altro nella band ne è a conoscenza?»

«No, nessuno». Cleeve le si avvicinò e abbassò la voce. «Ora, ecco la prossima parte del piano. Ascolta con molta attenzione. Un anno fa, un pilota di caccia tedesco veramente in gamba, Josef Jenke, è stato abbattuto sul Mar Nero. Un pilota che, guarda caso, era anche sul nostro libro paga. È stato raccolto dalla polizia turca, portato a Istanbul per essere interrogato e, in accordo con le leggi internazionali, non è stato mandato in prigione bensì alloggiato in una piccola pensione a Pera. Lì è stato trattato con i guanti – fuori gran parte del giorno sulla parola, ottimo cibo, di tanto in tanto qualche ragazza.

Nei mesi del suo arresto, Josef è entrato a far parte del clan tedesco. Non ce ne sono tanti qui e, per ovvie ragioni, rimangono uniti. È un tipo affascinante, attraente, coraggioso, le donne lo amano e gli piace spesso vantarsi dei suoi trascorsi da pilota – il suo desiderio di tornare a volare, far fuori qualche altro inglese, cose del genere. La situazione ora è che viene invitato a un mucchio di feste ed è diventato intimo di un certo Otto Engel, che fa parte di un'organizzazione chiamata Ostministerium – il Ministero dell'Est. Le loro principali attività, per quello che siamo riusciti a scoprire, sono il mercato nero e divertirsi il più possibile.

Ora, ecco il punto». Cleeve abbassò lo sguardo, come se temesse che qualcuno fosse nascosto sotto il tavolo disordinato. «Poiché attualmente Istanbul è la più importante città neutrale al mondo, abbiamo urgente bisogno di parlare con Jenke – ha fatto dei lavori eccellenti per noi, ma pensiamo che abbia i giorni contati. Sospettiamo che qualcuno all'interno dell'Ostministerium abbia iniziato a fiutare l'inganno. Sono state svolte alcune ricerche presso la sua squadriglia; è possibile che da un giorno all'altro scoprano che è un disertore. Dobbiamo mandarlo via al più presto».

Cleeve anticipò la domanda di Saba.

«Josef ama le donne e la musica. È un frequentatore abituale delle feste che si tengono in una casa privata utilizzata dai tedeschi a Tarabya, nei pressi della loro ambasciata estiva. Uno dei compari di Ozan fornisce loro musica, alcol e ragazze, ma Ozan stesso ci va molto di rado.

Queste serate sono molto informali; è difficile sapere esattamente quando Jenke vi parteciperà, ma lui sa che tu ci sarai e sa chi sei. Quando andrai lì, canterai e forse ballerai con qualcuno e, a un certo punto della serata, Jenke ti chiederà di farti fotografare con lui. Se poserai con lui, sembrerà la cosa più naturale del mondo, la foto di un ammiratore, se preferisci. Così ritaglieremo la sua faccia», Cleeve mimò le forbici con le dita macchiate di nicotina e sorrise brevemente, «gli faremo un passaporto falso e lo tireremo fuori dal Paese il più in fretta possibile».

«Tutto in una sera?»

«Felipe è sicuro che si possa fare in una sera, due al massimo».

«Come saprò che è lui?».

Cleeve prese degli spartiti dalla valigetta. «Jenke flirterà con te e, a un certo punto, salirà sul palco e tu gli porgerai questi, così che possa cantare qualche accordo con te. È lo spartito di *My Funny Valentine*». Girò rapidamente le pagine fino ad arrivare a una graffetta e a un foglio staccato.

«Le istruzioni di cui ha bisogno sono scritte qui con inchiostro invisibile. Tutto quello che devi fare è aprire gli spartiti alla pagina giusta – lui è pratico, sa cosa fare. La prenderà quando sarà pronto. Non dovrebbe essere troppo difficile. Le luci saranno basse e tutti saranno impegnati a bere».

Saba guardò un gabbiano librarsi dal davanzale e sparire nella nebbia. Sentì l'ascensore sferragliare nell'edificio e il cigolio della sua porta che si apriva.

«Posso farlo». Sebbene non fosse sicura di farcela, sentì un rimescolio di forti sensazioni dentro di sé.

«Ami il tuo Paese, Saba?», le chiese dolcemente Cleeve. La stava guardando con attenzione.

Saba rimase immobile per un po'. Lo amava abbastanza da mettere la propria vita alla mercé di chiunque? Non aveva mai pensato seriamente al patriottismo, a parte sapere che se una folla cantava a squarciagola *There'll Always Be an England* o *Jerusalem*, il suo cuore si sarebbe gonfiato di orgoglio, ma con i tedeschi che sganciavano bombe sulla sua bella terra verde, non era certo un pensiero inconsueto.

«Sì», rispose alla fine. «Amo il mio Paese».

«Brava ragazza». Le diede un colpetto sulla mano. «Forse dovrei avvertirti che le feste di Tarabya qualche volta si fanno un po' sfrenate». Cleeve si mordicchiò le guance e la guardò con aria divertita. «È dove vanno i tedeschi per lasciarsi andare. Ma ci sarà Felipe a tenerti d'occhio e, naturalmente, nessuno vorrà fare cosa sgradita a Ozan, è troppo importante per loro».

«E poi? Intendo dopo questo lavoro. Non voglio rimanere a tempo indefinito».

«Assolutamente no», rispose Cleeve indignato. «Neanche noi vogliamo che tu rimanga qui. Non appena Jenke avrà la foto e i documenti, partirà. Dopo di che, tu sarai su un volo diretto al Cairo. Ma, se dopo la guerra, vorrai tornare qui, sono certo che Ozan ti offrirebbe un lavoro – così, alla fine, tutti sono contenti. Ma ascolta, Saba», il suo sorriso si era trasformato in un cortese cipiglio, «deve essere una tua decisione: sei sicura di poterlo fare?».

Saba piegò la testa. Il suo peggior incubo infantile la vedeva precipitarsi eccitata su un palco, al cospetto di un grande pubblico e scoprire, in uno spaventoso e umiliante istante, di aver dimenticato le battute, di quale spettacolo si trattasse e chi fosse lei. Ma, a quel punto, fare marcia indietro era più o meno impossibile – era troppo tardi e cominciava a perdere la pazienza. Era già salita sul palco e si rivolgeva al pubblico insieme a Felipe e agli altri. Fece un profondo respiro e lo guardò.

«Lo farò», disse.

Capitolo 35

Quando Dom si svegliò, il piede taglia 47 di Barney gli martellava sull'orecchio. La pioggia cadeva rumorosamente sul suo sacco a pelo. Quasi non se n'era accorto quando si era svegliato quella notte, ma ora scendeva con ritmo costante, filtrando sotto i teli della tenda e inumidendo i loro vestiti; ci sarebbe stato un mare di fango là fuori.

Accese la torcia per illuminare l'orologio – le quattro e mezza –, chiuse gli occhi e cercò di tornare al sogno che stava facendo, un'impresa che gli riusciva facilmente da ragazzino nel freddo dormitorio della scuola preparatoria, ma, a quanto pareva, ora non più. Nel sogno era diventato padre di due gemelli. Aveva il cuore gonfio di amore per loro – quei bambini con le pance simili a Budda, le fossette e i polsi che sembravano serrati da elastici. Insaponava le loro braccine paffute e metteva le mani sui loro occhi per impedire che il sapone vi entrasse. Li tirava fuori dall'acqua e ricopriva di pernacchiette la loro morbida pelle; li cospargeva di borotalco e li avvolgeva in asciugamani tiepidi, porgendoli poi a una donna che li infilava nei loro pigiamini e li faceva saltellare sulle sue ginocchia. Quando la donna faceva loro il solletico con i suoi capelli, i bimbi ridevano emettendo un suono gioioso simile al profondo gorgoglio di un ruscello. Una volta sistemati sui cuscini davanti al caminetto, i loro occhi celesti lo avevano guardato – completamente soddisfatti. *Ci fidiamo di te*, gli dicevano. *Siamo al sicuro*.

Oh, che razza di sciocco. Aprì gli occhi e, sospirando, si tirò su; si accese una sigaretta e la fumò fuori dalla tenda sotto la tettoia gocciolante. E, guardando il mare di fango che lo circondava, il cielo grigio, le gavette arrugginite e sporche di fagioli, residuo della cena della sera prima, si prese gioco del sognatore notturno.

Bambini grassocci, ottime opportunità. Era vergognoso, ridicolo quanto sognasse lei o qualche sua versione: non c'era bisogno di essere Freud per capire che i gemelli erano una facciata. Ormai era terribilmente stanco, non poteva più permettersi di andare avanti così. A partire da ottobre, le missioni ventiquattro ore su ventiquattro dei bombardieri erano andate avanti con la regolarità dei treni delle vacanze e, il giorno prima, volando tra Sidi Barrani e il campo d'atterraggio 101, in stato confusionale e allucinato, aveva visto il deserto come un enorme foglio di carta patinata sgualcito sul quale il suo aereo disegnava enormi linee avanti e indietro, avanti e indietro. Quando si era accorto che non teneva più in mano i comandi ma semplicemente guardava a bocca aperta la scena, aveva dovuto darsi dei pizzicotti e mettersi a cantare per rientrare sano e salvo alla base.

Avevano perso cinque Spitfire negli incessanti raid delle ultime settimane; due piloti e un meccanico che si era schiantato con la jeep a causa di una tempesta di sabbia. Quel giorno, tempo permettendo, pensava di volare per conto proprio fino a un hangar temporaneo, nei pressi di Marsa Matruh, per vedere se qualcuno dei vecchi Spit che venivano riparati lì sarebbe stato utilizzabile o se continuava a essere una trappola mortale.

Quando a cena la sera prima Barney aveva saputo del suo piano, avevano litigato ed erano andati a dormire arrabbiati l'uno con l'altro, una cosa che non ricordava essere mai successa prima – non a scuola né all'università, perché il vecchio affabile Barney normalmente era una pasta d'uomo – ma la stanchezza, a quanto pareva, rendeva perfino i migliori di loro irritabili e privi di senso dell'umorismo.

«Dimenticalo, Dom», gli aveva detto seccamente Barney. «È il nostro primo pomeriggio libero dopo settimane». Barney aveva cercato di tentarlo con le allettanti alternative che offriva Il Cairo: finalmente birra fredda al posto della robaccia calda che bevevano sempre; Dorothy Lamour allo Sphynx – Barney aveva dimenato le anche e tracciato con le mani il profilo di un seno prosperoso. Poteva essere il loro ultimo giorno libero per molto, molto tempo.

Tutto vero.

«Ci servono gli Spit», aveva ribattuto Dom altrettanto seccamente.

E anche quello era vero – c'era bisogno di ogni singolo velivolo perché l'ottimistica affermazione di Bingley, secondo il quale sarebbero bastati i raid di agosto per cacciare dall'Africa la Luftwaffe, si era dimostrata una vana speranza e adesso era in progetto una nuova ultima offensiva. Non c'erano state ancora riunioni ufficiali, ma nella mensa e nei bar del Cairo circolavano voci insistenti su un intervento degli Alleati in Nord Africa con la più grande invasione dal mare che il mondo avesse mai visto. Si diceva, inoltre, che, una volta assicurate le coste e i porti, presto sarebbero seguiti le basi di terra e i campi volo e poi, tic, tic, tic, come gli scacchi cinesi, l'Italia sarebbe stata aperta all'invasione, gli Alleati avrebbero conquistato lo spazio aereo e tutta quella schifosa faccenda sarebbe presto finita. Dom aveva sentimenti contrastanti riguardo a ciò: voleva che finisse subito ma aveva anche paura. Come ci si riprendeva da un'esperienza del genere, da quella vita che metteva a dura prova i nervi, dalla morte? La vita post-Africa. E la vita post-Saba, anche se, come spesso ricordava a se stesso, erano ormai rare le volte in cui pensava a lei.

Quando Dom non aveva risposto, Barney aveva smesso di fare la sua sciocca danza alla Dorothy.

«Non ci starai pensando davvero?»

«Non ci sto pensando. Ho già deciso».

Ci fu un lungo silenzio carico di tensione.

«Sei un povero coglione, Dom», aveva detto alla fine Barney. «Sei esausto».

«Non lo sono», ribatté, nonostante dormisse così male – il suo corpo avvertiva continuamente il tremito e la vibrazione dell'aereo.

Barney aveva fatto un altro tentativo, storcendo il viso per lo sforzo.

«Non so se te lo ricordi, Dom, ma mio padre addestrava un

paio di cavalli da corsa e una volta mi disse che esisteva una linea molto sottile tra il cavallo che era un meraviglioso saltatore e quello che era un assoluto idiota. Penso che tu l'abbia oltrepassata». Barney aveva pronunciato "idiota" con un buffo accento irlandese, per addolcire il termine, ma nei suoi occhi c'era un vero e proprio lampo d'ira.

Si erano guardati l'un l'altro, furenti.

«Tu, tra tutti, dovresti saperlo», aveva detto poi Barney.

Anche Barney aveva visto Jacko precipitare; aveva preso Dom in disparte prima del decollo e gli aveva detto: «Digli di non andare – è troppo spaventato». Aveva sentito le urla sempre più lontane mentre l'aereo cadeva a spirale come un inutile pezzo di carta bruciata fino a colpire la superficie del mare.

Non ne avevano mai parlato.

«Se stai pensando di incolpare me per quello», aveva detto Dom, «non disturbarti. Lo faccio io stesso ogni giorno».

«Dom, è una follia». Barney ci aveva messo un po' per interpretare quelle parole e aveva assunto un'espressione addolorata e preoccupata. «Era padrone di sé – tutti noi lo siamo».

Dom, guardando Barney, il cui enorme piede ora dondolava oltre il bordo del letto da campo, desiderò con tutto il cuore poter sottoscrivere anche lui l'idea della decisione indipendente, ma non era possibile e mai lo sarebbe stato.

«E con questo il discorso è chiuso». Il volto di Barney era diventato freddo e cupo. Aveva preso una sigaretta. «Vola pure, cazzo». In quei momenti, Dom vedeva quanto apparisse invecchiato e sofferente, una persona totalmente diversa.

«Grandioso», aveva detto Dom. «Porta i miei omaggi a Dorothy».

Giunto a Marsa Matruh, Dom aveva avuto una breve conversazione con il meccanico diciannovenne all'interno dell'hangar. La faccia del ragazzo era livida per la stanchezza, aveva lavorato tutta la notte per riparare lo Spit. Fecero un veloce spuntino con delle lattine mezzo vuote. Dopo l'ultimo boccone di fagioli, Dom indossò la tuta da volo umida, infilò torcia, mappa, paracadute e pistola sotto il sedile nell'abitacolo e ripartì più in fretta che poteva, sperando di tornare alla base prima di sera.

Grigia luce pomeridiana, il deserto una grumosa massa opaca sotto di lui, un banco di cumulonembi a ovest minacciava altra pioggia.

Stava volando a quattromilacinquecento metri e procedeva a gran velocità, concentrandosi sul rumore del motore, quando udì un altro suono, all'inizio insignificante, come quello di uno scacciamosche su un cartone. Dando un'occhiata al tettuccio trasparente, vide con la coda dell'occhio l'ombra nera di un Me 109 e poi sentì il rumore di altri proiettili prima che l'aereo sfrecciasse via.

La sua prima reazione fu di imprecare, seguita dal logoro pensiero quotidiano – *oh, 'fanculo, non un'altra volta* – chiedendosi quanto si sarebbe fatto male in quell'occasione. In un batter d'occhio, udì la propria voce terrorizzata gridare *no, no, no*, e un istante dopo stava boccheggiando, il vomito gli riempiva la maschera antigas, l'abitacolo era saturo delle soffocanti esalazioni di cordite e glicole che gli facevano colare il naso e lacrimare gli occhi. Otto secondi, *otto secondi*, le parole gli rimbombavano nelle orecchie – otto miseri secondi per togliersi dai guai: strapparsi la maschera, sganciare le cinghie, capovolgere l'aereo e lanciarsi fuori.

Per un momento lottò disperatamente con i comandi, rendendosi conto che non serviva a niente. Afferrò il paracadute da sotto il sedile, aprì il tettuccio e si lanciò fuori, urlando mentre il paracadute gli si accartocciava tra le gambe, rifiutando di aprirsi, e poi il lungo tuffo verso la terra che si inclinava.

Capitolo 36

Erano diretti alla festa dei tedeschi per la loro prima esibizione quando Felipe rivolse a Saba uno sguardo quasi timido e le disse: «Sei rimasta sorpresa quando il signor Cleeve ti ha detto di me?»

«Sì. Molto», rispose lei. «E anche sollevata. Non ho mai fatto una cosa del genere prima d'ora».

«Non essere nervosa, Saba». Quando le posò la mano sulla sua, le lunghe unghie che gli servivano per suonare la chitarra la graffiarono leggermente. «Non credo che il nostro pilota si farà vedere per qualche giorno e questi uomini non vogliono creare problemi; vogliono divertirsi, mangiare un sacco di würstel, ubriacarsi un po' e dimenticarsi della guerra per una sera. Non hai niente da temere».

Saba guardò la luce affievolirsi sulle cime degli alberi, sperando che tutto ciò fosse vero. L'inglese solitamente eccellente di Felipe le era sembrato un po' più incerto durante quella spiegazione.

La sua camicia di satin rosso aveva degli aloni di sudore all'altezza delle ascelle che emanavano lo stesso odore della frutta matura.

«Il signor Ozan conosce bene tutta questa gente?», domandò Saba, quando quello che voleva sapere in realtà era: ti fidi di lui? Farà in modo che non ci accada nulla?

Felipe le lanciò un rapido sguardo.

«Conosce tutti, tutti i politici e la maggior parte dei tedeschi. È un uomo molto importante».

«Come si fa a diventare così importanti?»

«In Turchia, se vuoi essere molto, molto ricco, e intendo *veramente* ricco, devi fare affari con i politici, funziona così», borbottò Felipe. «Questa guerra è una bella fonte di guadagno per molti di loro».

«Ma...». Saba era di nuovo preoccupata, ma Felipe la interruppe.

«Basta così. È una bravissima persona. È buono con noi e poi abbiamo le nostre ragioni per essere qui».

L'auto rallentò per evitare una grossa buca. «Adesso concentrati, per favore», disse Felipe. «Voglio ripassare di nuovo il piano. Per quello che ne sanno, tu sei una cantante turca, un'amica di Ozan, la tua famiglia proviene da un villaggio vicino a Üsküdar e sei un nuovo elemento della mia band. Come si chiama il villaggio di tuo padre?»

«Üvezli».

«Üvezli. Dobbiamo saperlo se ce lo chiedono. Non credo che lo faranno. Questa sarà una serata per farti conoscere – è per rilassarci, per la musica, ci divertiremo». Felipe fece un sorriso incerto. «Allora, faremo due o tre sessioni musicali – puoi lasciare che me ne occupi io – e quando non ci esibiamo, ci riposiamo, mangiamo e beviamo. Potranno chiederti di ballare e questa è una buona cosa. Mentre balli, sorridi tanto e parla il meno possibile – si aspettano che tu sia timida».

Felipe si tirò il farfallino.

«Fa caldo stasera, no?».

Quando aprì il finestrino dell'automobile, Saba sentì sul viso l'aria appiccicosa e profumata e ne fu felice.

«Caldo per essere autunno – in inverno, i venti vengono dalla Russia e tagliano come un coltello».

L'odore del sudore e della colonia di Felipe saturava l'abitacolo. Le disse che non doveva andare nel panico se lui avesse di tanto in tanto lasciato la stanza in cui si sarebbero esibiti. Parte del suo compito consisteva nel ricavare una mappa dettagliata della casa e controllare se qualcuno degli ufficiali avesse smarrito i documenti ufficiali con cui a volte viaggiavano. Durante quelle pause, sarebbe andato in perlustrazione al piano di sopra con il pretesto di fare pipì o fumare. Se lo vedeva portarsi una ragazza di sopra o se prendeva un pizzico di cocaina con i tedeschi, non doveva esserne scioccata. Era importante che si integrasse nel gruppo. Non si sarebbe mai allontanato troppo.

I fiochi puntini di luce verso i quali si stavano dirigendo divennero un umile villaggio; l'aroma della carne arrosto e delle spezie riempì l'auto, facendo venire l'acquolina in bocca a Saba – eccitata per l'esibizione, aveva dimenticato di mangiare.

Ai bordi del villaggio, un gruppo di anziani beveva caffè fuori da una caffetteria illuminata da una lampada a kerosene; più avanti, una famiglia cenava insieme sotto un fitto pergolato di gelsomino e viticci. La giovane donna aveva un bambino in grembo. Un bambino poco più grande era appoggiato al fianco di un ragazzo e aspettava il proprio piatto; un asino, che masticava un fascio di fresche foglie verdi, sembrava piuttosto soddisfatto di sé. Una famiglia in pace con il mondo e con se stessa.

«Sembrano felici», disse a Felipe. In quel momento, le sembrava la cosa più invitante del mondo.

«Sì». Felipe schiacciò l'acceleratore.

E, d'un tratto, il pensiero di non sapere nulla della vita privata di Felipe le attraversò la mente. Non era un uomo loquace e, sebbene avessero parlato di varie cose – la musica che amavano, progetti futuri, altri musicisti – i loro momenti di vera intimità si compivano quando lui la accompagnava alla chitarra.

«Ti piace questo genere di lavoro, Felipe?», gli domandò. «Sai... l'altro lavoro nella casa tedesca... non la musica».

Trovava ancora impossibile pronunciare la parola "spiare" – le sembrava un po' assurdo, come quando da piccoli si gioca a fare finta, o forse era troppo spaventosa per dirla ad alta voce.

«No». La sua faccia sembrava verde alla luce del cruscotto. «No! Non mi piace troppo, ma devo farlo. Il signor Cleeve dice che il nostro uomo, Jenke, ha informazioni importanti – e questo per me è sufficiente. Noi...».

La sua voce si affievolì come un sacchetto dal quale viene fatta uscire l'aria. «Odio quei dannati nazisti – mi piacerebbe strangolarli tutti».

L'atmosfera tra loro sembrò incupirsi e caricarsi di presagi nefasti. Dopo un momento di silenzio, Felipe aggiunse: «Avevo una moglie prima... a Berlino... si chiamava Rachel. Una donna bellissima», disse. «Ebrea. Avevo anche una figlia – Naomi – bella come sua madre, dotata di talento musicale. Mi ricordi lei».

«Ti prego, non... se tu... mi dispiace tanto».

«No. No. È tutto a posto. Avrei dovuto dirle prima queste cose. Ero in tournée con la band, sei mesi. Barcellona, Francia, Madrid. Fantastico, be', lo sai. Tornai a Berlino. Un sacco di regali». Tolse entrambe le mani dal volante per mostrarle quanto fossero state piene le sue braccia. «Il nostro appartamento devastato, la famiglia scomparsa».

«Mi dispiace così tanto, io...». Si sarebbe presa a schiaffi per quella stupida domanda. Felipe era un altro vagabondo dal cuore infranto come Bog e gli acrobati. Ormai sembrava fosse diventata una sua specialità fare domande innocenti che innescavano una bomba.

L'aria si riempì dell'odore del sigaro.

«Non chiedermi scusa». Emise un grosso sospiro. «No, non farlo. È necessario che tu sappia perché sto facendo questo – avrei dovuto dirtelo prima. Avevo poco da scegliere dopo quello che è successo: potevo rimanere ed essere arrestato – sono in parte ebreo, lo sai – o potevo venire a Istanbul. Non so se ho preso la decisione giusta, l'unica cosa che so è che senza questa...», si girò e toccò la chitarra posata sul sedile posteriore, «mi sarei ucciso. Non sto scherzando».

Iniziò a canticchiare, per porre fine alla conversazione o, forse, come espressione di sollievo per aver messo a nudo un pezzetto del suo cuore. Quando arrivarono alla casa bianca di Tarabya, aveva riassunto la sua maschera professionale.

Mentre Felipe cercava un posto per parcheggiare, Saba si guardò intorno. La casa si trovava in una radura circondata da un gruppo di pini e delimitata da un'alta staccionata di legno. Al di là della staccionata, c'era un boschetto di anonimi cipressi e alberi di Giuda, una strada sporca e nessun vicino rumoroso, probabilmente il motivo per cui i tedeschi l'avevano scelta. Abbastanza vicina, aveva detto Cleeve, alla loro residenza estiva ufficiale per mantenere le apparenze, ma sufficientemente lontana per fungere da cosiddetta mensa degli ufficiali, in cui portare le ragazze, giocare d'azzardo e intrattenere uomini d'affari locali senza troppi seccanti convenevoli.

C'erano già un paio di auto – una Buick con targa tedesca e una Opel. All'interno delle grandi finestre bianche, le tende erano tirate ma lasciavano intravedere una fioca luce rossastra.

Felipe trovò un posto vicino a un cancello di ferro. Tirò il freno a mano e controllò lo specchietto retrovisore.

«Se qualcosa va storto mentre siamo qui, ti dirò di cantare *Quizás, Quizás, Quizás*. È una vecchia canzone spagnola, per ciò non la richiederà nessuno; dopo di che ce ne andremo senza dare nell'occhio. Useremo come scusa il fatto che vogliamo prendere un po' d'aria o che vogliamo fumare una sigaretta. Niente panico, niente urla».

Disse che parcheggiava sempre l'auto il più vicino possibile al cancello.

«Te lo sto dicendo come precauzione; non accadrà niente di brutto».

Ormai la sua camicia di satin era fradicia – indossò la giacca dello smoking per coprirla. Prese la chitarra dal sedile posteriore e raccolse i loro spartiti. La sua calma sembrava reale e Saba ne aveva bisogno perché si sentiva la bocca secca mentre avanzavano sulla ghiaia scricchiolante verso quella prima festa. Quando pensava ai tedeschi in blocco, li vedeva come orchi – torturatori, stupratori, assassini – e, nonostante tutte le rassicurazioni di Felipe, era molto spaventata.

Otto Engel aprì la porta, un uomo sorridente dal collo taurino, che indossava uno smoking di satin color vinaccia. Felipe le aveva detto che Engel era anche un membro del servizio segreto tedesco; il suo soprannome era "Ministro del Divertimento". Lui e i suoi compari facevano uso di droga, avevano amanti e, naturalmente davano feste. Il servizio segreto tedesco, a differenza di quello britannico, non era centralizzato, disse Felipe, ma fatto di tante divisioni, tutte che tramavano e organizzavano vendette l'una contro l'altra.

Il florido viso di Engel si illuminò quando li vide; batté le mani e scoppiò in una di quelle risate vuote e fragorose che ti spazzano via il sorriso dalla faccia. Felipe, dal tedesco fluente, presentò Saba con l'aria di un mago che tira fuori dal cappello qualcosa di grazioso. Disse che per le serate previste sarebbero stati solo loro due, gli altri membri della band si erano presi un virus intestinale. Engel chiuse gli occhi, solleticò la mano di Saba con le labbra e guardò soddisfatto Felipe come per dire, *ottimo, ben fatto*.

Saba oltrepassò l'uscio ricordandosi la formula di Ellie – *piuma in testa, coda sul sedere. Niente panico.*

Con Otto che tuonava accanto a lei e le teneva il braccio, entrò in una stanza piena di fumo dal soffitto basso in cui una ventina di giovani gironzolavano ridendo, parlando e bevendo. Quegli uomini sembravano più alti della maggior parte dei giovani che conosceva, e alcuni di loro erano estremamente attraenti con i loro zigomi ben disegnati e i corpi forti e atletici. Le due o tre ragazze presenti erano bionde ossigenate in abiti dall'aspetto dozzinale e tacchi alti. Quando Saba entrò, la conversazione fu sostituita da un mormorio di apprezzamento: gli uomini le sorrisero e scambiarono tra loro commenti allusivi.

Per lo spettacolo era stato allestito un piccolo palco in un bovindo in fondo alla stanza, ma Engel volle prima offrire loro uno spuntino accompagnandoli in cucina, dove era stato imbandito un tavolo con formaggi, pâté, salsicce tedesche, alcolici. Sudava tanto era entusiasta.

«Prima suoniamo». Felipe era tutto sorrisi accattivanti; era come se non avesse mai passato un brutto momento nella sua vita. «Dopo beviamo».

Si raddrizzò il farfallino e si avviò baldanzoso verso il palco. «Cominciamo, piccooooola». Scoprì i denti imitando il sorriso di Satchmo, che di solito la faceva ridere.

Dieci minuti dopo, attaccarono con *Zu Zu Gazoo*. Saba trovò difficile cominciare ma, dopo un po', il ritmo galoppante della chitarra di Felipe la rapì. Era bello esibirsi così – senza batteria, senza pianoforte, solo loro due.

I due rudimentali riflettori piazzati accanto al palco erano troppo forti. Prima del numero successivo, Felipe armeggiò con le luci senza dare troppo nell'occhio e rese il palco più intimo creando un cerchio di luce in cui si sarebbero seduti circondati dalle ombre. Sorrise a Saba, un sorriso gentile e complice che diceva *possiamo farcela*, e attaccò una raffinata versione di *Bésame mucho*. Quando disse qualcosa in tedesco al gruppo di giovani che aspettavano silenziosi attorno alla spina della birra, Saba capì che stava spiegando loro che quella era una canzone che parlava di baci scritta da una ragazza messicana che non aveva mai baciato nessuno nella sua vita. I giovani espressero in modo fragoroso la loro approvazione.

«*Bésame, bésame mucho...*». Saba sedeva sul suo sgabello grata per le perfette note sincopate che Felipe le offriva, socchiudendo gli occhi e studiando la stanza. Nessun mostro, per lo meno nessuno visibile, solo una folla di uomini, lontani chilometri da casa, che la guardavano con occhi speranzosi e famelici. Da quel punto si sentiva come un grosso specchio riflettente in grado di controllarli e far provare loro le sensazioni che voleva provassero; già un paio avevano increspato le labbra come bambini in attesa del bacino della buona notte.

Un uomo in particolare spiccava tra la folla. Era alto e biondo, con un viso sofferente e sensibile: Saba era consapevole del suo sguardo attento ma discreto. Quando chiese a Felipe se quello fosse il pilota, lui disse di no. «Quell'uomo si chiama Severin... Severin Mueller. Ricordi? Hai ballato con lui alla festa di Ozan. Lavora per l'ambasciata ad Ankara.

Jenke non verrà stasera», aggiunse. Sorrise affabile, un po' al pubblico, un po' a lei; giocherellò con la chitarra. «Tra cinque minuti ti lascio e vado di sopra – tu rimani qui a cantare».

Fece come le veniva detto, ma era terrorizzata. Cantò due canzoni turche e agitò le anche, rendendosi conto che il biondo alto le rivolgeva uno sguardo leggermente corrucciato come per dirle *questo non è il mio genere di musica*. Quando finì di cantare, lui applaudì senza entusiasmo e poi, con un gesto che sembrava stonare con il suo volto sofferente, si toccò le labbra con le lunghe dita e le mandò un bacio.

Ebbero un successo immediato – senza doversi sforzare troppo. I tedeschi li adoravano, li pregarono di tornare, forse per portare un po' di magia a quell'anonima costruzione così lontano da casa. Ma le feste a cui parteciparono sembrarono molto strane a Saba. Tutte le volte c'era un'oscena quantità di cibo – würstel, salmone affumicato e formaggi, prosciutti e salsicce, e anche alcolici – casse di Bollinger sotto il tavolo in cucina, grappa, birra tedesca. Droga al piano di sopra. C'erano spesso donne – audaci segretarie delle ambasciate locali, mogli sole, bionde pesantemente truccate; ragazze provenienti dalla Bielorussia – pallide e con gli zigomi sporgenti per le quali i tedeschi sembravano avere un debole.

La sua droga personale era la gioia di cantare con Felipe, che rendeva in maniera inquietante quasi facile dimenticarsi di dove si fosse. Mentre correvano in macchina attraverso i boschi, diretti alle feste, lui le insegnava nuovi pezzi: canzoni di Brecht, di un compositore cubano, una deliziosa canzone spagnola intitolata *La Rosa y el Viento*, la versione nera di *The Choo Choo Train* che aveva imparato in un club di Harlem. Le diceva: «Se fai un errore in una canzone, non dimenticare che ogni respiro è un nuovo inizio e una nuova opportunità».

Ma la magia non sempre era affidabile e c'erano anche delle volte in cui la stanza, con i suoi mobili spaiati, le lampade accecanti e la pessima acustica, sembrava essere stata allestita in maniera frettolosa e approssimativa; gli occhi delle ragazze sedute sulle ginocchia degli uomini sembravano vitrei e curiosi, come se anche loro non si fidassero di lei e l'intera esperienza assumeva l'aspetto di un incubo. A volte gli uomini portavano di sopra le ragazze per sniffare cocaina o per fare sesso in camere da letto improvvisate nelle quali si creava istantaneamente l'atmosfera coprendo con una sciarpa rossa la lampada sul comodino. Nelle sere in cui non c'erano ragazze, gli uomini stavano attorno al barile della birra e si divertivano con l'alcol. Ed era allora che Saba arrivava quasi a compatirli: sembravano bambinoni sperduti decisi a fare un festino di mezzanotte.

Ma, la cosa buona era che, poco alla volta, Felipe stava riuscendo a mettere insieme una mappa dettagliata e i tedeschi, drogati dalla loro musica, sembravano non sospettare nulla. Gradualmente, Saba arrivò a conoscere alcuni degli attori principali: Severin, il biondo attaché da Ankara e "Finkel la Rana", come lei e Felipe chiamavano Otto Engel, il quale le stava troppo attaccato, con gli occhi sporgenti che correvano lungo il suo corpo immaginando di spogliarla.

Quando gli altri uomini flirtavano con lei in modo più rispettoso, lei replicava con alzate di spalle e sguardi smarriti a Felipe, il suo traduttore. Le facevano richieste. Spesso volevano farsi fotografare con lei e Saba acconsentiva sempre.

La sera che accadde, Felipe parcheggiò per la prima volta fuori dal cancello. Spense il motore. «Credo che stasera Jenke ci sarà», disse piano. Indicò un vuoto tra due cipressi. «In quel punto la staccionata è rotta, vedi? È la strada più veloce per uscire, se mai dovessimo averne bisogno. Ma non succederà». Si strinse nelle spalle. «Non è mai successo. Te lo dico solo per precauzione». E lei gli credette, perché voleva farlo.

«Come fai a saperlo?»

«Cleeve. Ieri ci siamo visti».

«Sia ringraziato Dio per questo». Stava cominciando a non poterne più del pilota e delle feste. «Perché ci ha messo tanto?»

«Non lo so». Ora la faccia di Felipe era in ombra. «Tutto quello che so è che rivogliono urgentemente Jenke in Nord Africa. Cleeve ha detto qualcosa a proposito dei campi aerei nemici». La guerra, le disse brevemente, era a un punto cruciale laggiù.

A quelle parole, Saba si sentì pervadere dal gelo. Non poteva sopportare di pensare a Dom.

«Allora, stasera. Il passaporto. Seguiamo la solita routine».

Felipe si girò e prese dal sedile un libro di canzoni. Una delle pagine era fermata da una graffetta.

«Il suo nome, per quello che ne sanno i tedeschi, è Josef Jenke. È un uomo di corporatura media, muscoloso, capelli castani. Indosserà un panciotto rosso. Richiederà *My Funny Valentine*. Aspetta il mio cenno. Tutti i documenti che gli servono sono a pagina quattordici di questo libro». Glielo porse.

«Dopo che hai cantato la canzone, sfila dal libro la pagina staccata, ma lasciala sul leggio – potrà prenderla dopo, quando sarà il momento giusto. Non darla direttamente a lui. Aspetta. Dopo di che, tutto quello che devi fare è una bella foto sorridente insieme a lui. Jenke penserà a tutto il resto. Tutto molto semplice».

Felipe le sorrise. Quella sera sembrava particolarmente elegante – i sottili baffi spuntati, il fazzolettino nero accuratamente ripiegato nel taschino dello smoking color crema. La pelle del viso lucente e sbarbata.

«Sei bellissimo stasera». Le parole le erano sfuggite di bocca, imbarazzandola all'istante.

Lui si mise a ridere. «Neanche tu sei malaccio, ragazza», ringhiò dolcemente con la sua voce da Satchmo. «Dammi il cinque».

Saba si sporse e lo abbracciò.

«Mi sono divertita moltissimo a cantare con te», disse e gli occhi feriti di lui la guardarono.

«Sì», rispose dolcemente e scosse la testa.

Come al solito, fu Otto a uscire dalla folla rumorosa per accoglierli. Si rivolse in tedesco a Felipe che tradusse per lei in un misto di inglese pidgin e turco. Quando Felipe gli fece i complimenti per il suo ultimo smoking – un affare pacchiano di seta azzurra – Otto si pavoneggiò con Saba e disse a Felipe che faceva parte di una serie di completi che si era fatto cucire da un sarto del Grand Bazar. Le baciò il dorso della mano, lasciandovi un residuo di schiuma della birra che stava bevendo, e poi ridendo, lo leccò via. A Saba vennero i brividi ma si sforzò di non darlo a vedere. Quella sera, disse loro, celebravano buone notizie provenienti da Berlino. Suo fratello aveva avuto il primo figlio, e tutti dovevano servirsi da bere quello che volevano: champagne, birra, grappa, *kanyak*, aggiunse, indicando il brandy turco, sebbene a lui personalmente, disse con una risata fragorosa, sembrasse piscio di cammello.

«Lo dice senza offesa nei tuoi confronti, piccola signora». Otto le baciò nuovamente la mano e mosse le sopracciglia. «È un idiota», aggiunse piano Felipe, continuando a sorridere.

Durante il corso della serata, lo strepito proveniente dal salotto crebbe incessantemente fino a diventare una sorta di muro. In fondo alla stanza, vicino al grosso bovindo, un gruppo di uomini era fermo attorno a un barile di legno e gridava: «*Stein,*

Stein, Stein», buttando poi giù enormi boccali di birra. Tre ragazze, portate lì da chissà dove, sedevano sul divano con un'aria tesa e ansiosa. Solo una di loro, con le gambe nude tremanti e un leggero vestitino dozzinale, rideva di cuore come se avesse capito la battuta.

Faceva così caldo che Saba sentiva il sudore scivolarle lungo la schiena come un serpente. Severin aprì le persiane, un vento fresco entrò nella stanza. Quando Felipe iniziò a suonare, fu Severin che zittì i bevitori e guardò Saba come fosse lui a darle il via. Si era già accorta del fatto che fosse affamato di musica come un drogato, in un modo del tutto diverso dagli altri. Quando lei cantava, vedeva rilassarsi il suo bel viso teso – sembrava esalare un grosso sospiro come per la fine di una misteriosa crisi.

Felipe, che si era occupato di bere con quanti più tedeschi possibile, le aveva detto che Severin era un solitario. Aveva solo ventisei anni, una moglie e un bambino piccolo a Monaco. Non li vedeva da tre anni. Ne sentiva la mancanza. Felipe le aveva raccontato tutto questo freddamente – *bastardo*, tanto valeva avesse aggiunto, *ti sta bene*.

Saba non condivideva il suo atteggiamento. Sotto certi aspetti, il viso ascetico di Severin sembrava sia innocente che perduto. C'era una scintilla di intuitiva affinità nel suo sguardo. Era destabilizzante sapere che se non fosse stato tedesco, gli avrebbe senz'altro parlato, avrebbero potuto divertirsi e, alla fine, diventare amici.

Felipe stava accordando la chitarra per la canzone successiva quando vicino alla porta si creò un po' di confusione: erano arrivati altri ospiti. Otto distribuiva pacche sulle spalle e rideva sguaiatamente come al solito.

Felipe si girò e le mormorò tra i capelli: «Il pilota è arrivato... quello a destra. Continua a cantare.

E come prossimo pezzo», annunciò in tedesco, «una focosa canzone d'amore spagnola».

I tedeschi scoppiarono in un grosso *oooooh* ubriaco. Quelli che stavano ballando accostarono la guancia a quella delle ragazze russe. Saba prese il microfono.

Lanciò un'occhiata al pilota, i loro sguardi si incrociarono per un istante e poi lui tornò a guardare da un'altra parte. Aveva un piacevole viso indefinibile, altezza media, taglio di capelli militare, un'aria intelligente. Era accanto a Engel, già ubriaco, e rideva per qualcosa che gli stava dicendo.

Sembrava così rilassato, così felice di essere lì che Saba si chiese per un momento se esistessero persone che si divertivano un mondo a fare le spie, ad avere dei segreti. Capì allora di non essere una di loro.

Una ragazza russa gli si avvicinò. Quando sollevò le braccia, scoprì ciuffi di peli umidi. Voleva ballare. Saba si accorse dell'espressione corrucciata di Felipe. Una ragazza poteva complicare le cose.

Saba cantò una canzone turca – una che Tan le aveva insegnato da bambina. Con la coda dell'occhio, vide che Severin la guardava con impazienza. Quel tipo di musica popolare lo annoiava a morte – richiedeva sempre pezzi jazz o i nuovi cantanti blues. Non appena ebbe finito, Severin andò da Felipe e gli parlò in tedesco.

Felipe guardò Saba e sorrise. Suonò le note di apertura di *Fine and Mellow* di Billie Holiday e Saba lo seguì, attenta come sempre a esprimersi in un inglese dall'accento turco. Non le era difficile, imitava Tan. Gli agili riff di Felipe sembravano placide onde che si infrangevano.

Percorse nuovamente la stanza con lo sguardo. Il pilota era scomparso nella folla; stava tenendo le distanze, cercando il momento giusto per agire.

Saba voleva che Severin andasse a unirsi ai ballerini e sgomberasse il campo, ma l'uomo continuava a restare tranquillamente seduto accanto a loro. Guardava lei, guardava Felipe, in attesa della crisi successiva, poiché, come al solito, la canzone sembrava avere un potentissimo effetto su di lui – alla fine del pezzo, Severin girò la testa e Saba vide il suo pomo d'Adamo tremare.

Otto fece la sua comparsa, agitando le dita e dimenando i fianchi ingombranti. Sul bavero della giacca aveva una macchia di panna acida. Voleva che suonassero *Lili Marlene* – una canzone ormai bandita in Germania vista la sua popolarità tra gli inglesi, ma a lui piaceva e anche agli altri uomini.

Saba cantò la canzone in tedesco come le aveva insegnato Felipe e, quando arrivò al verso in cui il dolce viso di Lili appare nei sogni, sotto il palco si era formato un gruppetto di uomini. Ogni ragazzo al mondo si era innamorato di Lili – quella vagabonda dalla voce rauca che aspettava sotto un lampione davanti alle baracche. Quegli uomini che, mezz'ora prima avevano strillato come cinghiali presi dall'alcol, ora sembravano d'un tratto così tristi, come se fossero stati tutti quanti lasciati da poco.

«*Noch! Noch!*», gridò Otto in una sorta di estasi infantile prima ancora che la canzone fosse finita. Sul suo viso paonazzo scorrevano rivoletti di sudore.

Ora il pilota era vicino alla finestra. Quando lo guardò, lui scosse leggermente la testa e si unì al coro che era diventato rumoroso, appassionato e caotico, come intere pile di piatti che si rompevano.

Le porte del terrazzo erano state aperte per far uscire un po' di fumo. Al di là, Saba vedeva le ombre dei giganteschi alberi neri stagliarsi contro un cielo blu scuro. Poche stelle. Il pilota, continuando a cantare, iniziò ad avvicinarsi a lei. Teneva in tasca la mano sinistra; sembrava a suo agio in quella veste. Aveva tutto il tempo del mondo.

Quando la canzone finì, sorrise a Felipe. Conoscevano per caso *My Funny Valentine*, quella canzone americana? L'aveva sentita in un night di Berlino prima della guerra.

Ne canticchiò le battute iniziali; Saba bevve un sorso d'acqua perché aveva la bocca secca. Le mani di Felipe erano scosse da un lieve tremito mentre sfogliava una pila di spartiti sulla sedia accanto a lui.

«La conosci?», chiese a Saba. Due rivoli di sudore gli scivolarono lungo il viso fino ai baffi sottili. Spinse il libro degli spartiti verso di lei.

«La conosco», rispose Saba.

«Cominciamo», disse Felipe.

Prese il plettro di tartaruga; accarezzò la chitarra. Le semiminime e le crome di pagina quattordici si confusero davanti agli occhi di Saba.

Cantò i versi dolci e tristi che parlavano della bellissima ragazza che non si poteva fotografare. Rivolse un sorriso radioso a Felipe mentre armeggiava per staccare la pagina.

Il pilota la stava guardando, era talmente rilassato che non poté dire con certezza se le avesse strizzato l'occhio.

Guardò le dita di Felipe, i suoi occhi. Studiò brevemente la stanza. Severin stava ballando con una bionda – colse una sua rapida occhiata sofferente oltre la spalla della ragazza. Engel raccontava una storiella.

La fine della canzone fu accolta da un debole applauso.

Il pilota si fece avanti, una mano in tasca e una sigaretta nell'altra.

«*Nehmen Sie bitte fotographie mit dem Mädchen?*», disse a Felipe. Guardò Saba e le rivolse un piccolo inchino. Felipe, che ormai riceveva spesso quella richiesta, prese dalla custodia della chitarra la sua piccola Box Brownie. Il pilota mise un braccio attorno a Saba e assunse una posa spavalda. Prese dal leggio la pagina staccata.

La macchina fotografica scattò, il flash lampeggiò. «*Danke*», disse il pilota. Stavolta le fece un vero e proprio occhiolino e lei gli diede un colpetto sul braccio. E guardandolo farsi disinvoltamente strada tra gli ospiti della festa e uscire dalla porta laterale con Engel, sentì un'ondata di sollievo scorrerle dentro come una nuova linfa. Perché era stata così nervosa? Alla fine era stata ben poca cosa. Ora il lavoro era finito, poteva andarsene, il periodo più strano della sua vita era ormai terminato.

Quando il pilota scomparve nella ressa accaldata, Felipe le disse: «Ho bisogno di fumare. Tu resta qui. Torno tra venti minuti. Credo che il tuo ragazzo voglia ballare».

Il grammofono diffondeva le note di *Falling in Love Again*, cantata da Marlene Dietrich quando Severin uscì dall'ombra e le rivolse un piccolo inchino. «*Möchten Sie Tanzen?*», le chiese. Batté i tacchi, sfoggiò il suo sorriso gentile e la fece alzare dalla sedia.

Faceva troppo caldo, lui era troppo vicino e la serata l'aveva stremata; si sentì avviluppata dal suo intenso sguardo.

Quando la canzone finì, Saba finse di essere sopraffatta dal caldo e si scusò sventolandosi con la mano. Quando lui si accigliò, Saba indicò il proprio orologio e alzò cinque dita, costringendosi a sorridere.

Aveva intenzione di sedersi al fresco per un po' ma la porta era bloccata da alcuni uomini che chiacchieravano, così salì di corsa la breve e spoglia rampa di legno ed entrò nel bagno del primo piano.

Allo specchio il suo viso sembrava teso e stanco. Erano passati dieci minuti dopo la mezzanotte; desiderava tornare a casa, non alla stanza di albergo a Istanbul ma da qualche parte con Dom, se lui la voleva ancora. Tirò la catena, uscì sul pianerottolo e alzò lo sguardo. C'era la luce accesa in una camera da letto e, con sollievo, vide il luccichio delle scarpe di vernice di Felipe e le sue gambe stagliarsi parzialmente contro il vano della porta.

«Felipe», andò da lui, «pensi che potremo andarcene presto? Sono a pezzi».

All'interno della stanza c'era un letto matrimoniale coperto di soprabiti. La luce sul comodino, offuscata da una sciarpa di seta, diffondeva una cupa luce rossa. Uno dei sigari di Felipe ardeva in un portacenere.

«Il nostro amio se n'è andato?», gli chiese piano.

«Sì», rispose lui. «Sei stata brava».

«Anche tu sei stato bravo a rassettare qui dentro», lo prese bonariamente in giro. Felipe stava per risponderle quando lei vide l'impercettibile movimento della sua testa.

Lo vide anche lei – un volto sfocato nello specchio dell'armadio alle spalle del musicista. Quando l'immagine divenne distinta, vide Severin sull'uscio; teneva in mano una pistola.

«Allora sei qui», disse dolcemente. «La mia piccola Valentine. Il tuo inglese è migliorato.

Guardami», disse rivolto a Felipe, il cui respiro era diventato affannoso. «In ginocchio e svuotati le tasche. Metti tutto quanto sul letto».

«Non farle del male». Gli occhi di Felipe sembravano essersi ritirati nelle orbite. «Lei non ne sa niente».

«Svuota le tasche, per favore». La voce di Severin era gentile, perfino addolorata.

Sulla trapunta vennero posati un fazzoletto di seta, tre plettri di tartaruga, sigari, la foto di una donna che teneva una bimba per mano.

«E adesso la tasca interna. *Danke*. Non mi diverto a fare questo, sai», disse con la stessa voce pacata. «Anche mia moglie è una musicista».

Un foglietto di carta con un diagramma cadde a terra: alcuni numeri, cifre e quello che sembrava un elenco di nomi.

Severin mugugnò; Saba sentì la pistola premerle contro il fianco.

«Dovremo fare qualcosa, lo sai», disse a Felipe. «Chiamerò gli altri tra un minuto. Non ho scelta».

«Non farle del male».

«Farò quello che devo».

Il rimbombare dei passi le sembrò un masso che rotolava giù da una scogliera. Non riusciva a guardare Felipe, che tremava e gemeva. Dal piano di sotto, urla e il grammofono che suonava ancora Marlene. Per una manciata di secondi, le luci in casa furono spente e Saba sentì l'urlo stridulo di una delle ragazze, seguito da altre grida prima che diverse auto si allontanassero di corsa, illuminando con i loro fari la stanza e la faccia trasfigurata di Felipe nello specchio. Sapeva sicuramente di essere spacciato.

Quando la luce tornò, due uomini lo stavano trattenendo e il destino di Saba sembrava essere l'oggetto di un'animata discussione. Alla fine, intervenne Severin; era molto più calmo di Engel, che farfugliava in preda al terrore.

Felipe, ancora impeccabile nel suo smoking, riuscì a sorriderle prima che un uomo che Saba non riconobbe entrò nella stanza. Questi puntò una pistola alla tempia di Felipe e premette il grilletto. Ci fu uno sguardo di pacata sorpresa negli occhi del musicista prima che diventassero vitrei; sangue e brandelli di cervello cominciarono a macchiare il pavimento.

Saba udì se stessa urlare; nel momento di panico che seguì, inciampò e cadde tra le braccia di Severin, gridandogli frasi senza senso.

Quando riuscì a spingerlo via, l'uomo rovistò tra i cappotti e trovò una sciarpa di seta che usò per imbavagliarla. A quel punto, il mondo si fece buio: l'avevano bendata e sentiva una pistola premerle contro le costole.

L'odore metallico del sangue le riempì le narici e poi sentì il rumore smorzato di un calcio sferrato ai fianchi di Felipe e il fruscio della giacca mentre trascinavano il suo corpo fuori dalla stanza. Sentì poi delle urla provenire dal piano di sotto, come se fosse in corso una furiosa discussione, rumore di bicchieri rotti e, nel frattempo, Marlene, incastrata in un solco del disco, continuava a cantare e a cantare, oscena e incessante, come se stesse deliberatamente cercando di farli impazzire.

Aspettò che tornassero di sopra a prenderla, ma la cosa successiva che udì fu lo scricchiolio della ghiaia, il rumore dei passi che si allontanavano e il motore di un'automobile che si accendeva con un ruggito e filava via.

Sentì la bocca di Severin contro l'orecchio. Un getto di aria calda nell'oscurità.

«Rimarrai con me», le disse, «fino al loro ritorno».

Capitolo 37

Sono cieca, fu il suo primo pensiero quando si svegliò. Era stesa su un materasso ma avvolta nel buio più completo. Quando cercò di toccarsi per controllare se fosse ferita, il letto a cui era stata legata sbatacchiò rumorosamente e lei provò un'acuta sensazione di bruciore alle caviglie e ai polsi, come se fosse stata punta da una gigantesca vespa.

La sua mente annebbiata ricordò piedi che correvano, porte che sbattevano, fari di auto che fuggivano tra gli alberi. Agitò i piedi più forte che poteva senza fare rumore, ma non servì a niente, erano legati. Adesso che era più cosciente, tremava per il terrore. Sarebbero tornati presto; tutto quello che poteva fare era rimanere stesa ad aspettare come un animale immobilizzato.

«Dove sono tutti?», mormorò nel bavaglio. C'era un silenzio di tomba nelle stanze al piano di sotto senza più gli ospiti della festa. La sua benda – una calza da dònna? – emanava un lieve odore di muffa e formaggio. Non sentiva altro che il proprio respiro affannoso e il vento e quello che sembrava il debole pigolio di un uccello lontano. Era certa che sarebbe morta; ormai la sua complicità con Felipe doveva essere chiara a tutti e le avrebbero sparato come avevano fatto con lui – l'odore caldo, come di carne, del suo sangue le riempiva ancora le narici, il ricordo di quello sguardo sorpreso nei suoi occhi prima che diventassero vuoti la nauseava e la addolorava. E se avessero sparato anche a lei, nessuna delle persone che aveva conosciuto e amato avrebbe mai saputo che lei era lì.

Se strizzava forte gli occhi, il buio cominciava a ruotare vorticosamente e i puntini di luce che apparivano la facevano pensare alla descrizione che Dom le aveva fatto del volo notturno: a come ci si sentiva lassù, in cima al mondo. Dom avrebbe pensato che non le importava o, forse, che aveva conosciuto un altro. *Mi dispiace, Dom*, gli disse, *mi dispiace tanto.*

Dormì per circa un'ora – il tempo sembrava sfuggirle al buio – e, svegliatasi con le lacrime che le scorrevano lungo il viso, si rimproverò aspramente. La benda l'avrebbe fatta diventare isterica – stava già accadendo. Per distrarsi, cercò per un po' di immaginare lo schermo di un cinema sul quale poteva proiettare qualunque film volesse. Stava pranzando con Dom in un ristorante con le tovaglie a scacchi, erano di fronte al mare. Dopo pranzo, camminavano lungo una spiaggia di ciottoli; si sedevano a parlare e a mangiare un gelato. Facevano un giro in bicicletta lungo un viale di pioppi fino a un pub di campagna; andavano a casa dei suoi genitori in Pomeroy Street. Tan era in cucina intenta a preparare il pranzo, ne riusciva a sentire il profumo, agnello arrosto e riso speziato, tutti la abbracciavano e la baciavano, perfino suo padre.

Stava facendo questo gioco quando sentì, dalla stanza di sotto, il fischio stridulo di quello che sembrava un bollitore, una sedia trascinata, il flebile tintinnio della porcellana che veniva mossa. C'era qualcun altro laggiù – non era sola. Rimase ad ascoltare il battito del proprio cuore; qualche momento più tardi, sentì dei passi salire lentamente le scale, gradino dopo gradino, e poi il rumore della porta che si apriva.

«Chi è?». La sua voce era smorzata per via del bavaglio.

Nessun suono, solo la porta che si chiudeva e il cigolio delle assi del pavimento, seguito dal sibilo di un cuscino provocato da un corpo che si sedeva sulla poltrona, forse a mezzo metro dal letto, e da un profondo sospiro.

«Ti prego, dimmelo». Sentì il respiro di qualcuno sul suo viso, dita né gentili né rozze che le sistemavano la benda e stringevano ancora di più le corde che la trattenevano al letto.

Sentì l'odore del caffè che veniva versato, poi il tintinnio di una tazza, un lieve risucchio, da persona ben educata, un sorso discreto, un colpo di tosse maschile.

Chiunque fosse cominciò a masticare quello che sembrava pane di segale e qualcosa dall'odore intenso e dolciastro, come marmellata. L'uomo bevve altro caffè e Saba avvertì il suo sguardo attento. Sentì che la tazza veniva posata cautamente sul vassoio e avvertì un movimento in direzione della porta, dove il vassoio fu posato. I passi tornarono nuovamente verso di lei. Ora il buio era insopportabile dietro la benda; i passi erano più risoluti.

Saba ansimò, sentendo il corpo dell'uomo sedersi sul letto accanto a lei.

«Chi sei?», biascicò contro il bavaglio.

Dei capelli le solleticarono l'orecchio; sentiva il tepore e l'odore del caffè sulle sue labbra.

«Severin». La sua voce era bassa e incerta. «Non avere paura».

Una notte, quando era piccola, una famigliola di pipistrelli era entrata in casa da una finestra aperta. Aveva visto una zampetta palmata dietro la porta della soffitta e provato lo stesso terrore strisciante che provava in quel momento mentre lui le accarezzava i capelli.

«Ti tolgo questo», allentò il bavaglio, «ma solo se non ti metti a gridare».

«Non lo farò... ma per favore...», Saba sentì il suo gemito soffocato mentre con la mano libera lui le massaggiava la testa, muovendo in cerchio le dita, «per favore, no, e toglimi anche questo». Contorse il viso cercando di liberarsi dalla benda. «Non riesco a vedere».

Calmati, calmati, altrimenti sei spacciata: una voce quasi giocosa dentro di sé. La mano di Severin si spostò sulla sua nuca, saggiandone i muscoli.

«Ti prego, parlami». Nessuna risposta se non un tremante soffio d'aria dalle sue narici e la mano che scendeva verso il suo ventre. Quando la mano si fermò, ebbe l'impressione che l'uomo stesse soppesando diverse possibilità contemporaneamente, come un ragazzo che ha catturato un uccello ed è indeciso se fargli del male oppure no.

«Severin», disse Saba. «Ti prego, non farlo. Non credo che tu lo voglia».

Le allentò la benda e gliela tirò sui capelli. Nel rosso chiarore della lampada, il suo torace sembrava glabro e liscio come quello di una ragazza. Sentì il tintinnio della cintura che cadeva a terra. L'odore di stoffa bruciata proveniente dalla sciarpa che copriva la lampada le diede la folle speranza che prima poteva andare a fuoco la casa.

Una linea di sottili peli biondi andava dall'ombelico fino alla cintola dei pantaloni che ora si stava sbottonando. Il suo collo, troppo lungo per un uomo, gli dava l'aspetto di una giraffa smarrita.

«Ora se ne sono andati», disse. «Penserò io a te fino a quando non torneranno». Si piegò su di lei. Visti da vicino, i suoi occhi erano arrossati – aveva pianto? – e sul viso aveva una stranissima espressione, qualcosa a metà tra la compassione e la minaccia.

«Scusa per tutto il disordine qui dentro e il rumore di prima», le disse gentilmente.

Per impedirsi di urlare, Saba si morse un labbro.

La voce di lui era dolce. «Era un bravo musicista, il tuo amico», disse.

Saba strinse forte gli occhi per scacciare il lamento di Felipe morente mentre trascinavano via il suo corpo. Il rumore gocciolante della sua testa che si svuotava sul pavimento.

«Perché mi hanno lasciata qui?»

«Te l'ho detto, penserò io a te fino al loro ritorno». Severin si fermò bruscamente e arricciò il naso, come se sentisse l'odore del sangue per la prima volta.

La fece alzare e le tolse la benda. Saba vide il letto di ottone, un divano vecchio con sopra un tappeto, tutto soffuso dal chiarore rossastro della lampada. Sulla parete, in cima a un cassettone, c'erano un paio di riproduzioni male incorniciate. Severin la condusse davanti a una in cui un uomo si stagliava contro un mare di nebbia dal quale spuntavano degli alberi. «Mi piace questa», le disse piano. «Ho studiato storia dell'arte, sai, prima di entrare nell'esercito. Si chiama *Viandante sul mare di nebbia*, l'autore è Friedrich», aggiunse con il tono meccanico del conferenziere.

«Un viandante sul mare di nebbia», disse con voce rotta. «È così che mi sento adesso, perché il tuo amico mi piaceva, lo ammiravo addirittura, non volevo che andasse così».

Teneva in mano la cintura; il labbro proteso e gli occhi dall'aspetto innocente e triste: per un confuso momento Saba credette che sarebbe scoppiato in lacrime.

Quando la baciò, ne sentì l'alito puzzolente di salsicce e sigarette.

«No, no, per favore, no».

«Questo è carino», disse lui freddamente. Le strizzò un seno. «Il tuo vestito. È carino. Mi piace». Guardarono entrambi la seta verde, il sangue di Felipe che ne macchiava l'orlo. Saba cercò di divincolarsi e di spingerlo via da sé.

«No, no». Incrociò le mani sul seno.

«Non ti farò male», le disse, con il pomo d'Adamo che ballonzolava su e giù sulla sua gola. «Togliti il vestito, per favore, c'è troppo sangue. Stenditi a pancia in giù sul letto e sta' ferma, tutto quello che voglio fare è guardarti».

La cerniera dell'abito era a destra. Saba finse di armeggiare con la chiusura mentre si sforzava di pensare a qualcosa.

«Quindi hai studiato storia dell'arte?». Si costrinse a guardarlo in faccia. Severin stava sistemando la sciarpa di seta sulla lampada, tutto mossette e lunghe dita bianche. «Dove, se posso chiedertelo?»

«A Berlino. La mia scuola ormai è un cumulo di macerie». Inspirò rumorosamente. «Toglitelo – so a che gioco stai giocando». La sua voce era dura e non ammetteva altre perdite di tempo. Le sfilò il vestito dalla testa con uno strattone. Saba indossava calze di seta e un reggicalze.

«Stenditi sul letto, togliti mutandine e reggiseno».

Nella mente di Saba si fece il vuoto più completo.

«Non mi ha sorpresa sapere che studiavi arte», disse. Sganciò il reggicalze continuando a guardarlo. «Hai un viso molto sensibile». Sentiva il proprio cuore martellare.

Severin sembrò sorpreso.

«Tutto quello che voglio fare è guardarti», ripeté incerto.

«Come una modella a una lezione di disegno dal vero», disse Saba. «Una che vorrebbe restare viva».

«Una che vorrebbe restare viva», ripeté lui. Silenzio per un po'. Saba sentiva il lavorio della sua mente.

«Quindi, se tu sei una modella, diciamo a una lezione di scultura, io devo misurarti per non sbagliare le proporzioni».

Saba sentì qualcosa di duro contro la schiena – la fibbia di una cintura? Una pistola? – e soffocò un grido.

«Prima, nord e sud». Il freddo strisciare dell'acciaio che scendeva verso le sue natiche. «Hai una bellissima schiena», le disse. «Poi, est e ovest», la sua voce era impastata e diceva *eees* e *ooooes*. «Ooops!». Le cadde addosso. Era più ubriaco di quanto lei avesse pensato. La puzza della vodka mista a quella della salsiccia la investì quando lui ruttò. «Chiedo scusa».

«Scuse accettate. Gli altri», disse Saba, «quando torneranno?»

«Tra non molto, sta' zitta». Il suo tono era stizzito, lei gli aveva rovinato il divertimento.

Ora non c'era niente di divertente nelle mani che le divaricavano le gambe. Saba sentiva la rabbia montarle dentro; ben presto avrebbe reagito sputando, urlando o colpendolo.

«Severin», si costrinse a tenere bassa la voce, «sei migliore di tutto questo. Per il tuo bene, non farlo».

L'uomo stava mugugnando in tedesco e poi: «Sta' zitta. Tu non mi conosci».

La fece girare bruscamente, le rimise la benda e le infilò un cuscino sotto la testa. «Sta' ferma».

La sua mascella sembrava colpita da una sorta di paresi quando le montò addosso. Per qualche secondo, si gettò ciecamente contro di lei, gemendo e imprecando, ma poi Saba lo sentì accasciarsi contro il suo ventre come una bambola di pezza.

«Non ci riesci perché sei un brav'uomo», gli disse, allentando la tensione nella mascella. Sentiva la propria testa battere contro la testiera di ottone. «Tua moglie è una brava persona, tu sei una brava persona».

«Non parlare di lei!», urlò lui. «Non dire niente».

Le infilò le dita dentro con forza.

«Ecco cosa sono», urlò. «Ecco cosa sono, ecco cosa sono».

Le fece male, fu orribile e quando finì, anche se sentiva il peso di lui premerle addosso, il suo seme scivolarle lungo la gamba, pensò rapidamente: *Non è successo, no. Non mi ha violen-*

tata. Desiderò avere una pistola con sé, per fargli male e colpirlo, per spararpli e ucciderlo.

Severin si spostò; grugnì, un grugnito animale di sgomento ed esasperazione.

«Avrei dovuto dire agli altri di te», disse, come se fosse colpa sua e lei lo disgustasse. «Sanno solo di Felipe. Avrei dovuto dire loro di te». Si alzò bruscamente e lasciò la stanza, sbattendosi la porta alle spalle. Saba aspettò, il cuore sembrava volerle saltare fuori dal petto, si mise in ascolto dei suoi passi sulle scale. Ma c'era solo silenzio. Lui era fermo sul ballatoio, pensò, in attesa di piombarle di nuovo addosso.

Qualche istante dopo, la porta si aprì. Lui si avvicinò al letto e la tirò bruscamente su.

«Alzati, rivestiti e datti una sistemata ai capelli».

Le tremarono le gambe quando i suoi piedi toccarono le nude assi del pavimento. Si vestì, ancora stordita, e si diede qualche colpetto ai capelli, sconvolta dall'immagine che le rimandava lo specchio. La condusse a piedi scalzi per la stanza, evitando la macchia di sangue scuro nel punto in cui la testa di Felipe aveva sanguinato, giù per le scale e nell'ingresso accanto alla cucina.

Quando Saba strillò, Severin le premette con forza la pistola sulla schiena. «Fallo un'altra volta», le disse a bassa voce, «e ti sparo».

In cucina, i resti della festa giacevano su un logoro tavolo di formica – un vassoio di formaggi mangiati a metà che nuotavano nel vino; bicchieri sporchi; un pezzetto di burro ricoperto di cenere e sigarette. Severin chiuse a chiave la porta.

Le porse un tovagliolo dopo un attacco di nausea e il vomito. *Sta' calma*, si disse Saba, *devi stare calma*.

«Hanno portato via il tuo amico». La faccia di Severin era pallida e percorsa da spasmi. «Volevano che tu andassi con lui, ma io ho detto che prima ti avrei interrogata».

La scadente prova in camera da letto l'aveva chiaramente scosso. I suoi gesti erano impacciati, si muoveva a scatti; sembrava non riuscire a guardarla. Gettò posate e cibo in un lavandino mezzo pieno, rompendo diversi bicchieri. Si avventò su di lei e la gettò così bruscamente sul tavolo da slogarle quasi le braccia. Prese la pistola e la tenne puntata contro di lei mentre procedeva all'indietro verso il grammofono stranamente posato sulla credenza in mezzo a piatti e bicchieri sporchi.

Dovette fare diversi tentativi prima di riuscire ad abbassare la puntina sul disco.

«Non muoverti, ragazza turca», disse. «Sta' qui e canta le tue canzoni».

Saba si sentiva sporca e contaminata. Aveva dolore. Ma voleva vivere – le sembrava la cosa più importante sulla terra.

Quando la musica iniziò, Saba si concentrò con così tanta determinazione che, ai suoi occhi, la stanza prese a girare vorticosamente. Il disco era vecchio – le prime note risuonarono crepitanti come una foresta in fiamme. E poi sentì l'allegra introduzione di *Mazi*, una canzone dal ritmo di tango che un tempo faceva sospirare Tan facendole alzare gli occhi al cielo. *Il passato è una ferita nel mio cuore. Il mio destino è più oscuro del colore dei miei capelli.* Grazie a Dio, la conosceva.

Cantala.

Le faceva male la bocca per via del bavaglio, ma cantò il primo verso con tutta la chiarezza e la sicurezza di cui era capace, stupita per i suoni che uscivano da lei – anzi, era un'altra persona quella che cantava. Quando arrivò al primo ritornello, tuttavia, la sua confusione fu evidente e si sentì mancare per la paura – in un paio di battute era giunta alla fine delle parole che conosceva.

Gli impetuosi violini si dissolsero nel silenzio. Severin alzò la puntina e la guardò scuotendo la testa. La sua pelle era così bianca che Saba riusciva a vedere il rigonfiamento azzurro delle vene sulle tempie mentre parlava.

«Sono un traduttore, madame», le disse dolcemente. «Credo che il mio turco sia meglio del tuo».

Si versò un bicchiere di brandy e lo bevve velocemente. C'era un orologio appeso dietro la sua testa; erano quasi le cinque. "Il mio ultimo giorno", pensò Saba; "ormai l'avranno saputo".

«Perché non hai detto loro di me?», gli chiese.

Severin si mise in bocca un pezzo di salame mezzo mangiato; lo masticò, continuando a guardarla.

«Avrei dovuto».

«Felipe è morto». Lo disse quasi in tono meravigliato, ancora non riusciva a crederci.

«Sì».

Un pezzetto di salame gli pendeva dalla bocca; la sua lingua fece uno schiocco mentre lo tirava dentro.

«Ad ogni modo, in che rapporti eri con lui?», le chiese quasi gentilmente. «Ci andavi a letto?»

«No, avevamo appena cominciato a suonare insieme».

«Perché sei venuta qui da sola con lui?»

«È così che ci hanno detto di fare».

Lo guardò con gli occhi stanchi e annebbiati. Per un attimo pensò di dire che era stata ingaggiata tramite Ozan e di dirgli dell'ENSA ma sembravano aver raggiunto un punto in cui lei poteva dire solo cose semplici.

«E gli altri, quando tornano?»

«Non lo so». Severin stava prosciugando i fondi dei bicchieri. «Non sei stata sempre gentile, non cantavi le canzoni che volevo io», si lagnò, spostando una pila di piatti sporchi.

«Mi dispiace», rispose Saba con la rigida cortesia di una cameriera alle prese con un cliente seccante. «Quale canzone volevi? Potrei cantarla adesso».

Lui strizzò gli occhi.

«Sì». Sul mento gli era colato un po' di brandy. «Qualcosa di bello per me, per una volta».

Ormai barcollava e quando le chiese due canzoni tedesche, a Saba venne in mente che forse l'aveva confusa per qualcun altro. «Questa è una canzone deliziosa», disse in fretta. Cantò *J'ai Deux Amours* senza togliergli gli occhi di dosso.

«Ne voglio altre», disse. Sembrava assonnato.

Alle sue spalle, le lancette dell'orologio scivolarono sulle cinque e dieci; era possibile che gli altri tornassero presto.

Cantò *The Raggle Taggle Gypsies*; le canzoni le venivano in mente a casaccio, senza alcun particolare significato. «*Tonight she'll sleep on the cold dark earth*». La sua voce era tenue e spaventata come quella di una bambina fuggita da casa.

«*Raggle Taggle* è una parola buffa», disse Severin con la bocca storta. «Cosa significa?»

«Non lo so con precisione». Le faceva male la gola e aveva le vertigini. «Un insieme di cose senza significato».

«Tutte queste canzoni, cosa significano?». Appoggiò le mani sul tavolo per restare in equilibrio.

«Non lo so. Non lo so». Saba scosse la testa.

Le chiese allora se conosceva una canzone di Purcell intitolata *Dido's Lament*, e mormorò qualcosa a proposito di una sorella.

Saba disse che non la conosceva perciò lui gliela cantò prima in tedesco. La melodia era triste e bella al tempo stesso, nonostante la sua voce impastata.

«Cosa dicono le parole, Severin?».

Vide un fremito scuotere le sue labbra.

«In inglese dice "Ricordati di me, ricordati di me, ma ah! dimentica il mio destino". La cantavano per mia sorella».

«Tua sorella?». Severin tremava.

«Era una musicista anche lei, stava andando all'università; uno dei vostri caccia l'ha colpita».

Iniziò a piangere; i serici capelli biondi affioravano tra le dita. Era scosso dai singhiozzi e gemeva e, a un certo punto, scosse con violenza la testa, come se stesse litigando furiosamente con se stesso. Poi, si fermò, la guardò, alzò le spalle e si scambiarono uno stranissimo sguardo – qualcosa a metà tra una folle ilarità e un profondissimo dolore.

«Ho anche una moglie in Germania», le disse. Ora erano seduti l'uno di fronte all'altra, separati dai resti della festa. «Siamo innamorati da sempre. Mi manca... voglio tornare a casa.

Fu mia moglie a cantare al funerale di mia sorella; andavano all'università insieme. Sarebbe inorridita...». Il suo viso era sconvolto. «Mi portavano ai concerti, loro...». I suoi occhi erano stanchi e arrossati.

Prese nuovamente il bicchiere; la mano di Saba lo fermò.

«Ascolta», gli disse, «se fosse rimasto uno degli altri, sarebbe potuto andarmi molto, molto peggio. Lo so. Ne sono sicura».

Lui le rivolse uno sguardo annebbiato.

«Sono stato sul punto di fare una brutta cosa. Ci sono andato così vicino». Unì pollice e indice. «*Così*, così vicino».

Saba sentì il sapore acre del vomito risalirle in gola al solo pensiero.

«Volevo farlo», mormorò lui, poggiando nuovamente la testa sul tavolo.

Gli appoggiò una mano sulla testa.

«Ascoltami. Fammi un favore – solo uno! Portami da qualche parte, ovunque! Non dirò che sei stato tu».

La guardò per la più lunga manciata di secondi della sua vita e poi spostò lo sguardo sull'orologio.

«Oh, mio Dio! Mio Dio! *Dummkopf! Dummkopf!*». Si colpì la fronte con la mano. «Dove sono le chiavi? Le chiavi». Tirò con tanta violenza un cassetto della credenza da farlo cadere a terra. Quando le trovò, le afferrò la mano e la spinse fuori dalla porta.

L'alba era sorta portando con sé una cupa luce grigia mentre si avviavano all'auto. Severin fece sedere Saba sul sedile accanto al suo e in mezzo mise la pistola, poi, tutt'a un tratto, cambiò idea e, dopo averla nuovamente legata, la fece stendere in posizione fetale dentro al portabagagli puzzolente di carburante. Una sacca di tela contenente degli attrezzi le premeva contro la guancia. Severin partì con uno stridio di gomme e poi fu come essere il passeggero del peggiore giro in giostra che si potesse immaginare: l'uomo continuava a guidare sempre più velocemente lungo la strada piena di curve, facendo sbandare l'auto da un lato all'altro; e la sacca con gli attrezzi continuava a sbatterle sulla faccia.

Ora sarebbe morta, ne era certa pensando al suo volto pallido e al brandy che aveva bevuto in avide sorsate prima di partire.

Cercò di pensare alle preghiere che aveva imparato a scuola: "Oh, mio Dio, mi dolgo e chiedo perdono per i miei peccati... perdonami, perdona le mie colpe. Mi dispiace...». E poi un violento rumore crepitante, come una gigantesca foresta in fiamme, e il colpo sordo della sua testa che veniva scaraventata contro la ruota di scorta. Uno stridio di ruote e l'auto uscì di strada, rotolando su se stessa fino a quando non si fermò.

Capitolo 38

Fu al padre di Barney che Dom pensò quando si ritrovò a faccia in giù nella sabbia e paralizzato dallo choc. Allora il papà del buon vecchio Barney aveva ragione, rifletté mentre, distrattamente, si estraeva frammenti di vetro dal polso – un altro dannato idiota presuntuoso aveva mangiato la polvere. Si girò e rimase disteso sulla schiena per un po', guardando con un'espressione meravigliata e quasi inebetita la scia di vivaci luci colorate che passava oltre il paracadute che lo copriva come un sudario.

Cercò di capire l'entità delle sue ferite. Agitò i piedi, riusciva a sentirli; batté gli occhi, ci vedeva. Passò in rassegna la spina dorsale, nessun dolore laggiù e riusciva a sentire la terra sotto di sé – ottimo, quella era un'ottima cosa – poi avvertì il forte odore di carburante bruciato, il suo sapore in bocca e, scostando dal volto il paracadute, vide il suo aereo che bruciava: le fiamme crepitavano e guizzavano indiavolate e, a parte un'ala che si era staccata, sarebbe presto diventato un inutile mucchio di cenere. Imprecò e avrebbe continuato a farlo se non fosse stato per il dolore alla gabbia toracica. Avanzando carponi, troppo debole per districarsi dalle funi del paracadute, si trascinò sotto l'ala e rimase lì.

La sua calma ora si stava trasformando in paura e in una sorta di isteria. Era successo di nuovo, percepì dentro di lui una strana voce allegra – solo che quella volta era peggio: si trovava in mezzo a quelli che sembravano infiniti e infiniti fottuti chilometri di deserto, che si stendeva paurosamente tutt'intorno a lui. Non aveva la mappa – bruciata tra le fiamme insieme alla bussola; sulla scena non arrivava nessun simpatico paramedico inglese a bordo di un'ambulanza, né c'erano infermiere ad aspettarlo in ospedale; era completamente solo, e forse dietro le linee nemiche.

E per finire, aveva piovuto anche lì, proprio come aveva fatto le due settimane precedenti alla base, al campo d'atterraggio 39, quasi incessantemente. La sabbia contro cui premeva la sua faccia era una poltiglia di graniglia e, in quel periodo dell'anno, quando arrivava la sera, la temperatura scendeva vertiginosamente.

Il dolore, quando cercò di mettersi seduto, fu insopportabile. «Non farlo! No, no», boccheggiò, come se stesse ricevendo istruzioni da qualcun altro. Forse un paio di costole rotte... forse peggio. Aprì gli occhi e sollevò appena la testa; il deserto, rorido e lucente dopo un acquazzone, aveva più l'aspetto del mare. Non esisteva alcuna possibilità, stimò, che qualcuno andasse a cercarlo, quella sera o mai. Laggiù perdere un aereo era un fatto naturale, non un'emergenza; c'erano troppe altre cose che accadevano contemporaneamente. Orribile morire in un posto di cui non si conosceva neanche il nome, e senza di lei: questo fu il suo ultimo, disperato pensiero prima di addormentarsi.

Un rovescio di pioggia lo svegliò poco prima dell'alba. Aprì gli occhi e guardò confuso la seta del paracadute che gli aveva coperto la faccia come una placenta. Se la strappò subito via, ruggendo di dolore. Non doveva più farlo. Le dita della mano destra erano coperte di vesciche, ma almeno ora riusciva a vedere. Qualche stella punteggiava il cielo e attorno a lui non c'era altro che sabbia. Il deserto era abitato da animali selvaggi, lo sapeva, volpi, iene, ma sentiva solo il debole soffio del vento e il rumore del proprio respiro. Era solo, completamente solo.

Osservò per un po' la forma delle sue mani. Quando se le portò al naso, sentì che puzzavano di carburante. Desiderò poterle usare per qualcosa di pratico – aprire una mappa, stringere una pistola, accendere una torcia, un gesto concreto che potesse aiutarlo a rimettere in funzione il cervello.

Aveva preso l'aereo in una pista d'atterraggio nei pressi di Sidi Abd al-Rahman, circa trentasette chilometri a est di Marsa Matruh – questo era quanto ricordava. Se la mappa e la bussola non fossero diventate cenere, avrebbe potuto sapere con esattezza dove era stato abbattuto ma, ad ogni modo, Marsa Matruh era a circa centottanta chilometri a ovest di Alessandria. Il deserto tra lui e Alessandria era pieno di campi minati, lasciati dagli avamposti dell'artiglieria tedesca, e alcuni campi di prigionia. Si trattava anche di una zona che gli Alleati avevano attaccato quasi incessantemente. Se non ci pensavano i tedeschi a ucciderlo, l'avrebbero fatto i suoi.

Tornò a stendersi. Basta... basta pensare... anche quel poco aveva generato un gran bisogno di riposare, di cadere in uno stato onirico nel quale pensieri e immagini piacevoli e nebulose fluttuavano nella sua mente: Saba e le canzoni e Woodlees Farm, un cane che abbaiava in una radura piena di ranuncoli, il fiume a Brockweir. E mentre dormiva, cadde una leggera pioggia che gli incollò il paracadute alle costole come una seconda pelle.

Quando diverse ore dopo si svegliò, accaldato e tremante, strizzò gli occhi e guardò il cielo, il cui grigiore rendeva difficile intuire che ora fosse. «Non è cambiato niente», esclamò, sorpreso di sentire quanto fosse debole e svuotata la sua voce. Qualche istante dopo, si immobilizzò: aveva sentito un lontano ronzio di aerei lassù, nel cielo, oltre il muro delle nuvole. Finalmente erano venuti a cercarlo.

Capitolo 39

«Saba». Quando aprì gli occhi vide Cleeve. «Oh, grazie a Dio!», disse lui e inizò a piangere.

La faccia di Cleeve era tutta narici e occhi dilatati, le diceva che gli alberi avevano frenato la sua caduta, che era stata fortunata, fortunata, fortunata e che ora non doveva più avere paura. Era sana e salva. Era venuta a prenderla quando aveva visto che Felipe tardava a tornare.

«Felipe!». Saba sussultò in preda al panico.

«Dopo», le disse. «Te lo dirò dopo – prima andiamocene da qui».

Ora tutto si stava svolgendo troppo rapidamente. Doversi rialzare, sforzarsi di camminare e percorrere il pendio fangoso che portava alla strada con le gambe che sentiva deboli. Cleeve si tirò su il risvolto dei pantaloni, scoprendo le caviglie bianche e ossute; il suo vestito di lino si macchiò del sangue di Saba mentre la sospingeva su per la collina. La depose sul sedile posteriore dell'auto e partì a tutta velocità alla volta di Istanbul. Saba sedeva con la fronte appoggiata al finestrino e guardava stancamente le cime degli alberi che filavano via. Dolore, dolore alla testa che si diffondeva in tutto il corpo a macchia d'olio. Si addormentò e, quando si svegliò, era seduta con Cleeve in una luminosa stanza bianca, dove un dottore inglese le disse che era stata una ragazza molto fortunata e che aveva bisogno di cure. Le esaminarono gli occhi con una luce molto forte; questo non farà male, le disse il dottore. Le fece un'iniezione al braccio; si addormentò.

Quando si risvegliò sull'aereo, ebbe l'impressione di sguazzare nelle viscere di una grossa e rumorosa balena. Il dolore alla testa sembrava peggiorato. C'era qualcuno seduto accanto a lei con indosso una gonna bianca e odorava di disinfettante. Fu bello quando le detersero la testa con una pezzuola fresca.

Un tonfo, poi una sensazione di morbidezza mentre veniva stesa su un letto. Delizioso, delizioso sonno, finalmente, e strani guizzi acquatici e musicali nella sua mente. Non era infelice.

Oh skylark, I don't know if you can find these things
But my heart is riding on your wings
So if you see them...

Stava volando sulle ali di una canzone, quando arrivò l'infermiera.

«Saba».

«No».

«Saba, signorina Tarcan. Andiamo, su, *coraggio*».

«No, no, no, qui è sicuro». Qualcuno le diede un colpetto sul viso, ma Saba non voleva riemergere e vedere chi fosse; desiderava rimanere sul letto dell'oceano a nuotare in una dorata goccia d'acqua.

Un cigolio. Scarpe. No, no, no! Non voglio tornare su. È bello qui. Come i pezzetti di legno trasportati dalla corrente, come le ossa.

*Il tempo... passa...*Ahi! La sua testa colpì una grossa roccia e si riaddormentò. Un guizzo di luce bianca, un ragno davanti a lei, ahi, ahi, ahi, fa male aprire gli occhi.

«Saba». *Vattene, vattene*. I colpetti continuarono. «Saba, Saba, sono io... sono io».

Quando aprì gli occhi, Arleta era seduta sul letto accanto a lei. Saba le vomitò addosso e si riaddormentò.

Arleta tornò il giorno seguente. Aveva in mano un mazzo di rose appassite. Piangeva.

«Saba, grazie a Dio, grazie a Dio. Che diavolo ti è successo?».

Saba si toccò il bendaggio che aveva attorno alla testa; le sembrava che la sua mano fosse di legno e non le appartenesse.

«Qualcuno mi ha colpita alla testa», rispose.

«Be', è un accidenti di cosa ovvia», disse Arleta. Cominciarono a ridacchiare debolmente.

«Dove mi trovo?»

«Sei in ospedale, tesoro – quello anglo-americano. Hai battuto il record delle dormite».

Arleta aveva un buonissimo profumo; arance e limoni dicevano le campane di St. Clemens[29]. Indossava un abito di un bellissimo azzurro e i suoi capelli erano talmente abbaglianti che faceva male guardarli. Era come se la sua testa emanasse scintille elettriche. Quando Saba stese la mano, i baci di Arleta la ricoprirono di sbaffi rossi.

«Non parlare. Non dovrei essere qui; mi butterebbero fuori a calci». Arlese prese a soffiarsi il naso. «Oh, cara, è così meraviglioso. Pensavo che noi... ero così preoccupata... oh, sono una tale sciocca».

Scricchiolio di scarpe sul linoleum, una voce alta – *ehi!* – disse cose spiacevoli che era troppo stanca per ascoltare e poi *orario di visita*, in un'esplosione di suoni che le causò una forte fitta alla testa. *No, non andare, aiutami*, ma quando si svegliò era nuovamente sola e nuotava in un mare di acqua scura. Si sentiva il cuore debole, la schiena, il collo, la testa le dolevano di un dolore sordo e persistente e le ombre la spaventavano. Continuò a nuotare, cercando di risalire verso la superficie luminosa, dov'erano i pesci dai colori brillanti, ma l'ombra divenne sempre più densa. Era senza fine.

Nel cuore della notte, quando Il Cairo dormiva e tutti sembravano essere andati via, una falena, che continuava a sbattere contro la lampada sul suo comodino, la svegliò. Si mise a sedere, disorientata dalla stanza spartana dalle dure superfici lucide. In un angolo c'era una carrozzella di legno con dentro un elefantino di pezza.

Si guardò attorno.

«Dov'è Dom?», chiese, con il cuore che le batteva forte per la paura.

Tirò un cordoncino rosso appeso sopra il suo letto.

[29] Si tratta di una filastrocca inglese che si riferisce alle campane di diverse chiese, di Londra o zone limitrofe.

«Dov'è Dom?», chiese all'infermiera che rispose alla sua chiamata.

«Non so cosa vuoi dire, cara, stavo *dormendo*». Aveva gli occhi assonnati, i capelli arruffati e il grembiule sporco. «Sono le tre del mattino, accidenti».

L'infermiera, vedendo l'espressione sconvolta di Saba, le prese un bicchiere d'acqua e le diede due pillole rosa che, disse, l'avrebbero aiutata a dormire. «Hai preso una botta davvero brutta alla testa, cara». L'infermiera aveva riassunto la propria veste professionale. «Devi sentirti scombussolata».

Saba tenne in bocca le pillole e le sputò quando l'infermiera se ne fu andata. Ora doveva svegliarsi, fare attenzione. Dov'era Dom? L'improvviso presentimento che non l'avrebbe più rivisto la fece sudare dalla testa ai piedi. Lui era morto senza di lei, o, per lo meno, senza la certezza di lei. Aveva gettato via il dono più prezioso della sua vita e adesso era sporca, grazie alla sua avida determinazione nel voler fare e avere tutto. Ora capiva lo sguardo di totale repulsione che suo padre le aveva rivolto. Meritava di morire.

Il pianto le faceva martellare le tempie come se fossero colpite da una mazza da fabbro; l'emicrania che seguì le portò una sorta di perverso conforto – veniva punita, e giustamente. Ora ricordava che mentre era priva di sensi, nella sua mente si era svolta a intermittenza una conversazione, come una luce difettosa, una domanda che aveva bisogno di una risposta. Giaceva nell'acqua, un luogo meravigliosamente calmo e confortevole, aspettando che le onde la sommergessero, ma qualcos'altro continuava a scuoterla e cercava di farla tornare indietro – l'aveva percepita come una cosa irritante, come se fosse stata un animaletto di uno stagno tormentato da un ragazzino prepotente. *Sono stata una sciocca*, pensò prima di riaddormentarsi. *Avrei dovuto lasciarmi morire*.

Il giorno seguente, Pam – la simpatica infermiera – fece capolino con la sua assennata testa inglese.

«Un bell'ovetto fresco per colazione? Li abbiamo presi ieri al mercato. Non mangi da tanto, tanto tempo».

«Da quanto tempo sono qui?»

«Una settimana – no, aspetta». Consultò una tabella ai piedi del letto. «Cielo! Già dieci giorni – *sei* stata davvero male».

Pam posò una mano fresca sulla fronte di Saba. «Ti misurerò la temperatura più tardi». Le rimboccò il lenzuolo. «E ti farò un lavaggio a letto, tesoro. Hai visite oggi». Sprimacciò uno dei cuscini che era caduto a terra.

«Dom?», chiese piano, ma l'infermiera non sentì. Felipe, se l'era ricordato, era morto. Glielo aveva detto Cleeve e non riusciva a smettere di pensare ai suoni gorgoglianti che aveva emesso non appena gli avevano sparato, rumore di acqua bloccata nel tubo di scarico, i suoi occhi così gentili, così sorpresi. Ricordava il tedesco alto, il tonfo della sua cinta, l'alito che puzzava di salsiccia, le sue dita. Aveva cantato per lui come una bambola, gli aveva permesso di abbracciarla. Come aveva potuto? *Come aveva potuto?* Al solo pensiero di quell'uomo le veniva da vomitare.

«Sì, la tua amica dell'ENSA è venuta ogni singolo giorno da quando sei stata ricoverata». Pam tolse la falena morta dalla lampada. «Non è stupenda? Non come te, esserino disgustoso». Gettò la falena nella pattumiera. «E sempre così carina – ha dato a tutti noi i tuoi cioccolatini e i fiori ed era sempre così agitata per te. Sono venuti anche gli acrobati e il capitano Furness. Devo dire che è stato piuttosto divertente, anche se tu non eri la migliore delle compagnie, se posso dirlo».

«Arleta», disse debolmente Saba. «Quando posso vederla?»

«Allora l'hai vista! Sciocchina. Le hai parlato ieri e il giorno prima».

«Da quanto tempo mi trovo qui?»

«Dieci giorni, me l'hai appena chiesto. Oh, ma oggi siamo un po' intontite».

Quando Pam chiuse le porte sullo scintillante mondo esterno, Saba si riaddormentò. Lei e mamma erano a casa, era estate e aveva le gambe nude; dalla finestra della cucina entrava una tiepida brezza. Tan stava cucinando qualcosa di speziato e ridevano perché mamma stava suonando la canzone della gallina al pianoforte, e c'era anche Baba che cantava il ritornello e faceva vibrare la gola con le dita, "Becca becca, gallinella, continua a beccare, coccodè coccodè la gallina io fo". E la sua risata era così profonda e felice, e anche lei era felice. «*Ak am yeme iniz hazir*», li chiamava Tan dalla cucina. «Mangiate prima che si raffreddi».

Quando si svegliò, Arleta era seduta in fondo al letto. La sua immagine non era più sfocata ma, per la prima volta, reale e a fuoco. Aveva portato un piccolo ventaglio di carta e un pacchetto di caramelle alla menta che aveva avuto dal NAAFI.

«Urrà!». Mise delicatamente le mani sul viso di Saba. «Sei tornata. Hai passato un periodaccio». Quando si abbracciarono, Saba si accorse che Arleta stava digrignando i denti come se stesse cercando di controllarsi.

Quando Arleta la liberò dall'abbraccio, Saba disse: «Dom. L'hai visto?».

Arleta la guardò e poi spostò lo sguardo verso la finestra.

«No», rispose. «Non so niente di lui». Sembrava veramente sorpresa.

Saba la guardò con profonda attenzione. Arleta non era mai stata una brava attrice, ma adesso sembrava che stesse dicendo la verità».

«Vuoi che provi a cercarlo?»

«Sì». Saba strinse così forte le mani di Arleta che le nocche le divennero bianche. «Capitano di aviazione Dominic Benson, Desert Air Force. Il campo di transito è a Wadi Natrun... lui potrebbe essere ovunque».

Perfino dire il suo nome le sembrava di cattivo augurio.

«Dolcezza, tesoro, ti prego, ti prego, non piangere. Ti prometto che domani lo cercherò. Andrà tutto bene».

Ma non sarebbe andato tutto bene. Era quello che sentiva in quel momento Saba: non c'erano più reti di sicurezza, come non ce n'erano state per Felipe e per sua moglie e per sua figlia, per Bog e la sua famiglia, e per tutte le altre centinaia e centinaia di persone che la fortuna aveva abbandonato. Perché aveva pensato che la vecchia, speciale Saba sarebbe stata esente dalle punizioni della guerra?

«Cosa ti è successo, tesoro mio?». Arleta immerse un fazzolettino nel bicchiere d'acqua sul comodino e deterse il viso di Saba, di nuovo arrossato e febbricitante. «Cerca di dirmelo».

Avvicinò la sedia al letto.

Saba le raccontò tutto quello che poteva – la Turchia, le feste e Felipe. Poi si ricordò e si tappò la bocca con la mano.

«Oh, dannazione. Non dovrei dire una parola di tutto questo. È un segreto».

«Non preoccuparti, tesorino». Arleta le diede un colpetto gentile sulla mano. «Le mie labbra sono sigillate e tu hai avuto una commozione cerebrale. Ho fatto anch'io qualcosa del genere, anche se niente di così serio, e la cosa più importante è che tu sia salva. Ma, dimmi – quel tizio tedesco per cui hai cantato, deve essere stato *terribile*».

«Lo è stato». Oh, il sollievo di stringere la mano di Arleta e parlare: come incidere un bubbone e vederne uscire il pus.

«Si chiamava Severin. Mi ha fatto salire su un tavolo e cantare per lui – è stata una sensazione dannatamente orribile, come essere uno scimpanzé con il pannolino».

Arleta non riuscì a reprimere una risata. «Ma che tipo, riesci ancora a farmi ridere. Non per il fatto di aver dovuto cantare, ma per la parte dello scimpanzé». Voleva che fosse una storiella divertente.

«Amava la musica», continuò Saba. «Posso avere un po' d'acqua, per favore?»

«Cara, stai tremando». Arleta le strinse più forte la mano.

La voce di Saba era diventata legnosa. «Amava la musica, ecco cosa diceva. Dava la colpa a me».

«Saba, non ti seguo – la colpa per cosa?»

«Per avergli fatto fare delle cose».

Calze che sapevano di muffa – calze di seta non lavate strette sulla sua bocca; la vodka e la salsiccia nell'alito di Severin.

«Oh, mio Dio, mio Dio!». Arleta era spaventata. «Cosa è successo?»

«Mi sono dovuta mettere in piedi su un tavolo e cantare per lui. Da far accapponare la pelle». Saba non poteva sopportare di dirle l'intera storia – non ancora. Forse mai.

«Solo questo?»

«Ha iniziato a piangere e mi ha detto quanto amava sua moglie».

Arleta aveva gli occhi spalancati. «Quando si dice scamparla per un pelo».

«E poi mi ha cantato una canzone in inglese – si chiamava *Dido's Lament*».

«Mai sentita, sembra carina».

«Poi è uscito fuori strada ed è andato a sbattere contro un albero... mi hanno trovata sul ciglio della strada... non ricordo... credo che sia morto... non lo so per certo».

Dopo una pausa, riprese.

«Sono impazzita, Arleta. C'era questa bella famiglia turca che io e Felipe abbiamo visto mentre andavamo alla festa. Continuo a sognare di entrare con la macchina dentro la loro casa uccidendoli, ma non è successo, vero? Qualcuno ha detto niente a proposito?»

«No, cara, no, è improbabile». Arleta la abbracciò e la strinse forte. «È normale avere questi pensieri bizzarri dopo aver subìto uno choc, ma non sono reali».

«Pensavo che Severin fosse migliore degli altri perché gli piaceva così tanto la musica. Riesci a pensare a una cosa più stupida? Odio il fatto di aver cantato per lui. Mi fa sentire senza valore», aggiunse con un debole lamento.

«Be', ecco un mucchio di sciocchezze fumanti», ribatté severamente Arleta. «Stavi cantando per salvarti la tua cazzo di vita».

«Se Dom fosse morto, me lo diresti, non è vero?». Saba le strinse il braccio. «Ho una bruttissima sensazione. Le infermiere te l'hanno detto?»

«No, tesoro». Arleta aveva le lacrime agli occhi. «Niente di niente. Ma, ascolta», le disse in fretta. La direttrice aveva appena aperto la porta e indicava eloquentemente l'orologio. «Ti faccio una promessa. Domani uscirò e metterò sottosopra Il Cairo per questo tuo giovanotto. Se è in città, lo troverò e te lo porterò qui». La sua sicurezza era impressionante, meravigliosa. «Affare fatto?»

«Affare fatto». Si strinsero in un forte abbraccio.

Capitolo 40

Barney era seduto in un angolo buio del Windsor Club in Soliman Pasha Street quando Arleta entrò nel locale riservato ai soli uomini come un ciclone. Capelli biondi ondeggianti e tacchi che risuonavano rumorosamente, andò verso di lui con un abito verde aderente. «Ah», aveva scorto la sua uniforme, «proprio l'uomo che volevo vedere».

Si mise a sedere, diffondendo attorno a sé l'intensa fragranza del suo profumo. Incrociò le gambe facendo frusciare le calze di seta e assumendo una posa invitante.

«Ho appena visto i suoi amici allo Shepheard's», gli disse. «Hanno detto che l'avrei trovata qui».

«Perché mi sta cercando?». Barney alzò lo sguardo. Aveva la barba lunga e lo sguardo confuso. Sul tavolo accanto a lui c'erano due bicchieri sporchi.

«Una mia amica sta cercando Dominic Benson».

«Il suo nome?»

«Saba Tarcan». Arleta era raggiante. «E ho delle notizie meravigliose: è viva. È in convalescenza all'ospedale anglo-americano».

Barney alzò gli occhi dal suo drink borbottando una sfilza di parole, tra cui un paio che non aveva mai pronunciato davanti a una donna prima di allora.

Arleta saltò su infuriata. «Come, prego?»

«Non mi importa un accidente».

«Non osare parlare in questo modo o ti spiaccico quella testa da idiota».

«Spiacente», Barney prese un pacchetto di Camels, «ma non sono un grande ammiratore della tua amica». Scosse la testa e guardò da un'altra parte.

«Dom non c'è più», disse dopo un po'. «È disperso, presumibilmente morto».
«Oh, per l'amore di Dio». Arleta si sedette accanto a lui. «Non un'altra volta». Fece diversi respiri profondi. «Cosa è successo?»
«Non lo so... ascolta... mi dispiace, ma non posso...».
Non riusciva a parlare: prima Jacko, adesso Dom. I dieci giorni più neri della sua vita fino ad allora.
«Cosa è successo?»
«Non sono sicuro...», disse alla fine. «Era andato a prendere un aereo... troppo stanco... sfinito... probabilmente gli daranno una medagli al merito postuma... perciò, buon per lui». Brindò a Dom con un bicchiere vuoto.
«Barney, sei decisamente ubriaco», disse Arleta. «Vado a prenderti un po' di caffè e poi parleremo, e poi voglio che te ne vada a letto».
L'uomo non era in condizioni di fare battute maliziose, anzi, sembrava dolce e un po' tonto.
«Siediti qui da bravo bambino», disse Arleta. «Torno subito».
Riapparve con due tazze e un piatto di sandwich.
«Coraggio, mangia», gli disse. «E bevi una bella tazza di caffè. Non versarlo. Mettiti dritto, attento. Ecco».
Barney ne bevve mezza tazza e, quando ne fece cadere un po' sul piattino, la guardò con aria colpevole.
«Non avrei dovuto usare quel linguaggio con te», le disse. «Ma è un tale disastro».
Arleta gli strinse la mano. «Non preoccuparti, non fa niente», mormorò. «È un terribile disastro, e lui era un tuo amico, e quella povera ragazza...». Con un tonfo, la testa di Barney crollò sul tavolo e Arleta gli accarezzò i capelli.
«Povera ragazza». Barney rialzò di scatto la testa. «No, non è molta la gente che odio, ma odio lei. L'ha piantato in asso ad Alessandria. Lui era distrutto».
«Adesso smettila. Subito». Arleta gli mise una mano sulla bocca. «Finisci il caffè. Ci penso io a pagare il conto». Era impallidita. «Potremmo andare allo Gezirah Club e fare una passeggiata nei giardini. Hai bisogno di muoverti».
Nel parco, quando Barney non riuscì più a trattenere le lacri-

me, lei gli prestò un fazzolettino di seta profumato per asciugarsi gli occhi.

«Non ho parlato di lui... non ancora», esclamò addolorato. «Vedi, lo conosco da un'infinità di tempo e mi piaceva così tanto, lui era... noi andavamo a scuola insieme, era uno dei miei migliori amici... noi... e così tante brave persone che non ci sono più, sai, persone che sarebbero diventate dottori, avvocati, maestri e genitori. Oh, per l'amore di Dio... perdonami per questo sfogo».

Raddrizzò la schiena, aprì bene gli occhi e lasciò andare un sospiro affranto – determinato a non cedere. Era una delle cose più tristi che lei avesse mai visto.

«Non devi fermarti», mormorò. «Deve mancarti da matti».

«Sì», rispose con una strana risata lamentosa, «sì, mi manca... è come se ora nella squadriglia ci fosse un enorme vuoto. Era un tale spasso – piaceva anche agli uomini e agli ufficiali. Mi dispiace, sto parlando troppo».

«Barney, per l'amore del cielo, vieni qui». Arleta aprì le braccia e si premette al seno la testa di lui. «Vieni qui», mormorò, «e non essere idiota. Certo che vuoi parlarne. Lo farei anch'io se fossi in te. Devo chiederti una cosa. Cosa ha detto di Saba? Era pazza di lui, a proposito».

«In realtà non abbiamo parlato di questo». Il suo sguardo era circospetto e distante. «Oh, dannazione, ormai che importanza ha. Ho letto il suo diario. Mi hanno dato le sue cose».

«Dimmi di più». Arleta gli diede una stretta di incoraggiamento. «A proposito, avrei fatto anch'io lo stesso».

Un pappagallo rosso e verde volò giù da un tamarindo. Si posò sull'erba accanto a loro ed emise il suo verso stridulo.

«Spero che non abbia visto tutto questo». Barney si liberò dalle braccia di Arleta; aveva riassunto l'espressione da spaniel un po' tonto. «Quell'uccello, intendo».

«Oh, finiscila». Arleta si sistemò i capelli. «Sediamoci un momento». Indicò una panchina sotto un albero.

«Ho conosciuto Dom», disse Arleta. «È venuto a uno spettacolo che facevamo vicino a Fayid. Era venuto a trovare Saba. Era molto deciso, e anche molto attraente, ho pensato».

«Non saprei», Barney accennò un mezzo sorriso, «ma le ragazze la pensavano senz'altro così – è stata la sua cattiva stella a farlo imbattere nella tua amica».

«Chiudi subito il becco». Gli occhi di Arleta erano diventati due verdi fessure cattive. «Ti parlerò di questo dopo».

«Gli servirà davvero molto adesso».

«Parlami di Dom». Lo guardò dritto negli occhi. «Lo conosci da tanto?»

«Sin dalla scuola primaria», Barney si schiarì la voce, «e poi a Cambridge siamo entrati insieme a far parte della squadriglia. Era divertente; Dom era un pilota fantastico – mio padre, che era un fantino amatoriale, dice che ha a che fare con le stesse cose: saldezza di nervi, sensibilità e reazioni rapide. Dom adorava volare, era come una droga per lui, e anche per me. Ha convinto tutti noi ad arruolarci – quando le cose hanno preso una bruttissima piega, ha sofferto terribilmente».

La guardò sconvolto. «Ancora non riesco a crederci».

«Sai cosa è successo? Parlamene solo se ti va». Gli accarezzò il pollice.

«Non so niente. Era andato a prendere uno Spitfire e non è tornato. È tutto quello che so. Quel giorno io ero al Cairo e quando sono tornato e li ho visti cancellare il suo nome dalla lavagna, sono andato su tutte le furie. Era troppo presto. Ho visto uomini ritornare al campo secoli dopo essere stati cancellati – non sempre succedono le disgrazie. Ma ormai sono passate due settimane e sto cercando... solo... non so cosa». Barney aveva finito le parole.

Si alzarono e ripresero a camminare lungo un viale di grandi palme che gettavano ombre appuntite sul sentiero. Una tata inglese, dalla voce nasale e annoiata, richiamò due bambini: «Rose, Nigel, fate i bravi altrimenti ce ne andiamo dritti a casa, non ve lo ripeto un'altra volta».

Arleta si fermò. Guardò l'orologio e mugugnò.

«Accidenti». Gli mise una mano sul braccio. «Oh, dolcezza. Barney, devo andare – abbiamo uno spettacolo alle otto – un numero all'esterno per le truppe all'Ezbekiya Garden. Vieni se ti va – dopo potremmo cenare insieme. Voglio sapere il più possibile prima di andare da lei domani mattina».

Per un istante, Barney sembrò stordito.

«Lista delle priorità – sistemarsi i capelli». Il suo tentativo di fare una battuta non ebbe successo.

«Be', sì, ho proprio bisogno di farlo, guarda caso». Gli rivolse uno sguardo fermo. «Non credo che tu voleresti senza casco».

«Una signora tosta».

«No», gli sorrise, «non proprio. Solo una persona che fa un lavoro e, se vuoi un consiglio, torna al club, schiaccia un pisolino, fatti la barba e vediamoci più tardi al Londees. Hai avuto una giornata pesante».

«Va bene, tata».

Quando gli disse che probabilmente avrebbe fatto tardi, lui rispose che non c'erano problemi, l'avrebbe aspettata.

Più tardi, quella sera, mentre Arleta percorreva ad ampie falcate la terrazza del Londees, ogni uomo in sala si voltò a guardarla, tranne Barney, il quale stava leggendo attentamente il menù, a quanto pare imbarazzato per lo scambio di confidenza che avevano avuto nel pomeriggio.

«La cena spetta a me, tesoro», gli disse non appena prese posto al tavolo, «perché sono stata io a invitarti e perché oggi è giorno di paga». Ordinò generosamente e mangiò di gusto – pesce fritto, verdure fresche e una bottiglia di vino – e mentre Barney piluccava il cibo, lei parlò animatamente del direttore del suo spettacolo, un uomo che si chiamava Bagley, un bel prepotente che era appena tornato in città. Come facesse a pretendere la magia del West End con due acrobati – uno si era fatto male al tendine – niente comico, niente Saba e tre nuove reclute, a pezzi dopo una tournée in India, era una cosa che andava oltre ogni immaginazione. Quando, dopo lo spettacolo, Bagley li aveva convocati tutti in camerino e aveva fatto loro una bella lavata di capo, lei avrebbe voluto staccargli gli occhi a morsi.

«Mi dispiace», disse cortesemente Barney. «Staccargli gli occhi a morsi – questo mi sembra un po' estremo».

«Scusa, dolcezza», disse Arleta, «è una vecchia espressione affettuosa cockney». Per la prima volta da quando Dom era morto, Barney rise.

Davanti a caffè e liquori, su una terrazza a lume di candela che dava sul Nilo, l'umore si addolcì e la conversazione si fece più intima. «Mi dispiace per aver usato quelle parole con te prima», si scusò ancora Barney. «Non l'avevo mai fatto... è stato terribilmente maleducato da parte mia... Non è una giustificazione, ma avevo appena finito di scrivere alla madre di Dom. Passavo le vacanze estive con loro».

«Ti sei già scusato». Gli toccò gentilmente la mano. «Puoi smetterla adesso. Cosa le hai detto?»

«Be', li conoscevo piuttosto bene, quindi le solite stupidaggini», la voce di Barney si incrinò, «quanto doveva essere fiera di lui, quanto è spaventoso questo dannato casino, quanto si era divertito quaggiù fino a che... be'... è vero, sai... diceva che questi erano i giorni migliori della sua vita».

Una pioggia leggera aveva iniziato a cadere sul Nilo, picchiettandone la superficie e rendendo sfocate e lontane le luci colorate dei battelli da diporto. Sulla riva opposta, una famiglia di contadini si era stretta come sardine sotto un tendone.

«Com'è lei?», le chiese d'un tratto. «Intendo dire veramente. Non voglio sembrarti maleducato, ma è così difficile capirlo quando si tratta di gente come voi».

«In che senso?». Arleta stava ridendo.

«Be', non prendertela, ma fa parte del vostro lavoro fare in modo che le persone si innamorino di voi. Siete ragazze da sogno, ma non siete vere, siete come quelle fotografie di casette di campagna con la malvarosa sulla porta e roba del genere che la gente che vive a Londra compra per appendere alle pareti del proprio appartamento».

Arleta era in silenzio, si limitava a guardarlo. Poi, scosse la testa. «Sei un tale stupido, Barney», disse alla fine. «Saba è deliziosa, è mia amica. Ed è eccitante perché è brava nel suo lavoro, *davvero* brava».

«Be'...». Aveva un'espressione perplessa.

«E non è divertente quanto tu potresti pensare, la storia delle ragazze da sogno – gli uomini possono rimanere davvero delusi vedendo quanto sei normale senza i colori di guerra addosso».

Barney grugnì.

«Bada, mi ci è voluto un po' per perdonarle di essere così brava». Arleta mescolò il caffè. «Non che lei lo sappia».

«Sul serio?». Barney non se lo aspettava.

«Se devo essere onesta, all'inizio quando ci siamo conosciute ero gelosa di lei. Be', sai, o probabilmente non lo sai, ma quando sei una ballerina o una cantante, la gente continua a dirti che il talento è al settanta per cento duro lavoro e al trenta per cento dote naturale, cose così, ed è vero, fino a un certo punto, fino a che non ti rendi conto che sono un mucchio di balle. Perché ecco che arriva questa ragazza, questa *cosina*, questo buffo esserino dal *Galles* – vestiti orribili, nessuna reale esperienza, senz'altro nessuna esperienza nel West End, ma con questa voce pazzesca. Be', più di una voce, in lei c'è una vera scintilla – qual è quella parola? Caramba? Carmisma? Vabbè, *quella* cosa. Tutti la riconoscono quando la vedono e, naturalmente, lei era più giovane di me. Ho trentadue anni, sai – un piede nella fossa, per il mondo dello spettacolo».

«Anche presuntuosa, immagino». Barney emise un altro profondo sospiro e appoggiò i gomiti sul tavolo.

«No». Arleta bevve un sorso di caffè. «Non particolarmente – non più della maggior parte di noi – e, ad ogni modo, l'ho superata. È una brava e ci siamo fatte un sacco di risate in tournée, e poi odio la gelosia, non è proprio da me – non capisco perché gli uomini pensino sempre che le donne siano delle stronze l'una con l'altra, non è quasi mai così, sai – sono le ragazze a sostenerti».

«Che santa. Strano che abbia abbandonato il mio amico senza troppi complimenti».

«Adesso ascolta». Arleta gli rivolse uno sguardo da tigre. «E chiudi il becco. Ne ho abbastanza, perciò smettila». Ci fu un lungo silenzio.

«Barney», Arleta si accese una sigaretta, «sai tenere un segreto? Sono seria adesso».

«Sì».

E così gli raccontò a bassa voce tutto quello che poteva dirgli senza correre rischi: l'improvvisa partenza di Saba da Alessandria e la missione in Turchia.

«Era stata avvertita di non dire niente al tuo amico Dom. Lo stava proteggendo».

«Proteggendo?». Barney la stava guardando in tralice, come se non credesse a una sola parola.

«Ascolta, onestamente, non me ne frega niente se mi credi o no». Gli occhi di Arleta fiammeggiavano. «Ma le cose stanno così».

Lui la guardò inorridito, affascinato. Non aveva idea di come gestire una donna del genere.

«Non staccarmi gli occhi a morsi», disse piano. «È una cosa decisamente inaspettata, tutto qui. Adesso, per favore, non prenderla di nuovo male, ma è solo che non avevo mai pensato che le donne lavorassero... cioè, facessero un lavoro del genere... così... oh, Signore... dammi un secondo... fammici pensare». Barney si prese la testa tra le mani. La scosse più volte. «È possibile che io sia stato un idiota», disse alla fine. «E se lo sono stato, mi dispiace. Non credo di aver odiato mai tanto qualcuno, credo di aver frainteso tutto. Come hai fatto a scoprirlo?»

«Non penso che lei avrebbe confessato tutto se non fosse stata per la brutta commozione cerebrale», disse Arleta, «ed è ancora in quello stato e tutta coperta di lividi; crede che sia stato un incidente stradale, ma c'è molto di più, ne sono convinta. E l'unica cosa che continua a ripetere è che vuole vedere Dom».

Arleta aveva gli occhi pieni di lacrime.

«Oh, Dio, domani mi toccherà dirglielo, no? Sarà davvero uno spasso».

Capitolo 41

La nuova infermiera disse di chiamarsi Enid; aprì energicamente le tende su un cielo grigio, tetti grigi, un triste piccione appollaiato su un comignolo. La pioggia era un bene, disse Enid: quei contadini, poveri disgraziati, ne avevano un disperato bisogno dopo la siccità estiva. Lasciò una tazza di tè tiepido sul comodino di Saba e disse che sarebbe tornata subito.

«Personalmente...». Enid tornò con una caraffa di torbida acqua rossa; ormai non vedeva l'ora di tornare a casa. Era stanca delle mosche, stanca del caldo estivo, un caldo assassino quell'anno; stanca di non avere abbastanza licenze e adesso stanca della pioggia. Non ti aspettavi di avere freddo in Egitto, no, ma fuori era orrendo e nelle case sembrava non esserci mai riscaldamento a sufficienza, non erano certo organizzati per il freddo.

Enid sistemò il copriletto con uno strattone e le strizzò l'occhio. «Ma oggi sarà comunque una bella giornata per te – la tua amica Arleta sta venendo a trovarti con un giovanotto».

Saba smise per un attimo di respirare. «Chi?»

«Santo cielo. Aspetta». L'infermiera si infilò un dito sotto l'orlo del cappellino inamidato e si grattò la testa.

«Fammi pensare... ufficiale pilota qualcosa... non ne sono sicura ma credo che si chiami Barney».

La paura l'attraversò come una scarica elettrica. L'amico di Dom. Era venuto a dirle qualcosa e non sarebbe stata una buona notizia.

«Grazie, infermiera», disse cortesemente.

Quando Enid chiuse la porta di vetro smerigliato dietro di sé, Saba rimase assolutamente immobile con gli occhi chiusi. L'aveva perso.

La porta si riaprì. «Colazione!». Era Enid con il suo sorriso da infermiera.

«Non ho fame», disse Saba. «Mangiala tu». Aveva visto Enid divorarsi gli avanzi nel cuore della notte.

«Oh, non fare la sciocca». L'infermiera posò il vassoio. «Non la voglio. E tu non starai mai meglio se mangi come un uccellino».

Saba fece un sorriso vacuo, non aveva sentito una sola parola. Quando la porta si richiuse, si alzò e si trascinò al lavabo in un angolo della stanza per guardarsi allo specchio; aveva gli occhi gonfi come due prugne andate a male, lividi gialli e violacei le coprivano le guance. Mentre tornava a letto, la stanza ondeggiò così violentemente che dovette aggrapparsi alla carrozzella di vimini in un angolo della corsia. Rischiò di cadere quando le ruote slittarono sul pavimento.

Si rimise a letto e guardò l'orologio sulla parete. Le nove. L'orario di visita andava dalle undici a mezzogiorno. Presto la porta di vetro smerigliato che divideva il reparto dal corridoio si sarebbe aperta.

Desiderò che sua madre fosse lì – qualcuno che aspettasse con lei, qualcuno che la conoscesse abbastanza bene da rendere superflue le parole. Ultimamente aveva pensato tanto a lei, a come doveva essere stato avere un marito lontano, per mare, per gran parte della sua vita, il terrore dell'attesa, il ricordo della sua faccia, immobile per la concentrazione mentre ogni sera ascoltava alla radio il bollettino per i naviganti, e poi – *clic!* – finiti gli avvisi, tornava a essere Mamma, allegra o arrabbiata a seconda dell'umore: urlava, faceva battute, cucinava, cercava calze, sempre consapevole di essere a un passo dal disastro. Adesso a Saba la sua allegria sembrava eroica; l'ennesima cosa data per scontata.

Le due ore successive le sembrarono le più lunghe della sua vita, poi, poco prima di pranzo, sentì il ticchettio di tacchi che percorrevano il corridoio – piuttosto diverso dal cauto scricchiolio delle suole di para delle infermiere. Le scarpe si fermarono fuori dalla sua porta.

«Tesoro?». La voce di Arleta era attutita dalla porta di vetro smerigliato. «Sei presentabile?».

La maniglia si abbassò a metà. Quando la porta si aprì, Saba era seduta sul letto con il viso bianco come un lenzuolo.

«Sì. Fallo in fretta», disse quando vide la faccia di Arleta. «So cosa stai per dirmi». Dietro la porta si intravedeva una sagoma scura maschile.

«Mi dispiace», disse Arleta. Si tolse le scarpe, salì sul letto e si tennero abbracciate. «Oh, tesoro», disse dolcemente. «È così crudele».

Quando Arleta pronunciò quelle parole, un lampo di dolore attraversò la testa di Saba, la quale rimase per un po' a singhiozzare in silenzio. Era morto; lo sapeva.

Enid, che si aggirava per la stanza con aria comprensiva, le porse un catino in caso ne avesse avuto bisogno, una salvietta calda e una delle sue mentine.

Entrò un uomo in uniforme, grosso e rosso in viso; per Saba solo un'interferenza, un vuoto, che incombeva sul suo letto.

«Desidera che me ne vada?», disse subito Barney. «Posso tornare più tardi».

Saba fece di sì con la testa. Voleva nascondersi come un animale malato e ululare. Il rumore assordante che aveva in testa era quasi intollerabile. L'infermiera le disse che, se voleva dormire, le avrebbe dato subito una pillola, un fenobarbitale.

«Non è niente di personale». Le sue parole rimbalzarono contro le pareti della stanza. «La ringrazio per essere venuto».

L'uomo strinse con forza il cappello che teneva in mano. Le toccò un braccio.

«Mi dispiace», le disse prima di andarsene. Posò un pacchetto sul suo comodino e disse qualcosa a proposito dell'armadietto di Dom, ma Saba non lo stava ascoltando.

Quando anche Arleta andò via, entrò una nuova infermiera. Osservò che la sera faceva sempre più freddo e lasciò due analgesici per la testa di Saba, nuovamente tormentata da fitte di dolore. «'Notte notte, allora, cara». L'infermiera tirò le tende, spense le luci sulla testiera del letto e chiuse la porta di vetro.

Saba aveva desiderato che andassero via tutti, ma ora che era sola la notte sembrava allungarsi tutt'intorno a lei come un mare scuro nel quale avrebbe potuto facilmente annegare.

Si svegliò dopo mezzanotte, assetata dopo tante lacrime, e fece per prendere la caraffa dell'acqua. Quando accese la luce, la sua mano toccò il pacchetto che l'uomo alto le aveva lasciato. Si tirò su a sedere e lo aprì con fare maldestro. All'interno c'era una scatola piena di fazzolettini di carta e, in uno di essi, un braccialetto azzurro smaltato con incisioni in argento che rappresentavano le divinità egiziane. Lo rigirò e sul retro vide incisa la parola *Ozkorini*.

Pensami.

Era bellissimo. Doveva essergli costato fino all'ultimo centesimo della sua paga. Nella scatola era infilato un biglietto con l'indirizzo di un gioielliere di Alessandria.

Stava gettando via la carta che avvolgeva la scatola quando trovò i resti di una lettera scritta su un foglietto spiegazzato e strappato. Regolando la lampada, vide che non si trattava di una vera e propria lettera, bensì di una bozza con delle parole cancellate, in due punti l'energia impiegata era stata tale che la penna aveva bucato il foglio. Una lettera scritta sull'onda dell'emozione, qualcosa che lui non aveva mai avuto intenzione di spedire.

All'inizio le parole le danzarono davanti agli occhi prive di significato, come pezzettini di carbone. Lisciò il foglio, mise insieme i pezzi strappati, fino a che non si compose una frase: *Forse, alla fine, la vita è più meschina delle canzoni*.

Le tremavano le mani quando accostò i due pezzi di carta su cui c'erano dei numeri: 2 agosto 1942.

Emise un fioco lamento. Adesso non aveva più scampo: lui aveva comprato il bracciale, il suo primo vero regalo per lei, pieno di speranza ed entusiasmo, ed era morto smarrito e deluso, forse addirittura odiandola. Non si sarebbe mai perdonata per quello.

Capitolo 42

Dopo aver lasciato l'ospedale, Saba si trasferì da Arleta che aveva trovato un appartamento in subaffitto in Antikhana Street. L'abitazione, con le sue stanze pentagonali e le finestre rotonde, dava l'affascinante illusione di vivere ai piani alti di un transatlantico ed era anche economico.

Arleta insisté per pagare la metà dell'affitto che spettava a Saba e cucinò addirittura per lei le sue poche ed eccentriche specialità: la numero uno era riso, fagioli e carne, cotti su un fornelletto in cucina. La numero due era riso, fagioli e qualunque verdura fresca disponibile. A volte c'era un'insalata con una spruzzata di gin aggiunta al condimento. Inoltre, Arleta era una convinta sostenitrice dei piccoli piaceri quotidiani: un vassoietto di ciambelle e pasticcini alla crema di Groppi, l'acquisto al suk di un'orrenda camicia da notte verde lime con i fiocchetti e un pezzetto di halva al pistacchio infilato dentro.

Ma la cosa migliore di tutte era che Arleta era freneticamente impegnata tutto il giorno con le prove, il parrucchiere, gli appuntamenti, le feste (quel mese Il Cairo era zeppa di giovani ufficiali tornati dal deserto con un bel po' di paga da spendere) e per Saba era più facile stare sola dal momento che si sentiva una pessima compagnia. C'erano giorni in cui stava così male che a stento si prendeva la briga di togliersi la camicia da notte, in cui il dolore sembrava una sorta di febbre dell'anima che rendeva attività normali come mangiare e camminare ostacoli insormontabili. Altre volte, le sue emozioni erano talmente estreme che era come se qualcuno l'avesse ricoperta di benzina e le avesse dato fuoco.

Il dolore la rendeva anche titubante, debole e incapace di prendere una decisione: a volte il pensiero di lasciare Il Cairo senza sapere cosa fosse accaduto a Dom le appariva come uno spaventoso gesto di tradimento; altre volte, le sembrava inutile restare e desiderava tornare a casa.

Il giorno prima di lasciare l'ospedale, un altro colpo si era abbattuto su di lei. Enid, con la sua andatura dinoccolata e il simpatico sorriso da infermiera, era entrata e aveva posato sul suo letto una lettera arrivata per posta aerea, dicendo che le avrebbe tirato su il morale, cosa a suo modo involontariamente comica. Era da parte di suo padre il quale non sapeva nulla dell'incidente. L'uomo scriveva:

Cara Saba,
è con grande dolore e dopo molta sofferenza che invio questa lettera, ma tua madre dice che non posso continuare a risponderti. Hai causato una grande spaccatura nella nostra famiglia e ci hai coperti di vergogna non rispettando i miei desideri e andandotene via. È un tale insulto al mio onore, che il mio cuore non riesce a perdonarti. Adesso sarebbe meglio, per tua madre e per me, che tu affrontassi le conseguenze della tua scelta e non tornassi a casa. Tu hai preso la tua decisione e io ho preso la mia. Non ti considero più mia figlia. Attualmente sono per mare, ci muoviamo tra... e... per cui non l'ho ancora detto a tua madre ma la informerò della mia decisione quando sarò di ritorno. Sarebbe meglio per tutti noi se tu non vedessi tua madre e neanche tua nonna.
Mi dispiace ma è così.

Seguito dalla scrupolosa firma: *Remzi Tarcan*.

La prima emozione che avvertì fu la rabbia. *Ipocrita, bugiardo, carceriere. Perché tu hai potuto scegliere una vita sempre in viaggio e io no?* Anche lei faceva parte dello sforzo bellico. Adesso sapeva che differenza avevano fatto le sue esibizioni per il morale degli uomini: non erano solo belle parole, era la verità, e come osava lui farlo sembrare così banale, così sbagliato. Quando la rabbia scemò, desiderò affondare la testa nel grembo di sua madre e dire: «Perdonami». Tutto quello, lo sapeva, le avrebbe causato grande agitazione: il desiderio di scrivere e la mancanza di coraggio nel farlo, per la paura di un litigio con suo marito, il quale era perfettamente capace di usare i pugni su di lei quando veniva provocato.

E ora tutta la felicità che le arrivava dal canto, da Dom, dai viaggi, e perfino il semplice pensare a casa e a Pomeroy Street, la semplice meraviglia di essere viva non sembravano esattamente sbagliati, ma una forma di estrema ingenuità che meritava una punizione. Come aveva fatto a non vedere le trappole del mondo, a non aver avvertito la crudeltà e la casualità della guerra, a non capire che le persone quasi mai erano come le immaginavi? La verità era che con la sua decisione aveva spaccato la sua famiglia.

Durante i lunghi giorni di convalescenza nell'appartamento, sola e tagliata fuori dal suo mondo, prese a odiare il talento che l'aveva condotta lì. Si era crogiolata in quella bolla di autocompiacimento e ora la bolla era scoppiata e lei si meritava tutto quello che le era capitato.

Dopo qualche giorno di riposo, era andata da Furness presso gli uffici dell'ENSA di Qasr-el-Nil per chiedergli informazioni sul suo rimpatrio. Era più o meno determinata, quando la guerra fosse finita, a tornare in Galles e trovarsi un vero lavoro, in un ufficio o forse come governante presso qualche famiglia. Durante l'incontro aveva avvertito una strana atmosfera – Furness le aveva rivolto un sorriso di circostanza prima di dirle che gli era dispiaciuto sapere che non era stata bene. Mentre parlavano, aveva continuato ad armeggiare fastidiosamente con i dossier sulla scrivania, come se non vedesse l'ora che lei se ne andasse. Avrebbe fatto quello che poteva, aveva detto alla fine con un profondo sospiro, ma al momento c'era un gran numero di artisti ENSA bloccato lì senza visto di uscita e, per di più, quell'accidenti di re aveva presto in programma una visita – quindi c'era altro che poteva fare per lei?

E poi comparve Cleeve. Cleeve che di solito era così attento a organizzare gli incontri in posti anonimi. Il loro primo incontro da quando l'aveva tirata fuori dall'auto sulla strada per Istanbul.

Entrò nel suo appartamento, con un bell'impermeabile e la lobbia, finalmente tornato nel mondo civilizzato. Saba stava cercando di accendere il fuoco con della legna ancora fresca e l'ambiente era saturo di fumo.

«Buon Dio, Saba», disse, agitando la mano per disperdere il fumo. «Cosa diavolo stai cercando di fare, un *sati*?»

«Di cosa parli?». Lo guardò fisso; aveva dimenticato di chiudere a chiave la porta ed era stupita di vederlo nel bel mezzo del suo salotto.

«Sai, quelle vedove indù che si gettano sul rogo funebre».

Cleeve sembrò mortificato.

«Oh, Dio, che insensibile! Ero venuto proprio per dirti che mi è dispiaciuto sapere del tuo amico. Un pessimo inizio. Scusa».

«Come l'hai saputo?». Lo stava fissando.

«Be', sai, fa tutto parte del lavoro. Senti, ti va di andare a bere una tazza di tè? Non dovrei proprio trovarmi qui».

Nella caffetteria cambiò posto due volte e si mise a giocherellare con il cucchiaino. «Saba», disse, «mi dispiace se ci ho messo così tanto per venire a trovarti, ero assolutamente sconvolto per quello che è successo in Turchia, ma non era sicuro farmi vedere in giro».

Saba vide un nuovo sguardo nei suoi occhi, uno sguardo abbattuto, di dolore e quella che poteva essere o meno una profonda preoccupazione; chissà di chi poteva fidarsi ormai? Cleeve si schiarì la voce.

«Dove mi hai trovata?», gli chiese. «In Turchia, intendo».

«Sotto un albero, in un fosso. L'auto stava bruciando accanto a te, hai avuto una bella fortuna».

Si morse il labbro inferiore, che aveva cominciato a tremare. Saba distolse lo sguardo.

«È stato orribile, Saba. Mi sento in colpa per quello che è successo. Dieci minuti più tardi e... non oso pensarci».

«Be', non lo fare». Non sopportava il pensiero di Cleeve in preda all'emotività, né di parlare di Felipe. Non ancora.

«Cosa è successo a Jenke?», gli chiese. «Mi piacerebbe almeno sapere questo. Ha avuto i documenti. È riuscito a fuggire?»

«Sì».

Saba aspettò che le dicesse dell'altro.

«È tutto? Solo sì, nient'altro?». Sentì il volume della propria voce salire.

«No».

«Sono state utili... le sue informazioni?»

«Credo di sì».

Cleeve si accese una sigaretta ed emise un piccolo sospiro.

«Credo che sia andato tutto bene», disse debolmente. Si sporse in avanti, le prese la mano e la guardò negli occhi in un modo che Saba trovò snervante.

«Saba», le disse, «sei sicura di stare bene? Sono stato così in pena per te».

Sentì le dita di lui chiudersi attorno alla sua mano e sperò che le allontanasse presto.

«Non sono sicuro che abbiamo fatto bene a mandarti lì».

«Non è stata colpa tua», ribatté lei. «È stata colpa mia. Volevo viaggiare, amavo cantare. Tutti hanno il proprio tallone d'Achille, io ho trovato il mio».

«Hai ancora i lividi». Quando indicò avvilito il suo viso, Saba serrò i pugni sotto al tavolo – la sua pietà era quasi insopportabile.

«Ascolta», disse. «Voglio andare a casa, tu puoi aiutarmi. Quando mi sono rivolta al capitano Furness la scorsa settimana, quasi non mi ha rivolto la parola. Non mi ha neanche chiesto niente dell'incidente, non vedeva l'ora di sbarazzarsi di me». La sua voce pulsava di rabbia. «Non ti sembra strano che io...».

«No, Saba», la interruppe, «perché questo potrebbe rovinargli la carriera: l'apparato dell'ENSA è incredibilmente fragile: ai pezzi grossi dà fastidio che ci si appropri di tempo, mezzi e altre risorse, considerano gli artisti come bambini maleducati, perciò quando le cose prendono una brutta piega, tutti si affannano a seppellire l'accaduto».

«Dermot», Saba si era preparata sin da quando si erano seduti, «c'è una cosa che ho davvero bisogno di chiederti. Il mio amico... il pilota... è disperso, è dato per morto. C'è qualche possibilità...».

«No». Cleeve si allontanò da lei. «Assolutamente nessuna... mi dispiace, ma non ce ne sono». Teneva gli occhi fissi su un poster malridotto appeso alla parete alle spalle di Saba. Vi era raffigurata una donna che fluttuava sul Nilo e beveva Ovaltine.

«Non credi sia sempre meglio dire la verità?»

«Sicuramente qualcuno potrà aiutarmi a cercare, Jenke o qualcun altro».

«No. Mi dispiace, Saba... voglio chiarire subito questo punto. Questo lavoro non funziona come un *do ut des*. Non dovrei neanche essere qui adesso». Armeggiò con la cintura dell'impermeabile.

«Be', porgi a Jenke i miei saluti quando lo vedi», disse Saba, alzandosi.

«Non credo che lo rivedrò», disse piano Cleeve. «È così che vanno le cose qui. "Navi che passano nella notte", anche se a volte si potrebbero tranquillamente cambiare le consonanti[30]».

Il giorno seguente, Max Bagley passò a salutarla; era così felice di essere tornato al Cairo, disse, che avrebbe potuto mettersi a piangere.

Quell'estate era stato nell'area punitiva, Ismailia, a dirigere una compagnia che faceva sembrare quella di Saba un modello di buonsenso. Metà delle ballerine erano fuori combattimento per ulcere ai piedi dovute al caldo eccessivo, poi era saltato fuori che uno dei comici aveva l'epilessia.

La portò da Groppi, ordinò meringhe e gelato e, dopo qualche chiacchiera e un po' di complimenti, la guardò con i suoi vivaci occhi calcolatori.

«Gli spettacoli di cui ho parlato. Abbiamo in serbo delle cannonate assolute. Nessuna possibilità di un tuo ritorno, suppongo».

Il suo sorriso era dolce e innocente quanto il gelato che gli macchiava la bocca, ma Saba aveva acquisito, a quanto pareva quasi immediatamente, l'abitudine al sospetto.

«Nessuna possibilità, Max, temo. Aspetto di tornare a casa».

«Così ho sentito dire». Spinse una meringa verso di lei. «Prova una di queste. Sono divine».

«No, grazie, ho appena fatto colazione». Una bugia, ma non poteva sopportare un'altra lezione riguardante il cibo.

[30] Riferimento a una poesia di H.W. Longfellow, *Ship That Pass in the Night*, che mette l'accento sui fugaci rapporti umani. Nel "cambio di consonante" si sottintende la variazione *ships* –> *shits* (in italiano, la parola "navi" si può trasformare in "cani").

«Be', lascia che ti solletichi l'immaginazione con questo, Super Sabs», disse con la bocca piena. «Il fatto è che ho scritto un musical». Pausa per uno sguardo di eccitante intensità. «Direi che è la cosa migliore che abbia mai scritto. Farò le audizioni dopo Natale, se dovessi cambiare idea».

«Ti ringrazio, Max», rispose lei con gentilezza, «ma non cambierò idea. È bello che tu abbia pensato a me».

«Saba, posso dire una cosa?». Bagley appoggiò il mento sulle mani e la guardò dritto negli occhi. «So di essere stato un po' duro con te durante le prove. A volte ho la lingua velenosa perché voglio che tutto sia perfetto, ma lo faccio solo con le persone che rispetto, e quello che avrei dovuto mettere in chiaro con te è che tu eri... sei», si corresse, «molto, molto brava. Penso che tu abbia un grande futuro davanti a te. Fine delle scuse. Spargerò altra cenere sul capo se necessario». Si toccò la fronte, la bocca e il petto in una parodia del saluto arabo.

Quelle parole non le procurarono una briciola di piacere. Le sembrarono solo lusinghe.

«Scusa, Max», gli disse. «Non sto cercando di fare la prima donna».

Bagley si asciugò la bocca con un tovagliolo e la guardò.

«È come essere un atleta, Sabs, non puoi lasciare che i muscoli si atrofizzino».

«Lo so».

«Non c'è la fatina del talento che agita la bacchetta».

«Accidenti. Davvero?». Saba fece un mucchietto di briciole con il dito.

«Ti è sembrato un discorso paternalista?»

«Solo un pochino, Max, ma grazie per averci provato».

Mentre lui vuotava la sua tazza in un sorso solo, Saba sentì il *clic* del suo fascino che veniva spento. Ormai sapeva come lavorava la mente di Max: aveva già messo in moto le rotelline del cervello per individuare la sua sostituta; e più tardi ci sarebbe stata una soddisfacente sfuriata con chiunque fosse a portata di mano sul fatto che quella Saba Tarcan non fosse poi così brava come credeva. Lui ne aveva individuato i notevoli difetti nel momento stesso in cui l'aveva vista. C'era in Max Bagley un fuoco di egocentrismo che aveva bisogno di essere alimentato più o meno costantemente.

«Cosa ne è stato di Janine?», gli chiese mentre lui cercava il cappello.

«È andata in India e poi, o almeno così credo, è stata mandata a casa». La guardò con gli occhietti scintillanti. «Non riusciva ad affrontare la situazione». Pausa. «Un vero pesce lesso, non è vero?», aggiunse. «Bel portamento ma zero senso dell'umorismo».

«Quando, dopo, ho pensato a lei», disse Saba, «voglio dire dopo che ho lasciato la compagnia, mi è dispiaciuto per lei. Una volta mi ha detto che prendeva lezioni di danza da quando aveva tre anni, che ogni risparmio della famiglia era stato investito su di lei. Non ha avuto un'infanzia e ora non avrà una vera carriera perché proprio quando le si stavano aprendo le porte, è arrivata la guerra – è sicura che il suo talento sarà già passato quando finirà il conflitto; le ballerine sono sfortunate in questo senso».

«Be', la guerra ha incasinato un sacco di vite». Max non era minimamente interessato. «Perciò non posso stare a sentire ogni lamentela».

Insisté per lo meno nell'accompagnarla a casa; aveva iniziato a piovigginare e il cielo era grigio e minaccioso.

«Buffo, no, far parte di una compagnia?», disse Max mentre si avviavano lungo i marciapiedi distrutti. «Un momento si è tutti follemente uniti – sai tutto delle storie d'amore altrui, come sta il loro intestino, cosa mangiano a colazione, le loro debolezze, i loro punti di rottura – e poi, *puff!* Finito. Quando sei in uno spettacolo, sembra la cosa più importante del mondo». La sua voce si affievolì.

«Cosa farai quando la guerra sarà finita, Max?»

«Non so. Un altro lavoro, forse», disse cupo. «Andrò di nuovo in tournée». Saba era scioccata da quanto sembrasse esausto.

«Perché non tornare a casa per un po' e farsi una vacanza come si deve?». Le aveva parlato di un posticino a Londra.

«Al mio monolocale di Muswell Hill», disse con la stessa voce inespressiva. «Se è ancora in piedi. Fantastico! Sai che divertimento».

Passò a trovarla anche Boggers, diretto in India per un lavoro. Un abito lucido che gli cadeva male addosso ed era stato cucito, le disse orgoglioso, da un sarto del suk aveva rimpiazzato la consueta calzamaglia. Rimase in mezzo alla stanza tendendo e flettendo vari muscoli e fece un discorso impacciato che si era ovviamente preparato in anticipo. Disse a Saba che era una signora molto simpatica e bella e che, quando la guerra fosse finita, avrebbero dovuto trasferirsi in Brasile ed esibirsi come duo. Se lei proprio lo desiderava, avrebbero potuto sposarsi.

Saba gli rispose in modo altrettanto impacciato: era molto gentile da parte sua, una meravigliosa opportunità, ma stava tornando a casa eccetera. Fu tremendamente grata quando Arleta rientrò improvvisamente dopo una prova di due ore con sufficiente energia per ammirare il vestito di Boggers, che era stato chiaramente comprato per l'occasione, dargli dei pizzicotti sulle guance e chiedergli di dividere con loro la specialità numero uno. Saba la guardò impressionata.

Quando l'acrobata se ne andò, Arleta crollò sul divano come una bambola di pezza e disse: «Dio, mi sento a pezzi. Sono assolutamente sicura che mi stia venendo il raffreddore o l'influenza o qualcosa del genere, ed è per questo che ho un enorme, enorme favore da chiederti».

Si rotolò sul pavimento, giunse le mani in preghiera e supplicò Saba di darle una mano la sera seguente con un piccolo concerto che si sarebbe tenuto in un deposito di rifornimenti vicino a Suez.

«Tirati su, scioccona!». Saba non aveva voglia di scherzare, né tanto meno di esibirsi. «Cos'hai in mente?».

Sapeva di non essere pronta per lavorare. Ma Arleta fu convincente. Solo un paio di duetti, disse. Sarebbe stato divertente. Il buon vecchio Dottor Luci della Ribalta le avrebbe fatto superare quel momento.

Ma non era stato così. L'aveva fatto per Arleta, che, con il naso rosso e la voce persino più rauca del giorno prima, era entusiasta di riaverla con sé. Al deposito Arleta aveva eseguito una versione da adulto di *Christopher Robin is Saying His Prayers* («*Wasn't it fun in the bath tonight? The cold's so cold, and the hot's so hot*»), e insieme si erano esibite in un paio di duetti, cosette leggere: *Makin' Whoopee*, fatta con due carrozzine, e una parodia di *Cheek to Cheek*, fingendo di essere due soldatesse americane le cui guance erano rimaste incollate insieme da un chewing gum. Arleta, splendidamente guarita, alla fine dei ritornelli aveva fatto un po' la gigiona ancheggiando esageratamente, ma gli uomini l'avevano adorata e le due avevano lasciato il palco in un'esplosione di fischi entusiasti.

E Saba, guardando dal palco il mare di uomini in divisa con le loro facce sole e ansiose, fece una spiacevole scoperta: non avevi bisogno di avere un cuore o un'anima per rallegrare un pubblico e suscitarne gli applausi – in caso di necessità, un'altra parte di te prendeva il controllo come un pony da circo ben ammaestrato.

Dopo l'intervallo, Arleta, che era in procinto di fare il suo assolo, si precipitò tra le quinte stringendosi teatralmente la gola, fingendo di strangolarsi.

«Non posso. *Non posso*». La sua voce si ridusse a un fioco bisbiglio. «Voce completamente andata».

Be', forse era un trucco e forse non lo era, ma a Saba, senza aver provato e senza essere pronta, non restò altro che prendere il suo posto. E stava andando bene fino a che un ragazzo in prima fila non le chiese *Smoke Gets in Your Eyes*. L'ultima volta che l'aveva cantata, erano a letto insieme, nella stanza di Rue Lepsius, il suo viso sul torace di Dom, le mani di lui che le accarezzavano i capelli.

A metà della canzone, Saba sentì un'ondata di profondissima infelicità abbattersi su di lei: le sembrò che la gola, il suo corpo si chiudessero. Il ragazzo che aveva richiesto la canzone – un tipo magrolino con un taglio di capelli molto corto – rimase sconcertato quando lei lasciò il palco prima di aver finito, mentre la band stava ancora suonando il ritornello.

Saba si precipitò giù dal palco e corse verso il povero villaggio di tende, le baracche prefabbricate, la fila di bidoni della spazzatura. Non c'erano stelle quella notte, solo nuvole nere e chilometri di fango e filo spinato. Arleta la trovò in un passaggio tra due file di tende, seduta nel fango a piangere disperata.

«Mi dispiace così tanto, tesoro», disse Arleta, sedendosi accanto a lei. «Ho sbagliato. Penso che sia tempo che tu torni a casa».

Capitolo 43

Per diversi giorni, Dom aveva perso e ripreso ripetutamente conoscenza. Aveva i capelli bagnati incollati alla fronte, le labbra gli erano diventate bluastre, parti del paracadute erano ancora avvolte attorno al suo corpo, facendolo sembrare una grottesca pupa schiusa a metà con una testa umana.

Un'allodola del deserto faceva risuonare il suo bizzarro canto da un albero spoglio lì vicino. Quello che era stato il suo aereo, ormai ridotto in cenere, adesso era un ammasso bagnato da cui spuntava qualche rottame e pezzi di vetro.

Di tanto in tanto appariva un ragazzo, come il personaggio di un sogno, scintillante e inaffidabile, a volte attorniato da capre. Un ragazzino magro con un'espressione di profondo disgusto sul viso, che borbottava e talvolta urlava rivolto a lui, che a volte faceva finta di avventarsi su Dom e si ritirava e sembrava volesse ucciderlo. Ora, respirando affannosamente, il ragazzo legò il suo asino all'albero. Guardò Dom. Avanzò piano verso di lui, con il cuore che gli batteva all'impazzata, afferrò gli oggetti sparsi attorno, la bussola, il rasoio, le compresse del kit di emergenza, se li infilò in tasca e fece per andarsene quando sentì il pilota sospirare.

Quando diverse ore più tardi Dom si svegliò, accaldato e febbricitante, era lì a guardare con occhi socchiusi il cielo, il cui colore grigio opaco rendeva impossibile determinare l'ora. «Non è cambiato niente», disse ad alta voce, scioccato nel sentire quanto sembrasse debole. Qualche istante dopo, si immobilizzò. Aveva sentito il lontano ronzio degli aerei che volavano da qualche parte, oltre il muro di nuvole. L'avrebbero visto presto; l'avrebbero salvato. Una sera, quando era ragazzo, aveva ascoltato, incapace di respirare per la paura, il racconto del nonno, a cui diversi whisky di troppo avevano sciolto la lingua. L'uomo si era messo a rievocare il periodo in cui era stato prigioniero di guerra – catturato in un fosso in prossimità di Ypres –, i letti nelle gabbie per il pollame, la claustrofobia, le percosse, il senso di totale umiliazione e impotenza. Essere catturato era uno dei suoi incubi peggiori.

Mentre era in ascolto, i suoi muscoli erano tesi come corde di violino. Il cielo bianco era mutato e vide scivolare da dietro a quelli che erano grumi neri di nuvole riflesse quattro aerei che volavano in formazione sopra di lui – millecinquecento, duemila metri? Era difficile stabilirlo da laggiù. Quattro 109, con le svastiche dipinte come grossi insetti sulla parte inferiore. Il suono si affievoliva e poi tornava a essere forte. Poi, sopra gli aerei tedeschi, sentì l'inconfondibile rumore degli Spitfire e smise di respirare mentre si immaginava disteso sulla sabbia come un bersaglio umano. Gesù Cristo onnipotente. E adesso?

Si stese a faccia in giù, ascoltando con l'intero corpo la morte che arrivava, e poi sentì il suono degli aerei allontanarsi, seguito da quello dei suoi polmoni in affanno mentre tossiva.

Un'ondata di puro entusiasmo lo travolse dopo che se ne furono andati. Era vivo! Era vivo. Si rotolò su un fianco, digrignò i denti, fece diversi profondi respiri e, urlando, si tirò su. Era in piedi, aveva gli occhi socchiusi e barcollava, guardando il dissolversi di una realtà concreta, quando rivide il ragazzo, che stavolta gli andava incontro in sella a un asino. C'era un uomo con lui.

L'uomo lo guardò a lungo mentre si grattava un'ascella. Sollevò l'ala del velivolo e, insieme al ragazzo, lo fissò intensamente – un pallido *afrangi*[31] mezzo morto che era caduto dal cielo. Dom iniziò a piangere, sentendo i cervi volanti strisciargli addosso. Due avvoltoi volavano sulla sua testa, studiandolo, e attorno a lui si estendeva il deserto, vuoto, implacabile, immenso. Non importava. Quando il sole sarebbe uscito di nuovo, lo avrebbe riarso fino alle ossa, o, se fosse piovuto, non ci sarebbero stati alberi sotto cui ripararsi. Se quelle due persone non lo uccidevano, sarebbe comunque morto nel giro di pochi giorni.

[31] "Straniero".

Stava ancora farneticando quando i due riavvolsero il paracadute e lo legarono all'asino. Diceva loro di lasciarlo, diceva loro che voleva morire. Lo misero di traverso sul dorso dell'animale; i suoi stivali lasciarono un solco nel fango. Lo portarono alla loro dimora temporanea – quattro tende malconce i cui tiranti erano ricoperti di stracci appesi ad asciugare. Davanti alle tende c'erano un cammello zoppo e un asinello che ragliava furiosamente in attesa del ritorno della madre. Un cane macilento, con la coda assurdamente piegata come uno scovolino, li accolse abbaiando.

Dom aveva smesso di lamentarsi. Era tutto dolorante e non desiderava altro che stendersi. Lo portarono nella tenda più grande e srotolarono per lui un sottile materasso. Rimase tutta la notte in quell'angolo privo di finestre, aspirando le esalazioni di una candela di sego, dello sterco di cammello e del pelo di capra di cui era fatta la tenda. I suoi polmoni emettevano un sibilo e la faccia gli bruciava. Mentre dormiva, tre bambini piccoli si affacciarono all'ingresso della tenda, scalzi e con i pigiamini sporchi; con le dita nel naso, ridevano nervosamente. Di tanto in tanto la faccia curiosa di un uomo faceva capolino e lo fissava inespressiva. Chiamò sua moglie perché desse un'occhiata a Dom. Non sapevano se fosse tedesco o inglese, ma non aveva particolarmente importanza perché un afrangi era un afrangi e la loro guerra aveva rovinato la terra, il raccolto di cotone, il prezzo del carburante e reso le loro vite ancora più dure di quanto non lo fossero già. Non appena fosse stato meglio, avrebbe dovuto andarsene.

La madre del ragazzo, Abida, che aveva solo ventotto anni e il cuore tenero, la pensava diversamente. L'ultimo compito della sua giornata era controllare le capre, mettere a cuocere le fave per la colazione dell'indomani e, da ultimo, tirare giù i tanti pezzi di tela che rendevano la loro abitazione relativamente impermeabile. Prima di andare a dormire, uscì nella notte stellata, sollevò di soppiatto un angolo della tenda dove dormiva Dom e, illuminandogli il viso con una candela, gli diede un'altra occhiata furtiva. Era madido di sudore, tossiva e mugolava. Era un bel ragazzo e stava morendo. Era la volontà di Allah, ma era triste.

Capitolo 44

Un mercoledì mattina era seduta nel salotto di Antikhana Street quando entrò il signor Ozan. La sua figura grassoccia si riversava in un bellissimo completo scuro e in mano aveva un enorme mazzo di gigli. Saba sobbalzò.

«Saba, mia cara». La sua voce era severa, i suoi occhi pieni di preoccupazione. «Lei è una donna sola, la prego, chiuda a chiave la porta in futuro».

Si sedette e si guardò attorno. Arleta, che era stata colta da uno straordinario attacco di ordine e pulizia – li chiamava i Tiggywinkle[32] – aveva drappeggiato il divano con scampoli di seta e aveva lasciato sul tavolino una ciotola di Turkish Delight per cercare di tentare Saba, ancora troppo magra.

«Carino, molto carino», disse con aria di approvazione. «Ho saputo del suo incidente solo ora». Saba si portò istintivamente la mano alla testa. «Cosa posso fare?»

«L'ha saputo solo ora?». Difficile non sembrare scettici.

«Sì!». Ozan sembrava arrabbiato. «Ero in viaggio e quando sono tornato lei era andata via e nessuno sapeva dove».

Mentre le chiedeva i particolari, i suoi occhi sembravano capaci di uccidere e le ricordarono quelli di suo padre durante simili interrogatori. Chi era presente in casa quella sera? Con chi era in macchina? Di chi era la colpa?

«Questo è tutto ciò che ricordo», mentì lei. Se gli avesse detto di Severin, avrebbe dovuto rivivere tutto. Poi sarebbe seguita l'indignazione maschile e il solo pensiero la sfiniva – non le importava più.

«Lo ucciderei se lo conoscessi». Gli occhi scuri di Ozan lam-

[32] Da un personaggio di un libro per bambini.

peggiarono. «La casa tedesca ormai è stata chiusa e ho saputo che Engel è stato rimandato in Germania per essere processato. L'ambasciatore non sapeva niente dei festini ed era furibondo; alcuni di loro usavano quel posto perfino per vendere droga. La rubavano dagli ospedali militari. Erano uomini molto cattivi».

Per un momento Saba pensò che si sarebbe messo a piangere. «Non avevo idea che fossero persone così mostruose, Saba. Non avrebbe dovuto trovarsi lì – non riuscirò mai a perdonarmi per questo».

«Ha saputo di Felipe?». Saba aveva gli occhi pieni di lacrime.

«Gli hanno sparato. È quanto ho saputo. È stata un'orribile tragedia. Mi piaceva moltissimo. Non avrei mai dovuto portarla a Istanbul», disse addolorato.

«No», ribatté lei. «È stata anche colpa mia. Sapevo tutto dei suoi club. Devo prendermi una parte della colpa».

«Se suo padre fosse qui, incolperebbe me e soltanto me, ma...», il signor Ozan si strinse così tanto nelle spalle che sembrava volersi inghiottire, «volevo nuove cantanti, pensavo che lei fosse brava. Ero entusiasta».

«Non credo che a mio padre interessi più», osservò Saba. Gli parlò della lettera. «Non vuole più vedermi», aggiunse, «odia tutto questo».

Ozan si massaggiò la fronte con le dita e fece schioccare la lingua come faceva Tan quando era turbata.

«Be'», disse alla fine, «ha visto il suo villaggio». Come se ciò spiegasse tutto. «Lì non c'era niente per lei», le disse guardandola fisso. «O no?»

«No».

Saba avvertì una fitta di dolore a quel pensiero. Erano andati a Üvezli durante un perfetto giorno d'autunno – sole brillante, il cielo più azzurro che si potesse immaginare – ma Ozan aveva ragione: non c'era molto lì a parte qualche casa bianca, una moschea, una scuola elementare, un sonnacchioso caffè vicino alla piazza con i gatti che ronfavano sotto i tavolini. Avevano portato fiori, regali, tutte le generose promesse della ricchezza di Ozan e della gioventù e della bellezza di Saba. Tutto il necessario per una bellissima riunione di famiglia, ma purtroppo non era venuto nessuno: nessuna esclamazione di gioia da parte di qualche anziano parente, nessuna rievocazione di ricordi nella mezza dozzina di case a cui avevano bussato. Solo pochi vecchi seduti su sedie di legno lungo la strada polverosa, ognuno dei quali aveva scosso la testa. Chiusi come ostriche. Non avevano capito o non avevano voluto capire, oppure erano stati loro ad arrivare troppo tardi.

Sulla strada del ritorno, Ozan aveva spiegato a bassa voce, in tono di scusa come se fosse personalmente responsabile, che molte delle persone di quel luogo erano discendenti dei turchi musulmani del Caucaso, in fuga dagli eserciti russi durante la guerra ottomana con la Russia nel 1877. Altri erano stati cacciati nel 1920, prima catturati dagli inglesi e dai francesi che avevano occupato l'area attorno a Istanbul, poi fucilati per essersi arruolati nell'esercito irregolare dei nazionalisti turchi. Erano giustamente sospettosi nei confronti degli stranieri. Come lo era stato suo padre, per tutta la sua vita. In quel momento Saba aveva visto le cose più chiaramente.

Più tardi quel giorno, Ozan, ancora evidentemente addolorato, l'aveva spinta a scrivere una lettera a suo padre: *almeno saprà che lo ha cercato; saprà che le importa*, e lei ci aveva provato, trovando, però, impossibile riuscirci. Ormai c'erano troppe barriere tra di loro e lei provava anche qualcos'altro, una cosa che le aveva insegnato la guerra: non aveva alcun diritto di sapere ciò che lui non voleva rivelare.

Il signor Ozan si stava nuovamente massaggiando la fronte, cercando di trovare uno scampolo di speranza.

«C'è una cosa che vorrei dire a proposito della decisione di suo padre», disse alla fine. «La renderà libera come artista, proprio come Faiza ha dovuto essere liberata, e anche Umm Kulthum. È difficile per le persone come voi servire due padroni».

Saba non disse niente, perché quella parte di lei sembrava così morta e perché il termine "artista" le sembrava esagerato nei suoi confronti. Sentendolo sospirare nuovamente, gli offrì la scatola di Turkish Delight.

«Chi glielo ha dato?». Le fermò il braccio per guardare il suo braccialetto.

«Un amico. Un pilota inglese».

Lo studiò attentamente. «È bellissimo. Queste due», toccò le minuscole figure incise con la familiarità dei vecchi amici, «sono Bastet e Hathor, sono le dee della musica e di altre cose. Questa», spostò il dito a destra, «è Nut, la dea del cielo e della volta celeste. Chiamano Bastet la Signora dagli abiti rossi; sa perché?».

Poiché non riusciva a parlare, si tolse il bracciale e glielo porse. Mentre Ozan cercava di leggere ciò che vi era scritto, Saba si asciugò in fretta gli occhi con l'orlo della gonna.

«*Ozkorini*», disse Ozan. «Come fa un inglese a sapere queste cose?»

«Perché...», lui aspettò con pazienza la sua risposta, «era con me ad Alessandria quando imparavo le canzoni. Gli interessavano queste cose».

«Era un brav'uomo».

«Sì... È morto quando io ero a Istanbul».

Si stava esercitando a dirlo, eliminava congetture, false speranze, e aneddoti di altri soldati che erano rientrati al campo mesi dopo essere stati abbattuti.

Il signor Ozan chiuse gli occhi. La sua mascella fu attraversata da uno spasmo.

«Mi dispiace», disse alla fine.

«Avrei dovuto aspettarmelo», disse Saba. «Ne sono morti così tanti».

«Ma sono così giovani. Quanti anni aveva il suo amico?». C'era una tale calma in lui, come se avesse tutto il tempo del mondo per ascoltare.

«Ventitré». Sentì la propria voce, commossa e soffocata dal rimpianto. Senza dire una parola, Ozan le porse un bellissimo fazzoletto col monogramma.

«Saba, mi ascolti», la sua voce era gentile, «questa è una brutta cosa per lei, ma incontrerà qualcun altro, *inshallah*».

«Non credo».

«Molti uomini la ameranno per com'è. Vorranno sposarla».

«Il fatto è», disse lei, «che l'ho abbandonato».

«Cosa è successo?». La sua voce era dolce, così simile a quella di suo padre quando era gentile.

Gli disse più di quanto avesse intenzione di fare: l'ospedale degli ustionati, Alessandria. Lui ascoltò, calmo e attento.

«Chissà», disse piano quando Saba terminò il suo racconto. «Potrebbe ancora tornare – non sempre accadono cose brutte».

«No», rispose lei. «L'ho pensato per un po', adesso non lo so. È morta così tanta gente».

Ogni respiro è un nuovo inizio e una nuova opportunità. Le parole di Felipe. Non era vero. Non nel suo caso, almeno.

D'un tratto si sentì stanca di Ozan: la sua fronte corrugata, i grandi occhi gentili, la sua attenzione come un grosso riflettore su di lei. Sperò che se ne andasse presto.

«Sarebbe di aiuto sapere com'è morto?»

«No... non necessariamente... non lo so. Ad ogni modo, ci abbiamo provato».

Ozan consultò l'orologio d'oro sul suo polso peloso.

«Torno a Istanbul stasera», si asciugò il mento, «perciò mi perdoni, ma devo chiederle un'altra cosa prima di andare. Quando la guerra in Egitto sarà finita, il che *insballah* sarà presto, darò una grande festa per tutti: per gli egiziani, i turchi, gli inglesi, per tutti quelli di Alessandria e Il Cairo. Ci sarà Faiza e scritturerò i migliori ballerini, acrobati e giocolieri. Voglio che lei canti». La guardò ansiosamente: quello doveva essere un grosso regalo.

Saba si alzò e andò alla finestra. Fuori, il cielo era di nuovo grigio, i giorni si accorciavano; presto sarebbe stato Natale.

«È gentile da parte sua, signor Ozan, ma presto tornerò a casa – lo spero, almeno».

«Il suo governo la farà tornare a casa?»

«Sì». Osservò due uccelli scuri che volavano sui tetti bagnati in direzione del mare. «Non appena possibile».

«Ma c'è ancora un sacco di lavoro qui per gli artisti. Non ho mai visto Il Cairo così piena – la sua gente, la nostra gente, americani, tantissime persone sotto i trent'anni desiderose di tornare a divertirsi».

«Lo so, ma io non voglio più cantare».

Il signor Ozan rimase a bocca aperta. «Lei è una cantante. Non può smettere».

«Posso».

Ozan batté piano il pugno sul tavolo. Alzò la voce.

«Se smette di cantare, ferirà la sua parte migliore».

«Non credo che mio padre sarebbe d'accordo con lei su questo».

«Be', mi perdoni il termine, ma quell'uomo è un idiota. Non tutti gli uomini la pensano come lui – neanche tutti gli uomini turchi. Il mondo va avanti. Mi ascolti». Balzò in piedi, gesticolando furiosamente, e per una volta il suo impeccabile inglese lo tradì. «Pensi alle altre persone», disse animatamente, «quando si ha un dono come il suo, è come il miele che mette a tavola – non solo per se stessa, ma anche per la felicità dei suoi bambini».

«Be', è una bella immagine», ammise lei. La fronte di Ozan era imperlata di sudore. «È solo che non ci credo più». La faccia di Severin le lampeggiò nella mente come un incubo.

«Quindi la sua risposta è no?». Ozan si portò le mani alle tempie, incredulo e con il cuore a pezzi. «Questo concerto sarà pazzesco – fuochi d'artificio e cavalli, cantanti – niente che queste città abbiano mai visto».

«La mia risposta è no», disse Saba. «Non posso più farlo».

Capitolo 45

Per i primi quattro giorni rimase in uno stato di torpore nell'angolo della tenda, ansando e tossendo e dormendo continuamente. A volte il ragazzo, o un uomo più anziano, con le gengive rosse e spugnose e due soli denti, gli faceva bere da una rozza tazza una medicina amarognola che lo faceva sputacchiare. Due volte al giorno il ragazzo gli dava da mangiare dei cereali dal sapore farinoso, talvolta con dentro delle verdure. Di tanto in tanto Dom si rendeva conto del cupo picchiettare della pioggia che cadeva, o del verso stridulo di un uccello, o, da un'altra parte della tenda, sentiva voci maschili che ridevano e il rumore di un gioco in cui quegli uomini erano impegnati. Una volta, un aereo volò così basso sulla tenda che quasi la scoperchiò, ma lui non ebbe paura: si limitò a registrare l'avvenimento in una sorta di confuso stato anestetizzato, come se stesse accadendo a qualcun altro in un altro posto.

Quando si svegliò veramente, con un martellante mal di testa e il petto congestionato, il ragazzo era seduto in fondo al suo giaciglio. Sembrava avere all'incirca dodici anni, una massa incolta di riccioli neri e il colorito pallido, come se avesse sofferto di malaria o di bilharziosi. Gli sorrideva timidamente. Si portò le dita alla bocca come per chiedergli se avesse fame. Dom scosse la testa, confuso e disorientato. Quando il ragazzo filò via sulle sue gambe magre per andare a prendere del cibo, Dom studiò la disperata povertà di quanto lo circondava. La sporca pila di coperte sulla quale era disteso sembrava non venisse lavata da anni, altro che settimane. Su uno scaffale improvvisato in fondo alla tenda, c'erano dei mucchietti di granaglie e cibo essiccato in sacchetti che parlavano di frugale economia domestica e piccole razioni.

Il ragazzo tornò con un uomo più anziano che indossava una djellaba sbiadita e i cui sandali sbatacchianti erano legati con delle cordicelle. Si avvicinò al letto e, raggiante di felicità, diede un colpetto al braccio di Dom, come se la sua guarigione rappresentasse per loro un incredibile dono.

«Karim», disse, indicando se stesso. «Ibrahim». Il ragazzo sorrideva.

«Io mi chiamo Dom», disse loro. Non si era mai sentito così lontano dalla persona che aveva quel nome, né più vulnerabile. Quando Ibrahim gli porse una ciotola di terracotta, fu sorpreso perché aveva bisogno di aiuto per mangiare. Il ragazzo gli portò il cucchiaio alle labbra e vi fece gocciolare una leggera zuppa di lenticchie. Teneva la bocca aperta e sembrava una mamma uccello che nutre il suo piccolo.

Quando ebbe finito di mangiare, Dom ricadde sui cuscini, cercando nella mente il termine giusto per ringraziarlo. Alzò invece le dita e chiese in inglese: «Da quanto tempo mi trovo qui?». Quando il ragazzo sollevò quattro dita, rimase stupito, e poi Ibrahim ne contò altre cinque e, buttandola sul ridere, altre cinque ancora. Dom chiuse gli occhi, sopraffatto. Per quello che ne sapeva poteva essere rimasto lì per settimane.

Quando quella notte si svegliò, grattandosi e in preda al freddo, pensò a quanto doveva aver pesato sulle spalle di quella povera famiglia, a stento in grado di nutrire se stessa, e con quale leggerezza loro l'avevano sopportato. Già si vergognava dell'uomo che era stato e che, giunto in Nord Africa – Dio, era passato poco meno di un anno – guardava gente del genere dall'alto e vedeva minuscole figure, simili a giocattoli, portare in giro gli animali. Quelle persone avevano consegnato la propria terra nelle mani di soldati stranieri affinché vi combattessero e a stento aveva rivolto loro un solo pensiero.

Eppure, da bambino, l'Egitto aveva costituito una parte vitale della sua fantasia e dei suoi giochi. Il legame si era formato durante un brutto attacco di morbillo, quando sua madre gli leggeva ogni giorno un libro che lo ossessionava, riguardante l'archeologo Howard Carter. Il libro raccontava di come un giorno Carter nella Valle dei Re avesse tolto un pezzo di argilla da un muro e *whoosh!* – l'aroma delle spezie, la sensazione di aria calda – si fosse ritrovato nella camera sepolcrale di Tutankhamon. Dom, con il fiato sospeso, si era stretto contro il fianco di sua madre mentre lei leggeva.

Aveva amato il dramma e l'angoscia della lunga ricerca apparentemente infruttuosa dell'archeologo. Solo una settimana prima di trovare i tesori, Carter, esausto e sconfortato, aveva preso la decisione di tornare in Inghilterra e vivere sogni più saggi. Invece, quel giorno, aveva fatto un altro paio di scalini e, trovato il sigillo che copriva l'ingresso della tomba, l'aveva spezzato e alla luce della sua candela si era trovato davanti a enormi ottomane d'oro, gioielli, tesori inestimabili. L'amico che lo aspettava all'esterno gli aveva chiesto: «Hai trovato qualcosa?», e Carter, quasi senza fiato, aveva risposto: «Sì, cose meravigliose».

Guarito dal morbillo, Dom aveva passato mesi a setacciare la campagna attorno a Woodlees Farm, rivoltando foglie bagnate e mucchi di legname alla ricerca del proprio tesoro nascosto.

Ma la guerra aveva la capacità di rendere le cose squallide. Il frasario grigio consegnato al loro arrivo agli ufficiali in servizio conteneva soprattutto avvertimenti: lavarsi le mani, bollire l'acqua, far attenzione al portafogli e stare alla larga dalle prositute locali; non aveva niente a che fare con lo straordinario passato dell'Egitto o con l'esemplare ospitalità del suo popolo. Quel giorno, dopo che gli aveva fatto mangiare l'ultima cucchiaiata di lenticchie, il ragazzo si era messo la mano sul logoro maglione invernale e aveva detto: «*Sahtayn*», il cui significato, secondo il frasario, era "doppia salute a te".

Più tardi, Karim, il padre del ragazzo, tornò con una malconcia tavoletta di legno. Gettò sulla coperta delle pedine e si affannò a spiegargli le regole del gioco, a cui Dom non aveva mai giocato e che non riuscì a capire. Si trattava di un lontano parente della dama ma non riusciva a comprenderne le regole e, alla fine, si sorrisero imbarazzati dalla reciproca incomprensione.

Per rompere il silenzio, Dom mimò l'atto di scrivere e un foglio di carta, pregando in cuor suo che quella famiglia non fosse analfabeta.

Karim balzò in piedi e andò a prendere un vecchio taccuino dietro un vaso di riso. Attaccata con una cordicella, c'era anche una matita. Dom disegnò un aereo e poi il mare – se ci si perdeva in Nord Africa, la regola di navigazione era una e semplice: mantenere sempre il nord fino a incontrare la costa. Indicò se stesso e poi il mare e guardò con aria interrogativa Karim.

Sentiva il petto ancora costipato e sibilante ma non poteva restare lì a lungo: aveva già visto il modo scrupoloso con cui la famiglia faceva durare le sue scorte di riso, lenticchie e granaglie. Porse la sua mappa a Karim, il quale sembrava esserne assolutamente sconcertato. Alla fine indicò un punto che Dom calcolò essere a circa sessanta chilomentri a sud di Marsa. Dom, quindi, disegnò un treno, chiedendosi se ne passasse uno da quelle parti. Karim scosse la testa e assunse un'espressione confusa. Sollevò quattro dita macchiate e tracciò sul foglio il rozzo disegno di un asino. Quattro giorni o, per lo meno, era quello che aveva capito Dom.

Quando Karim se ne andò, Dom rimase disteso a grattarsi energicamente, data la presenza, come sospettava, di cimici, nonostante vi fosse ormai abituato; "forfora mobile", così le chiamavano i ragazzi della squadriglia, e non lo disturbavano più di tanto. Ciò che gli dava molto più fastidio era il pensiero di cosa avrebbe fatto. Sembrava aver raggiunto una sorta di spaventoso stato di vuoto spirituale e mentale e l'idea di tornare al campo gli faceva avvertire tutto il peso della sua debolezza e un singolare dolore che non riusciva a identificare. La strana vita che i piloti conducevano lì – le bevute a ritmo serrato, le feste ad Alessandria e al Cairo e poi di nuovo nel deserto per uccidere, per bombardare – aveva già creato in lui un'inopportuna frattura che si andava allargando.

L'incontro con Saba aveva sanato quella frattura. Per un po', lei lo aveva fatto sentire così fortunato, così al sicuro, così salvo da quello che stava diventando, nonostante non fosse, in termini convenzionali, quella che sua madre avrebbe definito "materiale da matrimonio". Non erano solo le sue deliziose fossette o la sua voce meravigliosa, né il modo in cui scoppiavano a ridere per le stesse cose; lei gli aveva restituito qualcosa di essenziale. La sua passione e la fiducia in se stessa lo riportavano al ragazzo che era stato, il ragazzo che sognava un lungo e arduo viaggio verso tesori nascosti. Quando un giorno le aveva confessato il proprio sogno di essere bravo a scrivere quanto lo era a volare, quella notte al ristorante di Ismailia – un sogno che non aveva osato confessare neanche a Barney –, lei non gli era sembrata scettica o sorpresa, né lo aveva fatto sentire pretenzioso; si era alzata ed era andata a prendergli una penna e un quadernetto. Era così che andavano le cose nel mondo di Saba: facevi e rifacevi una cosa fino a che non ti veniva bene.

Più tardi il ragazzo tornò seguito da due bambini piccoli, dai curiosi occhi neri e il naso che colava. Il ragazzo fece una lunga faccia triste per prendere in giro l'espressione seria di Dom. Aveva riportato con sé il gioco di prima e sembrava deciso a riprovarci con lo sciocco afrangi. Stavolta Dom si concentrò, chiedendosi se quel gioco fosse un lontano parente del senet, un gioco da tavolo risalente agli antichi egizi, che descriveva il loro viaggio verso un agognato aldilà. Una versione del gioco, riccamente intagliata, era stata rinvenuta all'interno della tomba di Tutankhamon.

Il ragazzo stava chiacchierando animatamente e i suoi riccioli neri ballonzolavano al ritmo delle sue parole. Mise un mucchietto di sudicie pedine in mano a Dom e, indicando i quadrati scuri, fece una smorfia e alzò gli occhi al cielo per descrivere le terribili sventure in cui sarebbe incorso se una delle sue pedine vi fosse caduta sopra. I quadrati chiari erano chiaramente quelli fortunati e l'espressione del ragazzo si fece calma e riservata quando li toccò. Il suo divertimento contagiò anche Dom. A un certo punto, gli perdonò anche una palese mossa scorretta: il ragazzo, con aria astuta, aveva saltato un riquadro sfortunato, ma poi, forse per paura di inimicarsi gli dèi, aveva riportato la pedina al suo posto. In seguito Dom, pensando di insegnargli il gioco dell'oca, ne disegnò lo schema su un foglio di carta. Il ragazzo si sporse impaziente verso di lui, aveva il viso acceso per l'attesa. Quando la mina della matita si spezzò irrimediabilmente, si lasciò sfuggire un sospiro di delusione: non ce n'era un'altra.

Rimasero per un po' seduti in silenzio a contemplare il disastro; poi, un'espressione strana, di chi custodisce un segreto, si dipinse sul volto del ragazzo. Si portò le mani alle labbra per zittire Dom, guardò in direzione della porta e uscì di corsa.

Tornò una decina di minuti dopo, rosso in viso e senza fiato. Chiuse cautamente la porta, si sedette sul letto e tirò fuori dalla tasca uno straccio macchiato. All'interno vi era avvolto l'orologio di Dom – il vetro era ormai in frantumi –, la piccola bussola nel fodero di pelle e la penna che gli aveva comprato Saba. In un altro straccio aveva messo i tre flaconi di compresse: benzedrina, sale e tavolette per purificare l'acqua, il normale contenuto del kit di emergenza di ogni pilota. Il ragazzo mise tutto in fila sul pavimento sporco.

Attento a mantenere un'espressione neutra, guardò Dom prendere la penna e stringerla, entusiasta di riaverla nelle proprie mani. Posata la penna, il ragazzo guardò ansiosamente Dom mentre infilava l'indice nella stretta custodia di pelle e sollevava il coperchio della bussola: c'erano ancora le banconote egiziane da venti sterline, in dotazione a tutti i piloti in caso di emergenza.

Non gli interessava l'orologio, la cosa più importante era la penna. E il denaro – il sollievo che provò al pensiero di poter ricompensare quella famiglia fu travolgente. Si chiese quale fosse il momento giusto per offrirle e, quel pomeriggio, prima di addormentarsi, le infilò sotto il cuscino.

Il giorno si stava trasformando in un crepuscolo rosso sangue quando sentì i rumorosi versi che annunciavano il ritorno delle capre e il vuoto risuonare dei loro campanacci. Quando il padre del ragazzo entrò nella tenda, Dom disegnò sul quadernetto il mare e indicò energicamente se stesso. Il ragazzo sembrava triste, a differenza di Karim, la cui espressione divenne ancora più felice quando Dom prese alcune banconote e gliele porse, battendosi più volte la mano sul cuore per esprimere la propria riconoscenza. Doveva a loro la sua vita e con il loro aiuto c'erano grandi possibilità – nonostante le bombe e i campi minati – di poter tornare a quella che per il momento era la sua casa.

Capitolo 46

Il signor Ozan tornò ma stavolta l'autista tenne il motore acceso mentre l'uomo d'affari correva su da lei.

«Adesso mi ascolti». I suoi acuti occhi neri fecero capolino dalla porta. «Ho pensato a quanto ci siamo detti l'altro giorno e voglio farle un'offerta che lei potrà ritenere crudele. Ma io sono un uomo d'affari. Ho uno spettacolo da mettere in piedi e voglio che lei ne faccia parte. Se accetterà, la aiuterò a cercarlo, e se è morto», stavolta la pillola non venne indorata, «per lo meno lei lo saprà». La guardò di nuovo.

Saba lo fissò. Erano le sette e quarantacinque del mattino. Indossava ancora la camicia da notte, cosa che la faceva sentire vulnerabile e furiosa – si coprì istintivamente il seno anche se avrebbe preferito vendicarsi urlando o dandogli una violenta botta in testa. Il baratto proposto da Ozan rappresentava tutto quello che aveva iniziato a odiare del mondo dello spettacolo – i suoi mediocri valori, il suo egoismo, la determinazione ad andare avanti in ogni caso, ignorando quanto costasse alle persone.

«Questo mi sembra un ricatto», gli disse freddamente.

«Lo è», ammise Ozan, mangiandosela con gli occhi in modo discreto. «Tornerò domani e lei potrà darmi la sua risposta».

«Non si disturbi e non torni», gli urlò Saba come un animale selvaggio. «Lo hanno cercato, razza di stupido. È morto e io me ne torno a casa. Mi è arrivato il biglietto una settimana fa».

La porta sbatté, se n'era andato. Saba si gettò addosso un impermeabile e si incamminò verso il Nilo, singhiozzando di rabbia. Gharry, automobili, carretti trainati da asini le passavano accanto, schizzandole di fango le calze. Attraversò strade, schivò il traffico, ignorò gli ululati provenienti da un autocarro dell'esercito e la sua mente continuava a essere un turbinio di pensieri: Ozan era un prepotente – cattivo come tutti gli altri. La sua offerta era squallida e disonesta, una canzone in cambio di una vita, o una canzone in cambio di una conferma di morte.

I leoni di pietra sul Khedive Ibrahim Bridge rilucevano di pioggia; su entrambi i lati del ponte c'erano pescatori avvolti in incerate o fogli di giornale e il Nilo scorreva sotto di loro, indolente e grigio sotto la pioggia, mentre le ammiccanti lucine colorate delle chiatte, simili a occhi di pesce, erano spente. «*By the waters of Babylon, there we sat down, yea we wept*», una volta aveva cantato con Caradoc quelle parole, messe in musica da William Walton. Il suo insegnante, infiammato dalla passione, da qualcosa di simile a una gioia dolorosa, le diceva di sentire la musica, sentirla, sentirla all'ennesima potenza e poi trattenerla. Guardando l'acqua, ripensò ai suoi primi giorni in quel posto. Le risate con Arleta mentre correvano in taxi verso quell'eccezionale serata al Mena House; le canzoni scalmanate sulla strada del ritorno; le placide colazioni nel cortile del Minerva; i suoi primi occhiali da sole, lasciati dove solo Dio sapeva e mai sostituiti; i concerti. In assoluto il periodo più ricco della sua vita, nonostante tutte le difficoltà. Ora non vedeva altro che tristezza nell'espressione dei vecchi emaciati che sedevano davanti al braciere e vendevano ninnoli, dei giovani soldati annoiati che si aggiravano nei suk inzuppati di pioggia alla ricerca di souvenir a buon mercato da portare a casa. «*Yeh, wept, wept! And hanged our harps upon the willow*». Quelle parole le tornarono in mente in maniera confusa.

Voglio morire adesso. Quel pensiero era ormai così familiare da non turbarla più.

Stava attraversando il ponte senza avere in mente una destinazione precisa quando sentì uno scalpiccio alle sue spalle.

«Saba, fermati!», gridò Arleta. Ciocche di capelli bagnati le svolazzavano attorno al viso. «Dove stai andando?»

«Sto bene – dico davvero, lasciami stare, sto bene».

Provò una sorta di apatico dolore per Arleta – anche la sofferenza era talmente noiosa.

«Balle», ribatté Arleta vedendo la sua faccia. «Prendiamo un taxi e torniamo a casa».

Quando tornarono ad Antikhana Street erano fradicie. Arleta preparò del caffè Camp, avvolsero i capelli bagnati in asciugamani e si sedettero in vestaglia davanti alla minuscola stufetta elettrica.

«Saba». Arleta si sporse verso di lei e le prese una mano. «Così non va bene e tu lo sai. Devi parlare con me. Mi hai spaventata a morte».

Cercò di rifilare ad Arleta un vago discorso sul fatto che si sentiva giù e che voleva tornare a casa.

«È tutto, Sabs?»

«No». Cincischiò per un po' con la tazza. «Ho deciso di non cantare più».

«Ma smettila! So che non lo pensi davvero».

«Invece sì».

«Cosa?». Arleta sembrava sinceramente sconvolta.

«È da un po' che ci penso, non ne vale la pena».

«Cos'è che non vale la pena?»

«Be', lo sai, quei pochi momenti di entusiasmo». Saba chiuse gli occhi. «Ha causato così tanto dolore alla gente che mi circonda».

«Devo dirtelo, Saba, stai dicendo cose senza senso secondo me». Gli occhi di Arleta erano piccoli e cattivi.

«E, vedi, avevo tutto questo bene in mente, che sarei tornata a casa, avrei fatto qualcos'altro della mia vita, qualcosa – non lo so, insegnare, fare la bibliotecaria o la segretaria – che non mi facesse sentire in colpa, vanitosa o stupida, e poi arriva il signor Ozan e mi fa quest'offerta».

Offerta che cercò di spiegare mentre si tormentava i capelli, nonostante lo sguardo di Arleta sembrasse letale.

«E, capisci, non mi ha lasciato scelta», continuò Saba con un tono sempre più alto. «Devo farlo: un concerto ad Alessandria, uno al Cairo e non so dirti quanto mi faccia paura».

«Non credo che sarà così dura una volta cominciato». Gli occhi di Arleta erano nuovamente aperti e amichevoli e la sua voce suadente. «Se sono nei paraggi, potremmo fare il nostro duetto.

E Ozan conosce tutti», continuò Arleta. «Se c'è qualcuno in grado di trovare Dom, quella persona è lui».

«Sì», disse Saba, pensando: "Vorrei che la gente la smettesse di fingere".

«E se lo fai», adesso Arleta era decisamente su di giri, «ho un consiglio da darti, ma non ti arrabbiare. Rintracciamo Madame Eloise, riprendi a mangiare, ti togli quell'accidenti di pigiama e ce ne andiamo dritte dal parrucchiere, perché nessuno vuole una ragazza che non fa nulla per i suoi capelli flosci».

E Saba sorrise per la prima volta quel giorno.

«Sei un'idiota», disse. «E ti voglio bene».

«Non diventarmi sdolcinata».

«Non temere, non lo farò».

Rimasero a parlare vicino al fuoco per un'ora; Arleta, che quella sera aveva uno spettacolo in un cinema all'aperto, si stava arricciando i capelli. «Sabs», disse, modellando una ciocca con cura, «visto che siamo in tema di confidenze, ho un'altra cosa da confessarti ma tu non devi arrabbiarti con me».

Saba la guardò.

«Non odiarmi», disse Arleta, «ma ho un nuovo ragazzo».

«Perché dovrei odiarti? Ascolta, Arlie, solo perché Dom non c'è più, non significa che io...».

«No, ascolta, lasciami finire, è Barney – l'amico di Dom».

Ci fu un attimo di silenzio mentre incassava il colpo.

«L'amico di Dom. Quando?». A Saba sembrò così assurdamente irreale.

«Mentre eri in ospedale». Arleta posò il ferro arriccicapelli. «Ci siamo incontrati e abbiamo parlato e, d'un tratto, dormivamo insieme».

«Oh, andiamo, Arl, che significa "dormivamo insieme" – è un modo di dire così stupido». Ora Saba era veramente arrabbiata. «Non vai a dormire *improvvisamente* con la gente, come le mosche che si scontrano volando, perciò dillo chiaro e tondo: facevamo l'amore».

«D'accordo... facevamo l'amore». Gli occhi da gatta di Arleta si socchiusero mentre soppesava la cosa. «Anche se non lo definirei così».

«Allora come lo chiameresti?»

«Una scopata misericordiosa, se mi passi il francesismo. Era in un tale stato per via di Dom e io ero così preoccupata per te».

«Oh, quindi sei stata con lui perché eri preoccupata per me? Che carina».

«In parte, sì. Guarda, non voglio giustificarmi ma stavo male anche io. Pensavo che saresti morta». Gli occhi di Arleta si riempirono di lacrime. «E ti voglio molto bene, sul serio», aggiunse.

E la cosa era così palesemente vera che Saba, tremante di rabbia, si costrinse a calmarsi. Non conosceva Barney, non gli apparteneva – la sua reazione era stata eccessiva, come ogni altra cosa nella sua vita.

«Oh, Arlie, mi dispiace». Le diede un frettoloso abbraccio. «Sei stata così buona con me e io sono così cattiva in questo momento, non so come comportarmi. Lo ami?»

«Potrei, ma non mi porterà niente di buono. È un disastro. E poi, ricordi, sono già fidanzata e c'è anche la piccola faccenda del mio bambino». Tirò fuori dalla tasca la sua fotografia e il viso le si intenerì alla vista di quei riccioli biondi e del faccino dolce.

«Che orribile mocciosetto», disse.

«Forse dovresti dirlo a Barney – non gli farebbe piacere?»

«Non credo». Ora toccava ad Arleta incupirsi. «In genere per gli uomini i bambini avuti da altri uomini non sono un grande afrodisiaco».

«Ma se lui ti ama...». Non poté farne a meno, e ne fu profondamente sconcertata – le sembrava così ingiusto. «Potrebbe farlo. Sarebbe bello avere una famiglia dopo la guerra».

«No. È un pensiero carino», Arleta era piuttosto decisa, «ma teniamo i piedi per terra: quell'uomo non pensa a me come a una possibile moglie; praticamente ogni amico che abbia mai avuto è morto e io per lui sono come una copertina consolatoria, e mi sta bene. Ho dieci anni più di lui ed è talmente sconvolto per il tuo ragazzo che quasi non riesce a pensare in maniera sensata. Ce n'è stato anche un altro, si chiamava Jacko. Dom ti ha parlato di lui?»

«No, non ci riusciva».

«Andavano tutti insieme a scuola?»

«Sì».

Guardarono entrambe in direzione della finestra mentre il muezzin annunciava le preghiere della sera. Il tramonto aveva dipinto il cielo di rosso e i tetti delle case di fronte si erano trasformati in quelli di castelli rosa.

«Barney ha detto che è stato abbattuto e che Dom si sentiva responsabile per questo, e che non avrebbe dovuto farlo».

«Un po' troppo tardi. Povero Dom».

«Poveri tutti», disse Arleta. «La guerra è così dannatamente brutta – non capisco perché agli uomini piaccia così tanto». Emise un grosso sospiro e si infilò la retina per capelli.

«Dimmi un'altra cosa», disse Saba. «Barney sa di me?»

«Qualcosina, credo».

«Deve odiarmi. Dom deve avergli detto in che modo me ne sono andata».

Il silenzio di Arleta disse tutto.

«È stato complicato», confessò alla fine. «Gli ho detto quello che potevo della tua avventura in Turchia. Non sono certa che mi abbia creduto. Coraggio, tesoro». Arleta si alzò all'improvviso; il suo viso era pieno di una tristezza che Saba non aveva mai visto. Mise la foto del suo bambino nel beauty case. «Spegni quelle luci e vai a dormire».

Quando Saba si svegliò, verso le due del mattino, fuori dalla finestra era buio pesto; pensò al fidanzato di Arleta, Bill, un uomo che ormai nominava solo di rado. Si chiese se fosse già morto o se si stesse consolando con qualcun'altra, oppure se fosse tornato a pezzi da sua madre, e in quei brevi istanti vide la guerra come un enorme specchio incrinato che mandava in frantumi tutte le loro vite.

Capitolo 47

Quando Dom lasciò per l'ultima volta la tenda, la donna che gli aveva cucinato fagioli e focaccine si materializzò all'ingresso. I suoi occhi marroni, liquidi e curiosi, lo guardarono, batterono le palpebre e, in reazione all'aspro rimbrotto del marito, scomparvero in fretta così come erano apparsi.

Karim e il ragazzo aiutarono Dom a salire su un asino carico di bisacce. Quel giorno Karim indossava un paio di sandali frusti e rattoppati con quello che sembrava un vecchio pneumatico: Ibrahim, che conduceva l'asino, aveva un'aria assolutamente spavalda. Indossava i suoi abiti migliori: una djellaba immacolata e perfettamente stirata, una lunga sciarpa arrotolata attorno a un berrettino di lana.

Agitando le mani in direzione dell'orizzonte, Karim aveva lasciato intendere che avrebbe potuto essere un lungo viaggio e Dom credette di sentirgli dire Marsa Matruh, ma non poteva esserne certo. Il modo in cui la gente del luogo pronunciava le parole era così diverso e la lunga discussione che era seguita gli aveva provocato un'accesso di tosse.

Era una giornata fredda e luminosa e durante la prima ora non vide altro che distese di deserto e, di tanto in tanto, un albero spoglio. Si accorse delle occhiate ansiose e furtive che talvolta il ragazzo gli lanciava. Ormai erano amici – Dom aveva trovato in tasca un foglio di carta e ne aveva fatto degli aeroplanini e, dopo i primi timidi esordi, Ibrahim aveva riportato la sua scacchiera e avevano improvvisato ogni tipo di gioco.

Dopo quasi quattro ore di cammino, la strada sabbiosa divenne asfalto e Dom vide il segnale polveroso davanti a sé. Era Marsa e molto prima di quanto avesse immaginato. Lì c'era una stazione ferroviaria. Era tornato alla civiltà – più o meno.

Indicò il segnale, alzò i pollici e si sforzò di sorridere, anche se quello che provava era una profonda tristezza e vergogna. Lungo il tragitto aveva visto attraverso i loro occhi la distruzione della terra circostante: le jeep carbonizzate abbandonate sul ciglio della strada, i marciapiedi sconnessi, un aereo sepolto nella sabbia, che sembrava uno pterodattilo ferito.

Il ragazzo sembrava eccitato per quell'avventuroso viaggio in città ma Karim, dopo essersi guardato attorno, rivolse a Dom una stranissima occhiata, una frettolosa alzata di spalle, come per dire *Che puoi farci? Questa è la vita e la vita solamente*. E Dom ripensò all'euforia di quando aveva sganciato bombe su un deposito di carburante non lontano da lì; al tempo in cui i Karim e gli Ibrahim di quel mondo non erano che minuscoli giocattoli sulla terra. Non gli dovevano nulla.

La stazione era ai confini della città. Man mano che vi si avvicinavano, le fragili spalle di Ibrahim cominciarono a piegarsi e i suoi occhi assunsero un'espressione spaventata. Era evidente che non si fosse mai allontanato così tanto.

Arrivati alla biglietteria, Dom scese dall'asino. Sul marciapiede c'erano soldati inglesi e australiani e alcuni di loro lo guardavano. Dom cominciò a sentirsi a disagio nella djellaba che gli avevano dato da indossare per il viaggio. Il ragazzo sorrideva e gli gironzolava attorno; Karim gli toccò piano un braccio.

E nonostante Dom fosse quasi tornato nel proprio mondo, mentre li guardava provò il grande desiderio di inginocchiarsi ai loro piedi e ringraziarli infinitamente per la loro incredibile gentilezza.

«Ecco». Tirò fuori l'astuccio di pelle della bussola. La bellissima bussola antica nel fodero graffiato e la sbiadita fodera di velluto malva che un tempo apparteneva a suo padre. Sotto il coperchio c'erano ancora quattordici sterline egiziane. Ne tenne quattro per sé e porse il resto a Karim – almeno avrebbero potuto fare un pasto decente e comprare delle provviste, e forse un fascio di erba medica per l'asino che aspettava pazientemente.

«Questa», disse a Ibrahim, «è per te». Gli porse la bussola e l'astuccio. Il ragazzo era assolutamente stupefatto. Mordendosi un labbro guardò prima la bussola e poi suo padre, che stava sorridendo. «Per te». Dom chiuse le dita del ragazzo attorno al suo dono. «*Shukran*». Si portò la mano al cuore e, quando si allontanarono, rimase a guardare il ragazzino, suo padre e l'asino diventare sempre più piccoli fino a scomparire nella sabbia e nel calore. Punto. Si erano detti addio. Dom era salvo, ma non si sentiva così.

All'interno della stazione, comprò un biglietto di sola andata per Alessandria, un viaggio di due ore da Marsa. Alessandria era l'ultimo posto al mondo in cui Dom avrebbe voluto essere senza Saba, ma non aveva scelta. Non aveva abbastanza denaro per arrivare al Cairo e lì sarebbe stato vicino alla sua squadriglia.

Una volta a destinazione, trovò un albergo economico in Rue Nebi Daniel, il Waterloo. Dall'esterno sembrava una bettola, ma le stanze erano pulite e tranquille, ed era economico e perfetto per il suo scopo, ovvero dormire, cosa che fece per quasi tredici ore. Quando si svegliò, guardò disorientato una lunga striscia di carta moschicida che pendeva dal soffitto, ricoperta di insetti morti, e le pareti chiazzate di nicotina. Gli sembrava di essere fuori dal tempo e fuori posto e la tunica impolverata che giaceva sul pavimento apparteneva a qualcun altro.

Era terribilmente stanco. Le levatacce, le nottate, lo choc di essere stato abbattuto, l'infezione ai polmoni che lo aveva reso debole e ansimante, avevano alla fine avuto la meglio su di lui. Gli doleva la schiena per il lungo viaggio a dorso d'asino, si sentiva stordito e, uscendo in strada, provò una sensazione di irrealtà. Due porte più avanti, in un negozietto buio in cui turbinavano macchine da cucire, un sarto gli vendette un paio di pantaloni di foggia occidentale e una camicia bianca. Trasformò gli stivali da volo in scarpe nere strappando il rivestimento di montone sul polpaccio – grato, adesso, al tizio del MOD a cui era venuta l'intelligente idea delle scarpe sobrie per uomini in fuga. Accanto alla bottega del sarto, c'era un barbiere greco che gli fece la barba con un affilato rasoio, riscaldando l'acqua su un piccolo braciere vicino alla sua sedia e tamponandogli il viso con una colonia al sandalo.

Gli abiti e la rasatura gli diedero la sensazione di essere leggermente più lucido. Dopo due tazze di caffè, tornò all'albergo e telefonò al campo per informarli che era tornato.

«Questa sì che è una buona notizia, signore», disse la voce all'altro capo del telefono senza particolare sorpresa o emozione. Quando gli dissero che Barney era a Suez, in addestramento, e Rivers era stato trasferito, provò più sollievo che dispiacere. Non era ancora in grado di affrontarli. Era ancora dannatamente senza forze, ecco la sua giustificazione, furioso per la propria debolezza.

Stava per riattaccare, quando sentì un'altra voce, più autoritaria. Una voce cordiale e frettolosa che gli comunicava di essere il suo sostituto, Tom Philips.

«È meraviglioso che sia tornato», tuonò la voce. «Aspetto...». La linea fu disturbata da un'interferenza, che gli impedì di sentire il resto – gli sembrò comunque una dimostrazione di gioia. E poi, in un ruggito, «Ha bisogno di cure mediche? Ripeto. Ha. Bisogno. Di. Cure. Mediche? Passo».

Dom disse di no. Dopo l'ospedale per gli ustionati, non sopportava il pensiero di essere nuovamente in gabbia.

«Vorrei prendermi una settimana di licenza», rispose urlando. «Ho trovato un discreto alloggio qui». Gli diede il nuovo indirizzo e ricevette in risposta altre interferenze.

In qualche modo il suo messaggio doveva essere arrivato a destinazione. Due giorni dopo, andò a trovarlo il cappellano della squadriglia, un uomo amichevole, con la voce bassa e l'alito cattivo. Aveva avuto anche lui un brutto caso di polmonite l'anno precedente, gli confidò in una zaffata che sapeva d'uovo. Consigliò a Dom di non strafare. Prima di venire da lui, aveva scambiato due parole con l'ufficiale comandante, aggiunse, e con Tom Philips. Entrambi pensavano che Dom dovesse prendersi due settimane di licenza. C'era stata un'epidemia di influenza a Wadi Natrun e in diversi campi di atterraggio, e lì era abbastanza tranquillo ora che i tedeschi si erano ritirati a Tunisi.

Il cappellano aveva portato con sé un pacco dono: vestiti puliti, la paga arretrata di un mese e una copia del «Bugle», una rivista delle forze armate che trattava di avvenimenti locali. Poi ruppe il cauto silenzio che seguì, con quello che aveva tutta l'aria di un animato sermone.

«Credo che Alessandria abbia qualcosa da insegnare a noi tutti riguardo alle capacità di recupero», disse. «Nient'altro che invasioni dalla venuta di Alessandro nel 332 a.C. Prima lui, poi i romani, poi... be', ho dimenticato chi altro, ma guardali adesso. Di nuovo in piedi. Nuovi edifici e strade in costruzione, concerti, musica, tutto meraviglioso. Ti ho portato questo in caso tu senta il bisogno di distrazioni».

Indicò una serie di annunci nella sezione spettacoli del «Bugle».

Dom fece scorrere gli occhi sulla pagina, sperando con tutto se stesso che quel vecchio noioso si togliesse dalle palle.

E vide il suo nome.

Saba Tarcan.

Gli altri nomi – Faiza Mushawar, Bagley, Arleta, Asmahan – si confusero davanti ai suoi occhi.

"Che razza di storia", si disse, troppo sconvolto per essere arrabbiato. Che razza di storia! Era rimasta lì tutto il tempo. Non trasferita né rimpatriata, o nessuna delle altre scuse che aveva pensato per lei. Lì, in Egitto, per tutto il tempo, a lavorare e quasi certamente con un altro uomo.

Sorrise e strinse la mano al cappellano.

«È stato davvero buono a venire».

Andato via il cappellano, Dom provò il bisogno di uscire. Dai gradini dell'albergo, girò a destra verso la stazione dei tram, guardando la gente che saliva e scendeva dai mezzi pubblici, passando dall'oscurità al brillante sole invernale.

Non male, non male. Si stava mettendo alla prova come un uomo che cerchi di camminare su una gamba rotta. Presto un treno lo avrebbe portato via – via da Alessandria, via dal Nord Africa. Sarebbe tornato in Inghilterra e avrebbe iniziato un'altra vita. Si allontanò dalla stazione e si diresse verso il mare, ancora deciso a tenere a bada il dolore. Il cappellano aveva ragione, osservò con piacere tra sé, Alessandria mostrava i segni di una rapida ripresa. Nonostante l'oscuramento fosse ancora in vigore, un po' della pittura blu che aveva ricoperto i lampioni era stata grattata via. Una squadra di giardinieri stava piantando file di piantine nei giardini municipali e gli operai avevano ripreso a far funzionare i martelli per ricostruire gli edifici distrutti. Poteva combattere anche lui – tutti gli amici, morenti e morti, le false speranze, le emozioni fasulle. Non sarebbe caduto nella trappola dell'inutile nostalgia. Quando era finita, era finita.

All'angolo di Rue Fuad, un ragazzo senza gambe allungò una mano verso di lui.

«Signore, signore, lunga vita alla signora regina e ai reali duchi d'Inghilterra».

Dom lasciò cadere una moneta nella sua tazza e continuò a camminare.

Perché se era doloroso, non poteva che biasimare se stesso. Dopo il suo incidente nel deserto, si era lasciato andare per un po', adesso se ne accorgeva. Mentre si trovava nella tenda di Karim e Ibrahim, con pensieri caotici e disordinati, nonostante avesse voluto riflettere chiaramente sulla propria vita, per tutto quel tempo le canzoni di lei avevano risuonato nel suo subconscio – come una vitale linea di comunicazione o un ponte tra un pensiero e l'altro, un modo di parlare più profondo delle parole. E aveva permesso che le canzoni risuonassero perché sapeva di non poter andare avanti senza di lei.

Laggiù, con il deserto che si stendeva tutt'intorno, l'immenso cielo sulla testa, gli era parso di aver capito chiaramente qualcosa: tutti gli esseri umani erano creature solitarie o separate che avevano bisogno l'una dell'altra, come lui aveva bisogno di lei – che si fosse trattato di un miraggio o di una cosa reale non gli era sembrato importante.

La sera, prima di addormentarsi, aveva pensato alla faccenda come a una sequenza di scene di un film – Saba nella vasca da bagno che gli cantava *Louisville Lou*; l'immagine di lei che gli lavava con mani inesperte le calze e le appendeva alle grucce; l'improvvisa e incredibile gioia di intercettare il suo sguardo dall'altra parte di una stanza e vedere il suo viso illuminarsi. Oh, ed era andato oltre – di nuovo il sogno dei gemelli, un cottage in campagna, gli amici riuniti attorno al tavolo per cena. La scena veniva mandata avanti, non indietro, e in quel modo potevano avere un futuro insieme.

Nient'altro che balle. Doveva smetterla subito. Nel mondo reale, i miraggi potevano ucciderti, erano in grado di divorare una vita.

Prese a cadere una pioggia leggera. Si tirò su il colletto e, tenendo gli occhi fissi sul mare, affrettò il passo, pensando di dover riacquistare le forze e tornare presto nella squadriglia. Ma, intimamente, era come un uomo che avanzava incespicando di pantano in pantano, perché ogni posto gli ricordava Saba. C'era il negozio in cui aveva comprato il braccialetto azzurro dal grasso gioielliere con l'occhio vitreo, che gli aveva parlato delle divinità. Ecco la piccola caffetteria in cui una sera avevano bevuto vino, dove un vecchio aveva suonato l'oud e poi, quale omaggio riservato a lei, aveva messo un disco di Asmahan; Saba l'aveva ascoltato rapita. E c'era l'angolo della strada dove si erano abbracciati prima che lei sparisse nella folla e, per come erano andate le cose, per sempre. E ancora l'angolo seguente, la casa di Rue Lepsius nella quale era scoppiato in un pianto dirotto la sera in cui lei se n'era andata – un ricordo che lo faceva fremere per la vergogna. Non doveva più accadere.

Resisti, si disse. *Resisti, resisti, resisti!* Il momento era passato.

Capitolo 48

Quando il signor Ozan ottenne l'autorizzazione a tenere il suo concerto di gala al Montazah Palace, lanciò un muggito di gioia, come un giovane toro lasciato libero in un pascolo di mucche. La residenza reale estiva, con i merli e le torri da fiaba, le vedute panoramiche sul Mediterraneo e i favolosi giardini in stile islamico-italiano, era la perfetta cornice per quello che doveva essere il concerto dell'anno – no, del decennio. I biglietti sarebbero stati gratuiti – quello era il suo regalo ad Alessandria. Intervistato dalla «Egyptian Gazette», gli occhi neri di Ozan si erano riempiti di lacrime quando aveva citato il vecchio proverbio arabo, "Se hai molto, dai un po' della tua ricchezza, se hai poco, dai un po' del tuo cuore". «Li sto dando entrambi», aveva detto, tralasciando di aggiungere che il concerto avrebbe inferto un colpo mortale a Ya'qub Halabi, l'impresario del Cairo con il quale era in spietata competizione.

I preparativi iniziarono immediatamente: Luc Lefevre, un noto artista parigino, realizzò una superba locandina in stile art nouveau, con il faro di Pharos di nuovo acceso e la didascalia: *Balla, Alessandria, balla*.

Un fabbricante di tende del Cairo progettò un elaborato palco da esterno che doveva assomigliare all'interno di un'esotica tenda beduina; nei suk, le macchine da cucire lavoravano freneticamente per riempire il palco di sontuosi drappi e cuscini ricamati, e nel suk di Attarine, tre vetrai lavoravano ventiquattr'ore su ventiquattro per preparare duemila sfere di vetro disegnate per l'occasione, che sarebbero state riempite di candele e appese agli alberi come lucciole.

Per la festa che sarebbe seguita, furono ordinate casse di Haut-Brion del 1924 e Fonseca del 1912, *raki* e cognac. Madame Eloise, promossa capo costumista, assunse cinque sarte extra e tornò a essere maestosamente francese e incline ai soliloqui su Patou.

E nelle strade, nei suk e nelle caffetterie di Manshiya e Karmuz la gente parlava di poco altro: dopo tre anni di bombardamenti, spesso ridotta alla fame e in preda al terrore, Alessandria era pronta a festeggiare.

"Posso farcela", pensò Dom il giorno del concerto: "posso essere uno spettatore disinteressato, guardare l'evento, partire e tornare alla squadriglia – o al Cairo per i pochi giorni di permesso ancora rimasti". Quella mattina, girovagando per i giardini del palazzo, aveva osservato una squadra di frenetici operai assemblare i puntoni di acciaio che formavano lo scheletro del palcoscenico a forma di tenda. Furono usati metri di stoffa ricamata per nascondere la sgraziata struttura sottostante e i rami degli alberi furono decorati da lunghe fila di luci colorate: poco per volta, a una spoglia distesa di erba si sostituì un mondo magico e illusorio, una distesa che, ricordò a se stesso, sarebbe tornata a essere spoglia quando avrebbero smantellato tutto.

Niente autocommiserazione, pensò, incamminandosi verso l'hotel. *Basta guardarsi indietro*. Quello era il mondo di Saba, lui non ne faceva parte e detestava essere così – desideroso e indesiderato, irresoluto. Rivoleva il vecchio Dom. In lontananza sentiva ancora la musica, seguita dal rimbombo di una voce che provava un microfono: «*Wahd, athnan, thlathh, rb'h, khmsh...*». Grazie alle lezioni di Ibrahim, ora riusciva a contare fluentemente fino a venti.

E, nel sentire la musica, cambiò nuovamente idea: poteva farlo, poteva restare – ma perché doveva affrontare quella cosa?, osservò un'altra parte di lui. Ciò di cui ora aveva maggiormente bisogno era tornare dalla sua squadra, volare, parlare con gli amici rimasti, ritornare alla propria realtà. Un diverso tipo di desiderio, ma a suo modo altrettanto intenso.

Quando andò alla stazione per controllare gli orari dei treni per Il Cairo, un bigliettaio sorridente gli disse di non preoccuparsi di prenotare. Quale persona sana di mente, diceva la sua espressione ironica, avrebbe voluto lasciare Alessandria in una sera come quella?

Al tramonto, stava per conto suo ai bordi di una folla sgomitante ed eccitata; avrebbe voluto morire per la disperazione.

All'ultimo momento, era sceso dal treno. Voleva sentirla cantare ancora una volta, avvertiva come una necessità vitale. La sua parte sensata aveva cercato di trasformarla in una decisione razionale. Perché no? L'impiegato della biglietteria aveva ragione, si trattava di un evento di portata storica; avrebbe potuto assistervi come osservatore distaccato, senza parlarle, senza rendere nota la propria presenza, fare semplicemente parte della folla anonima che già scorreva come un fiume impetuoso verso i tram e i gharry che li avrebbero portati ai Giardini reali.

Sapeva dove alloggiava Saba. Prima, quel pomeriggio, l'aveva seguita in un taxi dai giardini al piccolo ed elegante hotel sulla Corniche. Aveva fatto strada, osservò ironicamente, ricordando la sua divertente descrizione di quel piccolo, misero bed&breakfast di Londra in cui aveva alloggiato per la sua prima audizione. Sarebbe stato divertente condividere quei ricordi con lei. Adesso gli sembrava squallido seguirla come un detective privato e si disprezzava fin troppo per quello. Con il colletto rialzato e nascosto in una folla spensierata, l'aveva vista lasciare l'albergo, circa mezz'ora più tardi, attraversare la strada e sedersi da sola su una panchina di fronte al mare. Indossava un cappotto rosso scuro e un cappello di velluto. Sembrava piccola di fronte all'immensità del mare. Si era schermata gli occhi con una mano e aveva guardato il mare increspato. *Non dovresti stare qui da sola. Alessandria è ancora pericolosa*, le avrebbe detto. *Tutti pensiamo di condurre vite fortunate ma non è così.*

E poi, in un accesso di amarezza: *Se davvero avessi voluto trovarmi, sarebbe stato così facile: avresti telefonato al campo, lasciato una lettera, lasciato un messaggio tramite uno dei tuoi amici.*

Era stato quasi sul punto di attraversare la strada. Avrebbe potuto darle un colpetto sulla spalla e dirle con leggerezza: «Che coincidenza... buffo ritrovarti qui». Sarebbero seguite osservazioni spiritose, risatine imbarazzate. Non sarebbe sembrato affatto straordinario trovarsi ad Alessandria in una serata come quella. Le avrebbe detto che era lì con la sua squadra e sarebbe passato al racconto straziante del suo incidente e del salvataggio nel deserto, mostrandole quali cose pericolose e importanti accadevano nel mondo reale.

Fatto un profondo respiro, aveva messo un piede giù dal marciapiede per poi tirarlo nuovamente su. Non poteva farlo. Aveva immaginato la sua gentile espressione stupita, il panico nei suoi occhi – *dannazione, beccata* – una spiegazione confusa, la fasulla preoccupazione per lui – la gente di teatro era brava in quello. *Tesorino dolce, cosa è successo? Accidenti, così magro! Povero caro!* eccetera, solo che, naturalmente, Saba non era mai stata così e quello che gli era piaciuto di lei sin dall'inizio era il fatto che sembrasse così perbene, cosa che aveva contribuito a rendere invisibile la trappola.

Stava riflettendo su tutto ciò quando gli si era presentata agli occhi una nuova sofferenza. Un uomo piuttosto giovane – sui venticinque, trent'anni, difficile dirlo da quella distanza – le si era avvicinato dal lato occidentale della Corniche. Un tizio biondo, dalle gambe lunghe, che andava verso di lei – un civile, con l'aria da intellettuale a giudicare dal completo di lino chiaro e dall'andatura dinoccolata. Lei si era girata e l'aveva guardato – Dom era quasi certo che gli avesse sorriso. L'uomo si era seduto sulla panchina accanto a lei. Avevano parlato animatamente, le teste vicine, un fiume di parole, per quello che era sembrato molto, molto tempo. Un litigio fra innamorati? Un ammiratore insistente? Un nuovo corteggiatore? Impossibile dirlo. L'unica cosa che doveva ficcarsi in quella testaccia era che ci sarebbero sempre stati uomini e che questi uomini avrebbero voluto starle vicino.

L'uomo si era alzato quando un ragazzino, uno degli ambulanti della Corniche, si era avvicinato, piegando la testa con fare accattivante, per mostrare loro i souvenir che vendeva. Lei aveva scosso la testa. L'uomo le aveva rivolto un frettoloso inchino e si era toccato il cappello. Era andato via bruscamente nella stessa direzione da cui era venuto.

Di nuovo sola, si era alzata, aveva guardato in direzione del mare e poi si era girata dandogli le spalle. Dom era trasalito nel guardarla lanciarsi nel traffico intenso per attraversare la strada. Si era nascosto in un vicolo buio accanto all'albergo mentre lei saliva le scale e si chiudeva alle spalle la grossa porta di bronzo.

"Se n'è andata", si era detto tremando. "Non ha più niente a che fare con me".

Un paio di quotidiani locali avevano criticato la decisione di tenere un concerto all'aperto ad Alessandria in pieno inverno, e prima che la guerra e l'oscuramento fossero realmente terminati, ma la fiduciosa previsione di Ozan che gli dèi sarebbero stati favorevoli si dimostrò fondata (oh, Ya'qub Halabi si sarebbe mangiato il fegato!), perché la sera prevista, il 17 gennaio, il sole era tramontato in una colata di lava rosa, oro e arancione, seguita da una notte serena e fredda e un cielo stellato.

Quando divenne buio, le strade si riempirono di persone che dalla Corniche si avviavano verso i Giardini reali in tram, a dorso d'asino, a bordo di gharry e taxi. Le pietre che circondavano le statue di Muhammad Ali Pasha furono eliminate e sostituite da ghirlande di fiori. Alle otto, l'aria nei Giardini era pervasa dall'odore di carne arrostita e ceci fritti. Bambini dagli occhi scuri e l'aria assonnata venivano issati sulle spalle dei genitori e rimpinzati di caramelle e datteri. Vecchi con la djellaba si appoggiavano ai parenti più giovani. Folle di inglesi e neozelandesi, soldati indiani, perfino uno scozzese con la sua cornamusa, le ragazze dell'ATS, infermiere venute in autobus dai campi vicini e dagli ospedali militari. E qualsiasi motivo di rancore (e ce n'erano tanti) tra inglesi, egiziani, ebrei e arabi che erano lì fu messo da parte per una notte. Quella sera la città emetteva un collettivo sospiro di sollievo: con un po' di fortuna e di vento favorevole, sembrava che il peggio fosse passato. Quel momento era fatto per cantare e ballare.

Dieci minuti prima che il sipario si alzasse, i giocolieri che girovagavano tra la folla smisero di esibirsi e i liutai che suonavano vecchie canzoni arabe misero via i propri strumenti, e sulla folla cadde un silenzio rapito.

Ozan, che si basava sul principio secondo cui niente ha più successo degli eccessi, aveva fatto le cose in grande e il sipario che si alzava lentamente sul palco sembrava aprire un fantastico scrigno di gioielli. Quando le ballerine si alzarono dai cuscini e il palco iniziò a pulsare di colori, luccichii e suoni, la folla emise un deliziato sospiro di stupore. Quella era vita, quello era ciò per cui erano lì. Un'orchestra di venticinque suonatori di oud e violini, scelti uno a uno, esplose in una sinfonia di note. La folla urlò e alcune donne emisero strani versi selvaggi con la lingua.

In fondo al palco, i riflettori si concentrarono improvvisamente su una grossa cassapanca di madreperla, sembrava quella di Aladino, e rulli di tamburo e scintillio di tamburelli salutarono l'uscita di Ozan sul palco. Indossava uno dei bellissimi smoking che il suo sarto parigino gli aveva confezionato prima della guerra e una fascia di seta viola. Avanzò baldanzoso verso la parte anteriore del palco, alzò le mani per calmare la folla esultante in delirio e si lanciò in un fiume di parole arabe che suscitarono acclamazioni, applausi e sventolio di bandierine, concludendo con un ruggito nella notte:

«Balla, Alessandria, balla, Hitler non ha scampo».

Nonostante volesse andarsene, Dom sembrava incollato al suolo e aspettava Saba. Non c'era un programma o, per lo meno, nessuno che fosse stato in grado di capire, e si era tenuto alla larga dai gruppi di europei. Rimase seduto a guardare i fuochi d'artificio, gli acrobati e l'incomprensibile comico arabo che faceva gridare il pubblico per le risate; Faiza Mushawar, che emanava un'aura di superba sicurezza; Arleta, che cantando e dimenandosi suscitò le urla entusiaste dei soldati inglesi.

Quando Saba comparve sul palco dopo il primo intervallo, Dom rimase con il fiato sospeso. Indossava un nuovo vestito rosso e aveva i capelli sciolti. Nonostante tutte le loro incomprensioni, Dom avvertì una stretta allo stomaco. La folla era enorme e lei sembrava così piccola. C'erano solo tre europei nel gruppo che la accompagnava: un pianista, un chitarrista e un suonatore di contrabbasso.

Non appena i musicisti iniziarono a suonare, la folla si zittì. Saba si girò e sorrise al pianista, rivolgendogli un breve cenno del capo. Dom avvertì la sorpresa della folla che lo circondava quando lei cantò quella che sembrava una canzone araba, ma non ne era sicuro. Era così ferito, ma anche così rapito da lei. Sembrava così estranea, così concentrata, così sicura di se stessa e della notte. Attorno a lui le lucine colorate tremolavano tra gli alberi che oscillavano e frusciavano e la folla si muoveva con loro; il chitarrista le offriva note morbide e il pianista sembrava pacatamente in estasi, e così lei. "Cosa avrei mai potuto aggiungere a tutto questo?", pensò.

La canzone finì e ci volle un po' prima che le urla e gli applausi cessassero; poi, il chitarrista prese a improvvisare con il suo strumento e le luci attorno al palco si smorzarono, trasformandosi in un chiarore più intimo. Saba si sedette su uno sgabello accanto al pianoforte e disse semplicemente che la canzone successiva sarebbe stata *Smoke Gets in Your Eyes*.

La loro canzone. La canzone che aveva cantato per lui.

Mentre lei rivelava i suoi segreti al microfono, Dom sentì una sensazione di nausea e rabbia pervadergli tutto il corpo. "Come hai potuto? Un milione di stupide canzoni da cantare e hai scelto questa".

Sembrava che respirasse invece di cantare eppure lui ne sentiva ogni parola.

Quando ebbe finito, Saba alzò gli occhi, il suo viso sembrava un dipinto sacro nella sua tristezza. Un trionfo di esercizio, tecnica e controllo delle emozioni, mai a corto di fiato, nessuna nota sbagliata – niente per lui, tutto per la folla acclamante.

Dom indietreggiò. Quella notte sarebbe finita presto, si consolò; nello stesso periodo, l'anno successivo, avrebbero fatto armi e bagagli e sarebbero tornati a casa.

Si sedette sotto un albero con la testa tra le mani. "Oh, Cristo!", pensò, stringendo forte i denti. *Non osare*.

La luna aveva raggiunto il culmine della sua altezza sui Palace Gardens. Mandava il suo chiarore sugli alberi e sulle torri merlate in fondo al palco. Quando lo spettacolo giunse al termine, i protagonisti tornarono sul palco e fecero i loro inchini come personaggi di una pantomima. Prima l'orchestra egiziana, che salutò festosa, gli acrobati locali che eseguirono cinque verticali e un avvitamento a testa, seguiti da Boguslaw e Lev; Max Bagley che teneva le mani congiunte sulla testa in segno di trionfo, come un campione di lotta; Arleta Samson e la sua favolosa camminata, che si portava le unghie scarlatte alla bocca e mandava baci appassionati; tre cavalli arabi al trotto con le briglie rosse; i mangiatori di fuoco; Faiza Mushawar, regale e leggermente distante dagli europei; Saba, con indosso un abito argentato, che sorrideva, salutava e si divertiva un mondo, accettando graziosamente gli elaborati salamelecchi dei clown.

E, infine, Ozan, con le mani atteggiate a modesta protesta contro il boato di affetto e apprezzamento che lo accolse. Dopo quello che Dom riteneva essere l'inno nazionale egiziano e *God Save the Queen*, tre dozzine di colombe bianche della pace furono liberate dalle gabbie di bambù, rimaste dietro le quinte tutto il giorno. Gli uccelli, agitati, si levarono nel cielo scuro, si librarono nelle luci colorate che li tinsero di rosso e verde, formarono un cerchio e volarono via in direzione del mare.

Dom guardò l'uomo che aveva liberato gli uccelli e gli vide fare un grosso sorriso, era chiaro che non gli importasse un accidente se tornavano o meno. Servivano per un effetto teatrale e la loro utilità era finita; a quanto pareva era così che andava nel mondo dello spettacolo. Un gesto enfatico e non c'erano più.

Capitolo 49

I marciapiedi della Corniche erano affollati dopo l'esibizione, perciò Saba prese un gharry, pregando il conducente di andare il più veloce possibile. Il cavallo continuava a scartare, spaventato dalla confusione, e arrivati nei pressi del Cecil Hotel, dove Cleeve le aveva richiesto un ultimo incontro, furono trattenuti da un gruppo di soldati ubriachi che ballavano la conga.

Cleeve le aveva detto di raggiungerlo al bar, a destra della reception e degli ascensori. Poiché la gente aveva appena iniziato ad andare via dal concerto, quel posto sarebbe stato tranquillo e lui aveva delle notizie da darle. I travestimenti non erano più necessari, aveva detto, sarebbero semplicemente stati una coppia che beveva qualcosa insieme.

Entrando nell'albergo, con il suo discreto luccichio di ottoni ben lucidati, i pavimenti di marmo e la profusione di decorazioni floreali, ebbe l'impressione che Cleeve fosse tornato nel proprio ambiente naturale. Nel bar illuminato dalle candele, oltre l'ingresso, un elegante nero in smoking strimpellava il pianoforte posizionato sotto un albero di palma in vaso. Saba sentì il tintinnio dei bicchieri, il mormorio di voci raffinate e vide Cleeve, in parte nascosto dietro un sedile di pelle, che osservava tutto tranquillamente; elegante, gambe lunghe, languido, il genere di inglese ben vestito che faceva di tutto per dare l'impressione che non gli importasse un accidente del proprio abbigliamento.

Ma quella prima impressione di disinvoltura e raffinatezza fu di breve durata. Quando la vide, balzò in piedi e sfoggiò subito un sorriso smagliante – come un goffo ragazzino al suo primo appuntamento – e Saba notò, sull'impeccabile lino della sua camicia, una goccia di sangue secco, risultato di una rasatura troppo accurata. Non aveva avuto il tempo di cambiarsi dopo il concerto, perciò si era presentata con lo stesso bellissimo vestito argentato che aveva indossato per la ribalta e una leggera stola di seta che le copriva le spalle.

«Saba», le disse. «Sei stupenda. Accidenti, sei cresciuta».

Lo smaccato complimento la sconcertò; il suo sorrisetto sdolcinato, le fece scattare un campanello d'allarme. Era ubriaco?

«Mi spiace, sono in ritardo e non posso trattenermi». Scivolò a sedere accanto a lui. «Ozan dà una festa per gli artisti, ha invitato tutti i pezzi grossi del posto e non posso rifiutarmi».

«Naturalmente, naturalmente... è solo che passavo da Alessandria e non ho potuto... ho pensato che fosse la mia ultima...». Ci rinunciò e si lanciò in un discorso senza capo né coda. «Ascolta, prima che io dica una sola parola, Saba... cioè, devo... be', lo dirò e basta: che serata assolutamente fantastica deve essere stata per te. Ti avevo già sentita cantare ma questa... sei stata straordinaria, non lo dimenticherò mai, tutto qui. Ecco, l'ho detto. Più o meno».

«Grazie». Era dura vederlo così animato, estatico quasi in modo teatrale, quando lei si sentiva così vuota.

«Piccola, è tutto a posto... cos'ho che non va?... un drink?». Alzò la mano in direzione di un cameriere. «Deve essere parecchio stancante». Non l'aveva mai chiamata "piccola" prima di allora; la parola rimase goffamente sospesa tra loro.

«Cameriere», disse Cleeve. «Champagne, hors d'oeuvres, un menu per mademoiselle».

«Non posso restare a mangiare», ripeté Saba. «Hai detto che avevi delle notizie per me».

«Sì». Sembrava deluso. «Ma senz'altro, un po' di tempo per un boccone – hanno un nuovo chef, è fantastico».

«Dermot, davvero, non posso», disse con più fermezza. «Questa per me è una serata di lavoro».

«D'accordo, scusa, allora facciamo in fretta». Nella sua voce c'era una nota di ferocia. «Ecco la notizia».

Si guardò intorno, accertandosi che gli altri avventori non fossero a portata di orecchio, e il suo viso sembrò guizzare alla luce delle candele.

«Jenke è tornato a Londra ed è stato interrogato. Non posso darti i dettagli per ragioni di sicurezza ma le sue informazioni, non solo riguardo alla Turchia ma anche al Nord Africa, sono state assolutamente essenziali... e tu», le rivolse il suo sguardo da persona ben informata dei fatti, «sono qui per dirti che il tuo ruolo nell'operazione è stato notato ai massimi livelli. Cosa provi?».

Un crescendo di musica dal pianoforte nascosto dalla palma; comparve il cameriere che le adagiò un tovagliolo in grembo. Saba aspettò che se ne andasse.

«Cosa provo riguardo a cosa?»

«All'essere... non so... come dire... un'eroina è dire troppo?»

«Niente», disse Saba alla fine. «Non provo niente».

«Davvero?». Cleeve bevve un sorso del suo drink e le rivolse uno sguardo perplesso. «Perché no?»

«Non lo so». Perché il prezzo era stato troppo alto, perché non sono stata particolarmente coraggiosa ma più come una bambina trascinata in un gioco da adulti che non capivo, perché alla fine l'intera faccenda mi è sembrata sordida; perché mi è costata Dom – tutti quei pensieri le attraversarono la mente come un lampo.

Cleeve scosse impercettibilmente la testa, con l'aria di un maestro di scuola che osserva con rimpianto il talento sprecato di un allievo brillante.

«Bene», disse infastidito. «Ovviamente non sta a me dirti cosa pensare, ma io l'avrei ritenuto un onore».

«Dimmi una cosa». Saba parlò prima che il pensiero avesse preso forma nella sua mente. «Ne valeva davvero la pena? O è qualcosa che la gente che rimane invischiata in questo genere di cose ha bisogno di provare – soprattutto quando altra gente è morta?»

«Non capisco la domanda».

«Dovresti, o, per lo meno, dovresti chiedertelo».

Cleeve vuotò il bicchiere.

«Calma, Saba», la ammonì, rivolgendole una stranissima occhiata – cauta, malevola e offesa. «No, sul serio, mantieni la calma perché ho altre notizie da darti – e potresti dire qualcosa di cui ti pentiresti».

Saba fece un respiro profondo e fissò il bicchiere. Calmati, Saba, non è colpa sua quello che è successo.

«Davvero?».

Cleeve abbassò la voce: il pianista aveva smesso di suonare.

«Davvero».

«Quale notizia?».

Anche Cleeve fece un profondo respiro e chiamò il cameriere.

«Un altro whisky per me, prego, e per mademoiselle?».

Saba coprì con la mano il proprio flûte di champagne.

«No, Dermot, ti prego... ordina solo per te. Devo andare via subito».

«Penso che per questa notizia vorrai rimanere, Saba».

Si sporse verso di lei e si leccò le labbra.

«L'hanno trovato», sussurrò. «Il tuo uomo – si trova ad Alessandria».

«Quale uomo?». Cleeve sembrava così serio che, per un folle istante, Saba pensò che parlasse di Severin Mueller. «Chi?»

«Il tuo pilota».

«Il mio pilota?». Nell'espressione di lui non c'era niente che suggerisse buone notizie. «Jenke?»

«No, non Jenke», disse alla fine. «Dominic Benson. Alloggia al Waterloo. È un alberghetto vicino alla stazione ferroviaria. È lì da quasi due settimane».

«È uno scherzo?». Saba provò una terribile sensazione di stordimento, come se il suo corpo avesse cessato di sentire. «Come fai a saperlo?»

«Perché lo stavo cercando. È stato Ozan a chiedermi di farlo».

«Ma avevi detto che non potevi né volevi farlo».

Cleeve girò il cubetto di ghiaccio nel whisky con il dito.

«Così mi era stato ordinato di dirti. Non volevamo che ti distraessi prima del concerto ma, per l'amore di Dio, Saba, non dire a nessuno che te l'ho detto».

«È vero?».

Cleeve annuì e lasciò andare un sospiro.

«L'ho visto ieri per strada. Ci ha visti parlare. E così, Saba», vuotò il bicchiere e spense il mozzicone, «come dice la fatina buona delle favole: il mio lavoro qui è finito. Riconoscimenti e fidanzato in un'unica sera. O forse in questa faccenda sono più la Vedova Twankey. Ad ogni modo, dovesse andar male, sai dove trovarmi. Torno a breve in Inghilterra».

Si alzò, ancora sorridente, e quando cercò di infilarsi il soprabito, mancò l'apertura del braccio. Cleeve guardò con aria deliberatamente solenne il proprio orologio.

«Perbacco! *Tempus fugit*. Immagino che ora vorrai scappare via. Non posso darti un passaggio, mi dispiace, mi aspettano da un'altra parte della città. Ecco l'indirizzo. Digli da parte mia che è un uomo fortunato».

Mentre Cleeve scriveva l'indirizzo su un foglietto, la notizia cominciò a diffondersi nel cervello di Saba, nel suo sangue, lungo la spina dorsale, fino alle terminazioni nervose.

«Dermot», gli sorrise raggiante, «ma è vero?».

Lui sollevò due dita. «Parola di scout».

«È proprio vero?»

«Sì».

Lo guardò fisso.

«Grazie, dal profondo del mio cuore». L'avrebbe perdonato, l'aveva già fatto, per aver ritardato la notizia fino al termine del concerto. Ozan l'aveva avvertita di quali dovessero essere le sue priorità.

«E se le cose dovessero andare male», Cleeve posò sul tavolo alcune banconote sporche per il cameriere e le infilò in mano un foglietto di carta, «fa' uno squillo al vecchio zio Dermot». Prese il cappello. «È l'indirizzo di mia sorella in Inghilterra – in realtà non dovrei dartelo, ma che diavolo. Dubito che lo userai».

Vivo! Mentre Saba usciva di nuovo in strada e guardava l'indirizzo, non sapeva se ridere, gridare o piangere. Dom era vivo! E si trovava ad Alessandria. Tutt'intorno a lei le strade pulsavano di folla e musicisti di strada, gente che ballava, cantava, gridava. In uno dei giardini cittadini ardeva un falò, le cui scintille sprizzavano nella notte. Impossibile trovare un taxi in quel momento. Si mise a correre lungo la strada, spinta da un'ingenua euforia, ma anche dal terrore. E se fosse arrivata troppo tardi? Se lui aveva un'altra ragazza e non avesse voluto vederla?

Respirando affannosamente, si fermò vicino alla statua di Muhammad Ali Pasha.

Hotel Waterloo, rilesse sul foglietto che Cleeve le aveva dato. *Vicino a Rue Nebi Daniel, nei pressi della stazione ferroviaria.*

Dopo mezz'ora di affannose ricerche, trovò l'albergo in una strada fatiscente, incuneato tra una bottega di barbiere e una panetteria siriana. Nel piccolo ingresso tranquillo, il portiere notturno leggeva il giornale della sera.

«Dov'è?», disse una volta ripreso fiato. «Dominic Benson. Alloggia qui».

L'uomo la guardò pieno di stupore. Una dea in abito bianco e argentato e i sandali inzaccherati, e poi la riconobbe.

«Madame, madame». I suoi occhi si illuminarono. «Il suo canto molto buono. Scriva il suo nome, per favore, *merci*». Le mise davanti un pezzetto di carta. «Speciale per me».

Saba scrisse forsennatamente il proprio nome.

«Mi aiuti», disse. «La prego, mi aiuti. Sto cercando una persona».

«Chi?». L'uomo era confuso.

«Dominic Benson. È ospite qui».

Il portiere aprì un cassetto della scrivania e, tiratone fuori un registro polveroso, impiegò un'infinità di tempo nell'individuare la pagina giusta e la data.

«No, madame», scosse la testa dispiaciuto, «non qui. Non adesso. Stanotte...», mimò il gesto di portare delle valigie, «è andato al Cairo».

«Quando, quando?». Gli afferrò il polso, indicando il suo orologio. «Quale treno?».

Lui si strinse nelle spalle. «Un'ora». Alzò nuovamente le spalle. «Due ore, forse. Treno speciale per concerto. Spiacente».

La principale stazione ferroviaria della città, la Misr, distava circa un chilometro e mezzo. Prese un taxi, scese quando rimase bloccato nel traffico e corse a perdifiato verso la stazione, con i piedi che affondavano nelle immondizie e nello sterco di cavallo, nelle crepe dei marciapiedi, tra i sassi.

Arrivata alla stazione, all'esterno una fila di cavalli da traino sgranocchiava granaglie da cappucci che li facevano sembrare prigionieri in procinto di essere giustiziati. Cercando di riprendere fiato, zigzagò tra le bestie ed entrò nell'oscurità della stazione affollata. Scrutò la gente alla ricerca di volti europei e vide un gruppo di soldati scozzesi vicino alla biglietteria.

«Il treno per Il Cairo», disse tutto d'un fiato.

«Attenta a non spezzarti una gamba, dolcezza», la mise in guardia un soldato con il kilt. «Il treno non c'è, è appena partito... aspetta... aspetta». Si dondolò osservandola. «Non eri al...».

«Dove? Dove?», urlò lei.

«Banchina due», risposero tutti all'unisono.

Saba si mise a correre, oltrepassando i corpi di barboni addormentati, festaioli sbronzi, giovani innamorati, soldati, un contadino che si portava il letto sulla schiena, e vide la coda del treno che procedeva su un lungo binario in un intrico di fili metallici, verso sobborghi fatiscenti, verso il nulla.

Si fermò sulla banchina, con il bellissimo vestito argento ormai rovinato e la stola bianca che fluttuava impazzita nella corrente ascensionale.

«Fermate quel dannato treno!», lanciò un ruggito gallese fatto apposta per essere sentito da valle a valle. «*Ferma! Ferma! Ferma!* Subito!». Inciampò e quasi cadde mentre si lanciava all'inseguimento sulla banchina. Il treno proseguì la sua corsa, fuori dall'oscurità della stazione, addentrandosi nella notte, fino a che, all'ultimo minuto, un facchino dell'ultima carrozza la vide: una fanciulla vergine del paradiso islamico urlante in tunica bianca che saltava in mezzo al fumo.

L'uomo strillò ripetutamente, si precipitò all'interno e tirò la cordicella rossa del freno di emergenza. Il treno si fermò in uno stridore di freni.

In circostanze normali, quello sarebbe stato un reato, ma quella sera l'umore della città era spavaldamente giocoso. Le persone si affacciarono dai finestrini ridendo e acclamandola quando lei salì sul treno che ancora sbuffava e protestava per l'inversione di marcia. Saba si mise a correre negli stretti corridoi gridando il suo nome e scrutando i volti estranei attraverso i vetri degli scompartimenti: uomini in *tarbush*, bombetta e turbante; famiglie che si sistemavano per la notte; un gruppo di soldati che la salutò festosamente.

Quando lo trovò, era seduto vicino al finestrino nell'ultima carrozza. All'inizio non fu neanche sicura che si trattasse di lui. Sembrava più vecchio, più magro. Prima che si girasse e la vedesse, lo vide sospirare.

«Dom». Gli si avvicinò e gli toccò il viso. Sentì il brontolio del motore in procinto di ripartire. Le guardie che urlavano: «Giù dal treno».

«Saba». La vide e trasalì, nei suoi occhi non c'era che dolore e confusione. «Cosa significa? Cosa succede?»

«Per l'amore di Dio, Dom, scendi dal treno – si sta muovendo». Lo sentiva sussultare sotto i piedi.

«No», disse. «Non così».

Lei salì sul sedile, si allungò su di lui, buttò giù la sua valigia e la gettò fuori dal finestrino sulla banchina.

«Posso spiegarti, Dom», urlò, mentre la banchina si allontanava. «*Scendi dal treno!*».

Tre soldati si sporsero dalla carrozza mentre balzavano giù dal treno e rimasero a guardare stupiti la ragazza dal fantastico vestito che litigava furiosamente con il suo fidanzato.

«È inutile», strillò Dom coprendo il rumore del motore. «Perché per me non è uno stupido gioco».

«Dom, ti prego», ribatté lei. «Chiudi il becco e vieni con me».

La stazione era troppo rumorosa per poter parlare. Si avviarono a grandi passi verso l'albergo; Saba aveva ancora in mano la valigia di Dom.

All'angolo della strada, lui la fermò.

«Saba, ascolta», le disse; i suoi occhi sembravano nerissimi alla luce dei lampioni. «Ho preso una decisione, non voglio che vada così... non è possibile. Ti ho aspettata, ne sono quasi morto. Per l'amore del cielo, dove sei andata? Rispondi sinceramente per una volta».

«Bene». Saba sbatté a terra la valigia, era senza fiato, furiosa. «Risposta sincera. Sono andata a una festa».

«Una festa?».

Si rivolsero un reciproco sguardo di isterica incredulità.

«Oh, cielo», disse Dom. «Bene, adesso è tutto perfettamente chiaro. Grazie per essere stata almeno onesta con me».

«Dom». Il cinturino del sandalo si era allentato e dovette camminare zoppicando per stargli dietro. «La festa era in Turchia».

«Oh, bene». Dom serrò la mascella e accelerò il passo. «Fantastico. Incredibile. La festa era in Turchia. Mi sento già molto meglio».

«Ascolta, dannato imbecille», strillò lei. Stavano passando davanti a un piccolo bar clandestino in cui alcuni giovani ufficiali della marina avevano alzato il gomito. «Portami nella tua stanza», continuò urlando, «e ti dirò quello che è successo».

«*Woo-hoo!*», fu il commento dei marinai, che si stavano riversando sul marciapiede. «Io quella non la rifiuterei, amico!», disse uno di loro.

«Fottiti», gridò Dom.

Tornati al Waterloo Hotel, salirono come sonnambuli le scale appena illuminate. Un nuovo addetto alla reception, mezzo addormentato alla sua postazione, diede loro una nuova chiave, una nuova stanza e non fece domande. Di sopra, Dom accese una lampada con le nappine. C'era solo una sedia di legno, accanto al lavabo, perciò si sedettero l'uno accanto all'altra sul letto.

«Saba, ascoltami», le disse. Le prese i polsi tra le mani e la guardò negli occhi con grande serietà. «Siamo qui perché è un posto tranquillo per parlare ma prima che tu dica una sola parola, ti ho vista con un altro uomo prima – se sei impegnata, non disturbarti a inventare una storia, perché, vedi, a costo di sembrare drammatico o un tantino teatrale, non voglio passarci di nuovo e non lo farò».

«Dom». Il semplice miracolo della sua presenza lì iniziò a fare breccia; avrebbe voluto gettargli le braccia al collo e piangere di sollievo e di gioia, ma lui non era della stessa idea.

«Non farlo». Dom si alzò e andò verso la sedia, quanto più lontano gli consentiva la stanza.

Allora Saba gli disse quello che poteva di Istanbul, di Ozan e di Cleeve.

Lui la ascoltò senza mutare espressione e poi le chiese: «Saba, dici sul serio? Ti hanno dato una parrucca e degli occhiali finti?»

«Sono mortalmente seria». Si portò la mano alla bocca. «E c'è dell'altro». Gli raccontò delle feste tedesche ma non di Severin. Quello non poteva farlo, non ancora, forse mai.

«Ho avuto un incidente. Un incidente d'auto». Adesso Dom era seduto accanto a lei sul letto. Saba si tirò indietro i capelli e gli mostrò la cicatrice. «Mi stavano portando via da quella casa».

«Oh, Dio». La toccò per la prima volta, un lieve tocco sulla tempia. «Vorrei che ti fossi fidata di me – che mi avessi detto dove andavi. Avrei mantenuto il segreto».

«Non potevo». La sua faccia sembrava emaciata alla luce della lampada. «Mi era stato detto di evitare di avere fidanzati perché se tu fossi stato arrestato o catturato, il fatto di conoscermi avrebbe potuto metterti in pericolo».

«Cos'altro è successo?». Le scrutò attentamente il viso. «È successo dell'altro, lo sento».

«Un sacco di cose... te le racconterò poi... anche cose buone. Stasera Cleeve mi ha detto che le informazioni di Jenke hanno fatto la differenza, ma non ha potuto essere più specifico. Ha infranto le regole anche solo nel dirmi dov'eri».

«Finirà che avrai più medaglie di me».

«Probabile».

Dom vide lo scintillio dei suoi denti bianchi, le sue fossette.

«Pazzesco», mormorò, prendendola tra le braccia. «Incredibile. Ridicolo. Tu sul treno», iniziò a ridere, «e prima... ero andato al concerto... è stata una tortura sentirti cantare».

Saba sentì la mano di lui asciugarle le lacrime dal viso.

«Cosa ti è successo?», gli chiese. «Non stai bene».

«Ho avuto un incidente con l'aereo», rispose Dom. «Rimandiamo il racconto a più tardi. Non voglio parlarne adesso».

E poiché avevano fatto pace da poco, Saba non insistette.

«Pensavamo che tu fossi morto», gli disse. «Barney mi ha dato una lettera che avevi scritto per me, l'aveva trovata nel tuo armadietto. Non te l'ha detto?»

«Non ho visto Barney – è via. Non ho visto quasi nessuno da quando sono stato salvato, ma di che lettera parli? Oh, per l'amore del cielo, no». D'un tratto gli era venuto in mente. «Quella stupida lettera. Ero così furioso... Non avevo intenzione di spedirla».

«Ho avuto anche questo». Alzò il polso e glielo mostrò.

«Il braccialetto. Lo porti?»

«Sempre».

Dom si piegò verso di lei e la baciò. Le toccò ripetutamente il viso e le prese i capelli tra le mani. La condusse alla sedia vicino al lavandino e le lavò i piedi, brontolando per lo stato in cui erano ridotti.

«Grazie, infermiera», gli disse. Dom glieli insaponò e li asciugò e ne baciò delicatamente ogni dito. Quando finì, Saba si alzò e lui le slacciò il vestito e si misero a letto insieme; lei lo tenne stretto a sé e gli diede il bacio più dolce della sua vita e poi piansero senza alcuna vergogna. «Pensavo fossi morto», singhiozzò. «E avrei voluto morire con te». Le credette perché lei era una persona sincera; una parte di sé lo sapeva fin dall'inizio.

Capitolo 50

La primavera giunse accompagnata da un'esplosione di fiori colorati – malva e papaveri, anemoni bianchi e viola, calendule e celidonia. Saba ne raccoglieva manciate nel giardino sul retro della casa di Muntazah Beach che Ozan aveva prestato loro.

Secondo i canoni di Ozan, l'abitazione non era che una bicocca, ma loro adoravano le sue grandi verande, le stanze bianche inondate dal sole e il piccolo giardino sul retro, dove l'acacia e il gelsomino erano in fiore, e gli alberi erano carichi di arance, mandarini e limoni. La casa era isolata e, a parte un asino ragliante, legato da qualche parte, e alcuni uccelli mattinieri, era anche silenziosa – un raro lusso dopo la vita nell'accampamento e nelle tende comuni.

La mattina, Yusuf, uno dei domestici di Ozan, arrivava in bicicletta con un cesto pieno di vino e pane fresco, formaggi e ogni tipo di pesce pescato quel giorno. In una cucina soleggiata, con le piastrelle bianche e blu, Saba cercava, con risultati alterni, di imparare a cucinare.

Ma per i primi due giorni, non fecero altro che rimanere abbracciati nella loro camera da letto bianca, dormendo come animali esausti e ridendo, una volta svegli, per il fatto di sprecare così il tempo. Poi giunsero i lunghi e pigri giorni in cui facevano l'amore, nuotavano, prendevano il sole e mangiavano scalzi a lume di candela sulla veranda che dava sul mare.

«Guarda», disse una volta Saba, osservando il cielo notturno. «Quella è la Chioma di Berenice». Indicò una fila di stelle appena sopra l'oscurità. «Non ho idea di chi fosse Berenice», aggiunse, «me l'ha mostrata mio padre. Su un libro».

«Era la moglie di un re macedone», le spiegò Dom. «Quando il re andò in guerra, lei fece un patto con Afrodite, la dea dell'amore: se si fosse tagliata i capelli, suo marito sarebbe stato al sicuro. Berenice portò i capelli al tempio, ma la chioma scomparve. Un astronomo di corte affermò che li aveva ritrovati sotto forma di nuova costellazione, mossa saggia perché altrimenti si sarebbe scatenato l'inferno».

«Come fai a sapere queste cose?»

«Grazie al volo e a una certa intelligenza». Stava ancora scrutando le stelle, per il momento lontane da lui anni luce.

Le piaceva il fatto che lui sapesse quelle cose. La rassicurava. Dom le stava leggendo le poesie di Kavafis. Aveva scoperto che un tempo il poeta aveva vissuto in Rue Lepsius, quattro porte più avanti alla loro.

Non c'è nave per te, non c'è strada.
La vita che hai sciupato
In questo piccolo buco, in tutta la terra l'hai sprecata[33].

«È così che mi sono sentito», le disse. «Quando te ne sei andata e non riuscivo a trovarti. È stata la peggiore sensazione del mondo».

A volte si è felici senza saperlo, altre volte si ha la piena consapevolezza della propria felicità – della sua preziosità, della sua fugacità.

E c'erano volte in cui la perfezione quasi mistica di quei giorni spaventava Saba – tutto le sembrava giusto, non c'era niente che mancasse. Era così diverso dal resto della vita, con le sue incertezze, la sua sofferenza e la noia, e tutte le altre tragedie, piccole e grandi, a cui aveva assistito. Voleva farlo durare per sempre, ma era grande abbastanza da sapere che ciò era impossibile. Il mondo stava cambiando e sarebbe cambiato ancora. Dom era in attesa di conoscere la sua futura destinazione – la Desert Air Force aveva smantellato quasi tutto e stava rientrando in patria, i suoi piloti erano confluiti in altre squadriglie, in Sicilia o in Birmania. Saba faceva le prove per il nuovo spettacolo che Ozan avrebbe tenuto al Cairo e cantava per i pochi soldati rimasti al Cairo e a Suez.

[33] Versi tratti da *La città*, 1910 (trad. it. Newton Compton, Roma 2007).

Nel deserto, tutto l'armamentario della guerra – gli hangar, le piste d'atterraggio temporanee, i depositi di carburante – stavano già scomparendo sotto cumuli di sabbia.

Durante il loro soggiorno a Muntazah, ricevettero la visita di Arleta. Arrivò con la posta di Saba, due pacchetti di Turkish Delight al pistacchio, una bottiglia di gin e un cammello giocattolo che aveva trovato in un negozio di souvenir. Collegandolo a una presa di corrente, gli sporgenti occhi rossi si illuminavano in modo spaventoso.

Porse a Saba una lettera scritta nella tonda grafia infantile della madre.

Saba andò in camera da letto e chiuse a chiave la porta. Mentre la apriva, le tremavano le mani, pensava di trovarvi la notizia della morte di suo padre – qualcosa che le ossessionava regolarmente i sogni, sempre accompagnata da una scioccante sensazione di perdita e rimpianto.

Ma le notizie erano buone: la sorellina Lou era tornata dalle valli, più insolente che mai, gli esami erano andati bene, ormai era una signorina. Tan, sana come un pesce, aveva una nuova amica, una signora turca che viveva nella loro strada. E nell'ultimo paragrafo, sua madre si lasciava andare:

> Non osare non presentarti a Pomeroy Street quando tornerai a Blighty, perché questa sarà sempre casa tua, non importa quello che dice tuo padre. Ha appena firmato un'altra volta con la Fyffes ed è lontano più spesso di prima, per cui avremo un sacco di tempo e, a essere sincera con te, Saba cara, sono felice che tu abbia preso la tua decisione. Tu hai la tua vita e io ho la mia, e avrei dovuto lasciarlo anni fa – ha sempre voluto le cose a modo suo e io sono stufa marcia.

Una notizia incredibile.

Fino ad allora, aveva visto sua madre in una serie di vesti contraddittorie e confuse – persona in gamba, leale pacificatrice, cheerleader entusiasta, cuoca – ma quel piccolo sfogo di rabbia, da derelitta, nell'ultima frase le aveva fatto sorgere il dubbio se l'avesse mai conosciuta davvero, e il pensiero che la guerra potesse aver cambiato Mamma era troppo sconvolgente. Ne parlò con Arleta durante una delle lunghe e pigre nuotate mattutine verso una zattera ormeggiata a un centinaio di metri dalla spiaggia.

Le raccontò di come sua madre – una donna che un tempo non sarebbe mai uscita di casa senza avere trucco e capelli in perfetto ordine – fosse stata felice di andare a lavorare da Curran con indosso un'orrenda divisa, pantaloni da lavoro e turbante, e come avesse detto a Saba che era molto più divertente che stare tutto il giorno a casa, soprattutto se il proprio marito era per mare.

«Giusta osservazione», concordò Arleta. «Stare tutto il giorno a casa mi farebbe diventare matta – e anche a te. *Che noia*».

Arleta, che cercava di non bagnarsi i capelli, aveva l'aspetto di uno spaventato levriero afgano costretto a nuotare per la prima volta.

«Voglio dire, guarda tutto questo», ansimò. Fece un ampio gesto con la mano per indicare l'orizzonte. «Ce l'abbiamo fatta grazie al lavoro e ci mancherà, non è vero?».

Saba si guardò attorno: l'abbagliante mare azzurro, il cielo senza nuvole, la spiaggia di sottile sabbia bianca, la casa sulla scogliera in cui lei e Dom erano stati così felici.

«Dobbiamo andarcene, Arleta?». Sapeva che era una domanda inutile.

«Non essere stupida», le disse l'amica. «L'Inghilterra farà schifo, ma è il nostro schifo».

Avevano raggiunto la zattera. Arleta, più snella che mai dopo settimane di danza, uscì dall'acqua come un'affascinante Afrodite; scosse i capelli e, lasciatasi cadere accanto a Saba, sollevò le gambe in aria, prima una poi l'altra, profondamente soddisfatta di ciò che vedeva.

Rimasero distese per un po' a prendere il sole, fianco a fianco, con le braccia che si toccavano, e poi Arleta chiese:

«Hai già pensato alla tournée in India?», facendo scivolare lo sguardo sull'amica.

Saba sospirò – era una cosa complicata. L'ENSA aveva proposto a entrambe una tournée in India di tre settimane, ma lei non aveva ancora trovato il momento adatto per parlarne a Dom. Anzi, il solo pensiero la metteva in agitazione.

«A dire la verità, adesso non riesco a decidere; dipende anche dall'assegnazione di Dom e da altre cose».

«Saba». Arleta si tirò su a sedere e la guardò con aria seria. «Voglio dirti una cosa, ma non fraintendermi».

«Se ti fa piacere». Saba percepì un avvertimento indesiderato.

«Be', è solo questo... non voglio dire che tu e Dom non sembriate beatamente felici insieme – lo siete, e non voglio dire che lui non ti adori e che tu non sia pazza di lui, e che non sia tutto così romantico». Arleta si strinse il petto e alzò gli occhi al cielo. «È solo... non dargli tutto; tieni qualcosa per te».

«Lo so, Arleta», disse Saba, nonostante ci stesse ancora facendo i conti. Al momento non voleva altro che fare dei figli con lui, imparare a cucinare, continuare a sentire quel dolce appagamento giorno dopo giorno dopo giorno. «Una delle cose migliori dell'essere un'artista dell'ENSA è stato fare quello per cui avevo studiato, ed è stato incredibile – questo lo so, sul serio».

Le sopracciglia di Arleta erano ancora inarcate. «Quando pensavi che fosse morto», insisté, «hai smesso di cantare, o per lo meno volevi farlo, e da' retta alla zietta Arl, non ne vale la pena, per nessun uomo».

C'era una nota di infelicità nella voce di Arleta. Non era la prima volta che Saba la notava da quando era arrivata.

«Arl, non dire niente se non ti va di farlo, ma cosa è successo a Barney? Non l'hai quasi nominato».

La voce di Arleta sembrava incerta. «Barney?», disse dopo un po'. «Oh, finita. Completamente. Volevo dirtelo. Va bene così, tesoro, davvero – non devi dire niente. Tornerà in Inghilterra e sapevo che sarebbe successo. Non volevo parlarne davanti a Dom per evitare di dire cose spiacevoli e rancorose e perché lui non si sentisse costretto a difenderlo».

«Tanto meglio. Allora non ci stai male?», azzardò Saba – Arleta odiava essere compatita.

«Niente affatto», rispose Arleta con decisione. «Sapevo che sarebbe successo. E così è andata. Fine della storia e poi, ho bisogno di rivedere il mio bambino e smetterla per qualche anno di andarmene in giro, o per lo meno devo sforzarmi di farlo. Ma, Dio, mi mancherà anche stare qui – è stato divino». Cantò *divino* come una cantante d'opera.

«Cos'è che ti mancherà di più, Arl: gli scorpioni? Il cane morto sotto il palco a Suez? La sabbia nelle mutande? Dividere il lavandino con Janine?»

«Ah, ah, ah – difficile decidere, sapientona. Be', anche tutto questo. Non facciamo troppo le sentimentali».

Rimasero in silenzio per un po'. Arleta fece un grosso sospiro.

«Mi mancherai», disse nel modo semplice e diretto che a volte le apparteneva.

«Sei stata una buona amica».

Altro silenzio. Poi, Arleta si alzò e mormorò: «Ultima nuotata, al diavolo». Si lanciò e, muovendo all'impazzata le gambe, infranse la superficie dell'acqua con un tuffo. Con i capelli bagnati lungo la schiena e incollati sulla faccia sembrava dieci anni più giovane.

«Oh, Dio, che meraviglia», disse sputando acqua. «Questo è il modo giusto per farsi una bella nuotata». E si diressero fianco a fianco verso la spiaggia.

Arleta ripartì il giorno seguente sul sellino posteriore della moto di Dom – le aveva offerto un passaggio fino alla stazione dei treni ad Alessandria. Erano sull'uscio quando fece la sua comparsa – quel giorno sembrava una star del cinema, con gli occhiali neri e i capelli coperti da un foulard. Si rivolse a Saba.

«Abbracciami, folle creaturina». Le mise le braccia al collo e la avvolse con il suo Shalimar. Le lacrime le rigavano il viso; le asciugò bruscamente e salì sulla moto alzando in alto la gamba come una ballerina di fila. Poco prima di scomparire in una nuvola di polvere, si baciò le dita e, agitandole affettuosamente in direzione di Saba, urlò: «*Crepi il lupo*», un gesto teatrale che quasi mandò fuori strada la moto.

E Saba, ferma nella polvere mentre il rumore della moto si faceva sempre più lontano, si chiese se l'avrebbe rivista. Arleta l'aveva avvertita che sarebbero potuti passare anni, forse non si sarebbero mai più incontrate – era così che andavano le cose nel mondo dello spettacolo.

Quando tornò all'ora di pranzo, anche Dom era ricoperto di polvere. Teneva un pacco in una mano e una busta nell'altra.

Saba era in cucina, impegnata a tagliare il pane con mano inesperta e a cercare di ricordare quanto tempo sua madre facesse bollire le uova. Uno dei tanti piaceri di quel periodo era preparargli da mangiare – disporre formaggio, pomodori maturi, melone e pane su un vassoio le dava l'impressione di compiere un gesto di tenera protezione, una sensazione che non aveva mai provato prima.

Guardò fuori dalla finestra e sorrise. Aveva sentito il rombo della motocicletta prima ancora di vederla. Dom entrò in cucina e le baciò la nuca.

«La mia ragazza». La abbracciò. «La mia bellissima ragazza. Sei triste?»

«Un pochino». Ma anche felice che fossero di nuovo solo loro due.

Dom fece scivolare la mano attorno alla vita di lei e aspirò il profumo dei suoi capelli.

«Vieni a bere qualcosa con me. Ho una sorpresa».

La portò sulla veranda. Si sedettero insieme su una poltroncina di vimini. Le porse la busta e rimase a guardarla attentamente mentre la apriva.

Due biglietti.

Dopo aver letto di cosa si trattava, Saba, incredula, si portò una mano alla bocca.

«Una crociera sul Nilo. Oh, Dom! È fantastico!», strillò e gli si gettò in grembo.

«Il momento», disse lui eccitato, «è perfetto. Il comando dell'esercito ci ha dato una licenza di quindici giorni e chissà quando dovremo lasciare l'Egitto, e quindi ho pensato, al diavolo, vado a prenotare. È una bellissima nave vecchio stile, la *Philae*, e potremo visitare tutti quei vecchi faraoni nelle loro piramidi, le stanno riaprendo ora che la guerra è finita. Possiamo andare nella Valle dei Re». Gli brillavano gli occhi per l'entusiasmo.

«Aspetta, aspetta, Dom». Saba studiò con più attenzione i biglietti. Aveva smesso di ascoltare.

«La prima settimana, dovrebbe andare bene, no?»

«No, Dom», gli rispose, con un brutto presentimento. «No. Non posso assolutamente. È impossibile. La partenza è prevista per il 23 marzo – la settimana del concerto di Ozan al Cairo».

«Oh, *cazzo*». Lui non fece alcun tentativo per nascondere la propria delusione.

«Non te lo ricordavi? E ti dispiacerebbe non imprecare in mia presenza?», si irritò, nonostante non le importasse più di tanto.

«No», rispose Dom seccamente, nonostante glielo avesse detto. «Non me lo ricordavo. Quindi sarà sempre così?», disse. Nella sua voce c'era una nota inflessibile che non aveva mai sentito prima.

«Così come?»

«Come in questo caso».

«Probabile», disse Saba, pensando *dannazione, avresti* dovuto *ricordartelo – è importante per me*.

Sbatté il bicchiere sul tavolo, si alzò e lo guardò fisso.

«Dannazione, Saba, non guardarmi in quel modo»

«Come ti sto guardando?», sbraitò lei. «Non ti guardo in nessun modo».

E andò avanti così fino a che non urlarono tanto che l'asino nel prato vicino iniziò a ragliare per la paura.

Dom spalancò il cancello della veranda, scese in spiaggia e si sedette con la testa tra le mani, infantilmente annichilito. Si era immaginato tutta la scena mentre tornava a casa – la nave che risaliva il Nilo; risvegliarsi tra le sue braccia, vedere le feluche, i piccoli villaggi e poi il meraviglioso spettacolo della Valle dei Re con lei al suo fianco. Aveva aspettato così tanto.

Dopo qualche momento di intensa auto-commiserazione, si alzò e, avvicinatosi alla riva, scelse un sasso piatto e lo lanciò, facendogli fare quattro balzi sull'acqua prima che affondasse.

Allora sarebbe stato sempre così? Lanciò un altro sasso più forte che poteva – i compromessi, gli equivoci, la sensazione che i progetti di lei potessero essere importanti quanto i suoi. Poiché, in tal caso, lui non poteva sopportarlo. Grazie a Dio c'era ancora tempo per tirarsi indietro – non c'era ancora alcuna promessa vincolante.

Saba lo guardò dalla veranda mentre scagliava in mare un sasso dopo l'altro, poi andò in camera e si stese sul letto.

Pianse – all'inizio furiosa, poi dolorosamente confusa. *Lo amo, ma voglio davvero tutto questo?* Le lacrime, i risentimenti, le riappacificazioni, le urla. *Non farei che trasformarmi in un'altra versione di mia madre.*

Era stesa a faccia in giù sul loro letto quando entrò lui. Saba aveva chiuso gli scuri e bagnato il cuscino.

«Non ce la faccio», disse con voce soffocata, «non così».

Lui le posò una mano sulla schiena.

«Lo so».

Dom si stese sul letto di fronte a lei.

«Saba», disse, «Perderti adesso mi ucciderebbe».

«Ci sono già passata con mio padre», disse, «sentendomi sempre sbagliata – come se il mio lavoro fosse una sventura».

«Non vorrei mai che ti sentissi così».

Oh, la dolce sensazione di sentire le sue mani tra i capelli, il sollievo di sapere che la amava ancora e che potevano parlare così senza che il mondo crollasse.

«Scusa se ti ho rovinato la sorpresa». Gli baciò il petto. «Era un'idea incantevole... e voglio farlo. Ma non posso abbandonare la compagnia».

Dom le stava sbottonando delicatamente il vestito e lei gli sorrideva, ma dopo, mentre giaceva tra le sue braccia, Saba avvertì per la prima volta la difficoltà di far combaciare due vite. Il presentimento che non sarebbe stato facile, che avrebbe potuto impiegarci una vita intera.

Quella sera cenarono insieme in veranda, in quel momento del giorno quando il sole calava e la luna sorgeva, e l'acqua della baia era divisa in due metà, una d'argento, l'altra d'oro. Era bellissimo, concordarono, ma Saba se ne accorse appena perché il litigio aveva scosso entrambi. Si sentiva pericolosamente vicina alle lacrime mentre gli passava cibo e vino e la conversazione aveva assunto un tono teso, nuovo per loro.

Alla fine di un lungo silenzio, Saba disse: «Dom, dimmi a cosa pensi. Sembri triste».

Lui le prese le mani.

«Pensavo al volo». Sembrava imbarazzato.

«Volare! Dove?». D'un tratto le venne voglia di mettersi a ridere. «Lontano da me?»

«No! No – è solo che... be'», cincischiò con la forchetta e la guardò, «stavo pensando che quando impari a volare, il decollo è la parte più facile – l'atterraggio invece è complicato». Alzò in aria la forchetta. «Non è come un'automobile, è più come un monociclo – devi bilanciare il mezzo dal punto di vista della longitudine e della latitudine e, una volta in alto, devi imparare a scendere con calma...». La guardò pensieroso. «Non voglio rovinare tutto».

«Lo so». Saba deglutì a fatica.

Nel silenzio che seguì, sentì nuovamente il verso rauco dell'asino. Ogni sera, verso le otto, gli davano da mangiare un fascio d'erba.

Fece un respiro profondo e prese la mano di Dom. «Mi prometti solennemente due cose?»

«Sembra una faccenda seria».

«È così». Saba lo disse tutto d'un fiato. «Voglio che tu prometta che non mi chiederai di sposarti – non ancora».

Le venne quasi da ridere – lui sembrava così sorpreso, o era sollevato?

Dom la guardò a lungo. «Che strano. Oggi pomeriggio sulla spiaggia mi ero più o meno preparato a mettermi in ghingheri e farti la proposta».

«Ho detto non ancora». Gli sorrideva radiosa. «Voglio sentirmi libera ancora per un po' – forse per la prima volta nella mia vita».

Quello che aveva pensato quel pomeriggio venne fuori come un fiume.

«Voglio lavorare. Non voglio sentirmi in colpa per questo. Ho passato anni in queste condizioni con mio padre e ne ho avuto abbastanza. Ma non voglio perderti».

Riusciva a sentire il lavorio della mente di lui.

«Vincolo matrimoniale», disse Dom alla fine. «Due parole così allettanti, non credi? Ti riempono di sicurezza. Soprattutto *vincolo*».

«Non sto scherzando, Dom». Oppure sì, ora che l'aveva detto ad alta voce? Una parte di lei già desiderava gettarglisi tra le braccia e baciarlo – e dimenticarsi di se stessa.

Dom, invece, scherzava. Le vecchie abitudini stavano tornando a galla, poiché quello per lui era un modo di pensare inconsueto. Ci sarebbe voluto un po' di tempo per abituarsi e non riusciva a capire se fosse stato lasciato o meno.

Attorno alla mezzanotte, il mare si fece nerissimo, tranne che per una striscia argentea che andava dalla riva fino all'orizzonte, illuminando la zattera.

«Penso che adesso dovremmo smetterla di parlare e andare a farci una nuotata», disse Dom.

«Sei pazzo?». Era sollevata nel vederlo nuovamente sorridere. «L'acqua sarà gelida».

«Siamo inglesi», le disse, avanzando a grandi passi verso le onde. «Ci hanno educati così. Togliti i vestiti, donna, e salta dentro».

Quando si furono spogliati, lui se la gettò su una spalla e corse verso il mare; quando la buttò in acqua, Saba strillò di paura, sia finta che reale, perché non era fredda quanto aveva pensato e perché le piaceva la sensazione delle braccia di lui attorno a sé. La sua confortante mascolinità.

Nuotarono fianco a fianco nel pallido corridoio di luce in quel mare nero come l'inchiostro e, una volta giunti vicino alla zattera, videro in lontananza la linea incerta dell'orizzonte e una barca con una sola vela nera.

Dom era un nuotatore esperto e dovette rallentare il ritmo delle bracciate per starle accanto.

Saba pensava al Mare del Nord e a quanto potesse essere freddo di notte; a suo padre, che forse si trovava in quelle acque.

Niente sarebbe più stato lo stesso, pensò; tornare in Inghilterra sarebbe stato come varcare una soglia che dava sull'ignoto.

«Vorrei fare un altro tentativo con la mia proposta», disse. «Ho incasinato tutto l'ultima volta». Scoppiarono a ridere. Erano seduti sulla zattera, con i piedi penzoloni nell'acqua. «Se non lo faccio, mi prenderò a calci per il resto della vita. Perciò, ecco qui».

La sua faccia sembrava perlacea alla luce della luna e Saba vedeva il profilo affilato dei suoi zigomi. Ora le sue cicatrici non si vedevano quasi più, se non in piena luce.

«Nel deserto ho avuto un momento di rivelazione; l'ho visto così chiaramente – la versione incantata che avevo di te e quella reale – e ho capito che avevo bisogno di entrambe. E se averti include anche una lite furibonda di tanto in tanto, o lanciarsi dietro qualche piatto, chi se ne importa? Almeno sarò con qualcuno che adoro e ammiro e che sa cantare in bagno».

«Oh, Dio». Gli tappò la bocca. «Smettila. Prima ho urlato così tanto – non hai paura?»

«Sono terrorizzato». Le mise una mano sulla spalla e la attirò a sé. «Sei un mostro. E io sarò un marito infelice e bistrattato».

«Nuotiamo», disse Saba. Era troppo, troppo destabilizzante, troppo meraviglioso.

«Aspetta, aspetta, aspetta, donna impaziente, non ho ancora finito. Quello che voglio è un accordo che non comprenda... non lo so, confetti e servizi di posate, ma bambini e forse un aereo per me e il canto per te. È assolutamente impossibile?»

«Probabile». Lo baciò sulla bocca. «Mi sembra tremendamente perfetto».

Il mare era un po' più freddo quando vi si tuffarono, tolse loro il respiro. Ripreso fiato, nuotarono fianco a fianco, cantando a squarciagola come ragazzini «Una vita sulle onde dell'oceano».

Quando arrivarono a un banco di sabbia, stavano progettando una nuova gita sul Nilo insieme e Dom le disse qualcosa di interessante, qualcosa che non sapeva. Le raccontò di come Howard Carter, dopo anni di frustrazione e false speranze, avesse acceso la torcia nella camera sepolcrale di Tutankhamon e visto la parete d'oro massiccio, le statue di strani animali: ovunque c'era lo scintillio dell'oro.

Cose meravigliose. Saba assaporò le parole mentre nuotavano verso la riva indistinta. Essere giovani; essere vivi; avere un futuro insieme; la promessa di una vita propria, ancora da scoprire. Da lì poteva vedere una debole luce nella loro camera da letto, sentiva l'acqua riscaldarsi e poi raffreddarsi, scurirsi e ritornare chiara, la spinta di correnti invisibili contro la pelle.

Ringraziamenti

Ringrazio tutta la Orion; la mia editor, Kate Mills, e la mia agente modello, Clare Alexander.

Mentre scrivevo il romanzo, ho spesso avuto bisogno del parere di esperti e molte persone mi hanno generosamente messo a disposizione tempo e conoscenze. Qualsiasi errore è da addebitare a me.

Sono assolutamente in debito con John Rodenbeck per il suo editing magistrale le affascinanti email sull'Egitto e il Medio Oriente. Con Tom Brosnahan e John Dyson per avermi mostrato la Turchia e aver condiviso la propria conoscenza del Paese.

Sema Moritz, Vanessa Dodd, Leda Glyptis e Virginia Danielson hanno dato un enorme contributo con le loro informazioni sul canto. Özgü Ötünç è stata la mia guida a Istanbul.

Anthony Rowell per l'incredibile e inestimabile aiuto. Lo storico Dillip Sarkar per la sua vasta conoscenza dei velivoli, delle squadriglie e dei piloti della battaglia d'Inghilterra.

I miei ringraziamenti vanno a Sheila Must per avermi prestato un prezioso diario di famiglia.

Sentiti ringraziamenti a: Cordelia Slater, Brian Shakespeare, Jerome Kass, Pam Enderby, a Owen Sheers, Michael Haag, Peter Sommer, Ibrahim Abd Elmedguid. A Phyllis Chappell per la sua conoscenza della baia di Cardiff durante la guerra e per il suo libro *A Tiger Bay Childhood*, a Tara Maginnis per le informazioni sul make up durante gli anni '40.

Per aver letto le prime bozze e il conforto in generale, grazie a mia sorella Caroline, a Delia, Sadie Jones, Annie Powell, a tutte le *shedettes*, all'intero clan Gregson.

Chiedo scusa se ho dimenticato di ringraziare qualcuno.

Infine, non ci sono parole per ringraziare Richard, il mio paladino nella buona e nella cattiva sorte e il mio più caro compagno di viaggio.

Indice

Anagramma

Ultimi volumi pubblicati

FEDERICA BOSCO, *S.O.S. amore*
FEDERICA BOSCO, *Innamorata di un angelo*
QUINTIN CONTRERAS, *L'amore costa caro*
JUDITH SUMMERS, *George è tornato*
SARA SHEPARD, *Giovani, carine e bugiarde*
GIUDITTA SCALZI, *I mammiferi felici ridono fino a tarda notte*
FIONA NEILL, *Il profumo del tè e dell'amore*
SARA SHEPARD, *Giovani, carine e bugiarde. Divine*
FEDERICA BOSCO, *Il mio angelo segreto*
MELISSA HILL, *Un regalo da Tiffany*
EVA CLESIS, *E intanto Vasco Rossi non sbaglia un disco*
JANE CORRY, *Il segreto della collana di perle*
LAILA AL-UTHMAN, *Il messaggio segreto delle farfalle*
LEAH FLEMING, *La strada in fondo al mare*
JEAN THOMPSON, *La casa dei racconti segreti*
AMY BRATLEY, *Amore zucchero e cannella*
MAX GIOVAGNOLI, *Il messaggio segreto delle stelle cadenti*
NAJAT EL HACHMI, *La città degli amori infedeli*
EDEET RAVEL, *Le parole segrete dei tuoi occhi*
NIAMH GREENE, *Ti amo ti odio mi manchi*
SOPHIE FLACK, *Balla, sogna, ama*
KAREN SWAN, *Un diamante da Tiffany*
ALLEGRA GOODMAN, *La collezionista di ricette segrete*
ROWAN GOLEMAN, *Baci segreti e lettere d'amore*
JULIA GREGSON, *Mille notti d'amore*
ERSI SOTIROPOULOS, *Il sentiero nascosto delle arance*
KAUI HART HEMMINGS, *Paradiso amaro*

Grandi Tascabili Contemporanei

Ultimi volumi pubblicati

ALI ETERAZ, *Il bambino che leggeva il Corano*
ISABELLE AUBRY, *La prima volta avevo sei anni*
NASEEM RAKHA, *Una madre non dimentica*
CLAUDIO RENDINA, *La santa casta della Chiesa*
ANDREA FREDIANI, *Le grandi battaglie dell'antica Grecia*
LYNN PICKNETT, *La storia segreta di Lucifero*
FURIO SAMPOLI, *Le grandi donne di Roma antica*
GIUSEPPE ANTONELLI, *Il libro nero di Roma antica*
IAN BINGHAM, *La città perduta degli Inca*
LUDOVICO GATTO, *Le grandi donne del Medioevo*
ROBIN LUMSDEN, *La vera storia delle SS*
GUY PATTON - ROBIN MACKNESS, *L'enigma dei templari*
IAN LAWTON - CHRIS OGILVIE-HERALD, *Il codice di Giza*
PIERS PAUL READ, *La vera storia dei Templari*
GIUSEPPE ANTONELLI, *Gli uomini che fecero grande Roma antica*
MICHAEL A. CREMO - RICHARD L. THOMPSON, *Archeologia proibita*
ANDREA FREDIANI, *Le grandi battaglie di Napoleone*
PAUL K. DAVIS, *Le 100 battaglie che hanno cambiato la storia*
MICHAEL BAIGENT - RICHARD LEIGH, *Origini e storia della massoneria*
LAURENCE GARDNER, *I segreti dell'arca perduta*
DAVID WEBSTER, *La misteriosa fine dell'impero maya*
PAUL JORDAN, *La sindrome di Atlantide*
BILL PUTNAM - JOHN EDWIN WOOD, *Il tesoro scomparso di Rennes-le-Château*
ANDREA FREDIANI, *I grandi generali e condottieri di Roma antica*
CLAUDIO RENDINA, *I papi. Storia e segreti*
LAURENCE GARDNER, *L'enigma del Graal*
LIN ANDERSON, *La bambina che giocava con il fuoco*
GIOVANNA BANDINI, *Il bacio della tarantola*
LUCA CANALI, *Gli ultimi giorni di Giulio Cesare*

GIANNI BISIACH, *I Kennedy*
DANA STABENOW, *CSI Alaska. Il silenzio della neve*
CLAUDIO RENDINA, *L'oro del Vaticano*
STEPHEN HODGE, *I manoscritti del Mar Morto*
JEMMA FORTE, *La mia peggiore amica*
LESLIE CARROLL, *Amori e centrifughe*
CARMEN REID, *Il club dello shopping*
MONICA PRADHAN, *Il gusto proibito della cannella*
WALTER ELLIS, *Codice Caravaggio*
DONNA WOOLFOLK CROSS, *La papessa*
LUDOVICO GATTO, *La grande storia del Medioevo*
FEDERICA MORRONE - CRISTIANA RUMORI, *Il teorema dell'amore perfetto*
GERRI BRIGHTWELL, *La casa dei segreti*
DAN RHODES, *Amore amore*
STUART MACBRIDE, *La porta dell'inferno*
FEDERICA BOSCO, *101 modi per riconoscere il tuo principe azzurro (senza dover baciare tutti i rospi)*
SHERRY JONES, *La sposa guerriera. A'isha e la rivolta islamica*
GIULIO CASTELLI, *Gli ultimi fuochi dell'impero romano*
ROBERTO GENOVESI, *La legione occulta dell'impero romano*
CHRIS PRIESTLEY, *Le terrificanti storie di zio Montague*
TOM HARPER, *La città dei libri proibiti*
DONATELLA BERSANI, *Indignate. È arrivato il momento di dire basta*
GAILE PARKIN, *Il profumo dello zucchero a velo*
SIMON SCARROW, *Sotto l'aquila di Roma*
MICHAEL WHITE, *L'anello dei Borgia*
ELIZABETH ESLAMI, *Il mio matrimonio combinato*
JON E. LEWIS (a cura di), *Sul tetto del mondo*
STEVE ALTEN, *2012. La resurrezione*
NIAMH GREENE, *Uomini: l'importante è farli soffrire*
CLARE DOWLING, *Quando l'amore va in vacanza*
ROBERT E. HOWARD, *Conan il barbaro*
STUART MACBRIDE, *Il collezionista di occhi*
CARMEN REID, *Shopping mania*
TORSTEN PETTERSSON, *A L'alfabetista*
PAOLO DI REDA - FLAVIA ERMETES, *Il labirinto dei libri segreti*
ÁLEX ROVIRA - FRANCESC MIRALLES, *L'ultima risposta di Einstein*

LORENZO BORGHESE, *I segreti di una principessa*
ANN BRASHARES, *Grande amore*
DAN RHODES, *Il bizzarro museo degli orrori*
ANN FEATHERSTONE, *Il circo maledetto*
SCARLETT THOMAS, *Il nostro tragico universo*
CHRISTOFFER CARLSSON, *Lo strano caso di Stoccolma*
FIONA NEILL, *Tutto l'amore che c'è*
FABIO DELIZZOS, *La setta degli alchimisti. Il segreto dell'immortalità*
SIMON SCARROW, *La spada di Roma*
LORENZA GHINELLI, *Il Divoratore*
LISA JANE SMITH, *Il diario del vampiro. Il risveglio; La lotta; La furia; La messa nera*
MASSIMO LUGLI, *Il Carezzevole*
UNNI LINDELL, *La trappola*
KERI ARTHUR, *Black Moon. L'alba del vampiro; I peccati del vampiro; La tentazione del vampiro*
OLLE LÖNNAEUS, *Il bambino della città ghiacciata - Il grande segreto di Mike Larsson*
PATRICK WOODHEAD, *La montagna proibita*
ANDREA FREDIANI, *Dictator. L'ombra di Cesare; Il nemico di Cesare; Il trionfo di Cesare*
ROXANA SABERI, *Prigioniera in Iran*
JUDITH SUMMERS, *Il mio dolce George*
FEDERICA BOSCO, *S.O.S. Amore*
MASSIMO LUGLI, *L'adepto*
NAOMI RAGEN, *Una moglie a Gerusalemme*
EDGAR RICE BURROUGHS, *John Carter di Marte*
STUART MACBRIDE, *La casa delle anime morte*
CHRISTINE FEEHAN, *Il principe vampiro. Attrazione fatale; Desiderio; L'oro nero*
GIULIO CASTELLI, *476 a.D. L'ultimo imperatore*
RAYMOND KHOURY, *L'eredità dei Templari*
LARS RAMBE, *Il mosaico di ghiaccio*
KENIZÉ MOURAD, *La principessa ribelle*
SHELLEY KLEIN - MIRANDA TWISS, *I personaggi più malvagi della storia*
CLAUDIO RENDINA, *Cardinali e cortigiane*
MICHAEL HART, *Gli uomini che hanno cambiato il mondo*

Julia Gregson

Matrimonio a Bombay

Volume in brossura di 512 pagine. € 6,90

Nell'autunno del 1928 la maestosa nave Kaiser-i-Hind salpa da Londra diretta a Bombay. In prima classe viaggiano due donne inglesi: la bella e timida Rose, che va a raggiungere il suo promesso sposo, e la sua migliore amica Tor, che la accompagna felice di liberarsi dell'opprimente madre. Sulla stessa nave viaggia anche la giovane Viva, aspirante scrittrice, che torna nel Paese della sua infanzia alla ricerca di un misterioso baule appartenuto ai suoi genitori. L'emozione è grandissima: le tre donne stanno per lasciarsi alle spalle l'Inghilterra delle odiate convenzioni sociali. Davanti a loro si prospetta l'India, la colonia felice, una terra di promesse e di libertà, brulicante di tesori meravigliosi e gente interessante, dove si può essere amate per quello che si è, con i capelli sciolti e senza corsetto... Ma non tutto andrà come previsto: un'inaspettata avventura stravolgerà completamente i romantici sogni – e gli oscuri segreti – che Ros, Tor e Viva portano con sé in questo lungo, esotico viaggio. Una storia di amicizia, di sogni, di sentimenti delicati e intensi in cui protagonista è l'India, i suoi colori, le sue contraddizioni: un mondo di travolgente bellezza che va dritto al cuore e non si può fare a meno di amare.

NEWTON COMPTON EDITORI

Ersi Sotiropoulos

Il sentiero nascosto delle arance

Ersi Sotiropoulos è nata a Patrasso nel 1953. Antropologa di formazione, ha studiato e vissuto a lungo in Italia, prima di ristabilirsi nel suo Paese natale. Dal suo esordio nel 1980, ha pubblicato diversi libri (romanzi, raccolte di racconti e di poesie), alcuni dei quali sono stati già tradotti in lingua italiana. *Il sentiero nascosto delle arance* è un grande successo internazionale.

Volume rilegato di 256 pagine. € 9,90

Durante una calda estate greca, alla fine degli anni Novanta, si intrecciano le vite di quattro personaggi stravaganti e solitari, mossi dal desiderio di cambiare le proprie esistenze. Lia è una ragazza affetta da un misterioso virus che la sta consumando e vive reclusa in un ospedale di Atene, circondato da alberi di arance. Il suo unico contatto con il mondo esterno è il fratello Sid, schivo e poco socievole. Il suo peggior nemico, invece, è Sotiris, un infermiere che non perde occasione per maltrattarla, al punto da spingerla a tramare una vendetta. C'è poi Nina, una ragazzina ribelle, che sogna di fuggire dal villaggio di pescatori dove trascorre l'estate, un luogo in cui il tempo sembra non passare mai. Sarà proprio qui che la vedrà per la prima volta Sotiris, fatalmente attratto dalla sua bellezza. Le loro quattro strade, all'apparenza così distanti, potrebbero non incontrarsi mai. Eppure, al di là delle loro piccole manie, delle loro fragili volontà, qualcosa li accomuna e li lega: un insopprimibile bisogno d'amore.

NEWTON COMPTON EDITORI

Jessica Jiji

I diamanti sono i migliori amici delle donne

Jessica Jiji è figlia di un immigrato iracheno e vive a New York con il marito e tre figli. Giornalista freelance, ha lavorato per la Canadian Broadcasting Corporation e si occupa di comunicazione per il Segretariato Generale delle Nazioni Unite. È coautrice di tre sceneggiature: *Miss Interpreter*, *Queen of the CIA* e *I Married a Shaman*. La Newton Compton ha pubblicato con successo anche il suo romanzo *Il profumo dei fiori in Iraq*. Per saperne di più, visitate il sito www.jessicajiji.com.

Volume rilegato di 320 pagine. € 9,90

Alle soglie dei trent'anni, Michelle Benamou può ritenersi una donna realizzata. Ha un lavoro che la appassiona, un bell'appartamento a Manhattan e un fidanzato sexy e divertente con cui dividerlo. È vero che in Marocco, terra d'origine della sua famiglia, la sua condizione non sarebbe vista di buon occhio, ma per fortuna lei vive nella modernissima New York, e quindi può permettersi di ignorare il tradizionale richiamo del muezzin al matrimonio. Fino a un certo punto, però, perché all'improvviso Michelle comincia ad avvertire un senso di inquietudine, un vuoto, ben localizzato sull'anulare della sua mano sinistra, dove una pietra preziosa – magari la pietra preziosa per eccellenza – non sfigurerebbe affatto... Ma quando il fidanzato, davanti alla prospettiva del grande passo, fugge a gambe levate, a Michelle non resta che ricominciare tutto da capo, armarsi di pazienza e coraggio e cercare ancora una possibilità per essere felice. Scoprirà che il grande amore somiglia spesso al tanto desiderato diamante: ha bisogno di tempo per trasformarsi in qualcosa di veramente prezioso.

Naomi Ragen
L'amore proibito

Naomi Ragen è nata a New York e ha completato i suoi studi a Gerusalemme, dove risiede da oltre trent'anni. Autrice di diversi bestseller e di una pièce teatrale di grande successo, *Women's Minyan*, è tra gli scrittori più affermati e controversi in Israele. Editorialista, scrive di questioni legate al mondo ebraico, si occupa di pari opportunità e diritti umani e tiene conferenze in tutto il mondo. La Newton Compton ha pubblicato anche il suo romanzo *Una moglie a Gerusalemme*. Per saperne di più visitate il suo sito www.naomiragen.com.

Volume rilegato di 480 pagine. € 9,90

A Gerusalemme, Dina, figlia devota del rabbino Reich, viene accusata di aver commesso il più imperdonabile dei peccati: l'adulterio. Cresciuta nella comunità di ebrei ultraortodossi della città, la giovane donna ha sempre rispettato le leggi e le sacre regole della tradizione, mettendo a tacere un mondo sommerso di passioni e desiderio di conoscenza. Quando si vede costretta a sposare un falegname silenzioso e schivo, e a rinunciare all'uomo che ama, Dina accetta il suo destino, ma il velo di ipocrisia che l'ha avvolta e protetta per anni si squarcia irrimediabilmente, svelando tutta la fragilità della sua educazione. Le pulsioni a lungo represse esplodono e senza alcuna esitazione Dina cede all'attrazione per un uomo sposato, infrangendo ogni tabù. Le autorità la accusano di adulterio e la costringono a emigrare negli Stati Uniti. A New York, Dina incontrerà Joan, una donna consapevole e indipendente, che la aiuterà a mettere in discussione tutto quello che sa del mondo e di se stessa, e la esorterà a seguire l'unica legge giusta: quella del cuore. *L'amore proibito* racconta una storia di lotta e sofferenza, di donne coraggiose e ostinate che sfidano l'autorità maschile per conciliare tradizione e libertà, fede e amore.

NEWTON COMPTON EDITORI

Najat El Hachmi

La città degli amori infedeli

Najat El Hachmi, nata in Marocco nel 1979, si è trasferita in Catalogna all'età di otto anni e ha studiato letteratura araba a Barcellona. Nel 2004 ha pubblicato *Jo també sóc catalana*, in cui affronta il tema autobiografico delle difficoltà relative all'immigrazione. *La città degli amori infedeli* è il suo secondo romanzo e ha vinto il premio di letteratura catalana Ramon Llull, il Prix Méditerranée étranger e l'Ulysses Prize.

Volume rilegato di 320 pagine. € 9,90

Mimoun Driouch ha scelto la sua sposa, come gli impongono le tradizioni del Marocco. Ma poi, geloso e possessivo, ha trasformato la vita della moglie in un inferno: l'ha tradita e umiliata, si è trasferito in Catalogna alla ricerca della propria strada, abbandonandola per anni, per poi tornare a ossessionarla con i suoi terribili sospetti. Quando nasce la prima figlia, Mimoun sembra cambiare. Negli occhi grandi di quella bambina vede il suo riscatto sociale e con lei accanto per la prima volta nella vita assapora la felicità. Ma quando la giovane figlia prediletta diventa una donna, anche lei cade vittima delle sue violenze e della sua prepotenza. Decisa a trovare un perché agli inspiegabili abusi del padre, la ragazza comincia a ripercorrere la storia della famiglia. Cosa ha reso Mimoun una persona così autoritaria e dispotica? Cosa c'è di tanto terribile nel suo passato, da aver trasformato un bambino innocente in un uomo spietato e folle? Un racconto appassionato, feroce e struggente, una storia di separazioni e abbandoni, di lotta contro tradizioni antiche.

NEWTON COMPTON EDITORI